EMMA

JANE AUSTEN

EMMA

Avant-propos de Hélène Seyrès

Postace de David Lodge

Traduit de l'anglais
par Hélène Seyrès

l'Archipel

Si vous souhaitez recevoir notre catalogue et être tenu au courant de nos publications,envoyez vos nom et adresse, en citant ce livre,
aux Éditions de l'Archipel
4, rue Chapon, 75003 Paris.
Et, pour le Canada, à
Édipresse Inc., 945, avenue Beaumont,
Montréal, Québec, H3N 1W3

ISBN 2-84187-059-6

Avant-propos

Jane Austen commence à écrire à l'âge de douze ans. En 1795, dans sa vingtième année, elle regroupe en trois tomes manuscrits les courts romans, les poèmes et les pièces de théâtre qu'elle a composés jusqu'alors. C'est à la suite de ce long apprentissage qu'elle écrit le premier jet des grands romans qui seront publiés à partir de 1811, quand elle sera enfin parvenue à la maîtrise de son art.

Emma, qui paraît fin décembre 1815, est publié dès 1816 à New York, puis en France, dans une édition sans nom d'auteur intitulée *la Nouvelle Emma ou les Caractères anglais du siècle*. Dans l'avertissement qui précède le texte, l'éditeur ou le traducteur précise : « *La Nouvelle Emma* n'est point, à proprement parler, un roman ; c'est un tableau de mœurs du temps. Les Français qui ont fait quelque séjour en Angleterre y reconnaîtront les coutumes, les habitudes et les manières des petites villes, ou de ce qu'on appelait jadis chez nous la province. »

Dans *Emma*, Jane Austen met en effet en scène ses contemporains. Les protagonistes appartiennent à la petite noblesse terrienne et à la bourgeoisie montante. Par leur rythme de vie, leur comportement en société et leur idéal, qui reste celui de l'honnête homme, les héros se rattachent encore, à nos yeux, à l'Ancien Régime. Toutefois, ils évoluent dans la campagne idyllique de Surrey, à quelque vingt-cinq kilomètres au sud-ouest de Londres – non loin du château de Hampton Court. Leurs privilèges ne sont pas remis en question par les paysans ou les domestiques comme c'était le cas sur le continent une

7

génération plus tôt. On n'entend pas de Figaro dire ses quatre vérités à son maître, comme dans les comédies de Beaumarchais, ni de Leporello affirmer, comme dans le *Don Giovanni* de Mozart : « Je veux être gentilhomme et ne plus jamais servir. » Mais l'Angleterre est encore peu peuplée.

La langue dans laquelle s'exprime les personnages d'*Emma* est celle des classes cultivées du sud de l'Angleterre, le *received standard*, c'est-à-dire l'anglais le plus pur, dont les tournures et la prononciation sont proposées en exemple par le dictionnaire d'Oxford. Pour mieux saisir les moindres nuances du texte, les spécialistes se reportent, depuis une dizaine d'années, au dictionnaire établi par Samuel Johnson entre 1747 et 1755, aux romans contemporains et au dictionnaire des synonymes du poète George Crabbe, qui vivait au temps de Jane Austen.

Le glissement de sens des mots et des expressions a suivi une évolution parallèle en français. Pour prendre un exemple, si les adjectifs *aimable* ou *joli* se sont affaiblis, *animé* signifie bien toujours, entre autres, « plein de vivacité », mais il ne suppose plus l'idée de faire un effort sur soi-même pour être agréable et bien accepté en société.

C'est cette richesse même de nuances qui permet pourtant de comprendre combien Jane Austen est un grand écrivain. Elle l'est par l'écriture, qui s'apparente à la tradition du XVIIIe siècle par la clarté de l'expression, la richesse du vocabulaire, la progression des paragraphes et les commentaires ironiques de l'auteur ; elle l'est aussi par la peinture de caractères. On songe souvent à Marivaux.

Bien que la première édition d'*Emma* n'ait été tirée qu'à deux mille exemplaires et que douze cent cinquante se soient vendus la première année – à vingt et un shillings les trois tomes –, le livre a obtenu un succès plus important qu'il n'y paraît grâce aux bibliothèques de prêt. Jane Austen s'en était inquiétée : « Je suis hantée par l'idée que les lecteurs qui ont aimé *Orgueil et Préjugés* le trouvent moins spirituel, et ceux qui ont apprécié *Mansfield Park*, inférieur sur le plan du bon sens. » Sa famille est alors, elle aussi, divisée, mais son frère Frank déclare préférer ce livre aux précédents « pour son air particulier de nature » – la façon dont elle rend l'expérience vécue.

Nombreux sont ceux qui, aujourd'hui encore, tiennent *Emma* pour « le livre des livres », le plus grand des romans de Jane Austen. Ce qui les séduit d'abord, c'est l'évocation de la campagne anglaise. Les contemporains ont appris à admirer le paysage grâce aux *Ballades lyriques* (1798) de Wordsworth, en particulier, et Jane Austen a lu quelques textes de Jean-Jacques Rousseau. La comédie dont Emma est l'héroïne se déroule au début de la période romantique. Les personnages évoluent, pour l'essentiel, dans le triangle que forment trois propriétés : le manoir du père d'Emma, proche de Highbury, celui de l'abbaye de Donwell, où vit Mr Knightley, le beau-frère par alliance de l'héroïne, et Randalls, une maison plus modeste où habitent leurs amis – à partir de la première page du roman –, Mr et Mrs Weston. L'action se déroule sur une année, d'octobre à octobre. Les déplacements ont souvent lieu à pied, sauf en hiver et le soir, où l'on attelle les voitures. A partir de juin, les sorties sont collectives. Tous les personnages se voient presque chaque jour.

Pour décrire le bourg de Highbury, Jane Austen nous offre une véritable scène de genre, digne de la peinture hollandaise. Un matin, Emma attend son amie Harriet à la porte d'une boutique, Ford's. Elle voit défiler dans la rue une grande partie de la communauté : le médecin s'en va en visite, l'avoué ouvre son étude, un attelage prend de l'exercice, un coursier passe sur une mule rétive, le boucher porte un plateau, une vieille dame digne revient de faire ses courses avec un panier plein, deux chiens se disputent un os et une ribambelle d'enfants, le nez collé contre la vitrine d'une boulangerie, contemple des pains d'épices.

Les visions de la campagne sont plus amples. Elles évoquent les paysages que peint alors, un peu plus au nord, John Constable, avec de grands ciels où courent les nuages. Ainsi, au sortir d'une allée de tilleuls de l'abbaye de Donwell, Emma et ses amis découvrent un vaste panorama : le coteau abrupt qui domine l'abbaye, une berge de la rivière, couronnée de bois, et à son pied, dans un méandre, une ferme, ses grasses prairies, ses troupeaux et ses vergers fleuris : « On jouissait tout à la fois de la verdure, des cultures et d'une tranquillité propres à l'Angleterre, et cela sous un beau soleil dont les rayons et la chaleur restaient cependant supportables » (page 401). L'intérieur de la ferme a été décrit par Harriet au début du roman, avec ses vaches laitières de bonne race.

Frank Austen se moquera gentiment de sa romancière de sœur en lui demandant où elle a pu voir des vergers de pommiers en fleur, à la fin du mois de juin. C'est peut-être la seule erreur de l'auteur.

La sortie de l'abbaye, au cours de laquelle les amis d'Emma cueillent des fraises, et le pique-nique où ils se retrouvent le lendemain sont prétextes à de solides repas. Les critiques ont consacré des chapitres entiers à l'importance de la nourriture dans *Emma* (Maggie Lane, *Jane Austen and Food*, Londres, Cambridge University Press, 1995).

Le livre s'ouvre sur la distribution d'un riche gâteau de mariage. Par la suite, de soupers en repas froids, les convives se partagent des huîtres chaudes, des ris de veau aux asperges, du gigot d'agneau, des pâtés de pigeon, des pommes au four, des cakes en tout genre, des fromages de Stilton et du Wiltshire, arrosés de vin de madère ou de sapinette – une bière aux bourgeons de sapin. Les malades se contentent de bouillon, de gruau « léger, mais pas trop clair » ou d'*arrow-root*. Jane Austen ne se limite pas aux énumérations : elle souligne les rapports entre les éléments et la psychologie des personnages. Ainsi, quand Frank Churchill arrive de mauvaise humeur à Donwell, c'est Emma qui l'accueille : « Il y a des gens qui réagissent toujours ainsi à la grosse chaleur. Telle était peut-être sa constitution, et, comme elle savait que manger et boire faisaient souvent disparaître ces occasionnels malaises, elle lui conseilla de prendre quelque rafraîchissement. » (page 405)

Le temps qu'il fait joue aussi un grand rôle sur le moral des personnages, et les scènes les plus célèbres d'*Emma* se déroulent au passage d'une dépression atmosphérique, suivie du retour du beau temps.

Le livre, que Jane Austen destinait à un groupe de lecteurs

cultivés vivant dans le même milieu aisé que ses personnages et la comprenant à demi-mot, peut aujourd'hui séduire le public plus large qui a découvert la trame de l'histoire grâce à la télévision ou au cinéma. Sa démarche est alors proche de celle d'un lecteur de Jane Austen qui reprend le roman une deuxième fois, comme l'indique David Lodge dans la postface à la présente édition. L'intention moraliste de Jane Austen, qui entend établir des critères afin que ses personnages – et certains de ses lecteurs – acquièrent un solide jugement et se comportent avec compréhension et générosité en toutes circonstances, devient également plus sensible.

De toutes les figures masculines apparaissant dans le roman, celle de Mr Knightley est la plus remarquable. Il fait penser un peu au comte Almaviva du *Mariage de Figaro*, car il domine tout son univers et partage sa jalousie – sinon l'infidélité. Il est le seul dont Emma accepte les remontrances et admet les conseils.

Tous les autres hommes appartiennent à la bourgeoisie ou à la paysannerie aisée : le fermier Martin ; l'arriviste pasteur, Mr Elton ; l'ancien capitaine de la milice qui a fait fortune dans le commerce, Mr Weston ; son fils Frank Churchill, adopté par une riche famille et qui possédera bientôt un domaine dans le Yorkshire, entrant ainsi dans les rangs de la noblesse, sans doute ; et l'avocat John Knightley, un Londonien casanier. Le père d'Emma, un gentilhomme à l'ancienne mode, hypocondriaque et amateur de whist, est un peu gâteux.

Comme toujours chez Jane Austen, ce sont les femmes qui ont le beau rôle. Les femmes mûres ne sont que des silhouettes, à l'exception de l'intarissable miss Bates – bien utile pour décrire le bal dans ses moindres détails – et de la prétentieuse Mrs Elton. Trois jeunes filles d'une vingtaine d'années tiennent une place importante dans le déroulement de l'intrigue. Leurs préoccupations principales tournent autour de l'amour et du mariage, mais surtout, comme les poètes romantiques, autour de la perception. Elles s'inquiètent de sa portée et de sa valeur morale.

Harriet, la femme-enfant de dix-huit ans, à peine sortie de pension, est très jolie, mais pauvre et presque totalement privée de perception. Sous l'influence d'Emma, elle va pourtant progresser dans ses manières : elle s'intéresse à la lecture, à la poésie de mirliton, au dessin et à la manière de se conduire en société. Les hommes s'en rendront très vite compte avec intérêt.

Jane Fairfax est pauvre aussi, mais, élevée à Londres dans la famille d'un colonel, elle est la plus accomplie de toutes : élégante, meilleure musicienne, plus cultivée, très bien élevée et appliquée, elle l'emporte dans bien des domaines sur Emma. Mais elle est trop réservée, et de santé médiocre, deux points négatifs. Elle aurait pu être une excellente amie pour Emma, mais celle-ci, jalouse, laisse passer l'occasion. Elle le regrettera, ainsi que le souligne Susan Morgan (*In the Meantime : Character and Perception in Jane Austen's Fiction*, Chicago, 1980).

Emma, riche, intelligente, brillante même, est la reine de son pays : « Où qu'elle soit, elle préside. » Toutefois, elle se laisse emporter par une vive imagination et commet erreur sur erreur, avant d'acquérir une connaissance suffisante d'elle-même. C'est un des ressorts comiques de l'intrigue que de la voir s'engager dans une sorte de labyrinthe, comme il en existe dans les jardins anglais, et de choisir tous les sentiers sans issue, avant de découvrir, très tard, la sortie. Toutefois, comme elle est généreuse, vive et belle, qu'elle nous fait ses confidences – en réfléchissant à part elle –, on ne peut se défendre de l'aimer et de se réjouir quand la comédie des erreurs s'achève.

Depuis près de deux siècles, *Emma* a d'ailleurs connu plus d'admirateurs que de détracteurs. Brian Charles Southam a réuni en deux volumes les critiques qui ont été consacrées à Jane Austen jusqu'à nos jours (*Jane Austen : The Critical Heritage*, Londres, 1987).

On peut en citer quatre. Charlotte Brontë, qui n'aimait pas Jane Austen, l'a dit et répété dans ses lettres. Ainsi, en janvier 1848, elle interroge l'écrivain G.H. Lewes : « Pourquoi aimez-vous tant miss Austen ? Cela m'étonne. » Et, en avril 1850, elle confie au lecteur W.S. Williams, qui a fait accepter *Jane Eyre* par l'éditeur : « J'ai lu aussi l'un des ouvrages de miss Austen,

Emma. Je l'ai lu avec l'intérêt mesuré et le juste degré d'admiration que miss Austen elle-même aurait estimé intelligent et convenable de lui accorder − rien qui ressemble à de la sympathie ou de l'enthousiasme. »

De son côté, Virginia Woolf rend compte avec chaleur de l'édition Oxford des romans de Jane Austen dans le numéro de l'*Atheneum* du 15 décembre 1923. C'est un long essai, très élogieux : « Vive, irrésistible, douée d'un esprit d'invention d'une grande vitalité, on ne peut douter qu'elle aurait écrit d'autres livres, si elle avait écrit différemment. La frontière était tracée : la lune, les montagnes et les châteaux se trouvaient de l'autre côté. Mais n'était-elle pas tentée parfois de la franchir, durant une minute ? N'allait-elle pas envisager, à sa manière gaie et brillante, un petit voyage de découverte ? [...] Les spéculations sont vaines ; l'artiste la plus aboutie, l'auteur dont les livres sont immortels, est morte "juste au moment où le succès commençait à lui inspirer confiance". »

Enfin, E.M. Forster, dans sa critique de l'édition Clarendon des romans, présentés par R.W. Chapman pour *Nature and Atheneum*, le 5 janvier 1924, se révèle être un inconditionnel : « Je suis un "jane-austeniste", et donc légèrement imbécile lorsqu'il est question de Jane Austen [...]. C'est mon auteur favori ! Je la lis et la relis, la bouche ouverte et l'esprit fermé. Je suis enfermé dans un univers incommensurable. Je la salue du nom d'hôtesse la plus aimable et toute faculté critique s'endort en moi. Le "jane-austeniste" n'a guère hérité l'intelligence brillante qu'il attribue volontiers à son idole. Comme tous les fidèles, il entend à peine ce qui se dit autour de lui. »

Lors des différentes adaptations télévisées, la caméra a davantage mis en valeur, bien entendu, les paysages et les scènes collectives, tels le bal ou le pique-nique, qui constituent la clé de voûte du roman. L'adaptation pour la BBC Classic Serial de 1972 a remporté un vif succès dans le monde entier, comme le rappelle Monica Lauritzen (*Jane Austen's Emma on TV,* Göteborg, 1980). Une adaptation toute récente, celle d'Andrew Davies et Sue Birtwhistle, a élargi encore le nombre des admirateurs de Jane Austen. Quant au film de

13

Douglas McGrath, avec Gwyneth Paltrow dans le rôle d'Emma, il a déjà remporté un triomphe aux États-Unis.

Ainsi chaque génération fournit-elle de nouveaux partisans de l'auteur d'*Emma*. Depuis 1980, plus de cent ouvrages lui ont été consacrés, en particulier aux États-Unis. Chaque étude critique, chaque adaptation au petit ou au grand écran, chaque nouvelle édition des romans contribue à nous rassurer : classique entre les classiques, Jane Austen est désormais sans doute immortelle.

Hélène SEYRÈS

1

Emma Woodhouse, belle, intelligente, riche, pleine d'heureuses dispositions et vivant dans une maison agréable, semblait réunir tout ce qui peut rendre l'existence heureuse. Elle avait déjà passé dans ce monde près de vingt et un ans, sans avoir éprouvé de malheurs, et même sans avoir presque connu de sujet de chagrin.

Elle était la seconde fille d'un père extrêmement affectueux et indulgent. Le mariage de sa sœur aînée l'avait rendue de très bonne heure la maîtresse de la maison. Il y avait si longtemps que sa mère était morte qu'elle se souvenait à peine de ses caresses. Sa place avait été remplie par une gouvernante, une excellente personne qui lui avait porté une affection toute maternelle.

Miss Taylor avait passé seize ans dans la famille de Mr Woodhouse, plutôt comme une amie que comme une gouvernante, très attachée aux deux demoiselles, mais surtout à Emma. Entre elles s'était instaurée l'intimité de deux sœurs. Avant même que miss Taylor eût cessé d'exercer les fonctions de gouvernante, la douceur de son caractère ne lui avait pas permis de la gêner en rien ; et, l'ombre de l'autorité étant depuis longtemps effacée, elles avaient vécu en amies extrêmement liées l'une à l'autre. Emma ne faisait que ce qu'elle voulait ; malgré la haute opinion qu'elle avait du jugement de miss Taylor, elle ne se conduisait cependant que d'après le sien.

Le plus grand malheur d'Emma, à la vérité, était d'avoir trop de liberté et de trop présumer d'elle-même ; c'est ce qui pouvait un jour porter obstacle au bonheur de sa position. Le danger néanmoins paraissait à présent si peu imminent que l'on ne pouvait en appréhender aucun malheur réel.

Le temps de l'affliction arriva. Une douce affliction, mais elle ne venait pas par sa faute. Miss Taylor se maria. Ce fut sa perte qui causa le premier chagrin qu'Emma eût ressenti. Le jour des noces de cette bien-aimée compagne, Emma, pour la première fois, s'absorba longtemps dans de tristes pensées. Les noces finies et les mariés partis, son père et elle restèrent seuls et dînèrent ensemble sans l'espoir d'un tiers pour les aider à passer une longue soirée. Après le dîner, son père, comme à l'ordinaire, fit la sieste, et elle n'eut autre chose à faire que rester assise et songer à la perte qu'elle venait de faire.

Cet événement promettait cependant de faire le bonheur de son amie. Mr Weston était un homme d'un excellent caractère, d'un âge convenable, et doué de manières agréables ; il jouissait d'une fortune suffisante, et Emma ressentait quelque satisfaction d'avoir toujours désiré et encouragé ce mariage, preuve certaine de ses sentiments désintéressés, mais elle considérait que cette matinée lui avait été néfaste. La perte de miss Taylor devait être vivement sentie chaque heure de chaque jour. Elle se rappelait ses bontés, ses affections, qui duraient depuis seize ans, ce qu'elle avait appris d'elle depuis l'âge de cinq ans, et leurs jeux communs. Miss Taylor avait employé tous ses moyens à l'amuser, lorsqu'elle jouissait d'une bonne santé. Et avec quelle tendresse elle l'avait soignée dans les diverses maladies de l'enfance !

Cette conduite méritait toute sa reconnaissance, mais leur commerce pendant les sept dernières années, leur égalité, leur intimité sans réserve, depuis le mariage d'Isabella, qui les avait laissées seules, étaient le sujet des souvenirs les plus doux et les plus tendres. Miss Taylor avait été une amie et une compagne telles que l'on en trouve rarement, intelligente, instruite, serviable, douce, connaissant les usages de la famille, s'intéressant à tout ce qui la concernait, et particulièrement à Emma, à ses plaisirs ou à ses projets, celle à qui Emma pouvait communiquer toutes ses pensées à mesure qu'elle les formait, et qui avait tant d'affection pour elle qu'elle ne trouvait jamais rien à redire.

Comment supporter un tel changement ? Il est vrai que son amie ne s'éloignait de sa maison que d'un demi-mille, mais Emma savait bien qu'il y avait une grande différence entre une Mrs Weston à un demi-mille de chez elle et une miss Taylor dans sa maison ; et, malgré tous ses avantages, naturels et domestiques, elle courait le risque de souffrir beaucoup de cet état de solitude. Elle aimait tendrement son père, mais il ne pouvait lui tenir compagnie ; il était incapable d'avoir une conversation sérieuse ou plaisante avec lui.

Les difficultés que posait leur différence d'âge (et Mr Woodhouse ne s'était pas marié jeune) étaient de beaucoup augmentées par ses habitudes et sa mauvaise constitution ; car ayant été toute sa vie valétudinaire, sans la moindre activité de corps ni d'esprit, il était beaucoup plus vieux par ses habitudes qu'il n'aurait dû l'être ; et, bien que tout le monde appréciât la bonté de son cœur et l'amabilité de son caractère, ses talents ne pouvaient en aucune manière lui servir de recommandation.

Sa sœur, quoique peu éloignée par son mariage, étant établie à Londres, distante seulement de seize milles, l'était cependant trop pour la voir tous les jours, et il faudrait passer à Hartfield bien des soirées désagréables pendant les mois d'octobre et de novembre, avant que Noël ne procurât la visite d'Isabella, de son mari et de ses enfants pour combler le vide qui se trouvait dans la maison et offrir de nouveau à Emma une société agréable. Highbury, un grand bourg très peuplé que l'on pouvait presque considérer comme une ville, et auquel Hartfield, malgré son jardin, son parc et son nom distincts, appartenait en réalité, ne pouvait lui en fournir de semblables. Les Woodhouse tenaient le premier rang dans le pays ; ils y jouissaient d'une grande considération. Emma y avait beaucoup de connaissances, car son père se montrait aimable avec chacun, mais aucune de ces relations n'aurait pu remplacer miss Taylor, fût-ce pour une demi-journée.

Un pareil changement était bien triste, et Emma ne put s'empêcher de soupirer en y pensant et de former des vœux impossibles à réaliser, jusqu'à ce que son père s'éveillât et la forçât à paraître gaie. Les esprits de Mr Woodhouse avaient besoin d'être soutenus. Il était nerveux, aisément abattu, aimant ceux qu'il avait coutume de voir, et désolé de les quitter, haïssant toute espèce de changement. Tout mariage lui était désagréable car il entraînait des bouleversements. Il n'était pas encore remis de celui de sa fille et ne parlait d'elle que pour la plaindre – quoique cette alliance fût fondée sur une affection mutuelle –, qu'il lui avait fallu se séparer aussi de miss Taylor. Or, ses habitudes d'aimable égoïsme lui interdisaient que l'on pût penser autrement que lui, aussi était-il persuadé que miss Taylor avait aussi mal fait pour elle-même que pour eux et qu'elle aurait été beaucoup plus heureuse si elle avait voulu finir ses jours à Hartfield. Emma sourit et se mit à lui causer avec autant d'enjouement qu'elle le put pour lui faire oublier de telles pensées, mais, lorsqu'on servit le thé, il fut impossible à Mr Woodhouse de ne pas répéter tout ce qu'il avait dit au dîner.

— Pauvre miss Taylor ! Je voudrais qu'elle fût encore ici. Quel dommage que Mr Weston ait jamais pensé à elle !

— Je ne suis pas de votre avis, papa, vous savez que je ne le puis. Mr Weston est un homme si aimable, si bon, d'une humeur si joviale, qu'il mérite bien d'avoir une excellente femme, et vous ne pouvez désirer que miss Taylor demeure toujours avec nous et supporte mes sautes d'humeur, lorsqu'il est en son pouvoir d'avoir une maison à elle.

— Une maison à elle ! Mais à quoi bon avoir une maison à elle ! Celle-ci est trois fois plus grande que la sienne. Et vous n'êtes jamais d'humeur changeante, ma chère Emma.

— Nous leur rendrons souvent visite, et ils viendront chez nous ! Nous serons toujours les uns chez les autres ! C'est à nous de commencer, nous leur devons une visite de noces !

— Mais, ma chérie, comment pourrai-je aller si loin ? Randalls est si éloigné que je ne saurais faire à pied la moitié du chemin.

— Non, papa, personne n'a jamais pensé que vous iriez à pied. Nous irons en voiture.

— En voiture ? mais James n'aimera pas atteler pour une si

petite course ; et puis où mettrons-nous les chevaux pendant notre visite ?

— On les mettra dans l'écurie de Mr Weston ; vous savez, papa, que c'est une affaire réglée. Nous en avons causé hier au soir, Mr Weston et moi. Et, quant à James, vous pouvez être certain qu'il ira toujours à Randalls avec plaisir, sa fille étant servante dans la maison. Je crains seulement qu'il ne veuille plus nous mener ailleurs. C'est votre faute, papa. Personne ne pensait à Hannah, avant que vous n'en ayez parlé. James vous a tant d'obligations !

— Je suis enchanté d'avoir pensé à elle. C'était fort heureux, car je n'aurais pas voulu, pour tout au monde, que le pauvre James pût penser qu'on le négligeât. Je suis assuré qu'elle fera une bonne domestique ; elle est polie et s'exprime bien : j'ai une très haute opinion d'elle. Quand elle me voit, elle me fait toujours la révérence et me demande comment je me porte, et cela d'une manière très gentille ; lorsqu'elle venait ici travailler à l'aiguille avec vous, elle tournait toujours la clef du bon côté et fermait doucement la porte. Je suis persuadé qu'elle fera une bonne servante et que ce sera une grande satisfaction pour la pauvre miss Taylor d'avoir auprès d'elle une fille de connaissance. Chaque fois que James ira voir sa fille, on saura de nos nouvelles à Randalls, et il leur dira comment nous nous portons tous.

Emma fit tous ses efforts pour le maintenir dans cet heureux changement d'idées et espéra qu'à l'aide du trictrac elle parviendrait à faire passer la soirée à son père et qu'elle seule éprouverait des regrets. Le trictrac fut installé, mais une visite le rendit inutile.

Mr Knightley, homme plein de bon sens, d'environ trente-sept ou trente-huit ans, était non seulement un ancien et intime ami de la maison, mais apparenté à la famille, en sa qualité de frère aîné du mari d'Isabella. Il habitait à un mille de Highbury et faisait de fréquentes visites à Hartfield, où il était toujours le bienvenu, et ce jour-là encore plus que de coutume parce qu'il revenait de Londres où il avait vu leurs parents communs. Après quelques jours d'absence, il était rentré chez lui, où il avait pris un dîner tardif, puis s'était rendu à Hartfield pour annoncer que tout allait bien à Brunswick Square. Cet heureux dérivatif ranima Mr Woodhouse pendant quelque temps. Les manières enjouées de Mr Knightley lui faisaient toujours du bien, et ses nombreuses questions sur la « pauvre Isabella » et ses enfants reçurent des réponses satisfaisantes. Après cela, Mr Woodhouse lui fit gracieusement les observations suivantes.

— Vous êtes bien obligeant, Mr Knightley, de venir à pareille heure nous rendre visite. Je crains que vous n'ayez eu une promenade bien désagréable.

— Pas du tout, monsieur, la nuit est belle, il fait un clair de lune superbe et le temps est si doux que je suis obligé de m'écarter de votre grand feu.

— Mais vous avez dû trouver le temps bien humide et la route pleine de boue. Je crains que vous ne vous soyez enrhumé.

— La route pleine de boue ! Regardez mes souliers, ils n'ont pas la moindre tache !

— Eh bien ! cela est surprenant, car nous avons eu ici beaucoup de pluie. Il est tombé une averse effroyable pendant une demi-heure, tandis que nous déjeunions. Je voulais qu'ils remissent la noce à plus tard.

— A propos, je ne vous ai pas complimentés ; certain de la joie que vous deviez ressentir, je ne me suis pas pressé de vous féliciter. Mais j'espère que tout s'est fort bien passé. Comment avez-vous réagi ? Qui a pleuré le plus fort ?

— Ah ! pauvre miss Taylor ! c'était pour elle une mauvaise affaire.

— Pauvres Mr et miss Woodhouse, s'il vous plaît, mais je ne saurais absolument dire « pauvre miss Taylor » ! J'ai le plus grand respect pour vous et pour Emma, mais quand il s'agit de la dépendance ou de l'indépendance ! Quoi qu'il en soit, il vaut mieux avoir à plaire à une seule personne qu'à deux.

— Surtout lorsque l'une est une créature capricieuse et turbulente ! dit Emma, par plaisanterie. C'est ce qui vous trottait dans la tête, je le sais, et c'est ce que vous auriez dit, si mon père n'avait pas été présent.

— Je crois bien que vous dites vrai, ma chère, s'écria

Mr Woodhouse, en poussant un soupir. Je crains d'être de temps en temps capricieux et turbulent.

— Mon cher papa ! vous ne pouvez pas croire que j'aie voulu parler de vous, ni supposer que ce fût l'intention de Mr Knightley. Quelle horrible idée ! Oh ! non. J'ai voulu parler de moi-même. Vous savez que Mr Knightley aime à me trouver des défauts. C'est une plaisanterie. Ce n'est qu'un jeu. Nous nous permettons toujours de nous dire ce que nous pensons.

En effet, Mr Knightley était du petit nombre de ceux qui voyaient des défauts à Emma, et le seul qui osât lui en parler ; quoique cette franchise ne fût pas très agréable à la jeune fille, elle savait qu'elle le serait moins encore à son père, aussi ne voulait-elle pas qu'il pût soupçonner que tout le monde ne la trouvait pas aussi parfaite qu'elle lui paraissait être.

— Emma sait que je ne la flatte jamais, dit Mr Knightley, mais je n'avais l'intention d'attaquer personne. Miss Taylor était obligée de plaire à deux personnes : elle n'en aura plus qu'une à contenter. Les chances étant en sa faveur, elle doit y gagner.

— Fort bien, dit Emma, désireuse de changer de conversation, vous voulez savoir ce qui s'est passé à la noce, et j'aurai le plaisir de vous le dire, car nous nous y sommes conduits de façon parfaite. Tout le monde a été exact et de bonne humeur. Pas une larme, et peu de visages attristés. Oh ! non, nous avons tous senti que nous ne nous éloignions les uns des autres que d'un demi-mille, et que nous nous verrions tous les jours.

— La chère Emma supporte tout si bien, dit son père. Mais, Mr Knightley, elle regrette infiniment la perte de miss Taylor, et je suis certain qu'elle la regrettera plus qu'elle ne le pense.

Emma détourna la tête, ne sachant si elle devait pleurer ou sourire.

— Il est impossible que la perte d'une telle compagne n'affecte pas Emma, dit Mr Knightley ; nous ne l'aimerions pas autant que nous l'aimons, monsieur, si nous pouvions le supposer. Mais elle sait combien ce mariage est avantageux pour miss Taylor ; elle sait combien il doit être agréable, à l'âge qu'elle a, d'être établie dans sa propre maison, et combien il lui importe de s'être assuré de confortables revenus qui ne lui laissent aucune crainte de l'avenir ; aussi je pense qu'Emma doit ressentir plus de plaisir que de peine. Tous les amis de miss Taylor doivent être charmés de la voir si bien mariée.

— Et vous oubliez que ma joie a une autre cause, dit Emma, et une cause considérable : c'est que c'est moi qui ai fait ce mariage. Il y a quatre ans que je l'ai fait, vous le savez ; de le voir réussir, d'avoir eu raison, lorsque tant de gens disaient que Mr Weston ne se remarierait jamais, me console de tout.

Mr Knightley hocha la tête. Mr Woodhouse répliqua avec tendresse :

— Ah ! ma chère, je désire que vous ne fassiez plus de mariage et que vous ne prédisiez plus rien, car toutes vos prédictions s'accomplissent. Je vous en prie, ne faites plus de mariages !

— Je vous promets, papa, de n'en faire aucun pour moi, mais il faut que j'en fasse pour les autres. C'est le plus grand amusement du monde ! Et après un pareil succès, vous comprenez... Tout le monde disait que Mr Weston ne se remarierait jamais. Oh ! mon Dieu ! non, Mr Weston, qui était resté veuf si longtemps et qui paraissait si heureux de n'avoir plus de femme, si constamment pris par ses affaires à Londres, ou par ses amis ici, toujours bien reçu partout, toujours joyeux... Mr Weston pouvait ne jamais passer une soirée seul, à moins qu'il n'en eût envie. Oh ! non, Mr Weston ne se remarierait jamais. Certains disaient même qu'il l'avait promis à sa femme sur son lit de mort ; d'autres, que son fils et l'oncle de celui-ci ne le lui permettraient pas. On racontait toutes sortes de sottises à ce sujet, mais je n'y ai pas cru. Depuis le jour où, il y a environ quatre ans, miss Taylor et moi l'avons rencontré dans Broadway Lane, et où, comme il bruinait un peu, il a couru galamment emprunter deux parapluies chez le fermier Mitchell, depuis ce jour-là, dis-je, j'ai formé des plans pour ce mariage, et comme j'ai eu le bonheur de réussir, mon cher papa, vous ne songerez pas à m'empêcher de continuer à faire des mariages.

— Je ne comprends pas, dit Mr Knightley, ce que vous voulez dire par « succès ». Un succès suppose que l'on a fait des efforts. Vous avez bien employé votre temps si, pendant quatre ans vous avez travaillé à faire réussir ce mariage. C'est un joli emploi pour une demoiselle ! Mais si, comme je l'imagine, la part que vous avez à ce mariage ne va pas plus loin que d'en avoir formé le dessein, en vous disant à vous-même, un jour de désœuvrement, « je pense que ce serait une bonne chose pour miss Taylor si Mr Weston voulait l'épouser », en vous le répétant ensuite de temps en temps, pourquoi parlez-vous de succès ? Quel mérite pouvez-vous vous attribuer ? De quoi êtes-vous si fière ? Vous avez eu un heureux pressentiment, et voilà tout ce que l'on peut dire.

— Et n'avez-vous jamais connu le plaisir et le triomphe d'avoir eu un heureux pressentiment ? Vous me faites pitié. Je vous croyais plus intelligent, car soyez persuadé qu'un heureux pressentiment ne vient pas entièrement du hasard ; il y faut toujours user de quelque talent. Quant à ce pauvre mot de « succès », pour lequel vous me querellez, je crois y avoir néanmoins quelque droit. Vous avez esquissé deux jolis tableaux, mais je pense que l'on pourrait en dessiner un troisième. Quelque chose entre avoir tout fait et n'avoir rien fait du tout. Si je n'avais pas encouragé Mr Weston à visiter souvent Hartfield, si je n'avais aplani quelques difficultés, ce mariage n'aurait peut-être pas eu lieu. Il me semble que vous connaissez assez Hartfield pour comprendre ce que je vous dis.

— Un homme franc et ouvert comme Mr Weston et une femme raisonnable et sans affectation comme miss Taylor sont en état d'arranger leurs propres affaires. Il est probable que vous vous êtes fait plus de mal en vous en mêlant que vous ne leur avez fait de bien.

— Emma ne pense jamais à elle-même quand elle peut faire du bien aux autres, répliqua Mr Woodhouse, qui n'avait compris qu'une partie de la dernière phrase de Mr Knightley, mais, ma chère, je vous en prie, ne faites plus de mariages, ce sont de sottes choses qui brisent de façon pénible les cercles de famille.

— Encore un, cher papa, seulement, pour Mr Elton. Pauvre Mr Elton ! Vous aimez Mr Elton, papa ; il faut que je lui trouve une femme. Il n'y a personne à Highbury qui soit digne de lui. Il y a un an qu'il est ici et il a si bien arrangé sa maison que ce serait une honte de l'y laisser vivre seul. J'ai pensé, en le voyant joindre les mains des mariés, aujourd'hui, qu'il serait bien aise que l'on en fît autant pour lui ! Je veux du bien à Mr Elton, et c'est la seule manière que j'aie de lui rendre service.

— Mr Elton est un charmant jeune homme et, qui plus est, un bon jeune homme. J'ai beaucoup d'estime pour lui ; mais, ma chère, si vous voulez lui donner des marques de considération, invitez-le à dîner un jour, cela vaudra mieux. J'espère que Mr Knightley voudra bien lui tenir compagnie.

— Avec le plus grand plaisir, monsieur, quand il vous plaira ! dit en riant Mr Knightley. Je suis parfaitement de votre avis ; cela vaudra beaucoup mieux. Invitez-le à dîner, Emma, servez-lui ce qu'il y aura de mieux ; mais laissez-le se choisir une épouse. Soyez sûre qu'un homme de vingt-six ou vingt-sept ans saura prendre ce soin lui-même.

2

Mr Weston était né à Highbury dans une famille respectable qui, depuis deux ou trois générations, s'était élevée aux premiers rangs de la bourgeoisie et avait acquis de la fortune. Il avait reçu une bonne éducation, mais, ayant de bonne heure hérité d'un petit revenu indépendant, il ne s'était pas senti de goût pour les préoccupations bourgeoises de ses frères. Aussi, pour satisfaire son humeur enjouée, son goût de l'action et de la vie mondaine, il était entré dans la milice du comté que l'on formait alors.

Le capitaine Weston était apprécié de tous, et, lorsque les hasards de sa vie militaire lui eurent fait faire la connaissance de miss Churchill, appartenant à une grande famille du Yorkshire, et que celle-ci tomba amoureuse de lui, personne n'en fut surpris, si ce n'est le frère et la belle-sœur de cette demoiselle, qui ne l'avaient jamais vu, et dont l'orgueil et la vanité se trouvèrent offensés d'une pareille alliance.

Cependant, miss Churchill étant majeure et maîtresse de sa fortune − modeste en comparaison des grands biens de sa famille −, elle passa outre. Le mariage eut lieu, à la grande mortification de Mr et Mrs Churchill, qui rompirent avec elle en y mettant les formes. Cette alliance mal assortie ne fut pas heureuse. Mrs Weston aurait dû l'être davantage, car elle avait un mari dont le cœur chaleureux et l'excellent caractère l'incitaient à penser qu'il n'en ferait jamais trop pour lui prouver combien il était reconnaissant de la bonté qu'elle avait eue de l'aimer. Mais, quoiqu'elle eût un certain courage, ce n'était pas celui qu'il eût fallu. Elle s'était montrée assez résolue pour n'en faire qu'à sa volonté, malgré son frère, mais pas assez pour mépriser sa colère déraisonnable, et elle n'avait pu s'empêcher de regretter les grandeurs de la maison paternelle. Mr et Mrs Weston menaient grand train, et cependant ce n'était rien en comparaison d'Enscombe. Elle aimait toujours son mari, mais souhaitait tout à la fois être la femme de Mr Weston et miss Churchill d'Enscombe.

Le capitaine Weston, dont on estimait – les Churchill surtout –, qu'il avait contracté un mariage au-delà de toutes ses espérances, avait cependant fait une très mauvaise affaire car, lorsque sa femme mourut, trois ans après leur union, il était plus pauvre qu'auparavant et avait en outre un enfant à nourrir. Son fils, néanmoins, ne fut pas longtemps à sa charge, car sa naissance, et la maladie lente et douloureuse de sa mère, avaient entraîné une espèce de réconciliation. Mr et Mrs Churchill, n'ayant point d'enfants, ni aucun jeune parent aussi proche, offrirent de se charger du petit Frank. Le père éprouva d'abord quelque répugnance et des scrupules à accepter, mais d'autres considérations les lui firent surmonter. Il confia son fils aux soins et aux richesses des Churchill. Il n'eut plus à songer qu'à lui-même et à la manière d'améliorer sa situation.

Il dut changer son mode d'existence. Il quitta la milice et se mit au commerce. Ayant des frères bien établis à Londres, il profita de cette circonstance pour se faire connaître. Ses affaires l'occupaient, mais pas trop. Il avait gardé une petite maison à Highbury, où il venait passer ses moments de loisir, et, entre ses occupations professionnelles et les plaisirs de la société, il passa agréablement dix-huit à vingt ans. Il avait pendant ce temps acquis une certaine fortune, assez considérable pour acheter une terre proche de Highbury, et dont la possession l'avait toujours tenté, pour même lui permettre d'épouser une femme sans dot comme miss Taylor et de donner libre cours à sa nature agréable et sociable.

Il y avait déjà quelque temps que miss Taylor tenait une place dans ses projets, mais, comme cette influence n'était pas aussi tyrannique que celle qui existe entre deux jeunes gens, il avait persisté dans son dessein de ne se remarier qu'après avoir acquis Randalls, et, quoiqu'il eût beaucoup attendu de la vente de cette terre, il avait poursuivi ses objectifs avec constance, jusqu'au moment où il les avait atteints. Il avait fait fortune, avait acheté sa terre, obtenu son épouse et commencé une nouvelle existence qui lui promettait plus de bonheur qu'il n'en avait jamais eu. Il n'avait jamais été malheureux ; son bon caractère l'en avait empêché, même pendant son premier mariage, mais son second devait lui prouver combien il est agréable d'avoir une femme judicieuse et réellement aimable, et qu'il vaut infiniment mieux choisir que d'être choisi, exciter la reconnaissance que de l'éprouver.

Il n'avait que lui à consulter dans ce choix, et sa fortune était à lui. Frank, en effet, serait l'héritier de son oncle ; son adoption avait été si publique qu'à sa majorité on lui avait fait prendre le nom de Churchill. Il était donc peu vraisemblable qu'il eût jamais besoin de l'assistance paternelle. Le père n'avait aucune appréhension de ce côté. La tante était en vérité une femme capricieuse qui gouvernait entièrement son mari, mais il n'était pas dans le caractère de Mr Weston d'imaginer qu'aucun caprice, quel qu'il fût, pût affecter le destin d'un être si cher et qui méritait tant qu'on l'aimât. Il voyait tous les ans son fils à Londres, en était fier, et il en parlait comme d'un très beau jeune homme, si bien que les habitants de Highbury ressentaient aussi une sorte d'orgueil envers lui. On le considérait comme appartenant suffisamment au pays pour que ses mérites et ses perspectives y concernassent tout le monde.

Highbury se glorifiait de porter intérêt à Mr Frank Churchill, et l'on avait une extrême curiosité de l'y voir, mais celui-ci se souciait d'autant moins du compliment qu'il n'y était jamais venu. On avait souvent parlé d'une visite qu'il devait faire à son père, mais elle n'avait jamais eu lieu.

Maintenant que son père s'était remarié, tous pensaient qu'il viendrait lui témoigner du respect et que la visite aurait lieu. Il n'y eut pas une voix contre lorsque Mrs Perry prit le thé chez Mrs et miss Bates, ni lorsque ceux-ci rendirent la visite. C'était le moment où jamais pour Mr Frank Churchill de venir chez eux, et l'espoir de le voir arriver s'accrut lorsqu'on sut qu'il avait écrit une charmante lettre à sa belle-mère à cette occasion. Pendant quelques jours, on cita, lors des visites du matin, quelques passages de la belle lettre que Mr Frank Churchill avait adressée à Mrs Weston.

— Je suppose que vous avez entendu parler de la charmante lettre que Mr Frank Churchill a écrite à Mrs Weston ? J'ai entendu dire que cette lettre était superbe. Mr Woodhouse m'en a parlé. Il l'a vue, et il dit que de sa vie il n'en a lu de si belle.

Cette lettre fut donc très appréciée. Mrs Weston avait déjà, bien entendu, une très bonne opinion du jeune homme ; mais une aussi charmante attention était une irrésistible preuve de sa grande intelligence et une addition agréable aux félicitations que son mariage lui avait déjà assurées. Elle se trouvait très heureuse et avait assez vécu pour comprendre combien on devait estimer qu'elle avait de la chance, puisque les seuls regrets qu'elle éprouvait venaient d'une séparation relative de ses amis, dont l'attachement ne s'était jamais refroidi, et qui étaient extrêmement sensibles à sa perte !

Elle savait qu'on la regretterait parfois et ne pouvait songer sans peine qu'Emma pût perdre l'occasion de s'amuser, ou éprouvât un moment d'ennui, privée comme elle l'était d'une compagne digne d'elle. Mais le caractère d'Emma n'était pas faible. Elle était mieux à même de faire face à la situation que la plupart des jeunes filles ; elle était douée de jugement, d'énergie et de courage, qualités qui l'aideraient à surmonter aisément les petites difficultés et les privations auxquelles elle serait exposée. Et puis, il était réconfortant de songer que la distance entre Randalls et Hartfield était si faible qu'elle pourrait servir de promenade même aux dames ; par ailleurs, le caractère et la fortune de Mr Weston ne s'opposeraient pas à ce qu'ils passent ensemble une partie de leurs soirées à Hartfield, malgré la rigueur de la saison où l'on allait entrer.

La situation de Mrs Weston lui valait des heures entières de gratitude, à côté de quelques moments de regret ; et, malgré la grande satisfaction qu'elle éprouvait – et le mot de satisfaction était faible –, bien qu'elle connût parfaitement son père, Emma était parfois surprise de l'entendre exhaler sa pitié sur le sort de « cette pauvre miss Taylor », quand ils la laissaient à Randalls aux plaisirs de sa vie domestique, ou qu'ils la voyaient, le soir, quitter Hartfield, escortée à sa voiture par son galant époux. Jamais Mr Woodhouse ne manquait soupirer : « Ah ! pauvre miss Taylor ! elle serait bien aise de rester ici. »

Il était impossible de faire revenir miss Taylor, et peu vraisemblable que le vieillard cessât de la plaindre, mais, au bout de quelques semaines, Mr Woodhouse ressentit moins de peine. Les compliments de ses voisins, à propos d'un événement qui lui paraissait désastreux, avaient cessé, et le gâteau de noces, qui l'avait tant inquiété, était mangé.

Son estomac ne pouvait supporter les mets trop riches, et il ne voulait pas croire que les autres fussent différents de lui. Tout ce qu'il regardait comme malsain devait l'être pour tout le monde ; il avait donc fait tous ses efforts pour persuader les nouveaux époux de n'avoir point de gâteau de noces ; et, lorsqu'il avait vu qu'il n'était pas écouté, il avait essayé d'obtenir que l'on n'en mangeât point. Il s'était donné la peine de consulter Mr Perry, l'apothicaire, à ce sujet. Mr Perry était un homme intelligent, qui avait de bonnes manières et dont les fréquentes visites étaient une des plus grandes consolations de Mr Woodhouse. Sur la demande de ce dernier, il avait été obligé d'avouer (quoique contre son inclination) que les gâteaux de noces ne convenaient pas à tout le monde, peut-être même à la plupart, à moins que l'on en mangeât avec modération. Comme une telle opinion confirmait la sienne, Mr Woodhouse espéra qu'elle prévaudrait, et que ceux qui viendraient rendre visite aux nouveaux mariés ne mangeraient pas de gâteau. Cependant on en mangea, et ses nerfs ne le laissèrent en repos que lorsque la totalité eut disparu.

Il courut une étrange rumeur dans Highbury. On dit que l'on avait vu chacun des petits Perry avec une tranche de gâteau de noces de Mr Weston à la main, mais Mr Woodhouse ne voulut jamais le croire.

3

Mr Woodhouse aimait la société, mais à sa manière. Il se plaisait beaucoup à recevoir ses amis, et cela pour plusieurs raisons : sa longue résidence à Hartfield, la bonté de son naturel, sa fortune, sa maison et sa fille. Il pouvait composer son petit cercle quand et comme il le voulait. Il n'avait que peu de relations avec les familles qui n'en faisaient pas partie. L'horreur qu'il avait de se coucher tard, jointe à celle des grands dîners, l'empêchaient de se lier avec des gens qui ne voulaient pas se conformer à ses usages. Heureusement pour lui, Highbury, Randalls dans la même paroisse et, dans la paroisse voisine, l'abbaye de Donwell, la résidence de Mr Knightley abritaient une grande partie de ce cercle.

Très souvent, il se laissait persuader par Emma et invitait à dîner ses amis les plus proches, mais il préférait les voir un peu plus tard, à moins qu'il ne se crût pas en état de recevoir compagnie. Il se passait peu de soirées dans la semaine sans qu'Emma ne pût lui trouver des partenaires pour une partie de cartes.

Les égards sincères que l'on avait pour lui depuis longtemps amenaient Mr Weston, Mr Knightley et Mr Elton, un jeune homme qui vivait seul malgré lui, à lui tenir compagnie ; ce dernier échangeait volontiers le privilège de passer une soirée dans sa triste solitude contre l'élégance de la société du salon de Mr Woodhouse ; ainsi les sourires de son aimable fille n'étaient pas perdus pour lui.

Après ceux-ci venait un second groupe de relations, comprenant Mrs et miss Bates, ainsi que Mrs Goddard, trois dames toujours promptes à accepter les invitations qu'elles recevaient de Hartfield. On avait pris l'habitude d'aller les chercher et de les ramener en voiture si souvent que Mr Woodhouse n'estimait plus que cela fatiguât James ou les chevaux ; si cela ne s'était produit qu'une fois par an, il s'en serait plaint comme d'une corvée inutile.

Mrs Bates, veuve d'un ancien vicaire de Highbury, était une très vieille dame qui n'était presque plus bonne qu'à prendre le thé et à jouer au quadrille. Elle vivait avec sa fille sur un pied très modeste, mais jouissait de la considération et du respect que mérite une vieille dame sans fortune. Sa fille, quoiqu'elle ne fût ni jeune, ni jolie, ni riche, ni mariée, jouissait d'une extrême popularité. Miss Bates n'avait rien qui pût lui gagner la faveur publique, aucune supériorité d'intelligence pour compenser ce qui lui faisait défaut ou forcer à un respect apparent ceux qui auraient pu la détester. Elle n'avait pas lieu de s'enorgueillir de sa beauté ni de ses talents ; elle avait passé sa jeunesse sans être remarquée, et, dans son âge mûr, elle prenait soin d'une mère qui était sur son déclin et tirait le meilleur parti possible d'un très modique revenu. Cependant, elle était heureuse et chacun en disait du bien. C'était son bon caractère, sa perpétuelle bienveillance qui opéraient ce miracle. Elle aimait tout le monde, s'intéressait au bonheur de chacun, avait des yeux d'argus pour découvrir le mérite des gens ; elle se croyait parfaitement heureuse, remerciant la providence de lui avoir donné une mère telle que la sienne, de se voir environnée d'amis, de bons voisins, et d'avoir une maison bien pourvue. La simplicité et la bonté de son naturel, son contentement et sa reconnaissance, la recommandaient à tout le monde et faisaient sa propre félicité. Elle parlait beaucoup de petits riens, ce qui convenait fort à Mr Woodhouse, amateur de nouvelles du jour et partisan zélé d'inoffensifs bavardages.

Mrs Goddard était la directrice d'une école secondaire, non d'un collège ou l'un de ces établissements où l'on promet, par de longues phrases élégantes mais dépourvues de sens, de faire acquérir des connaissances, des arts et des sciences, ainsi que les règles morales de la bonne société, grâce à de nouveaux principes et à un nouveau système d'éducation, où les jeunes demoiselles, en payant un prix exorbitant, perdent ordinairement leur santé et ne tirent que de la vanité, mais une pension à l'ancienne mode, où, pour un prix raisonnable, les jeunes filles acquéraient quelques talents et pouvaient être envoyées pour les sortir du milieu familial et leur procurer une certaine éducation, sans courir le risque de les voir devenir des prodiges. La pension de Mrs Goddard jouissait d'une grande réputation, qu'elle méritait, car Highbury passait pour un endroit très salubre. Elle avait une maison spacieuse et un grand jardin, donnait aux enfants une nourriture saine et abondante, les laissait courir dehors tant qu'elles voulaient pendant l'été, et en hiver pansait elle-même leurs engelures. Il n'était pas étonnant de la voir suivie à l'église par une quarantaine de jeunes filles sur deux rangs. Cette femme simple et maternelle, ayant beaucoup travaillé dans sa jeunesse, estimait qu'il lui était permis, certains jours de congé, d'aller en visite prendre le thé ; ayant autrefois reçu beaucoup de bienfaits de Mr Woodhouse, elle se croyait obligée de quitter son joli salon, orné de toutes sortes d'ouvrages, toutes les fois où elle le pouvait, et de venir gagner ou perdre quelques pièces de six pence au coin de son feu.

Voilà les dames qu'Emma pouvait rassembler quand elle le voulait. Elle était heureuse, pour son père, d'être en mesure de lui procurer leur compagnie, mais, à ses yeux, leur présence ne remédiait aucunement à l'absence de Mrs Weston ; elle était ravie de voir son père satisfait et contente d'avoir si bien arrangé sa partie, mais les simples propos des trois femmes lui faisaient désagréablement sentir qu'une soirée passée de la sorte était de celles qui lui paraissaient s'éterniser et qu'elle avait tant redoutées.

Un matin où elle songeait que la journée se terminerait de cette manière, on lui remit un billet de Mrs Goddard, qui la priait, dans les termes les plus respectueux, de lui permettre d'amener miss Smith : cette prière fit le plus grand plaisir à Emma, car miss Smith était une jeune fille de dix-sept ans qu'elle connaissait de vue, et à laquelle elle s'intéressait depuis longtemps à cause de sa beauté. La belle maîtresse du manoir répondit donc par une gracieuse invitation et ne craignit plus de passer une soirée désagréable.

Harriet Smith était la fille naturelle de parents inconnus. Il y avait plusieurs années qu'on l'avait envoyée à l'école de Mrs Goddard, où, depuis quelque temps, on l'avait élevée au rang de pensionnaire privée, auprès de la directrice. C'était tout ce que l'on savait de son histoire. Elle n'avait d'autres amis que ceux qu'elle s'était faits à Highbury, et revenait à peine d'un long séjour à la campagne chez des jeunes filles qui avaient été ses camarades de pension.

C'était une très jolie fille, et sa beauté était de celles qu'Emma admirait le plus. Elle était petite, potelée et blanche de peau, avec le plus beau teint du monde, avait les yeux bleus, les cheveux blonds, des traits réguliers et un regard d'une douceur angélique. Avant la fin de la soirée, Emma fut aussi enchantée de ses manières que de sa personne et résolut de cultiver des relations avec elle. Elle ne trouva rien de très brillant dans la conversation de miss Smith, qui lui parut néanmoins très gentille, guère timide, parlant volontiers, mais sans prétention, pleine d'égards, et exprimant d'une manière agréable combien elle était reconnaissante d'avoir été admise à Hartfield. Son ingénuité à admirer l'élégance de ce qu'elle y trouvait, si supérieure à tout ce qu'elle avait vu ailleurs, tout cela montrait qu'elle avait du bon sens et qu'elle méritait tout ce que l'on pourrait faire pour elle.

Ces grands yeux bleus si doux, ces beautés si naturelles, ne devaient pas être gaspillés dans la société inférieure de Highbury. Les connaissances qu'elle avait n'étaient pas dignes d'elle. Les amies qu'elle venait de quitter, quoique d'assez bonnes personnes, ne pouvaient que lui nuire. Elles appartenaient à une famille du nom de Martin, qu'Emma connaissait de réputation comme celle d'exploitants d'une grande ferme de Mr Knightley, dans la paroisse de Donwell. C'était d'honnêtes gens, et elle savait que Mr Knightley en faisait grand cas, mais ils devaient être grossiers, frustes, indignes d'être les amis intimes d'une jeune personne à laquelle il ne manquait qu'un peu de savoir et d'élégance pour être parfaite.

Emma saurait s'intéresser à elle, l'instruire, la détacher de ses anciennes connaissances et la présenter dans la bonne société, et en même temps former ses opinions et ses manières. Cette entreprise était digne de considération et certainement très louable ; elle conviendrait au rang qu'elle tenait, à ses loisirs et à l'influence dont elle jouissait.

Elle était si occupée de ces beaux yeux bleus, à écouter et à répondre, à former tous ces projets, que la soirée se passa sans qu'elle s'en aperçût. Et le souper qui terminait toujours ces parties, souper qu'elle avait soin de faire servir elle-même à temps, fut apporté auprès du feu avant qu'elle s'en fût préoccupée. Quoiqu'elle n'eût jamais été indifférente à sa réputation de se montrer attentive et de toujours bien recevoir, elle mit plus d'empressement que d'habitude à faire les honneurs de la table, et, avec la bonne grâce d'un esprit content, elle proposa ou recommanda le hachis de poulet ou les huîtres chaudes à ces dames, qui aimaient à se retirer de bonne heure.

Dans ces sortes d'occasions, la sensibilité de Mr Woodhouse était singulièrement affectée. Il aimait bien que l'on mît la table, parce que c'était la coutume dans son enfance ; mais, convaincu que les soupers étaient nuisibles à sa santé, il aurait désiré que l'on ne servît pas, et, en même temps que son hospitalité l'invitait à bien traiter les personnes qui venaient le voir, la crainte qu'il avait que le souper ne leur fît mal le chagrinait beaucoup de les voir manger.

Une petite assiettée de gruau léger, comme celui qu'il prenait, était tout ce qu'il pouvait recommander en conscience ; il se retenait cependant, tandis que les dames mangeaient de meilleures choses, et se contentait de dire :

— Mrs Bates, permettez-moi de vous proposer de courir le risque de manger un œuf. Un œuf à la coque n'est pas malsain. Personne ne s'entend mieux que Serle à faire cuire des œufs. Je ne recommanderais pas des œufs cuits par d'autres. Mais n'ayez pas peur, vous voyez qu'ils sont petits, un de nos petits œufs ne saurait vous faire de mal. Miss Bates, souffrez qu'Emma vous offre un petit morceau de tarte, un très petit morceau. Les nôtres sont faites avec des pommes. Vous ne trouverez pas ici de confitures malsaines. Je ne conseillerais pas la crème. Mrs Goddard, acceptez un verre de vin ; un petit demi-verre de vin dans un grand gobelet d'eau ? Je ne pense pas que cela puisse vous faire du mal.

Emma laissait parler son père, mais servait ces dames d'une manière plus substantielle. Cette soirée-là surtout, elle fit tout son possible pour les renvoyer très satisfaites. Miss Smith fut aussi heureuse qu'elle l'avait désiré. Miss Woodhouse était une si grande dame à Highbury que la pensée d'être admise chez elle lui avait donné autant de crainte que de plaisir. Notre humble et reconnaissante jeune demoiselle quitta Hartfield extrêmement satisfaite de l'affabilité de miss Woodhouse durant toute la soirée et de la façon dont elle lui avait serré la main en partant.

4

Il fut bientôt admis que Harriet Smith deviendrait l'une des intimes de Hartfield. Emma, vive et décidée, ne perdit pas de temps ; elle l'invita, l'encouragea et la pressa d'y venir très souvent, et plus elles se virent, plus leur satisfaction mutuelle en augmenta.

Emma avait compris très vite combien Harriet lui serait utile pour la promenade ; elle avait vivement senti la perte de Mrs Weston, à ce sujet. Son père ne dépassait jamais les bosquets du parc, où deux accidents de terrain limitaient sa grande ou sa petite promenade, suivant la saison ; et, depuis le mariage de miss Taylor, elle avait été trop sédentaire.

Elle s'était hasardée une fois seule jusqu'à Randalls. Elle y avait pris plaisir, mais avoir une Harriet Smith à sa disposition pour l'accompagner dans ses sorties, voilà qui ajouterait beaucoup à ses récréations. A tous les points de vue, plus Emma la voyait, plus elle se félicitait de la connaître et se sentait encouragée à mener à bien les aimables projets qu'elle formait à son égard.

Harriet n'était certainement pas d'une grande intelligence, mais elle était douce, docile et reconnaissante. Dépourvue de vanité, elle n'avait d'autre désir que de se laisser guider par une personne qu'elle reconnaissait lui être supérieure. Emma trouvait très aimable qu'elle se fût si tôt attachée à elle, et l'attrait qu'elle avait pour la bonne compagnie, ainsi que son appréciation de l'élégance et de l'esprit, étaient des preuves de son bon goût, quoique ses connaissances fussent très limitées. Enfin, elle était persuadée que Harriet Smith était la jeune amie qu'il lui fallait exactement, ce quelque chose qui lui manquait à Hartfield.

Remplacer une amie telle que Mrs Weston était impossible : on ne pouvait espérer en trouver deux comme elle, et Emma ne le désirait pas. Elle éprouvait là tout autre chose, un sentiment distinct et indépendant. Mrs Weston était l'objet d'une considération fondée sur l'estime et la reconnaissance. Harriet serait aimée comme une personne à qui elle voulait faire du bien. Elle ne pouvait être d'aucune utilité à Mrs Weston, mais elle était à même de faire beaucoup pour Harriet.

Le premier service qu'elle voulut lui rendre fut de découvrir ses parents. Mais Harriet elle-même ne savait rien sur eux. Elle était prête à tout dire, mais, sur ce sujet, il était inutile de lui poser des questions. Emma ne put que faire des conjectures, mais elle ne parvenait pas à croire que, si elle avait été dans la même situation, elle n'aurait pas découvert la vérité. Harriet n'avait pas de pénétration d'esprit ; elle s'en était rapportée à ce que lui avait dit Mrs Goddard, et n'avait pas cherché à en apprendre davantage. Mrs Goddard, les professeurs et les élèves, ainsi que tout ce qui regardait l'école, tenait la place principale dans ses conversations ; si elle n'avait pas fait la connaissance des Martin de la ferme du Moulin de l'abbaye, elle n'en aurait pas eu d'autres. Mais ses pensées se portaient souvent vers les Martin ; elle avait passé deux mois très heureux auprès d'eux et se plaisait à en parler souvent, à raconter combien elle avait apprécié ce séjour et à faire la description de la ferme et des merveilles que l'on y voyait. Emma l'encourageait à parler, amusée par la peinture que Harriet faisait de personnes très différentes d'elle-même ; elle appréciait la simplicité de la jeune fille, qui la conduisait à s'enthousiasmer de ce que les Martin eussent « deux salons, deux très beaux salons en vérité, dont l'un est aussi grand que la salle de réception de Mrs Goddard », et que Mrs Martin eût « depuis vingt-cinq ans une femme de charge dans la maison, huit vaches, dont deux Alderney et une du pays de Galles, une très jolie petite vache galloise en vérité », et que Mrs Martin eût dit qu'on l'appellerait la « vache de Harriet », puisqu'elle lui plaisait tant. De plus, disait-elle, « ils ont un belvédère dans le jardin, où ils prendront le thé un jour de l'année prochaine, un très joli belvédère qui peut abriter une dizaine de personnes ».

Pendant quelque temps, Emma s'amusa de ce discours, sans penser à autre chose qu'à l'évidence immédiate ; mais, quand elle en sut davantage sur la famille, il lui vint d'autres idées : elle s'était trompée en imaginant que Mrs Martin, sa fille, son fils et sa belle-fille vivaient tous ensemble, car Mr Martin, qui jouait un rôle dans les récits de Harriet, et dont elle parlait avec éloge, était célibataire ; il n'y avait pas de jeune Mrs Martin. Emma soupçonna alors que sa jeune amie paierait chèrement l'hospitalité et les faveurs que cette famille lui avait prodiguées. Elle craignait que si l'on n'y portait pas remède, Harriet ne fût perdue à jamais.

Ainsi alertée, elle redoubla et précisa ses questions, surtout à l'égard de Mr Martin, et Harriet ne se fit pas prier. Elle dit naïvement la part qu'il avait prise à leurs promenades au clair de lune, ainsi qu'à leurs jeux du soir, et s'étendit beaucoup sur sa gaieté et son obligeance. Il avait fait, un jour, un détour de trois milles pour lui chercher des noisettes, parce qu'elle avait dit qu'elle les aimait beaucoup. Il était vraiment en tout d'une obligeance extrême. Il avait fait entrer un soir le fils de son berger au salon afin qu'il chantât pour elle. Elle aimait beaucoup les chansons. Il chantait un peu lui-même. Elle le croyait très intelligent et connaisseur en toutes choses. Il avait un très beau troupeau et, lorsqu'elle était chez lui, on lui avait offert pour ses laines plus que l'on en offrait aux autres fermiers du pays. Elle était persuadée que tout le monde disait du bien de lui. Sa mère et ses sœurs l'aimaient beaucoup. Mrs Martin lui avait dit un jour – elle ne put s'empêcher de rougir en le répétant – qu'il n'existait pas de meilleur fils que lui et qu'elle était certaine qu'il ferait un bon mari, mais que cependant elle ne désirait pas encore qu'il se mariât, et qu'elle n'était pas pressée. « Fort bien, Mrs Martin ! se dit Emma. Vous savez mener vos affaires. »

Quand Harriet avait quitté leur maison, Mrs Martin avait envoyé une belle oie à Mrs Goddard, une oie superbe, la plus belle que cette dernière eût jamais vue. Le dimanche suivant,

Mrs Goddard l'avait préparée et avait invité les trois professeurs – miss Nash, miss Prinse et miss Richardson – à souper avec elle.

— Je suppose que Mr Martin n'a pas d'instruction, qu'il ne connaît que ses affaires. Il ne lit sans doute pas ?

— Oh ! si, c'est-à-dire non, je n'en sais rien, mais je crois qu'il a beaucoup lu – enfin, des choses qui vous paraîtraient sans intérêt. Il lit des rapports sur l'agriculture et quelques autres livres qui sont déposés sur l'une des banquettes des fenêtres. Mais il les lit tous pour lui-même. Il lui est cependant arrivé, un soir, avant notre partie de cartes, de nous lire tout haut un passage des *Extraits élégants*. C'était fort amusant. Et je sais qu'il a lu *le Vicaire de Wakefield*. Il ne connaît pas *le Roman de la forêt*, ni *les Enfants de l'abbaye*. Il n'en avait même jamais entendu parler avant mon arrivée, mais il est décidé à se les procurer aussitôt qu'il le pourra.

Emma voulut ensuite savoir :

— Quel genre d'homme est Mr Martin ?

— Oh ! il n'est pas beau, pas beau du tout. D'abord je l'ai trouvé quelconque, mais maintenant je le trouve mieux. Vous savez que cela arrive toujours, avec le temps. Mais ne l'avez-vous jamais vu ? Il vient souvent à Highbury ; il y passe chaque semaine pour aller à Kingston. Il vous a croisée bien des fois.

— C'est possible, et je l'ai peut-être vu cinquante fois sans savoir qu'il s'agissait de lui. Un jeune fermier, à pied ou à cheval, est le dernier des hommes qui puisse exciter ma curiosité. Les riches paysans sont justement les gens avec qui je sens que je n'ai rien de commun. Des hommes qui sont un degré ou deux au-dessous d'eux, avec une bonne apparence, pourraient m'intéresser. J'aurais lieu d'espérer être utile à leur famille, d'une manière ou d'une autre, mais un riche paysan n'a nul besoin de moi ; il est, dans un sens, d'une condition supérieure à celle qui mérite mon attention, et inférieure dans un autre.

— Oh ! oui, certainement. Il est peu probable que vous l'ayez jamais remarqué, mais lui vous connaît bien... je veux dire, de vue.

— Je ne doute pas qu'il soit un jeune homme très respectable. Je sais même qu'il l'est, et, comme tel, je lui souhaite toutes sortes de bonheurs. Quel âge croyez-vous qu'il ait ?

— Il a eu vingt-quatre ans le 8 juin, et mon anniversaire tombe le 23. Cela fait tout juste quinze jours de différence, ce qui est très extraordinaire !

— Il n'a que vingt-quatre ans ! Il est trop jeune pour se marier. Sa mère a grandement raison de dire qu'elle n'est pas pressée. Il semble qu'ils vivent fort bien tous ensemble, et, si elle cherchait à le marier, elle s'en repentirait certainement. Dans six ans, s'il trouve une jeune femme agréable, de son rang, et qui ait un peu d'argent, alors il pourra se marier.

— Dans six ans ! Mais ma chère miss Woodhouse, il aurait trente ans !

— Eh bien ! ce n'est qu'à cet âge-là que la plupart des hommes sont en état de se marier, ceux surtout qui ne sont pas nés avec une fortune indépendante. J'imagine que Mr Martin a encore la sienne à faire. Il ne peut pas avoir mis grand-chose de côté. Quelque argent qu'il ait reçu à la mort de son père, quelque part qu'il ait dans la propriété familiale, tout est immobilisé, j'en suis sûre, en bétail, provisions, etc. Et même s'il peut un jour devenir riche, avec beaucoup d'application et de bonheur, il est presque impossible qu'il ait encore réalisé le moindre bénéfice.

— Cela est très vrai, mais ils vivent fort bien. Ils n'ont pas de valet dans la maison, autrement ils ne manquent de rien, et Mrs Martin dit que, l'année prochaine, elle prendra un jeune garçon.

— Je ne souhaite pas que vous vous mettiez dans un grand embarras, Harriet, lorsqu'il se mariera – je veux dire, en acceptant de voir sa femme –, car bien que vous puissiez continuer à fréquenter ses sœurs, à cause de l'éducation poussée qu'elles ont reçue, il ne s'ensuit pas qu'il épouse une femme digne de votre société. Le malheur de votre naissance doit vous faire prendre un soin particulier dans le choix de vos connaissances. Il n'est pas douteux que vous soyez la fille d'un homme comme il faut, et vous devez faire tous vos efforts pour vous rendre digne du rang qu'il occupe dans le monde, où vous rencontrerez beaucoup de gens qui se feraient un plaisir de vous humilier.

— Oh ! certainement, j'imagine que certains le feraient. Mais tant que je serai admise à Hartfield – et vous avez tant de bontés pour moi, miss Woodhouse –, je ne craindrai pas ce que l'on pourra dire de moi.

— Vous comprenez tout le pouvoir de l'influence, Harriet, mais je voudrais que vous fussiez si bien établie dans la bonne société que vous pussiez être indépendante de Hartfield et de miss Woodhouse. J'aimerais que, vous soyez en permanence en bonne compagnie et, pour y parvenir, il serait nécessaire que vous ne gardiez qu'un très petit nombre de vos anciennes relations ; et je dis que, si vous étiez encore dans ce pays lorsque Mr Martin se mariera, je souhaiterais que vous ne fussiez pas entraînée, par l'intimité qui existe entre vous et ses sœurs, à vous lier avec sa femme, qui ne saurait être que la fille d'un fermier, sans aucune éducation.

— Certainement, oui. Je ne crois pas cependant que Mr Martin épouse une personne qui n'ait pas reçu d'éducation et qui ne soit pas bien élevée, mais je ne prétends pas que mon opinion soit préférable à la vôtre, et je ne désire aucunement faire la connaissance de sa femme. Je ferai toujours un très grand cas des demoiselles Martin, particulièrement d'Elizabeth, et je serais très fâchée de ne plus les voir, car elles sont tout aussi bien élevées que moi. Mais, s'il épousait une femme ignorante et grossière, je ne la verrais pas, si je pouvais m'en dispenser.

Emma l'épiait attentivement pendant ce discours et ne vit point de symptômes d'amour qui pussent l'alarmer. Ce jeune homme avait été son premier admirateur, mais elle croyait qu'il n'exerçait pas d'autre emprise sur elle et que Harriet ne s'opposerait pas aux arrangements qu'elle voulait prendre en sa faveur.

Elles rencontrèrent Mr Martin, le lendemain, alors qu'elles se promenaient sur la route de Donwell.

Il était à pied, et, après avoir très respectueusement salué Emma, il regarda sa compagne avec une satisfaction qu'il ne se donna pas la peine de déguiser. Emma ne fut pas fâchée d'avoir cette occasion de les observer. Au bout de quelques pas, tandis qu'ils causaient ensemble, ses yeux perçants eurent bientôt examiné Mr Robert Martin. Il était proprement mis et avait l'air intelligent, mais c'était là ses seuls avantages, et, en le comparant à des gentlemen, elle pensa qu'il perdrait tout le terrain qu'il avait pu conquérir dans le cœur de Harriet.

La jeune fille n'était pas insensible aux belles manières. Elle avait remarqué avec attention celles de Mr Woodhouse et en avait été surprise et charmée. Mr Martin paraissait ne pas savoir ce qu'étaient les bonnes manières.

Ils ne restèrent pas longtemps ensemble, parce qu'ils ne pouvaient pas faire attendre miss Woodhouse, et Harriet courut après elle en souriant et dans un état d'agitation qu'Emma espéra faire promptement cesser.

— Que penser de cette rencontre ! Qu'elle est surprenante ! C'est un pur hasard, m'a-t-il dit, qu'il n'ait pas fait le tour par Randalls. Il ne croyait pas que nous nous promenions jamais sur cette route-ci. Il pensait que c'était toujours sur celle de Randalls. Il n'a pas encore lu *le Roman de la forêt*. Il a eu tant à faire la dernière fois qu'il est allé à Kingston qu'il n'a pas pu se le procurer, mais il y retourne demain. Il est extraordinaire que nous l'ayons rencontré ! Eh bien ! miss Woodhouse, le trouvez-vous tel que vous le supposiez ? Qu'en pensez-vous ? Le trouvez-vous si laid ?

— Il est laid, sans doute, très laid, mais ce n'est rien en comparaison de son manque d'usage. Je n'en attendais pas grand-chose, il est vrai, et je n'ai pas été trompée. Cependant, j'avoue que je ne lui croyais pas un air si grossier, une si mauvaise tournure, et je l'imaginais un peu plus distingué.

— Assurément, dit Harriet, un peu mortifiée, il n'est pas aussi distingué que le sont les véritables gentlemen.

— Je pense que, depuis que vous avez fait notre connaissance, vous avez vu très souvent de véritables hommes du monde, et vous vous serez sans doute aperçue de la différence qui existe entre eux et Mr Martin. A Hartfield, vous avez vu plusieurs exemples d'hommes bien élevés. Je serais surprise que après les avoir vus, vous pussiez vous trouver dans la compagnie de Mr Martin sans vous apercevoir qu'il leur est très inférieur. Vous devriez même vous étonner d'avoir jamais rien trouvé d'agréable en lui. Ne commencez-vous pas à vous en apercevoir, à présent ? N'en êtes-vous pas frappée ? Je suis très convaincue que vous avez dû être choquée de son air gauche, de ses manières brusques, de sa voix rauque, dont les accents grossiers m'ont heurtée, quoique je fusse éloignée de lui lorsqu'il vous parlait.

— Il est vrai qu'il ne ressemble pas à Mr Knightley ; il n'a ni sa prestance ni sa manière de marcher. Je n'ai pas de peine à m'apercevoir de la différence qui existe entre eux. Mais Mr Knightley est un homme si accompli !

— Mr Knightley a si bonne tournure que l'on ne peut établir aucune comparaison entre lui et Mr Martin. Peu d'hommes, peut-être pas un sur cent, ne méritent autant que Mr Knightley le nom de gentleman. Mais il n'est pas le seul homme distingué que nous ayons vu dernièrement à Hartfield. Que pensez-vous de Mr Weston et de Mr Elton ? Rapprochez Mr Martin de l'un ou l'autre d'entre eux ; comparez leur manière de se présenter, de marcher, de parler, de garder le silence, et vous devez sentir ce qui les sépare.

— Oh ! oui, mais Mr Weston est presque un vieillard, il doit avoir plus de quarante ans !

— C'est ce qui donne plus de prix à ses belles manières. Plus une personne est avancée en âge, Harriet, plus il importe que ses manières ne soient pas mauvaises, car alors la grossièreté, le ton bruyant, l'élévation de la voix sont plus apparents et plus désagréables. Ce qui est supportable dans la jeunesse est détestable à un âge avancé. Mr Martin, pour le moment, n'est que gauche et brusque, mais qu'en sera-t-il quand il aura l'âge de Mr Weston ?

— En vérité, on ne saurait le deviner, dit Harriet d'un air assez grave.

— Il me semble que cela n'est pourtant pas très difficile à imaginer. Il deviendra un véritable fermier, lourd et grossier, inattentif aux apparences, et ne pensant qu'aux profits et aux pertes qu'il peut faire.

— En vérité, cela serait très mal !

— On voit clairement jusqu'à quel point il est uniquement

occupé de ses affaires, puisqu'il a oublié de demander le livre que vous lui aviez recommandé d'acquérir. Il était trop attentif au marché pour penser à autre chose. C'est justement la conduite que l'on peut attendre d'un homme qui veut s'enrichir. Qu'a-t-il besoin de livres ? Je ne doute nullement qu'il ne fasse bien ses affaires et qu'il ne devienne riche, avec le temps. Au reste, qu'il soit illettré et grossier, qu'est-ce que cela nous fait ?

— Je m'étonne qu'il ait oublié ce livre, répondit seulement Harriet d'un air de grave mécontentement.

Emma estima pouvoir la laisser livrée à elle-même et cessa de parler durant quelque temps. Peu après, elle recommença ainsi :

— A certains égards, peut-être, les manières de Mr Elton sont supérieures à celles de Mr Knightley ou de Mr Weston, car il a plus de douceur dans le caractère. On pourrait les donner pour exemple. Chez Mr Weston, on trouve une franchise, une vivacité, une brusquerie même, que tout le monde aime en lui parce que tout cela s'accompagne d'une grande gaieté. Mais on ne saurait l'imiter. On passe aussi à Mr Knightley ses manières décidées et son ton impératif, car sa figure, son regard, le rang qu'il occupe, semblent le lui permettre ; mais si un jeune homme s'avisait de le copier, il se rendrait insupportable. Je crois, au contraire, qu'il pourrait fort bien prendre Mr Elton pour modèle. Mr Elton est toujours de bonne humeur, gai, obligeant et bien né. Il me semble que depuis quelque temps son amabilité naturelle s'est encore accrue. Je croirais qu'il a l'intention de gagner les bonnes grâces de l'une de nous deux, Harriet, en montrant davantage de bienveillance. Il me semble que ses manières sont encore plus affables qu'à l'ordinaire. Si telle est son intention, c'est sans doute à vous qu'il veut plaire. Ne vous ai-je pas fait part de ce qu'il disait de vous, l'autre jour ?

Elle répéta alors les vifs éloges qu'elle avait tirés de Mr Elton au sujet de Harriet et les mit en valeur. Harriet rougit et dit, avec un sourire, qu'elle avait toujours tenu Mr Elton pour un jeune homme infiniment agréable.

Mr Elton était donc celui qu'Emma avait choisi pour chasser

le jeune fermier de la tête de Harriet. Elle pensait que ce serait un excellent mariage pour tous les deux, mais une telle union lui paraissait si claire, si naturelle et si vraisemblable qu'elle n'aurait pas grand mérite à en avoir formé le plan. Elle craignait que tout le monde n'y eût pensé comme elle et ne l'eût déjà prédit. Cependant, il n'était guère possible que quelqu'un y eût songé avant elle, car ce projet lui était entré dans la tête la première fois que Harriet était venue à Hartfield. Plus elle y réfléchissait, et plus elle était persuadée que ce mariage devait avoir lieu. La situation de Mr Elton était des plus convenables : bien né, bien élevé, sans relations vulgaires, et en même temps n'appartenant pas à une famille qui pourrait trouver à redire à la naissance irrégulière de Harriet.

Il pouvait mettre à sa disposition une bonne maison, et Emma pensait qu'il jouissait d'un honnête revenu car, quoique la cure de Highbury ne fût pas considérable, on savait qu'il avait des propriétés. Elle le considérait comme un jeune homme d'un caractère facile, respectable, bien intentionné, qui ne manquait pas de jugement et qui connaissait un peu le monde.

Elle savait déjà qu'il trouvait Harriet très jolie, ce qui suffirait pour qu'il s'y attachât, étant donné leurs fréquentes rencontres à Hartfield ; quant à Harriet, l'idée seule d'être préférée par lui aurait tout le poids et l'efficacité souhaitables. C'était véritablement un jeune homme très séduisant et que toute femme qui ne serait pas délicate à l'excès pourrait aimer. La plupart le trouvaient beau, et l'on admirait son physique – excepté Emma, parce que ses traits n'avaient pas l'élégance qu'elle exigeait. Mais une fille qui savait gré à Robert Martin de galoper pour lui chercher des noisettes pouvait être aisément conquise par l'admiration que Mr Elton aurait pour elle.

5

— J'ignore quelle est votre opinion, Mrs Weston, dit Mr Knightley, sur cette grande intimité qui lie Emma et Harriet Smith, mais je la crois pernicieuse.

— Pernicieuse ! La croyez-vous véritablement pernicieuse ? Pourquoi cela ?

— Je pense qu'aucune des deux ne s'en trouvera bien.

— Vous me surprenez ! Emma fera nécessairement du bien à Harriet et, en fournissant à Emma un nouvel objet qui l'intéresse, Harriet lui en fera sans doute aussi. J'ai vu leur intimité se créer avec un grand plaisir. Que nous pensons différemment ! Croire qu'elles ne se feront pas de bien ! Ce sera, sans doute, le commencement des querelles que vous vous disposez à me faire au sujet d'Emma, Mr Knightley ?

— Vous croyez peut-être que je suis venu exprès pour me quereller avec vous, sachant que Weston n'est pas à la maison et que vous devriez lutter seule !

— Mr Weston prendrait certainement mon parti s'il était ici, car il pense exactement comme moi sur ce sujet. Hier, nous en parlions, et nous convenions qu'il était extrêmement heureux pour Emma que Highbury possédât une fille telle que Harriet, dont elle pût faire sa compagne. En pareil cas, Mr Knightley, je ne vous considère pas comme un juge compétent. Vous êtes si accoutumé à vivre seul que vous ne sentez pas le prix d'une compagne. Aucun homme, peut-être, ne peut bien comprendre le plaisir qu'éprouve une femme dans la société d'une autre, surtout si elle y a été accoutumée toute sa vie. J'imagine facilement l'objection que vous pouvez

47

faire à Harriet Smith. Ce n'est pas là, à la vérité, la femme supérieure qui conviendrait à Emma pour amie. D'un autre côté, comme Emma veut qu'elle soit plus instruite, ce sera une raison pour elle-même de lire davantage. Elles liront ensemble. Je sais que telle est son intention.

— Emma a l'intention de lire davantage depuis l'âge de douze ans. J'ai vu un grand nombre de listes des livres qu'elle se proposait de lire, qu'elle a dressées au fil des ans, et ces listes étaient excellentes, bien choisies et bien rangées, quelquefois par ordre alphabétique et quelquefois autrement. Je me souviens avoir tant approuvé celle qu'elle fit lorsqu'elle n'avait encore que quatorze ans, et estimé que cette liste faisait tant honneur à son jugement que je l'ai gardée quelque temps, et je suis persuadé qu'elle en prépare une excellente à présent. Je ne m'attends plus à ce qu'Emma s'adonne sérieusement à la lecture. Elle ne se soumettra jamais à ce qui demande du travail et de la patience, et l'imagination l'emportera toujours chez elle sur la raison. Ce que miss Taylor n'a pas pu obtenir, on peut être certain que Harriet Smith ne l'obtiendra point. Vous n'avez jamais pu l'engager à lire la moitié de ce que vous auriez désiré, vous le savez.

— Je suppose, répliqua Mrs Weston en souriant, que je pensais ainsi alors, mais, depuis notre séparation, je ne me souviens pas qu'Emma n'ait pas exaucé le moindre de mes vœux.

— On ne doit pas avoir envie de se souvenir de pareilles choses, dit Mr Knightley d'une voix émue, et il se tut pendant quelques instants.

Mais aussitôt après, il ajouta :

— Moi qui n'ai pas subi un charme aussi puissant, je puis encore voir, entendre et me souvenir. Emma a été gâtée, parce qu'elle était la plus intelligente de la famille : à dix ans, elle avait le malheur de répondre à des questions qui embarrassaient sa sœur à dix-sept. Elle a toujours été vive et décidée, et Isabella lente et réservée. Depuis l'âge de douze ans, Emma a été la maîtresse de la maison et de vous tous. En perdant sa mère, elle a perdu la seule personne qui pût la gouverner. Comme elle a hérité les talents de cette dernière, il aurait fallu qu'elle lui fût soumise.

— J'aurais été fâchée, Mr Knightley, d'avoir besoin de votre recommandation si, en quittant la famille de Mr Wood-house, j'avais été contrainte de chercher une autre place : je ne crois pas que vous eussiez dit un mot à qui que ce soit en ma faveur. Je suis persuadée que vous ne m'avez jamais crue capable de remplir l'emploi que j'avais.

— Oui, dit-il en souriant, vous êtes mieux à votre place ici ; le rôle d'épouse vous convient bien, mais pas du tout celui de gouvernante. Vous vous êtes préparée à devenir une excellente femme, au temps où vous étiez à Hartfield. Il est possible que vous n'ayez pas donné à Emma une éducation aussi accomplie que vos connaissances le permettaient, mais vous avez vous-même reçu d'elle une excellente éducation sur le point le plus important de la vie conjugale, c'est-à-dire soumettre votre volonté à celle d'un autre et faire tout ce que l'on désire de vous. Si Weston m'avait chargé de lui chercher une femme, je lui aurais certainement proposé miss Taylor.

— Je vous remercie. Il n'y a pas grand mérite à être une bonne épouse quand on a un mari tel que Mr Weston.

— Ma foi, pour dire la vérité, je crois que vous vous êtes mariée avec quelqu'un qui n'est pas digne de cette attente et que, malgré toutes les dispositions que vous aviez à vous soumettre, vous n'en trouverez point l'occasion. Il ne faut cependant pas désespérer. Weston peut s'irriter d'un excès de bonheur, à moins que son fils ne lui donne du désagrément.

— J'espère que non, cela n'est pas probable. Non, ne nous annoncez pas de déboires de ce côté-là.

— En vérité, je me contentais d'énoncer des possibilités. Je n'ai aucune prétention aux aptitudes d'Emma pour les prédictions ou les pressentiments. Je souhaite de tout mon cœur que ce jeune homme ait les mérites de Weston et les richesses des Churchill. Mais, pour ce qui est de Harriet Smith, je n'en ai pas fini avec elle. Je crois qu'elle est la plus mauvaise compagne qu'Emma puisse avoir. Elle ne sait rien et croit qu'Emma sait tout. Toutes ses manières tendent à la flatter, et, ce qu'il y a de plus mauvais, c'est qu'elle le fait sans dessein :

son ignorance est une flatterie continuelle. Comment Emma pourrait-elle imaginer qu'elle ait quelque chose à apprendre, aussi longtemps que Harriet lui offre une si aimable infériorité ? Quant à Harriet, j'ose assurer qu'elle ne gagnera rien à entretenir de tels rapports amicaux. Hartfield la dégoûtera de tous les endroits qu'elle fréquentait auparavant. Elle acquerra assez d'élégance pour se trouver déplacée parmi ceux auprès desquels elle devrait vivre, étant donné sa naissance et sa fortune. Je serais bien surpris si les leçons d'Emma lui donnaient de la force de caractère, ou même l'aidaient à s'adapter aux difficultés que lui réserve sa situation dans l'existence ; elles ne lui donneront qu'un vernis.

— Ou je compte plus sur le bon sens d'Emma que vous ne le faites, ou je désire plus que vous qu'elle soit heureuse, car je ne saurais regretter cette amitié. Qu'elle était belle hier au soir !

— Oh ! vous aimez mieux parler de sa personne que de son état d'esprit, n'est-ce pas ? Fort bien, je ne nie pas qu'Emma soit jolie.

— Jolie ! Dites plutôt belle ! Pouvez-vous imaginer quelqu'un qui approche plus de la beauté parfaite par le visage et par le corps ?

— J'ignore ce que je pourrais imaginer, mais j'avoue que j'ai rarement vu de visage ou de corps qui me plaise davantage. Mais j'ai de la partialité pour elle, car je suis un vieil ami.

— Et ses yeux ! Des yeux si brillants ! Des traits réguliers, l'air ouvert, et un teint, oh ! un teint plein de fraîcheur et de santé ! Et sa haute stature, sa taille si bien prise, son corps ferme et droit, sa carnation éclatante, sa mine, son port de tête et ses regards, tout indique qu'elle est bien portante. On dit quelquefois d'un enfant qu'il respire la santé, Emma me donne l'impression d'être une adulte tout à fait épanouie. Elle est la beauté même, n'est-ce pas, Mr Knightley ?

— Je ne trouve rien à redire à toute sa personne, répondit-il, et je suis persuadé qu'elle est telle que vous la décrivez. J'aime beaucoup la regarder et j'ajouterai à cet éloge qu'elle n'en tire pas vanité. Considérant combien elle est belle, elle paraît peu préoccupée de ses charmes, mais sa vanité a d'autres objets. Mrs Weston, vous ne parviendrez pas à me faire oublier que son intimité avec Harriet Smith me déplaît, ni que je redoute qu'elle ne soit préjudiciable à toutes les deux.

— Et moi, Mr Knightley, je suis bien certaine que ni l'une ni l'autre n'auront à s'en repentir. En dépit de tous les petits défauts de ma chère Emma, c'est une jeune fille d'une grande générosité. Où trouverez-vous une meilleure fille, une sœur plus affectionnée, une meilleure amie ? Non, non, elle a des qualités sur lesquelles on peut compter ; elle ne donnera jamais de mauvais conseils, ni ne persistera dans l'erreur. Si Emma se trompe une fois, elle a en revanche cent fois raison.

— Fort bien ! Je ne veux pas vous tourmenter plus long-temps. Emma est un ange et je garderai pour moi la mélan-colie que cela m'inspire jusqu'à ce que Noël nous ramène John et Isabella. John a pour Emma une affection raisonnable, par conséquent il ne se laisse pas aveugler, et Isabella pense toujours comme lui, excepté lorsqu'il ne s'inquiète pas assez à propos des enfants ; je suis certain qu'ils seront de mon opinion.

— Je sais que vous l'aimez de manière trop sincère pour vous montrer injuste, ou même désobligeant envers elle ; et pardonnez-moi, Mr Knightley, si je prends la liberté – je me considère encore à présent en droit de parler comme aurait pu le faire la mère d'Emma – de vous dire que je ne crois pas qu'une discussion entre elle et vous, sur son intimité avec Harriet Smith, puisse produire aucun bien. Je vous prie de m'en excuser, mais, à supposer que cette amitié comporte quelque inconvénient, il ne faut pas s'attendre à ce qu'Emma, qui n'a de compte à rendre qu'à son père – et celui-ci l'approuve entièrement –, y mette un terme tant qu'elle lui conviendra. Il y a si longtemps que je donne des conseils, que vous ne serez pas surpris, Mr Knightley, si j'use d'un reste de la prérogative de mon ancien emploi.

— Pas du tout, s'écria-t-il, je vous en remercie. Votre conseil est excellent et il aura un meilleur sort que ceux que vous avez souvent donnés, car il sera suivi.

— Mrs John Knightley s'alarme aisément et pourrait se tourmenter au sujet de sa sœur.

— Soyez sans crainte, dit-il, je ne soulèverai pas un tollé général. Je garderai pour moi-même la contrariété que j'en éprouve. Je ressens un vif intérêt pour Emma ; elle est ma sœur autant qu'Isabella, et peut-être plus. Emma éveille une inquiétude mêlée de curiosité. Dieu sait ce qu'elle deviendra !

— Je désirerais de tout mon cœur le savoir, dit doucement Mrs Weston.

— Elle soutient qu'elle ne se mariera jamais, ce qui naturellement ne signifie rien. Mais je ne crois pas qu'elle ait encore vu un homme auquel elle se soit attachée. Il ne serait pas mauvais qu'elle tombât amoureuse d'un homme qui lui convînt. Oui, je voudrais voir Emma amoureuse et se demandant si être aimé répond à sa passion, cela lui ferait du bien ; mais il n'y a personne dans les environs qui puisse lui plaire, et puis elle sort si rarement de Hartfield.

— Je ne vois en effet personne qui puisse la faire changer de résolution sur le mariage, pour le moment, dit Mrs Weston. Et, puisqu'elle est si heureuse à Hartfield, je ne souhaite pas qu'elle s'attache à quelqu'un qui causerait des difficultés à ce pauvre Mr Woodhouse. Je n'engagerai pas Emma à se marier pour l'instant, quoique je fasse grand cas de l'union conjugale, je vous assure.

Mrs Weston, ici, fit tout son possible pour cacher à Mr Knightley un plan favori qu'elle avait concerté avec son mari à ce sujet. On formait à Randalls des vœux sur la destinée d'Emma, mais on y désirait aussi que nul n'en soupçonnât rien. Elle fut donc heureuse, peu après, que Mr Knightley n'eût plus rien à dire ou à soupçonner sur Hartfield, quand elle l'entendit demander :

— Que pense Weston de ce temps-ci ? Aurons-nous de la pluie ?

6

Emma ne doutait pas qu'elle eût donné une nouvelle direction aux pensées de Harriet ni qu'elle eût excité sa vanité naissante, comme elle le désirait, car elle la trouva beaucoup plus convaincue qu'auparavant ; Mr Elton lui parut un beau jeune homme aux manières pleines d'agrément. Et, comme elle n'hésitait pas à faire d'aimables allusions à l'admiration qu'il lui portait, ainsi qu'elle l'en avait assurée, elle fut bientôt convaincue de pouvoir faire naître chez Harriet un penchant aussi vif que l'occasion le permettait. Quant à Mr Elton, elle était certaine que, s'il n'était pas déjà amoureux de Harriet, il ne tarderait pas à le devenir ; elle n'avait aucune hésitation à son sujet. Quand il parlait de Harriet, il la louait avec tant de chaleur que, s'il manquait quelque chose à sa passion, un peu de temps suffirait à l'accroître. L'une des preuves les plus agréables de son attachement tenait à ce qu'il s'était aperçu des progrès surprenants accomplis par Harriet depuis son entrée à Hartfield.

— Vous avez donné à miss Smith tout ce qui lui manquait, disait-il, vous lui avez communiqué la grâce et l'aisance qu'elle n'avait pas. Elle était belle à son arrivée à Hartfield, mais, à mon avis, vous lui avez donné un charme qui surpasse ce que la nature a fait pour elle.

— Je suis flattée que vous pensiez que je lui ai été utile, mais Harriet ne demandait qu'à être encouragée et à bénéficier de quelques conseils. Elle possédait déjà la grâce naturelle que donnent la douceur de caractère et la simplicité. J'ai eu peu à faire.

— S'il était permis de contredire une dame..., dit le galant Mr Elton.

— Je lui ai peut-être appris à montrer plus de caractère, à prendre des décisions, à réfléchir sur des sujets qui ne s'étaient pas présentés à elle.

— C'est précisément cela ; c'est ce qui excite mon admiration. Avoir, pour ainsi dire, tant ajouté à son esprit de décision ! Il y fallait une main habile.

— J'y ai pris un grand plaisir, je vous l'assure, et je n'ai jamais trouvé de plus aimables dispositions.

— Je n'en doute nullement, dit-il avec une sorte de soupir passionné, digne d'un amoureux.

Emma fut plus satisfaite encore, un autre jour, de l'entendre approuver un vœu qu'elle venait de former, qui était d'avoir un portrait de Harriet.

— Vous êtes-vous jamais fait peindre, Harriet ? dit-elle. Avez-vous jamais posé pour votre portrait ?

Harriet, qui était sur le point de sortir du salon, ne s'arrêta que pour avouer avec une charmante naïveté :

— Oh ! mon Dieu ! non, jamais.

A peine fut-elle sortie qu'Emma s'écria :

— Comme j'aimerais avoir un beau portrait d'elle ! J'en donnerais tout l'argent que l'on m'en demanderait ! J'ai presque envie d'essayer de le faire moi-même. Vous ne savez sans doute pas que j'avais, il y a deux ou trois ans, une grande passion pour le portrait, et je m'y suis essayée avec plusieurs de mes amis : on me trouvait, en général, le coup d'œil juste pour la ressemblance, mais, pour une raison ou pour une autre, je m'en suis lassée et l'ai entièrement abandonné. J'ai envie cependant de tenter l'aventure, si Harriet veut bien poser pour moi. Quel plaisir ce serait d'avoir son portrait !

— Laissez-moi vous en prier, miss Woodhouse, s'écria Mr Elton, ce serait, en vérité, un plaisir. Oui, laissez-moi vous prier d'exercer ce charmant talent à propos de votre amie. J'ai vu vos dessins. Comment pourriez-vous supposer que je fusse si ignorant ? Cette pièce n'est-elle pas ornée de vos paysages et de vos fleurs ? Mrs Weston n'a-t-elle pas à Randalls. d... ... silhouettes inimitables, sorties de

... lit Emma ; mais qu'est-ce que tout
... ressemblance dans le portrait ?
... ssin. Ne prétendez donc pas être
... ..iens. Contentez-vous d'être enchanté par
... ue Harriet. »

— Eh bien ! puisque vous avez la bonté de m'encourager, Mr Elton, je crois que je vais essayer. Les traits de Harriet sont délicats et il est difficile d'en rendre la ressemblance. Cependant, la forme de ses yeux et les contours de sa bouche sont si caractéristiques qu'il devrait être possible de les saisir.

— C'est exactement cela. La forme de ses yeux et les contours de sa bouche. Je ne doute pas que vous réussissiez. Je vous en prie, essayez. De la manière dont vous le ferez, vous aimerez sans doute beaucoup avoir ce bon portrait d'elle, pour me servir de votre expression.

— Mais je crains, Mr Elton, que Harriet ne veuille pas poser ; elle fait si peu de cas de sa beauté. N'avez-vous pas remarqué sa manière de me répondre ? Comme elle signifiait, au fond, « pourquoi ferait-on mon portrait » ?

— Ah ! oui, je l'ai remarqué, je vous l'assure. Cela n'a pas été perdu pour moi. Mais je n'arrive cependant pas à croire qu'elle ne se laissera pas persuader.

Harriet revint bientôt et on lui en fit presque aussitôt la proposition. Ses scrupules ne résistèrent que quelques minutes aux sollicitations pressantes des deux compagnons. Emma tint à se mettre au travail sans plus tarder et sortit le carton dans lequel elle rangeait ses diverses ébauches de portraits, dont aucune n'avait jamais été terminée, afin qu'ils décidassent ensemble du meilleur format qui conviendrait pour Harriet. Elle étala ses nombreuses esquisses. La miniature, le buste, le portrait en pied, au crayon, au pastel ou à l'aquarelle, elle avait tout essayé à tour de rôle. Elle avait toujours tout voulu tenter, mais elle était tout de même parvenue à réaliser davantage de progrès en dessin et en musique que beaucoup d'autres ne l'auraient fait, étant donné le peu de travail régulier auquel elle s'était astreinte.

Elle jouait du piano, chantait, connaissait presque tous les arts graphiques, mais il lui manquait toujours la persévérance, aussi n'approchait-elle nulle part le degré d'excellence auquel elle aurait été heureuse de prétendre et auquel elle n'aurait dû manquer de parvenir. Elle ne se faisait guère d'illusions sur ses talents d'artiste ou de musicienne, mais il ne lui déplaisait pas d'en imposer aux autres et elle ne regrettait pas non plus de savoir que sa réputation d'être accomplie dans ses domaines fût souvent supérieure à ce qu'elle méritait d'être.

On pouvait trouver du mérite à chacun de ses dessins, et ceux qui étaient le moins finis en avaient peut-être plus que les autres. Son style était hardi, mais, ses essais eussent-ils été beaucoup moins réussis ou eussent-ils eu dix fois plus de qualités, le plaisir et l'admiration de ses deux amis eussent été les mêmes : ils étaient en extase. Un portrait ressemblant plaît à tout le monde, et le travail de miss Woodhouse ne pouvait être qu'excellent.

— Vous ne trouverez pas ici, dit Emma, une grande variété de figures. Je ne pouvais faire d'études que d'après ma famille. Voici un portrait de mon père, et un autre de lui, mais l'idée de poser pour son portrait le rendait si nerveux que je n'ai pu le saisir qu'à la dérobée. Aucun n'est donc ressemblant. Mrs Weston, encore Mrs Weston, encore et encore, vous voyez. Chère Mrs Weston ! Toujours ma plus sincère amie en toute occasion. Elle posait chaque fois que je l'en priais. Voici ma sœur, et, vraiment, c'est bien là son élégante petite silhouette ! Ses traits sont assez ressemblants. Si elle eût voulu m'accorder plus de séances, j'aurais parfaitement attrapé la ressemblance, mais elle était si pressée d'avoir le portrait de ses quatre enfants qu'elle ne tenait pas en place. Voici toutes les tentatives que j'ai faites pour peindre trois d'entre eux. Les voici : Henry, John et Bella. D'un bout de la feuille à l'autre, le portrait de l'un pourrait passer pour celui de l'autre. Elle était si impatiente d'avoir ces portraits que je n'ai pu lui refuser cette satisfaction, mais il est impossible que des enfants de trois ou quatre ans se tiennent tranquilles, et puis il n'est pas aisé de saisir autre chose que l'expression et le teint, à moins qu'ils n'aient des traits plus grossiers qu'une maman n'admettrait d'en voir chez ses petits. Voici le croquis du quatrième, qui n'était encore qu'un bébé. Je l'ai saisi pendant qu'il dormait sur un sofa. La rosette de son bonnet est aussi bien rendue que possible. Sa tête se trouvait on ne peut mieux posée : c'est très ressemblant. Je suis plutôt contente de mon petit George. Le coin du sofa est bien vu. Voilà enfin mon dernier essai – elle révélait une esquisse de petite taille d'un gentleman, en pied –, c'est le dernier et le meilleur. Mon beau-frère, Mr John Knightley. Il était presque fini lorsque je l'ai mis de côté sur un coup de tête et que je me suis fait vœu de laisser là la peinture. Je ne pus m'empêcher de me mettre en colère car, après toutes les peines que j'avais prises, et après avoir véritablement obtenu une parfaite ressemblance – Mrs Weston le pensait comme moi –, je l'avais fait un peu trop beau ; il était flatté, mais c'était pécher du bon côté. Après tout cela, ne voilà-t-il pas que ma pauvre chère sœur Isabella vint donner son approbation de la manière suivante : « Oui, cela lui ressemble un peu, mais il est certain que cela ne lui rend pas justice. » Nous avions eu beaucoup de peine à engager John Knightley à m'accorder quelques séances. Il avait fallu l'en prier comme d'une grande faveur. Je n'eus pas la patience de supporter tout cela et ne voulus pas l'achever, de peur de contraindre ma sœur à en excuser la piètre ressemblance devant chacun de ceux qui lui rendent visite dans la journée, à Brunswick Square ; et, comme je vous l'ai dit plus tôt, je résolus d'abandonner le portrait. Mais, pour Harriet, ou plutôt pour moi-même, comme il n'est pas question ici d'intervention de mari ou de femme, je vais maintenant revenir sur cette résolution.

Mr Elton parut étonné, puis réjoui d'une telle décision, et se contenta de répéter :

— Pas question de mari ou de femme, ici, maintenant, en vérité, ainsi que vous le soulignez. Pas de mari ou de femme.

Il en prenait conscience avec tant d'intérêt qu'Emma se demanda si elle ne ferait pas mieux de les laisser seuls sur-le-champ. Mais, comme elle avait grande envie de dessiner, elle estima que la déclaration attendrait encore un peu.

Elle fut bientôt décidée sur le choix du format du portrait et sur la manière dont elle voulait le faire. Il serait en pied et à l'aquarelle, comme celui de Mr John Knightley, et, si elle en était contente, il prendrait une place honorable au-dessus de la cheminée.

La séance de pose commença. Harriet, souriante et rougissante, craignait de ne pas conserver assez bien son attitude et sa contenance ; elle présentait, aux yeux attentifs de l'artiste, un charmant mélange d'expressions de la jeunesse. Mais Emma ne parviendrait à rien aussi longtemps que Mr Elton remuerait sans cesse derrière elle, suivant ses moindres coups de crayon. Elle comprenait qu'il eût pris la meilleure position possible pour regarder Harriet tout à son aise sans que celle-ci s'en offensât, mais elle fut forcée d'y mettre un terme et de lui demander de changer de place. Elle songea alors à l'occuper à la lecture. S'il avait la bonté de lire, elle regarderait cette complaisance comme une faveur : d'une part, cela l'aiderait à surmonter les difficultés qu'elle pourrait rencontrer, et de l'autre, cela ferait oublier à Harriet l'inconfort de sa position.

Mr Elton s'estima trop heureux de lui obéir. Harriet l'écoutait et Emma dessinait en paix. Cette dernière dut néanmoins permettre à Mr Elton de venir jeter un coup d'œil de temps en temps. Elle ne pouvait y trouver à redire chez un amoureux ; aussi, à peine levait-elle le crayon qu'il faisait un saut pour venir regarder et admirer. Il était impossible de se fâcher contre un homme aussi encourageant, car son admiration lui faisait discerner une ressemblance quand elle était encore à peine visible. Emma, si elle ne pouvait respecter son sens critique, trouvait son amour et sa complaisance vraiment irréprochables.

Cette séance se révéla très satisfaisante. Emma était assez contente de l'esquisse pour désirer continuer. La ressemblance était assez bonne, l'attitude heureuse, et, comme elle avait l'intention d'améliorer un peu la figure, d'allonger la silhouette et de la rendre beaucoup plus élégante, elle espérait réussir un très joli portrait, qui remplirait la place qui lui était destinée, à la satisfaction de toutes deux, comme un monument constant à la beauté de l'une, au talent de l'autre et à leur mutuelle amitié, sans compter les autres associations d'idées agréables que l'intérêt de Mr Elton promettait d'y joindre.

Harriet devait avoir une autre séance de pose le lendemain, et Mr Elton, comme on l'attendait de lui, demanda la permission d'y être admis, pour faire de nouveau la lecture.

— Avec plaisir. Nous nous estimerons fort heureuses que vous soyez de la partie.

Les mêmes échanges de civilités, les mêmes salutations eurent lieu le lendemain, et durant tout le temps où se poursuivit l'exécution du portrait, qui fut rapide et heureuse, ce furent le même succès et la même satisfaction. Tous ceux qui le virent le trouvèrent très bien, mais Mr Elton en fut enchanté et le défendit contre toutes les critiques.

— Miss Woodhouse a donné à son amie la seule beauté qui lui manquait, lui fit observer Mrs Weston, sans se douter le moins du monde qu'elle s'adressait à un amoureux. L'expression des yeux est très correcte, mais miss Smith n'a ni ces sourcils ni ces cils. C'est du reste ce qui manque à son visage.

— Vous le croyez ? répliqua-t-il. Je ne suis pas de votre avis. Ce portrait me paraît de la plus exacte ressemblance. De ma vie je n'en ai jamais vu d'aussi fidèle. Il faut compter avec l'effet des ombres, vous savez.

— Vous l'avez faite trop grande, Emma, dit Mr Knightley.

Emma savait qu'il avait raison, mais ne voulut pas en convenir. Mr Elton ajouta avec chaleur :

— Oh ! non, elle n'est certainement pas trop grande, pas du tout trop grande. Considérez qu'elle est assise, ce qui fait naturellement une différence et qui donne exactement l'idée de ce qu'elle est, car les proportions doivent être observées, vous le savez. Les proportions, le raccourci. Oh ! non, cela vous donne tout à fait l'idée de la stature de miss Smith. Tout à fait, en vérité !

— Il est très joli, dit Mr Woodhouse, très joliment fait ! Comme tous vos dessins, ma chère enfant. Je ne connais personne qui dessine aussi bien que vous. La seule chose que je n'aime pas dans ce portrait, c'est qu'elle paraît être assise dehors et qu'elle n'a qu'un léger châle sur les épaules : cela fait craindre qu'elle ne prenne froid.

— Mais, mon cher papa, on suppose que nous sommes en été, par un beau jour d'été, regardez l'arbre.

— Il n'est jamais sain de s'asseoir dehors, ma chérie.

— Il vous est permis de dire tout ce qu'il vous plaît, monsieur, mais j'avoue que je regarde comme une très curieuse idée celle de placer miss Smith dehors, et l'arbre est représenté avec un talent si inimitable ! Aucune autre situation n'aurait pu mieux convenir. La naïveté des manières de miss Smith – et l'ensemble – oh ! tout y est admirable ! Je ne puis en détourner les yeux ! Oh ! il est très admirable ! Je n'ai jamais vu une ressemblance plus frappante.

Maintenant, il s'agissait d'encadrer le portrait, et cela n'était pas aisé. D'abord, il fallait lui donner un cadre dans les plus brefs délais, et le trouver à Londres. On n'en pouvait confier cette commande qu'à une personne intelligente et de bon goût. Or, Isabella, la commissionnaire attitrée de la maison, ne pouvait s'en charger, parce que l'on était en décembre et que Mr Woodhouse ne supportait pas l'idée qu'elle s'exposât, en sortant de chez elle, aux brouillards de décembre. Mais, aussitôt que Mr Elton eut connaissance de cette situation embarrassante, il y remédia. Sa galanterie ne se démentait pas. S'il pouvait être chargé de cette mission, quel plaisir il aurait à s'en acquitter ! Il pourrait se rendre à cheval à Londres, quand on le voudrait. Il était impossible de dire la satisfaction qu'il éprouverait si on le chargeait de cette mission.

— Il est trop bon !

Emma ne supportait pas l'idée de le déranger ; pour rien au monde elle n'aurait voulu lui demander de lui rendre un service aussi ennuyeux.

Cette réponse amena le renouvellement attendu des prières et des assurances, et l'affaire fut arrangée en quelques minutes. Mr Elton porterait l'aquarelle à Londres, choisirait le cadre et donnerait tous les ordres nécessaires. Emma crut pouvoir l'empaqueter de manière à ce que l'œuvre ne courût aucun risque et qu'elle ne l'encombrât pas trop. Lui, au contraire, craignait de ne pas l'être assez.

— Quel précieux dépôt ! dit-il avec un soupir attendri, en le recevant.

« Cet homme est presque trop galant pour être amoureux, pensa Emma. Je le dirais, s'il n'y avait pas, je suppose, cent manières de montrer ses sentiments. C'est un excellent jeune homme, il conviendra parfaitement à Harriet ; ce sera tout à fait cela, comme il le dit souvent lui-même. Mais il soupire, prend un air langoureux et fait des compliments plus recherchés que je ne le supporterais si j'étais la principale intéressée. J'en ai cependant reçu ma bonne part, en ma qualité de confidente, mais c'était par gratitude, à propos de Harriet. »

7

Le jour même où Mr Elton partit pour Londres, Emma eut une nouvelle occasion de rendre service à son amie Harriet, qui, suivant sa coutume, était venue à Hartfield peu après le petit déjeuner, et qui, au bout d'un moment, était rentrée chez elle en promettant de revenir pour le dîner. Son retour fut plus prompt qu'il n'en avait été question. Son air agité et sa hâte annonçaient qu'il lui était arrivé une chose extraordinaire qu'elle avait grande envie de révéler ; ce qu'elle fit, en effet, une minute après. A son arrivée chez Mrs Goddard, elle avait appris que Mr Martin était venu la voir une heure auparavant. Comme il ne l'avait pas trouvée et que l'on ignorait quand elle reviendrait, il avait laissé un petit paquet qu'une de ses sœurs lui adressait, puis il était reparti. En ouvrant le paquet, elle avait trouvé, outre deux chansons qu'elle avait prêtées à Elisabeth pour les copier, une lettre qui lui était adressée. Cette lettre était de Mr Martin et contenait une proposition de mariage.

Qui l'aurait cru ? Elle avait été si surprise qu'elle ne savait plus que faire. Oui, une proposition de mariage et une très jolie lettre, du moins il lui semblait. Il écrivait comme s'il l'aimait beaucoup. Elle ne savait qu'en penser, c'est pourquoi elle était venue en hâte demander à miss Woodhouse comment elle devait y répondre.

Emma eut presque honte pour son amie de la voir balancer entre le plaisir et l'indécision.

— Ma foi, s'écria-t-elle, si ce jeune homme ne réussit pas,

ce ne sera pas faute d'avoir demandé ce qu'il désire ; il veut contracter une bonne alliance, s'il le peut.

— Voulez-vous lire la lettre ? demanda Harriet. Je vous en prie, lisez-la.

Emma ne fut pas fâchée qu'on la consultât. Elle lut et fut surprise. Le style de la lettre était bien supérieur à ce qu'elle en attendait. Non seulement elle ne comportait pas de faute de grammaire, mais un gentleman n'en aurait pas désavoué la composition. Les expressions, quoique peu recherchées, étaient fortes, sans affectation, et les sentiments qu'elle annonçait faisaient honneur à son auteur. Elle était courte, mais pleine de bon sens, d'attachement, de générosité, de rigueur, et même de délicatesse de sentiments. Emma réfléchit, mais, comme Harriet attendait avec impatience de savoir ce qu'elle en pensait et demandait : « Eh bien ? Eh bien ? », puis la pressait : « La lettre est-elle bonne ? » ou bien : « Est-elle trop courte ? », elle répondit avec lenteur :

— Oui, en vérité, la lettre est très bonne ; elle est même si bonne que je suis persuadée qu'une de ses sœurs est venue à son secours. Je ne puis croire que le jeune homme qui vous parlait l'autre jour puisse s'exprimer aussi bien tout seul, et cependant ce n'est pas le style d'une femme ; non, assurément, il est trop concis et pas assez diffus pour une femme. Sans aucun doute, il s'agit d'un homme sensé ; il a un talent naturel, pense d'une manière forte et claire et, lorsqu'il prend la plume il trouve les mots convenables de façon spontanée. Il existe de ces gens-là. Oui, je comprends cette sorte d'esprit. Vigoureux, décidé jusqu'à un certain point et n'étant pas grossier. Cette lettre, Harriet, conclut-elle en la lui rendant, vaut mieux que je ne m'y attendais.

— Eh bien ! dit Harriet, toujours dans l'attente d'une réponse. Eh bien ! Que dois-je faire ?

— Ce que vous devez faire ? A quel propos ? Au sujet de cette lettre ?

— Oui.

— Mais quel doute pouvez-vous avoir ? Il faut y répondre, bien sûr, et le plus tôt possible.

— Oui, mais que lui dirai-je ? Ma chère miss Woodhouse, donnez-moi votre avis.

— Oh ! non, non ! La lettre doit être entièrement de vous. Je suis persuadée que vous vous en tirerez à merveille. Les expressions dont vous vous servirez seront, je n'en doute point, claires et précises, ce qui est l'essentiel. Votre intention doit être exprimée sans équivoque, ne donner lieu à aucun doute, à aucune conjecture. La phrase que vous emploierez pour témoigner d'une manière polie votre reconnaissance et les regrets de la peine que vous lui causerez se présentera d'elle-même à votre esprit, j'en suis certaine. Je ne crois pas que vous deviez lui donner à entendre que vous sentez le moindre déplaisir de ce qu'il s'est trompé dans son attente.

— Vous pensez donc que je dois le refuser ? dit Harriet, les yeux baissés.

— Si vous devez le refuser ! Que voulez-vous dire, Harriet ? Avez-vous le moindre doute à ce sujet ? Je pensais... mais je vous demande pardon, peut-être me suis-je trompée. Je ne vous ai certainement pas comprise, si vous avez quelque doute sur l'orientation à donner à votre réponse. J'ai cru que vous me consultiez seulement sur la manière d'exprimer votre refus.

Harriet garda le silence, et Emma continua avec un peu plus de circonspection :

— Vous voulez lui adresser une réponse favorable, si je comprends bien ?

— Non, je n'ai pas cette intention-là, c'est-à-dire... je ne pense pas... Que dois-je faire ? Je vous en supplie, chère miss Woodhouse, que me conseillez-vous ?

— Je ne vous donnerai aucun conseil, Harriet, je ne veux pas me mêler de cette affaire. C'est à votre cœur de décider.

— Je ne savais pas qu'il m'aimait tant, dit Harriet en regardant la lettre.

Emma conserva le silence durant quelque temps ; mais, craignant que la flatterie enchanteresse de la lettre ne fût trop puissante, elle crut devoir dire :

— Je considère comme une règle générale que lorsqu'une femme doute si elle doit accepter ou non un homme, elle doit le refuser ; si elle hésite à dire oui, il faut sur-le-champ dire non. On ne peut contracter un pareil lien si l'on hésite sur ses sentiments et si l'on n'est pas sûre de son cœur. J'ai cru que, étant votre amie et plus âgée que vous, je pouvais vous dire cela ; mais ne croyez pas que mon intention soit de chercher à vous influencer.

— Oh ! non, vous êtes trop bonne pour... mais si vous acceptiez seulement de me conseiller sur ce que je dois faire... non, non... ce n'est pas cela. Ainsi que vous le dites, il convient de prendre sa résolution soi-même. On ne doit pas hésiter. C'est une affaire très sérieuse. Je ferais peut-être mieux de dire non. Croyez-vous que je ferais mieux de dire non ?

— Pour rien au monde, dit Emma, en souriant avec grâce, je ne voudrais vous conseiller de dire oui ou non. C'est à vous de juger ce qui convient le mieux à votre bonheur. Si vous préférez Mr Martin à tout autre, si vous le croyez l'homme le plus agréable que vous ayez jamais rencontré, pourquoi hésiteriez-vous ? Vous rougissez, Harriet ; songeriez-vous par hasard à quelqu'un qui lui fût préférable ? Harriet, Harriet, ne vous abusez pas vous-même ; ne vous laissez pas entraîner par la reconnaissance et la compassion. A qui pensez-vous en ce moment ?

Les symptômes étaient favorables. Au lieu de répondre, Harriet se tourna vers le feu, confuse et pensive ; et bien qu'elle eût encore la lettre, elle la tortillait machinalement entre ses doigts, sans y prêter aucune attention. Emma attendait avec impatience, mais non sans espoir, le résultat de cette réflexion. Enfin, après une espèce d'hésitation, Harriet déclara :

— Miss Woodhouse, puisque vous ne voulez pas me donner votre opinion, il faut que je me conduise du mieux qu'il me sera possible. Je suis tout à fait déterminée et je suis presque résolue à refuser Mr Martin. Pensez-vous que je fasse bien ?

— Parfaitement bien, ma chère Harriet, c'est exactement ce que vous deviez faire. Aussi longtemps que vous hésitiez, j'ai gardé mon opinion pour moi, mais maintenant que vous êtes décidée, je puis vous la communiquer en vous approuvant. Ma chère Harriet, je m'en félicite. J'aurais senti un vif chagrin de vous perdre, ce qui serait arrivé si vous aviez épousé Mr Martin. Tant que vous avez témoigné le moindre degré d'hésitation, je me suis tue, parce que je ne voulais vous influencer en rien, mais je craignais de perdre une amie. Je n'aurais pu rendre visite à Mrs Robert Martin à la ferme du Moulin de l'abbaye. Maintenant, je suis sûre de vous garder pour toujours.

Harriet n'avait pas songé qu'un pareil danger la guettait et l'idée de l'avoir encouru la frappa vivement.

— Vous n'auriez pu me rendre visite ! dit-elle d'un air effaré. Non, bien sûr, vous ne l'auriez pas pu ; je n'y avais pas pensé. Cela aurait été terrible ! Je l'ai échappé belle ! Ma chère miss Woodhouse, pour rien au monde je ne me priverais de l'honneur et du plaisir de votre société.

— En vérité, Harriet, cette séparation m'aurait été bien pénible, mais elle serait devenue inévitable. Vous étant retirée vous-même de la bonne société, j'aurais été forcée de vous abandonner.

— Mon Dieu ! Comment aurais-je pu le supporter ! Je serais morte de chagrin de ne plus venir à Hartfield.

— Chère petite amie ! Vous, bannie à la ferme du Moulin de l'abbaye ! Vous, réduite à la société de gens illettrés et grossiers toute votre vie !... Je suis surprise que ce jeune homme ait eu l'audace de vous le proposer. Il faut qu'il ait eu une grande opinion de lui-même.

— Je ne crois pas qu'il soit vaniteux, en général, dit Harriet, sa conscience s'opposant à laisser un tel reproche. Je suis certaine qu'il a un bon naturel ; je lui témoignerai toujours beaucoup de reconnaissance et je lui voudrai du bien toute ma vie, mais c'est tout à fait différent de... Et vous savez que, bien qu'il m'aime, ce n'est pas une raison pour que je l'aime aussi ; et je dois avouer que, depuis que je fréquente votre maison, j'ai vu des gens... Et si on les compare, sous le rapport physique ou sous celui des manières... oh ! il n'y a pas de rapprochement possible. L'un d'eux surtout est si bel homme, si agréable ! Cependant, je ne puis m'empêcher de reconnaître que Mr Martin est un très aimable jeune homme et que j'ai une très bonne opinion de lui ; et puis l'attachement qu'il a pour moi, et m'avoir écrit une si jolie lettre... Mais aucune considération au monde ne me ferait vous quitter.

— Grand merci, grand merci, ma chère petite amie ; nous ne nous séparerons pas. Une fille n'est pas obligée d'épouser un homme sous le simple prétexte qu'il la demande en mariage ou parce qu'il s'y est attaché et lui écrit une lettre passable.

— Oh ! non ; et cette lettre était très courte.

Emma sentit que son amie avait mauvais goût, mais elle répondit seulement que c'était très vrai et que ce serait une triste consolation pour elle que de supporter à toutes les heures du jour les manières grossières de son mari, même en sachant qu'il était en mesure d'écrire une lettre passable.

— Oh ! oui, sans doute. Personne ne se soucie d'une lettre : ce qui importe, c'est d'être heureuse au milieu d'une société choisie. Je suis tout à fait décidée à le refuser. Mais comment le ferai-je ? Que dirai-je ?

Emma l'assura qu'elle n'éprouverait aucune difficulté à formuler une réponse et lui conseilla de l'écrire sur-le-champ. Harriet y consentit, comptant sur son assistance ; et bien qu'Emma eût continué à lui dire qu'elle n'avait pas besoin de son aide, elle la lui apporta, en réalité, dans la manière de tourner chaque phrase. En relisant la lettre pour y répondre, le cœur de Harriet s'attendrit tellement qu'Emma estima nécessaire de lui redonner courage avec quelques paroles décisives. Harriet était si peinée à l'idée de rendre le jeune homme malheureux, à celle de ce que diraient et penseraient sa mère et ses sœurs, elle craignait tellement de passer dans leur esprit pour une ingrate qu'Emma fut persuadée que, si Martin s'était présenté à ce moment-là, il aurait été accepté.

Cependant la lettre fut écrite, cachetée et envoyée. L'affaire était terminée et Harriet sauvée. Pendant toute la soirée, elle demeura abattue et pensive ; mais Emma lui passa ses aimables regrets, les divertit souvent en évoquant leur affection mutuelle, et quelquefois en ramenant ses idées sur Mr Elton.

— Je ne serai plus invitée à la ferme du Moulin de l'abbaye, dit Harriet d'un ton douloureux.

— Et si vous y étiez invitée, ma chère Harriet, pourrais-je me séparer de vous ? Vous êtes trop nécessaire à Hartfield pour vous laisser aller à la ferme de l'abbaye.

— Et moi, je suis sûre que je n'aurais pas la plus petite envie d'y aller, car je ne me trouve heureuse qu'à Hartfield.

Un moment après, elle ajouta :

— Si Mrs Goddard savait ce qui vient de se passer, elle serait bien surprise. Miss Nash le serait certainement, car elle pense que sa sœur a fait un très beau mariage, bien qu'elle n'ait épousé qu'un toilier.

— On serait fâché de voir un professeur afficher plus d'orgueil ou de prétentions. Je suis persuadée, Harriet, que miss Nash vous envierait un mariage comme celui que vous refusez. Une telle conquête aurait un grand prix à ses yeux. Je ne suppose pas qu'elle imagine rien de supérieur à cela pour vous. Les attentions d'une certaine personne ne font pas encore l'objet de bavardages à Highbury. Jusqu'à présent, vous et moi sommes sans doute les seules que ses regards et ses manières ont éclairées sur ses sentiments.

Harriet rougit, sourit et dit quelque chose sur sa surprise de voir qu'on l'appréciait tant.

Le fait de penser à Mr Elton servit assurément à la réconforter, mais, peu après, son cœur s'attendrit à nouveau pour le pauvre Mr Martin, quoiqu'elle l'eût rejeté.

— Maintenant, il a ma lettre, dit-elle à voix basse. Je voudrais bien savoir ce qu'ils font tous ; si ses sœurs en sont informées, s'il est malheureux, elles le seront aussi. J'espère qu'il n'aura pas trop de chagrin.

— Pensons plutôt à nos amis absents, qui sont plus agréablement occupés, s'écria Emma. En ce moment, peut-être, Mr Elton montre votre portrait à sa mère et à ses sœurs, les persuade que l'original est infiniment plus beau, et s'entend demander cinq à six fois votre nom, votre nom chéri, avant de le leur dire.

— Mon portrait ! Mais il l'a laissé à Bond Street.

— Vous le croyez ? Alors, c'est que j'ignore tout de

Mr Elton. Non, ma modeste petite Harriet, soyez bien sûre que votre portrait ne sera déposé à Bond Street qu'au moment où Mr Elton montera à cheval, demain, pour s'en revenir. Ce soir, il lui tiendra compagnie ; il fera son bonheur, sa consolation. Il lui servira à faire part de ses desseins à sa famille ; il vous introduira au milieu de ses proches et leur procurera ces sensations si naturelles et si agréables. Une curiosité impatiente et un préjugé favorable. Comme leur imagination travaille ! Qu'ils sont animés et joyeux !

Harriet retrouva le sourire et le conserva.

8

Harriet dormit cette nuit-là à Hartfield. Depuis quelques semaines, elle y passait le plus clair de son temps, et l'on en était arrivé à lui attribuer une chambre à coucher. Emma jugea à-propos, comme le moyen le plus sûr et le plus amical, de la retenir aussi longtemps qu'elle le pouvait chez elle. Harriet dut se rendre, le jour suivant, chez Mrs Goddard pour une heure ou deux, mais il fut convenu qu'elle reviendrait ensuite à Hartfield pour y demeurer plusieurs jours. Après son départ, Mr Knightley arriva et s'entretint avec Mr Woodhouse et Emma, jusqu'au moment où Mr Woodhouse, qui avait décidé auparavant d'aller faire une promenade, fut prié par sa fille de ne plus la différer. Il y fut ensuite engagé par tous les deux, malgré les scrupules qu'il éprouvait, par politesse, de les quitter. Mr Knightley, qui n'avait rien de cérémonieux, formait un contraste amusant, par ses réponses courtes et décidées, avec les excuses prolongées et les hésitations courtoises du père d'Emma.

— Eh bien ! Mr Knightley, si vous voulez bien me le permettre et si vous me pardonnez mon impolitesse, je suivrai le conseil d'Emma et sortirai pour un quart d'heure. Puisque le soleil est là, je crois qu'il faut que j'en profite pour faire mes trois tours de promenade, tant que je le puis. Je vous traite sans cérémonie, Mr Knightley. Nous autres, invalides, nous estimons avoir droit à des privilèges.

— Mon cher monsieur, ne me considérez pas comme un étranger.

— Je vous laisse un excellent substitut en la personne de

71

ma fille. Emma aura beaucoup de plaisir à vous tenir compagnie. Je pense donc que je vais vous prier de m'excuser et faire les trois tours de ma promenade d'hiver.

— Vous ne sauriez mieux faire, monsieur.

— Je vous aurais prié de m'accompagner, Mr Knightley, mais je marche lentement, mon pas vous ennuierait ; d'ailleurs, vous aurez une autre longue marche pour retourner à l'abbaye de Donwell.

— Je vous remercie, monsieur, je vais me retirer dans un instant. Et je pense que plus tôt vous partirez pour votre promenade et mieux ce sera. Je vais vous chercher votre redingote et vous ouvrir la porte du jardin.

Mr Woodhouse sortit enfin, mais Mr Knightley, au lieu de partir à son tour, se rassit et parut avoir envie de bavarder plus longuement. Il commença par mentionner le nom de Harriet ; il en parla avec plus de louanges qu'à son ordinaire, ce qui surprit Emma.

— Je n'apprécie pas autant que vous sa beauté, dit-il, mais c'est une jolie petite créature, et je suis porté à croire qu'elle a d'heureuses dispositions. Son caractère dépend des personnes qu'elle fréquente ; en de bonnes mains, elle deviendra une excellente femme.

— Je suis contente que vous le pensiez. Quant aux bons avis, je me flatte qu'ils ne lui manqueront pas.

— Allons, je vois que vous vous attendez à un compliment, aussi je vous avouerai que je pense que vous l'avez perfectionnée ; vous l'avez guérie de cette manière absurde de ricaner qu'ont les petites écolières. Elle vous fait vraiment honneur.

— Je vous en remercie. Je serais vexée si je ne lui avais été d'aucune utilité, mais tout le monde ne loue pas les gens comme ils le méritent. Vous, vous ne m'avez pas accoutumée à me gâter de ce côté-là.

— Vous l'attendez, dites-vous, aujourd'hui ?

— A tout moment. Elle devrait déjà être de retour.

— Elle aura été arrêtée par quelque affaire, une visite peut-être.

— Les commères de Highbury ! Ennuyeuses créatures !

— Harriet ne tient peut-être pas pour ennuyeuses les personnes qui le seraient pour vous.

Emma savait qu'il disait vrai et par conséquent ne pouvait le contredire, aussi garda-t-elle le silence. Mr Knightley ajouta donc en souriant :

— Je ne prétends pas fixer de temps ni de lieu, mais je dois vous dire que j'ai de bonnes raisons de croire que votre petite amie recevra bientôt des nouvelles avantageuses.

— En vérité ! Et comment cela ? De quel genre ?

— D'un genre très sérieux, je vous assure, continua-t-il, toujours souriant.

— Très sérieux ! Je ne puis penser qu'à une chose... Qui est amoureux d'elle ? Qui vous a fait son confident ?

Emma espérait que Mr Elton se serait peut-être ouvert à Mr Knightley, l'ami et le conseiller de tout le monde. Elle savait que Mr Elton avait beaucoup de respect pour lui.

— J'ai tout lieu de croire, poursuivit-il, que Harriet Smith recevra une proposition de mariage, et de la part d'une personne contre laquelle on ne peut élever la moindre objection. Robert Martin est le jeune homme en question. Le séjour qu'elle a effectué, l'été dernier, à la ferme du Moulin de l'abbaye, a causé sa perte : il l'aime à la folie et désire l'épouser.

— Il est bien obligeant, dit Emma, mais est-il certain que Harriet le désire pour époux ?

— Eh bien ! disons qu'il souhaite lui faire une offre de mariage. Cela vous satisfait-il ? Il est venu à l'abbaye il y a deux jours pour me consulter sur ce sujet. Il sait que j'ai beaucoup d'estime pour lui et pour toute sa famille, et je crois qu'il me considère comme l'un de ses meilleurs amis. Il venait me demander si je ne croyais pas qu'il fût imprudent à lui de se marier si tôt ; si je ne pensais pas que sa future fût trop jeune ; enfin, si j'approuvais son choix, craignant peut-être que l'on pût la juger – surtout depuis que vous l'avez admise dans votre intimité – comme tenant dans la société un rang supérieur au sien. J'ai été très satisfait de tout ce qu'il m'a dit. Personne ne montre plus de bon sens que Robert Martin. Il parle toujours à-propos ; il est franc, va droit au but, et il est doué d'un bon jugement. Il m'a tout confié sur sa situation, sur ses projets, et sur tout ce que sa famille se proposait de faire à l'occasion de ce mariage. C'est un excellent jeune homme, bon fils et bon frère. Je n'ai eu aucune hésitation à lui conseiller de s'établir, lorsqu'il m'a eu prouvé qu'il en avait les moyens. J'ai été persuadé qu'il ne pouvait rien faire de mieux. J'ai fait l'éloge de la jolie personne et je l'ai renvoyé très satisfait. Quand bien même il n'aurait pas eu beaucoup d'estime pour mes avis auparavant, je suis persuadé que, au moment où il est sorti de chez moi, il était convaincu que j'étais le meilleur ami et le meilleur conseiller qu'il ait jamais eu au monde. Cela s'est passé avant-hier soir. Maintenant, comme on peut raisonnablement supposer qu'il ne perdra pas beaucoup de temps à en parler à sa bien-aimée, et comme il paraît qu'il ne l'a pas fait hier, il est probable qu'il s'est rendu aujourd'hui chez Mrs Goddard et que Harriet est retenue par une visite qu'elle ne jugera pas ennuyeuse.

— Voyons, Mr Knightley, dit Emma, qui n'avait pu s'empêcher de sourire à part soi pendant une bonne partie du discours, comment savez-vous que Mr Martin n'a pas fait sa demande hier ?

— A vrai dire, répondit-il, surpris, je n'en suis pas sûr ; mais j'ai tout lieu de le croire. N'a-t-elle pas passé la journée avec vous ?

— Allons, dit-elle, je vais vous apprendre quelque chose de mon côté. Il a fait sa demande hier, du moins il a écrit, et il a été repoussé.

Emma fut obligée de répéter avant d'être crue. Rouge de surprise et de mécontentement, Mr Knightley se redressa de toute sa taille, sous l'effet de l'indignation, et déclara :

— Elle est donc plus idiote que je ne l'aurais cru. A quoi pense cette sotte ?

— Ah ! bien sûr, s'écria Emma, il est toujours incompréhensible pour un homme qu'une femme refuse une offre de mariage. Un homme s'imagine qu'une femme est toujours prête à accepter le premier qui la demandera.

— Sottises ! Aucun homme n'a de telles idées. Mais qu'est-ce que cela signifie ? Harriet Smith refuser Robert

Martin ? C'est une folie, si elle l'a fait. J'espère que vous vous êtes trompée.

— J'ai vu sa réponse ; rien ne pouvait être plus clair.

— Vous avez vu sa réponse ! Vous l'avez écrite aussi, sans doute, Emma. Ceci est votre œuvre. Vous l'aurez persuadée de le refuser.

— Et même si je l'avais fait – ce que néanmoins je suis loin d'admettre –, je ne m'estimerais pas coupable. Mr Martin est un jeune homme très respectable, mais je ne puis admettre qu'il soit l'égal de Harriet et je suis en vérité plutôt surprise qu'il ait osé lui faire la cour. D'après ce que vous me dites, il semble qu'il ait eu des scrupules. Il est bien dommage qu'il les ait surmontés.

— Pas l'égal de Harriet ! s'exclama Mr Knightley, indigné. Puis il se calma et ajouta quelques instants plus tard, sur un ton plein d'âpreté : Non, il n'est pas son égal, car il lui est bien supérieur en jugement et en fortune. Emma, votre engouement pour cette jeune fille vous a aveuglée. Quelles prétentions peut bien avoir Harriet Smith sur le plan de la naissance ou de l'éducation à une alliance supérieure à celle que lui offre Robert Martin ? Elle est la fille naturelle d'on ne sait qui, et il est probable qu'on ne lui a assuré aucune rente ; ses parents ne sont sans doute pas des gens respectables. Nous ne la connaissons que comme la pensionnaire d'une petite école. Cette fille n'a ni intelligence ni instruction. On ne lui a rien enseigné d'utile, et elle est trop jeune et trop simple pour rien avoir appris toute seule. A son âge, elle ne peut avoir d'expérience, et le peu d'esprit qu'elle a annonce qu'elle n'en aura jamais davantage. Elle est jolie, elle a bon caractère, et voilà tout. Le seul scrupule que j'éprouvais à conseiller ce mariage à Martin n'était pas à son propos, mais à celui de la jeune fille, car je pensais qu'elle n'était pas digne de ses mérites et qu'elle représentait une mauvaise alliance pour lui. Je sentais que, pour ce qui était de la fortune, il trouverait certainement mieux, et s'il voulait une compagne raisonnable et utile, il ne pouvait tomber plus mal. Cependant, il était inutile de raisonner ainsi avec un homme amoureux. J'ai préféré croire qu'elle n'avait pas de mauvaises dispositions, et espérer qu'entre de bonnes mains comme les siennes, elle tournerait bien. J'étais persuadé que tout l'avantage d'une telle union était du côté de Harriet, et je n'avais pas le moindre doute – je n'en ai toujours pas – que tout le monde se récrierait sur sa bonne fortune. Je comptais même sur la satisfaction que vous en auriez. Il m'est alors passé par la tête que vous n'auriez aucun regret de son départ de Highbury en la voyant si bien pourvue. Je me souviens m'être dit : « Il n'y a pas jusqu'à Emma, en dépit de sa partialité pour Harriet, qui ne croira pas qu'il s'agit d'un bon mariage. »

— Je suis extrêmement surprise que vous connaissiez si peu Emma pour parler ainsi que vous le faites. Comment ! croire qu'une union avec un fermier – et avec tout son bon sens et ses mérites, Mr Martin n'est pas autre chose – soit un mariage avantageux pour mon amie intime ! Que je ne regretterai pas son départ de Highbury pour épouser un homme que je ne pourrais jamais admettre chez moi ! Je suis étonnée que vous me supposiez de pareils sentiments. Je vous assure que j'en ai de bien différents. Je ne crois pas que vous soyez équitable. Vous êtes injuste à l'égard des prétentions de Harriet. D'autres que moi les estimeraient de manière toute différente. Mr Martin peut être le plus riche des deux, il lui est certainement inférieur par le rang qu'elle tient dans la société. La sphère dans laquelle elle se meut est au-dessus de la sienne. Elle se dégraderait.

— Une fille illégitime et ignorante se dégraderait en épousant un fermier respectable et intelligent !

— Pour ce qui est de sa naissance, même si, au sens légal, elle n'est rien, le sens commun fait qu'elle est quelque chose. Elle ne doit pas être punie pour les fautes des autres en la maintenant à un rang inférieur à celui des personnes avec lesquelles elle est élevée. Il est peu douteux qu'elle soit la fille d'un gentleman – et d'un gentleman fortuné. On paie pour elle une pension libérale, et l'on n'épargne rien pour son éducation ou son bien-être. Je suis persuadée qu'elle est la fille d'un gentleman et personne ne l'empêchera de fréquenter des filles de gentlemen. Elle est au-dessus de Robert Martin.

— Que ses parents soient ce que vous voudrez, dit

Mr Knightley, et qui que ce soit qui ait été chargé d'elle, il ne paraît pas que l'on ait eu l'intention de l'introduire dans ce que vous appelez la bonne société. Après lui avoir fait donner une mince éducation, on la laisse entre les mains de Mrs Goddard pour devenir ce qu'elle pourra : vivre, en bref, comme elle, et avoir les mêmes relations. Ses amis estimaient que cela suffisait pour elle, et il est certain qu'ils avaient raison. Elle n'en désirait pas davantage ; jusqu'au moment où vous vous êtes mis dans la tête d'en faire votre amie, elle n'avait aucun dégoût pour ses pareils, ni l'ambition de se mettre au-dessus d'eux. Elle était aussi heureuse que possible, l'été passé, chez les Martin ; elle n'avait alors aucune idée de supériorité sur eux ; et si elle en a à présent, c'est à vous qu'elle le doit. Vous n'avez pas été la véritable amie de Harriet Smith, Emma. Robert Martin ne serait pas allé si loin s'il n'avait été persuadé qu'elle avait de l'inclination pour lui. Je le connais bien. Il a trop de jugement pour s'être adressé à une femme au hasard, et pour la seule raison qu'il était amoureux d'elle. Quant au reproche que vous lui faites d'être vaniteux, personne n'est plus exempt que lui de ce défaut. Soyez certaine qu'il a reçu des encouragements.

Emma préféra ne pas répondre de manière directe ; elle crut prudent de poursuivre la même ligne de défense qu'elle avait employée.

— Vous défendez avec beaucoup de chaleur Mr Martin, mais, comme je vous l'ai déjà dit, vous vous montrez injuste envers Harriet. Les prétentions de Harriet à un bon mariage ne sont pas aussi négligeables que vous vous l'imaginez. Elle n'est pas intelligente, mais elle a plus de bon sens que vous ne lui en attribuez, et son jugement ne mérite pas que l'on en parle comme vous le faites. Passons là-dessus et supposons avec vous qu'elle n'ait que de la beauté et un bon naturel. Permettez-moi de vous dire qu'au degré où elle possède ces deux qualités, ce ne sont pas de minces recommandations aux yeux du monde, car elle est en fait une très jolie fille et paraîtra comme telle pour quatre-vingt-dix-neuf personnes sur cent ; et aussi longtemps que les hommes ne seront pas plus philosophes sur le sujet de la beauté qu'on ne les en suppose capables en général, aussi longtemps qu'ils ne tomberont pas amoureux de femmes à l'esprit bien formé plutôt que de jolis visages, une fille aussi séduisante que Harriet sera admirée, recherchée, et aura le choix entre de nombreux admirateurs. Par conséquent, elle a le droit de faire la difficile. Son bon naturel peut également lui donner des prétentions d'autant plus fondées qu'elle joint à cette qualité une douceur de caractère et des manières peu communes, une très humble opinion d'elle-même, et qu'elle est disposée à trouver des qualités à tout le monde. Je me trompe fort si votre sexe ne tient pas souvent une beauté comme la sienne et un tel caractère pour les meilleurs avantages qu'une femme puisse avoir.

— Ma parole, Emma, à vous entendre déraisonner comme vous le faites, je serais presque tenté de penser comme vous. Il vaudrait mieux n'avoir pas de jugement que d'en faire un pareil usage.

— Vous avez raison, s'écria-t-elle en riant. Je sais que c'est le sentiment qui vous gouverne tous. Je sais aussi qu'une fille comme Harriet est précisément ce que les hommes adorent, une fille qui enchante leurs sens et satisfait leur jugement. Oh ! Harriet peut se permettre de choisir. Et si vous deviez jamais vous marier, ce serait une femme qui vous conviendrait à merveille. Or doit-elle, à dix-sept ans, alors qu'elle entre dans le monde et y est à peine connue, exciter la moindre surprise sous prétexte qu'elle n'accepte pas la première offre qu'elle reçoit ? Je vous en prie, donnez-lui le temps de regarder autour d'elle.

— J'ai toujours considéré cette amitié comme une folie, dit Mr Knightley, quoique je n'en aie rien dit ; mais à présent, je m'aperçois qu'elle sera très nuisible pour Harriet. Vous la rendrez si fière de sa beauté et des grandes prétentions auxquelles elle a droit que, bientôt, aucun de ceux qui sont à sa portée ne sera digne de l'approcher. La vanité opérant sur un esprit faible ne peut qu'avoir toutes sortes de conséquences néfastes. Il n'y a rien de si aisé pour une jeune fille que d'avoir de trop grandes espérances. Il est possible que miss Harriet Smith ne reçoive pas beaucoup de propositions de mariage, bien que ce soit une très jolie fille. Les hommes sensés, quoi que vous en disiez, ne prennent pas des sottes pour femmes. Les jeunes gens de bonne famille n'aimeront pas s'allier avec une fille d'origine aussi obscure, et les plus prudents craindront de s'exposer au désagrément de voir un jour se découvrir le mystère de sa parenté et au scandale dans lequel ils pourraient être entraînés. Qu'elle épouse Robert Martin, et elle assure son bonheur à jamais. Mais si vous lui faites espérer qu'elle se mariera à un grand personnage, si vous lui laissez croire qu'elle ne doive épouser qu'un homme de qualité, il est possible qu'elle reste toute sa vie pensionnaire chez Mrs Goddard ; à moins que, réduite au désespoir – Harriet Smith est une jeune fille qui se mariera d'une manière ou d'une autre –, elle ne soit contente d'accepter le fils du vieux maître d'écriture.

— Nous différons tellement sur ce point, Mr Knightley, qu'il est inutile d'en parler plus longtemps. Cela ne nous conduira qu'à nous quereller davantage. Mais la laisser épouser Robert Martin, cela est impossible : elle l'a refusé, et ce d'une manière si positive que je pense qu'il ne reviendra pas lui demander sa main. Quoi qu'il arrive de ce refus, elle devra se tenir à son choix. Je ne nie pas y avoir eu quelque influence, mais je vous assure que ni moi ni quelqu'un d'autre n'aurait eu grand peine à la décider. Son physique le désavantage à tel point et ses manières sont si grossières que, si jamais elle a été bien disposée en sa faveur, elle ne l'est plus aujourd'hui. Je puis croire qu'avant d'avoir vu des personnes qui lui sont infiniment supérieures, elle ait pu le trouver supportable. Il était le frère de ses amies et cherchait toutes les occasions de lui plaire ; et comme elle n'avait rencontré personne de mieux que lui – ce qui a dû beaucoup aider ce jeune homme –, elle a pu, pendant qu'elle était à la ferme de l'abbaye, ne pas le trouver déplaisant. Tout est changé ; elle sait maintenant ce qu'est un homme comme il faut, et personne d'autre n'aura l'espoir de réussir auprès de Harriet.

— Sottise, c'est une sottise ! s'écria Mr Knightley. C'est la pire des sottises que j'aie jamais entendue ! Les manières de Robert Martin révèlent du bon sens, de la sincérité et de la bonne humeur ; d'ailleurs, Harriet est incapable de juger de la noblesse de son esprit.

Emma ne répondit rien. Elle s'efforçait de ne pas paraître affectée et de rester pleine d'entrain, mais, en fait, elle était touchée au point qu'elle désirait qu'il s'en allât. Elle ne se repentait pas de ce qu'elle avait fait et elle se croyait meilleur juge que lui des droits et de la délicatesse des femmes. Cependant, elle avait d'ordinaire tant de respect pour son raisonnement qu'il lui déplaisait fort de l'entendre exprimer son désaccord avec tant de violence ; et il lui était fort désagréable de le voir assis en face d'elle, avec un air courroucé. Durant quelques minutes, ils conservèrent un silence pesant. Emma fit un effort pour parler du temps qu'il faisait, mais il ne répondit pas. Il restait absorbé dans ses pensées. Après avoir réfléchi, il lui dit :

— Robert Martin ne fait pas une grande perte, s'il y songe, et j'espère qu'il y parviendra bientôt. Vous seule savez ce que vous voulez faire de Harriet, mais, comme vous ne faites pas mystère de votre goût pour arranger les mariages, il est permis de chercher à découvrir quels sont vos desseins, vos plans et vos projets ; en ami, je me permettrai de vous dire que si vous songez à Elton, vous perdez vos peines.

Emma se mit à rire et se récria.

Il continua :

— Soyez-en bien sûre, Elton ne fera pas votre affaire. Elton est un assez bon garçon et un fort respectable vicaire de Highbury, mais il est incapable de contracter un mariage imprudent. Il connaît la valeur d'un bon revenu aussi bien que son prochain. Elton peut parler de manière sentimentale, mais il agira selon la raison. Il connaît aussi bien les prétentions qu'il peut avoir que vous pensez connaître celles de Harriet. Il sait qu'il est beau garçon, bien reçu partout où il se présente. Pourtant, quand il n'est pas sur ses gardes et qu'il parle devant les hommes seulement, il apparaît dans ses discours qu'il n'a pas l'intention de se sacrifier inutilement. Je l'ai entendu parler avec beaucoup d'animation d'une nombreuse famille où les jeunes filles, très liées avec ses sœurs, ont chacune vingt mille livres de dot.

— Je vous suis très obligée, dit Emma en riant de nouveau. Si j'avais eu le dessein de marier Harriet à Mr Elton, je vous remercierais de m'avoir ouvert les yeux, mais, pour le moment, mon seul désir est de garder Harriet pour moi. Je ne veux plus arranger de mariage. Je ne pourrais égaler ce que j'ai fait à Randalls. Je me repose sur mes lauriers.

— Je vous souhaite le bonjour, dit-il en se levant brusquement, et il sortit sans plus attendre.

Il était très vexé. Il sentait tout le déplaisir que le jeune homme éprouverait en voyant ses espérances trompées, et était humilié surtout de l'avoir encouragé par son approbation. La part qu'avait prise Emma dans cette affaire l'irritait au plus haut point.

Emma était très fâchée aussi, mais il y avait plus d'ambiguïté dans son indignation que dans celle de Mr Knightley. Elle n'était pas aussi contente qu'à l'ordinaire et n'était pas aussi persuadée que lui qu'elle avait raison et que son adversaire avait tort. Il était sorti plus satisfait de lui-même qu'il ne la laissait. Elle n'était cependant pas abattue au point qu'un peu de temps et le retour de Harriet ne lui rendissent sa sérénité. Elle commençait à s'inquiéter du retard de son amie. La possibilité du retour du jeune homme, ce jour-là, chez Mrs Goddard, d'y trouver Harriet et de plaider sa cause, lui donnait de vives alarmes. La crainte d'échouer malgré tout devint la source principale de son malaise, et quand Harriet rentra de très bonne humeur, sans fournir une telle raison pour expliquer son retard, Emma éprouva une satisfaction qui lui rendit la paix de l'esprit et la convainquit qu'en dépit de tout ce que Mr Knightley pouvait penser ou dire, elle n'avait rien fait que l'amitié et la délicatesse d'une femme ne justifiassent.

Il l'avait un peu effrayée au sujet de Mr Elton, mais, considérant qu'il ne l'avait pas observé d'aussi près qu'elle, avec autant d'intérêt – et s'il lui était permis de le dire, malgré toutes les prétentions de Mr Knightley – ni avec un œil aussi exercé, et qu'il avait parlé avec emportement et colère, elle était prête à croire qu'il avait exprimé avec ressentiment une chose qu'il croyait être vraie, mais dont il n'avait aucune certitude. Mr Elton s'était peut-être manifesté plus librement devant lui qu'il ne l'avait fait devant elle ; il était même possible qu'il ne fût ni imprudent ni indifférent sur les questions d'argent. Il y prêtait peut-être même une vive attention, mais alors Mr Knightley ne comptait pas assez sur l'influence qu'une grande passion devait naturellement avoir sur des motifs d'intérêt, influence qui devait faire pencher la balance. Mr Knightley ignorait l'existence de cette passion, et par conséquent tenait pour rien ses effets. Emma, elle, la connaissait trop pour douter un moment qu'elle ne l'emportât sur les hésitations qu'une raisonnable, une louable prudence pouvait avoir suggérées à l'origine. Elle était certaine que Mr Elton n'en avait pas d'autre.

La gaieté de Harriet, tant dans son air que dans ses manières, rendit à Emma toute la sienne : elle revenait, non pour penser à Mr Martin, mais pour parler de Mr Elton. Miss Nash lui avait dit quelque chose qu'elle répéta aussitôt avec un extrême plaisir. Mr Perry était venu chez Mrs Goddard pour soigner un enfant malade, et miss Nash l'avait vu. Il avait donc dit à miss Nash que la veille au soir, en revenant de Clayton Park, il avait rencontré Mr Elton. A sa grande surprise, il avait appris que Mr Elton se rendait à Londres le lendemain, quoique ce jour-là fût celui où se tenait la réunion du club de whist à laquelle il n'avait jamais manqué. Mr Perry lui avait adressé des reproches à ce sujet et lui avait dit combien il était mesquin de sa part, lui, le meilleur joueur, de s'absenter, puis il avait fait tous ses efforts pour l'engager à remettre son voyage, ne serait-ce que d'un jour. Tout cela n'avait servi à rien. Mr Elton était résolu à partir et il avait confié d'une manière *toute particulière* que, pour rien au monde, il ne différerait ce voyage. Il avait fait allusion à une commission qu'on lui avait confiée et que tout le monde lui envierait, car il emportait quelque chose d'extrêmement précieux. Mr Perry n'avait pas tout à fait compris ce qu'il entendait par là, mais il est certain qu'il s'agissait d'une *dame*. Il le lui avait dit. Mr Elton avait paru un peu gêné, mais il avait souri et avait poursuivi sa route de très bonne humeur. Miss Nash avait raconté tout cela à Harriet, lui avait beaucoup parlé de

Mr Elton et avait ajouté de manière très insistante qu'elle ignorait absolument de quelle affaire il était chargé, mais que, selon elle, la femme que Mr Elton choisirait, quelle qu'elle fût, pourrait se considérer comme la femme la plus heureuse du monde car, sans nul doute, il n'avait pas son pareil pour la beauté et l'amabilité.

9

Mr Knightley pouvait lui chercher querelle, Emma était en paix avec elle-même. Il était si fâché qu'il tarda plus long-temps que de coutume à reparaître à Hartfield et, lorsqu'ils s'y virent, la sévérité de ses regards prouva à la jeune fille qu'elle n'était pas encore pardonnée. Elle en fut fâchée, mais ne se repentit pas. Au contraire, ses plans, ses actes lui parurent justifiés et lui devinrent plus chers, du fait des événements des jours suivants.

Le portrait, élégamment encadré, arriva sain et sauf, peu après le retour de Mr Elton. Lorsqu'il eut été accroché au-dessus de la cheminée du salon, Mr Elton se leva pour le regarder et exprima son admiration par des phrases inache-vées, entrecoupées de soupirs, selon sa coutume. Quant à Harriet, l'intérêt qu'elle lui portait se changeait visiblement en un attachement aussi fort que sa jeunesse et la nature de son esprit pouvaient le permettre. Emma fut bientôt parfaitement convaincue qu'elle ne se souvenait plus de Mr Martin que pour effectuer des comparaisons entre lui et Mr Elton, com-paraisons tout à l'avantage de ce dernier.

Son intention d'améliorer la culture de sa jeune amie par des lectures et des conversations utiles n'était pas allée au-delà du parcours des premiers chapitres de quelques ouvrages, qu'elles se proposaient de continuer le lendemain. Il était plus aisé de bavarder que d'étudier, plus agréable de laisser libre cours à l'imagination pour travailler à la fortune de Harriet que de s'efforcer de former son jugement et d'exercer ses facultés intellectuelles sur des faits réels ; et la seule poursuite littéraire qui occupait alors Harriet, la seule provision mentale qu'elle préparait pour l'automne de la vie, était de recueillir toutes les charades qu'elle pouvait se procurer et de les transcrire sur un petit in-quarto fait par son amie en papier satiné, puis orné de chiffres et de trophées.

A une époque où l'on apprécie tant la littérature, il n'est pas rare de trouver de pareilles collections, effectuées sur une grande échelle. Miss Nash, professeur principal de la pension de Mrs Goddard, en avait transcrit plus de trois cents ; et Harriet, qui avait été mise par elle sur cette voie, espérait qu'avec l'assistance de miss Woodhouse elle en aurait bien davantage. Emma l'assistait de sa mémoire, de son bon goût et de ses inventions ; et comme Harriet avait une très jolie écriture, il y avait lieu d'espérer que ce recueil se distinguerait par la forme autant que par la quantité.

Mr Woodhouse s'intéressait presque autant à cette entreprise que les jeunes filles et cherchait très souvent à se remémorer quelque chose digne d'y être inséré. Il s'étonnait d'avoir oublié tant de belles énigmes qui couraient dans sa jeunesse ! Il espérait néanmoins qu'il les retrouverait un jour et il finissait toujours par citer : « Kitty est si jolie, autant qu'elle est cruelle. »

Il avait consulté son ami Perry à ce sujet et, bien que celui-ci ne se souvînt d'aucune charade, il lui avait demandé d'être aux aguets et, comme il allait dans tant de maisons, de s'en procurer peut-être quelques-unes.

Il n'était cependant pas dans l'intention d'Emma que l'on mît à contribution les beaux esprits de Highbury. Ce fut donc au seul Mr Elton qu'elle s'adressa. Il fut invité à ajouter au recueil toutes les énigmes, charades ou devinettes dont il se souviendrait, et elle eut le plaisir de voir qu'il s'en occupait avec zèle ; en même temps, elle se rendit compte qu'il prenait le plus grand soin à ne rien réciter qui ne fût galant et ne comportât un compliment pour les femmes. Elles lui devaient deux ou trois de leurs plus belles charades. Il manifesta beaucoup de joie et d'enthousiasme, lorsqu'il eut le bonheur de se ressouvenir de la suivante, fort célèbre, et de la réciter d'une manière très sentimentale :

Mon premier un chagrin dénote,
Que mon second fera souffrir ;
Mais mon tout est l'antidote
Qui mes maux saura guérir...

Emma fut fâchée d'avouer qu'elles l'avaient déjà transcrite quelques pages plus haut. Puis elle lui demanda :

— Pourquoi n'en composez-vous pas une pour nous, Mr Elton ? Nous serions sûres qu'elle serait nouvelle, et rien ne vous serait plus facile.

Oh ! non. Il n'avait presque jamais rien écrit de tel de sa vie. Il était si borné ! Il craignait que miss Woodhouse elle-même... – il s'arrêta – ou que miss Smith ne réussissent pas à l'inspirer.

Le lendemain, néanmoins, Mr Elton apporta la preuve qu'elles avaient été pour lui une source d'inspiration. Il n'entra qu'un moment à Hartfield pour laisser une feuille de papier sur laquelle il avait noté, dit-il, une charade adressée par un de ses amis à une jeune demoiselle dont il était épris ; mais, à la manière dont il présentait les choses, Emma fut convaincue qu'il en était l'auteur.

— Je ne l'offre pas pour qu'elle soit incluse dans le recueil de miss Smith, puisqu'elle appartient à l'un de mes amis et que je n'ai pas le droit de l'exposer aux yeux du public, mais peut-être serez-vous bien aise d'y jeter un coup d'œil.

Emma comprit fort bien que ce discours s'adressait plutôt à elle qu'à Harriet. Mr Elton paraissait un peu embarrassé et il lui était sans doute plus aisé de rencontrer ses yeux à elle plutôt que ceux de son amie. Puis, il disparut. Après un moment de silence, Emma proposa en souriant la feuille à Harriet en la poussant vers elle et en disant :

— Prenez cela, c'est pour vous. Prenez ce qui vous appartient.

Harriet, tremblante, ne voulait pas y toucher. Emma, qui ne refusait jamais d'être la première en tout, fut obligée de l'examiner elle-même.

A miss ***

Charade

Mon premier vous instruit de la pompe des rois,
Du luxe et du bonheur des souverains du monde ;
Mon second vous présente encor un autre choix ;
Il offre à vos regards le monarque de l'onde.

Mais, unis, quel revers ! tombés dans l'esclavage,
Leur pouvoir si vanté, tout a pour eux fini,
Jusqu'à leurs libertés ; et la femme en partage
Reçoit leur brillant sceptre à leur couronne uni.

Ton esprit pénétrant me saura deviner,
Et puisse un doux regard de tes yeux m'approuver !

Elle jeta un coup d'œil dessus, réfléchit, comprit le sens de la charade, la relut tout entière pour s'assurer qu'elle ne s'était pas trompée, la fit passer à son amie, puis s'assit en souriant, se disant à elle-même, tandis que Harriett, plongée dans la plus vive confusion, où se mêlaient l'espoir et l'incompréhension, faisait de vains efforts pour en découvrir la solution.

« Fort bien, Mr Elton, très bien, en vérité ! se dit-elle. J'ai lu de plus mauvaises charades. « Cour » et « Vaisseau »[1], quelle bonne idée ; je vous en fais compliment. Cela revient à dire ouvertement : "Je vous prie, miss Smith, de me permettre de vous présenter mes hommages. Approuvez ma charade et mes intentions du même regard." »

Et puisse un doux regard de tes yeux m'approuver !

« Harriet, *exactement*. Doux est bien le mot qui convient pour ses yeux. C'est de toutes les épithètes la plus juste que l'on puisse trouver. »

Ton esprit pénétrant me saura deviner.

« Oh ! Oh ! l'esprit pénétrant de Harriet ! Enfin, tant mieux ; il faut qu'un homme soit bien amoureux, en vérité, pour en donner une pareille définition. Ah ! Mr Knightley ! Que n'êtes-

---

1. Cour et vaisseau – en anglais, *court* et *ship* –, réunis en un mot, signifient « faire la cour ».

vous ici. Je pense que vous seriez convaincu ; vous seriez obligé d'avouer que vous vous êtes trompé une fois dans votre vie. Cette charade est en vérité excellente et vient à-propos. L'affaire va bientôt se décider. »

Elle fut obligée d'interrompre le cours de ces agréables réflexions, qu'elle aurait pu prolonger à volonté, pour prêter attention aux vives et surprenantes questions de Harriet.

— Qu'est-ce que cela peut être, miss Woodhouse ? Qu'est-ce que cela peut être ? Je n'y comprends rien ; je ne puis le deviner. Que cela signifie-t-il ? Essayez de le trouver, je vous en prie, miss Woodhouse ! Aidez-moi. Je n'ai jamais rien vu d'aussi difficile. Est-ce un « royaume » ? Je me demande de quels amis il s'agissait, et quelle peut être la jeune demoiselle. Trouvez-vous que cette charade soit bonne ? Est-ce « femme » ?

> *... Et la femme en partage*
> *Reçoit leur brillant sceptre à leur couronne uni.*

Serait-ce Neptune ?

> *Il offre à vos regards le monarque de l'onde.*

Ou bien un trident ? Une sirène ? Un requin ? Ah ! non. Requin n'a que deux syllabes. Il faut que cela soit très bien imaginé, sinon il ne l'aurait pas apporté. Oh ! miss Woodhouse, croyez-vous que nous le trouvions jamais ?

— Des sirènes ! Des requins ! Sottises, ma chère Harriet, à quoi pensez-vous ? A quoi lui servirait de nous apporter une charade composée par l'un de ses amis sur une sirène ou un requin ? Donnez-moi ce papier, et écoutez : « A miss *** »... Lisez « A miss Smith ». « Mon premier vous instruit de la pompe des rois, du luxe et du bonheur des souverains du monde »... C'est la cour. « Mon second vous présente encor un autre choix ; il offre à vos regards le monarque de l'onde. » C'est un vaisseau, aussi clairement que possible. Maintenant, pour la rime, « Mais, unis... » *Courtship*... vous entendez « faire sa cour » ! « Quel revers ! Tombés dans l'esclavage, leur pouvoir si vanté, tout a pour eux fini, jusqu'à leurs libertés ; et la femme en partage reçoit leur brillant sceptre à leur couronne uni. » Voilà un compliment très bien tourné.

Vient ensuite la prière. Je pense, ma chère Harriet, qu'il vous sera aisé de la comprendre. Lisez cela comme un encouragement. Il n'y a pas de doute que cette charade n'ait été faite pour vous.

Harriet ne résista pas longtemps et trouva très agréable de se laisser persuader. Elle lut les derniers vers et éprouva autant d'émoi que de bonheur. Elle en perdit la voix, mais on ne désirait pas qu'elle parlât ; c'était assez qu'elle sentît. Emma le fit pour elle.

— Il y a dans ce compliment un dessein si particulier et si marqué, dit-elle, que je ne puis douter un moment des intentions de Mr Elton. Vous faites l'objet de son admiration, et bientôt vous en recevrez la preuve la plus complète. Je savais bien que cela arriverait. J'étais certaine de ne m'être pas trompée ; mais, à présent, la chose est claire ; il s'est décidé, comme je le souhaitais depuis que je vous connais. Oui, Harriet, c'est depuis ce temps-là que je désirais que ce qui vient d'arriver eût lieu. Je n'ai jamais pu décider si un attachement entre vous et Mr Elton était désirable ou s'il était naturel. Un pareil événement était aussi probable que souhaitable ! Cela me rend parfaitement heureuse. Je vous en félicite, ma chère Harriet, de tout mon cœur. C'est un attachement tel qu'une femme peut être fière de l'avoir inspiré. Une pareille alliance ne peut que bien tourner. Elle vous procurera tout ce dont vous aurez besoin – la considération, l'indépendance et une bonne maison – et vous établira au milieu de vos vrais amis, près de moi et de Hartfield, resserrant les liens qui nous unissent. Cette alliance, enfin, ma chère Harriet, ne peut jamais nous faire rougir, ni vous ni moi.

— Ma chère miss Woodhouse, ma chère miss Woodhouse...

Ce fut tout ce que Harriet trouva à dire, en l'embrassant plusieurs fois avec tendresse.

Un peu plus tard, quand elles purent reprendre une conversation moins décousue, son amie se rendit compte qu'elle voyait, sentait, anticipait et se souvenait parfaitement de tout, comme elle le devait. La supériorité de Mr Elton fut reconnue.

— Vous avez toujours raison, s'écria Harriet. C'est pourquoi, je suppose, je crois et j'espère que tout cela arrivera. Quant à moi, je ne me le serais jamais imaginé. C'est très au-dessus de ce que je mérite. Mr Elton qui pourrait épouser qui bon lui plairait ! On ne peut balancer à son sujet. Il est si supérieur aux autres ! Songez à ces beaux vers adressés à miss.... Mon Dieu ! Que c'est beau ! Croyez-vous qu'ils aient véritablement été composés pour moi ?

— Je ne puis ni en douter ni prêter attention aux moindres interrogations sur le sujet. La chose est certaine. Rapportez-vous à mon jugement. C'est une espèce de prologue à la pièce, une phrase en exergue à un chapitre, et l'on passera bientôt au corps du texte, qui déterminera la conduite à tenir.

— Personne ne s'y serait attendu. Il y a un mois, je n'en avais pas moi-même la moindre idée ! Il se produit parfois les choses les plus étranges !

— Quand les miss Smith et les Mr Elton font connaissance, il s'en produit, en vérité, et de fort étonnantes. On trouve extraordinaire ce qui est, de manière évidente, palpable, si désirable que ce qui semble devoir solliciter l'intervention d'étrangers prend aussitôt la forme souhaitable. Mr Elton et vous étiez appelés à vous réunir à cause de vos situations respectives ; vous deviez appartenir l'un à l'autre en raison même des circonstances qui ont marqué votre existence dans vos foyers respectifs. Votre mariage sera le pendant de celui de Randalls. Il semble qu'il y ait quelque chose dans l'air de Hartfield qui oriente l'amour dans la bonne direction et lui montre le chemin qu'il doit emprunter. « L'amour vrai n'a jamais suivi un cours facile. » Une édition de Shakespeare faite à Hartfield comporterait de longues annotations sur ce passage.

— Que Mr Elton soit véritablement amoureux de moi, de moi qui ne le connaissais pas assez à la Saint-Michel pour oser lui parler ! Et lui, le plus bel homme qui soit, un homme que tout le monde respecte autant que Mr Knightley ! Sa compagnie est si recherchée, assure-t-on, que s'il prend un repas seul c'est qu'il le veut bien, car il reçoit plus d'invitations qu'il n'y a de jours dans la semaine. Et il se montre excellent à l'église ! Miss Nash note le texte de tous les sermons qu'il a prêchés depuis qu'il est arrivé à Highbury. Mon Dieu ! Quand je pense au jour où je l'ai vu pour la première fois ! Je ne me serais pas doutée... Les deux demoiselles Abbot et moi, nous avions couru au salon qui donne sur la façade de la pension pour le regarder par la jalousie, car on nous avait dit qu'il allait passer. Miss Nash est entrée et nous a grondées, avant de nous chasser, puis elle s'est mise à notre place pour l'apercevoir. Toutefois, elle m'a rappelée peu après et m'a permis de regarder aussi, ce qui était très aimable de sa part. Oh ! que nous l'avions trouvé beau ! Il marchait bras dessus, bras dessous avec Mr Cole.

— Voilà une alliance qui sera sans doute agréable à vos amis quels qu'ils soient, pourvu qu'ils aient le sens commun ; et nous n'avons pas à nous occuper des sots. S'ils désirent vous voir heureuse, voilà un homme dont l'aimable caractère en donne l'assurance. S'ils ont envie que vous vous établissiez dans le pays et dans le cercle où ils vous ont placée, leurs souhaits seront exaucés ; et, s'ils aspirent simplement à ce que vous fassiez un bon mariage, vous bénéficierez d'une fortune confortable, d'un solide établissement et vous atteindrez une position sociale qui devrait les satisfaire.

— Oui ! C'est tout à fait cela. Comme vous parlez bien ! J'aime à vous entendre. Vous comprenez tout. Vous et Mr Elton, vous avez autant d'esprit l'un que l'autre. Cette charade ! Même si je m'étais appliquée pendant un an, je n'aurais jamais rien pu écrire de tel.

— A la façon dont il déclinait cet honneur, hier, j'ai compris qu'il avait l'intention de s'y essayer.

— C'est la plus belle charade que j'aie jamais vue.

— Il est certain que je n'en ai jamais lu qui atteigne aussi bien son but.

— Elle est deux fois plus longue qu'aucune de celles que nous avions auparavant.

— Ce n'est pas, selon moi, la longueur qui la rend meilleure ; de pareilles choses, au contraire, ne sauraient être trop courtes.

Harriet était trop occupée à relire les vers pour entendre

cette dernière phrase. Les comparaisons les plus flatteuses lui venaient à l'esprit.

— C'est une chose, dit-elle peu après en rougissant, que d'avoir beaucoup de bon sens, comme tout le monde et, quand on veut exprimer ce que l'on pense, de s'asseoir, d'écrire une lettre et de le dire en quelques lignes ; mais c'en est une tout autre que de composer une charade et des vers comme ceux-là.

Emma n'aurait pu souhaiter un rejet plus direct de la prose de Mr Martin.

— Quels beaux vers ! continua Harriet, les deux derniers, surtout. Mais comment m'y prendrai-je pour lui rendre la feuille de papier ou lui dire que j'ai trouvé la solution ? Oh ! miss Woodhouse, que devons-nous faire ?

— Laissez-moi la feuille ; ne vous inquiétez pas. Il viendra ce soir, je suppose. Je la lui rendrai. Nous échangerons quelques plaisanteries, et vous n'aurez pas à vous engager. Votre doux regard brillera quand il le voudra. Fiez-vous à moi.

— Oh ! miss Woodhouse, quel dommage qu'il ne me soit pas permis de transcrire cette charmante charade dans le recueil ! Je suis sûre qu'il n'y en a pas une qui la vaille de moitié.

— Si vous omettez les deux derniers vers, je ne vois pas ce qui vous empêcherait de la transcrire dans votre cahier.

— Ah ! mais ces deux derniers vers sont...

— Les meilleurs de tous, j'en conviens, pour votre plaisir particulier : gardez-les donc pour vous. Ils demeurent écrits, vous savez, même si vous les coupez. Le distique restera toujours le même, et le sens n'en est pas changé. Mais si vous l'enlevez, on ignorera à qui il s'adresse et on ne sera plus qu'en présence d'une charade galante, digne de figurer dans un recueil. Croyez-moi, Mr Elton n'aimerait pas plus que l'on méprisât sa charade que sa passion. Un poète amoureux veut être encouragé et comme amant, et comme poète, ou point du tout. Donnez-moi le recueil, je vais la transcrire ; ainsi ne pourra-t-on vous critiquer.

Harriet se soumit, bien qu'elle eût du mal, mentalement, à séparer les deux parties du poème et à être sûre que son amie n'était pas en train de transcrire dans son recueil une déclaration d'amour. Une pareille offre lui paraissait trop précieuse pour qu'il lui fût donné la moindre publicité.

— Ce livre, dit-elle, ne sortira jamais de mes mains.

— Fort bien, répliqua Emma. Ce sentiment est tout naturel et, plus il durera, plus j'en serai satisfaite. Mais voici mon père. Vous n'élèverez pas d'objections à ce que je lui lise la charade : cela lui fera le plus grand plaisir ! Il aime ces sortes de productions, surtout lorsqu'on y complimente les femmes. Il fait preuve de la plus tendre galanterie envers nous toutes ! Permettez-moi de la lui lire.

Harriet prit l'air grave.

— Ma chère Harriet, cette charade ne doit pas tant vous affecter ; vous trahirez vos sentiments si vous paraissez gênée, si vous réagissez trop vite ou même si vous semblez y attacher plus de prix que la chose n'en mérite. Ne perdez pas la tête pour un aussi mince tribut d'admiration. Si Mr Elton avait tant désiré le secret, il n'aurait pas laissé son papier pendant que j'étais à proximité ; et d'ailleurs, c'était plutôt à moi qu'à vous qu'il le présentait. Il reçoit assez d'encouragements pour continuer, sans que nous soupirions sur sa charade. Ne prenons donc pas cette affaire trop au sérieux.

— Oh ! non. J'espère que je ne me rendrai pas ridicule. Faites ce qu'il vous plaira.

Mr Woodhouse entra et évoqua bientôt le sujet à son tour en demandant à ces demoiselles, selon son habitude, où elles en étaient de leur recueil.

— Avez-vous quelque chose de nouveau ?

— Oui, papa, nous avons quelque chose à vous lire. Nous avons trouvé ce matin un papier sur cette table – une fée l'y aura probablement déposé –, avec une très jolie charade, et nous venons tout juste de la recopier.

Elle lui en fit la lecture avec lenteur, comme il le désirait, de façon distincte, et deux ou trois fois de suite, en fournissant à chacune des strophes les explications nécessaires. Il en fut très satisfait, en particulier de la conclusion.

— Oui, c'est très bien dit, très juste et très vrai. « Et la femme en partage reçoit leur brillant sceptre à leur couronne uni. » Cette charade est si jolie que je devine aisément le nom de la fée qui l'a apportée. Il n'y a que vous, Emma, qui puissiez si bien écrire.

Emma se contenta d'un signe de dénégation et sourit.

Après avoir médité un peu et poussé un soupir attendri, il ajouta :

— Ah ! Il est aisé de voir de qui vous tenez. Votre mère était si habile à ces sortes de choses ! Si j'avais seulement sa mémoire ! Mais je ne me souviens de rien, pas même de l'énigme dont je vous ai parlé ; je ne me rappelle que de la première strophe, et il y en a plusieurs :

> *Kitty est si jolie, autant qu'elle est cruelle,*
> *L'amour m'a consumé, j'en suis encore honteux !*
> *J'invoquai Cupidon, me fiant à son zèle,*
> *Malgré que je craignis son humeur infidèle,*
> *Car il m'a rendu déjà bien trop malheureux.*

Voilà tout ce que je n'ai pas oublié. Elle est belle d'un bout à l'autre, mais, il me semble, ma chère enfant, que vous m'avez dit l'avoir déjà reprise ?

— Oui, papa, elle se trouve sur la seconde page de notre recueil. Nous l'avons copiée des *Extraits élégants*. Elle est du comédien Garrick, vous le saviez ?

— Ah ! oui, c'est vrai. Comme j'aimerais me souvenir de la suite. « Kitty est si jolie, autant qu'elle est cruelle... » Son nom me rappelle la pauvre Isabella, car il s'en est fallu de peu qu'elle ne reçoive au baptême le prénom de sa grand-mère, Catherine. J'espère que nous l'aurons ici la semaine prochaine. Avez-vous songé, ma chère, où nous la mettrons, et quelle chambre on donnera aux enfants ?

— Oh ! oui, elle aura sa chambre, bien sûr, celle qu'elle occupe toujours, et les enfants, celle qui leur est destinée, comme d'habitude. Pourquoi ferions-nous le moindre changement ?

— Je n'en sais rien, ma fille, mais il y a si longtemps qu'elle n'est venue ici. Depuis Pâques, et encore n'est-elle restée que quelques jours. Il est fâcheux que Mr John Knightley soit homme de loi. Pauvre Isabella ! C'est bien malheureux que l'on nous prive tous de sa présence ! Quel chagrin elle éprouvera, à son arrivée, de ne plus voir miss Taylor ici.

— Au moins, papa, elle n'en sera pas surprise..

— Je n'en sais rien, ma chérie. Je sais seulement que moi, j'ai été extrêmement surpris lorsque j'ai appris qu'elle allait se marier.

— Nous inviterons Mr et Mrs Weston à dîner ici quand Isabella sera chez nous.

— Oui, ma chère, si nous en avons le temps. Mais – dit-il d'un ton affligé – elle ne vient que pour une semaine ; nous n'aurons le temps de rien faire.

— Il est malheureux qu'ils ne puissent rester plus long-temps ; il paraît qu'ils y sont forcés. Mr John Knightley doit se trouver à Londres le 28, et il faut être reconnaissant, papa, de ce qu'ils nous accordent tout le temps qu'ils peuvent passer à la campagne. Ils ne séjourneront que deux ou trois jours à l'abbaye. Mr Knightley a promis de ne pas réclamer leur présence pour ces fêtes de Noël, et vous savez fort bien qu'il y a davantage de temps qu'il ne les a reçus que nous.

— Il serait bien dur, ma chère enfant, de voir la pauvre Isabella loger ailleurs qu'à Hartfield.

Mr Woodhouse ne voulait jamais admettre les droits qu'avait Mr Knightley sur son frère et ceux de qui que ce soit sur Isabella. Il réfléchit un moment et remarqua :

— Je ne vois pas pourquoi la pauvre Isabella serait obligée de s'en retourner aussitôt à Londres. Il me semble, Emma, que je ferais bien d'essayer de la persuader de prolonger son séjour chez nous. Elle et ses enfants pourraient très bien rester ici.

— Ah ! papa, c'est ce à quoi vous n'avez jamais pu réussir, et vous n'y réussirez jamais. Isabella ne supporte pas l'idée de quitter son mari.

Cette vérité était trop évidente pour être contredite, aussi ennuyeuse fût-elle. Mr Woodhouse dut donc se soumettre avec un soupir de regret ; et, comme Emma voyait qu'il était abattu à l'idée de l'attachement qu'Isabella portait à son mari, elle orienta la conversation sur un aspect de la question qui pouvait lui redonner courage.

— Harriet passera avec nous le plus clair de son temps quand mon beau-frère et ma sœur seront ici. Je suis sûre que les enfants lui plairont. Nous sommes très fiers de ces enfants, n'est-ce pas, papa ? Je me demande quel est celui qui lui paraîtra le plus beau, de Henry ou de John.

— Et moi aussi. Pauvres petits, qu'ils seront contents de venir ici ! Ils aiment beaucoup Hartfield, Harriet.

— J'en suis persuadée, monsieur, et je ne connais personne qui ne le soit.

— Henry est un joli garçon, mais John ressemble beaucoup à sa maman. Henry est l'aîné ; on lui a donné mon prénom de préférence à celui de son père. C'est donc le second qui s'appelle John. Certains ont été surpris que l'on n'ait pas ainsi prénommé l'aîné, mais c'est Isabella qui a voulu qu'il s'appelât Henry ; je lui en ai su gré. C'est en vérité un garçon très intelligent. Ils le sont tous les deux, d'ailleurs ; et ils ont tous des manières très engageantes. Ils viennent près de mon fauteuil, et l'un d'eux me demande : « Grand-papa, pouvez-vous me donner un bout de ficelle ? » Henry, un jour, m'a réclamé un couteau. Je lui ai répondu que les couteaux étaient réservés aux grands-pères. Je pense que leur père est souvent trop dur avec eux.

— Il vous paraît dur, dit Emma, parce que vous êtes si doux, mais, si vous le compariez à d'autres pères, vous ne le trouveriez pas exigeant. Il désire que les enfants aient l'esprit éveillé et se montrent audacieux et hardis ; lorsqu'ils font des bêtises, il les réprimande sèchement, de temps à autre, mais c'est un père affectueux. Il est certain que Mr John Knightley est un père tendre. Les enfants l'aiment beaucoup.

— Et quand leur oncle arrive, il les fait sauter jusqu'au plafond d'une manière terrifiante.

— Cela les amuse, papa, il n'y a rien qu'ils aiment tant. Ils apprécient tellement cet exercice que, si leur oncle n'avait posé pour règle qu'ils voleraient chacun à leur tour, celui qui commence ne voudrait jamais céder sa place à l'autre.

— Eh bien ! je ne comprends pas.

— C'est ce qui nous arrive à tous, papa. La moitié d'entre nous est incapable de comprendre les plaisirs d'autrui.

Un peu plus tard dans la journée, juste au moment où les demoiselles allaient se séparer avant le dîner, toujours servi à quatre heures, le héros de l'inimitable charade se présenta de nouveau. Harriet se détourna, mais Emma le reçut avec son sourire accoutumé, et son œil pénétrant crut reconnaître en lui l'homme qui, ayant fait un pas en avant et jeté le premier les dés, venait s'informer s'il avait réussi. Mr Elton donna cependant pour raison ostensible de sa présence un désir de s'informer si Mr Woodhouse pourrait faire sa partie de cartes sans son concours ou si l'on aurait le moindre besoin de lui à Hartfield. Si l'on comptait sur lui, il renoncerait à tout autre projet ; sinon, son ami Cole l'avait tant pressé de venir dîner avec lui, il avait tant insisté qu'il n'avait pu s'empêcher de lui promettre d'y aller – sous réserve qu'il ne serait pas nécessaire ici.

Emma le remercia, mais ne voulut pas permettre qu'il manquât de parole pour eux à son ami. Son père aurait un nombre suffisant de partenaires pour faire un robre. Mr Elton renouvela ses offres, qui furent de nouveau repoussées. Il allait se retirer quand Emma, prenant le papier qui était sur la table, le lui rendit.

— Oh ! voilà la charade que vous avez eu la bonté de nous laisser ; je vous remercie de nous avoir permis de la lire. Nous l'avons trouvée si belle que j'ai pris la liberté de la transcrire dans le recueil de miss Smith. J'ose espérer que votre ami n'en sera pas fâché : bien entendu, je n'ai conservé que les huit premiers vers.

Mr Elton ne savait trop que répondre. Il paraissait incertain et confus. Après avoir fait allusion à l'« honneur », il jeta un coup d'œil à Emma, puis à Harriet, et voyant le recueil ouvert sur la table, il le prit et l'examina avec beaucoup d'attention. Pour le tirer d'embarras, Emma lui dit en souriant :

— Il faut que vous présentiez mes excuses à votre ami, mais une charade aussi excellente ne doit pas être réservée à un ou deux admirateurs seulement. Il peut être sûr qu'aussi longtemps qu'il écrira avec autant de galanterie, il sera toujours approuvé par les femmes.

— Je n'hésiterai pas à dire, répliqua Mr Elton – quoiqu'il

hésitât beaucoup en parlant –, je n'hésiterai pas à vous dire, du moins, si mon ami sent comme je le fais, que s'il voyait, comme moi, le cas que l'on fait de sa production, il considérerait ce moment comme le plus fortuné de sa vie.

Après ce discours, il s'éclipsa. Emma lui en fut reconnaissante car, en dépit de ses qualités et de son amabilité, il y avait dans sa manière de parler une sorte d'ostentation qui lui donnait une irrésistible envie de rire. Elle s'enfuit pour s'en donner à cœur joie, laissant Harriet savourer ce qui se trouvait de tendre, de sublime et d'agréable dans ce qu'elles venaient d'entendre.

10

Bien que l'on fût au milieu de décembre, le temps n'avait pas encore empêché les demoiselles de prendre de l'exercice de façon assez régulière, et, le lendemain, Emma devait rendre une visite de charité à une famille pauvre et malade qui habitait à quelque distance de Highbury.

Pour arriver à la chaumière de cette malheureuse famille, il fallait suivre l'allée du presbytère, qui croisait la grande route à angle droit ; cette dernière, bien qu'irrégulière, servait de rue principale au village. L'allée, comme on s'en doute, abritait la demeure bénie de Mr Elton. Il fallait passer devant plusieurs maisons sans caractère et, un quart de mille plus loin, on arrivait au presbytère, une maison ancienne, sans attraits, bâtie aussi près que possible du chemin. Sa situation n'était pas avantageuse, mais le nouveau propriétaire l'avait embellie autant que possible ; telle qu'elle était, il était impossible aux deux amies de ne pas ralentir en arrivant à sa hauteur, afin de l'examiner. Emma fit la remarque suivante :

— La voilà. C'est ici qu'un de ces jours, vous et votre recueil d'énigmes viendrez.

Harriet s'exclama :

— Oh ! quelle charmante maison ! Qu'elle est belle ! Voilà donc les rideaux jaunes que miss Nash admire tant !

— Il est rare que je me promène sur cette route, dit Emma, pour le moment ; mais, ajouta-t-elle, tandis qu'elles reprenaient leur marche, j'aurai peut-être bientôt une raison de l'emprunter, et, peu à peu, je ferai connaissance avec toutes les haies, les barrières, les mares et les saules étêtés de cette partie de Highbury.

Emma s'aperçut que Harriet n'avait jamais vu l'intérieur du presbytère, et la curiosité qu'elle avait de le découvrir était si grande, en considérant l'aspect extérieur et les possibilités d'agencement, qu'elle attribua cette curiosité à l'amour, tout comme elle l'avait fait à l'égard de Mr Elton, quand il avait doté son amie d'un esprit pénétrant.

— Je voudrais que nous trouvions un moyen d'entrer, dit-elle, mais je ne vois aucun prétexte plausible pour le faire. Aucune domestique au sujet de laquelle je puisse prendre des informations auprès de la gouvernante, aucun message de la part de mon père.

Elle réfléchit encore quelques instants, mais en vain. Après un silence, Harriet observa :

— Je suis étonnée, miss Woodhouse, que vous ne soyez pas mariée ou fiancée, charmante comme vous l'êtes !

Emma répondit en riant :

— Il ne suffit pas d'être charmante pour se marier ; il faut trouver d'autres personnes charmantes – une, à tout le moins. Or, non seulement je ne pense pas à me marier pour le moment, mais je n'ai pas l'intention de me marier du tout.

— Ah ! vous le dites ; mais je n'en crois rien.

— Il faudrait que je rencontre quelqu'un de supérieur à tous ceux que j'ai vus jusqu'ici, pour être tentée. Vous savez, dit-elle en se reprenant, que Mr Elton ne compte pas. Et je ne désire pas rencontrer un homme de ce genre. Je fuirais la tentation. Je ne gagnerais rien au change. Si je me mariais, je m'en repentirais certainement.

— Mon Dieu ! Il est bien étrange d'entendre une jeune fille parler comme vous le faites.

— Je n'ai aucune des raisons qui poussent les autres femmes à se marier. Oh ! si j'aimais tout de bon, ce serait une autre affaire, mais je n'ai jamais aimé ; ce n'est pas dans mon tempérament ou bien ma nature s'y oppose. Je ne crois pas qu'il m'arrive de tomber amoureuse et, sans amour, je serais bien folle de changer de situation. J'ai de la fortune, je ne manque pas d'occupation et je tiens un rang élevé. Je crois que peu de femmes mariées ont ne serait-ce que la moitié d'autorité dans la maison de leur mari que je n'en ai à Hartfield ; et jamais, au grand jamais, je ne pourrais être aussi sincèrement aimée ou avoir autant d'importance aux yeux d'un autre homme qu'à ceux de mon père. Qui, sinon lui, me croirait la plus parfaite des femmes, la seule qui ait toujours raison ?

— Oui, mais plus tard vous finirez vieille fille, comme miss Bates.

— C'est la perspective la plus terrifiante que vous puissiez évoquer, ma chère Harriet ; et si je croyais devenir jamais comme miss Bates, si sotte, si contente, si souriante, si bavarde, si peu capable de discernement, de délicatesse, toujours prête à raconter n'importe quoi à mon sujet à toutes ses connaissances, je me marierais demain. Mais, entre nous, je suis convaincue que je ne ressemblerai jamais à miss Bates, si ce n'est que, comme elle, je ne serai pas mariée.

— Mais enfin, vous serez tout de même une vieille fille. C'est terrible !

— Je m'en moque, ma chère Harriet, je ne serai jamais une pauvre vieille fille ; et c'est la pauvreté qui rend le célibat méprisable aux yeux du reste du monde. Une femme seule, qui dispose d'un très mince revenu, devient une vieille fille ridicule et désagréable, en butte aux plaisanteries des jeunes garçons et des petites filles ; mais, si elle possède une grande fortune, elle demeure toujours respectable et peut faire montre d'autant d'intelligence et de charme que qui que ce soit. Et cette distinction n'est pas, comme on pourrait d'abord le supposer, une preuve du peu de candeur et de bon sens du monde en général ; car un piètre revenu a tendance à rétrécir l'esprit et à aigrir le caractère. Ceux qui ont à peine de quoi subsister, forcés de vivre dans un cercle très réduit et le plus souvent inférieur, font volontiers preuve d'un esprit étroit. Cela, néanmoins, ne s'applique pas à miss Bates ; elle est simplement trop accommodante et trop sotte pour me convenir, mais, en général, elle plaît à tout le monde, bien qu'elle soit vieille fille et pauvre. Le manque de moyens n'a certainement pas rétréci son cœur ; je crois que, si elle n'avait qu'un shilling au monde, elle en donnerait volontiers la moitié. Et personne ne la craint, c'est l'un de ses grands attraits.

— Mon Dieu ! Que ferez-vous ? Comment passerez-vous le temps quand vous deviendrez vieille ?

— Si je me connais bien, Harriet, j'ai l'esprit actif, toujours occupé, indépendant et plein de ressources ; je ne puis pas concevoir pourquoi je trouverais moins à m'employer à quarante ou à cinquante ans qu'à vingt et un. Tout ce à quoi les femmes s'activent, avec les yeux, les mains ou l'esprit, me sera aussi facile alors qu'à présent, à peu de chose près. Si je dessine moins, je lirai davantage ; si j'abandonne la musique, je ferai de la tapisserie. Quant à découvrir des objets dignes d'affection ou d'intérêt, ce qui est véritablement le grand point d'infériorité du célibat et ce dont il faut éviter l'absence comme une grave insuffisance quand on ne se marie pas, j'en disposerai de nombreux : les enfants d'une sœur que j'aime tant, quand j'en prendrai soin, me le garantiront. Ils seront suffisamment nombreux pour suppléer à toutes les sensations dont le déclin de l'âge a besoin. J'aurai de quoi craindre et espérer ; et, quoique l'attachement que j'éprouverai pour eux n'égalera pas celui d'une mère, il me conviendra mieux que s'il était plus ardent et plus aveugle. Mes neveux et mes nièces ! J'aurai souvent une de mes nièces près de moi.

— Connaissez-vous la nièce de miss Bates ? Je veux dire, je sais que vous l'avez vue cent fois, mais la connaissez-vous bien ?

— Oh ! oui, nous sommes forcées de nous rencontrer chaque fois qu'elle vient à Highbury. Je vous dirai, en passant, qu'une telle obligation vous dégoûterait presque d'avoir une nièce. Que le ciel me préserve de jamais ennuyer les gens en leur parlant sans cesse de tous les Knightley réunis, comme miss Bates le fait avec Jane Fairfax. Le seul nom de Jane Fairfax me donne la migraine. Chaque lettre qu'elle écrit est lue trente à quarante fois ; on transmet les compliments qu'elle adresse à ses amis à une lieue à la ronde, et si elle envoie un patron de collerette à sa tante ou qu'elle tricote une paire de jarretières pour sa grand-mère, on n'entend plus parler d'autre chose pendant un mois. Je souhaite beaucoup de bien à Jane Fairfax, mais elle m'ennuie à en mourir.

Elles approchaient alors de la chaumière, ce qui mit fin à leurs discours. Emma témoignait beaucoup de compassion aux malheureux ; non seulement elle venait en aide aux pauvres de sa bourse, mais elle faisait preuve envers eux d'attentions personnelles, de gentillesse, de patience et de bons conseils. Elle connaissait leurs habitudes, pardonnait leur ignorance et leurs tentations, et ne s'attendait pas, de façon romanesque, à trouver de grandes vertus chez des gens qui n'avaient reçu aucune espèce d'éducation. Elle leur montrait une vive sympathie quand ils étaient dans la peine et leur prodiguait des secours avec autant d'intelligence que de bonne volonté. Ce jour-là, elle rendait visite à des gens tout à la fois pauvres et malades ; après être demeurée dans la chaumière autant de temps qu'il le fallait pour apporter le réconfort et des recommandations aux affligés, elle la quitta avec une telle impression de la scène qu'elle avait eue sous les yeux qu'elle confia à son amie en sortant :

— Une telle vue, Harriet, est bénéfique. On tient les autres événements pour dérisoires. Il me semble que, de toute la journée, je ne penserai qu'à ces pauvres créatures, et cependant, qui sait si tout cela ne s'évanouira pas de mon esprit en très peu de temps ?

— C'est bien vrai, reconnut Harriet. Pauvres créatures ! On ne peut penser à autre chose.

— En réalité, je suis convaincue que cette impression ne s'effacera pas de sitôt, dit Emma en franchissant une petite haie et en descendant l'escalier peu sûr qui terminait l'allée étroite et glissante du jardin. Non, je ne crois pas que cela m'arrive.

Elle s'arrêta pour contempler une fois de plus la triste chaumière et se rappeler la situation plus pitoyable encore de ses habitants.

— Oh ! non, ma chère, approuva sa compagne.

Elles poursuivirent leur chemin. L'allée faisait un coude, à proximité de l'endroit où elles étaient, et, après l'avoir passé, elles virent Mr Elton s'avancer à leur rencontre ; il était si près qu'Emma eut juste le temps de dire :

— Ah ! Harriet, voilà une mise à l'épreuve bien soudaine de nos bons sentiments. Après tout, ajouta-t-elle en souriant, j'espère que l'on conviendra que, si la compassion a procuré un soulagement judicieux aux malheureux, elle a réussi le plus important. Si nous sentons assez vivement les peines d'autrui pour y apporter le remède qui est en notre pouvoir, le reste n'est qu'une sympathie vide de sens, qui ne peut qu'être nuisible à qui l'éprouve.

Harriet ne sut que dire : « Oh ! oui, ma chère », avant que Mr Elton les rejoignît. Les besoins et les souffrances des membres de la famille qu'Emma venait de visiter furent d'abord au centre de la conversation. Mr Elton se rendait chez eux ; il décida alors de reporter sa visite, mais ils s'entretinrent de ce que l'on pouvait et de ce que l'on devait faire pour eux. Après quoi, Mr Elton fit demi-tour pour les accompagner.

« Une telle rencontre, alors qu'ils accomplissaient la même mission, pensa Emma, va redoubler l'amour qu'ils avaient l'un pour l'autre. Je ne serais pas surprise qu'elle conduisît à une déclaration. Cela se produirait si je n'étais pas ici. Je désirerais être ailleurs. »

Comme elle souhaitait s'écarter d'eux autant que possible, elle emprunta peu après un sentier étroit, plus élevé, et leur abandonna le chemin, mais elle n'y était pas depuis deux minutes que l'habitude de la dépendance et de l'imitation poussa Harriet à quitter le chemin à son tour ; sous peu, elle les aurait tous les deux derrière elle. Cela la contraria ; elle s'arrêta aussitôt et, sous le prétexte d'arranger le laçage de ses bottines, elle se baissa de façon à occuper toute la largeur du bas-côté et les pria d'aller de l'avant, car elle les rejoindrait dans une minute. Ils firent ce qu'elle désirait et, lorsqu'elle jugea raisonnable d'en avoir terminé avec sa chaussure, elle eut la satisfaction de pouvoir encore retarder sa marche. L'une des petites filles de la chaumière, qui se rendait à Hartfield, selon ses ordres, avec une cruche, pour aller chercher du bouillon, venait de la rattraper. Marcher à côté de l'enfant, lui parler, lui poser des questions, tout cela était des plus naturel, ou du moins l'aurait été, si elle avait agi sans dessein ; mais, pendant ce temps-là, les autres pouvaient conserver leur avance sans être obligés de l'attendre. Cependant, sans le vouloir, elle gagnait sur eux ; l'enfant marchait vite et eux doucement. Emma en eut d'autant plus de regret qu'ils paraissaient parler de choses qui les intéressaient. Mr Elton s'exprimait avec animation. Harriet, enchantée, l'écoutait avec une grande attention. Ayant congédié l'enfant, Emma songeait au moyen de demeurer encore un peu à l'arrière, lorsque tous deux se retournèrent ; elle se sentit obligée de les rejoindre.

Mr Elton continuait son discours et paraissait fournir quelques détails curieux, mais quelle fut la déception d'Emma lorsqu'elle comprit qu'il faisait à sa jolie compagne le récit de ce qui s'était passé la veille, au dîner de son ami Cole, et qu'elle arrivait elle-même pour entendre vanter le fromage de Stilton, celui du nord du Wiltshire, le beurre, le céleri, les betteraves et, enfin, tous les desserts.

Elle se consola en pensant que cette évocation les aurait bientôt conduits à quelque chose de plus intéressant, car, se disait-elle, « tout plaît à ceux qui s'aiment, et tout sert d'introduction à ce qui est près du cœur. Oh ! si j'avais pu rester en arrière plus longtemps ! ».

Ils continuèrent ensemble en silence jusqu'à ce qu'ils fussent en vue de la palissade du presbytère, lorsqu'une résolution soudaine de faire au moins entrer Harriet dans la maison incita à nouveau Emma à vouloir arranger sa bottine. Elle fit halte, cassa le lacet le plus court qu'elle put, le jeta dans le fossé, puis pria ses amis de s'arrêter et se dit incapable de marcher de façon confortable jusque chez elle.

— J'ai perdu une partie de mon lacet, dit-elle, et je ne sais que faire. Il faut avouer que je suis de bien mauvaise compagnie pour vous deux. A la vérité, je ne suis pas toujours aussi mal équipée. Mr Elton, permettez-moi d'entrer chez vous et de demander à votre femme de charge un peu de ruban ou de ficelle afin que je ne perde pas ma bottine.

Cette demande parut enchanter Mr Elton, et nul ne se serait montré plus empressé et plus attentif que lui quand il les fit entrer dans sa maison en s'efforçant de tout faire paraître à son avantage. La pièce où il les conduisit était celle où il passait la majeure partie de son temps ; elle donnait sur la façade. Derrière, un second salon communiquait avec le premier ; la porte de liaison était ouverte, et Emma y passa avec la gouvernante pour réparer de son mieux sa chaussure. Elle laissa la porte entrebâillée comme elle l'avait trouvée, espérant que Mr Elton la fermerait ; il n'en fit rien. Elle engagea alors la conversation avec la gouvernante, afin de donner à Mr Elton la liberté de choisir, dans l'autre pièce, le sujet de sa conversation avec Harriet. Pendant dix minutes, elle n'entendit que sa propre voix. Ne pouvant s'attarder plus longtemps, elle reparut.

Les amoureux s'étaient mis tous deux à la fenêtre, ce qui lui parut de bon augure, et, pendant une minute, Emma s'applaudit de son stratagème. Mais rien n'avait changé. Mr Elton n'en était pas venu au point désiré. Il s'était montré charmant, avait raconté à Harriet que, les ayant vues passer, il s'était empressé de les suivre ; il avait hasardé quelques propos galants, quelques allusions, mais rien de bien sérieux.

« Prudent, très prudent, pensa Emma ; il fait les approches pied à pied et ne s'aventurera qu'à bon escient. »

Bien que son ingénieux stratagème n'eût pas réussi comme elle l'avait souhaité, elle put au moins se glorifier de leur avoir fait passer quelques instants délicieux, ce qui serait sans doute un pas de plus vers le grand événement.

11

A présent, il fallait abandonner Mr Elton à lui-même. Il ne dépendait plus d'Emma de veiller sur son bonheur ni de l'inciter à accélérer l'allure. L'arrivée de sa sœur et de sa famille était si prochaine qu'elle se mit à la prévoir, puis dut véritablement prendre toutes les dispositions nécessaires à leur accueil ; pendant les dix jours que cette famille passerait à Hartfield, on ne pouvait s'attendre – et elle-même n'y songeait pas – à ce qu'elle prêtât une assistance autre qu'occasionnelle et fortuite à ces deux amants. Il ne tenait cependant qu'à eux de presser leurs affaires, s'ils le désiraient ; d'une manière ou d'une autre, il leur faudrait avancer, même s'ils le faisaient malgré eux. Elle ne désirait d'ailleurs pas avoir davantage de loisirs à leur consacrer. Il est en effet des gens qui, plus on en fait pour eux, moins ils en font pour eux-mêmes.

Comme Mr et Mrs John Knightley n'étaient venus de long-temps dans le comté de Surrey, leur arrivée causait plus d'intérêt que de coutume. Jusqu'à cette année, ils avaient toujours partagé leurs vacances entre Hartfield et l'abbaye de Donwell, mais toutes celles de l'automne avaient été consa-crées aux bains de mer pour la santé des enfants, et il s'était écoulé plusieurs mois depuis que leurs amis et parents les avaient été reçus et rencontrés de façon régulière. Mr Wood-house, que l'on n'avait jamais pu inciter à faire le voyage à Londres, même pour retrouver la pauvre Isabella, ne les avait pas revus du tout ; par conséquent, il était au comble de la

109

nervosité et de l'appréhension mêlées de joie, dans l'attente de cette trop courte visite.

Il redoutait beaucoup les dangers du voyage pour sa chère fille et se préoccupait aussi de la fatigue qu'éprouveraient ses chevaux et son cocher, qui devaient aller chercher une partie de la famille à mi-chemin. Mais ses craintes étaient vaines ; les seize milles qui séparaient la capitale de sa demeure furent parcourus sans incident, et Mr John Knightley, sa femme, leurs cinq enfants et un nombre suffisant de bonnes arrivèrent sains et saufs à Hartfield. Le remue-ménage, la joie que cette arrivée occasionna, le grand nombre de personnes qu'il fallait accueillir, encourager, répartir et installer, causèrent une telle confusion qu'en toute autre circonstance, les nerfs de Mr Woodhouse n'auraient pu le supporter ni même l'accepter longtemps, fût-ce en faveur de sa fille ; mais les habitudes de Hartfield et la sensibilité de son père furent si bien respectés par Mrs John Knightley que, en dépit de la sollicitude maternelle qui l'incitait à s'occuper aussitôt du bien-être de ses enfants, à leur procurer sur-le-champ les soins des bonnes, à boire, à manger, un lit ou des jeux, tout ce dont ils pouvaient avoir besoin, elle ne permit jamais ni aux petits ni à leurs domestiques de l'importuner longtemps.

Mrs John Knightley était une petite femme jolie et élégante ; ses manières étaient douces et calmes. Pleine d'amabilité et d'affection, elle ne vivait que pour sa famille, se montrait une épouse dévouée, une mère aimant ses enfants à l'excès. En outre, elle était si tendrement attachée à son père et à sa sœur que, si elle n'eût pas contracté d'autres liens, un attachement plus absolu que le sien pour eux aurait pu paraître impossible. Elle ne trouvait jamais rien à redire à leur propos. Elle n'avait pas beaucoup de perspicacité ni de vivacité d'esprit et, outre cette ressemblance avec son père, elle avait hérité aussi en grande partie de son tempérament. Sa santé était délicate ; elle s'inquiétait sans cesse de celle de ses enfants, se montrait craintive et d'une grande nervosité, et aussi partiale envers son médecin londonien, un certain Mr Wingfield, que son père l'était envers Mr Perry. Elle témoignait, comme lui, d'une grande bienveillance, et avait aussi beaucoup d'égards pour tous leurs vieux amis.

Mr John Knightley était un homme de haute taille, qui avait l'allure d'un gentleman et une vive intelligence. Il commençait à se distinguer dans sa profession et jouissait d'une excellente réputation. Toutefois, il était volontiers casanier et sa trop grande réserve faisait qu'il ne plaisait pas à tout le monde. Son humeur n'était pas toujours égale. On ne pouvait l'accuser d'avoir mauvais caractère ni de s'emporter si souvent qu'il eût mérité un tel reproche, mais ce n'était pas par un naturel bien équilibré qu'il brillait le plus. A la vérité, l'adoration que lui portait son épouse était telle qu'elle ne pouvait qu'accroître ses défauts. L'extrême douceur de l'humeur de l'une aigrissait quelquefois celle de l'autre. Mr John Knightley était doué d'une pénétration et d'une vivacité d'esprit qui manquaient tout à fait à sa femme, et il lui arrivait de se comporter de façon désagréable ou d'adresser des reproches sévères. Il n'était pas le favori de sa charmante belle-sœur, qui connaissait ses faiblesses. Emma ressentait vivement les torts qu'il avait envers Isabella, même si cette dernière ne s'en apercevait pas. Elle les lui eût peut-être pardonnés s'il lui avait porté plus d'attention, mais il se contentait d'agir avec la calme affection d'un frère et d'un ami, sans louange et sans aveuglement. Du reste, aucun compliment n'aurait pu lui faire oublier la plus grave faute, à ses yeux, qu'il lui arrivait de commettre, celle de n'être pas assez tolérant et respectueux envers son père. Il n'avait pas toujours à son endroit la patience souhaitable. Les singularités, l'agitation continuelle de Mr Woodhouse le poussaient souvent à lui adresser des remontrances pour le rappeler à la raison, ou d'aigres reparties, tout aussi mal venues. Cela n'arrivait pas souvent, car Mr John Knightley avait par ailleurs un grand respect pour son beau-père et avait tout à fait conscience de ce qui lui était dû. Emma estimait que cela arrivait trop souvent, et appréhendait toujours qu'une nouvelle faute ne fût commise, même s'il ne se produisait rien de blâmable. Cependant, au début de chaque séjour, chacun faisait toujours preuve des sentiments les plus bienveillants, et comme celui-ci, par nécessité, devait être court, il fallait espérer qu'il se déroulerait dans une atmosphère de pure cordialité. Il n'y avait pas longtemps qu'ils étaient assis et remis un peu de l'agitation du premier moment, lorsque Mr Woodhouse hocha la tête d'un air mélancolique, soupira et attira l'attention de sa fille aînée sur les malheureux changements survenus à Hartfield depuis sa dernière visite.

— Ah ! ma chère, dit-il, cette pauvre miss Taylor. C'est une affaire bien triste. Isabella, qui sympathisait avec lui, s'écria :

— Oh ! oui, monsieur, comme elle doit vous manquer ! Et à la pauvre Emma aussi ! Quelle terrible perte pour vous deux ! J'en ai été si affligée pour vous ! Je ne parvenais pas à imaginer que vous pussiez vous passer d'elle ! Quel triste changement, en vérité ! J'espère qu'elle est en bonne santé ?

— Plutôt bonne, ma chère – je le lui souhaite –, plutôt bonne. Je crois que l'air de l'endroit où elle réside lui convient assez bien.

Mr John Knightley demanda alors tranquillement à Emma si l'on avait jamais eu des doutes sur la salubrité de l'air de Randalls.

— Oh ! non, pas du tout. Je n'ai jamais vu Mrs Weston mieux se porter ; papa parle ainsi pour exprimer ses regrets.

— Cela les honore tous les deux, répondit-il, magnanime.

— Et la voyez-vous assez souvent, monsieur ? demanda Isabella du ton plaintif qu'appréciait Mr Woodhouse.

Il hésita.

— De loin pas aussi souvent que je le désirerais.

— Oh ! papa, nous n'avons passé qu'un seul jour sans les voir, depuis leur mariage. Nous avons vu Mr ou Mrs Weston, et en général tous les deux, dans la journée ou le soir, à Randalls ou ici, et, comme vous pouvez le penser, Isabella, le plus souvent ici. Ils montrent beaucoup d'obligeance dans leurs visites, et Mr Weston est aussi aimable en cela que sa femme. Si vous continuez, cher papa, sur ce ton mélancolique, vous allez donner à Isabella une fausse idée de nous tous. Tout le monde sait que nous regrettons beaucoup miss Taylor, mais on doit aussi se rendre compte que Mr et

Mrs Weston font tout ce qu'ils peuvent pour rendre cette séparation supportable. Voilà l'exacte vérité.

— Les choses se passent tout à fait comme elles devaient se passer, dit Mr John Knightley, et c'est ce à quoi je m'attendais d'après vos lettres. Le désir qu'aurait Mrs Weston de vous témoigner son attachement n'était pas douteux ; quant à Mr Weston, comme il est retiré des affaires et sociable, il lui est très facile d'entretenir avec vous de telles relations. Je vous ai toujours dit, mon amour, que le changement survenu à Hartfield n'était pas aussi terrible que vous vous l'imaginiez ; à présent que vous avez entendu le récit d'Emma, j'espère que vous serez satisfaite.

— Oui, sans doute, dit Mr Woodhouse. Oui, il est vrai, je l'avoue, que Mrs Weston, cette pauvre Mrs Weston, vient nous voir assez souvent – mais ensuite, elle est toujours obligée de s'en retourner chez elle.

— Ce serait bien dur pour Mr Weston, papa, si elle ne s'en retournait pas. Vous oubliez ce pauvre Mr Weston.

— Je crois à la vérité, dit Mr John Knightley sur le ton de la plaisanterie, que Mr Weston a quelques prétentions à cet égard. Vous et moi, Emma, pouvons nous risquer à prendre le parti du pauvre mari. Moi, en tant que mari, et vous, n'étant l'épouse de personne, les prétentions du mari doivent nous frapper avec autant de force l'un et l'autre. Pour ce qui est d'Isabella, elle est mariée depuis assez longtemps pour juger qu'il serait bon d'écarter tous les Mr Weston de ce monde, si elle en avait la possibilité.

— Moi, mon ami ! s'écria son épouse, qui n'avait entendu et compris qu'une partie de son discours. Parlez-vous de moi ? Je suis certaine que personne ne doit et ne peut être plus porté à défendre le mariage que moi ; et, si ce n'avait été la terrible nécessité de quitter Hartfield, j'aurais toujours considéré miss Taylor comme la femme la plus heureuse du monde. Quant à mésestimer Mr Weston, l'excellent Mr Weston, je pense qu'il n'y a rien qu'il ne mérite. Personne n'a un meilleur naturel que lui, si ce n'est vous et votre frère. Je n'oublierai jamais que par un jour de grand vent, à Pâques, il a lancé le cerf-volant de Henry pour l'aider. Et depuis qu'il a eu la singulière bonté, il y a un an, en septembre, de m'écrire un billet, à minuit, pour m'assurer que l'on ne constatait pas d'épidémie de fièvre scarlatine à Cobham, j'ai été convaincue qu'il n'existait pas un cœur plus sensible que le sien, ni un meilleur homme que lui. Si une femme est digne de l'avoir pour époux, c'est certainement miss Taylor.

— Où se trouve le jeune homme ? demanda Mr John Knightley. Est-il venu ici à l'occasion du mariage de son père ?

— Il n'est pas encore venu, répondit Emma. On s'attendait beaucoup à le voir peu après le mariage, mais en vain, et l'on n'en entend plus parler, ces derniers temps.

— Mais vous devriez lui dire quelque chose de la lettre, ma chère, intervint son père ; il a écrit une lettre à la pauvre Mrs Weston pour la féliciter. Elle est très belle et très bien tournée, cette lettre. Mrs Weston me l'a montrée. Il m'a paru que le jeune homme s'était bien conduit. Cependant, on ne peut savoir si l'idée d'écrire était bien de lui ; il est si jeune, et peut-être que son oncle...

— Mon cher papa, il a vingt-trois ans. Vous oubliez comme le temps passe.

— Vingt-trois ans ! Les a-t-il vraiment ? Eh bien ! je ne l'aurais jamais cru ; il n'avait que deux ans quand il a perdu sa pauvre mère. Eh bien ! comme le temps fuit ! et puis, j'ai une bien mauvaise mémoire. Quoi qu'il en soit, c'était une excellente lettre et qui a fait le plus grand plaisir à Mr et à Mrs Weston. Je me souviens qu'elle a été écrite à Weymouth, le 28 septembre, et qu'elle commençait ainsi : « Chère Madame », mais j'ai oublié le reste. Je me rappelle seulement très bien qu'elle était signée F.C. Weston Churchill, cela, je m'en souviens parfaitement.

— Comme c'est aimable et honorable à lui ! s'écria la bonne Mrs John Knightley. Je ne doute pas qu'il soit un charmant jeune homme, mais quel dommage qu'il ne vive pas chez son père ! Il n'y a rien au monde de plus choquant que de voir un enfant enlevé à ses parents et à la maison paternelle ! Je n'ai jamais pu comprendre comment Mr Weston avait pu se séparer de son fils. Donner son enfant ! Je n'aurai jamais une bonne opinion d'une personne qui ferait une pareille proposition à une autre.

— Je ne crois pas que personne ait jamais eu une bonne opinion des Churchill, observa froidement Mr John Knightley, mais ne vous imaginez pas que Mr Weston, en remettant la garde de son fils, ait ressenti ce que vous-même éprouveriez si vous vous sépariez de Henry ou de John. Mr Weston est plutôt un homme de caractère aisé et jovial qu'un homme vraiment sensible ; il prend le temps comme il vient, s'amuse de tout, et je suppose qu'il compte plus sur ce que l'on appelle la société pour apprécier les plaisirs de la vie, c'est-à-dire boire, manger et jouer au whist avec les voisins cinq à six jours par semaine, que sur l'affection des membres de sa famille ou sur tout ce que peut lui procurer sa maison.

Emma ne pouvait souffrir que l'on fît la moindre réflexion sur la conduite de Mr Weston ; elle eut envie de prendre sa défense, mais elle se contint et ne dit rien. Elle désirait maintenir la paix, s'il était possible. D'ailleurs, les habitudes domestiques lui paraissaient si honorables et si louables, ainsi que les personnes qui, comme son beau-frère, leur donnaient la préférence sur ce que l'on appelle d'ordinaire les relations sociales, qu'elle se dit qu'il n'avait fait qu'exposer ses propres principes, et jugea qu'il avait sans nul doute droit à son indulgence.

12

Mr Knightley devait dîner avec eux, contre l'inclination de Mr Woodhouse, fâché de voir qui que ce fût partager avec lui Isabella dès le début de son séjour ; mais Emma, qui savait ce qu'il convenait de faire, en avait décidé ainsi. Outre les égards que l'on devait aux deux frères, elle éprouva un vif plaisir, étant donné les circonstances de leur dernière querelle, de lui envoyer elle-même une invitation dans les formes.

Elle espérait qu'ils redeviendraient amis et jugeait qu'il était temps pour eux de se réconcilier. L'idée d'une réconciliation ne correspondait pourtant pas à la situation. *Elle* n'avait certainement pas eu tort, et *lui* n'avouerait jamais qu'il s'était trompé. Il n'y avait pas lieu de faire des concessions, mais l'heure était venue de paraître oublier qu'ils étaient brouillés. Son désir de renouer avec Mr Knightley augmenta du fait que, au moment où il entra dans le salon, elle tenait une de ses nièces ; c'était la plus jeune, une jolie petite fille de huit mois, qui venait à Hartfield pour la première fois et qui paraissait tout heureuse de sauter dans les bras de sa tante. Sa présence fut d'une grande aide, car bien que Mr Knightley eût tout d'abord adopté un air sévère et se fût contenté de questions laconiques, peu à peu, il se mit à parler de tous les visiteurs comme à son ordinaire, et il prit la petite nièce des bras d'Emma avec une familiarité née d'une parfaite sympathie. La jeune femme sentit qu'ils étaient de nouveaux amis ; la conviction qu'elle en eut lui donna d'abord une vive satisfaction, puis l'incita à user d'un peu d'effronterie. Elle ne put s'empêcher de lui dire, tandis qu'il admirait leur nièce :

— Qu'il est consolant de voir que nous avons les mêmes idées sur nos neveux et nos nièces ! Pour ce qui est des hommes et des femmes, nous différons parfois d'opinion, mais, à propos des enfants, nous tombons toujours d'accord.

— Si vous vous laissiez également guider par la nature dans votre estimation des hommes et des femmes, et cédiez aussi peu à l'imagination et au caprice dans vos relations avec eux, nous serions toujours du même avis.

— Oh ! bien sûr ! Nos querelles surviennent uniquement parce que je suis dans l'erreur.

— Oui, dit-il en souriant, et il y a une bonne raison à cela. J'avais seize ans lorsque vous êtes née.

— Il existe, en effet, une grande différence entre nous, répondit-elle ; vous aviez sans doute plus de jugement que moi à l'époque, mais croyez-vous qu'un intervalle de vingt et un ans n'ait pas beaucoup rapproché le mien du vôtre ?

— Oui, beaucoup.

— Pas assez cependant pour me donner une chance d'avoir raison lorsque nous différons.

— Je garde toujours sur vous l'avantage de seize ans d'expérience et celui de n'être pas une jolie femme ni une enfant gâtée. Allons, ma chère Emma, soyons amis et n'en parlons plus. Dites à votre tante, petite Emma, qu'elle doit vous donner un meilleur exemple que de réveiller d'anciens griefs et que, si elle n'avait pas tort la première fois, elle est dans l'erreur maintenant.

— C'est tout à fait vrai, s'écria-t-elle. Petite Emma, en grandissant deviens meilleure que ta tante ; sois infiniment plus instruite et moins orgueilleuse. Maintenant, Mr Knightley, un mot ou deux de plus et j'ai fini. Vos intentions et les miennes étaient bonnes, et je puis dire que jusqu'à présent il n'est rien arrivé qui prouve que j'ai eu tort. Je souhaiterais simplement savoir si Mr Martin n'a pas été trop amèrement déçu.

— On ne saurait l'être davantage, répondit-il simplement.

— Ah ! j'en suis bien fâchée, en vérité. Allons, serrez-moi la main.

Cela venait de se passer avec cordialité lorsque Mr John

Knightley parut. Ils échangèrent des « Eh ! comment vous portez-vous, George ? – Et vous, John ? » avec ce flegme anglais qui cachait sous une apparente indifférence la plus sincère affection et qui, si cela s'était révélé nécessaire, leur aurait fait entreprendre l'impossible l'un pour l'autre.

La soirée se passa tranquillement en conversations. Mr Woodhouse avait refusé d'organiser une partie de cartes, afin de s'entretenir avec sa chère Isabella. La famille se scinda en deux : d'un côté, Mr Woodhouse et Isabella, et les frères Knightley de l'autre. Les sujets qui les intéressaient étaient tout à fait différents, la plupart du temps, et Emma ne participait que rarement à l'une ou l'autre discussion.

Les frères évoquaient leurs affaires et leurs projets, surtout ceux de l'aîné qui était le plus communicatif des deux. En sa qualité de magistrat, il consultait John sur certains points de droit ou lui racontait quelques anecdotes. En tant que gentleman-farmer, il surveillait l'administration de sa ferme de Donwell ; il tenait à annoncer en détail ce que chaque champ devait rapporter au cours de l'année, et à donner toutes les informations locales, sûr d'intéresser un frère qui avait passé la majeure partie de sa vie dans la région et y restait très attaché. Un projet de drainage, un changement de clôture, l'abattage d'un arbre, l'emblavure du moindre champ en blé d'hiver ou de printemps, les semis de choux et de navets captivaient John autant que sa froideur naturelle le permettait ; si son aîné lui offrait l'occasion de demander quelques explications, il le faisait sur un ton presque enthousiaste.

Tandis qu'ils passaient ainsi agréablement le temps, Mr Woodhouse, de son côté, exposait à sa fille ses regrets touchants et lui confiait son affection mêlée d'inquiétude.

— Ma pauvre chère Isabella, lui dit-il en lui pressant tendrement la main et en lui faisant ainsi abandonner un ouvrage destiné à l'un de ses cinq enfants, comme il y a longtemps, très longtemps que vous n'êtes venue ici ! Que vous devez être fatiguée du voyage ! Il faut que vous vous couchiez de bonne heure, ma chère, et je vous recommanderais de prendre un peu de gruau avant d'aller au lit. Vous et moi, nous aurons un excellent bol de gruau. Ma chère Emma, faites-nous donc donner à tous un bon bol de gruau.

Emma ne tint aucun compte de cette suggestion, sachant que les frères Knightley n'aimaient pas plus qu'elle cette bouillie ; elle n'en commanda que deux bols.

Après avoir un peu vanté l'efficacité du gruau et exprimé son étonnement de ce que tout le monde n'en absorbât pas tous les soirs, Mr Woodhouse dit avec un air grave et réfléchi :

— Vous avez pris une étrange décision, ma chère, en allant passer l'automne à South End, au lieu de venir ici. Je n'ai jamais eu une bonne opinion de l'air de la mer.

— Mr Wingfield nous l'a fortement recommandé, monsieur, sinon nous n'y serions pas allés. Il nous a recommandé l'air marin et les bains pour les enfants en général, mais surtout pour guérir les maux de gorge de la petite Bella.

— Ah ! ma chère, mais Perry doute fort que la mer lui fasse aucun bien. Pour moi, je suis convaincu, bien que je ne vous l'aie jamais dit, que la mer est très rarement bénéfique, et je suis sûr qu'elle a manqué me coûter la vie, jadis.

— Allons, allons, coupa Emma, qui sentait que la conversation prenait une tournure dangereuse, je vous prie de ne pas parler de la mer ; cela m'afflige et me rend jalouse, moi qui ne l'ai jamais vue. Il est défendu de parler de South End, s'il vous plaît. Ma chère Isabella, vous ne vous êtes pas encore informée de Mr Perry et, cependant, lui ne vous oublie jamais.

— Oh ! ce brave Mr Perry ! Comment se porte-t-il, monsieur ?

— Assez bien, encore qu'il ne soit pas en excellente santé. Il m'a souvent dit qu'il était bilieux, mais qu'il n'avait pas le temps de se soigner – ce qui est horrible –, mais tout le pays a besoin de lui. Je ne crois pas qu'il existe ailleurs un homme qui ait une clientèle aussi importante que la sienne. Toutefois, il est impossible de trouver un homme plus habile.

— Et Mrs Perry, et les enfants, comment vont-ils ? Ont-ils beaucoup grandi ? J'ai beaucoup d'estime pour Mr Perry. J'espère qu'ils viendront bientôt ici. Il sera si content de voir mes enfants.

— Je souhaite qu'il vienne demain, car j'ai à lui poser une

ou deux questions importantes à mon sujet. Et, ma chère, lorsqu'il sera là, vous ferez bien de lui faire examiner la gorge de la petite Bella.

— Oh ! mon cher monsieur, elle va beaucoup mieux et je n'ai presque plus d'inquiétude à son propos. Les bains de mer lui ont réussi ou alors sa guérison est due à une excellente embrocation recommandée par Mr Wingfield, que nous lui appliquons en massages depuis le mois d'août.

— Il est peu probable, ma chère, que les bains de mer lui aient été utiles ; et si j'avais su que les embrocations étaient nécessaires, j'en aurais parlé à...

— Il me semble que vous avez oublié Mrs et miss Bates, intervint Emma. Je n'ai entendu personne demander de leurs nouvelles.

— Oh ! les bonnes dames Bates − j'ai honte de moi, mais vous m'en parlez dans presque toutes vos lettres. J'espère qu'elles se portent bien. Cette bonne vieille Mrs Bates ! Je lui rendrai visite demain et j'emmènerai les enfants. Elles aiment tant à les voir. Et cette excellente miss Bates ! Quel mérite elles ont ! Comment se portent-elles, monsieur ?

— Assez bien dans l'ensemble, ma chère. Mais la pauvre Mrs Bates a eu un terrible rhume, le mois dernier je crois.

— Que j'en suis fâchée ! Jamais les rhumes n'ont été si répandus que cet automne. Mr Wingfield m'a dit qu'il n'en avait jamais vu autant ni d'aussi graves, excepté lors d'une épidémie de grippe.

— Nous en avons eu beaucoup ici également, ma chère, mais pas aussi graves que vous le dites. Perry assure qu'il a eu un grand nombre de cas de rhumes, mais pas aussi redoutables que ceux qu'il a souvent rencontrés en novembre. Perry ne pense pas qu'il y ait beaucoup de maladies, cette saison.

— Non, je ne crois pas non plus que Mr Wingfield estime qu'il y ait à redouter beaucoup de maladies, si ce n'est que...

— Ah ! ma pauvre et chère enfant, on est toujours malade, à Londres. Personne ne s'y porte bien, la chose est impossible. Il est bien malheureux que vous soyez forcée d'y vivre ! Si loin ! Et respirer un air si malsain !

— En vérité, nous, nous ne respirons pas un air malsain. Le

quartier où nous habitons est plus salubre que beaucoup d'autres ! Il ne faut pas confondre notre situation avec celle des autres quartiers de la ville, mon cher monsieur. Les environs de Brunswick Square sont très différents de presque tout le reste de Londres. L'air y circule si bien ! Je n'habiterais pas volontiers dans un autre secteur, je l'admets, et je verrais avec peine mes enfants forcés de demeurer ailleurs. Mais là où nous sommes, nous avons tant d'air ! Mr Wingfield dit que le voisinage de Brunswick Square est le plus salubre, du fait de l'air que l'on y respire.

— Ah ! ma chère, il ne ressemble point à celui de Hartfield. Vous vous arrangez du vôtre, mais, dès que vous avez passé huit jours à Hartfield, vous êtes tout transformé ; vous ne ressemblez pas à ce que vous étiez en arrivant. Pour le moment, je ne dirais pas que vous ne me paraissez du tout en bonne santé les uns ou les autres.

— Je suis fâchée de vous entendre parler ainsi, monsieur, mais je vous assure qu'excepté ces migraines et ces palpitations nerveuses dont je ne suis exempte nulle part, je me porte très bien ; et si les enfants vous ont paru un peu pâles, avant d'aller se coucher, c'est parce qu'ils étaient fatigués du voyage et d'avoir tant anticipé leur venue ici. Je suis persuadée que vous les trouverez mieux demain car je vous assure que Mr Wingfield m'a dit que, à tout prendre, il ne nous avait jamais vue partir en aussi bonne santé. J'espère au moins que vous ne penserez pas que Mr Knightley se porte mal ?

Et elle regarda son mari avec un air de sollicitude inquiète.

— Couci-couça, ma chère ; je ne puis vous en faire compliment. Je suis loin de trouver que Mr John Knightley ait bonne mine.

— Qu'y a-t-il, monsieur ? M'avez-vous parlé ? s'écria Mr John Knightley en entendant prononcer son nom.

— J'en suis bien fâchée, mon amour, mais mon père trouve que vous n'avez pas bonne mine – j'espère que ce n'est qu'un peu de fatigue. J'aurais pourtant désiré, vous le savez, que vous consultiez Mr Wingfield avant notre départ.

— Ma chère Isabella, s'écria-t-il vivement, je vous prie de ne pas vous soucier de ma mine. Contentez-vous de soigner et de dorloter vos enfants, ainsi que vous-même, et laissez-moi avoir la mine qui me plaît.

— Je n'ai pas bien compris ce que vous disiez à votre frère, s'écria Emma, au sujet de votre ami Graham et de son intention de faire venir un régisseur d'Écosse pour ses nouvelles propriétés ? Réussira-t-il ? Les vieux préjugés ne l'emporteront-ils pas ?

Elle continua à l'entretenir sur ce thème, et avec succès, jusqu'au moment où elle se sentit contrainte de prêter de nouveau attention à son père et à sa sœur, et où elle n'eut rien de plus grave à redouter que les aimables questions d'Isabella à propos de miss Fairfax. Et bien que Jane Fairfax ne fût pas, d'ordinaire, l'une de ses favorites, elle prit néanmoins un grand plaisir à se joindre aux éloges que l'on en faisait.

— Cette douce, cette aimable miss Fairfax ! dit Mrs John Knightley. Il y a si longtemps que je ne l'ai vue, si ce n'est quelques instants, par hasard, à Londres. Quel bonheur ce doit être pour sa bonne grand-mère et son excellente tante quand elle vient séjourner chez elles ! Je regrette beaucoup pour ma chère Emma qu'elle ne puisse venir plus souvent à Highbury. Et maintenant que leur fille est mariée, je présume que le colonel Campbell et sa femme ne la laisseront plus du tout partir. Ce serait pourtant une charmante compagne pour Emma.

Mr Woodhouse en convint, mais il ajouta :

— Notre petite Harriet Smith est également une jeune et jolie personne. Vous aimerez Harriet. Emma ne peut avoir de plus aimable compagne que Harriet.

— Je suis enchantée de l'apprendre, mais je ferai simplement remarquer que tout le monde considère Jane Fairfax comme une jeune fille accomplie et d'un mérite supérieur ; de plus, elle est exactement de l'âge d'Emma.

On s'étendit avec satisfaction sur la question, puis on passa à d'autres tout aussi importantes avec le même succès et la même bonne harmonie. Toutefois, la soirée ne s'acheva pas sans être de nouveau un peu troublée. On apporta le gruau, qui fit l'objet de bien des éloges et de bien des commentaires. Il fut admis à l'unanimité que cet aliment très sain convenait à toutes les constitutions, et l'on prononça les plus sévères philippiques contre les maisons où l'on n'en servait jamais d'acceptables. Malheureusement, parmi les échecs qu'Isabella avait eu à supporter, le plus récent et donc le plus mémorable était dû à sa propre cuisinière, lorsqu'ils étaient à South End. On l'avait engagée pour la durée du séjour, et jamais on n'avait pu lui faire comprendre ce que l'on entendait par du gruau onctueux, léger, mais pas trop clair. Toutes les fois où Isabella avait eu envie d'un bol de gruau et avait demandé qu'on lui en apportât, cette cuisinière lui en avait servi d'une consistance qui n'était pas supportable. C'était assurément toucher là à un sujet scabreux.

— Ah ! fit Mr Woodhouse en hochant la tête et en contemplant sa fille avec des yeux attendris.

Cette exclamation frappa les oreilles d'Emma, qui se dit : « Ah ! les funestes conséquences de ce voyage à South End. Mieux vaut n'en plus parler. »

Elle espéra un instant qu'il n'insisterait pas et qu'une méditation silencieuse suffirait à lui rappeler son goût pour le gruau. Après un moment de silence, pourtant, il reprit :

— Je regretterai toujours que vous soyez allés à la mer cet automne, au lieu de venir ici.

— Mais pourquoi en auriez-vous des regrets, monsieur ? Je vous assure que ce voyage a fait beaucoup de bien aux enfants.

— Et par ailleurs, s'il était indispensable d'aller à la mer, vous n'auriez pas dû choisir South End. Cet endroit est malsain. Perry a été surpris d'apprendre que vous vous soyez décidés pour South End.

— Je sais que beaucoup de gens le pensent, mais ils sont dans l'erreur : nous nous y sommes très bien portés, et n'avons nullement été incommodés par l'odeur de la vase. Mr Wingfield assure que c'est une absurdité que de croire ce lieu malsain ; je suis certaine que l'on peut se fier à ses dires, car il a une parfaite connaissance de la nature de l'air. Du reste, son propre frère s'y est souvent rendu avec toute sa famille.

— Vous auriez dû aller à Cromer, ma chère, si vous étiez

forcée d'aller quelque part. Perry a passé une fois toute une semaine à Cromer et il considère cette plage comme la meilleure pour y prendre des bains de mer. Une belle mer ouverte et un air excellent. De plus, si j'ai bien compris, vous auriez pu avoir un logement à un quart de mille de la mer, et très confortable. Vous auriez dû consulter Perry.

— Mais, mon cher monsieur, il faut aussi tenir compte de la différence de longueur du voyage : cent milles, peut-être, au lieu de quarante milles.

— Ah ! ma chère, ainsi que le dit Perry, quand la santé est en jeu, il ne faut pas tenir compte d'autre chose ; et si l'on doit voyager, quarante ou cent milles font peu de différence. Mieux vaut ne pas bouger et rester à Londres que faire quarante milles pour aller respirer un air plus malsain. C'est justement ce que dit Perry. Cette démarche lui a paru malavisée.

Emma avait fait de vains efforts pour arrêter son père ; lorsqu'il en fut arrivé à ce point, elle ne fut pas surprise d'entendre son beau-frère protester :

— Mr Perry, dit-il d'un ton de vif mécontentement, ferait mieux de garder ses opinions pour lui, jusqu'à ce qu'on les lui demande. Je voudrais bien savoir de quel droit il se mêle de ce que je fais. De ce que j'emmène ma famille sur une partie de la côte plutôt que sur une autre ? Il m'est permis, sans doute, de me servir de mon jugement, comme Mr Perry du sien. Je n'ai pas plus besoin de ses conseils que de ses drogues.

Il s'arrêta, se reprit et se contenta d'ajouter, l'air pince-sans-rire :

— Si Mr Perry veut m'indiquer le moyen de transporter une femme et cinq enfants à cent trente milles de Londres sans dépenser plus et sans plus d'inconvénients qu'à quarante milles, je préférerais volontiers, comme lui, Cromer à South End.

— Voilà qui est bien dit, voilà qui est très bien dit, intervint aussitôt Mr Knightley, voilà qui est digne de considération, en effet. Mais, John, je ne crois pas qu'il y ait la moindre difficulté à exécuter le projet dont je vous ai parlé de changer le tracé

125

du sentier vers Longham en le faisant passer un peu plus à droite, de manière à ce qu'il ne traverse plus les prairies du manoir. Je ne l'entreprendrais pas si cela incommodait le moins du monde les habitants de Highbury, mais si vous vous souvenez bien du tracé actuel de ce sentier... Toutefois, la meilleure manière de le démontrer, c'est de consulter nos cartes. Je vous verrai, je l'espère, demain à l'abbaye ; nous les examinerons ensemble et vous me donnerez votre opinion.

Mr Woodhouse fut sensiblement piqué des critiques un peu dures qui avaient été formulées à l'encontre de son ami Perry, auquel, sans s'en rendre compte, il avait attribué nombre de ses sentiments et de ses réflexions ; mais, par leurs attentions délicates, ses filles atténuèrent peu à peu l'impression désagréable qu'avait faite le discours de Mr John Knightley ; et, grâce à la prévoyance de l'aîné des deux frères, ainsi qu'à la modération du cadet, rien ne vint de nouveau le chagriner.

13

Il n'y eut pas au monde femme plus heureuse que Mrs Knightley durant ce bref séjour à Hartfield ; elle rendait visite chaque jour à ses anciens amis avec ses cinq enfants et, le soir venu, racontait tout ce qu'elle avait fait à son père et à sa sœur. Elle n'avait d'autre désir que d'empêcher les jours de s'écouler trop vite. C'était un séjour qui l'enchantait et qui lui paraissait parfait, du fait même qu'il était très court.

En général, à Hartfield, on voyait moins les amis le soir que dans la journée. Cependant, il fut impossible, bien que l'on fût à Noël, de refuser d'assister à un dîner hors de la maison. Mr Weston ne voulut pas accepter de refus. Il fallait qu'ils vinssent tous à Randalls. On persuada même Mr Woodhouse que la chose était possible et préférable à la division de la famille. Il aurait soulevé, s'il l'avait osé, des difficultés à propos du transport de tant de personnes à Randalls, mais comme la voiture et les chevaux de son gendre et de sa fille étaient à Hartfield, il se contenta de poser la question. Emma sut très vite le convaincre que Harriet, elle aussi, trouverait place dans l'une des voitures.

Harriet, Mr Elton et Mr Knightley étaient les seules personnes invitées, en dehors des habitants de Hartfield. On devait en outre dîner de bonne heure, et la soirée ne se prolongerait pas, car on respecterait en tout le goût et les inclinations de Mr Woodhouse.

La veille de ce grand événement – car c'en était un très grand que de voir Mr Woodhouse dîner hors de chez lui un 24 décembre –, Harriet avait passé la soirée à Hartfield ; elle était repartie avec un si gros rhume qu'Emma n'aurait pas permis qu'elle quittât la maison, sans l'extrême envie qu'exprimait la jeune fille d'être soignée par Mrs Goddard. Emma alla lui rendre visite le lendemain et vit qu'il lui serait impossible de se rendre à Randalls. Elle avait de la fièvre et une inflammation de la gorge. Mrs Goddard était pleine d'attention pour elle et l'on parlait d'appeler Mr Perry. Harriet se sentait si mal qu'elle n'opposa pas de résistance lorsqu'on lui déclara qu'il fallait renoncer à cette charmante soirée, mais elle ne put s'empêcher de verser bien des larmes de s'en voir privée.

Emma resta auprès d'elle aussi longtemps qu'elle le put pour la soigner pendant les courtes absences de Mrs Goddard ; elle la réconforta en lui représentant combien Mr Elton souffrirait quand il saurait dans quel état elle se trouvait. Elle la quitta plus apaisée, animée du doux espoir que Mr Elton ne s'amuserait pas, et que tout le monde regretterait beaucoup qu'elle ne fût pas de la fête. Emma était à peine sortie de chez Mrs Goddard qu'elle rencontra Mr Elton qui paraissait y aller, et ils marchèrent un peu ensemble en s'entretenant de la malade. Ayant appris qu'elle était très souffrante, il allait, dit-il, en demander des nouvelles, afin d'en donner à Emma à Hartfield. Ils furent rejoints par Mr John Knightley, qui revenait de sa visite journalière à Donwell, avec les deux aînés de ses enfants ; à l'air joyeux de ces derniers, à leur bonne mine, on voyait combien il leur avait été salutaire de courir la campagne, et ils semblaient devoir faire honneur au gigot et au gâteau de riz qui les attendaient à la maison. Ils poursuivirent la route ensemble. Emma décrivit la maladie de son amie : une violente inflammation de la gorge, beaucoup de fièvre, le pouls faible, mais rapide. Elle était navrée de dire qu'elle avait appris de Mrs Goddard que Harriet était sujette aux angines et qu'elle l'avait ainsi inquiétée plusieurs fois. Mr Elton parut effrayé et s'écria :

— Un mal de gorge ! Il n'est pas contagieux, j'espère ! Je souhaite qu'il ne s'agisse pas d'une angine blanche. Perry l'a-t-il vue ? Vous devriez prendre soin de vous aussi bien que de votre amie. Permettez-moi de vous supplier de ne pas vous exposer. Pourquoi Perry ne l'a-t-il pas vue ?

Emma, qui n'avait aucune crainte pour elle-même, essaya de calmer ses appréhensions excessives en l'assurant de l'expérience et des soins de Mrs Goddard ; mais, comme elle ne voulait pas les lui ôter tout à fait, et même plutôt les entretenir dans une certaine mesure, elle ajouta, comme pour changer de sujet :

— Il fait si froid, si froid, et tout paraît tellement annoncer de la neige que, s'il n'était question d'aller à Randalls en telle compagnie, je ferais tout mon possible pour rester à la maison aujourd'hui et pour dissuader mon père de se risquer dehors ; mais il y est décidé et semble ne pas sentir le froid du tout. Je préfère donc ne pas m'en mêler, car je sais quelle grande déception ce serait pour Mr et Mrs Weston si nous leur manquions de parole. En revanche, pour ce qui est de vous, Mr Elton, je pense que, à votre place, je m'excuserais. Il me semble que vous êtes déjà un peu enroué et, si vous réfléchissez à la fatigue que vous supporterez demain et aux longs discours que vous serez obligé de prononcer, je suis persuadée que vous jugerez plus prudent de rester chez vous pour vous ménager.

Mr Elton eut l'air de ne savoir trop quoi répondre car, bien qu'il fût très flatté de l'aimable intérêt que lui portait une aussi jolie personne et qu'il n'eût guère envie de mépriser ses avis, il n'était pas du tout enclin à manquer à l'invitation de Mr Weston. Cependant, Emma, trop enthousiaste et trop portée à croire les idées qu'elle s'était formées sur lui pour l'écouter ou l'observer avec impartialité, fut très satisfaite de l'entendre murmurer qu'il reconnaissait qu'il faisait « froid, assurément très froid ». Elle continua sa route, heureuse de l'avoir débarrassé du dîner de Randalls et de lui avoir offert l'occasion de prendre des nouvelles de Harriet à chaque heure de la soirée.

— Vous faites fort bien de rester chez vous, lui dit-elle. Nous vous excuserons auprès de Mr et Mrs Weston.

A peine avait-elle cessé de parler qu'elle entendit son beau-frère offrir très poliment une place dans sa voiture à

Mr Elton, s'il n'avait d'autre raison que le mauvais temps pour s'excuser d'aller à Randalls ; le vicaire se hâta d'accepter cette offre avec une vive satisfaction. L'affaire était conclue : Mr Elton serait de la partie. Jamais son beau visage n'avait exprimé plus de plaisir qu'à ce moment-là, jamais son sourire n'avait été plus franc que lorsqu'il tourna vers elle des yeux brillants de joie, après cet arrangement.

« Eh bien ! se dit Emma, voilà qui est étrange ! Alors que je l'avais si heureusement dégagé de sa parole, voilà qu'il désire être des nôtres et laisser Harriet malade, toute seule. C'est bien curieux, en vérité ! Pourtant il y a, je crois, chez beaucoup d'hommes, les célibataires surtout, une telle inclination, une telle passion pour dîner en ville, et une telle invitation occupe un rang si élevé parmi leurs plaisirs, qu'ils lui sacrifieraient tout, leur sens de la dignité, et quelquefois même leurs devoirs. Il faut qu'il en soit de même pour Mr Elton, jeune homme estimable, aimable, séduisant sans aucun doute, et surtout très amoureux de Harriet ; pourtant, il ne résiste pas à une invitation ! Quelle chose étonnante que l'amour ! Il découvre chez Harriet un esprit pénétrant, mais en dépit de son amour pour elle, il ne peut dîner seul. »

Peu après, Mr Elton les quitta, et Emma ne put que rendre justice à sa sensibilité, quand elle entendit la manière émue avec laquelle il évoquait le nom de Harriet en partant. Il lui assura qu'il passerait chez Mrs Goddard pour lui rapporter des nouvelles de sa belle amie. Ce serait la dernière chose qu'il ferait avant de se préparer au bonheur de la revoir, espérant avoir à lui apprendre que Harriet allait mieux. Il poussa alors un soupir et lui sourit d'une façon qui le fit remonter en grande partie dans l'estime de la jeune fille.

Après un moment de silence, Mr John Knightley remarqua :

— Je n'ai jamais vu de ma vie un homme aussi désireux de plaire que ce Mr Elton. Il se donne vraiment beaucoup de mal quand il s'adresse aux femmes. En présence des hommes, il peut paraître naturel et sans affectation, mais, quand il s'agit de plaire aux dames, tous ses muscles, toutes ses facultés sont en jeu.

— Les manières de Mr Elton ne sont pas parfaites, reconnut Emma, mais il faut pardonner à qui veut plaire, et c'est ce que l'on fait souvent. Quand un homme doué de talents modérés fait de son mieux pour se rendre agréable, il l'emporte sur un autre qui lui est supérieur, mais qui se montre négligent. Mr Elton a un si bon naturel et fait preuve de tant de bonne volonté qu'il faut lui en savoir gré.

— Oui, répliqua Mr John Knightley avec finesse, il semble témoigner beaucoup de bonne volonté à votre égard.

— A mon égard ! répondit Emma avec un sourire de surprise. Vous imaginez-vous qu'il songe à moi ?

— J'avoue, Emma, que cette pensée m'est passée par la tête, et si vous ne vous en êtes jamais aperçue, vous pourrez maintenant la prendre en considération.

— Mr Elton amoureux de moi ! Quelle idée !

— Je ne dis pas que cela soit, mais vous feriez bien de réfléchir s'il en est ainsi ou non, et de régler votre conduite en conséquence. Je pense que vos manières sont encourageantes envers lui. Je vous parle en ami, Emma ; vous devriez vous tenir sur vos gardes, penser à ce que vous faites et à ce que vous avez envie de faire.

— Je vous remercie, mais je vous assure que vous vous trompez du tout au tout. Nous sommes bons amis, Mr Elton et moi, et rien de plus.

Elle continua à marcher, amusée à la pensée des méprises qui résultent souvent de la connaissance partielle que l'on a de certaines circonstances, des erreurs dans lesquelles tombent presque toujours les personnes qui prétendent posséder un jugement supérieur. Elle n'était pas non plus très satisfaite que son beau-frère la crût aveugle, ignorante, et qu'il estimât qu'elle avait besoin d'un conseil. Son beau-frère n'ajouta plus rien.

Mr Woodhouse était si ferme dans son dessein d'aller à Randalls que, malgré le froid qui augmentait, il ne parut pas songer à se dédire et partit à l'heure qu'il avait fixée avec sa fille aînée dans sa voiture, en prêtant moins d'attention que les autres au temps qu'il faisait, semblait-il. Il était trop étonné de sortir et du plaisir que sa venue allait procurer à Randalls pour se rendre compte qu'il faisait froid, et trop bien enveloppé pour le sentir. Le froid, cependant, était sévère et, lorsque la seconde voiture s'ébranla, il se mit à tomber quelques flocons de neige ; le ciel était si chargé de nuages qu'il suffirait que l'air se réchauffât à peine pour que, en peu de temps, le monde devînt tout blanc. Emma s'aperçut bientôt que son compagnon n'était pas de l'humeur la plus gaie. La nécessité de s'habiller, de sortir par un temps pareil, de se priver de ses enfants qu'il ne verrait pas après dîner, étaient des maux ou, du moins, des désagréments que Mr John Knightley ne supportait guère. Il n'attendait de cette visite rien qui valût la peine de la faire et, tout le long de la route qui menait au presbytère, il ne fit que manifester son mécontentement.

— Il faut, dit-il, qu'un homme ait une fort bonne opinion de lui-même pour engager des gens à quitter le coin de leur feu par un jour comme celui-ci afin de lui rendre visite. Il doit se croire infiniment aimable. Moi, je ne pourrais jamais en faire autant. Il n'y a rien de plus absurde. Voilà qu'il neige, à présent ! Quelle folie de ne pas permettre aux gens de rester confortablement chez eux ! Quelle sottise aussi à ceux qui ne restent pas à la maison quand ils le peuvent ! Si nous étions contraints de sortir par un temps pareil pour remplir nos obligations professionnelles ou autres, que cela nous paraîtrait pénible ! Et nous voici, sans doute vêtus de façon plus légère qu'à l'ordinaire, courant de notre plein gré, sans excuse, sans écouter la voix de la nature, qui conseille à l'homme par tout ce qu'il voit et ce qu'il sent de rester chez lui et de s'y tenir à couvert, ainsi que tout ce qui lui appartient. Nous voilà partis pour passer cinq mortelles heures chez un homme qui ne nous dira, et à qui nous ne dirons, que ce qui a été dit ou entendu hier, et qui pourra être dit et entendu demain : nous y allons par mauvais temps, et il est vraisemblable que nous en reviendrons dans des conditions plus détestables encore. Quatre chevaux et quatre domestiques dérangés pour rien, sinon conduire cinq créatures désœuvrées et tremblantes de froid dans une maison plus glaciale que la leur, où elles seront en plus mauvaise compagnie qu'elles ne l'auraient été chez elles !

14

Ces deux messieurs furent contraints de se composer un autre visage en entrant dans le salon de Mrs Weston. Mr Elton fut obligé de prendre un air moins jovial et Mr John Knightley d'oublier sa mauvaise humeur. Mr Elton dut sourire moins souvent, et Mr Knightley, davantage pour s'adapter au lieu où ils se trouvaient. Emma seule put se permettre de rester naturelle et de se montrer aussi sincèrement heureuse qu'elle l'était. C'était pour elle un vrai plaisir que de retrouver Mrs et Mr Weston. Elle appréciait beaucoup ce dernier et il n'y avait personne au monde à qui elle s'ouvrît avec moins de réserve qu'à sa femme ; personne à qui elle pût raconter, avec la conviction d'être écoutée et comprise, de paraître toujours intéressante et de s'exprimer de manière intelligible à propos des menus incidents de sa vie, les dispositions qu'elle prenait, les difficultés qu'elle rencontrait et les plaisirs qu'elle et son père goûtaient. Elle ne pouvait rien dire de Hartfield qui n'intéressât vivement Mrs Weston, et une demi-heure de tête à tête employée à parler de ces questions mineures dont dépend le bonheur de la vie privée était l'une des satisfactions qu'elles s'accordaient quand elles se retrouvaient. C'était une joie qu'elles n'éprouveraient peut-être pas durant toute la réception, ce jour-là, et en tout cas pas pendant la première demi-heure, mais la vue seule de Mrs Weston, sa voix réjouirent tant Emma qu'elle prit le parti de songer le moins possible aux singularités de Mr Elton, ainsi qu'à tout ce qui pourrait lui déplaire, et de s'amuser de tout.

La maladie de Harriet avait déjà fait l'objet de longs commentaires avant son arrivée. Mr Woodhouse, assis devant un bon feu en toute sécurité, avait raconté l'histoire, puis évoqué son voyage avec Isabella, annoncé la venue prochaine d'Emma, et il venait de terminer son récit en observant qu'il était charmé que le pauvre James fût venu voir sa fille quand le reste des visiteurs entra. Mrs Weston, qui, jusque-là, lui avait accordé son attention de façon presque exclusive, le quitta pour aller au-devant de sa chère Emma.

La jeune fille, qui avait formé le projet d'oublier Mr Elton pour quelque temps, eut le chagrin de voir, lorsque tout le monde fut assis, qu'il s'était installé à côté d'elle. Elle ne pouvait s'ôter de l'esprit l'étrange insensibilité qu'il montrait à l'égard de Harriet, car non content d'être à son côté, il s'efforçait d'attirer son attention à la moindre occasion par ses regards ou ses paroles. Loin de pouvoir se désintéresser de lui, le comportement qu'il adoptait envers elle était tel qu'elle ne put s'empêcher de se demander : « Mon beau-frère aurait-il raison ? Cet homme commencerait-il à reporter sur moi l'affection qu'il avait pour Harriet ? Cette idée est absurde, insoutenable ! » Cependant, il était si soucieux qu'elle eût assez chaud, montrait tant de sollicitude pour son père, était si charmé par Mrs Weston, et, enfin, admirait ses propres dessins avec autant de zèle que d'ignorance, qu'il ressemblait beaucoup à un amoureux, et Emma dut prendre sur elle pour conserver ses bonnes manières. Pour son compte particulier, elle était incapable de commettre une incivilité, et pour celui de Harriet, en espérant que les choses s'arrangeraient pour le mieux, elle se devait d'avoir encore des égards ; mais c'était pour elle une contrainte d'autant plus pénible que, plus loin, au plus fort de l'impertinent éloge de Mr Elton, on parlait de choses qu'elle aurait bien voulu entendre. Elle comprenait seulement que Mr Weston donnait quelques renseignements sur son fils, et elle avait perçu à plusieurs reprises les mots « mon fils », « Frank » et de nouveau « mon fils ». Grâce aux quelques bribes de conversation qui lui parvenaient, elle pensa qu'il annonçait l'arrivée prochaine de son fils ; mais, avant qu'elle pût mettre un terme au discours de Mr Elton, le sujet avait été épuisé, et il eût été maladroit à elle d'y revenir en posant des questions.

Il est bon de remarquer ici que, bien qu'Emma eût formé la résolution de ne jamais se marier, il y avait néanmoins dans le nom de Frank Churchill quelque chose qui l'intéressait vivement. Elle avait souvent pensé, surtout depuis le mariage du père de Frank avec miss Taylor, que, si jamais elle-même se mariait, il était le seul jeune homme qui pût convenir à son âge, à son caractère et à sa situation sociale. Il semblait, par la relation qui existait entre les deux familles, qu'il lui était destiné. Elle était certaine que tous ceux qui les connaissaient avaient déjà pensé à une telle union. Elle était persuadée que Mr et Mrs Weston y songeaient et, bien qu'elle n'eût aucune intention de changer sa situation, qui lui semblait préférable à toute autre, elle éprouvait néanmoins la plus grande curiosité envers lui, le désir de le trouver aimable, et même de lui plaire jusqu'à un certain point ; enfin, l'idée que les amis communs les imaginaient unis lui convenait.

Animée de tels sentiments, Emma trouvait l'empressement de Mr Elton inopportun, mais elle eut la satisfaction de parvenir à se montrer polie, alors qu'elle était fort irritée. Elle se disait que la soirée ne s'achèverait pas sans que l'on revînt sur le sujet, du moins sur l'essentiel de ce qui avait été annoncé, surtout si Mr Weston se montrait aussi expansif que de coutume. Elle ne se trompait pas car, une fois heureusement délivrée de Mr Elton et placée auprès de Mr Weston au dîner, celui-ci profita du premier moment qu'il eut, après avoir découpé la selle de mouton, pour remarquer :

— Il ne manque que deux personnes pour que le nombre de convives soit juste ce qu'il devrait être. Je désirerais voir ici deux personnes de plus, votre jolie petite amie, miss Smith, et mon fils ; alors je pourrais dire que nous sommes au complet. Je ne crois pas que vous m'ayez entendu, au salon, lorsque j'annonçais que nous attendons Frank. J'ai reçu une lettre de lui ce matin ; dans quinze jours, il sera ici.

Emma lui répondit qu'elle l'en félicitait de tout son cœur et qu'elle pensait, comme lui, que la présence de Mr Frank

Churchill et de miss Smith compléteraient heureusement leur réunion.

— Depuis le mois de septembre dernier, poursuivit Mr Weston, il exprime le désir de venir nous voir. Il en parle dans toutes ses lettres, mais il n'est pas maître de son temps. Il doit se plier aux volontés de ceux qui sont en droit de tout exiger de lui, et à qui − entre nous −, pour y parvenir, il faut faire de grands sacrifices. Mais, à présent, je suis persuadé que nous le verrons dans la deuxième semaine du mois de janvier.

— Quel bonheur pour vous ! Mrs Weston a tellement envie de faire sa connaissance qu'elle sera presque aussi heureuse que vous.

— Oui ! elle le serait si elle ne craignait pas que son départ ne fût encore différé. Elle n'est pas aussi sûre de sa venue que je ne le suis, mais elle ne connaît pas ses parents aussi bien que moi. Les choses se présentent ainsi, comprenez-vous − je n'en ai pas dit un mot au salon : il y a, vous le savez, des secrets dans toutes les familles. Voici donc de quoi il est question : en janvier, on a invité un groupe d'amis à Enscombe, et la venue de Frank ici dépend de la remise ou non à plus tard de cette invitation ; si elle ne l'est pas, Frank ne pourra s'absenter. Mais moi, je sais qu'elle sera remise, parce que ce groupe est composé d'une famille qu'une femme d'une importance telle que celle qui vit à Enscombe ne saurait souffrir. Or, bien que l'on estime nécessaire, là-bas, d'envoyer à ces gens une invitation tous les deux ou trois ans, quand le moment de leur visite approche, on la repousse toujours sous un prétexte quelconque. Je n'ai pas le moindre doute sur l'issue de cette affaire. Je suis aussi certain de voir Frank ici, avant le quinze janvier, que je suis sûr d'y être moi-même aujourd'hui ; mais votre chère amie, ajouta-t-il en indiquant d'un signe le bout de la table, est si étrangère aux caprices et en a si peu vu à Hartfield, qu'elle ne peut en calculer les effets, comme j'ai pris depuis longtemps l'habitude de le faire.

— Je regrette qu'il subsiste encore quelque doute sur l'arrivée de votre fils, répondit Emma, mais je suis disposée à me ranger à votre avis, Mr Weston. Si vous croyez qu'il viendra, je le croirai aussi, car vous connaissez Enscombe.

— Oui, j'ai quelques raisons de le connaître, même si je n'y suis jamais allé de ma vie. C'est une étrange femme ! Mais je ne me permets jamais d'en dire du mal, par estime pour Frank, car je crois qu'elle l'aime vraiment beaucoup. Je pensais autrefois qu'elle ne pouvait aimer qu'elle-même, mais elle a toujours eu des bontés pour lui – à sa manière, il est vrai, car il faut lui passer ses lubies, ses fantaisies, et ne faire absolument que ce qui lui plaît. Et ce n'est pas sans mérite de la part de Frank, selon moi, que d'avoir su gagner son affection ; car, bien que je ne puisse confier qu'à vous ce que je vais dire, elle a un cœur de pierre à l'égard de la plupart des gens, et un caractère diabolique.

Le sujet de cette conversation plaisait tant à Emma qu'elle le reprit avec Mrs Weston, aussitôt qu'elles eurent quitté la table pour passer au salon ; elle espérait que son amie prendrait plaisir à cette visite, tout en observant que la première entrevue devait un peu l'alarmer. Mrs Weston avoua qu'elle l'appréhendait, mais ajouta qu'elle serait en effet contente d'éprouver l'anxiété que devait causer une première rencontre à l'époque prévue.

— Je n'ai pas autant de confiance que Mr Weston, et je crains que Frank n'arrive pas. Mr Weston vous a sans doute dit où l'affaire en était ?

— Oui, il semble que tout dépende de la mauvaise humeur de Mrs Churchill, et j'imagine que c'est ce sur quoi on peut le plus compter au monde.

— Ma chère Emma, répondit en riant Mrs Weston, quelle certitude y a-t-il dans un caprice ?

Puis, se tournant vers Isabella, qui venait d'entrer, elle ajouta :

— Vous saurez, ma chère Mrs Knightley, que nous ne sommes pas si certains de l'arrivée de Mr Frank Churchill que son père semble l'être. Elle dépend entièrement du bon plaisir de sa tante, enfin, de son caractère. A vous, à mes deux filles, je puis confier la vérité. Mrs Churchill commande à Enscombe ; c'est une femme d'un étrange caractère et le départ de Frank est soumis à la bonne volonté qu'elle mettra à se passer de lui.

— Oh ! Mrs Churchill ? Tout le monde a entendu parler de Mrs Churchill, dit Isabella, et je vous assure que je ne pense jamais à ce pauvre jeune homme sans ressentir pour lui une vive compassion. C'est une chose affreuse que de passer sa vie avec une femme d'un naturel difficile. C'est ce que nous n'avons jamais éprouvé, heureusement, mais une telle existence doit être misérable. Quel bonheur qu'elle n'ait jamais eu d'enfants ! Pauvres petites créatures, comme elles les aurait rendues malheureuses !

Emma aurait aimé être seule avec Mrs Weston ; elle en eût appris davantage, car elle lui parlait plus ouvertement qu'elle ne le faisait devant Isabella. Elle pensait qu'elle ne lui aurait rien caché de ce qu'elle savait des Churchill, si ce n'est les projets que son mari et elle formaient à propos du jeune homme et que sa propre imagination lui laissait supposer ; pour le moment, on ne pouvait épiloguer davantage. Mr Woodhouse suivit bientôt les dames au salon. Il ne pouvait supporter de rester longtemps à table, n'aimant pas plus le vin que la conversation et ce fut de grand cœur qu'il vint rejoindre celles avec lesquelles il était toujours plus à son aise. Tandis qu'il s'entretenait avec Isabella, Emma trouva l'occasion de dire à Mrs Weston :

— Ainsi, vous n'êtes pas certaine de recevoir la visite de votre beau-fils. J'en suis fâchée. La première entrevue sera sans doute tendue et, plus vite elle aura lieu, mieux ce sera pour vous.

— Oui, et chaque délai m'en fait craindre d'autres. Quand bien même la visite de la famille Braithwaites serait reportée, je craindrais encore que l'on ne trouvât quelque excuse pour tromper notre attente. Je ne crois pas que Frank ait aucune répugnance à venir, mais je suis sûre que les Churchill désirent le garder pour eux seuls. C'est une question de jalousie. Ils doivent être jaloux au point de trouver mauvais qu'il ait des égards pour son père. Enfin, je ne suis pas disposée à croire à son arrivée ; je souhaiterais que Mr Weston ne se montrât pas aussi confiant.

— Il faut qu'il vienne, s'écria Emma, il faut qu'il vienne, ne serait-ce que pour rester deux jours. Il est difficile de concevoir qu'un jeune homme ne puisse bénéficier d'une aussi petite liberté. Une jeune fille, si elle tombe en de mauvaises mains, peut être persuadée de maintenir ses distances avec les gens qu'elle aurait envie de voir, mais on ne peut comprendre qu'un jeune homme soit soumis à une telle contrainte et qu'il ne lui soit pas possible de passer huit jours chez son père, si cela lui plaît.

— Il faudrait être à Enscombe, connaître le mode de vie de la famille, avant de décider ce qu'il peut faire, répondit Mrs Weston ; il est bon de ne pas juger à la légère le comportement des membres de n'importe quelle famille, mais je pense que celle d'Enscombe ne saurait être en aucun cas jugée d'après les règles générales. Cette femme est si déraisonnable... Tout le monde lui obéit.

— Mais elle aime tant son neveu ; elle lui est si attachée ! Maintenant, d'après ce que je sais de Mrs Churchill, il serait très naturel que, ne faisant aucun sacrifice pour le bonheur de son mari, auquel elle doit tout et qui est au contraire victime de ses envies capricieuses, elle soit à son tour souvent gouvernée par son neveu, à qui elle ne doit rien.

— Ma très chère Emma, douée d'un heureux naturel comme vous l'êtes, ne prétendez pas comprendre un caractère irascible, ni établir des règles à son propos ; il faut l'abandonner à lui-même. Je ne doute pas que Frank, de temps à autre, n'ait une influence considérable sur elle, mais il lui est peut-être tout à fait impossible de savoir à l'avance *quand* il en aura.

Après l'avoir écoutée, Emma déclara avec beaucoup de froideur :

— Je n'en aurais le cœur net que s'il vient.

— Il est possible qu'il ait beaucoup d'autorité sur elle en certaines occasions, continua Mrs Weston, et très peu en d'autres ; et, parmi celles où il lui est difficile de l'émouvoir, il n'est que trop probable que se range la permission de venir nous rendre visite.

15

Mr Woodhouse fut bientôt disposé à prendre le thé, et quand il l'eut pris, il exprima le désir de rentrer chez lui, aussi ses trois compagnes eurent-elles beaucoup de peine à lui faire prendre patience jusqu'à l'arrivée des autres messieurs.

Mr Weston, qui aimait converser et se montrer hospitalier, n'était jamais en faveur des séparations prématurées, mais, au bout d'un moment, le groupe qui se tenait au salon s'accrut : Mr Elton, radieux, fit son entrée. Mrs Weston et Emma étaient assises sur un sofa ; il les rejoignit et, sans attendre d'y avoir vraiment été invité, il prit place entre elles.

Emma, qui était également de bonne humeur à l'idée de la venue de Mr Frank Churchill, était portée à oublier combien Mr Elton s'était conduit de façon inconvenante et à le traiter comme de coutume ; aussi, lorsqu'il se mit à parler de Harriet, elle l'écouta avec un gracieux sourire.

Il témoigna d'une extrême inquiétude au sujet de sa belle amie – sa belle, sa charmante, son aimable amie –, et il lui demanda si elle en avait eu des nouvelles depuis qu'ils étaient à Randalls. Il se sentait très angoissé ; il était forcé d'avouer que la nature de la maladie de la jeune fille lui causait de vives alarmes. Il parla longtemps et assez bien sur le même sujet, sans paraître attendre de réponse, mais toujours préoccupé de la terreur qu'il avait des maladies de la gorge. Emma sympathisait avec lui.

Toutefois, au bout d'un moment, elle changea d'avis quand elle comprit soudain qu'il craignait surtout que l'angine fût plus dangereuse pour elle-même que pour Harriet. Il était davantage soucieux qu'elle échappât à la contagion que de savoir si la maladie était ou non contagieuse. Il la pria instamment de ne plus entrer, pour le moment, dans la chambre de la malade, et la supplia de lui *promettre* de ne pas courir de risques jusqu'à ce qu'il eût vu Mr Perry et su ce qu'il en pensait. Et, quoi qu'elle pût faire pour l'engager, en riant, à parler sur un autre ton et à ramener la conversation à son cours ordinaire, elle ne put l'empêcher de continuer à exprimer une extrême sollicitude envers elle. Elle en fut contrariée. Il semblait bien – elle ne pouvait se le cacher – qu'il avait la prétention d'être amoureux d'elle au lieu de l'être de Harriet ; une telle inconstance, si elle était réelle, serait des plus méprisables, des plus abominables. Emma avait beaucoup de peine à se contenir. Mr Elton se tourna alors vers Mrs Weston pour lui demander son assistance. Ne lui apporterait-elle pas son aide ? Ne se joindrait-elle pas à lui pour engager miss Woodhouse à ne se rendre chez Mrs Goddard que lorsqu'on serait certain que la maladie de miss Smith n'était pas contagieuse ? Il n'aurait de repos aussi longtemps qu'elle ne s'y engagerait pas. Mrs Weston n'userait-elle pas de son influence pour l'obtenir ?

— Elle est si scrupuleuse pour les autres, continua-t-il, et si négligente pour elle-même ! Elle voulait que je reste chez moi aujourd'hui pour soigner mon rhume, et cependant elle ne veut pas promettre d'éviter le danger d'attraper une angine blanche ! Approuvez-vous cela, Mrs Weston ? Soyez juge entre nous : n'ai-je pas raison de me plaindre ? Je suis sûr que vous voudrez bien m'accorder votre aimable appui.

Emma vit la surprise de Mrs Weston et sentit combien elle devait s'étonner de l'entendre s'arroger, par ses paroles et ses manières, le droit de s'intéresser à elle. Et, de son côté, elle se sentit trop irritée et trop offensée pour lui répondre convenablement. Elle se contenta de lui lancer un regard si sévère qu'elle espéra qu'il retrouverait son bon sens. Aussitôt après, elle quitta le sofa et s'en fut s'asseoir à côté de sa sœur.

Elle n'eut pas le temps de s'apercevoir comment Mr Elton avait pris cette marque de réprobation, car il fallut rapidement passer à un autre sujet. Mr John Knightley, qui venait d'examiner le temps qu'il faisait, entra alors dans la pièce et les informa que le sol était couvert de neige, qu'il en tombait encore à gros flocons et que cette neige était poussée par un vent violent. Et, pour conclure, il s'adressa à Mr Woodhouse :

— Voilà qui commence bien vos sorties d'hiver, monsieur. Voilà du nouveau pour vos chevaux et votre cocher que de se frayer un chemin à travers une tempête de neige !

Le pauvre Mr Woodhouse, consterné, gardait le silence, mais tous les autres avaient quelque chose à dire. Chacun se disait surpris ou ne l'était pas, mais tous avaient des questions à poser ou du réconfort à offrir. Mrs Weston et Emma s'efforçaient de lui redonner courage et de détourner son attention de ce que disait son gendre. Ce dernier se montrait plutôt insensible et poursuivait sur sa lancée triomphale :

— J'ai admiré votre résolution, monsieur, de vous aventurer dehors par un temps pareil ; car enfin, vous aviez vu qu'il neigerait bientôt. Tout le monde se rendait compte que la neige était imminente. J'ai fort approuvé votre courage et je pense que nous rentrerons sans difficulté à la maison. Une heure ou deux ne peuvent rendre la route impraticable ; et nous avons d'ailleurs deux voitures. Si la première est renversée par la tempête à l'endroit le plus découvert du pré communal, l'autre sera toute proche. Je parierais bien que nous arriverons sains et saufs à Hartfield avant minuit.

Mr Weston entendait triompher d'une autre manière. Il avoua qu'il savait depuis quelque temps qu'il neigeait, mais qu'il n'en avait pas parlé de peur d'alarmer Mr Woodhouse et de l'inciter à prendre un départ précipité. Quant à empêcher leur retour du fait qu'il était tombé ou qu'il allait tomber une grande quantité de neige, ce n'était qu'une plaisanterie. Il craignait au contraire que ses amis ne rencontrassent aucune difficulté. Il aurait aimé que la route fût coupée pour pouvoir les garder tous à Randalls. Et, avec la meilleure des bonnes volontés, il était certain que l'on trouverait de la place pour tout le monde. Il en appela à sa femme pour qu'elle assurât comme lui que, avec un peu d'ingéniosité, chacun d'eux serait logé. Pourtant, elle ne voyait pas comment ils y parviendraient, puisqu'ils n'avaient que deux chambres d'ami dans toute la maison.

— Que faut-il faire, ma chère Emma ? Que faut-il faire ? répétait Mr Woodhouse, incapable de trouver autre chose à dire pendant quelque temps.

Il s'adressait à elle pour le secourir ; l'assurance qu'elle lui donna qu'il n'y avait pas le moindre danger, qu'ils disposaient d'excellents chevaux, conduits par James, et tant d'amis autour d'eux, toutes ces observations lui rendirent un peu de courage.

Les inquiétudes de sa fille aînée égalaient les siennes. L'horreur d'être bloquée à Randalls, tandis que ses enfants demeuraient à Hartfield, la mettait hors d'elle ; et comme elle s'imaginait que la route était encore praticable pour des gens audacieux, mais qu'il ne fallait pas perdre de temps, elle voulait à toute force que son père et Emma restassent à Randalls, et que son mari et elle partissent sans plus attendre affronter les amas de neige qui leur barreraient peut-être le passage.

— Vous feriez mieux, mon cher ami, de faire atteler la voiture, dit-elle, je suis sûre que nous passerons si nous partons sur-le-champ ; et, si nous rencontrons quelque obstacle, je descendrai et je marcherai. Je n'ai pas du tout peur de faire la moitié du chemin à pied. Je pourrai changer de souliers dès que j'arriverai à la maison, et vous savez qu'en marchant je ne m'enrhume pas.

— En vérité, répondit-il, ma chère Isabella, ce serait la chose la plus extraordinaire du monde, car en général vous vous enrhumez pour un rien. Aller à pied à la maison ! Vous êtes joliment chaussée pour marcher jusque-là. Les chevaux auront assez de peine à s'en tirer, il me semble.

Isabella se tourna vers Mrs Weston pour qu'elle donnât son approbation au plan qu'elle venait de former et celle-ci ne put qu'y souscrire. Isabella s'adressa ensuite à Emma, mais cette dernière ne pouvait entièrement renoncer à l'espoir de partir tous ensemble. Elles en étaient encore à discuter sur ce point quand Mr Knightley, qui était sorti immédiatement après l'annonce de la chute de neige par son frère, rentra et leur dit qu'il était allé examiner la route, et pouvait assurer qu'ils n'auraient pas le moindre mal à rentrer chez eux quand ils le voudraient, soit dès à présent, soit une heure plus tard. Il avait fait assez de chemin, au-delà de l'allée, sur la route de Highbury pour se convaincre qu'il n'y avait nulle part plus d'un centimètre de neige et que, en de nombreux endroits, le sol en était à peine recouvert. Pour le moment, il tombait encore quelques flocons, mais les nuages se dissipaient, et il était vraisemblable que tout serait bientôt fini. D'ailleurs, il avait parlé aux deux cochers qui l'avaient assuré qu'il n'y avait absolument rien à craindre.

Ces bonnes nouvelles firent le plus grand plaisir à Isabella. Emma en fut bien aise aussi pour leur père, qui se rassura autant que sa constitution nerveuse le lui permettait ; mais les craintes qu'on lui avait données ne laissaient aucun espoir qu'il se calmât tout à fait aussi longtemps qu'il demeurerait à Randalls. Il avait compris qu'il n'y avait pas de danger à retourner chez lui, mais rien ne pouvait le persuader qu'il serait en sécurité s'il restait. Tandis que les autres insistaient ou le raisonnaient, Mr Knightley et Emma réglèrent l'affaire en quelques phrases :

— Votre père est mal à son aise ; pourquoi ne partez-vous pas ?

— Je suis prête, si les autres le sont.

— Voulez-vous que l'on sonne ?

— Oui, s'il vous plaît.

Il sonna et demanda que l'on fît avancer les voitures. Emma se prit à espérer que, dans quelques minutes, l'un de ses fâcheux compagnons serait déposé chez lui où il perdrait son exaltation et se calmerait, et que l'autre recouvrerait sa sérénité et sa joie, dès que cette pénible soirée serait terminée.

Les voitures arrivèrent, et Mr Woodhouse, que l'on faisait toujours passer le premier en pareille occasion, fut conduit à la sienne par Mr Knightley et Mr Weston. Mais tout ce que l'un et l'autre lui dirent ne put calmer le regain d'anxiété que faisaient naître chez lui la découverte de la neige qui venait de tomber, et la nuit, plus noire qu'il ne s'y était attendu. Il craignait que le voyage de retour ne se passât mal et que la pauvre Isabella n'en fût mécontente. Et que penser de la pauvre Emma, qui serait dans la seconde voiture ! Il se demandait quelle serait la meilleure solution pour eux. Le mieux serait qu'ils restassent aussi près les uns des autres que possible. On s'adressa à James et on lui recommanda de rouler très lentement et d'attendre la seconde voiture.

Isabella monta avec son père. Mr John Knightley, oubliant qu'il n'était pas venu avec eux, prit place avec sa femme, tout naturellement, si bien qu'Emma, escortée et suivie par Mr Elton à la seconde voiture, trouva que l'on refermait légitimement la portière sur eux et qu'ils allaient rouler en tête à tête. Au lieu d'être embarrassée par une telle perspective, elle en aurait été plutôt enchantée si elle n'avait conçu des soupçons pour la première fois, ce jour-là. En d'autres circonstances, elle l'aurait entretenu de Harriet, et les trois quarts de mille qu'ils avaient à parcourir ensemble ne lui auraient pas paru longs. Mais, à présent, elle aurait désiré ne pas se trouver seule avec lui. Elle croyait qu'il avait un peu trop bu du bon vin de Mr Weston et sentait qu'il allait lui dire quelques sottises.

Pour lui en imposer autant que possible par le raffinement de ses propres manières, elle se préparait à lui parler du temps et de la nuit avec beaucoup de calme et de gravité, mais à peine avait-elle commencé, à peine avaient-ils franchi le portail et rejoint l'autre voiture, qu'il lui coupa la parole, lui saisit la main et exigea qu'elle lui prêtât attention. Il lui déclara tout de bon son amour. Profitant de la précieuse occasion qui lui était ainsi offerte, il tenait à exprimer des sentiments qui, sans doute, étaient déjà connus : il espérait, il redoutait, il l'adorait, il se déclarait prêt à mourir si elle le repoussait. Mais il se flattait qu'un attachement aussi ardent, un amour, une passion sans exemple, ne pourraient manquer de faire leur effet ; bref, il était tout à fait résolu à ce que sa demande fût prise au sérieux et acceptée le plus tôt possible. Il en était donc vraiment là ! Sans scrupules, sans excuses et sans grande hésitation apparente, l'admirateur de Harriet se déclarait ouvertement le sien. Elle essaya de l'arrêter, mais en vain ! Il tenait à continuer et à tout lui dire. Quoique très en colère, elle réfléchit à sa situation et résolut de se modérer en lui parlant. Elle croyait pouvoir attribuer en partie à l'ivresse une telle folie et espérait donc que cet égarement serait simplement passager. En conséquence, elle adopta le ton mi-sérieux mi-enjoué qu'elle crut convenir pour répondre à sa griserie et lui dit :

— Je suis extrêmement surprise, Mr Elton. C'est à *moi* que vous vous adressez. Vous vous oubliez. Vous me prenez pour mon amie Harriet. J'aurais beaucoup de plaisir à transmettre à miss Smith tous les messages qu'il vous plaira de me confier, mais cessez de vous adresser à *moi*, je vous en prie.

— Miss Smith ! Porter un message à miss Smith ! Qu'est-ce que cela peut bien vouloir dire ?

Et il répétait ces paroles avec tellement d'assurance, feignait la surprise avec tant d'impudence qu'elle ne put s'empêcher de lui dire avec vivacité :

— Mr Elton, votre conduite est on ne peut plus extraordinaire ! Je ne puis l'expliquer que d'une manière : vous n'êtes plus le même homme, sinon vous ne parleriez ni de moi ni de Harriet, comme vous venez de le faire. Ayez assez d'empire sur vous-même pour n'en pas dire davantage, et je m'efforcerai de tout oublier.

Mr Elton, s'il avait assez bu pour accroître son ardeur, ne l'avait pas fait au point de perdre sa lucidité d'esprit. Il savait très bien ce qu'il disait et, ayant protesté avec vigueur contre des soupçons qu'il tenait pour des plus injurieux, et évoqué au passage le respect qu'il éprouvait pour miss Smith en sa qualité d'amie, s'étonna que le nom de cette dernière eût été mentionné. Il reprit alors le sujet de sa propre passion et pressa Emma de lui donner une réponse favorable.

Elle le prit alors moins pour un homme en état d'ébriété que pour un être inconstant et présomptueux, aussi fit-elle moins d'efforts pour se montrer polie et rétorqua :

— Il m'est impossible de conserver le moindre doute, maintenant ; vous vous êtes expliqué trop clairement, Mr Elton, et je ne puis que vous exprimer ma stupéfaction. Après le comportement que vous avez eu envers miss Smith depuis un mois, et dont j'ai été le témoin, après lui avoir accordé les attentions que j'ai observées chaque jour, vous osez vous adresser à moi de cette façon ! C'est là une légèreté de caractère que je n'aurais pas crue possible ! Croyez-moi, monsieur, je suis loin, loin d'être flattée de me trouver l'objet de telles déclarations.

— Grand Dieu ! s'écria Mr Elton, que voulez-vous dire, miss Smith ? Jamais de ma vie je n'ai pensé à miss Smith et ne lui ai accordé d'attention, si ce n'est que je la considérais comme votre amie ; sans cette raison, je me serais fort peu soucié qu'elle fût vivante ou morte. Si elle s'est imaginé autre chose, elle s'est trompée, et j'en suis fâché, très fâché. Mais miss Smith, vraiment ! Oh ! miss Woodhouse, qui pourrait penser à miss Smith quand on a le bonheur de vous voir ? Non, sur mon honneur, je ne suis pas d'un caractère instable. Je n'ai jamais pensé à une autre que vous. Je proteste n'avoir jamais eu d'attentions pour qui que ce soit en dehors de vous. Tout ce que j'ai dit ou fait, depuis bien des semaines, n'avait pour but que de vous témoigner mon adoration. Il est impossible que vous en doutiez vraiment, sérieusement. Non ! ajouta-t-il d'une voix cajoleuse, je suis certain que vous vous en êtes aperçue et que vous m'avez compris.

On ne saurait décrire ce qu'Emma ressentit à l'entendre parler ainsi, ni quelle fut la sensation très désagréable qu'elle éprouva ; elle était trop oppressée pour répondre sur-le-champ. Mr Elton, toujours porté à l'optimisme, prit ces deux minutes de silence pour un encouragement tacite et essaya de lui reprendre la main en s'écriant, plein de joie :

— Charmante miss Woodhouse, permettez-moi d'interpréter en ma faveur cet intéressant silence. Il prouve que vous m'avez compris depuis longtemps.

— Non, monsieur, s'écria Emma, vous vous trompez. Loin de vous avoir compris, j'ai été dans l'erreur la plus complète sur les vues que vous aviez jusqu'à ce moment. Quant à moi, je suis pleine de regrets que vous m'ayez fait connaître vos sentiments. Rien au monde n'était plus loin de mes souhaits. Votre attachement pour mon amie Harriet, l'inclination que vous aviez pour elle – du moins, cela paraissait être de l'inclination – me faisaient grand plaisir et je désirais vivement que vous réussissiez, mais, si j'avais pu supposer que ce n'était pas elle qui vous attirait à Hartfield, je vous aurais certainement cru malavisé en vous voyant y faire de si fréquentes visites. Dois-je comprendre que vous n'avez jamais recherché miss Smith ? Que vous n'avez jamais songé sérieusement à elle ?

— Jamais, mademoiselle ! s'écria-t-il, vexé à son tour. Jamais, je vous l'assure. *Moi*, penser sérieusement à miss Smith ! Miss Smith est une très gentille jeune fille et je serais heureux de la savoir bien mariée. Je lui veux beaucoup de bien ; sans doute y a-t-il des hommes qui ne formeraient aucune objection à... Chacun trouve le niveau social qui lui convient. Mais, quant à moi, je ne suis pas embarrassé à ce point-là. Je ne désespère pas tellement de contracter une alliance sur un plan d'égalité pour que je me sente obligé de rechercher miss Smith ! Non, mademoiselle, mes visites à Hartfield n'ont été que pour vous seule ; et les encouragements que j'ai reçus...

— Des encouragements ! Moi ! Je vous aurais donné des encouragements ! Vous vous êtes trompé du tout au tout, monsieur, en le supposant. Je n'ai vu en vous que l'admirateur de mon amie. Sous aucun autre jour vous ne me seriez apparu autrement que comme une simple relation. Je suis au désespoir qu'une telle méprise ait eu lieu, mais il est bon qu'elle prenne fin maintenant. Si elle s'était prolongée, miss Smith aurait pu mal interpréter vos intentions, ne soupçonnant sans doute pas plus que moi qu'il existât entre vous et elle une aussi grande inégalité. La situation étant ce qu'elle est, seul l'un de nous sera déçu, et je suis bien certaine qu'il ne le sera pas longtemps. Pour ma part, je ne pense pas du tout au mariage pour le moment.

La colère empêcha Mr Elton de répondre. Emma était trop décidée pour l'engager à la supplier, et c'est dans cet état de ressentiment croissant et de profonde humiliation qu'ils furent obligés de poursuivre la route de conserve quelques instants de plus, car les craintes de Mr Woodhouse les contraignaient à aller au pas. S'ils n'avaient pas été aussi irrités, la situation leur aurait sans doute paru bien plus gênante, mais l'intensité de leurs émotions ne laissait pas de place aux hésitations embarrassantes. Ainsi, sans s'être rendu compte du moment où la voiture entrait dans le chemin du presbytère, ils se trouvèrent soudain à la porte de sa maison, et il descendit sans proférer un seul mot. Emma crut devoir lui souhaiter une bonne nuit ; il la remercia froidement, avec hauteur, et elle continua jusqu'à Hartfield dans un état d'irritation indescriptible.

Elle y reçut un accueil enthousiaste de la part de son père, qui avait tremblé de la savoir seule, en voiture, depuis le presbytère près duquel il y avait un tournant dont il ne se rappelait pas sans frémir, d'autant qu'elle était confiée à des mains étrangères, celles d'un cocher ordinaire, qui n'était pas expérimenté comme James. Il semblait que l'on n'attendît plus que son retour pour que tout allât bien, car Mr John Knightley, honteux de la mauvaise humeur qu'il avait montrée, était maintenant plein de gentillesse et d'attention pour Mr Woodhouse et si empressé de lui plaire qu'il parut prêt, sinon à accepter un bol de gruau, du moins porté à admettre que cet aliment était très bon pour la santé. C'est ainsi que la journée se termina heureusement pour tout le monde, excepté pour Emma. Jamais elle n'avait eu l'esprit aussi troublé ; elle dut prendre beaucoup sur elle pour paraître attentive et enjouée jusqu'à ce que l'heure habituelle de se séparer lui permît de se livrer enfin en toute liberté à ses réflexions.

16

Lorsque la femme de chambre eut enroulé ses cheveux et l'eut quittée, Emma s'assit pour penser à sa déplorable aventure. C'était, en vérité, une bien triste histoire. Des projets si bien conçus et si misérablement anéantis... L'affaire avait pris un tour si désastreux... Et quel coup pour Harriet ! Rien ne la chagrinait davantage. Sa peine et son humiliation n'étaient rien en comparaison de la souffrance que cela allait causer à Harriet. Emma aurait volontiers accepté de ressentir davantage de mortification du fait de ses méprises, de ses sottises, de ses aberrations, pourvu qu'elle subît seule les conséquences des erreurs dont elle s'était rendue coupable.

« Si je n'avais pas persuadé Harriet d'aimer cet homme-là, j'aurais tout supporté. Mr Elton aurait pu se montrer deux fois plus arrogant envers moi sans que je me plaigne. Mais la pauvre Harriet ! »

Comment pouvait-elle s'être trompée aussi grossièrement ? Mr Elton avait protesté qu'il n'avait jamais, au grand jamais, songé à Harriet. Emma essaya de se rappeler ce qui s'était passé entre eux ; tout restait confus. Elle s'était sans doute mis cette idée dans la tête et elle avait voulu tout faire coïncider avec elle. Le comportement de Mr Elton devait cependant avoir eu quelque chose d'indéfinissable, d'hésitant, d'ambigu, autrement elle n'aurait pu être aussi abusée sur ses intentions.

Le portrait ! Quel empressement il avait montré au sujet du portrait ! Et la charade ! Et cent autres circonstances... N'était-il pas clair que tout cela s'adressait à Harriet ? A la vérité, la charade, avec sa mention d'un esprit pénétrant...

Mais ensuite, il y parlait de « doux regard ». En fait, ces expressions ne correspondaient vraiment ni à l'une ni à l'autre : c'était un amalgame sans finesse ni vérité. Qui aurait pu deviner quoi que ce fût devant une production aussi sotte ?

Elle avait souvent remarqué, il est vrai, qu'il se montrait envers elle d'une galanterie un peu excessive, mais elle avait attribué cela à ses manières, à une simple erreur de jugement, à son défaut de connaissances, à son manque de goût, à ce qu'il n'avait pas toujours fréquenté la bonne société et à ce qu'il lui manquait parfois ce qui constitue la véritable élégance, en dépit de l'impression douce et agréable de son discours. Pourtant, jusqu'à ce jour, elle n'avait jamais soupçonné qu'il eût d'autre intention que celle de lui témoigner de la reconnaissance et du respect, en sa qualité d'amie de Harriet.

C'était à Mr John Knightley qu'elle devait d'avoir envisagé pour la première fois qu'il pût s'adresser à elle. La perspicacité des deux frères était indubitable. Elle se souvenait aussi de ce que Mr Knightley lui avait dit au sujet de Mr Elton, comment il lui avait recommandé la prudence et s'était dit persuadé que Mr Elton ne contracterait pas un mariage imprudent, et elle rougissait en pensant combien le caractère du vicaire lui était mieux connu qu'à elle. Quelle terrible humiliation ! Toutefois, Mr Elton se révélait à maints égards le contraire de ce qu'elle avait souhaité qu'il fût, avant de s'en persuader : orgueilleux, présomptueux, suffisant, infatué et peu soucieux des sentiments d'autrui.

Contrairement au cours naturel des choses, en voulant faire sa cour à Emma, Mr Elton avait beaucoup baissé dans l'estime de celle-ci. Ses déclarations et ses offres de mariage avaient été inutiles. Elle n'avait aucune considération pour l'attachement qu'il voulait lui montrer et se jugeait offensée qu'il eût conçu l'espoir de faire un beau mariage ; et, ayant eu l'audace de jeter les yeux sur elle, il se prétendait amoureux ! Elle était cependant persuadée qu'il n'éprouverait pas une déconvenue si amère qu'il fallût s'en préoccuper. Elle n'avait remarqué aucune preuve de réelle affection dans son langage ni dans son attitude. Il avait poussé des soupirs et s'était servi de belles paroles en abondance, mais, selon elle, ce n'était pas avec de telles expressions ou un tel ton de voix que s'exprimait le véritable amour. Il était inutile de s'apitoyer sur lui. Sa seule ambition le portait à s'élever dans le monde et à s'enrichir, et si miss Woodhouse de Hartfield, héritière de trente mille livres, ne pouvait être obtenue aussi aisément qu'il se l'était imaginé, il essaierait bientôt de faire la cour à n'importe quelle demoiselle qui n'aurait que vingt ou même dix mille livres de dot.

Mais, ce qui paraissait à Emma le plus exaspérant, c'était de l'avoir entendu parler d'encouragements de sa part, de prétendre qu'elle avait eu connaissance de ses intentions, qu'elle les avait favorisées, en bref, qu'elle avait songé à l'épouser. Qu'il se fût supposé son égal par l'esprit et la naissance ; qu'il eût méprisé son amie, puis opéré une distinction si précise des degrés de la hiérarchie sociale qui étaient subordonnées au sien, et qu'il ait été si aveugle à ceux qui lui étaient supérieurs, au point de se donner l'illusion que sa démarche ne dénotait pas trop de suffisance, tout cela irritait Emma.

Il n'était peut-être pas juste d'attendre de lui qu'il fût capable de reconnaître son infériorité par le talent et toutes les subtilités de l'esprit : l'inégalité qui existait entre eux l'empêchait peut-être de la percevoir ; il devait néanmoins savoir qu'elle était fort au-dessus de lui par la fortune et le rang. Il n'ignorait pas que les Woodhouse appartenaient à la branche cadette d'une très ancienne famille ni qu'ils étaient fixés à Hartfield depuis plusieurs générations, tandis que les Elton, eux, n'étaient rien. La propriété de Hartfield n'était pas considérable, car elle ne constituait au fond qu'une enclave dans celle de l'abbaye de Donwell, dont dépendait tout le reste de Highbury, mais leur fortune avait d'autres sources et elle était si importante qu'elle les mettait de pair avec les Knightley. De plus, les Woodhouse jouissaient depuis longtemps d'une haute considération dans le pays, alors que Mr Elton ne s'y était établi que depuis deux ans afin d'y faire son chemin comme il le pourrait, car il sortait d'une famille de commerçants et n'avait d'autre recommandation que sa fonction de vicaire et sa sociabilité. Et pourtant, il s'était mis dans la tête qu'elle était amoureuse de lui : c'était certainement sur cette impression qu'il s'était fondé, et, après s'être un peu emportée à propos de l'apparente inconvenance qu'il y avait à allier tant de vanité avec des manières agréables, Emma fut obligée, en toute honnêteté, de s'arrêter et d'admettre qu'elle l'avait traité avec une complaisance et une obligeance marquées, et qu'elle s'était montrée envers lui si pleine de courtoisie et d'attention que – s'il ignorait vraiment le motif qui la faisait agir ainsi – ce comportement avait pu inciter un homme aussi peu observateur et aussi peu délicat que Mr Elton à penser qu'il était vraiment dans ses bonnes grâces. Si elle-même avait mal interprété ses véritables sentiments, il ne fallait pas s'étonner que, aveuglé par l'intérêt, il se fût trompé sur les siens.

La première erreur, la plus grave, venait d'elle. C'était une sottise, c'était même une faute que de s'être donné tant de peine pour réunir deux personnes qui, sans elle, n'y auraient jamais pensé. Elle s'était aventurée trop loin, avait fait trop de suppositions, traité à la légère ce qui aurait dû être sérieux, usé d'artifices là où il aurait fallu rester simple. Elle en fut affectée et honteuse, et se promit de ne pas recommencer.

« C'est moi qui ai persuadé la pauvre Harriet de s'attacher à cet homme. Elle n'aurait jamais pensé à lui sans mon intervention et il est certain qu'elle n'aurait jamais osé espérer en être aimée, si je ne l'avais assurée de l'affection qu'il avait pour elle, car elle est aussi humble et aussi modeste que je croyais qu'il l'était. Oh ! si seulement je m'étais contentée de la persuader de ne pas accepter le jeune Martin ! En cela, j'avais tout à fait raison, et j'ai bien fait. J'aurais dû m'en tenir là et laisser le reste au temps et au hasard. Je l'introduisais dans la bonne société et lui donnais par là l'occasion de plaire à un homme de mérite ; je n'aurais pas dû faire davantage. Mais, à présent, la pauvre fille va perdre sa tranquillité pour longtemps. Je n'ai pas été une amie sincère et, si elle ne prend pas cette déception trop à cœur, je ne vois personne qui pourrait lui convenir. William Cox ? Oh ! non, je ne puis souffrir ce William Cox ; ce n'est qu'un petit avoué impertinent. »

Elle s'arrêta, rougit et se mit à rire d'être retombée aussi vite dans le même travers, puis ses pensées reprirent un tour plus grave, plus démoralisant sur ce qui était arrivé, aurait pu se produire et allait se passer. Il fallait qu'elle eût une pénible explication avec Harriet. Elle songea à tout ce que sa pauvre amie allait souffrir, à l'embarras qui présiderait à leurs entrevues futures, aux difficultés que présenterait la poursuite ou non de leurs relations, aux sentiments qu'il faudrait maîtriser, au ressentiment qu'il serait bon de cacher et à la manière d'éviter un éclat. Tout cela contribua à la plonger quelque temps dans des réflexions amères ; enfin, elle se mit au lit sans avoir rien arrêté, mais avec la conviction qu'elle s'était terriblement abusée.

En dépit de sa mélancolie passagère de la veille, la jeunesse et la gaieté naturelle d'Emma ne manquèrent pas à son réveil de lui rendre courage. La fraîcheur du matin et l'optimisme qui l'accompagne ont d'heureuses analogies avec la jeunesse et une grande vigueur, et si la détresse n'est pas assez grande chez certains pour les empêcher de dormir, ils constatent en ouvrant les yeux que les peines se sont adoucies et que l'espoir revient.

Emma se leva plus disposée à se rasséréner qu'elle ne l'avait été en se couchant, et elle crut que l'affaire tournerait mieux qu'elle n'avait osé l'espérer.

C'était pour elle une grande consolation que Mr Elton n'eût pas été vraiment amoureux d'elle et qu'il n'eût pas été assez aimable pour qu'elle heurtât la délicatesse en le décevant. Elle était soulagée aussi à la pensée que la nature de Harriet n'était pas de ce genre raffiné pour qui les sentiments sont intenses et tenaces, et qu'il n'était pas nécessaire que quelqu'un eût connaissance de ce qui s'était passé, en dehors des trois principaux intéressés, et qu'en particulier son père n'en serait pas affecté.

Ces pensées la mirent de meilleure humeur, et la vue d'une épaisse couche de neige sur le sol contribua à sa satisfaction, car tout ce qui pouvait les empêcher de se retrouver tous les trois ne pouvait que lui plaire, pour le moment.

Le temps lui fut très favorable, car bien que ce fût le jour de Noël, elle ne put aller à l'église. Mr Woodhouse aurait été très malheureux si sa fille avait essayé de s'y rendre ; par conséquent, celle-ci éviterait de faire naître ou d'avoir à subir des réflexions désagréables ou déplacées. Le sol demeura couvert de neige et le mauvais temps persista, avec de faibles variations de température, ce qui le rendait des moins favorables à la promenade ; la pluie ou la neige tombaient tous les matins, et le soir, il gelait, si bien qu'elle fut retenue prisonnière plusieurs jours, tout en sauvegardant sa dignité. Elle ne restait en relation avec Harriet que par écrit. Elle ne put pas plus fréquenter l'église le dimanche qu'elle n'avait pu assister au service de Noël, et elle n'avait pas besoin de chercher à excuser l'absence de Mr Elton.

Les intempéries permettaient à tout le monde de se cloîtrer chez soi et, bien qu'elle espérât et fût même certaine que son père appréciait la société, elle était très heureuse qu'il se contentât de rester seul chez lui, qu'il fût trop prudent pour sortir, et de lui entendre dire à Mr Knightley que les conditions atmosphériques n'empêchaient jamais de venir à Hartfield.

— Ah ! Mr Knightley, pourquoi ne restez-vous pas chez vous comme ce pauvre Mr Elton ?

Ces jours de réclusion lui auraient paru fort agréables sans l'inquiétude particulière qui ne la quittait pas, car cette vie retirée convenait bien à son beau-frère dont l'humeur avait toujours une grande importance pour ses compagnons ; comme il s'était bien débarrassé de son mécontentement à Randalls, il se montra on ne peut plus aimable pendant le reste de son séjour à Hartfield. Il sut être agréable, obligeant et bienveillant envers tout le monde. Et pourtant, en dépit de tous ses motifs de réjouissance et du caractère satisfaisant du délai qui lui était accordé, la pensée de l'explication qu'elle devait avoir avec Harriet ne permettait pas à Emma de se sentir parfaitement à son aise.

Mr et Mrs Knightley ne furent pas retenus beaucoup plus

longtemps à Hartfield. Bientôt, le temps s'améliora de manière à permettre à ceux qui le souhaitaient de voyager. Mr Woodhouse essaya, suivant sa coutume, de persuader sa fille de rester encore un peu avec ses enfants ; ce fut en vain. Ils partirent, et il se lamenta de nouveau sur la destinée de la pauvre Isabella. Et cette pauvre Isabella, qui passait sa vie avec les êtres qu'elle adorait, dont elle admirait les mérites, sans jamais en voir les défauts, qui s'employait sans cesse à d'innocents travaux, aurait pu passer pour l'exemple même du bonheur féminin.

Le soir du jour de leur départ, on apporta à Mr Woodhouse un billet de Mr Elton. Dans ce billet long, poli, cérémonieux même, le jeune homme présentait ses compliments et annonçait qu'il se proposait de quitter Highbury le lendemain afin de se rendre à Bath où, pour accéder aux prières de plusieurs de ses amis, il comptait passer quelques semaines. Il regrettait infiniment de ne pouvoir venir prendre congé de lui, du fait du temps et de ses occupations ; il conserverait toujours un souvenir plein de gratitude de l'accueil amical que Mr Woodhouse lui avait réservé, et si celui-ci avait le moindre besoin de ses services, il serait heureux de se mettre à sa disposition.

Emma fut très agréablement surprise. L'absence de Mr Elton était exactement ce qu'elle désirait. Elle lui sut bon gré d'y avoir songé ; cependant, elle n'approuva pas la manière dont il l'avait annoncée. Il lui était impossible d'exprimer son ressentiment d'une manière plus claire qu'en témoignant à son père une politesse dont elle était exclue de façon si nette. Il ne faisait pas allusion à elle dans ses compliments en tête du billet et ne mentionnait même pas son nom. Il y avait un changement si frappant dans son attitude, une solennité si peu judicieuse dans cette prise de congé, accompagnée de protestations de reconnaissance, qu'Emma crut tout d'abord que son père aurait quelques soupçons.

Il n'en eut point. Mr Woodhouse, étonné par la soudaine résolution qu'avait prise Mr Elton d'entreprendre un voyage, craignit qu'il n'arrivât pas sain et sauf à destination, mais ne trouva rien d'extraordinaire à la tournure des phrases du billet

– qui se révéla d'ailleurs fort utile, car il leur fournit un sujet de réflexion et de conversation pour le reste de leur soirée solitaire. Mr Woodhouse parla encore de ses inquiétudes pour les voyageurs, aussi Emma prit sur elle et s'efforça de les dissiper avec sa promptitude ordinaire.

Elle résolut alors de ne plus rien cacher à Harriet ; elle avait lieu de croire que son amie était presque rétablie de son angine, et il était souhaitable qu'elle eût autant de temps que possible pour se remettre de l'autre maladie dont elle souffrait, avant le retour de Mr Elton. En conséquence, Emma se rendit le lendemain chez Mrs Goddard pour se soumettre à cette dure mais nécessaire épreuve des révélations. Il lui fallait ruiner tous les espoirs qu'elle avait pris un soin si extrême à encourager, se montrer dans le rôle déplaisant d'une rivale préférée, reconnaître qu'elle avait commis une erreur de jugement et qu'elle s'était grossièrement trompée dans toutes ses idées, ses observations et ses prophéties sur le sujet, durant les six dernières semaines qui venaient de s'écouler.

Cette confession ranima la honte qu'elle avait ressentie dès le début, et, à la vue des pleurs de Harriet, elle pensa qu'elle ne pourrait jamais se les pardonner.

Harriet écouta avec patience le récit d'Emma ; elle ne blâma personne et témoigna en tout d'une ingénuité et d'une humilité telles qu'elles parurent alors tout à son avantage aux yeux de la jeune femme.

Emma était portée à rendre toute la justice possible à sa simplicité et à sa modestie, et Harriet lui parut posséder, au contraire d'elle, tout ce qu'il y avait de plus aimable et de plus attachant. Harriet ne croyait pas avoir le droit de se plaindre. L'amour d'un homme tel que Mr Elton aurait été pour elle une trop haute distinction ; jamais elle n'aurait pu la mériter, et personne, excepté une amie aussi partiale et aussi généreuse que miss Woodhouse, n'aurait cru à la possibilité d'une telle alliance.

Elle versa beaucoup de larmes, mais son chagrin était si naturel que, même si elle avait fait preuve de plus de dignité, elle n'eût pas paru plus respectable aux yeux d'Emma. Cette dernière l'écoutait et s'efforçait de la consoler avec tout son cœur et toute sa raison. Elle fut à cet instant convaincue de la supériorité de Harriet et se disait que si elle lui ressemblait, cela vaudrait mieux pour son bonheur et son bien-être que tout ce que le talent ou l'intelligence pourraient lui apporter.

Il était trop tard pour tenter de devenir naïve ou ignorante, mais, avant de la quitter, Emma prit de nouveau la résolution de se montrer humble et discrète, et de mettre un frein à son imagination jusqu'à la fin de sa vie. Son second devoir, maintenant, et qui ne le céderait qu'à ce qu'elle devait à son père, serait de procurer à Harriet tout le bonheur possible et de lui prouver son amitié d'une manière plus solide qu'elle ne l'avait fait en essayant de la marier. Elle l'invita à Hartfield, lui témoigna une gentillesse constante et s'efforça de l'occuper et de l'amuser avec des livres et de la conversation, afin de chasser Mr Elton de son esprit.

Emma savait que le temps seul pourrait la guérir tout à fait. Elle ne se prenait pas pour un juge compétent en pareille matière, ni apte à sympathiser à propos d'un attachement qui avait Mr Elton pour objet. Toutefois, il lui paraissait raisonnable qu'à l'âge de Harriet, et sans la moindre espérance d'être payée de retour, on pût faire assez de progrès sur soi-même pour recouvrer son calme avant le retour de Mr Elton, et leur permettre de se revoir tous les trois comme d'anciennes connaissances, sans courir le risque de trahir ou d'accroître les sentiments qu'ils avaient ou non éprouvés.

Harriet croyait Mr Elton parfait et soutenait que nul ne l'égalait en beauté ni en bonté. Elle se révélait, en vérité, beaucoup plus éprise qu'Emma ne se l'était imaginé. Il lui paraissait cependant si naturel et si nécessaire de lutter contre une passion de cette sorte, à laquelle l'objet aimé ne répondait pas, qu'elle ne parvenait pas à supposer qu'un tel amour pût se poursuivre longtemps avec autant de force.

Si, en revenant, Mr Elton manifestait de l'indifférence d'une manière évidente et marquée, ce dont elle ne doutait nullement, il lui était impossible de penser que Harriet persisterait à croire qu'il lui fallait le voir ou se souvenir de lui pour être heureuse.

Il était regrettable pour tous trois qu'ils fussent établis de manière définitive dans le même village. Aucun d'eux n'avait le pouvoir de partir ou de changer de société. Ils étaient donc obligés de se rencontrer. Ce qu'il leur restait de mieux à faire, c'était de s'en accommoder.

Chez Mrs Goddard, un autre danger guettait Harriet. Ses compagnes s'exprimaient sur un tout autre ton. Mr Elton était l'objet de l'admiration des professeurs comme des grandes élèves de la pension. Ce n'est donc qu'à Hartfield que l'on en entendrait parler avec froideur ou avec une sincérité peu flatteuse. C'est au lieu même où elle avait été blessée qu'il lui faudrait trouver un remède ; et Emma sentait qu'elle ne retrouverait pas elle-même la paix de l'âme aussi longtemps que son amie n'aurait fait de grands progrès sur la voie de la guérison.

17

Mr Frank Churchill ne vint pas. Alors que l'on approchait de la période prévue pour sa visite, une lettre d'excuse vint justifier les craintes de Mrs Weston. Pour le moment, on ne pouvait se passer de lui, à sa grande déception et à son vif regret, mais il gardait la conviction qu'il viendrait à Randalls dans un proche avenir.

Mrs Weston fut très désappointée, beaucoup plus même que son mari, bien que son espoir de le voir eût été plus mince que le sien. Un homme de tempérament sanguin, s'il compte presque toujours bénéficier de plus d'avantages qu'il n'en reçoit, ne paie pas toujours par un abattement proportionnel la disparition de ses espérances. Il oublie bientôt l'échec du moment pour reprendre foi en l'avenir. Mr Weston fut surpris et attristé pendant une demi-heure, puis il commença à se dire que, si Frank venait deux ou trois mois plus tard, cela vaudrait beaucoup mieux : on serait à une meilleure période de l'année, il ferait plus beau, et son fils resterait sans doute plus longtemps qu'il n'aurait pu le faire s'il était venu plus tôt. Ces réflexions le réconfortèrent rapidement, tandis que Mrs Weston, d'un naturel plus inquiet, n'envisageait qu'une répétition d'excuses et de délais ; après s'être beaucoup préoccupée de la peine qu'en aurait son mari, elle s'en affligea plus encore elle-même.

Emma n'était pas alors dans un état d'esprit propre à se soucier vraiment que Mr Frank Churchill se fût dérobé à ses obligations, si ce n'est pour la déception que cela causerait à Randalls. Elle ne se sentait aucune envie, pour le moment, de faire sa connaissance. Elle recherchait plutôt la tranquillité et l'absence de tentations, mais, comme il était souhaitable qu'elle se comportât pour l'essentiel comme à l'ordinaire, elle prit soin de manifester de l'intérêt pour cette affaire et de prendre part au désappointement de Mr et Mrs Weston avec toute la chaleur que leur amitié exigeait.

Ce fut elle qui, la première, l'annonça à Mr Knightley, et se récria tant qu'il était nécessaire – et comme elle jouait alors un rôle, elle le fit peut-être plus qu'elle ne le devait – contre les Churchill pour l'avoir retenu. Elle souligna ensuite, en montrant plus d'enthousiasme qu'elle n'en éprouvait vraiment, l'avantage que présenterait une telle addition à la société très limitée du Surrey, le plaisir de voir un personnage nouveau, le jour de fête qu'aurait constitué sa venue dans tout Highbury. Quand elle finit sur de nouvelles remarques désobligeantes à l'encontre des Churchill, elle se trouva en désaccord absolu avec Mr Knightley. A son grand amusement, elle se rendit compte qu'elle soutenait l'opinion la plus opposée à la sienne et qu'elle employait les arguments dont Mrs Weston s'était servie contre elle.

— Il est possible que les Churchill soient coupables, dit Mr Knightley d'un ton froid, mais j'ose dire qu'il pourrait venir s'il en avait l'intention.

— J'ignore les raisons qui vous incitent à parler ainsi. Il a le plus vif désir de venir, mais son oncle et sa tante ne peuvent se passer de lui.

— Je ne puis croire qu'il ne soit en son pouvoir de venir s'il était bien déterminé à le faire. Je trouverai cela trop invraisemblable, aussi longtemps que l'on ne m'en apportera pas la preuve.

— Que vous êtes étrange ! Qu'a donc fait Mr Frank Churchill pour que vous le supposiez aussi dénaturé ?

— Je ne le crois pas du tout dénaturé, mais je soupçonne qu'il a pu apprendre à mépriser ses vrais parents et à ne penser qu'à ses plaisirs, en vivant auprès de personnes qui lui en ont donné l'exemple. Il est beaucoup plus naturel que l'on ne le voudrait qu'un jeune homme élevé par des gens orgueilleux, sensuels et égoïstes, devienne à son tour égoïste, sensuel et orgueilleux. Si Mr Frank Churchill avait eu l'envie sincère de voir son père, il aurait trouvé l'occasion favorable de le faire entre les mois de septembre et janvier. Pour un homme de son âge – quel âge a-t-il déjà ? Vingt-trois ou vingt-quatre ans ? –, il est impossible de ne pas trouver le moyen d'agir comme on le désire.

— Voilà qui est aisé à croire et à dire, pour vous qui avez toujours été votre maître. Vous êtes le plus mauvais juge du monde, Mr Knightley, des difficultés qu'entraîne la dépendance. Vous ne savez pas ce que c'est que d'être obligé de ménager des gens capricieux.

— Il n'est pas concevable qu'un jeune homme de vingt-trois ou vingt-quatre ans soit privé à ce point de la liberté de penser ou d'agir. Il ne manque ni d'argent ni de temps. Nous savons, au contraire, qu'il a tant de l'un et de l'autre à sa disposition qu'il les gaspille dans les assemblées les plus frivoles du royaume. On n'entend parler que de lui dans toutes les villes d'eau. Il n'y a pas longtemps qu'il était à Weymouth. Ce qui prouve bien qu'il peut quitter les Churchill.

— Oui, quelquefois, il le peut.

— C'est-à-dire qu'il le fait toutes les fois où il estime que cela en vaut la peine et qu'il a l'espoir de se divertir.

— Il n'est pas honnête de juger de la conduite des gens sans avoir acquis au préalable une parfaite compréhension de leur situation. Si l'on ne fréquente pas une famille, il est impossible d'avoir une idée des difficultés que peut rencontrer l'un de ceux qui en fait partie. Il faudrait connaître Enscombe et le caractère de Mrs Churchill avant d'avoir la prétention de décider ce que son neveu peut faire. Il est possible qu'en certaines occasions il ait beaucoup plus de latitude que dans d'autres.

— Il y a un pouvoir, Emma, dont un homme dispose toujours, s'il le désire, et c'est celui de remplir ses obligations, non pas en usant de manœuvres ou de finesse, mais de vigueur et de résolution. Il est du devoir de Frank Churchill de manifester du respect à son père ; par ses promesses et ses messages, il montre qu'il le sait, mais, s'il avait eu l'intention de l'accomplir, il y a longtemps qu'il l'aurait fait. Un homme à l'esprit rigoureux n'attendrait pas et dirait simplement, d'un ton décidé, à Mrs Churchill : « Vous me trouverez toujours prêt à sacrifier mes plaisirs pour vous être agréable, mais je dois aller voir mon père sur-le-champ. Je sais qu'il sera blessé si je lui manque de respect dans de telles circonstances ; en conséquence, je partirai dès demain. » S'il s'exprimait ainsi devant elle, du ton résolu qui convient à un homme, on ne s'opposerait pas à son départ.

— Non, fit Emma en riant, mais on pourrait mettre des entraves à son retour ! Un jeune homme dépendant de ceux auxquels il s'adresse, tenir un pareil langage ! Il n'y a que vous, Mr Knightley, qui puissiez le croire. Vous n'avez pas la moindre idée de ce que peut ou doit faire un homme placé dans une situation diamétralement opposée à la vôtre. Mr Frank Churchill, parler ainsi à un oncle et à une tante qui l'ont élevé et qui assureront son avenir ! Debout, au milieu de la pièce, et s'exprimant d'une voix forte, j'imagine ! Comment pouvez-vous envisager qu'il adopte une telle attitude ?

— Soyez bien sûre, Emma, qu'un homme sensé n'éprouverait aucune difficulté ; il sentirait qu'il a raison. Cette déclaration, faite en homme de bon sens, bien entendu, avec politesse, lui serait plus utile, l'élèverait et garantirait ses intérêts de manière plus solide auprès des gens dont il dépend que toutes les finesses et les bassesses du monde ne pourraient jamais le faire. Le respect s'ajouterait à l'affection. Mr et Mrs Churchill sentiraient qu'un pareil homme mérite une entière confiance et qu'un neveu qui se conduit bien avec son père se comporterait de même avec eux, car ils savent aussi bien que le reste du monde qu'il doit une visite à son père ; et, s'ils exercent lâchement leur pouvoir pour l'empêcher de la lui rendre, au fond de leur cœur, ils devraient le mépriser de se soumettre à leurs caprices. Tout le monde respecte une conduite droite. S'il agissait de cette manière, selon les principes, et s'il se tenait à ses décisions, leur esprit étroit plierait devant le sien.

— J'en doute beaucoup. Il vous plaît de faire céder les esprits étriqués, mais, lorsqu'ils appartiennent à des gens riches et puissants, j'ai l'impression qu'ils trouvent le moyen de s'enfler au point de devenir aussi difficiles à gouverner que ceux des gens intelligents. Je crois volontiers que si vous, Mr Knightley, vous vous trouviez transporté là-bas pour y prendre la place de Mr Frank Churchill, vous parleriez et agiriez exactement comme vous voudriez qu'il le fît, et vous pourriez l'emporter. Les Churchill ne trouveraient peut-être rien à vous répondre, mais, de votre côté, vous n'auriez pas à vous débarrasser d'habitudes d'obéissance, contractées très jeune et respectées depuis lors. Pour lui, il pourrait n'être pas aussi aisé de vouloir affirmer tout à coup une parfaite indé-pendance et de faire comme si la reconnaissance et le respect qu'il leur doit ne comptaient plus. Il a peut-être aussi un sentiment aigu de ce qui est juste sans être capable, comme vous, d'agir conformément à ses principes dans des circons-tances particulières.

— Alors son sentiment n'aurait pas la même force que le mien. S'il n'incitait pas à effectuer des efforts équivalents pour arriver à ses fins, c'est que sa conviction ne serait pas la même.

— Ah ! mais songez à la différence de situation et d'habi-tudes ! Essayez de comprendre ce qu'un aimable jeune homme souffre sans doute lorsqu'il est conduit à s'opposer tout à fait à ceux qu'il respecte depuis l'enfance et l'adoles-cence.

— Votre aimable jeune homme est bien faible, si c'est la première fois qu'il a l'occasion d'aller jusqu'au bout d'une résolution, de se bien comporter contre la volonté d'autrui. Il devrait être habitué à faire son devoir maintenant, au lieu d'obéir à des raisons de convenances. Je puis comprendre les craintes de l'enfant, non celles de l'homme. Au fur et à mesure qu'il grandissait, il aurait dû sortir de son apathie et secouer tout ce que l'autorité de ses gardiens avait d'indigne. Il aurait dû repousser leurs premières tentatives, leurs efforts pour l'engager à manquer d'égards à son père. S'il eut commencé quand il le devait, il ne rencontrerait aucune difficulté aujourd'hui.

— Nous ne serons jamais d'accord sur son compte, s'écria

Emma, mais cela n'a rien d'extraordinaire. Je n'ai pas le moindre soupçon qu'il soit faible ; je crois au contraire qu'il ne l'est pas. Mr Weston ne serait pas aveugle à la déraison chez son fils, mais il est probable que ce dernier a une prédisposition à la docilité, à la complaisance, à la douceur plus grande qu'il n'appartient, selon vous, à l'homme parfait de posséder. Je suis persuadée qu'il est tel que je le dis, et, même si cela lui fait perdre quelques avantages, il en tirera sans doute d'autres.

— Oui, tous ses avantages se réduisent à demeurer passif, alors qu'il devrait se remuer et à consacrer sa vie à des plaisirs frivoles ou à se croire très habile parce qu'il justifie un pareil comportement. Il peut alors s'asseoir et écrire une belle lettre, pleine de professions de foi et de mensonges, et se persuader qu'il a trouvé la meilleure méthode pour préserver la paix chez lui, tout en empêchant son père de se plaindre. Ses lettres ne m'inspirent que du mépris.

— Vous avez des notions bien singulières. Il semble qu'elles plaisent à tout le monde, en dehors de vous.

— Je suis persuadé qu'elles ne contentent pas Mrs Weston. Elles ne sauraient satisfaire une femme aussi sensée et d'une sensibilité aussi vive que la sienne, elle qui occupe maintenant la place d'une mère, sans être aveuglée par l'affection maternelle. C'est du fait de sa présence qu'il convenait de redoubler d'attentions pour Randalls, et c'est cette omission qui doit la blesser doublement. Si elle avait été une personne d'importance, Frank serait venu, je pense, mais alors qu'il l'eût fait ou non n'aurait guère eu d'intérêt. Croyez-vous que votre amie ait été la dernière à se faire ces réflexions ? Supposez-vous qu'elle ne se soit pas dit tout cela cent fois ? Non, Emma, votre jeune homme ne peut paraître aimable qu'à des Français, non à des Anglais. Il peut être très agréable, avoir d'excellentes manières, mais il n'a pas la délicatesse des Anglais envers les sentiments d'autrui ; il n'y a rien d'aimable chez lui.

— Vous me paraissez déterminé à penser du mal de lui.

— Moi ! Point du tout, répliqua Mr Knightley avec humeur, je n'ai aucune envie d'en penser du mal. Je serais aussi porté qu'un autre à reconnaître ses qualités, mais je n'ai entendu parler d'aucunes, à l'exception de celles de sa personne ; j'entends qu'il est grand et bien fait, qu'il est d'humeur égale et qu'il a du charme.

— Eh bien ! même s'il n'avait d'autres recommandations que celles-là, ce serait déjà un trésor pour Highbury. Nous voyons rarement ici de beaux jeunes gens bien élevés et agréables. Nous n'avons pas le droit de faire les délicates et d'exiger qu'il ait toutes les vertus par-dessus le marché. Pouvez-vous vous figurer, Mr Knightley, quelle *sensation* son arrivée produira ? Mr Frank Churchill sera le sujet de toutes les conversations des paroisses de Highbury et de Donwell ; il sera le seul à exciter l'intérêt, l'unique objet de la curiosité, on ne parlera plus que de lui.

— Vous me pardonnerez d'être ainsi écrasé par le nombre. Si je le trouve homme de bonne compagnie, je serai bien aise de faire sa connaissance, mais, si ce n'est qu'un jeune élégant, prétentieux et bavard, je ne lui accorderai guère de mon temps et de mes pensées.

— Je l'imagine capable de s'adapter à tous ceux avec lesquels il engage la conversation et d'avoir les moyens autant que le désir de se rendre agréable à chacun. A vous, il parlera d'agriculture ; à moi, de peinture et de musique, et ainsi de suite. Puisqu'il est sans doute bien informé sur tous les sujets, il doit être en mesure de suivre ou de diriger un débat, tout en observant les convenances, et de toujours bien s'exprimer. Telle est l'idée que je me fais de lui.

— Et moi je pense, dit vivement Mr Knightley, que si le portrait que vous en faites lui ressemble, ce garçon doit être le plus insupportable du monde. Quoi ! à vingt-trois ans, dominer la compagnie dans laquelle il se trouve, en grand personnage, être le politique qui analyse le caractère de chacun et se sert des talents d'autrui pour faire étalage de sa supériorité ; qui dispense ses flatteries à la ronde pour mieux faire ressortir l'absence d'intelligence de ceux qui l'écoutent en comparaison avec la sienne... Ma chère Emma, vous êtes trop sensée pour supporter un tel fat, si vous le rencontriez.

— Je n'en parlerai plus, s'écria Emma, vous envenimez

tout. Nous avons tous les deux des préjugés, vous, contre lui, moi, en sa faveur, et nous n'avons aucune chance de tomber d'accord aussi longtemps qu'il ne sera pas venu ici.

— Des préjugés ! Moi, je n'ai pas de préjugés du tout !

— Mais moi, j'en ai beaucoup de favorables à son égard, et je n'en ai pas honte du tout. L'amitié que je porte à Mr et à Mrs Weston m'engage à avoir d'avance de lui une opinion bienveillante.

— Voilà un homme qui ne m'intéresse pas du tout, dit Mr Knightley avec tant d'humeur qu'Emma se mit à parler d'autre chose, bien qu'elle ne comprît pas pourquoi il était si fâché.

Prendre en grippe un jeune homme pour la simple raison qu'il paraissait avoir une disposition tout autre que la sienne semblait indigne de la grande libéralité d'esprit qu'elle lui avait toujours connue ; car, en dépit de la haute opinion qu'il avait de lui-même et qu'elle lui avait souvent reprochée, elle ne l'avait jamais cru capable de méconnaître les mérites d'autrui.

18

Emma et Harriet allèrent se promener un matin et, pour le goût de la première, s'entretinrent de Mr Elton jusqu'à satiété. Emma ne pouvait en effet croire qu'il fallût en subir davantage pour assurer la consolation de Harriet et racheter ses propres péchés ; elle fit donc tous ses efforts pour changer de sujet sur le chemin du retour. Toutefois, il fut repris au moment même où elle croyait y avoir réussi, car après avoir parlé quelque temps de la misère des pauvres, en hiver, elle ne reçut pour toute réponse qu'un très plaintif : « Mr Elton est si bon pour les pauvres. » Il fallait donc s'y prendre d'une autre manière.

Elles approchaient alors de la maison où vivaient Mrs et miss Bates. Emma décida d'y entrer pour trouver refuge dans le nombre. Elle avait d'ailleurs une autre raison pour donner aux dames Bates cette marque de son attention. Mrs Bates et sa fille aimaient beaucoup qu'on leur rendît visite. Emma savait que les rares personnes qui se permettaient de lui trouver des défauts estimaient qu'elle se montrait un peu négligente envers ces dames et qu'elle ne contribuait pas autant qu'elle l'aurait dû aux rares douceurs que la vie leur réservait.

Elle avait reçu, tant de Mr Knightley que de son propre cœur, quelques reproches à cet égard, mais ils n'avaient pas eu assez de pouvoir pour la dissuader que ces visites étaient très désagréables – une perte de temps, auprès de femmes très ennuyeuses, et c'était s'exposer à l'horreur de tomber chez elles sur les personnes de la seconde ou de la troisième catégorie, dans la société de Highbury, qui les fréquentaient assidûment. C'est pour toutes ces raisons qu'elle-même les voyait si rarement. Mais, ce jour-là, elle prit la résolution soudaine de ne pas passer devant leur porte sans entrer, et, alors qu'elle le proposait, elle observa devant Harriet que, si elle calculait bien, elles n'auraient pas à craindre, pour le moment, qu'il fût fait allusion à une lettre de Jane Fairfax.

La maison appartenait à des marchands, mais Mrs et miss Bates occupaient le premier étage, et c'est là, dans l'appartement très modeste auquel se limitait leur univers, qu'elles reçurent les visiteuses avec beaucoup de cordialité et même de reconnaissance. La vieille dame, calme et soignée, qui était assise dans le coin le plus chaud de la cheminée et s'occupait en tricotant, voulut céder sa place à miss Woodhouse, et sa fille, plus active, plus bavarde, les accabla d'attentions et de gentillesses, de remerciements, de sollicitude pour l'état de leurs chaussures, de questions inquiètes sur la santé de Mr Woodhouse, d'un rapport enjoué sur celui de sa mère, et enfin les pressa d'accepter un peu du gâteau qui se trouvait sur le buffet. Mrs Cole venait tout juste de leur rendre une visite de dix minutes, mais avait eu la bonté de rester avec elles plus d'une heure. Elle avait accepté d'y prendre le goûter et l'avait trouvé excellent ; elle-même espérait que miss Woodhouse et miss Smith leur feraient le plaisir d'en prendre un morceau.

Il fallait s'attendre à ce que la mention à la famille Cole fût suivie d'une autre à Mr Elton. Il existait une grande intimité entre eux, et Mr Cole avait en effet reçu des nouvelles du vicaire, depuis le départ de ce dernier pour Bath. Emma comprit ce qui allait suivre : il leur fallut apprendre le contenu de la lettre et combien de temps s'était écoulé depuis qu'il était parti ; elles surent ensuite le nombre des engagements qu'il avait eus en société, l'accueil flatteur qu'il recevait partout où il se présentait, le succès qu'avait remporté le bal du maître des cérémonies. Emma supporta cette énumération avec tout l'intérêt et toute l'approbation nécessaires, mais elle ne cessa de se mettre en avant pour que Harriet ne fût pas obligée d'intervenir.

Elle s'était préparée à tout cela avant d'entrer dans la

maison, mais elle avait eu l'intention, après avoir largement commenté les faits et gestes du vicaire, de ne pas aborder un autre sujet pénible et de se contenter d'évoquer toutes les dames et demoiselles de Highbury et leurs parties de cartes. Elle ne s'était donc pas attendue à voir Jane Fairfax succéder à Mr Elton. Pourtant, miss Bates se hâta d'en finir avec lui et l'abandonna soudain pour repasser à brûle-pourpoint sur les Cole, avant d'introduire une lettre de sa nièce.

— Oh ! oui, Mr Elton, j'ai bien compris. Il est certain que pour la danse... Mrs Cole me disait que la danse dans les bals de Bath est... Mrs Cole a eu la bonté de rester quelque temps avec nous pour parler de Jane ; à peine était-elle arrivée qu'elle a demandé de ses nouvelles. Jane est très aimée dans sa famille. Toutes les fois où elle vient chez nous, Mrs Cole ne sait comment lui témoigner sa gentillesse, et je dois avouer que Jane le mérite bien. Ainsi, quand elle a voulu s'informer d'elle à son arrivée, Mrs Cole m'a dit : « Je pense que vous ne devez pas avoir reçu de lettre récente de Jane, car ce n'est pas le jour habituel où elle vous écrit » ; et lorsque je lui ai répondu : « Mais si, justement, nous avons eu une lettre d'elle ce matin même », jamais je n'ai vu quelqu'un de plus surpris. « Vraiment ? Eh bien ! voilà qui est vraiment inattendu, fit-elle. Racontez-moi donc ce qu'elle dit. »

Emma fit aussitôt appel à son sens de la politesse et demanda en souriant, avec un air d'intérêt :

— Vous avez donc des nouvelles toutes récentes de miss Fairfax ? J'en suis très heureuse. J'espère qu'elle va bien.

— Je vous remercie. Vous êtes si aimable ! répondit avec ingénuité la tante, avant de chercher la lettre avec impatience. Ah ! la voilà. Je savais bien qu'elle n'était pas loin, mais j'avais mis mon nécessaire à ouvrage par-dessus, comme vous voyez, sans m'en rendre compte, si bien qu'elle était tout à fait cachée, mais je l'avais eue en mains si peu de temps auparavant que j'étais presque sûre qu'elle devait être restée sur la table. Je l'ai lue à Mrs Cole et, après son départ, j'en ai fait une seconde lecture à maman, car c'est un tel plaisir pour elle – une lettre de Jane – qu'elle ne se lasse jamais de l'entendre ; c'est pourquoi je savais qu'elle ne devait pas être loin et, du reste, la voici, juste sous mon nécessaire ; et puisque vous êtes assez bonne pour désirer savoir ce qu'elle dit... Mais avant tout, pour rendre justice à Jane, je dois l'excuser d'avoir écrit une lettre si courte. Seulement deux pages, comme vous voyez – à peine deux pages –, et d'habitude elle remplit la feuille entière et écrit en travers sur plus de la moitié. Ma mère s'étonne que je puisse tout déchiffrer. Elle me dit souvent, lorsqu'on ouvre une de ses lettres : « Eh bien ! Hetty, aujourd'hui, je crois que vous aurez de la peine à déchiffrer ce quadrillage. » N'est-ce pas, mère ? Et alors, je réponds que je suis bien certaine qu'elle en viendrait à bout elle-même, si elle n'avait personne pour le faire à sa place – et jusqu'au dernier mot. Et, bien que les yeux de ma mère ne soient plus aussi bons que jadis, elle y voit encore très bien, grâce à Dieu, avec des lunettes. C'est une grande bénédiction que ma mère ait encore de si bons yeux. Jane dit souvent, quand elle est ici : « Je suis sûre que vous avez encore d'excellents yeux, grand-maman, pour y voir comme vous le faites et après avoir pourtant réalisé tant de beaux ouvrages. Je n'ai qu'un souhait, c'est que ma vue se conserve aussi longtemps. »

Comme elle avait parlé très vite, miss Bates fut obligée de s'arrêter pour reprendre haleine. Emma saisit l'occasion pour faire un commentaire poli sur la superbe écriture de miss Fairfax.

— C'est très obligeant de votre part, répondit miss Bates, pleine de gratitude. Vous êtes si bon juge et vous avez une si belle écriture vous-même. Je vous assure que rien ne nous donne plus de plaisir que vos éloges, miss Woodhouse. Ma mère n'entend pas bien : elle est un peu sourde, comme vous savez. Madame, ajouta-t-elle en s'adressant à sa mère, avez-vous entendu ce que miss Woodhouse a eu la bonté de dire sur l'écriture de Jane ?

Emma eut l'honneur ambigu d'entendre répéter son sot compliment deux ou trois fois avant que la bonne vieille dame eût compris ce que sa fille lui disait. Pendant ce temps, Emma réfléchissait au moyen d'échapper, sans impolitesse, à la lecture de la lettre de Jane, et se proposait de se sauver sous un prétexte quelconque, lorsque miss Bates se tourna vers elle et réclama de nouveau toute son attention.

— La surdité de ma mère, dit-elle, est peu de chose, comme vous le voyez, ce n'est rien du tout. Il suffit d'élever la voix et de répéter ce que l'on dit deux ou trois fois pour qu'elle comprenne tout, mais il faut reconnaître qu'elle est accoutumée à la mienne... Pourtant, il faut remarquer qu'elle entend toujours Jane mieux que moi. Jane parle si distinctement, il est vrai ! Quoi qu'il en soit, Jane ne retrouvera pas sa grand-mère plus sourde qu'elle ne l'était il y a deux ans, chose bien surprenante, à l'âge qu'a ma mère. Il y a deux bonnes années, comme vous le savez, que Jane est partie d'ici. Nous n'avons jamais été si longtemps sans la voir, et, je le disais à Mrs Cole, nous ne saurons trop la fêter quand elle arrivera.

— Attendez-vous bientôt miss Fairfax ?

— Oh ! oui, la semaine prochaine.

— En vérité ! Cela doit vous faire plaisir.

— Je vous remercie. Vous êtes très aimable. Oui, la semaine prochaine. Tout le monde en est surpris et nous complimente de la même façon. Je suis sûre qu'elle aura autant de plaisir à revoir ses amis de Highbury qu'ils en auront à la retrouver. Oui, vendredi ou samedi, elle ne peut préciser davantage car le colonel Campbell aura besoin de sa voiture un de ces deux jours-là. Quelle prévenance de leur part de la faire conduire jusqu'ici ! Mais ils le font toujours, vous savez. Eh ! oui, vendredi ou samedi, c'est à ce sujet qu'elle nous écrit. C'est la raison pour laquelle elle a écrit plus tôt que son jour habituel, comme nous l'appelons, sinon nous n'aurions reçu de lettre d'elle que mardi ou mercredi.

— Oui, c'est bien ce que je croyais. Je craignais de ne pas avoir de nouvelles de miss Fairfax aujourd'hui.

— C'est si gentil de votre part. Non, sans ces circonstances particulières, et si elle n'avait dû venir si vite, nous n'en aurions pas eu. Ma mère est enchantée, car Jane doit passer au moins trois mois avec nous. Trois mois, c'est elle qui l'affirme, comme j'aurai le plaisir de vous le lire tout à l'heure. Vous saurez que les Campbell vont en Irlande. Mrs Dixon a persuadé son père et sa mère d'aller lui rendre visite dans les plus brefs délais. Ils n'avaient pas l'intention d'y aller avant l'été, mais elle a une telle impatience de les voir... Avant son mariage, en octobre dernier, elle n'avait jamais été séparée de ses parents plus d'une semaine, et elle doit aujourd'hui trouver étrange qu'ils vivent dans deux royaumes différents, allais-je dire, du moins dans des pays distincts. Elle a donc écrit une lettre très pressante à sa mère – ou à son père, je ne sais plus très bien auquel des deux, mais nous le verrons tout à l'heure dans la lettre de Jane –, en son nom et en celui de Mr Dixon pour les inviter à venir les rejoindre sur-le-champ. Ils iront jusqu'à Dublin à la rencontre de ses parents et les emmèneront à leur manoir de Baly Craig, une superbe propriété, je présume. Jane a beaucoup entendu parler des beautés de ce château par Mr Dixon, je crois, car je ne pense pas que d'autres que lui aient pu le lui décrire. Mais il est tout naturel, vous comprenez, de supposer que Mr Dixon, en venant faire la cour à miss Campbell, ait parlé de ses terres, et comme Jane se promenait souvent avec eux, car le colonel et Mrs Campbell ne permettaient que rarement à leur fille de sortir seule avec Mr Dixon, ce dont je ne les blâme pas, Jane a donc entendu tout ce qu'il disait à miss Campbell sur sa résidence en Irlande. Et j'ai même l'impression qu'elle nous a écrit qu'il leur avait montré des dessins, des vues du lieu qu'il avait exécutées lui-même. C'est, je crois, un très aimable et très charmant jeune homme. Jane avait une envie extrême d'aller en Irlande, après l'avoir entendu.

A ce moment, un vif soupçon pénétra l'esprit ingénieux d'Emma au sujet de Jane Fairfax, de ce charmant Mr Dixon et du fait que la première n'irait pas en Irlande. Avec l'insidieux dessein d'en apprendre davantage, elle demanda :

— Vous devez vous estimer très heureuse que miss Fairfax soit autorisée à venir vous voir, étant donné les circonstances. Considérant l'amitié étroite qui existe entre elle et Mrs Dixon, vous ne deviez guère vous attendre à ce qu'on lui permît de ne pas accompagner le colonel et Mrs Campbell.

— C'est vrai, c'est tout à fait vrai. C'est ce dont nous avions grand peur, car nous n'aurions pas aimé la savoir si éloignée de nous pendant des mois entiers, hors d'état de venir, s'il arrivait quelque chose. Mais vous voyez que tout s'est arrangé pour le mieux. Mr et Mrs Dixon désirent ardemment qu'elle vienne dans leur pays avec le colonel et Mrs Campbell ; ils l'espèrent vivement. Rien ne pourrait être plus pressant que leur *double* invitation, selon Jane, ainsi que vous allez l'entendre. Mr Dixon semble ne le céder en rien à sa femme quand il s'agit de lui prêter attention. C'est un charmant jeune homme. Depuis le service qu'il a rendu à Jane, à Weymouth, alors qu'ils faisaient tous une sortie en mer et que, par le revirement soudain d'une voile, elle manqua tomber à l'eau... En effet, elle serait passée par-dessus bord si, avec une grande présence d'esprit, il ne l'avait retenue par ses habits – quand j'y songe, je ne puis m'empêcher de trembler. Eh bien ! depuis que nous avons appris cette aventure, j'aime infiniment Mr Dixon !

— Et malgré les pressantes sollicitations de ses amis, et le désir qu'elle avait de voir l'Irlande, miss Fairfax a préféré vous consacrer son temps, ainsi qu'à Mrs Bates ?

— Oui, c'est elle qui l'a voulu, et le colonel et Mrs Campbell lui donnent raison. C'est justement ce qu'ils lui auraient recommandé, et ils ont le plus grand désir qu'elle vienne respirer l'air natal, parce que, depuis quelque temps, elle n'est pas en très bonne santé.

— Vous me voyez au regret de l'apprendre. Je crois, moi aussi, qu'ils en jugent sagement. Pourtant, Mrs Dixon doit être très déçue. Mrs Dixon, à ce que je crois comprendre, n'est pas remarquable par la beauté et ne saurait être comparée à miss Fairfax ?

— Oh ! non. C'est très généreux à vous de dire des choses pareilles, mais il est vrai qu'elle ne l'est pas du tout ; il n'y a pas de comparaison possible entre elles. Miss Campbell n'a jamais été jolie, mais elle est très élégante et très aimable.

— Oui, bien sûr.

— Jane a attrapé un terrible rhume, la pauvre enfant ! Elle en souffre depuis novembre – comme je vais vous le lire – et ne s'est jamais remise depuis. C'est bien long pour garder un rhume, n'est-ce pas ? Elle ne nous en avait jamais parlé auparavant, par crainte de nous alarmer, sans doute. C'est bien elle ! Si attentive ! Mais elle est si loin de se porter bien que ses bons amis, les Campbell, estiment qu'il vaut mieux qu'elle revienne chez nous et respire un air qui lui a toujours convenu ; ils ne doutent pas qu'après un séjour de trois ou quatre mois à Highbury, elle ne soit parfaitement guérie. Il est certain qu'il est préférable qu'elle vienne à la maison plutôt que de se rendre en Irlande, si elle n'est pas bien. Personne n'aura mieux soin d'elle que nous.

— Il me paraît que c'est le meilleur arrangement que l'on puisse rêver.

— Ainsi, elle arrivera ici vendredi ou samedi prochain, et les Campbell quitteront Londres pour aller prendre le bateau à Holyhead le lundi suivant, comme vous allez le voir dans la lettre de Jane − c'est si soudain ! Vous pouvez juger, chère miss Woodhouse, l'agitation dans laquelle cela m'a plongée ! Encore si elle n'était pas malade ! Pourtant, je crains bien que nous ne devions nous attendre à la voir amaigrie et la mine défaite. Il faut que je vous raconte ce qui m'est arrivé de fâcheux à ce propos. Je prends toujours soin de parcourir les lettres de Jane avant de les lire à voix haute à ma mère, de crainte qu'elles ne contiennent une nouvelle qui puisse l'inquiéter. C'est Jane qui m'a priée de procéder ainsi, et je n'y manque jamais. J'ai donc commencé la lecture de celle-ci, aujourd'hui, avec les précautions ordinaires ; mais, à peine étais-je parvenue à l'endroit où elle parle de sa mauvaise santé que je me suis écriée : « Dieu nous bénisse ! La pauvre Jane est malade ! » Ma mère, qui était aux aguets, m'a distinctement entendue et, par malheur, s'en est beaucoup alarmée. Cependant, lorsque j'ai lu plus avant, j'ai compris que Jane n'était pas aussi mal que je me l'étais figuré tout d'abord, et j'en ai parlé à ma mère d'une manière si rassurante qu'elle ne se tourmente plus. Mais je ne puis imaginer comment j'ai pu être aussi peu sur mes gardes ! Si Jane ne recouvre pas bientôt la santé, nous appellerons Mr Perry. Nous ne regarderons pas à la dépense ; quoiqu'il soit si généreux, qu'il aime beaucoup Jane et que, par conséquent, je sois persuadée qu'il ne demanderait rien pour ses visites, nous ne le permettrons pas, vous comprenez. Il a une femme et des enfants à nourrir et ne peut pas donner son temps pour rien. Eh bien ! à présent que je vous ai donné un aperçu de la lettre de Jane, je vais vous la lire : je suis certaine qu'elle raconte son histoire beaucoup mieux que moi.

— Je crains que nous ne soyons obligées de nous sauver, dit Emma en lançant un coup d'œil à Harriet et en se levant. Mon père nous attend. Je n'avais pas l'intention, c'est-à-dire que je ne croyais pas pouvoir rester plus de cinq minutes, lorsque je suis entrée chez vous. Je n'ai pas voulu passer devant votre porte sans m'informer de l'état de santé de Mrs Bates, mais vous m'avez si agréablement retenue. Nous sommes cependant forcées de vous souhaiter le bonjour, ainsi qu'à Mrs Bates, à présent.

Toutes les prières ne purent la retenir. Elle se retrouva dans la rue, heureuse d'avoir échappé à la lecture de la lettre de miss Fairfax, que l'on n'avait pu lui imposer contre sa volonté, même si elle en connaissait parfaitement le contenu.

19

Jane Fairfax était orpheline et l'unique enfant de la fille cadette de Mrs Bates.

Le mariage du lieutenant Fairfax du énième régiment d'infanterie avec miss Jane Bates avait été célébré avec pompe, plaisir, espoir et intérêt. Il n'en restait que le souvenir mélancolique de la mort du jeune homme sur un champ de bataille, en terre étrangère, et de celle de son épouse, qui avait succombé peu après à la consomption et au chagrin, en dehors de cette fille.

Par sa naissance, cette dernière appartenait à Highbury, et quand, à l'âge de trois ans, elle avait perdu sa mère, elle était devenue la propriété, la responsabilité, la consolation et l'enfant bien-aimée de sa grand-mère et de sa tante. Il paraissait probable qu'elle fût établie là pour le reste de ses jours, qu'elle reçût pour toute éducation celle que des moyens très limités pourraient lui procurer, et qu'elle grandît sans qu'aucun soutien familial ni aucune formation vinssent ajouter à ce que la nature avait fait pour elle en lui donnant une charmante figure, un bon jugement, un excellent cœur et des parentes pleines d'affection et de bonnes intentions.

Cependant, un ami de son père, touché de compassion, changea sa destinée. Le colonel Campbell avait considéré le lieutenant Fairfax comme un excellent officier et comme un jeune homme de grand mérite ; il estimait en outre avoir une dette envers celui qui l'avait soigné durant une épidémie de typhus et lui avait sauvé la vie. C'étaient là des droits à sa reconnaissance, qu'il n'oublia pas, bien que plusieurs années se fussent écoulées depuis la mort du pauvre Fairfax, et avant que lui-même eût pu revenir en Angleterre pour y satisfaire. A son retour, il s'informa sur l'enfant et s'intéressa à elle ; il était marié et n'avait qu'une fille, à peu près de l'âge de Jane. Il invita celle-ci à faire de longs séjours chez lui, où elle se fit aimer de tout le monde. Quand Jane approcha de l'âge de neuf ans, l'affection qu'éprouvait sa fille pour elle, le désir qu'il avait de témoigner sincèrement son amitié, poussèrent le colonel Campbell à proposer de se charger de son éducation. L'offre fut acceptée, et, dès lors, Jane fit partie de la famille du colonel et vécut avec elle, ne rendant plus que quelques visites de temps à autre à sa grand-mère.

On prévoyait de lui donner la formation nécessaire pour qu'elle pût un jour la transmettre à d'autres. Les quelques centaines de livres laissées par son père ne suffiraient pas à assurer son indépendance. Le colonel Campbell ne pouvait rien faire de plus pour elle car bien que son revenu fût assez considérable, grâce à sa solde et à ses appointements, sa fortune était modeste et devait passer entièrement à sa fille. Toutefois, en donnant à Jane une bonne éducation, il espérait qu'à l'avenir elle pourrait assurer sa subsistance de manière respectable.

Telle était l'histoire de Jane Fairfax. Elle était tombée en de bonnes mains, n'avait connu que bonté de la part des Campbell et avait acquis grâce à eux de solides connaissances. Comme elle avait toujours vécu auprès de gens ayant de bons principes et bien informés, son cœur et son esprit s'étaient développés en retirant tous les avantages possibles de la discipline et de la culture. Le colonel Campbell habitant Londres, elle avait bénéficié de l'enseignement d'excellents maîtres, qui avaient su tirer parti de ses moindres talents. Ses dons et sa capacité d'apprendre se révélèrent dignes de tout ce que l'amitié pouvait faire pour elle ; à l'âge de dix-huit ou dix-neuf ans, elle était tout à fait capable, si tant est que l'on puisse être qualifié pour s'occuper d'enfants à un âge aussi tendre, d'assurer à son tour l'instruction d'autrui, mais on l'aimait trop pour s'en séparer. Ni le père ni la mère ne pouvaient l'encourager à partir, et la fille n'en supportait pas l'idée. On ajourna donc cette séparation. Il fut aisé de décider qu'elle était trop jeune ; Jane resta donc chez eux, partageant comme une seconde fille tous les plaisirs convenables à la bonne société, avec une alternance judicieuse de préoccupations domestiques et de divertissements. La seule ombre au tableau venait de l'avenir, car son bon sens lui rappelait que ce bonheur pourrait bientôt finir.

L'affection de toute la famille, l'extrême attachement de miss Campbell surtout, faisaient d'autant plus honneur aux uns et aux autres que Jane était nettement supérieure par la beauté et les acquisitions à la fille du colonel. Ce que la nature lui avait accordé sur le plan physique ne pouvait être ignoré de miss Campbell et les parents se rendaient compte à quel point elle surpassait leur enfant en intelligence. Ils continuèrent cependant à vivre ensemble, sans que s'affaiblît leur mutuelle estime, jusqu'au mariage de miss Campbell. Par cette chance, ce bonheur, qui déjouent souvent toutes les prévisions dans le domaine du mariage et qui donnent de l'attrait à ce qui est ordinaire, de préférence à ce qui est supérieur, celle-ci avait gagné l'affection de Mr Dixon, un jeune homme riche et agréable, à peine avaient-ils été présentés ; et voilà qu'elle était établie de façon tout aussi flatteuse qu'heureuse, tandis qu'il restait à Jane Fairfax à gagner son pain.

Cet événement était tout récent, trop récent pour que l'amie moins fortunée de Mrs Dixon eût commencé à s'engager sur la voie du devoir. Depuis longtemps, elle se proposait d'entrer en fonctions à l'âge de vingt et un ans. Avec le courage d'une fervente novice, elle avait résolu de consommer alors le sacrifice et d'abandonner tous les plaisirs de la vie, les relations rationnelles, une société où elle était traitée en égale, l'espérance et la paix, afin de se vouer pour toujours à la pénitence et aux mortifications.

Le colonel et Mrs Campbell avaient trop de bon sens pour s'opposer à cette résolution, même s'ils la regrettaient de tout leur cœur. Tant qu'ils vivaient, Jane n'aurait nul besoin de chercher une place ; leur maison resterait la sienne. Pour leur propre satisfaction, ils auraient aimé la retenir, mais ç'aurait été faire preuve d'égoïsme : il valait mieux que ce qui devait avoir lieu un jour arrivât tout de suite. Peut-être commençaient-ils à percevoir qu'il eût été plus sage et plus amical de résister à la tentation de lui accorder des délais et de lui donner le goût des plaisirs d'une existence fortunée, pleine de loisirs, à laquelle elle allait devoir renoncer à présent. Cependant, l'affection qu'ils lui portaient les incitait encore à saisir le moindre prétexte raisonnable pour ne pas hâter l'instant malheureux qui devait les séparer. Sa santé avait toujours été délicate depuis le mariage de leur fille et, aussi longtemps qu'elle n'aurait pas recouvré ses forces, ils ne voulurent pas qu'elle commençât à s'acquitter des devoirs d'une charge qui, loin d'être compatible avec sa faiblesse de constitution et son fréquent manque d'entrain, réclamait, semblait-il, dans les circonstances les plus favorables, une force extraordinaire d'esprit et de corps pour la remplir dignement.

Quant à la décision de ne pas les accompagner en Irlande, le compte rendu qu'elle en faisait à sa tante était dans l'ensemble exact, mais il taisait peut-être certaines vérités. C'était donc elle qui avait choisi de passer à Highbury, pendant leur absence, ce qui serait peut-être ses derniers mois de liberté, auprès des chères parentes qui l'aimaient tant. Et les Campbell, quels qu'aient été leurs motifs, qu'ils en aient eu un, deux ou trois, consentirent volontiers à cet arrangement et dirent qu'ils comptaient plus, pour le rétablissement de sa santé, sur l'air du pays natal, qu'elle respirerait pendant plusieurs mois, que sur tout autre chose. Il était certain qu'elle allait venir, et Highbury, au lieu d'accueillir Mr Frank Churchill, dont la venue était depuis si longtemps promise, serait obligé de se contenter de Jane Fairfax, qui n'en était absente que depuis deux ans.

Emma en fut fâchée ; il allait falloir se montrer polie pendant trois longs mois avec une personne qu'elle n'aimait pas ! Être forcée de faire plus qu'elle ne voulait et moins qu'elle n'aurait dû ! Il aurait été difficile de préciser pourquoi elle n'aimait pas Jane Fairfax. Mr Knightley lui avait dit une fois que c'était parce qu'elle voyait en elle le modèle de la jeune personne accomplie qu'elle souhaitait incarner ; bien qu'elle eût nié avec vigueur sur le moment, il lui arrivait d'effectuer un examen de conscience et de ne pas s'acquitter d'une telle accusation ; et pourtant, protestait-elle, elle ne pourrait jamais se lier d'amitié avec elle. Elle ignorait les motifs qui l'en empêchaient, mais Jane était si froide, si réservée, elle se montrait en apparence si indifférente à plaire ou non ; et puis sa tante était une telle bavarde ! Et l'on en faisait un si grand cas ! Ensuite, on s'était toujours imaginé qu'elles devaient devenir intimes ; sous prétexte qu'elles étaient du même âge, tout le monde supposait qu'elles devaient beaucoup s'apprécier. Telles étaient ses raisons, elle n'en avait pas de meilleures.

Cette aversion était injustifiée ; chaque petit défaut était magnifié de telle manière qu'elle ne revoyait jamais Jane Fairfax après une absence assez longue sans penser qu'elle lui avait fait tort dans son esprit. Et voilà pourquoi, après un intervalle de deux ans, quand elle alla lui rendre visite, elle fut singulièrement frappée de son apparence et de ses manières, même si, durant toute cette période, elle avait pris plaisir à les déprécier. Jane Fairfax était l'élégance personnifiée et Emma n'admirait rien tant qu'une femme élégante. Elle était d'une bonne stature, de celles que l'on considère comme haute, sans l'être trop ; sa silhouette était bien proportionnée, n'étant ni trop grasse ni trop maigre, quoique son air d'être un peu souffrante semblât faire appréhender une tendance à la minceur. Emma sentit bien tout cela ; et puis son visage, ses traits !... Elle y trouvait plus de charmes qu'elle ne se souvenait d'en avoir jamais vu ailleurs. Ils n'étaient pas réguliers, mais très séduisants tout de même. Ses yeux, dont le gris foncé était souligné par des cils et des sourcils noirs, avaient toujours été admirés ; son teint, auquel Emma avait trouvé à redire parce qu'il manquait de coloris, avait une pureté et une délicatesse qui pouvaient, en réalité, se passer d'éclat. C'était un genre de beauté qui se caractérisait surtout par la distinction. Pour respecter tous ses principes, Emma se devait de l'admirer ; il était rare, à Highbury, de voir une grâce aussi distinguée, au physique comme au moral car, dans cette petite ville, c'était une vertu et un mérite que de n'être pas vulgaire.

Pendant cette première visite, Emma examina Jane Fairfax avec une double satisfaction intérieure, celle du plaisir de la regarder, et celle de lui rendre justice. Elle se résolut à ne plus la haïr. Quand elle songeait à son histoire, à sa situation aussi bien qu'à sa beauté, quand elle considérait le sort qui attendait tant d'élégance, la perte de sa position privilégiée et l'existence qu'elle allait mener, il lui était impossible de sentir pour elle autre chose que de la compassion et du respect, surtout si l'on ajoutait à l'intérêt qu'elle inspirait un très probable attachement pour Mr Dixon, qu'Emma s'était si naturellement figuré devoir exister. S'il en était ainsi, Jane méritait qu'on la plaignît ou qu'on lui rendît plus encore hommage pour les sacrifices auxquels elle s'était décidée. Emma l'acquittait à présent de bon cœur d'avoir envisagé séduire Mr Dixon et cherché à priver son épouse de son affection, ou de tout ce dont son imagination l'avait d'abord crue capable. S'il existait un amour, c'était sans doute un sentiment tout simple, sans espoir, que Jane était la seule à éprouver. Peut-être avait-elle bu le triste poison lorsqu'elle avait pris part aux conversations du jeune homme avec son amie ; et pour les meilleurs, les plus louables des motifs, elle se refusait le plaisir de visiter l'Irlande afin de se séparer entièrement de lui et de sa famille, et d'entrer rapidement dans la carrière de laborieux devoir qui l'attendait.

Enfin, Emma emporta, en la quittant, des sentiments si radoucis et si charitables qu'elle jeta un regard en arrière, alors qu'elle regagnait Hartfield, et regretta infiniment qu'il ne se trouvât à Highbury aucun jeune homme digne de lui assurer l'indépendance, aucun qui pût l'inciter à former un plan de mariage en sa faveur.

C'étaient là de bons sentiments, mais ils ne durèrent pas longtemps. Avant qu'Emma se fût engagée publiquement à jurer une amitié éternelle pour Jane, ou qu'elle eût avancé davantage dans la voie de l'abjuration de ses préjugés et de ses erreurs passées en confessant à Mr Knightley : « Elle est certainement jolie ; elle est même plus que jolie ! », Jane vint passer une soirée à Hartfield avec sa grand-mère et sa tante. Tout redevint presque comme avant. Les anciens préjugés reprirent le dessus. La tante était aussi lassante que jamais – plus lassante même, parce qu'elle joignait une extrême inquiétude pour la santé de Jane à l'admiration que lui inspiraient ses grandes qualités ; et il leur fallut entendre la description de la faible quantité de pain et de beurre que la jeune fille absorbait au petit déjeuner, et quelle mince tranche de mouton lui suffisait au dîner. On dut ensuite admirer les nouveaux bonnets et les sacs à ouvrage qu'elle avait préparés pour sa grand-mère et sa tante, et tous les sujets de mécontentement qu'elle avait suscités reparurent. On fit de la musique et Emma fut obligée de jouer. Les remerciements, les éloges de Jane qui s'ensuivirent comme de raison lui semblèrent être d'une candeur affectée, d'une apparente grandeur d'âme, destinées à souligner plus encore la supériorité de sa propre exécution. En outre, ce qui était le pire de tout, Jane affectait une froideur, une réserve, telles qu'il était impossible de deviner ses véritables pensées. Sous le couvert de la politesse, elle semblait déterminée à ne rien hasarder. Elle poussait la défiance à l'excès, et jusqu'à exciter des soupçons.

Si elle pouvait se montrer plus circonspecte sur un sujet, quand elle l'était déjà sur tous les autres, c'était celui de Weymouth et des Dixon. Elle était résolue à ne fournir aucun éclaircissement sur le caractère de Mr Dixon ni sur le plaisir qu'elle avait pu trouver en sa compagnie, ni à dire si l'union lui paraissait bien assortie. C'était de sa part une approbation et une aménité générales, sans distinction ni détail. Une telle attitude ne lui servit à rien. On ne lui tint aucun compte de sa discrétion. Emma y vit de l'artifice et revint à son ancienne suspicion. Jane avait sans doute quelque chose de plus à cacher que sa propre inclination. Mr Dixon avait peut-être été sur le point d'échanger une amie pour l'autre, ou bien il n'avait fixé son choix sur miss Campbell qu'en fonction des douze mille livres de dot qu'il devait toucher.

Jane ne se montra pas plus expansive quand on aborda d'autres chapitres. Elle avait séjourné à Weymouth en même temps que Mr Frank Churchill. On savait qu'ils se connaissaient un peu, mais Emma ne put pas tirer d'elle la moindre bribe d'information qui permît de se représenter de façon précise comment il était vraiment. Était-il beau ? En général, on le considérait comme un très beau jeune homme, pensait-elle. Était-il agréable ? Il en avait la réputation. Paraissait-il sensé, instruit ? Il était difficile de s'en assurer à propos d'une vague connaissance, dans une station balnéaire ou dans les salons de Londres. Ne serait-ce que pour juger de ses manières, il aurait fallu avoir des relations beaucoup plus suivies que celle qu'ils avaient eue avec Mr Frank Churchill. Elle croyait pourtant comprendre que tout le monde lui trouvait des manières très agréables.

Emma ne put lui pardonner une telle retenue.

20

Emma se trouvait sans doute impardonnable, mais Mr Knightley, qui avait été présent, n'avait observé de la part des deux jeunes filles qu'attentions mutuelles et comportement obligeant. Il vint à Hartfield le lendemain pour traiter quelques affaires avec Mr Woodhouse et exprima sa satisfaction sur le tout. Il n'en fit cependant pas aussi ouvertement l'éloge qu'il s'y serait peut-être risqué si Mr Woodhouse n'avait pas été dans la pièce, mais assez pour être très bien compris d'Emma. Il continuait à penser qu'elle était injuste envers Jane et voyait avec grand plaisir un début d'amélioration dans sa conduite.

— C'était une très agréable soirée, dit-il, aussitôt qu'il eut fini de s'entretenir avec Mr Woodhouse sur ce qu'il convenait de faire, se fut assuré qu'il avait été compris et eut rangé les papiers. Extrêmement agréable. Vous et miss Fairfax, vous nous avez régalés d'une excellente musique. Je ne crois pas qu'il y ait, monsieur, de situation plus agréable que d'être assis de façon confortable et d'être diverti toute une soirée, tantôt par la musique, tantôt par la conversation de deux pareilles demoiselles. Je suis persuadé, Emma, que miss Fairfax a passé une soirée délicieuse. Vous n'avez rien oublié. J'ai été charmé que vous l'ayez fait jouer si longtemps car, n'ayant pas d'instrument chez sa grand-mère, elle a dû éprouver une grande satisfaction à le faire.

— Votre approbation, monsieur, me fait beaucoup de plaisir, dit Emma en souriant ; j'espère seulement que je ne manque pas souvent d'égards envers nos invités.

— Ma chère, intervint aussitôt son père, je suis sûr que vous n'en manquez *jamais*. Personne n'est aussi polie ni aussi attentive que vous l'êtes. Si vous péchez, c'est par excès. Le plateau de muffins, par exemple... ne suffisait-il pas de le faire passer une seule fois à la ronde ?

— Non, reprit Mr Knightley, presque en même temps et toujours à l'adresse d'Emma. Vous manquez rarement d'égards ; on ne vous prend presque jamais en défaut, qu'il s'agisse de bonnes manières ou d'intelligence. C'est pourquoi je pense que vous me comprenez.

D'un coup d'œil espiègle, elle lui signifia qu'elle l'entendait fort bien, puis elle se contenta de remarquer :

— Miss Fairfax est très réservée.

— Je vous ai toujours dit qu'elle l'était un peu, convint-il. Toutefois, vous lui ferez bientôt perdre cette partie de réserve dont elle devrait se défaire et qui provient d'un manque de confiance en soi. Cependant, tout ce qui tient à la discrétion doit être respecté.

— Vous croyez qu'elle manque d'assurance. Je ne le vois pas ainsi.

— Ma chère Emma, dit-il en quittant sa chaise pour en prendre une autre plus près d'elle, n'allez pas me dire, du moins je l'espère, que vous n'avez pas passé une soirée agréable.

— Oh ! non. J'ai été satisfaite de ma propre persévérance à poser des questions, et je me suis amusée à constater combien je recevais peu d'informations en retour.

— J'en suis déçu, répondit-il simplement.

— Je pense que tout le monde a dû bien se distraire, dit tranquillement Mr Woodhouse, selon son habitude. Moi, du moins, je me suis bien diverti. J'ai seulement trouvé, à un moment donné, que le feu était trop fort, alors j'ai reculé un peu ma chaise, très peu, et je n'en ai plus été incommodé. Miss Bates a beaucoup causé ; elle était de bonne humeur, comme toujours, mais elle parle trop vite. Cependant, elle était fort agréable, tout comme Mrs Bates, à sa manière. J'aime bien les vieux amis. Quant à miss Fairfax, c'est une très, très jolie demoiselle, très bien élevée en vérité. La soirée a dû lui paraître agréable, puisqu'elle avait la compagnie d'Emma, n'est-ce pas, Mr Knightley ?

— C'est vrai, monsieur, et à Emma aussi, parce qu'elle avait celle de miss Fairfax.

Emma vit qu'il était tourmenté, et, voulant l'apaiser, au moins pour le moment, elle affirma avec une sincérité que l'on ne pouvait mettre en doute :

— C'est une jeune fille si élégante qu'il est impossible de la quitter des yeux. Je la regarde toujours pour l'admirer et je la plains de tout mon cœur.

Mr Knightley parut plus satisfait qu'il ne voulait le reconnaître. Avant qu'il eût pu faire la moindre observation, Mr Woodhouse, qui pensait encore aux dames Bates, remarqua :

— Il est bien malheureux qu'elles aient des moyens si restreints ! Grand dommage, en vérité ! J'ai souvent eu l'intention – mais on ose faire si peu – de leur adresser de petits, de très petits cadeaux, mais qui sortent de l'ordinaire. Nous avons ces jours-ci tué un porcelet, et Emma veut leur envoyer un carré de côtelettes ou un jambon ; il était petit, mais très délicat. Le porc de Hartfield n'a pas son pareil, bien que cela reste toujours du porc. Ma chère Emma, si l'on n'est pas certain qu'elles en fassent des côtelettes bien dorées à la poêle, comme les nôtres, sans la moindre graisse, et non grillées au four, car aucun estomac ne peut digérer le porc rôti, je pense que vous feriez mieux de leur envoyer le jambon. Je crois que cela vaudrait mieux, ma chère, ne le pensez-vous pas ?

— Mon cher papa, je leur ai envoyé tout l'arrière-train ; j'ai cru que c'était votre intention. Elles saleront le jambon, vous comprenez, ce sera excellent. Quant au carré, elles le feront préparer comme il leur plaira.

— C'est bien, ma chère, très bien. Je n'y avais pas songé. C'est ce que l'on pouvait faire de mieux. Il ne faut jamais trop saler le jambon et, s'il ne l'est pas trop, il faut ensuite parfaitement le bouillir, comme l'apprête notre Serle, pour accompagner – sans excès – les choux, les navets, les carottes ou les panais. Je ne pense pas que cela soit malsain.

— Emma, dit Mr Knightley au bout d'un moment, j'ai une nouvelle à vous apprendre. Vous aimez les nouvelles, et j'en ai entendu une en venant ici qui, je crois, vous intéressera.

— Des nouvelles ! Oh ! oui, j'ai toujours aimé les nouvelles à la folie ! Qu'est-ce que c'est ? Pourquoi souriez-vous ? Où les avez-vous apprises ? A Randalls ?

Il n'eut que le temps de dire :

— Non, pas à Randalls. Je n'ai pas approché de Randalls.

La porte s'ouvrit. Miss Bates et miss Fairfax entrèrent au salon. Brûlant d'envie d'adresser des remerciements, mais mourant aussi d'impatience de faire part des nouvelles qu'elle apportait, miss Bates ne savait par où commencer. Mr Knightley comprit qu'il avait perdu l'occasion de parler et qu'il ne pourrait plus prononcer une syllabe.

— Oh ! mon cher monsieur, comment allez-vous ce matin ? Ma chère miss Woodhouse, je suis confuse. Un si bel arrière-train de porc ! Vous êtes trop généreuse. Connaissez-vous la nouvelle ? Mr Elton va se marier.

Emma, qui n'avait pas eu le temps de penser à Mr Elton, fut si surprise qu'elle ne put s'empêcher de tressaillir et de rougir un peu en entendant son nom.

— Voilà précisément la nouvelle que je voulais vous annoncer, dit Mr Knightley avec le sourire, laissant ainsi entendre qu'il avait deviné en partie ce qui s'était passé entre le vicaire et elle. J'avais l'impression qu'elle vous intéresserait.

— Où avez-vous donc appris cela, Mr Knightley ? s'étonna miss Bates. D'où le tenez-vous ? Il n'y a pas cinq minutes, dix tout au plus, que j'ai reçu un billet de Mrs Cole. J'avais déjà mis mon bonnet et mon spencer, et j'étais prête à sortir. Je venais de descendre pour parler de nouveau du porc à Patty. Jane était dans le couloir – n'est-ce pas, Jane ? – car ma mère avait grand peur que nous n'eussions pas de récipient assez grand pour le salage. J'ai proposé de descendre voir, mais Jane m'a offert d'y aller elle-même, car, me dit-elle, « je crains que vous ne vous soyez un peu enrhumée, et Patty vient de laver la cuisine ». Je lui ai répondu : « Oh ! ma chère enfant... » Et c'est alors qu'est arrivé le billet de Mrs Cole. C'est une certaine miss Hawkins, voilà tout ce que j'en sais... Une miss Hawkins de Bath... Mais, Mr Knightley, comment l'avez-vous su ? Car à peine Mr Cole l'avait-il dit à Mrs Cole qu'elle s'est assise et m'a écrit sur-le-champ. Une certaine miss Hawkins...

— J'étais en compagnie de Mr Cole pour affaires, il y a une heure et demie. Il finissait de lire la lettre d'Elton lorsque je suis entré chez lui, et il me l'a montrée.

— Eh bien ! Vraiment... Je ne crois pas qu'une autre nouvelle puisse paraître aussi intéressante à tout le monde. Mon cher monsieur, dit-elle à Mr Woodhouse, vous êtes en vérité trop généreux. Ma mère me prie de vous adresser ses meilleurs compliments et sa reconnaissance. Elle vous remercie mille fois et assure qu'elle est confuse.

— Nous estimons beaucoup le porc de Hartfield, répondit Mr Woodhouse. Il est en vérité si supérieur à tout autre qu'Emma et moi nous ne pouvions avoir de plus grand plaisir que de...

— Ah ! mon cher monsieur, ainsi que le dit ma mère, nos amis ont trop de bonté pour nous. S'il existe des personnes qui, sans posséder de grandes richesses elles-mêmes, ont tout ce qu'elles peuvent désirer, c'est certainement nous. Nous pouvons dire : « Ma part d'héritage et ma coupe, c'est Toi qui me la garantis. » Eh bien ! Mr Knightley, ainsi vous avez vu, de vos yeux vu, cette lettre ! Eh bien !

— Elle était courte et annonçait seulement le mariage prochain... Et, comme il se doit, elle était enjouée et triomphante.

Ici, il jeta un coup d'œil malicieux à Emma avant de poursuivre :

— Il avait eu « le bonheur de... » J'ai oublié la façon dont il a tourné cela – et du reste, nous n'en avons que faire. Il informait Mr Cole, ainsi que vous l'avez dit, qu'il allait épouser une miss Hawkins. A le lire, j'ai cru comprendre que cette union venait juste d'être décidée.

— Mr Elton va se marier ! s'exclama Emma aussitôt qu'elle put parler. Tout le monde lui souhaitera beaucoup de bonheur.

— Il est bien jeune pour se marier, observa Mr Woodhouse. Il aurait mieux fait de ne pas tant se presser. Il me paraissait très bien comme il était, auparavant. Nous le voyions toujours avec plaisir à Hartfield.

— Une nouvelle voisine pour nous, miss Woodhouse ! dit gaiement miss Bates. Ma mère en est si contente ! Elle dit qu'elle ne peut supporter de voir le pauvre vieux presbytère rester sans maîtresse de maison. C'est en vérité une grande nouvelle. Jane, n'avez-vous encore jamais vu Mr Elton ? Il n'est pas étonnant que vous soyez si curieuse de le rencontrer.

Il ne paraissait pas que la curiosité de le voir absorbât toute l'attention de Jane.

— Non, je ne l'ai jamais vu, répondit-elle en sursautant. Est-il grand ?

— Qui peut répondre à cette question ? s'écria Emma. Mon père répondrait oui, et Mr Knightley non. Miss Bates et moi, nous répondrions qu'il est dans la bonne moyenne. Lorsque vous aurez demeuré ici un peu plus longtemps, miss Fairfax, vous saurez que Mr Elton est le modèle de la perfection, à Highbury, tant au moral qu'au physique.

— C'est exact, miss Woodhouse. Miss Fairfax s'en rendra compte. Nul ne le surpasse parmi les jeunes gens. Ma chère Jane, si vous voulez bien vous en souvenir, je vous ai dit hier qu'il avait précisément la taille de Mr Perry. Quant à miss Hawkins, ce doit être une excellente demoiselle. L'attention extrême qu'il porte à ma mère, la façon dont il la prie de prendre place sur le banc du presbytère... Car ma mère est un peu sourde, comme vous savez, pas beaucoup, mais tout de même elle n'entend pas très vite. Jane dit que le colonel Campbell est également un peu sourd. Il a cru que les bains de mer pourraient améliorer son audition – des bains chauds... Mais elle reconnaît qu'ils n'ont pas eu d'effet durable. Le colonel Campbell est comme un ange gardien pour nous, comme vous savez. Et il paraît que Mr Dixon est un charmant jeune homme, digne de lui. Il est si heureux de voir s'unir des gens de mérite. Ils se trouvent toujours. A présent, nous allons avoir ici Mr Elton et miss Hawkins ; et nous avons déjà les Cole, des gens si sympathiques, et les Perry. Je ne crois pas qu'il y ait de couple plus heureux ni mieux assorti que Mr et Mrs Perry. J'affirme, monsieur, ajouta-t-elle en se tournant vers Mr Woodhouse – enfin, je pense –, qu'il y a peu d'endroits comparables à Highbury pour la société. Je dis toujours que c'est pour nous une grande bénédiction que d'avoir de tels voisins. Mon cher monsieur, s'il y a une chose que ma mère préfère à une autre, c'est le porc, un carré de porc rôti.

— Quant à savoir qui est et d'où vient miss Hawkins, et depuis combien de temps il la connaît, intervint Emma, je suppose que nul n'en a la moindre idée. On a le sentiment qu'il ne peut s'agir de relations de longue date. Il n'est parti que depuis quatre semaines.

Personne n'ayant d'informations à donner sur le sujet, Emma, après s'être interrogée encore quelque temps, dit :

— Vous gardez le silence, miss Fairfax. J'espère que cette nouvelle vous intéresse tout de même, vous qui avez dernièrement entendu débattre de tels sujets, qui avez assisté à de telles scènes et qui avez dû être pour beaucoup dans ce qui a amené le mariage de miss Campbell. Nous ne vous pardonnerions pas de témoigner de l'indifférence pour Mr Elton et miss Hawkins.

— Lorsque j'aurai vu Mr Elton, répondit Jane, j'ose croire que je m'intéresserai à lui, mais, personnellement, il faut que je le voie pour en arriver là. Et comme il y a plusieurs mois que miss Campbell est mariée, l'impression que m'a laissée cette affaire s'est un peu émoussée.

— Oui, il y a juste quatre semaines qu'il est parti, ainsi que vous l'avez observé, miss Woodhouse, dit miss Bates ; il y a eu quatre semaines hier. Une certaine Miss Hawkins... Eh bien ! J'avais toujours cru qu'il choisirait plutôt une jeune fille des environs... Non pas que j'eusse jamais... Mrs Cole m'a dit un jour à l'oreille que... Mais je lui ai répondu aussitôt : « Non, Mr Elton est un charmant jeune homme, mais... » Enfin... Je ne suis pas très clairvoyante pour ces sortes de découvertes, je n'ai aucune prétention de ce côté-là. Je vois ce qui est sous mes yeux. Et pourtant, personne ne se serait étonné que Mr Elton eût aspiré... Miss Woodhouse a la bonté de me laisser bavarder ; elle sait que je ne voudrais pas pour tout l'or du monde offenser qui que ce soit. Comment se porte miss Smith ? Elle paraît tout à fait guérie, à présent. Avez-vous reçu des nouvelles récentes de Mrs John Knightley ? Oh ! quels charmants enfants ! Jane, savez-vous que je me suis toujours imaginé que Mr Dixon ressemblait à Mr John Knightley ? J'entends au physique, grand, avec cette sorte d'apparence, et pas très causant.

— Vous vous trompez, ma chère tante. Il n'y a pas la moindre ressemblance entre eux.

— C'est bien surprenant ! A la vérité, on ne peut guère se faire une opinion exacte des gens avant de les avoir vus. On se les représente d'une manière et l'on se laisse emporter par l'imagination. Vous dites que Mr Dixon n'est pas à proprement parler un bel homme...

— Beau ? Oh ! non. Il s'en faut de beaucoup. Il est très ordinaire. Je vous ai dit qu'il était quelconque.

— Ma chère, vous m'avez dit aussi que miss Campbell ne le croyait pas laid, et que vous-même...

— Pour ce qui est de moi, mon jugement ne compte pas. Lorsque j'estime quelqu'un, je le trouve toujours intéressant. Je vous ai dit que, en général, on le trouvait quelconque.

— Eh bien ! ma chère Jane, je crois qu'il faut que nous nous sauvions. Le temps paraît menaçant et votre grand-maman sera inquiète. Vous êtes trop obligeante, miss Woodhouse, mais nous sommes forcées de nous en aller. Ce sont, en vérité, d'excellentes nouvelles... Je vais faire le tour pour passer chez Mrs Cole, mais je ne m'y arrêterai que cinq minutes... Vous, Jane, vous feriez mieux de rentrer tout droit. Je ne voudrais pas vous voir essuyer une averse ! Nous pensons qu'elle se porte déjà beaucoup mieux depuis qu'elle est à Highbury... Je vous remercie beaucoup, mais nous en sommes persuadées... Je ne passerai pas chez Mrs Goddard, car je pense qu'elle préfère un morceau de porc bouilli à toutes les nouvelles du monde. Quand nous ferons cuire le jambon, ce sera une autre affaire... Je vous souhaite une bonne journée, cher monsieur. Oh ! Mr Knightley vient avec nous. C'est très... Je suis sûre que, si Jane est fatiguée, vous aurez l'amabilité de lui offrir le bras. Mr Elton et miss Hawkins !... Je vous souhaite le bonjour à tous.

Emma, seule avec son père, fut obligée de lui prêter en partie attention. Il se lamentait à la pensée que de jeunes gens étaient si pressés de se marier – et d'épouser des étrangères, de surcroît. D'autre part, elle réfléchissait à ce qu'elle pensait elle-même sur le sujet. La nouvelle qu'elle venait d'apprendre l'amusait et la soulageait, car elle démontrait que Mr Elton n'avait pas souffert longtemps. Par ailleurs, la jeune fille éprouvait des regrets pour Harriet, qui ne se consolerait pas de sitôt. Elle espérait simplement que si elle était la première à l'en informer, elle empêcherait que d'autres l'en informassent sans ménagement. L'heure de la visite de Harriet à Hartfield approchait. Et si elle allait rencontrer miss Bates en chemin ! Comme il commençait à pleuvoir, Emma en fut réduite à se dire que, si le mauvais temps la retenait chez Mrs Goddard, la fatale nouvelle lui serait rapidement communiquée sans qu'elle-même eût pu l'y préparer.

L'averse fut forte, mais dura peu, et elle avait cessé depuis cinq minutes à peine quand Harriet entra précipitemment, le cœur gros. Elle avait l'air agité et semblait nerveuse. Le « Oh ! miss Woodhouse, savez-vous ce qu'il vient d'arriver ? » qu'elle lança aussitôt parut témoigner de son bouleversement. Emma sentit qu'elle ne pouvait à présent lui montrer plus de gentillesse qu'en l'écoutant, et Harriet, que rien n'arrêtait plus, raconta avec vivacité tout ce qu'elle avait à dire. Elle était sortie de chez Mrs Goddard une demi-heure auparavant. Elle craignait de recevoir une averse et s'attendait à ce qu'il tombât des trombes d'eau à tout moment. Elle avait néanmoins espéré avoir le temps d'arriver à Hartfield et s'était hâtée autant qu'elle l'avait pu, mais, en passant près de la maison où une jeune femme devait lui coudre une robe, elle avait cru devoir entrer pour voir où elle en était ; et, bien qu'il lui eût semblé n'être restée qu'un instant, à peine était-elle ressortie qu'il avait commencé à pleuvoir, et elle n'avait plus su que faire. Elle s'était donc mise à courir de toutes ses forces et avait trouvé refuge chez Ford. Ce Ford était le principal marchand de drap, de toile et de mercerie. Sa boutique était la plus grande et la plus courue du pays.

Elle était restée là près de dix minutes sans songer à rien, quand, tout à coup, quelqu'un était entré – et devinez qui ? Oh ! pour sûr, elle avait trouvé cela très surprenant, mais pourtant, ils étaient des clients réguliers chez Ford. Qui donc avait poussé la porte, sinon Elisabeth Martin, suivie de son frère !

— Ma chère miss Woodhouse, pensez donc ! Je crus me trouver mal. J'étais fort embarrassée. J'étais assise près de la porte. Elisabeth m'a aperçue dès qu'elle est entrée, mais lui, il ne m'avait pas vue ; il était occupé à fermer son parapluie. Je suis persuadée qu'elle m'a reconnue, mais elle s'est aussitôt détournée et a fait comme si je n'étais pas là. Ils se sont rendus tous les deux au bout du magasin, et moi, je suis restée assise près de la porte ! Oh ! mon Dieu ! j'étais si malheureuse. Je suis sûre que j'étais aussi blanche que ma robe. Je ne pouvais repartir à cause de la pluie, et pourtant j'aurais souhaité être à cent lieues de là. Oh ! ma chère miss Woodhouse... A la fin, il semble qu'en se retournant il m'ait aperçue car, au lieu de continuer à faire leurs achats, ils se sont entretenus à voix basse. Je suis sûre qu'il était question de moi, et il m'est venu à l'idée qu'il l'engageait à venir me parler. Ne le croyez-vous pas aussi, miss Woodhouse ? Un moment après, Elisabeth est venue vers moi, m'a demandé comment je me portais et semblait prête à me serrer la main si je l'encourageais. Elle ne s'est pas comportée avec moi comme elle avait coutume de le faire ; j'ai vu qu'elle avait changé à mon égard. Néanmoins, elle a fait un effort pour se montrer amicale : nous nous sommes serré la main et nous avons parlé un moment. Pourtant, je ne sais plus ce que je lui ai dit ; j'étais toute tremblante ! Je me souviens qu'elle m'a assurée qu'elle regrettait que nous ne nous vissions plus. J'ai trouvé cela presque trop aimable de sa part. Ma chère miss Woodhouse ! J'étais tout à fait malheureuse ! Le ciel a commencé à s'éclaircir et j'étais résolue à ce que rien ne me retînt davantage. Mais alors – rien que d'y penser ! – j'ai vu qu'il s'avançait à son tour vers moi, doucement, vous voyez, comme s'il ne savait trop que faire ; cependant, il s'est rapproché, m'a parlé, et je lui ai répondu. Je suis restée de la sorte un moment, bouleversée, vous comprenez, à un point plus que je ne le saurais dire, et puis j'ai repris un peu courage et, remarquant qu'il ne pleuvait plus, j'ai résolu de m'en aller ; ce que j'ai fait. Je n'étais pas à trois mètres de la porte qu'il est sorti pour me dire que, si j'allais à Hartfield, je ferais mieux de passer derrière l'écurie de Mr Cole, car le petit chemin direct pour aller chez vous devait être rendu impraticable par la pluie. Oh ! mon Dieu ! j'ai cru que j'allais mourir ! Je lui ai répondu que je lui étais bien obligée. Vous savez comme moi que je pouvais faire moins. Ensuite, il est allé rejoindre Elisabeth, et moi, j'ai fait le tour derrière l'écurie – du moins, je le crois –, parce que je savais à peine ce que je faisais et où j'en étais. Oh ! miss Woodhouse, j'aurais donné tout au monde pour l'éviter ; et cependant, vous sentez bien que j'éprouvais une sorte de satisfaction à le voir se conduire avec tant de douceur et d'amitié, ainsi que sa sœur Elisabeth. Ah ! ma chère miss Woodhouse, parlez-moi, je vous prie, et réconfortez-moi...

Emma aurait sincèrement voulu l'aider, mais, pour le moment, il n'était pas en son pouvoir de le faire. Elle fut obligée de garder le silence et de réfléchir quelques instants. Elle n'était pas elle-même tout à fait à son aise. La conduite du jeune homme et de sa sœur semblait bien témoigner d'une véritable sensibilité, et elle ne pouvait s'empêcher de les plaindre. Selon le récit de Harriet, leur comportement avait traduit un intéressant mélange d'affection blessée et de véritable délicatesse. Auparavant, déjà, Emma les avait tenus pour des gens estimables, animés de bonnes intentions ; mais quelle différence cela faisait-il comparé aux désavantages d'une alliance avec eux ? C'était une sottise de la part de Harriet que de se laisser affecter par une telle rencontre. Le jeune Martin devait naturellement être attristé de la perdre, et toute la famille devait penser de même. L'ambition avait sans doute été rabaissée autant que l'amour. Ils avaient peut-être espéré s'élever en nouant des liens avec Harriet. D'ailleurs, que valait la description de Harriet – à qui tout plaisait –, qui avait si peu de discernement ? Que signifiaient ses louanges ?

Emma s'efforça donc de ranimer son courage en soulignant que ce qui venait d'arriver n'était qu'un incident insignifiant, qui ne méritait aucunement que l'on s'y attardât.

— C'était probablement pénible sur le moment, lui dit-elle, mais vous vous êtes très bien conduite ; et c'est une affaire finie. Elle ne se reproduira plus et ne pourra jamais se renouveler, puisque vous les revoyiez pour la première fois. Il est donc tout à fait inutile d'y songer davantage.

— C'est très vrai, répondit Harriet en assurant qu'elle n'y songerait plus.

Cependant, elle en parlait encore et même ne pouvait parler d'autre chose. Pour chasser les Martin de son esprit, Emma se vit enfin poussée à lui annoncer brusquement la nouvelle dont elle s'était proposé de l'instruire avec les plus grandes précautions, sachant à peine elle-même si elle devait se réjouir, s'irriter, être embarrassée ou s'amuser de l'état d'esprit changeant de la pauvre Harriet – quelle conclusion pour le pouvoir que Mr Elton avait exercé sur elle !

Cependant, Mr Elton reprit ses droits petit à petit. Si Harriet n'était pas aussi affectée de cette information qu'elle l'eût été la veille, ou même une heure auparavant, l'intérêt qu'elle y portait s'accrût bientôt, et, avant la fin de leur première conversation, elle était parvenue à ressentir tour à tour de la curiosité, de l'étonnement et des regrets, de la peine et même de la joie à l'encontre de cette miss Hawkins, si favorisée par la fortune, ce qui la conduisit à rejeter les Martin à une place secondaire dans son imagination.

Emma en vint même à se réjouir qu'une telle rencontre se fût produite. Elle avait servi à amortir le premier choc sans influencer la jeune fille de façon si durable qu'on n'eût à le redouter. Étant donné le mode de vie qui était à présent celui de Harriet, les Martin ne pouvaient parvenir jusqu'à elle sans le chercher ; et, pour le moment, ils n'avaient pas eu assez d'audace ou de déférence pour le faire car, depuis que la demande de leur frère avait été repoussée, les sœurs Martin n'avaient jamais revu Mrs Goddard. Il était possible qu'il se

passât une année entière avant que Harriet et eux se retrou-
vassent ensemble à l'improviste, et qu'ils éprouvassent le
désir ou la nécessité de se parler.

21

La nature humaine est si bien disposée en faveur de ceux qui se trouvent dans une situation de quelque intérêt qu'une jeune fille, si elle se marie ou bien si elle meurt, peut être certaine que l'on parlera d'elle avec bienveillance.

Une semaine ne s'était pas écoulée depuis que le nom de miss Hawkins avait été mentionné à Highbury pour la première fois que l'on découvrait, d'une source ou d'une autre, qu'elle possédait toutes les qualités physiques et morales : elle était belle, élégante, infiniment accomplie et très aimable. Aussi, lorsque Mr Elton arriva pour jouir du triomphe qui couronnerait ses perspectives de bonheur et pour répandre le bruit des mérites de sa future épouse, il ne lui restait plus qu'à révéler son nom de baptême et à énumérer les compositeurs dont elle préférait jouer la musique.

Mr Elton revint le plus heureux des hommes. Il était parti rejeté et humilié – trompé dans ses espérances après s'être flatté d'un succès infaillible, étant donné les encouragements qu'il croyait avoir reçus et, non seulement il avait perdu la jeune fille qu'il estimait devoir lui convenir, mais il s'était entendu rabaisser au niveau d'une autre qui lui paraissait très au-dessous de lui. Il était parti outragé ; il revenait fiancé à une femme bien entendu très supérieure à la première car, en pareil cas, on estime infiniment plus ce que l'on gagne qu'on ne regrette ce que l'on perd. Il rentra donc joyeux, content de lui-même, empressé et affairé, ne se souciant plus du tout de miss Woodhouse et prêt à braver miss Smith.

La charmante Augusta Hawkins, outre les avantages ordinaires d'une beauté parfaite et de mérites distingués, jouissait d'une fortune indépendante, de celles que l'on considère comme devant s'élever à dix mille livres, ce qui confère une certaine dignité, tout en étant bien commode. Cela faisait bien quand on en parlait. Mr Elton n'avait pas choisi quelqu'un d'indigne de lui. Il obtenait une femme dont la dot équivalait, à peu de chose près, à dix mille livres, et cela avec une rapidité qui l'avait enchanté. Une heure après lui avoir été présenté, il s'était aperçu qu'on le distinguait des autres. Le récit qu'il avait fait à Mrs Cole du commencement et des progrès de cette importante affaire était tout à sa gloire. Il avait avancé à pas de géant depuis leur rencontre fortuite à un dîner chez Mrs Green, puis à une soirée chez Mrs Brown ; les sourires et le rouge aux joues avaient crû en importance, entrecoupés de moments d'embarras et d'accès de nervosité. La jeune fille avait été si aisément conquise, si bien disposée, et, pour parler clairement, s'était montrée si portée à l'accepter que la vanité et la prudence en avaient été également satisfaites.

Il avait saisi tout à la fois la proie et l'ombre, la fortune et l'affection, et il était à présent aussi heureux qu'il méritait de l'être. Ne parlant que de lui et de ses affaires, s'attendant aux félicitations de tout le monde, prêt à supporter qu'on le raillât un peu, il se présentait avec des sourires cordiaux et hardis à toutes les jeunes personnes de Highbury qu'il aurait approchées avec plus de retenue quelques semaines seulement auparavant.

Le mariage était fixé à une date prochaine car les fiancés n'avaient à écouter que leur bon plaisir. Il n'y aurait d'autre délai que celui nécessaire aux préparatifs et, lorsque Mr Elton repartirait pour Bath, on s'attendait – un certain regard de Cole ne semblait pas contredire cet espoir – à ce qu'il rentrât à Highbury avec la future jeune mariée.

Durant le peu de temps où il demeura encore seul au pays, Emma ne l'entrevit qu'une fois, mais se réjouit d'avoir passé l'épreuve de ces retrouvailles. Il lui donna l'impression de ne s'être pas amélioré, étant donné ce que l'on lisait sur sa figure. Elle en arrivait à se demander comment elle avait jamais pu le trouver agréable ; la vue de sa personne était liée de façon si indissociable à des souvenirs déplaisants qu'elle aurait été reconnaissante d'avoir la certitude de ne jamais plus le croiser, si elle n'avait cru devoir le faire pour des raisons morales, comme une sorte de pénitence, de leçon ou de source d'abaissement profitable à son orgueil. Elle ne lui souhaitait que du bien, mais il lui était difficile de supporter sa présence, aussi était-elle très satisfaite qu'il allât jouir de sa félicité à vingt milles de chez elle.

Le désagrément de savoir sa résidence irrévocablement fixée à Highbury diminuerait sans doute peu à peu, du fait de son mariage. Il n'y aurait plus à craindre de vaines sollicitudes et bien des situations embarrassantes s'en verraient évitées. L'existence d'une Mrs Elton fournirait une excuse pour espacer les relations, et nul ne ferait de commentaire si elles étaient moins intimes que par le passé. On en reviendrait presque à échanger des politesses, comme au temps où ils s'étaient rencontrés.

Emma ne se préoccupait guère de la future Mrs Elton. Celle-ci serait sans doute assez bonne pour lui et assez accomplie pour Highbury ; plutôt jolie, elle paraîtrait probablement quelconque à côté de Harriet. Et, pour ce qui était de la famille dans laquelle entrait Mr Elton, Emma était bien tranquille ; elle était persuadée qu'en dépit de ses prétentions et du dédain qu'il avait manifesté pour Harriet, il n'avait pas gagné grand-chose. Sur ce point, on pouvait avoir une idée de la vérité. Ce qu'était la fiancée, on n'en savait encore rien, mais qui elle était, on le découvrirait sans peine ; si l'on exceptait les dix mille livres de dot, il ne paraissait pas qu'elle fût en rien supérieure à Harriet. Elle n'apportait avec elle ni nom, ni noblesse, ni relations. Miss Hawkins était la fille cadette d'un négociant de Bristol – puisqu'il fallait bien entendu lui donner ce titre –, mais, d'après le modique profit apparent qu'il avait tiré de son commerce, on pouvait supposer, sans risque de beaucoup se tromper, que son négoce n'était pas du premier ordre. Miss Hawkins avait coutume de passer une partie de l'hiver à Bath, mais sa demeure ordinaire était à Bristol, en plein centre de la ville car, bien que son père et sa mère fussent morts depuis quelques années, il lui restait un oncle qui exerçait une activité juridique ; on ne lui accordait en effet pas de titre plus honorable que d'assurer qu'il était un homme de loi. C'était avec lui que demeurait miss Hawkins. Emma le supposait factotum de quelque avoué et trop bête pour faire son chemin. La plus haute réussite de la famille était celle de la sœur aînée, qui avait fait un « très beau » mariage, ayant épousé un « grand » personnage des environs de Bristol : un homme qui avait deux voitures !

Si seulement Emma avait pu évoquer devant Harriet ce qu'elle pensait de tout cela ! Elle l'avait persuadée qu'elle éprouvait de l'amour, mais hélas ! il n'était pas aussi aisé de le lui faire oublier. Le charme qui occupait l'esprit futile de Harriet pour un objet quelconque ne se rompait pas avec des paroles. Mr Elton pourrait être remplacé par un autre, et il le serait certainement un jour, rien n'était plus clair. Même un Robert Martin aurait suffi à le lui faire oublier, mais Emma craignait que rien, sans cela, ne la guérirait. Harriet était de celles qui, ayant commencé à aimer, seraient toujours amoureuses. Et maintenant, pauvre fille ! son état avait beaucoup empiré depuis la réapparition de Mr Elton. Elle cherchait sans cesse à l'apercevoir. Emma ne l'avait rencontré qu'en une occasion, mais c'est deux ou trois fois par jour que Harriet était sûre de le croiser, de le voir, d'entendre sa voix, d'apercevoir son épaule. Il se produisait toujours quelque chose pour qu'il demeurât dans ses pensées sous l'aspect favorable que conféraient la surprise et les conjectures. Outre cela, on lui parlait sans cesse de lui car, en dehors de Hartfield, elle voyait des gens qui considéraient Mr Elton comme infaillible et ne trouvaient rien de plus intéressant que de parler de ce qui le concernait. Chaque rapport, voire chaque hypothèse, tout ce qui était déjà arrivé et tout ce qui allait se produire dans l'arrangement de ses affaires, l'amélioration de son revenu, les domestiques, le mobilier, tout était sans cesse débattu devant elle. L'estime qu'elle lui portait se renforçait avec les louanges continuelles qu'elle entendait faire de lui, et, ses regrets nourris, ses sentiments offensés par les incessantes répétitions concernant le bonheur de miss Hawkins et l'extrême attachement qu'il semblait avoir pour elle. L'allure qu'il avait quand il passait dans la rue, la manière dont il portait son chapeau, tout était une preuve assurée de son amour !

Si l'on avait pu admettre que tout cela constituait un divertissement, si son amie n'en avait pas souffert ou si elle-même n'avait pas eu de reproches à s'adresser sur les changements d'inclination de Harriet, Emma se serait amusée de son inconstance. Un jour, Mr Elton l'emportait ; le lendemain, c'était le jeune Martin, et chacun l'empêchait à tour de rôle de trop regretter l'autre. L'annonce des fiançailles de Mr Elton avait guéri l'agitation produite par la rencontre avec Mr Martin. Le chagrin causé par cette nouvelle avait été un peu adouci par une visite d'Elisabeth Martin chez Mrs Goddard, quelques jours après. Harriet n'était pas là, mais Elisabeth avait laissé pour elle un billet écrit dans un style touchant – quelques reproches mêlés à beaucoup de témoignages de gentillesse. Jusqu'à l'arrivée de Mr Elton, ce billet l'avait beaucoup occupée, car elle se demandait de quelle manière elle prouverait sa gratitude en retour et désirait en faire beaucoup plus qu'elle n'osait l'avouer. Mais, durant le séjour du vicaire, les Martin avaient été oubliés. Aussi, le matin même où Mr Elton repartait pour Bath, Emma, afin de divertir son amie du chagrin que lui causait ce départ, jugea qu'il serait préférable pour elle de rendre à Elisabeth Martin sa visite.

Comment cette visite serait-elle accueillie ? Comment fallait-il s'y prendre ? Quel comportement serait-il plus sûr d'adopter ? Tout cela la plongeait dans le doute et demandait beaucoup de considération. Ce serait une ingratitude que de ne pas répondre du tout à l'invitation de la mère et des sœurs. Cela n'était pas admissible. Et cependant, c'était courir le risque de renouer des relations !

Après mûre réflexion, Emma ne trouva rien de mieux que d'engager Harriet à rendre la visite qui lui avait été faite, mais de manière à leur faire comprendre, s'ils avaient un peu de jugement, qu'il s'agissait là simplement d'une visite de politesse. Elle avait l'intention de la conduire en voiture, de la laisser à la ferme du Moulin de l'abbaye, tandis qu'elle-même poursuivrait un peu sa promenade, et de la reprendre au passage assez vite pour que Harriet n'eût pas eu le temps de subir d'insidieuses requêtes ou de dangereuses évocations du passé. Son amie donnerait ainsi la preuve la plus décisive du degré d'intimité dans lequel elle se proposait de les tenir à l'avenir.

Emma n'avait rien trouvé de mieux ; et, s'il y avait dans ce plan quelque chose que son cœur n'approuvait pas, une certaine part d'ingratitude qu'il ne faisait qu'effleurer, elle estimait qu'il fallait le suivre, sinon qu'adviendrait-il de Harriet ?

22

Harriet n'avait guère le cœur à faire des visites. Une demi-heure avant l'arrivée d'Emma chez Mrs Goddard, sa mauvaise étoile l'avait conduite à l'endroit même où l'on hissait dans la carriole du boucher une malle adressée au « Révérend Philip Elton, Le Cerf Blanc, Bath ». La pauvre Harriet ne pensait plus à autre chose qu'à la malle et à sa destination.

Elle partit cependant et, lorsqu'elles arrivèrent devant la ferme et qu'elle descendit à l'entrée d'une large allée de gravier bien entretenue, bordée de pommiers en espalier, qui conduisait à la porte d'entrée, la vue de tout ce qui lui avait donné tant de plaisir à l'automne précédent fit renaître en elle un certain émoi. Quand elles se séparèrent, Emma observa qu'elle examinait ce qui l'entourait avec une sorte de curiosité craintive, qui la décida à ne pas laisser la visite dépasser le quart d'heure prévu. Elle allait pour sa part accorder ce temps à une ancienne domestique qui s'était mariée et établie à Donwell.

Au bout du quart d'heure, elle revint, ponctuelle, à la barrière blanche, et fit appeler miss Smith, qui parut aussitôt, sans qu'un jeune homme l'escortât de manière alarmante. Elle suivit seule l'allée de gravier jusqu'à la route, après que l'une des demoiselles Martin l'eut accompagnée jusqu'à la porte et eut pris congé d'elle avec un air de froide politesse.

Harriet ne put sur-le-champ donner un compte rendu intelligible de sa visite. Elle était trop émue pour cela, mais, au bout de quelque temps, Emma en tira assez d'informations pour comprendre le genre de réception qu'on lui avait réservée et la peine qu'elle en avait eu. Elle n'avait vu que Mrs Martin et ses deux filles. Elles l'avaient accueillie d'une manière embarrassée, sinon avec froideur. On n'avait parlé que de banalités la plupart du temps, mais, tout à la fin, Mrs Martin avait déclaré tout à coup qu'il lui semblait que miss Smith avait grandi, si bien que la conversation avait pris un tour plus intéressant, sur un ton plus chaleureux. C'est dans ce même salon, en effet, qu'elle avait été mesurée, en septembre, avec ses deux amies. Il en restait les traces et la date au crayon sur les boiseries, près de la fenêtre. C'est lui qui s'en était chargé. Toutes avaient paru se souvenir du jour, de l'heure, de la compagnie présente, des circonstances – retrouver les mêmes pensées, les mêmes regrets –, être prêtes enfin à voir renaître la bonne entente qui les liait alors. Elles étaient en train de reprendre leur comportement habituel – Harriet, selon les soupçons d'Emma, aussi bien disposée que la plus ouverte d'entre elles à se montrer cordiale et expansive – quand la voiture était arrivée, et tout avait pris fin. Le caractère de la visite, sa brièveté, tout alors avait été ressenti comme décisif. Accorder quatorze minutes à une famille auprès de laquelle elle avait été si reconnaissante de passer six semaines voilà six mois ! Emma se le représentait très bien et sentait combien ces gens devaient en avoir de ressentiment, et Harriet de la peine. Toute cette affaire était déplaisante. Emma aurait donné cher ou supporté beaucoup pour que les Martin occupassent un rang plus élevé dans le monde. Ils avaient tant de mérites qu'il aurait suffi qu'ils s'élevassent un tout petit peu, mais, les choses étant ce qu'elles étaient, comment aurait-elle pu agir différemment ? Impossible ! Elle ne s'en repentirait pas. Il fallait les séparer, mais cela supposait d'infliger beaucoup de peine pour y parvenir. Elle en ressentait déjà tant elle-même qu'elle éprouva bientôt le besoin de chercher un peu de consolation et résolut de passer par Randalls avant de rentrer chez elle. Elle était lasse de songer à Mr Elton et aux Martin. Le changement d'idée qu'on lui procurerait à Randalls lui était absolument nécessaire.

Le projet était excellent, mais, en arrivant devant la porte, on leur appris que « ni Monsieur ni Madame » n'étaient chez eux. Ils étaient sortis ensemble depuis quelque temps déjà et le domestique croyait qu'ils se fussent rendus à Hartfield.

— Quel dommage ! s'écria Emma, alors qu'elles repartaient. Nous les aurons manquées de peu ! C'est vexant ! Il y a longtemps que je n'ai pas été aussi déçue.

Elle se recula dans un angle de la voiture pour s'abandonner à son mécontentement ou pour se plier à la raison – sans doute pour céder d'abord à l'un avant de passer à l'autre, puisque telle est la manière dont se comportent les esprits qui ne sont pas trop mal disposés. Tout à coup, la voiture s'arrêta. Emma leva les yeux : elle avait été arrêtée par Mr et Mrs Weston qui attendaient sur la route, désireux de lui parler. Elle éprouva aussitôt du plaisir à les voir et un bonheur plus grand encore à les entendre car Mr Weston l'aborda sans plus attendre :

— Comment allez-vous ? Comment allez-vous ? Nous venons de passer un moment en compagnie de votre père. Nous sommes ravis de le voir si bien. Frank arrive demain. J'ai eu une lettre de lui ce matin. Nous le verrons demain à l'heure du dîner, c'est une certitude. Il est à Oxford, aujourd'hui, et il vient passer deux semaines ici. Je savais qu'il en serait ainsi. S'il était venu pour Noël, il ne serait resté que trois jours. Je me suis toujours réjoui qu'il ne soit pas venu à Noël. Cette fois, le temps sera idéal pour lui, une période durable de beau temps froid et sec. Nous allons profiter au mieux de sa présence. Tout va se passer aussi bien que nous pourrions le désirer.

Il était impossible de résister à des nouvelles si encourageantes, non plus qu'à la bonne humeur qu'on lisait sur le visage de Mr Weston et qu'appuyaient les paroles et l'attitude de sa femme. Celle-ci était moins volubile, plus calme, mais confirmait ses dires. Lui entendre dire qu'elle-même considérait comme certaine la venue du jeune homme suffit à Emma pour s'en persuader à son tour, et elle prit part à leur joie. C'était la façon la plus plaisante de ranimer un courage défaillant. Les sujets ressassés du passé allaient céder la place aux nouveautés, et, en un éclair, elle eut l'espoir qu'on n'entendrait plus parler de Mr Elton.

Mr Weston lui relata comment s'étaient déroulées les invitations à Enscombe, ce qui permettait maintenant à son fils une absence de quinze jours. Il évoqua ensuite la route qu'il allait suivre et les moyens de transport qu'il allait utiliser, tandis qu'elle écoutait, souriait et le félicitait.

— Je l'amènerai bientôt à Hartfield, dit-il pour conclure.

Emma eut l'impression de voir sa femme lui effleurer le bras, en entendant ces paroles.

— Nous ferions mieux de poursuivre notre chemin, Mr Weston, lui dit-elle. Nous retenons ces jeunes filles.

— Eh bien ! Eh bien ! je suis prêt...

Puis, en se retournant vers Emma, il ajouta :

— Ne vous attendez pas à voir un *très* beau jeune homme. Vous savez simplement ce que j'en pense ; je suppose qu'il n'a rien d'extraordinaire, en fait.

Toutefois, son regard pétillant disait bien qu'il pensait tout le contraire.

Emma, qui était capable de paraître naïve et innocente, lui répondit d'une manière qui ne l'engageait en rien.

— Pensez à moi demain, vers les seize heures, ma chère Emma, lui demanda en partant Mrs Weston, sur un ton où perçait une certaine inquiétude et qui ne s'adressait qu'à elle.

— Seize heures ! Soyez sûre qu'il sera là à quinze heures au plus tard ! corrigea aussitôt Mr Weston.

C'est ainsi que s'acheva cette entrevue si satisfaisante. L'humeur d'Emma s'était tant améliorée qu'elle se sentait presque heureuse. Tout pour elle avait changé d'aspect. James et les chevaux ne lui paraissaient plus se traîner de façon moitié aussi indolente qu'auparavant. En regardant les haies, elle se dit que le sureau allait bientôt fleurir, et, quand elle se tourna vers Harriet, elle vit passer sur son visage comme un air de printemps, un tendre sourire.

— Mr Frank Churchill passera-t-il par Bath aussi bien que par Oxford ? demanda-t-elle cependant, ce qui n'était pas de bon augure.

Mais ni la connaissance de la géographie ni la tranquillité ne s'acquéraient en un jour, et Emma était à présent dans un état d'esprit tel qu'elle voulait croire que son amie parviendrait à l'une et à l'autre, le moment venu.

Le matin du grand jour se leva, et la fidèle élève de Mrs Weston n'oublia ni à dix heures, ni à onze heures, ni même à douze, qu'elle devait penser à elle à seize heures.

« Ma chère, très chère et très inquiète amie, se disait-elle, tout en descendant de sa chambre, vous qui êtes toujours plus soucieuse du confort des autres que du vôtre, je vous vois maintenant, pleine d'impatience, entrer dix fois dans sa chambre pour vous assurer qu'il n'y manque rien. »

La pendule sonna midi alors qu'elle traversait le hall.

« Il est midi, et je n'oublierai pas de penser à vous dans quatre heures ; et à cette heure-ci, demain, peut-être, ou bien un peu plus tard, j'envisagerai la possibilité que vous veniez tous. Je suis sûre qu'ils l'amèneront ici bientôt. »

Elle ouvrit la porte du salon et vit deux messieurs assis avec son père. C'était Mr Weston et son fils. Ils n'étaient là que depuis quelques minutes. Mr Weston avait à peine fini d'expliquer que son fils était arrivé un jour plus tôt qu'on ne l'attendait ; et son père les accueillait encore avec des compliments et des félicitations, lorsqu'elle parut pour prendre part à la surprise et au plaisir des présentations.

Ce Frank Churchill dont on avait tant parlé, avec un si vif intérêt, se tenait maintenant devant elle. On le lui présenta, et elle estima que l'on n'en avait pas fait un éloge excessif : sa taille, son apparence, sa façon de s'exprimer étaient irréprochables, et son attitude montrait qu'il avait hérité beaucoup de l'animation et de la vivacité de son père. Il paraissait vif d'esprit et plein de bon sens. Elle comprit aussitôt qu'elle allait l'apprécier ; et puis il avait l'aisance de manières d'un homme bien élevé, un empressement à parler qui la persuadèrent qu'il était venu avec l'intention de faire sa connaissance, et qu'ils se connaîtraient en effet bientôt.

Il était arrivé à Randalls la veille au soir. Emma fut ravie de voir que l'empressement qu'il avait mis à venir l'avait conduit à changer ses plans, à voyager plus tôt, plus tard et plus vite, afin de gagner une demi-journée.

— Je vous l'avais dit, hier ! s'écria Mr Weston, l'air triomphant. Je vous avais dit à tous qu'il arriverait plus tôt que prévu. Je me suis souvenu que c'est ainsi que je faisais moi-même. On n'a pas envie de traîner au cours d'un voyage ; on ne peut s'empêcher d'aller plus vite qu'on ne se l'était proposé, et le plaisir de surprendre ses amis avant qu'ils ne commencent à vous guetter vaut bien tous les petits efforts que cela demande.

— C'est un grand plaisir que l'on s'accorde quand on peut se le permettre, convint le jeune homme. Il est peu de maisons où je m'avancerais à ce point, mais j'ai pensé que, si je venais chez moi, on me le pardonnerait.

L'expression « chez moi » incita son père à le regarder avec une satisfaction renouvelée. Emma comprit que le jeune homme savait se rendre agréable ; cette conviction fut aussitôt renforcée par ce qui suivit. Il trouvait Randalls charmant, la maison agencée de façon admirable, et admettait à peine qu'elle était très petite. Il en admirait la situation, le chemin qui conduisait à Highbury, le bourg lui-même, Hartfield plus encore, et il assurait qu'il avait toujours éprouvé pour la région l'intérêt que suscite le pays natal, et qu'il avait la plus vive curiosité de la visiter. Le fait qu'il n'eût jamais trouvé le moyen de satisfaire un désir aussi louable éveilla les soupçons d'Emma ; mais, si c'était un mensonge, il était agréable à entendre et présenté de façon flatteuse. Les manières de Frank Churchill ne semblaient ni étudiées pour séduire, ni exagérées. Son comportement et son discours paraissaient témoigner d'une joie rare.

Les sujets qu'ils passaient en revue étaient de ceux que l'on aborde lorsque l'on fait connaissance. Il se contentait de poser des questions à Emma. Aimait-elle monter à cheval ? Y avait-il de belles promenades à cheval ou à pied ? Trouvait-on à Highbury un nombre de gens suffisants pour offrir une société agréable ? Il avait vu plusieurs très belles demeures dans le bourg et dans les environs. Des bals ? Y donnait-on des bals ? Faisait-on de la musique ?

Quand il fut informé sur tous ces points et que leurs relations eurent d'autant progressé, il s'arrangea, pendant que leurs pères s'entretenaient ensemble, pour évoquer sa belle-mère. Il en parla avec de si vifs éloges, fit preuve à son égard d'une admiration si chaleureuse, exprima tant de gratitude qu'elle eût fait le bonheur de son mari et l'eût accueillie avec une telle gentillesse, que la jeune fille y trouva la preuve supplémentaire de sa capacité à se rendre agréable et celle qu'il jugeait bon de ne pas ménager ses efforts pour lui plaire. Il n'avançait pas un mot de louange que Mrs Weston ne méritât, Emma s'en doutait bien ; et pourtant, il savait encore peu ce qu'elle valait. Il avait néanmoins conscience de ce qui serait bien accueilli de sa part ; il ne pouvait guère être sûr d'autre chose. Le mariage de son père, disait-il, avait été la mesure la plus sage que celui-ci eût pu prendre, et chacun de ses amis ne pouvait que s'en réjouir ; quant à la famille dont il avait reçu un tel bonheur, elle devait toujours être considérée comme lui ayant créé les plus hautes obligations.

Il s'en fallut de peu que Frank Churchill ne la remerciât des mérites de miss Taylor, sans paraître tout à fait oublier que, selon le cours ordinaire des choses, il convenait plutôt de supposer que c'était miss Taylor qui avait formé le caractère de miss Woodhouse et non le contraire. Enfin, comme s'il désirait achever le tour de la question et mieux préciser l'opinion qu'il avait de sa belle-mère, il s'étonna de sa jeunesse et de sa beauté.

— J'étais prêt à lui trouver de l'élégance et des manières agréables, dit-il, mais j'avoue que, tout considéré, je ne m'attendais pas à voir autre chose qu'une dame d'un certain âge et d'assez bonne allure. J'ignorais que Mrs Weston était une jeune et jolie femme.

— Vous ne trouverez jamais trop de perfections chez Mrs Weston, à mon goût, et, si vous supposiez qu'elle n'a que dix-huit ans, je vous écouterais avec bonheur ; mais elle, elle se fâcherait volontiers avec vous si elle savait ce que vous dites d'elle. Ne lui laissez pas deviner que vous l'avez qualifiée de jolie femme.

— J'espère que je serais trop avisé pour le faire, répondit-il. Non, soyez certaine, poursuivit-il avec un salut galant, qu'en m'adressant à Mrs Weston je saurais qui je dois louer sans crainte de m'entendre reprocher mes exagérations.

Emma se demanda s'il avait jamais soupçonné, comme elle, les espoirs que l'on mettait dans leur rencontre, et si les compliments qu'il lui adressait devaient être tenus pour des marques d'acceptation ou des preuves de défiance. Il faudrait qu'elle le vît davantage pour comprendre sa manière de se comporter. Pour le moment, elle lui paraissait simplement très aimable.

Emma ne doutait pas que Mr Weston y pensât souvent. Elle le voyait jeter un coup d'œil pénétrant sur eux, de temps à autre, tout en arborant un air satisfait, et elle fut bientôt persuadée que, lorsqu'il veillait à ne pas les regarder, il les écoutait souvent.

De telles pensées étaient tout à fait étrangères à son père, dont l'absence totale de pénétration, l'incapacité à nourrir le moindre soupçon de cette sorte, la mettaient beaucoup plus à l'aise. Par bonheur, il n'était pas plus porté à donner son approbation aux mariages qu'à les prévoir. Bien qu'il eût toujours élevé des objections à l'arrangement des mariages, il n'éprouvait jamais la moindre appréhension à l'égard de ceux qui avaient lieu. Il ne pouvait pas supposer, semblait-il, que deux personnes fussent assez dépourvues de bon sens pour se marier jusqu'à ce qu'elles lui en eussent fourni la preuve. Elle bénissait cette heureuse cécité. Il pouvait donc maintenant, sans arrière-pensée déplaisante, sans envisager la moindre traîtrise de la part de son invité, donner libre cours à sa politesse et à sa bienveillance naturelle, en posant des questions pleines de sollicitude sur la manière dont s'était déroulé le voyage de Frank Churchill, évoquer les tristes inconvénients de deux nuits passées dans une auberge en cours de route, et lui demander avec une inquiétude ardente et sincère s'il était certain de ne pas avoir attrapé de rhume, tout en insistant sur le fait qu'il ne pourrait être tout à fait rassuré sur sa santé avant le lendemain.

Jugeant que la visite avait duré un temps raisonnable, Mr Weston se leva pour prendre congé. Il lui fallait se rendre à l'auberge de la Couronne à propos de son foin, et faire de nombreux achats chez Ford pour Mrs Weston, mais il ne voulait presser personne.

Son fils, trop bien élevé pour comprendre l'allusion, se leva aussitôt à son tour et déclara :

— Puisque vous avez des affaires à régler un peu plus loin, monsieur, je vais profiter de cette circonstance pour rendre visite à une personne qu'il me faudra aller voir un jour ou un autre, et donc, autant m'en acquitter maintenant. J'ai l'honneur de connaître une de vos voisines, précisa-t-il en se tournant vers Emma, une jeune fille qui réside à Highbury ou dans les environs. Elle appartient à une famille du nom de Fairfax. Je n'éprouverai pas de difficulté à trouver la maison, je suppose, bien que Fairfax ne soit pas, je crois, le véritable nom de cette famille. Il faudrait plutôt demander Barnes ou Bates. Les connaissez-vous ?

— Bien sûr que nous les connaissons, s'écria son père. Mrs Bates, nous sommes passés devant sa maison, et j'ai vu miss Bates à la fenêtre. C'est vrai, en effet, que vous avez fait la connaissance de miss Fairfax. Je me souviens que vous l'avez rencontrée à Weymouth, et c'est une très jolie jeune fille. Allez donc la voir, n'y manquez pas.

— Il n'est pas nécessaire que j'y aille aujourd'hui, répondit le jeune homme. Un autre jour conviendrait aussi bien, si ce n'était les relations établies à Weymouth...

— Oh ! allez-y aujourd'hui, allez-y aujourd'hui ! Ne remettez pas ! Ce qui doit être fait ne peut l'être trop tôt. Et par ailleurs, laissez-moi vous dire, Frank, qu'il faut éviter avec soin, ici, de lui manquer d'égards. Vous l'avez vue avec les Campbell, lorsqu'elle était l'égale de tous dans la société qu'ils fréquentaient, mais ici elle vit chez une pauvre vieille grand-mère, qui a à peine de quoi subsister. Si vous ne lui rendez pas visite très tôt, on croira que vous la dédaignez.

Son fils parut convaincu.

— Je l'ai entendue mentionner votre nom comme celui d'une personne de connaissance, dit Emma. C'est une jeune fille très élégante.

Il en convint, mais avec un « oui » si modeste qu'elle se demanda s'il l'avait prononcé. Pourtant, il fallait que les gens du monde eussent une notion très particulière de l'élégance, s'ils considéraient Jane Fairfax comme n'étant que modérément dotée de cette qualité.

— Si ses manières ne vous ont pas frappé auparavant, je

pense qu'elles le feront aujourd'hui. Vous la verrez à son avantage. Voyez-la et entendez-la. Non, je crains que vous ne l'entendiez pas du tout, car elle a une tante qui ne cesse jamais de parler.

— Vous connaissez miss Jane Fairfax, monsieur ? Vraiment ? demanda Mr Woodhouse, toujours le dernier à intervenir dans la conversation. Alors permettez-moi de vous dire que vous trouverez en elle une très agréable jeune fille. Elle séjourne ici chez sa grand-mère et sa tante, des femmes pleines de mérite ; je les connais depuis toujours. Elles seront charmées de vous voir, j'en suis persuadé, et l'un de mes domestiques va vous accompagner pour vous montrer le chemin.

— Cher monsieur, je vous suis infiniment obligé, mais je ne le souffrirai pas. Mon père aura la bonté de me l'indiquer.

— Mais votre père ne va pas si loin, il s'arrête à l'auberge de la Couronne, tout à fait de l'autre côté de la rue, et les maisons sont si nombreuses que vous pourriez être très embarrassé... Et puis c'est une rue très boueuse, à moins de rester sur le trottoir. Mon cocher vous indiquera le meilleur endroit pour traverser.

Mr Frank Churchill déclina une nouvelle fois cette offre en gardant son sérieux du mieux qu'il le pouvait, et son père le soutint avec chaleur en s'écriant :

— Mon cher ami, ce n'est pas du tout nécessaire. Frank reconnaît une flaque d'eau quand il en voit une. Et pour la maison de Mrs Bates, il y sera en un saut et deux enjambées, lorsque nous serons à l'auberge de la Couronne.

On les laissa donc partir seuls et, sur un cordial signe de tête de l'un, et un salut gracieux de l'autre, les deux gentilshommes prirent congé. Emma fut très satisfaite de cette rencontre et put désormais penser aux habitants de Randalls à n'importe quelle heure du jour en ayant la pleine assurance qu'ils y étaient désormais tous à l'aise.

23

Le lendemain matin vit revenir Mr Frank Churchill. Il accompagnait Mrs Weston, à laquelle il semblait s'attacher avec tout autant de cordialité qu'à Highbury. Il lui avait tenu compagnie, semblait-il, jusqu'à l'heure où elle avait coutume de prendre de l'exercice et, lorsqu'elle lui avait donné le choix du but de la promenade, il s'était aussitôt décidé en faveur de Highbury. Il ne doutait pas qu'il n'y eût de très plaisantes promenades dans toutes les directions, mais, si on lui permettait de choisir, il prendrait toujours la même. Highbury, cet Highbury où l'on respirait un si bon air, si gai, si heureux, ne cesserait de l'attirer. Par Highbury, Mrs Weston entendait Hartfield ; elle pensa que cela avait la même signification pour lui. Ils s'y rendirent donc tout droit.

Emma ne les attendait pas du tout car Mr Weston, qui n'avait fait qu'entrer une minute pour s'entendre dire que son fils était un très beau jeune homme, ignorait tout de leurs projets ; elle eut donc l'agréable surprise de les voir avancer ensemble, à pied, vers sa maison, en se donnant le bras. Elle souhaitait le rencontrer de nouveau et surtout le voir en compagnie de Mrs Weston, car l'opinion qu'elle se ferait de lui dépendait du comportement qu'il adopterait envers elle. S'il manquait le moins du monde à ce qu'il lui devait, il perdrait tout crédit auprès d'Emma. Mais, en les voyant ensemble, elle fut tout à fait rassurée. Il ne se contentait pas de belles paroles ou de compliments dithyrambiques pour remplir ses devoirs : rien ne pouvait être plus convenable ou même plaisant que l'attitude qu'il adoptait envers elle, rien n'aurait pu révéler de façon plus agréable son désir de la considérer comme une amie et de mériter son affection. Et Emma eut le temps de se former un honnête jugement à ce sujet, car leur visite dura tout l'après-midi. Ils se promenèrent tous les trois durant une heure ou deux, tout d'abord dans le parc de Hartfield, puis à Highbury. Tout enchantait Frank Churchill. Il admira assez longtemps Hartfield pour capter l'oreille de Mr Woodhouse lui-même et, lorsqu'ils résolurent d'aller plus loin, il avoua son désir de connaître tout le bourg et trouva beaucoup plus d'objets dignes de remarques ou d'intérêt qu'Emma ne s'y était attendue.

Certains des lieux qui piquaient sa curiosité faisaient honneur à sa sensibilité. Il demanda à voir la maison où son père avait vécu si longtemps et qui avait été celle de son grand-père avant lui. Il se souvint aussi qu'une vieille femme qui avait été sa nourrice vivait encore, et il chercha sa maison d'un bout de la grand-rue à l'autre. Quoique quelques-unes de ses recherches et de ses observations n'eussent pas grand mérite, elles montraient néanmoins à l'adresse de Highbury une bonne volonté qui n'était pas sans le rendre digne d'estime pour celles avec lesquelles il se trouvait.

Pour Emma, qui le surveillait, les sentiments dont il venait de faire la preuve montraient qu'il était abusif de supposer qu'il s'était abstenu de façon volontaire de venir plus tôt. Il n'avait pas joué la comédie ni n'avait manqué de sincérité dans ses professions de foi, et donc Mr Knightley ne lui avait pas rendu justice.

Ils firent d'abord halte à l'auberge de la Couronne, une maison de peu d'importance, bien que ce fût la principale de cette sorte dans le pays. On y gardait deux paires de chevaux de poste, plus pour répondre aux besoins du voisinage que pour servir de relais aux voyageurs. Les compagnes du jeune homme ne s'étaient pas attendues à ce qu'il s'y intéressât au point de les retenir là, mais, en passant devant, elles lui racontèrent l'histoire de la grande salle qui avait été visiblement ajoutée à la maison ; elle avait été construite bien des années auparavant pour servir de salle de bal et, aussi longtemps qu'il s'était trouvé dans les environs un grand nombre de danseurs, elle avait parfois servi à cette fin. Ces beaux jours étaient révolus depuis longtemps et, à présent, elle n'avait pas de plus haute destination que d'accueillir un club de whist, auquel appartenaient les hommes de qualité de l'endroit et d'autres qui l'étaient moins. La curiosité de Frank Churchill fut aussitôt piquée. Ce qui retenait son attention, c'était qu'elle eût servi pour la danse, si bien qu'au lieu de poursuivre, il s'arrêta quelques minutes devant les fenêtres à guillotine du haut, qui étaient ouvertes, afin de jeter un coup d'œil à l'intérieur et d'en apprécier les possibilités, puis de déplorer qu'elle ne servît plus du tout à l'usage pour lequel elle avait été construite. Il ne lui trouvait pas de défauts et refusait d'admettre ceux qu'elles lui suggéraient. Non, elle était assez longue, assez large, et plutôt belle. Elle pouvait contenir un nombre suffisant de danseurs pour que l'on y fût à l'aise. On devrait y organiser des bals, selon lui, tous les quinze jours, en hiver. Pourquoi miss Woodhouse n'avait-elle pas fait revivre les traditions du bon vieux temps dans cette salle ? Elle qui pouvait tout à Highbury ! On lui objecta le manque de familles de qualité dans le bourg, la conviction que personne, en dehors de celui-ci et des immédiats environs, ne serait tenté de se déplacer pour y venir, mais aucune explication ne le satisfit. Il ne pouvait croire que dans toutes les bonnes maisons qui les entouraient, on ne trouverait pas un nombre suffisant de danseurs pour une telle réunion et, même quand on lui eut fourni les détails et décrit les familles, il refusa d'admettre les inconvénients d'un tel brassage, ni que cela poserait la moindre difficulté pour que chacun reprît son rang le lendemain matin. Il parlait comme un jeune homme féru de danse et Emma fut plutôt surprise de voir le caractère des Weston l'emporter à ce point chez lui sur les habitudes des Churchill. Il paraissait avoir la vivacité, l'animation, la gaieté et le goût pour la société de son père, mais rien de l'orgueil ou de la réserve des habitants d'Enscombe. Sur le chapitre de l'orgueil, en vérité, il était peut-être même un peu défaillant ; son indifférence à la confusion sociale frisait le manque de délicatesse. Il ne pouvait cependant être bon juge d'un mal dont il ne paraissait pas mesurer l'importance. Il s'agissait simplement d'un débordement d'enthousiasme.

Il se laissa enfin persuader d'abandonner la façade de la Couronne et de poursuivre la promenade. Comme ils se trouvaient alors presque en face de la maison où logeaient les Bates, Emma se souvint de l'intention qu'il avait eue la veille de leur rendre visite et lui demanda s'il les avait vues.

— Oui, oh ! oui, répondit-il. J'allais juste vous en parler. Une visite très réussie ! J'ai vu ces trois dames et je vous suis très reconnaissant de m'avoir averti. Si la bavarde tante m'avait pris au dépourvu, j'aurais succombé au désespoir. Étant donné les circonstances, j'ai simplement été abusé au point de leur faire une visite d'une longueur déraisonnable. Dix minutes auraient suffi et cela aurait peut-être paru plus convenable. J'avais dit à mon père que je serais sans doute rentré avant lui, mais il m'a été impossible de m'échapper ; pas un moment de pause ! A mon grand étonnement, comme mon père ne me trouvait nulle part, il est enfin venu me rejoindre, et j'ai vu que j'étais demeuré près de trois quarts d'heure chez elles... La bonne dame ne m'avait pas permis de me sauver plus tôt.

— Et comment avez-vous trouvé miss Fairfax ?

— Elle m'a paru malade, très malade, c'est-à-dire, dans la mesure où l'on peut admettre qu'une jeune fille ait mauvaise mine. Mais il vaut mieux ne pas employer une telle expression, n'est-ce pas, Mrs Weston ? Les dames n'ont jamais mauvaise mine. Mais, pour être sérieux, miss Fairfax est par nature si pâle qu'elle a toujours l'air malade. Il est bien regrettable qu'elle n'ait pas de teint.

Emma ne voulut pas accepter son opinion et se mit à défendre avec chaleur le teint de miss Fairfax. Il n'avait sans doute jamais été éclatant, mais elle n'admettrait pas qu'on le jugeât toujours maladif ; sa peau était si douce, si délicate, qu'elle conférait à son visage une élégance toute particulière. Il l'écoutait avec toute la déférence qu'il lui devait, admettait qu'il avait souvent entendu en parler de la sorte, et pourtant, il devait avouer qu'à ses yeux, rien au monde ne valait l'éclat que donne une bonne santé. Un beau teint embellissait les

traits les plus quelconques et, s'ils étaient fins, l'effet en était...
Mais heureusement, il ne tenta pas de préciser davantage quel
effet cela donnait.

— Eh bien ! dit Emma, à chacun son goût. Au moins, vous
l'admirez, à l'exception de son teint !

Il hocha la tête et se mit à rire.

— Je ne puis séparer miss Fairfax de son temps.

— L'avez-vous vue souvent à Weymouth ? Étiez-vous souvent dans la même société ?

A ce moment, comme ils approchaient de chez Ford, il
s'écria :

— Ah ! Ce doit être le magasin que tout le monde fréquente chaque jour, à ce que prétend mon père. Il se rend
lui-même à Highbury six jours sur sept, dit-il, et il entre
toujours chez Ford. Je vous en prie, entrons, si cela ne vous
ennuie pas. Ainsi je prouverais que je suis un enfant du pays,
un vrai citoyen de Highbury. Il faut que j'achète quelque
chose chez Ford. Cela me permettra d'obtenir droit de cité. Je
suppose que l'on y vend des gants ?

— Oh ! oui, des gants et toutes sortes d'autres marchan-
dises. J'admire votre patriotisme. Vous allez être adoré à
Highbury. Vous étiez déjà très populaire avant votre arrivée,
parce que vous êtes le fils de Mr Weston, mais si vous
dépensez une demi-guinée chez Ford, c'est à vos propres
mérites que vous le devrez.

Ils entrèrent et, tandis que l'on descendait des paquets
minces et bien ficelés de « castors pour hommes » et de
« tannés d'York », et qu'on les ouvrait sur le comptoir, il
déclara :

— Je vous demande pardon, miss Woodhouse. Vous me
disiez quelque chose au moment où cet élan d'*amor patriae*
m'a saisi. Ne m'en privez pas. Je vous assure que la gloire
publique la plus éclatante ne me dédommagerait pas de la
perte de la moindre joie dans la vie privée.

— Je vous avais simplement demandé si vous aviez beaucoup fréquenté miss Fairfax et ses amis, à Weymouth.

— Maintenant que je comprends votre question, il faut que
je vous avoue que je la trouve perfide. C'est toujours aux

dames de décider du degré d'intimité qui existe entre elles et nous. Miss Fairfax doit déjà vous l'avoir expliqué. Je ne veux pas m'engager en prétendant l'avoir mieux connue qu'elle n'aura choisi de l'admettre.

— Par ma foi ! votre discrétion est aussi grande que la sienne. Mais les récits qu'elle fait laissent beaucoup de place aux suppositions ; elle est si réservée, si peu désireuse de fournir la moindre information sur quoi que ce soit, que je crois que vous pouvez dire tout ce qu'il vous plaira sur vos relations avec elle.

— Je le peux ? Eh bien ! je vais vous dire la vérité, et rien ne me convient davantage. Je l'ai souvent rencontrée à Weymouth. Je voyais un peu les Campbell, à Londres, et nous fréquentions le même groupe d'amis, à Weymouth. Le colonel Campbell est un homme charmant et Mrs Campbell une femme amicale et généreuse. Je les apprécie tous.

— J'en conclus donc que vous connaissez sans doute la situation dans laquelle se trouve miss Fairfax, et ce à quoi elle est destinée ?

— Oui ! dit-il d'un ton plutôt hésitant. Je crois le savoir.

— Vous abordez des sujets délicats, Emma, remarqua Mrs Weston en souriant. Souvenez-vous que je suis là. Mr Frank Churchill ne peut guère vous répondre, quand vous lui parlez de la situation de miss Fairfax. Je vais m'éloigner un peu.

— Il est certain que j'oublie de penser que Mrs Weston a jamais été autre chose que mon amie, et même ma meilleure amie.

Il parut la comprendre et honorer de tels sentiments.

Une fois les gants achetés, ils sortirent du magasin.

— Avez-vous jamais entendu jouer la jeune fille dont nous parlions ? demanda Frank Churchill.

— Si je l'ai jamais entendue ? Vous oubliez à quel point elle fait partie de Highbury ! Je l'ai entendue tous les ans depuis que nous avons débuté. Elle joue d'une façon admirable.

— Vous trouvez, n'est-ce pas ? Je désirais avoir l'opinion de quelqu'un capable d'en juger. Il m'a paru qu'elle jouait bien, c'est-à-dire avec beaucoup de goût, mais je n'y connais rien moi-même. J'aime infiniment la musique, mais je n'ai ni les talents nécessaires, ni le droit de juger de l'interprétation de qui que ce soit. On l'a souvent admirée devant moi, et je me souviens avoir eu la preuve que l'on appréciait son jeu – un homme, un connaisseur de musique, amoureux d'une autre femme, fiancé à elle, et prêt de l'épouser, ne voulait jamais l'inviter à s'asseoir devant l'instrument, si la jeune fille en question pouvait prendre sa place, et ne semblait jamais désirer entendre l'une s'il pouvait écouter l'autre. J'ai pensé que c'était là une preuve importante qu'une telle attitude de la part d'un homme renommé pour ses talents musicaux.

— Une preuve, en effet ! dit Emma, que cette conversation amusait beaucoup. Mr Dixon est très amateur de musique, n'est-ce pas ? Nous en apprendrons davantage en une demi-heure de votre part que miss Fairfax n'aurait consenti à nous apprendre en six mois.

— Oui ! il s'agissait de Mr Dixon et de miss Campbell. J'ai pensé que c'était là une preuve très solide.

— Très solide, assurément, et pour dire la vérité, elle m'aurait paru trop solide pour m'être agréable si moi, j'avais été à la place de miss Campbell. Je ne pourrais pardonner à un homme de préférer la musique à l'amour, d'accorder davantage d'attention à l'oreille qu'à l'œil, de se montrer plus sensible à la beauté des sons qu'à mes sentiments. Comment miss Campbell appréciait-elle tout cela ?

— C'était son amie intime, vous savez.

— Pauvre consolation ! dit Emma en riant. Pour ma part, j'aimerais mieux que l'on me préférât une étrangère plutôt que ma meilleure amie. Avec une étrangère, cela se reproduirait rarement, mais comme il doit être pénible d'avoir toujours près de soi une amie intime qui fasse tout mieux que soi-même ! Pauvre Mrs Dixon ! Eh bien ! je suis contente qu'elle soit partie s'établir en Irlande.

— Vous avez raison. Ce n'était guère flatteur pour miss Campbell, mais elle ne paraissait pas en souffrir.

— Tant mieux... ou tant pis, je l'ignore. Mais qu'il s'agisse de douceur ou de sottise de sa part, d'amitié vive ou de manque de sensibilité, il y avait une autre personne qui devait en souffrir, et c'était miss Fairfax elle-même ; elle aurait dû trouver une telle distinction déplacée et même dangereuse.

— Quant à cela... Je l'ignore.

— Oh ! ne vous imaginez pas que j'attende de vous ou de qui que ce soit au monde l'explication des sentiments qu'éprouve miss Fairfax. Aucun être humain ne peut la fournir, je crois, si ce n'est elle-même. Mais, si elle continuait à jouer toutes les fois où Mr Dixon l'en priait, on peut en conclure tout ce que l'on voudra.

— Ils paraissaient tous s'entendre de façon si admirable... commença-t-il vivement.

Il se reprit et se contenta d'ajouter :

— Quoi qu'il en soit, il est impossible pour moi de vous dire en quels termes ils étaient vraiment, comment les choses se passaient quand ils étaient entre eux. Je peux simplement vous assurer que, de l'extérieur, ils paraissaient en très bonne entente. Mais vous qui connaissez miss Fairfax depuis l'enfance, vous devez être meilleur juge que moi de son caractère et de la façon dont elle peut se conduire dans une situation difficile.

— Je la connais sans doute depuis toujours ; nous nous sommes vues toute notre enfance, puis à l'âge adulte, et il est naturel de supposer que nous sommes intimes et que nous nous serions liées chaque fois qu'elle venait visiter ses parentes. Mais nous ne l'avons jamais été. Je ne sais pas vraiment pourquoi cela ne s'est pas produit. C'était sans doute un peu de ma faute, parce qu'il me déplaisait de voir une fille être aussi idolâtrée et louée à l'excès par sa tante, sa grand-mère et tous leurs amis. Et puis il y a aussi sa réserve. Je n'ai jamais pu m'attacher à quelqu'un qui soit aussi totalement réservé qu'elle.

— C'est en effet un trait fort décourageant – commode, sans doute, bien souvent, mais jamais plaisant. La réserve garantit la sécurité, mais elle n'est pas attirante. On ne peut aimer une personne trop réservée.

— Sauf si cette réserve cesse de s'exercer à notre égard, car alors l'attirance doit être plus forte encore. Mais il faudrait avoir davantage besoin d'une amie ou d'une compagne agréable que je n'en aie eu pour se donner la peine de vaincre la réserve de quelqu'un. Il est hors de question qu'une intimité s'établisse jamais entre miss Fairfax et moi. Je n'ai aucune raison de penser du mal d'elle, pas la moindre, si ce n'est que son éternelle, son extrême prudence en paroles et dans ses manières, sa crainte de donner une idée précise des personnes qu'elle connaît, portent à soupçonner qu'elle a quelque chose à cacher.

Il fut parfaitement de cet avis et, après avoir fait avec lui une si longue promenade et avoir si bien accordé leur façon de penser, Emma eut l'impression de si bien le connaître qu'elle eut du mal à croire qu'ils n'en étaient qu'à leur deuxième rencontre. Il n'était pas tout à fait comme elle s'y était attendue. Il tenait moins de l'homme du monde dans certaines de ses façons de penser, moins de l'enfant gâté par la fortune, et, par conséquent, il valait mieux qu'elle ne l'avait cru. Ses idées paraissaient plus modérées, ses sentiments plus chaleureux. Elle avait surtout été frappée de la manière dont il avait considéré la maison de Mr Elton, qu'il avait observée de près, ainsi que l'église, car au contraire de ses deux compagnes, il ne leur avait pas trouvé beaucoup de défauts. Non, il ne la tenait pas pour une maison laide, une maison telle que l'on pût s'apitoyer sur l'homme à qui elle appartiendrait. Si cet homme la partageait avec une femme qu'il aimait, il ne serait pas à plaindre. Elle devait être assez spacieuse pour que l'on y fût tout à fait à son aise. Seul un sot pourrait souhaiter davantage.

Mrs Weston riait et disait qu'il ne savait pas de quoi il parlait. Habitué comme il l'était à vivre dans une grande demeure, sans jamais avoir réfléchi aux avantages qu'elle offrait et aux aménagements que permettaient ses dimensions, il ne pouvait juger des inconvénients d'une petite habitation. Mais Emma se persuada qu'il savait bien, en réalité, ce qu'il disait, et qu'il montrait une sympathique inclination à s'établir tôt et à se marier de bonne heure pour les motifs les plus louables. Il ne pensait peut-être pas combien la paix domestique risquait d'être troublée s'il n'y avait pas de chambre pour une gouvernante ou que l'office n'était pas bien installé pour le maître d'hôtel, mais il était certain qu'il avait conscience qu'Enscombe ne le rendait pas heureux et que, s'il s'attachait à quelqu'un, il préférerait renoncer à une grande part des richesses qui s'y trouvaient, s'il était autorisé à se fixer de bonne heure.

24

La très bonne opinion qu'Emma s'était formée de Frank Churchill fut un peu ébranlée le lendemain, lorsqu'elle apprit qu'il était parti pour Londres à seule fin de se faire couper les cheveux. Il avait été pris d'une lubie, semblait-il, aussitôt après le petit déjeuner, avait envoyé chercher une chaise de poste et avait pris la route avec l'intention d'être de retour pour le dîner, sans autre motif que de se faire couper les cheveux. Il n'y avait sans doute pas grand mal à parcourir trente-deux milles dans un tel but, mais cela lui donnait un air de fatuité et d'absurdité que la jeune fille n'approuvait pas. Ce caprice ne s'accordait pas avec le discernement dans l'élaboration des plans, le sens de l'économie, voire la générosité qu'elle croyait avoir observés chez lui, la veille. La vanité, l'extravagance, le goût du changement, une instabilité de caractère qui devaient jouer un rôle en bien ou en mal, le manque d'attention au plaisir de le voir qu'éprouvaient son père et Mrs Weston, l'indifférence au jugement que d'autres pourraient porter sur sa conduite, on pouvait soudain l'accuser de tout cela. Son père se contenta de le traiter de petit-maître et pensa que ce serait une bonne histoire à raconter à son sujet, mais il était clair que Mrs Weston en était mécontente, à l'entendre passer aussi vite que possible à autre chose, après avoir simplement observé que « tous les jeunes gens font des caprices ».

Mis à part ce contretemps, Emma s'aperçut que son amie s'était formé une bonne opinion de Frank Churchill, depuis le début de sa visite. Mrs Weston reconnaissait volontiers qu'il s'était montré un compagnon attentif et agréable, et qu'elle lui trouvait dans l'ensemble de très heureuses dispositions. Il était d'un caractère ouvert, gai et plein d'animation. Elle ne trouvait rien à redire à ses idées, dont certaines étaient même fort justes. Il parlait souvent de son oncle avec chaleur et reconnaissance, disant que, s'il était livré à lui-même, ce serait le meilleur homme du monde ; et bien que personne ne fût attaché à sa tante, il témoignait de la gratitude pour sa bonté envers lui et semblait décidé à n'y faire allusion qu'avec respect. Tout cela était prometteur, et s'il n'avait eu cette malheureuse fantaisie d'aller se faire couper les cheveux, il n'y aurait rien eu en lui qui le rendît indigne de l'honneur extrême que l'imagination d'Emma lui accordait : celui d'être sinon franchement amoureux d'elle, du moins tout près de l'être, et de ne se voir arrêté que par l'indifférence qu'elle lui marquait – car elle demeurait résolue à ne jamais se marier –, l'honneur, en bref, de lui être destinée par leurs amis communs.

Mr Weston, de son côté, avait ajouté un mérite de grand poids à la balance. Il lui avait laissé entendre que Frank l'admirait beaucoup ; qu'il la trouvait très belle et tout à fait charmante. Si elle ajoutait tout ce que l'on disait en bien de lui, elle estimait qu'il ne fallait pas le juger avec trop de rigueur, car ainsi que Mrs Weston le faisait remarquer : « Tous les jeunes gens font des caprices. »

Parmi les nouvelles relations que Frank Churchill venait d'acquérir dans le comté de Surrey, il en était une qui n'était pas aussi bien disposée en sa faveur que les autres. Dans les paroisses de Donwell et de Highbury, la plupart des gens le jugeaient avec bienveillance, passant sur les petits excès de ce beau jeune homme, qui souriait si souvent et saluait si bien. L'un d'entre eux pourtant ne se laissait pas attendrir par des sourires et des saluts au point d'oublier tout sens critique, et cet homme n'était autre que Mr Knightley.

Quand on lui raconta l'histoire du voyage de Londres, à Hartfield, il demeura silencieux un moment. Et, un peu plus tard, Emma l'entendit marmonner derrière un journal qu'il avait entre les mains :

— Hum ! C'est exactement le fat, le freluquet auquel je m'attendais.

Elle fut tentée de lui faire part de son indignation, mais, après réflexion, elle se dit qu'il n'avait parlé ainsi que pour décharger sa colère, et qu'il n'y avait pas mis la moindre provocation. Elle ne releva donc pas.

Bien que Mr et Mrs Weston n'eussent pas été les porteurs de bonnes nouvelles, pour une fois, leur visite se révéla fort opportune sur un autre plan. Il se produisit en effet un incident, tandis qu'ils étaient à Hartfield, à propos duquel Emma souhaita entendre leur avis, et, par bonheur, ils lui donnèrent exactement celui qu'elle attendait.

Voilà de quoi il s'agissait.

Il n'y avait que quelques années que les Cole étaient établis à Highbury. Cette famille, honnête, libérale et sans prétentions, était très en vue dans le pays, mais, d'un autre côté, elle venait de bas lieu, avait été dans le commerce et entrait à peine dans la classe de ceux que l'on nomme des gens comme il faut. A leur arrivée dans le pays, ils avaient vécu selon leur revenu, modestement, voyant peu de compagnie et faisant peu de dépenses, mais, depuis un an ou deux, ils avaient reçu une grande augmentation de fortune, leur maison à Londres ayant fait d'immenses profits. Enfin, comme on dit, la fortune leur avait souri. Leurs vues s'agrandirent avec leurs richesses : il leur fallut une plus grande maison et ils désirèrent voir plus de monde. En conséquence, ils agrandirent leur maison, augmentèrent le nombre de leurs domestiques et multiplièrent leurs diverses dépenses, jusqu'à devenir la seconde famille de Highbury, c'est-à-dire la première après celle de Hartfield.

Tout le monde s'attendait à les voir donner de grands dîners, parce qu'ils aimaient beaucoup la société et qu'ils avaient fait construire une nouvelle salle à manger. Ils en avaient même déjà donné, mais seulement pour les jeunes gens non mariés. Emma pouvait à peine concevoir qu'ils oseraient inviter les grandes familles, telles celles de Donwell, de Hartfield et de Randalls. Elle ne serait pas tentée d'y aller, à supposer qu'on lui envoyât une invitation, et elle regrettait que les habitudes bien connues de son père l'empêcheraient de donner à son refus la tournure mortifiante dont elle aurait voulu user.

Les Cole, à la vérité, vivaient d'une manière respectable, mais ils avaient besoin qu'on leur apprît que ce n'était pas à eux de dicter aux grandes familles des conditions, ni sur quel pied ils prétendaient recevoir leurs visites. Emma craignait cependant d'être la seule à leur donner une leçon à ce sujet ; elle ne comptait pas beaucoup sur Mr Knightley et pas du tout sur Mr Weston. Elle avait résolu de réprimer une pareille présomption si longtemps à l'avance que, lorsque l'insulte arriva, elle avait complètement changé de façon de penser.

Donwell et Randalls reçurent leurs invitations, mais il n'en vint aucune pour Emma ni pour son père. Quoique Mrs Weston dît que cela n'était pas surprenant, parce que la famille Cole n'avait pas osé prendre cette liberté avec elle, sachant qu'elle ne dînait jamais dehors, cette observation ne satisfit pas Emma. Elle sentit combien il lui aurait été agréable de leur envoyer un refus, mais, pensant aux personnes qui composeraient cette assemblée, toutes de sa société la plus intime, elle fut ébranlée au point de croire que si l'invitation lui avait été envoyée, elle aurait peut-être été tentée d'accepter.

Harriet, Mrs et miss Bates devaient y passer la soirée ; elles en avaient parlé la veille lors de la promenade à Highbury, et Frank Churchill avait vivement regretté son absence. Ne terminerait-on pas la soirée par danser ? avait-il demandé. La seule idée de la possibilité qu'il y eût un bal causait une nouvelle irritation à Emma, dont les esprits étaient déjà passablement agités, et la pensée de rester drapée dans sa grandeur solitaire, supposant même que l'omission pût passer pour un compliment, n'était pas des plus consolantes.

Ce fut l'arrivée de cette invitation qui rendait si propice la présence des Weston à Hartfield car, quoique la première observation qu'Emma fit en la lisant fut de dire : « Il n'y a pas à hésiter, il faut la renvoyer », elle les pria si promptement de lui conseiller ce qu'elle devait faire qu'ils n'eurent que peu ou point de peine à la déterminer à accepter.

Emma avoua de bonne grâce qu'elle se sentait assez d'inclination d'être de la partie. Les Cole s'étaient exprimés d'une manière fort polie et témoignaient une grande considération et beaucoup d'égards pour son père. Leur intention était de solliciter l'honneur de leur compagnie longtemps auparavant, mais ils attendaient un double paravent de Londres, qui, ils s'en flattaient, mettrait Mr Woodhouse parfaitement à l'abri de toute espèce de courant d'air, ce qui, du moins ils l'espéraient, pourrait peut-être l'engager à leur accorder la faveur qu'ils sollicitaient de l'avoir à dîner chez eux.

Emma se laissa enfin persuader d'accepter et ils eurent bientôt pris ensemble toutes les mesures nécessaires pour que Mr Woddhouse fût à son aise. On pouvait compter sur Mrs Goddard, sinon sur Mrs Bates, pour lui tenir compagnie, mais il fallait convaincre Mr Woddhouse de donner, comme de lui-même, son consentement à ce que sa fille dînât dehors un jour qui n'était pas éloigné et qu'elle passât toute sa soirée loin de lui. Quant à ce qu'il y vînt lui-même, Emma désirait qu'il envisageât la chose comme impossible : on dînerait trop tard, et la compagnie serait trop nombreuse, deux circonstances qui ne lui conviendraient nullement. Il se résigna bientôt et de bonne grâce.

— Je n'aime pas dîner dehors, dit-il. Je ne l'ai jamais aimé ni Emma non plus. Je suis fâché que Mr et Mrs Cole nous aient envoyé cette invitation. Ils auraient mieux fait de venir un des beaux jours de l'été prochain prendre le thé avec nous ; ils auraient pu venir en se promenant et, comme nous n'aimons pas veiller tard, ils auraient pu rentrer chez eux à temps pour ne pas s'exposer au serein. Je ne voudrais pour rien au monde exposer qui que ce soit au serein. Cependant, comme ils ont manifesté une extrême envie d'avoir ma chère Emma à dîner chez eux et que vous y serez tous les deux, ainsi que Mr Knightley, pour avoir soin d'elle, je ne veux pas m'opposer à leurs désirs, pourvu qu'il fasse beau temps, ni humide ni froid, et qu'il n'y ait pas de vent.

Alors, se tournant vers Mrs Weston, il lui fit un tendre reproche, disant :

— Ah ! miss Taylor, si vous ne vous étiez pas mariée, vous seriez restée avec moi à la maison.

— Eh bien ! monsieur, s'écria Mr Weston, puisque je vous l'ai enlevée, je vais tâcher de la remplacer près de vous, si je puis : je vais de ce pas trouver Mrs Goddard, si vous le désirez.

L'idée de faire quelque chose avec précipitation augmenta l'agitation d'esprit de Mr Woodhouse au lieu de la diminuer. Ces dames, qui étaient au fait de son humeur, parvinrent aisément à le calmer. On pria Mr Weston de ne rien faire et l'on délibéra froidement sur cette affaire importante.

Mr Woodhouse, un peu remis, se trouva peu après assez bien pour continuer ainsi :

— Je serai bien aise de voir Mrs Goddard, j'ai beaucoup de considération pour elle. Il faut, ma chère Emma, lui écrire un petit billet et l'inviter à dîner le jour où vous irez chez Mr et Mrs Cole. James portera le billet. Mais avant tout, il faut répondre à Mrs Cole.

— Vous lui présenterez mes excuses, ma chère, le plus poliment possible. Vous lui direz que je suis tout à fait invalide, que je ne sors pas et qu'ainsi je suis forcé de refuser son obligeante invitation. Vous commencerez, bien entendu, par lui faire mes compliments – mais vous faites tout si bien que je n'ai pas besoin de vous dire ce qu'il faut faire. Il ne faut pas oublier de prévenir James que vous aurez besoin de la voiture mardi prochain. Avec lui, vous ne pouvez courir aucun risque ; je serai tranquille. Nous n'avons pas été chez eux depuis que l'on a tracé la nouvelle avenue ; malgré cela, je ne doute pas que James ne vous y conduise en sûreté. Quand vous serez arrivée, il faudra lui dire à quelle heure il devra aller vous chercher. Dites-lui de venir de bonne heure : vous n'aimez pas rester longtemps dehors. Je suis certain que vous serez fatiguée après avoir pris le thé.

— Mais, papa, vous ne désirez pas que je revienne avant d'être fatiguée !

— Oh ! non, ma bonne amie, mais vous le serez de bonne heure. Il y aura beaucoup de monde parlant à la fois : vous n'aimerez pas tout ce bruit.

— Mais, cher monsieur, dit Mrs Weston, si Emma s'en retourne de bonne heure, ce sera dissoudre l'assemblée.

— Si cela arrive, il n'y aura pas grand mal, dit Mr Wood-house. Plus tôt finit une partie, mieux cela vaut.

— Mais qu'en penseront les Cole ? demanda Mr Weston. Ils seront sans doute offensés de voir Emma se retirer immédia-tement après le thé. Ce sont de bien bonnes gens qui n'ont pas de prétentions, cependant ils ne pourront s'empêcher de sentir que quelqu'un qui est si pressé de les quitter ne leur fait pas un compliment ; et si ce quelqu'un est miss Woodhouse, on y prendra plus garde qu'à qui que ce fût dans l'assemblée. Votre intention n'est sans doute pas de mortifier les Cole, j'en suis bien certain : ce sont les meilleures gens du monde et ils vous respectent infiniment. Ils sont d'ailleurs vos voisins depuis dix ans.

A ce discours, Mr Woodhouse répondit :

— Non, certainement, cher monsieur, pour rien au monde je ne voudrais leur faire de la peine. Je vous suis extrêmement obligé de m'avoir fait songer à cela. Je sais ce que ces honnêtes gens valent et mon intention n'a jamais été de les désobliger. Perry me dit que Mr Cole ne boit jamais de bière : on ne le croirait pas, à le voir, car il paraît bilieux, très bilieux. Non, je vous le répète, je n'ai jamais eu envie de les mortfifier. Ma chère Emma, ceci demande considération. Je suis per-suadé que, plutôt que de courir le risque d'offenser Mrs Cole, vous resteriez plus longtemps que cela ne vous ferait plaisir. Vous ne ferez pas attention à un peu de fatigue. Vous savez d'ailleurs que vous ne courez aucun danger au milieu de vos amis.

— Certainement, papa, je ne crains rien pour moi-même et je resterais volontiers aussi longtemps que Mrs Weston, si ce n'était à cause de vous. Ma seule crainte est que vous m'atten-diez. Je sais qu'avec Mrs Goddard, vous ne vous ennuierez pas : elle aime le piquet, comme vous savez. Mais, quand elle s'en sera retournée chez elle, j'ai peur que, au lieu d'aller vous coucher, vous ne restiez debout pour m'attendre. Cette idée, mon cher papa, me tourmente ; elle m'ôte tout le plaisir que j'ai à dîner dehors. Promettez-moi que vous vous coucherez.

Mr Woodhouse y consentit, aux conditions suivantes : si elle avait froid en arrivant à la maison, elle aurait soin de bien

se réchauffer ; si elle avait faim, elle mangerait un morceau ;
sa femme de chambre veillerait pour l'attendre ; enfin, Serle
et le sommelier veilleraient comme à l'ordinaire à la sûreté de
la maison.

25

Frank Churchill revint de Londres et, s'il fit attendre son père pour le dîner, on n'en sut rien à Hartfield car Mrs Weston désirait trop qu'il fût bien accepté par Mr Woodhouse pour révéler la moindre de ses imperfections, si celle-ci pouvait demeurer ignorée.

Il revint donc, après s'être fait coupé les cheveux, et se moquait de lui-même avec beaucoup de bonne grâce, mais sans paraître du tout honteux de ce qu'il avait fait. Il n'éprouvait pas le désir d'avoir les cheveux plus longs pour cacher la confusion qui aurait pu envahir son visage, ni de regret d'avoir dépensé cet argent pour améliorer son état d'esprit. Il était tel qu'en lui-même, aussi plein d'entrain que jamais. Après l'avoir revu, Emma se fit les réflexions suivantes :

« J'ignore s'il doit ou non en être ainsi, mais il est certain que les sottises cessent d'être telles si elles sont faites avec insolence par des gens intelligents. La méchanceté reste la méchanceté, mais l'excentricité n'est pas toujours absurde. Tout dépend du caractère de ceux qui adoptent cette manière d'être. Mr Knightley, ce jeune homme n'est pas futile et sot. S'il l'était, il aurait agi autrement. Il se serait vanté de son exploit ou il en aurait été confus. Il aurait montré l'ostentation d'un fat ou les prétextes d'un esprit trop faible pour défendre ses propres vanités. Voilà pourquoi je ne crois pas que Frank Churchill soit un jeune homme frivole ou insignifiant. »

Le mardi suivant réservait à Emma l'aimable perspective de le revoir et de passer plus de temps avec lui qu'elle ne l'avait fait jusqu'alors ; de juger de ses manières et donc de sa façon de se comporter envers elle ; de prévoir le moment où il deviendrait nécessaire pour elle de se montrer plus réservée et d'imaginer les remarques de tous ceux qui allaient les voir ensemble pour la première fois.

Elle était décidée à bien s'amuser, bien que la scène dût se dérouler chez Mr Cole et qu'elle n'eût pas oublié que parmi les points faibles de Mr Elton, même au temps où il était le plus en faveur à Hartfield, aucun ne l'avait plus gênée que son penchant pour les dîners de Mr Cole.

Tout était amplement prévu pour que son père se sentît à l'aise. Mrs Bates avait pu se déplacer ainsi que Mrs Goddard, et le dernier devoir agréable qu'elle eût à remplir avant de quitter la maison fut de leur présenter ses respects, après leur dîner, et, tandis que son père s'extasiait sur la beauté de sa robe, elle leur servit de grosses tranches de gâteau et de grands verres de vin pour compenser, autant qu'il était en son pouvoir, ce dont elles s'étaient peut-être privées involontairement pour répondre aux soucis qu'il avait eu de leur santé durant le repas. Elle leur avait fait préparer un copieux dîner ; elle aurait bien aimé savoir si elles avaient été autorisées à y toucher.

Sa voiture en suivit une autre jusqu'à la porte de Mr Cole et Emma fut tout heureuse de voir qu'il s'agissait de celle de Mr Knightley. Ce dernier n'ayant pas de chevaux, peu d'argent disponible, une excellente santé, un grand besoin d'activité et d'indépendance, était trop souvent porté, suivant l'opinion d'Emma, à se transporter d'un lieu à un autre par tous les moyens et à ne pas se servir de sa voiture aussi souvent qu'il l'aurait convenu au propriétaire de l'abbaye de Donwell. Elle eut donc l'occasion de lui exprimer son approbation avec chaleur car il s'arrêta pour l'aider à descendre de voiture.

— Voilà que vous arrivez comme vous devriez toujours le faire, lui dit-elle, comme un gentleman. Je suis très contente de vous voir.

Il la remercia, puis observa :

— Quel bonheur que nous arrivions au même moment ! Car, si nous nous étions retrouvés au salon, je doute que vous m'ayez trouvé davantage l'air d'un gentleman que de coutume. Vous n'auriez pas distingué à mon air ou à mes manières en quel équipage j'étais arrivé.

— Assurément, je suis certaine que je m'en serais aperçue. Les gens qui se déplacent d'une manière qu'ils savent au-dessous de leur condition ont toujours un air d'embarras ou de confusion. Vous pensez vous en tirer en faisant l'important, j'imagine, mais il y a chez vous une ostentation de bravoure, un air d'indifférence affectée. Je l'ai toujours observé lorsque je vous ai rencontré dans ces circonstances. Mais aujourd'hui, vous n'avez rien à prétendre. Vous n'avez pas à craindre que l'on vous suppose gêné. Vous ne vous efforcez pas de dominer les autres de toute votre taille. Aujourd'hui, je serais vraiment très flattée d'entrer avec vous dans un salon.

— Quelle jeune sotte ! répondit-il simplement, sans paraître du tout fâché.

Emma eut autant à se louer de retrouver les autres invités que Mr Knightley. Elle fut reçue avec un respect chaleureux qui ne pouvait manquer de lui plaire et on lui accorda toute l'importance souhaitable. Quand les Weston firent leur entrée, c'est à elle que furent réservés les regards les plus affectueux, les marques d'admiration les plus vives de la part de l'épouse et du mari ; le fils s'approcha d'elle avec un empressement joyeux, montrant ainsi qu'il lui portait une attention toute particulière et, lorsqu'elle vit qu'il était assis à côté d'elle au dîner, elle fut aussitôt persuadée qu'il avait manœuvré avec habileté pour ce faire.

Les invités étaient nombreux et il se trouvait parmi eux une autre famille, très respectable, qui avait une propriété de campagne dans les environs et que les Cole avaient l'honneur de connaître, ainsi que tous les hommes de la famille de Mr Cox, l'avoué de Highbury. Les femmes d'un rang plus modeste, et parmi elles miss Bates, miss Fairfax et miss Smith, devaient venir plus tard dans la soirée. Il y avait déjà tant de monde à table qu'il était impossible d'avoir une conversation générale et, tandis que les uns s'entretenaient de politique et d'autres de Mr Elton, Emma s'intéressa de manière presque exclusive à son aimable voisin. La mention du nom de Jane Fairfax lui parut cependant mériter qu'elle prêtât l'oreille à ce qui se disait plus loin. Mrs Cole paraissait raconter à son propos une histoire très intéressante. Emma écouta et trouva que cela valait la peine d'être entendu. Cela allait contribuer à nourrir de façon amusante l'une des facultés qui lui était le plus chère, son imagination. Mrs Cole disait donc qu'elle était allée rendre visite à miss Bates et que, en entrant au salon, elle avait été frappée à la vue d'un pianoforte – un instrument très élégant, non un piano à queue, mais un piano droit d'un grand modèle. Après que Mrs Cole eut rapporté le dialogue où elle-même avait exprimé la surprise, posé des questions et présenté des félicitations, tandis que miss Bates fournissait les explications, le fin mot de l'histoire était le suivant : le pianoforte était arrivé la veille de chez le facteur londonien Broadwood, au grand étonnement de la tante et de la nièce, qui ne s'y attendaient ni l'une ni l'autre. Au début, selon miss Bates, Jane elle-même avait été déconcertée et même interloquée, ne parvenant pas à deviner qui avait bien pu le lui envoyer, mais à présent toutes deux s'accordaient à penser qu'il ne pouvait venir que d'une personne : le colonel Campbell, bien entendu.

— Il était impossible de faire d'autre supposition, ajouta Mrs Cole, et j'ai simplement été surprise que l'on pût en douter un instant. Pourtant, il semble que Jane ait eu une lettre toute récente de lui et qu'il n'en disait pas un mot. Elle les connaît mieux que personne, mais je ne vois pas pourquoi ils n'auraient pas eu l'intention de lui faire ce présent, sous prétexte qu'ils gardent le silence. Ils ont peut-être eu envie de lui en faire la surprise.

Nombre de convives se dirent de l'avis de Mrs Cole ; tous ceux qui s'exprimaient sur le sujet étaient également convaincus que le colonel Campbell devait avoir envoyé l'instrument et se réjouissaient aussi de ce que Jane Fairfax eût reçu un tel présent. Et, comme beaucoup étaient encore désireux d'intervenir sur le sujet, Emma put y réfléchir de son côté, tout en continuant à écouter Mrs Cole, qui poursuivait :

— Je vous assure que je ne sais pas depuis combien de

238

temps je n'ai pas entendu de nouvelle qui m'apporte plus de satisfaction ! J'ai toujours été contrariée que Jane Fairfax, qui joue comme un ange, n'ait pas d'instrument. C'est une honte, si l'on songe au nombre de maisons où l'on conserve des beaux clavecins et pianoforte en pure perte. Pour nous, ce cadeau est un véritable soufflet ! Hier encore, je disais à Mr Cole que j'avais un peu honte de regarder notre nouveau pianoforte à queue, au salon, car moi je ne sais pas distinguer une note d'une autre, et nos petites filles, qui débutent tout juste, n'en tireront peut-être jamais rien ; et pendant ce temps-là, la pauvre Jane Fairfax, qui est une grande musicienne, n'avait pas le moindre instrument, pas même une misérable vieille épinette pour se distraire. Je disais cela pas plus tard qu'hier à Mr Cole et il était tout à fait de mon avis, mais il aime tant la musique qu'il n'a pu s'empêcher de faire cet achat, dans l'espoir que quelques-uns de nos bons voisins auraient l'obligeance d'en faire un meilleur usage que nous, de temps à autre, et c'est en vérité la raison première de l'achat de l'instrument – sinon, nous aurions un peu honte de l'avoir, j'en suis sûre. Nous avons le vif espoir que miss Woodhouse voudra bien consentir à l'essayer ce soir.

Miss Woodhouse acquiesça comme il convenait et, voyant qu'il n'y avait plus rien à gagner à écouter Mrs Cole, elle se tourna vers Frank Churchill.

— Pourquoi souriez-vous ? lui demanda-t-elle.

— Je ne souris pas, mais vous ?

— Moi ! Je suppose que c'est du plaisir de savoir que le colonel Campbell est aussi riche et aussi généreux. C'est là un beau présent.

— Très beau.

— Je m'étonne qu'il ne l'ait pas fait plus tôt.

— Peut-être miss Fairfax n'a-t-elle jamais séjourné aussi longtemps ici auparavant ?

— Ou qu'il n'ait pas mis à sa disposition leur instrument, qui doit en ce moment être enfermé à Londres, et que personne ne touche.

— Il s'agit d'un piano à queue ; il a peut-être estimé qu'il serait trop grand pour la maison de miss Bates.

— Vous pouvez dire ce que vous voudrez, mais, à votre air, il semble bien que vos pensées sur le sujet sont très voisines des miennes.

— Je l'ignore. Je crois plutôt que vous m'accordez plus de perspicacité que je n'en ai ! Je souris parce que vous souriez et j'entretiendrais sans doute les mêmes soupçons quel que soit l'objet sur lequel ils portent, mais, pour le moment, je ne vois pas ce que l'on pourrait mettre en doute. Si ce n'est pas le colonel Campbell, qui pensez-vous que cela puisse être ?

— Que direz-vous de Mrs Dixon ?

— Mrs Dixon ! Très bonne idée, en effet. Je n'avais pas pensé à Mrs Dixon. Elle sait tout aussi bien que son père combien disposer d'un instrument serait agréable à miss Fairfax, et la façon de l'offrir, le mystère, la surprise, ressemblent peut-être plus à la démarche d'une jeune femme qu'à celle d'un homme mûr. Cela vient sans doute de Mrs Dixon. Je vous avais bien dit que mes soupçons suivraient les vôtres.

— S'il en est ainsi, il faut les étendre et les faire tomber aussi sur Mr Dixon.

— Mr Dixon ! fort bien. Oui, je vois aisément comment cela pourrait être tout à la fois le cadeau de Mr et de Mrs Dixon. Nous évoquions l'autre jour, si vous vous en souvenez, la chaleureuse admiration de Mr Dixon pour le jeu de miss Fairfax.

— Oui, et ce que vous m'en avez dit m'a confirmée dans une idée qui m'était venue auparavant. Je ne voudrais pas jeter le doute sur les bonnes intentions de Mr Dixon ou de miss Fairfax, mais je ne peux m'empêcher de me demander si, après avoir demandé la main de son amie, il n'a pas eu le malheur de tomber amoureux de cette dernière ou s'il ne s'est pas rendu compte qu'elle éprouvait pour lui de l'affection. On pourrait faire là-dessus toutes sortes de suppositions sans jamais deviner juste, mais je suis certaine qu'il doit exister une raison particulière pour qu'elle ait choisi de venir à Highbury au lieu d'accompagner les Campbell en Irlande. Ici, elle est contrainte de mener une vie de privation et de pénitence ; là-bas, tout aurait été une source de plaisirs. Quant à prétendre qu'elle vient ici bénéficier de l'air du pays natal, je tiens cela pour une simple excuse. En été, cela aurait pu passer, mais quel bien attendre de l'air du pays natal aux mois de janvier, février et mars ? Des bons feux et de solides voitures conviendraient beaucoup mieux à une personne de santé délicate, et, selon moi, surtout à elle. Je n'exige pas de vous que vous adoptiez tous mes soupçons, bien que vous ayez fait une noble profession en ce sens, mais je vous dis honnêtement ce qu'ils sont.

— Et sur ma foi, ils ont une grande apparence de probabilité. Sur la préférence de Mr Dixon pour l'interprétation musicale de miss Fairfax sur celle de son amie, je peux vous affirmer qu'elle est très marquée.

— Et puis, il lui a sauvé la vie. En avez-vous entendu parler ? Au cours d'une sortie en mer où, à la suite d'un incident quelconque, elle a manqué passer par-dessus bord et où il l'a retenue ?

— Il l'a fait. J'y étais... Je faisais partie de leurs amis.

— Vous en étiez ? Eh bien ! Mais il semble que vous n'ayez rien remarqué et que cette idée soit nouvelle pour vous. Je pense que, si j'avais été là, j'aurais sans doute découvert quelque chose.

— Oh ! je n'en doute pas, mais moi, esprit simple comme je le suis, je n'ai vu que les faits, c'est-à-dire que miss Fairfax avait failli être projetée à la mer et que Mr Dixon l'avait rattrapée à temps. Cela s'est passé en un clin d'œil et, bien que le choc et l'inquiétude aient été par la suite bien plus importants et plus durables – je crois en effet qu'il s'est passé une bonne demi-heure avant qu'aucun d'entre nous n'ait retrouvé son calme – l'émotion était si générale qu'il aurait été difficile d'observer que quelqu'un était plus affecté que les autres. Je ne veux pas dire pourtant que si vous, vous aviez été là, vous n'auriez pas découvert quelque chose.

La conversation fut alors interrompue. Ils furent contraints de partager l'embarras d'un assez long intervalle entre deux services et obligés de se montrer aussi cérémonieux et disciplinés que les autres convives, mais, quand la table fut de nouveau bien couverte de mets, que le moindre plat fut à sa place exacte et que chacun fut de nouveau occupé et détendu, Emma reprit :

— L'arrivée de ce pianoforte me paraît une preuve convaincante. Je souhaitais en savoir un peu plus, mais cela m'en dit assez long. Comptez que, sous peu, nous apprendrons qu'il s'agissait d'un présent de Mr et de Mrs Dixon.

— Et si les Dixon niaient y avoir pris la moindre part, nous devrions conclure qu'il a été envoyé par les Campbell.

— Non, je suis certaine qu'il ne vient pas des Campbell. Miss Fairfax sait qu'ils ne le lui ont pas offert, sinon elle aurait deviné tout de suite que cela venait d'eux. Elle ne se serait pas interrogée, si elle avait pensé pouvoir le leur attribuer. Je ne vous ai peut-être pas convaincu, mais je suis persuadée pour ma part que Mr Dixon tient le rôle principal dans cette affaire.

— En vérité, vous m'offensez si vous supposez que vous ne m'avez pas convaincu. Vos arguments emportent la conviction. Tout d'abord, aussi longtemps que j'ai supposé que vous vous satisfaisiez de considérer le colonel Campbell comme le donateur, je n'y voyais la preuve que d'une marque de bienveillance paternelle et je la tenais pour la chose la plus naturelle du monde. Puis vous avez mentionné Mrs Dixon, et j'ai senti combien il était plus probable que ce fût un tribut offert à une chaleureuse amitié féminine. Et maintenant, je ne l'envisage plus sous une autre lumière que celle d'une preuve d'amour.

Il était inutile d'insister davantage sur la question. Sa conviction paraissait acquise et il paraissait s'être sincèrement rendu à ses raisons. Elle n'y revint pas, mais passa à d'autres sujets, et le reste du dîner s'écoula sans incident notable ; on servit le dessert, puis on admit les enfants, on leur parla et on les admira, tandis que la conversation poursuivait son cours ; on avançait parfois des choses intelligentes et parfois des sottises, mais la plupart du temps on énonçait des banalités — rien de pire que ce que l'on entendait tous les jours, d'ennuyeuses répétitions, des nouvelles déjà anciennes et des plaisanteries lourdes.

Les dames venaient de passer au salon quand celles qui n'étaient pas du dîner arrivèrent par petits groupes. Emma surveilla l'entrée de sa petite amie et, si elle ne put exulter devant sa dignité et sa grâce, elle apprécia sa fraîcheur, sa douceur et sa simplicité naturelle, et se réjouit de tout cœur de ce que son caractère léger, enjoué et positif lui permît de trouver dans cette occasion de s'amuser un soulagement aux souffrances d'un amour déçu – et qui se serait douté combien de larmes amères elle avait récemment versées ? De se trouver en société, bien habillée, au milieu d'autres femmes bien mises, de s'installer de manière confortable, d'arborer un charmant sourire et de ne rien dire suffisait pour le moment à son bonheur. Jane Fairfax avait sur toutes l'avantage de la supériorité par la beauté et la démarche, mais il semblait à Emma qu'elle aurait été contente d'échanger ses sentiments contre ceux de Harriet et aurait accepté de subir l'humiliation d'avoir aimé en vain – oui, fût-ce aimé en vain Mr Elton – plutôt que de s'abandonner au dangereux plaisir de se savoir aimée par le mari de son amie.

Dans une assemblée aussi nombreuse, Emma estima qu'il n'était pas nécessaire de l'approcher. Elle ne souhaitait pas parler du pianoforte ; elle croyait avoir trop pénétré le secret pour juger honnête de prétendre à la curiosité ou à l'intérêt dans ce domaine ; elle conserva donc à dessein ses distances, mais le sujet fut presque aussitôt abordé par les autres et elle vit la rougeur de l'embarras monter au visage de Jane devant les félicitations qu'on lui adressait, une rougeur coupable, lorsqu'elle évoquait le nom de « mon excellent ami, le colonel Campbell ».

Mrs Weston, pleine de bienveillance et passionnée de musique, s'intéressait de façon toute particulière à l'événement, et Emma ne put se défendre de s'amuser de voir avec quelle persévérance elle insistait sur la question ; elle voulait des détails sur le timbre, le toucher, la pédale du pianoforte, sans soupçonner le moins du monde que son interlocutrice souhaitait en parler le moins possible, ainsi qu'on pouvait le lire sur les traits de la belle héroïne de l'histoire.

Elles furent bientôt rejointes par une partie des messieurs et le tout premier d'entre eux ne fut autre que Frank Churchill. Il était non seulement le premier, mais le plus élégant. Après avoir salué au passage miss Bates et sa nièce, il se dirigea aussitôt à l'opposé du cercle où s'était installée miss Woodhouse, et resta debout jusqu'à ce qu'un siège se libérât auprès d'elle. Emma devina ce que tous ceux qui étaient présents devaient penser. Elle était l'objet exclusif de ses attentions et tout le monde s'en rendait compte. Elle le présenta à son amie, miss Smith, et sut plus tard, à des moments plus opportuns, ce que chacun pensait de l'autre. Il n'avait « jamais vu de plus joli visage » et était « enchanté de sa naïveté ». Elle, de son côté, estimait – bien sûr, c'était sans doute lui faire trop de compliments – qu'il avait « une certaine ressemblance avec Mr Elton ». Emma parvint à maîtriser son indignation et se contenta de se détourner d'elle en silence.

Au début, le jeune homme et elle échangèrent plusieurs sourires d'intelligence en regardant Jane Fairfax, mais ils jugèrent plus prudent de ne pas en parler. Il lui confia qu'il avait été impatient de quitter la salle à manger car il détestait rester longtemps à table et était toujours le premier à la quitter s'il le pouvait. Son père, Mr Knightley, Mr Cox et Mr Cole s'entretenaient encore de questions concernant la paroisse, mais, tant qu'il avait été encore avec eux, il avait passé un moment plutôt agréable, car c'étaient pour la plupart des hommes qui avaient de bonnes manières et beaucoup de bon sens. Il célébra ensuite les mérites de Highbury par un discours si vibrant, soulignant combien il s'y trouvait de familles aimables, qu'Emma commença à se dire qu'elle avait éprouvé un peu trop de mépris pour son pays. Elle l'interrogea sur la société du Yorkshire, puis lui demanda s'ils avaient de nombreux voisins à Enscombe, et de quelle sorte. Elle comprit par ses réponses qu'il venait très peu de monde à Enscombe ; ils ne visitaient que des grandes familles dont aucune ne vivait près de chez eux et, même si la date était fixée et l'invitation acceptée, il existait une chance sur deux pour que Mrs Churchill ne fût pas en assez bonne santé, physique ou mentale, pour s'y rendre. Il était de règle chez eux de ne jamais rendre visite à des inconnus et, bien qu'il eût des relations personnelles, ce n'était pas sans difficultés, sans faire montre d'une adresse considérable à certains moments bien précis, qu'il obtenait la permission de s'absenter ou d'inviter une de ses connaissances, ne fût-ce que pour une nuit.

Elle comprit qu'il ne se plaisait pas à Enscombe et que Highbury, sous son jour le plus favorable, pouvait raisonnablement séduire un jeune homme qui vivait plus retiré chez lui que cela ne lui convenait. L'importance qu'on lui accordait à Enscombe était évidente ; il ne s'en vantait pas, mais elle était perceptible. Il arrivait à persuader sa tante là où son oncle n'arrivait à rien, et, comme Emma riait et lui en faisait la remarque, il reconnut qu'il croyait pouvoir, avec le temps, obtenir d'elle n'importe quoi, sauf sur un point ou deux. L'un de ceux sur lequel son influence ne parvenait pas à s'exercer, c'était le profond désir qu'il avait d'aller à l'étranger. Il l'avait pressée de l'autoriser à voyager, mais elle ne voulait pas en entendre parler. Cela s'était produit l'année précédente et voilà qu'à présent il commençait à perdre l'envie de quitter l'Angleterre.

Emma se dit qu'un autre des domaines dans lequel il ne parvenait pas à l'influencer, bien qu'il ne le mentionnât pas, tenait à son comportement envers son père.

Après un instant de silence, il remarqua :

— Je viens de faire une découverte très désagréable. Il y aura demain huit jours que je suis ici, la moitié du temps qui m'est accordé. Je n'ai jamais vu le temps passer aussi vite. Une semaine demain ! Et je commence à peine à m'amuser... Je viens juste de faire la connaissance de Mrs Weston et de ses amis ! Cette idée m'est tout à fait pénible.

— Vous commencez peut-être aussi à regretter d'avoir perdu toute une journée, alors que vous en disposiez de si peu, à aller vous faire couper les cheveux.

— Non, fit-il en souriant, je ne le regrette nullement. Je n'ai aucun plaisir à rencontrer des amis si je ne me sens pas digne de paraître devant eux.

Le reste des messieurs étant entré dans le salon, Emma fut obligée de se détourner quelques minutes afin d'écouter Mr Cole. Lorsque celui-ci se fut éloigné, elle put de nouveau prêter attention à Frank Churchill, mais elle s'aperçut qu'il fixait avec insistance Jane Fairfax, assise juste en face de lui.

— Que se passe-t-il ? lui demanda-t-elle.

Il tressaillit.

— Je vous remercie de m'avoir réveillé, répondit-il. Je crois que je me suis montré très impoli, mais, en vérité, miss Fairfax est coiffée d'une manière extraordinaire, si extraordinaire que je n'ai pu la quitter des yeux. Je n'ai jamais rien vu d'aussi outré ! Ces boucles ! Elle a sans doute inventé cette mode. Je ne connais aucune femme qui soit coiffée comme elle. Il faut que j'aille lui demander s'il s'agit d'une mode irlandaise. Irai-je ? Oui, j'y vais ; je vous assure que je vais y aller et vous verrez comment elle prendra la chose, si elle rougit.

Il partit sans plus attendre et Emma le vit en train de parler à miss Fairfax, tout en restant debout, mais elle ne put pas distinguer l'effet de ses paroles sur la jeune fille car il s'était malencontreusement placé juste devant elle.

Avant qu'il eût pu regagner sa chaise, Mrs Weston était venue l'occuper.

— C'est le privilège des grandes réceptions, déclara-t-elle, que de pouvoir s'approcher de tout le monde et de dire tout ce que l'on veut. Ma chère Emma, il y a longtemps que j'ai envie de vous parler. Je viens de faire des découvertes et de former des projets, tout comme vous, et je dois vous les dire tant que je les ai frais à l'esprit. Savez-vous comment miss Bates et sa nièce sont venues ici ?

— Comment ? Mais elles ont été invitées, n'est-ce pas ?

— Oh ! oui, sans aucun doute. Mais de quelle manière sont-elles venues ?

— A pied, je suppose. Comment voudriez-vous qu'elles fussent venues ?

— En effet. Eh bien ! il y a un moment, il m'est venu à l'idée qu'il serait bien désagréable pour Jane Fairfax de retourner chez elle à pied, dans la nuit, surtout que les nuits sont glaciales en ce moment. Et, comme je la regardais, bien qu'elle ne m'eût jamais paru aussi à son avantage, j'ai cru m'apercevoir qu'elle s'était échauffée et qu'elle risquait donc d'attraper froid. Pauvre fille ! Cette idée m'était insupportable, aussi, dès que Mr Weston est entré au salon et que j'ai pu lui parler, je lui ai demandé s'il lui prêterait sa voiture. Vous devinez sans doute avec quelle promptitude il a accueilli cette demande. Comme j'avais son approbation, je suis allée aussitôt voir miss Bates, afin de la prévenir que la voiture les reconduirait chez elles avant de nous ramener à la maison. Quelle brave femme ! Elle était aussi reconnaissante qu'on peut l'être, soyez-en sûre. Personne n'avait jamais eu autant de chance qu'elle ! Après m'avoir remerciée mille fois, elle a ajouté qu'elle ne nous donnerait pas cette peine car la voiture de Mr Knightley les avait transportées jusqu'ici et devait les reconduire chez elles. J'ai été très étonnée et très contente, bien entendu, mais surtout très surprise. Une attention aussi charmante, une telle prévenance ! Le genre de disposition que peu d'hommes auraient pensé à prendre. Pour tout dire, connaissant ses habitudes, je suis portée à penser que c'est à leur intention qu'il a pris sa voiture. Je soupçonne qu'il n'aurait pas loué une paire de chevaux pour lui-même, mais qu'il s'en est servi comme prétexte pour leur venir en aide.

— C'est très probable, reconnut Emma, rien de plus probable. Je ne connais personne qui soit plus capable d'agir de la sorte que Mr Knightley, de se montrer vraiment généreux, utile, délicat et bienveillant à la fois. Ce n'est pas un galant homme, mais il est très humain. Dans le cas présent, si l'on songe à la mauvaise santé de Jane Fairfax, il semble qu'il ait voulu faire preuve d'humanité. Et, à mon sens, pour un acte de générosité sans ostentation, il n'y a personne sur qui l'on puisse aussi bien compter que Mr Knightley. Je savais qu'il avait pris des chevaux aujourd'hui car nous sommes arrivés ensemble et je l'ai plaisanté là-dessus, mais il n'a pas dit un mot qui pût le trahir.

— Eh bien ! dit Mrs Weston en souriant, vous lui accordez dans ce cas plus de crédit que moi en considérant qu'il s'agit de simple bienveillance désintéressée, car, tandis que miss Bates me parlait, il m'est venu un soupçon dont je n'ai pu me défaire depuis. Plus j'y pense et plus je le crois justifié. En bref, j'ai songé à un mariage entre Mr Knightley et Jane

Fairfax. Vous voyez les conséquences de vous avoir tenu compagnie ! Qu'en dites-vous ?

— Mr Knightley et miss Fairfax ! s'exclama Emma. Ma chère Mrs Weston, comment pouvez-vous penser à une chose pareille ? Mr Knightley ! Il ne faut pas que Mr Knightley se marie ! Vous ne voudriez pas que petit Henry fût privé de Donwell ? Oh ! non, Henry doit hériter de Donwell. Je ne puis du tout consentir au mariage de Mr Knightley et je suis bien certaine qu'il n'est pas du tout vraisemblable. Je suis stupéfaite que vous ayez jamais pu l'envisager.

— Ma chère Emma, je vous ai dit les raisons qui m'avaient engagée à y penser. Je ne désire pas ce mariage et je n'ai pas l'intention de faire du tort au cher petit Henry, mais ce sont les circonstances qui m'ont donné cette idée, et, si Mr Knightley avait vraiment envie de se marier, vous ne voudriez pas qu'il y renonçât en faveur de Henry, un enfant de six ans, qui ignore tout de cette affaire ?

— Si, je le voudrais. Je ne pourrais supporter de voir Henry supplanté. Mr Knightley, se marier ? Non, je n'ai jamais eu une telle idée et je ne saurais l'adopter maintenant. Et avec Jane Fairfax, entre toutes les femmes !

— Et pourquoi pas ? Il s'est toujours montré très empressé auprès d'elle, vous le savez bien.

— Mais l'imprudence d'une telle union !

— Je ne parle pas de prudence, mais de probabilité.

— Je ne vois aucune probabilité à ce propos, à moins que vous n'ayez des raisons plus fondées que celle dont vous parlez. La générosité de sa nature, son humanité, ainsi que je vous l'ai dit, suffisent à expliquer qu'il ait pris des chevaux. Il a beaucoup d'égards pour les dames Bates, vous le savez, si l'on ne tient pas compte de Jane Fairfax, et il est toujours plein d'attentions. Ma chère Mrs Weston, ne vous mêlez pas de faire des mariages. Vous vous y prenez très mal. Jane Fairfax, maîtresse de l'abbaye ! Oh ! non, non. L'idée est révoltante. Pour son propre bien, je ne voudrais pas qu'il commît une pareille folie.

— Une imprudence, si vous voulez, mais pas une folie. Si

ce n'est l'inégalité de fortune et peut-être une disparité d'âge un peu trop forte, je n'y vois rien d'inconvenant.

— Mais Mr Knightley ne veut pas se marier ! Je suis sûre qu'il n'y songe pas du tout. N'allez pas lui mettre cette idée dans la tête. Pourquoi se marierait-il ? Il est aussi heureux que possible de vivre en célibataire, avec sa ferme, ses moutons, sa bibliothèque et toutes les affaires de la paroisse à suivre, et puis il aime beaucoup les enfants de son frère. Il n'a donc nul besoin de se marier pour occuper son temps et remplir son cœur.

— Ma chère Emma, aussi longtemps qu'il raisonnera ainsi, ce sera comme vous le dites, mais s'il est vraiment amoureux de Jane Fairfax...

— C'est insensé ! Il se soucie fort peu de Jane Fairfax. Non, je suis sûre qu'il n'en est pas amoureux. Il fera tout son possible pour les aider elle et sa famille, mais...

— Eh bien ! dit Mrs Weston en riant, le mieux qu'il pourrait faire pour elles serait d'offrir à Jane une demeure aussi respectable que la sienne.

— S'il lui rendait ce bon service, il s'en rendrait un fort mauvais à lui-même. Ce serait pour lui une alliance honteuse et dégradante. Comment pourrait-il supporter d'être apparenté à miss Bates ? La voir hanter l'abbaye et le remercier du soir au matin de la grande gentillesse qu'il a eue d'épouser Jane ? « Si aimable, si obligeant ! Mais il a toujours été un voisin si généreux ! » Et puis courir, au milieu d'une phrase, se réfugier dans le vieux jupon de sa mère ? « Encore que l'on ne puisse pas parler d'un très vieux jupon, parce qu'il pourrait faire encore beaucoup d'usage, et, en vérité, il faut avouer que ces jupons sont tous d'une grande solidité. »

— N'avez-vous pas honte, Emma, de la singer ainsi ! Vous me divertissez malgré moi et, sur ma foi, je ne crois pas que Mr Knightley serait beaucoup troublé par miss Bates. Les petites choses ne l'irritent pas. Elle pourrait continuer à parler, mais, s'il avait envie d'intervenir, il parlerait plus fort et couvrirait sa voix. La question n'est pas de savoir si ce serait une mauvaise alliance pour lui, mais s'il la désire, et je crois que oui. Je l'ai entendu, et vous aussi sans doute, parler en termes dithyrambiques de Jane Fairfax. L'intérêt qu'il lui porte, l'inquiétude qu'il manifeste à propos de sa santé, le regret qu'il a de voir qu'elle n'a pas de perspectives plus heureuses – il s'est exprimé avec tant de chaleur sur tous ces points en ma présence. De plus, il admire tant son toucher au pianoforte et la beauté de sa voix ! Il disait un jour qu'il ne se lasserait pas de l'entendre. Oh ! Et j'allais presque oublier une idée qui m'est venue... Ce pianoforte qui lui a été envoyé par on ne sait qui, même si nous nous sommes tous contentés d'y voir un cadeau des Campbell, ne viendrait-il pas plutôt de Mr Knightley ? Je ne puis m'empêcher de le soupçonner. Je crois qu'il est tout à fait homme à faire une chose pareille, même sans être amoureux.

— Ainsi, ce ne serait pas une preuve de l'amour qu'il lui porte, selon vous. Mais moi, je ne crois pas que ce soit lui qui ait fait une chose pareille. Mr Knightley n'agit pas de façon mystérieuse.

— Je l'ai pourtant entendu regretter à plusieurs reprises qu'elle ne disposât pas d'instrument, plus souvent que cette situation n'aurait dû frapper un homme tel que lui.

— Très bien ! Mais s'il avait eu l'intention de lui en offrir un, il le lui aurait dit.

— Il aurait pu avoir des scrupules de délicatesse, ma chère Emma. Je ne puis m'enlever de l'idée que cela vient de lui. Je suis certaine qu'il a gardé un silence tout particulier quand Mrs Cole nous l'a annoncé, au dîner.

— Vous adoptez une idée, Mrs Weston, et vous vous laissez emporter par votre imagination, ainsi que vous me l'avez si souvent reproché. Je ne vois aucun signe d'attachement entre eux. Je ne crois pas à son intervention dans l'histoire du pianoforte, et il faudra une preuve pour que je sois convaincue que Mr Knightley a jamais songé à épouser Jane Fairfax.

Elles disputèrent encore quelque temps sur ce point et Emma gagnait peu à peu du terrain sur son amie car Mrs Weston était celle des deux qui cédait d'habitude le plus volontiers, quand un peu d'agitation dans la pièce leur révéla que l'on avait fini de prendre le thé et que l'on ouvrait le pianoforte. A cet instant, Mr Cole s'approcha de miss Woodhouse pour lui demander de leur faire l'honneur de l'essayer. Frank Churchill, qui était sorti de l'esprit de la jeune fille dans le feu de sa conversation avec Mrs Weston, si ce n'est qu'elle l'avait vu prendre un siège à côté de miss Fairfax, les rejoignit alors et ajouta ses prières pressantes à celles de Mr Cole, et comme en tout Emma aimait à être la première, elle y accéda de bonne grâce.

Elle connaissait trop bien les limites de son talent pour tenter de jouer autre chose que ce qui lui ferait honneur. Elle ne manquait ni de goût ni d'esprit pour interpréter les petites pièces qui sont appréciées de tout le monde, et, quand elle chantait, elle s'accompagnait bien. Elle eut l'agréable surprise de voir une voix peu timbrée, mais juste, celle de Frank Churchill, prendre le contre-chant de sa mélodie. La chanson finie, il lui demanda pardon de la liberté qu'il avait prise, et ils se firent les compliments d'usage. On l'accusa d'avoir caché qu'il avait une voix délicieuse et une parfaite connaissance de la musique, ce qu'il eut l'effronterie de nier ; assurant, au contraire, qu'il était tout à fait ignorant et n'avait pas de voix. Ils en chantèrent une autre, puis Emma insista pour céder la place à miss Fairfax, dont l'interprétation vocale et instrumentale était infiniment supérieure à la sienne, elle ne se le cachait pas.

C'est avec des sentiments mêlés qu'elle alla s'asseoir un peu à l'écart de ceux qui faisaient cercle autour de l'instrument, afin d'écouter. Frank Churchill chanta de nouveau. Ils avaient, semble-t-il, fait une ou deux fois des duos à Weymouth. Mais, à la vue de Mr Knightley au nombre des plus attentifs, l'attention d'Emma se dispersa ; elle se prit à songer aux soupçons de Mrs Weston et les doux sons des voix réunies n'interrompirent plus que de façon momentanée le fil de ses pensées. Les objections qu'elle avait faites au mariage de Mr Knightley ne diminuaient pas. Elle ne voyait que des défauts à une telle union. Elle causerait une grande déception à Mr John Knightley et, par conséquent, à Isabella. Elle ferait un grand tort aux enfants – ce serait un changement humiliant et une perte matérielle pour eux tous, en particulier pour son père qui verrait diminuer le nombre de ses plaisirs quotidiens. Pour sa part, l'idée de voir Jane Fairfax à l'abbaye de Donwell lui était insupportable. Une Mrs Knightley, à qui ils seraient tous obligés de céder le pas ! Non. Mr Knightley ne devait jamais se marier. Le petit Henry devait demeurer l'héritier de Donwell.

Au bout d'un moment, Mr Knightley se retourna et vint s'asseoir près d'elle. Ils ne s'entretinrent tout d'abord que de la qualité de l'exécution. Il mit assurément beaucoup de chaleur dans son admiration et Emma se dit que, sans Mrs Weston, cela ne l'aurait pas frappée. Toutefois, pour l'éprouver un peu, elle entreprit de le louer pour la bonté dont il avait fait preuve en transportant la tante et la nièce et, bien qu'il se fût contenté d'une réponse laconique, elle se dit que cela montrait simplement qu'il n'aimait pas que l'on insistât sur ses gestes de bienveillance.

— J'ai souvent le regret, lui dit-elle, de ne pas oser rendre davantage service avec notre voiture, en de telles occasions. Ce n'est pas que je n'en aie pas le désir, mais vous savez que mon père juge impossible d'exiger de James qu'il attelle dans un tel but.

— C'est hors de question, tout à fait hors de question, répondit-il, mais je suis persuadé que vous devez souvent le souhaiter.

Et il lui sourit avec tant de plaisir pour souligner sa conviction, lui sembla-t-il, qu'elle s'enhardit jusqu'à lui demander :

— Ce présent des Campbell, ce pianoforte, est très généreux.

— Oui, lui répondit-il, sans le moindre embarras. Mais ils auraient mieux fait de la prévenir. Il est stupide de réserver de telles surprises. Le plaisir n'en est pas accru et les inconvénients qu'elles entraînent sont souvent considérables. Je me serais attendu à plus de jugement de la part du colonel Campbell.

Dès lors, Emma aurait pu jurer que Mr Knightley n'avait pris aucune part à l'envoi du pianoforte. Cependant, il faudrait plus de temps pour se rendre compte s'il n'était pas attiré de façon particulière par Jane Fairfax et n'avait pas pour elle de préférence établie. Vers la fin de la seconde romance, la voix de Jane s'altéra.

— Cela suffit, pensa-t-il tout haut, quand elle eut terminé. Vous avez assez chanté pour ce soir. A présent, reposez-vous.

L'assistance lui demanda cependant une autre chanson. Rien qu'une. Cela ne fatiguerait sûrement pas miss Fairfax. La dernière. On entendit alors Frank Churchill proposer :

— Je pense que vous pourriez chanter celle-ci sans effort. La partie du haut est très facile. Les difficultés se trouvent dans la seconde.

Mr Knightley se mit en colère.

— Ce garçon ne pense qu'à faire admirer sa propre voix, s'exclama-t-il, indigné. Il ne faut pas le laisser faire.

Et, comme miss Bates passait à proximité au même moment, il lui toucha le bras et lui dit :

— Avez-vous perdu l'esprit, miss Bates, que vous laissiez votre nièce s'enrouer ainsi à force de chanter ? Intervenez donc. Ils n'ont pas pitié d'elle.

Miss Bates était soudain si inquiète pour Jane qu'elle se donna à peine le temps de le remercier avant d'aller au pianoforte et de mettre fin au chant. C'est ainsi que se termina le concert de la soirée car miss Woodhouse et miss Fairfax étaient les seules jeunes musiciennes de l'assemblée. Très vite, pourtant – en moins de cinq minutes –, quelqu'un proposa de danser, sans que l'on sût vraiment qui, mais cette idée fut encouragée avec tant d'efficacité par Mr et Mrs Cole que la salle fut débarrassée en un rien de temps pour donner assez de place aux danseurs. Mrs Weston, qui connaissait très bien les contredanses, prit place au pianoforte et débuta par une irrésistible valse. Frank Churchill s'avança vers Emma de la façon la plus galante pour l'inviter, lui prit la main et la conduisit en premier sur la piste de danse. Tandis qu'ils attendaient que se forment d'autres couples de jeunes gens, Emma trouva le temps, en dépit des compliments de son compagnon sur sa voix et son goût, de regarder ce que devenait Mr Knightley. Ce serait une preuve décisive car il ne dansait pas, en général. S'il s'empressait d'aller inviter Jane Fairfax, à présent, on pourrait en augurer quelque chose. Elle n'en vit aucune apparence, dans l'immédiat. Non. Il s'entretenait avec Mrs Cole et paraissait se désintéresser du reste. Quelqu'un d'autre invita Jane, tandis qu'il poursuivait sa conversation avec Mrs Cole.

Emma n'éprouva plus d'inquiétude pour Henry ; ses intérêts ne couraient encore aucun risque et elle mena la danse avec beaucoup de vivacité et de joie. On n'avait pu former que cinq couples, mais la rareté d'un tel divertissement improvisé le rendait délicieux et elle s'accordait bien avec son partenaire. Ils formaient un couple remarquable.

On ne leur accorda malheureusement que deux danses. Il se faisait tard et miss Bates, qui songeait à sa mère, était impatiente de retourner chez elle.

Après quelques tentatives pour obtenir une troisième danse, ils furent donc obligés de remercier Mrs Weston, non sans regrets, et d'en rester là.

— Peut-être est-ce aussi bien, déclara Frank Churchill, tout en reconduisant Emma à sa voiture. J'aurais été forcé d'inviter miss Fairfax et j'aurais peu apprécié sa manière languissante de danser, après avoir été votre cavalier.

Emma ne se repentit pas de la condescendance dont elle avait fait preuve en acceptant l'invitation des Cole. Le lendemain, elle repassa dans son esprit bien des souvenirs agréables que lui avait laissés cette soirée et tout ce qu'elle avait pu perdre de dignité en ne restant pas chez elle avait été amplement récompensé par la splendeur de sa popularité. Elle avait dû enchanter les Cole – de très braves gens, qui méritaient bien qu'on leur fît plaisir – et laisser derrière elle une renommée qui ne disparaîtrait pas de sitôt.

Le bonheur parfait est rare, même dans les souvenirs, et il restait deux questions essentielles sur lesquelles Emma n'était pas vraiment satisfaite. Elle se demandait si elle n'avait pas transgressé les règles qu'une femme doit observer par rapport à une autre en exposant à Frank Churchill les soupçons qu'elle entretenait sur les sentiments de Jane Fairfax. Elle n'aurait pas dû se comporter ainsi, mais sa théorie avait tant de force qu'elle la lui avait exposée presque contre sa volonté, et la facilité avec laquelle il s'était soumis à ses arguments flattait tant sa pénétration qu'elle avait du mal à décider si elle aurait mieux fait ou non de tenir sa langue.

Son second remords concernait également Jane Fairfax et, là-dessus, elle n'avait aucun doute. Elle regrettait de façon sincère et sans équivoque l'infériorité de son propre toucher de pianoforte et de son chant. Et, tandis qu'elle déplorait amèrement d'avoir montré si peu d'assiduité dans son enfance, elle se mit au pianoforte et s'exerça avec la plus grande application une heure et demie durant.

Elle fut alors interrompue par l'arrivée de Harriet. Si ses éloges avaient pu la satisfaire, elle se serait bientôt consolée.

— Ah ! si seulement je pouvais jouer aussi bien que vous et miss Fairfax !

— Ne nous rangez pas dans la même classe, Harriet. Mon jeu ne ressemble pas plus au sien qu'une lampe au soleil.

— Ah ! mon Dieu ! Je trouve que, des deux, c'est vous qui jouez le mieux. Je crois, du moins, que vous jouez tout aussi bien qu'elle. Je vous assure que je préfère vous entendre. Hier soir, tout le monde disait que vous jouiez très bien.

— Les connaisseurs auront bien senti la différence. La vérité, Harriet, c'est que mon jeu mérite tout au plus d'être loué, alors que celui de Jane Fairfax est au-dessus de tout éloge.

— Eh bien ! moi, je penserai toujours que vous jouez tout aussi bien qu'elle, ou que, s'il y a quelque différence, personne ne s'en aperçoit. Mr Cole a beaucoup vanté votre goût. Mr Frank Churchill en a beaucoup parlé aussi, et il a dit qu'il était plus sensible au goût qu'à la virtuosité d'exécution.

— Ah ! mais Jane Fairfax possède l'un et l'autre, Harriet.

— En êtes-vous certaine ? J'ai bien vu qu'elle avait une excellente exécution, mais je ne me suis pas aperçue qu'elle avait du goût. Personne n'en a parlé. Et puis je déteste entendre chanter en italien. On n'en comprend pas un mot. Et puis, si elle joue si bien du pianoforte, vous savez, c'est qu'elle y est bien obligée, car il va falloir qu'elle donne des leçons. Les demoiselles Cox se demandaient, hier, si elle allait entrer au service d'une grande famille. Comment avez-vous trouvé les demoiselles Cox ?

— Comme à leur ordinaire, très vulgaires.

— Elles m'ont dit quelque chose, reprit Harriet d'une voix hésitante, mais rien de grande conséquence.

Emma fut contrainte de lui demander de quoi il s'agissait, bien qu'elle eût redouté d'entendre parler de Mr Elton.

— Elles m'ont dit... que Mr Martin avait dîné chez elles, samedi dernier.

— Ah !

— Il était venu voir leur père pour affaires et c'est lui qui l'a invité à dîner.

— Ah !

— Elles m'ont beaucoup parlé de lui, surtout Anne Cox. Je ne sais quelle était son intention, mais elle m'a demandé si je pensais séjourner de nouveau chez eux, l'été prochain.

— Elle faisait preuve d'une impertinente curiosité, telle que l'on peut en attendre d'une Anne Cox.

— Elle a ajouté qu'il s'était montré très aimable, lors de ce dîner. Il était assis à côté d'elle, à table. Miss Nash pense que l'une ou l'autre des demoiselles Cox s'estimerait très heureuse de l'épouser.

— Très probablement. Je pense que ce sont, sans exception, les filles les plus communes qui soient à Highbury.

Harriet avait des achats à faire chez Ford. Emma estima plus prudent de l'y accompagner. Il était possible qu'elle y fît une autre rencontre accidentelle avec les Martin et, dans l'état d'esprit où elle se trouvait, cela se révélerait peut-être dangereux.

26

Harriet, qui avait envie de tout et changeait d'avis à tout propos, était toujours très longue quand elle faisait un achat. Tandis qu'elle hésitait entre les pièces de mousseline et n'arrivait pas à se décider, Emma alla à la porte pour se distraire. On ne pouvait cependant espérer grand-chose du spectacle de la rue, même dans la partie la plus commerçante de Highbury. Elle ne pouvait guère s'attendre à plus d'animation que celle que fourniraient Mr Perry allant d'un pas pressé, Mr William Cox poussant la porte de son étude, les chevaux de la voiture de Mr Cole revenant de prendre de l'exercice ou un petit coursier égaré, perché sur une mule rétive. Aussi, quand elle aperçut le boucher et son plateau, une vieille femme soignée revenant de faire ses courses avec un panier bien rempli, deux chiens se disputant un os sale et une ribambelle d'enfants agglutinés à la petite devanture du boulanger pour admirer les pains d'épices, elle se dit qu'elle n'avait pas de raison de se plaindre, et même s'en divertit au point de rester encore un peu sur le pas de la porte. Un esprit enjoué et tranquille peut supporter de ne rien voir d'extraordinaire et se satisfait du tableau le plus banal.

Elle porta les yeux dans la direction de Randalls. Son champ de vision s'agrandit ; deux personnes y entrèrent : Mrs Weston et son beau-fils. Ils venaient vers Highbury et projetaient sans doute de se rendre à Hartfield. Toutefois, ils s'arrêtaient tout d'abord chez Mrs Bates, dont la maison était un peu plus proche de Randalls que la boutique de Ford. Ils allaient frapper lorsqu'ils aperçurent Emma. Aussitôt, ils traversèrent la rue et vinrent la retrouver ; les souvenirs agréables qu'ils conservaient de la soirée de la veille semblaient accroître le plaisir qu'ils tiraient de cette nouvelle rencontre. Mrs Weston informa la jeune fille qu'elle allait rendre visite aux Bates, afin d'entendre le nouvel instrument.

— Car, dit-elle, mon compagnon m'affirme que j'ai promis à miss Bates, hier soir, que je passerais la voir aujourd'hui. Je ne m'en souvenais pas du tout. Du moins, je ne savais pas lui avoir fixé de jour, mais, comme il assure que je l'ai fait, j'y vais à présent.

— Et pendant que Mrs Weston fera cette visite, dit Frank Churchill, vous me permettrez, je l'espère, de vous accompagner et de l'attendre à Hartfield, si vous rentrez chez vous.

Mrs Weston parut déçue.

— Je croyais que vous aviez l'intention de venir avec moi. Cela leur ferait un très grand plaisir.

— Moi ! Je vous serai à charge. Mais peut-être que je suis également gênant ici. Il me semble que miss Woodhouse a l'air de ne pas souhaiter me voir. Ma tante me renvoie toujours quand elle fait des achats. Elle prétend que je l'irrite au plus haut point et miss Woodhouse a l'air d'être prête à en dire autant... Que dois-je faire ?

— Je ne suis pas ici pour mon compte personnel, dit Emma. J'attends simplement mon amie. Elle en aura bientôt fini et nous retournerons chez moi. Mais il vaudrait mieux, je crois, que vous accompagniez Mrs Weston afin d'entendre l'instrument.

— Eh bien ! si tel est votre avis... Mais, ajouta-t-il avec un sourire, si le colonel Campbell avait fait appel à un ami inattentif et que l'instrument eût un son médiocre, que dirai-je ? Je ne puis être d'aucun secours pour Mrs Weston. Elle s'en tirera très bien toute seule. Une vérité désagréable sera plus acceptable en sortant de sa bouche. Pour ma part, je suis l'homme le plus malheureux du monde quand il s'agit de faire un mensonge de politesse.

— Je n'en crois pas un mot, répondit Emma. Je suis persuadée que, s'il le faut, vous pouvez vous montrer aussi insincère que votre prochain. Mais il n'y aucune raison de croire que l'instrument est médiocre. Tout au contraire, en vérité, si j'ai bien entendu ce qu'en disait miss Fairfax, hier soir.

— Alors, venez avec moi, dit Mrs Weston, si cela ne vous est pas trop désagréable. Nous n'avons pas besoin de rester longtemps. Nous irons ensuite à Hartfield. J'aimerais beaucoup que vous fassiez cette visite avec moi. Cette démarche sera considérée comme une si grande marque d'attention ! Et j'ai toujours cru que vous aviez cette intention.

Il ne pouvait s'y opposer plus longtemps et c'est porté par l'espoir de trouver sa récompense à Hartfield qu'il retourna avec Mrs Weston jusqu'à la porte de miss Bates. Emma les vit entrer, puis rejoignit Harriet près du séduisant comptoir. Elle s'efforça de la convaincre que, si elle voulait de la mousseline unie, il était inutile de se faire présenter des mousselines imprimées et qu'un ruban bleu, fût-il du plus beau bleu, n'irait jamais avec un modèle jaune. Enfin, tout fut décidé, y compris l'adresse à laquelle il fallait livrer le paquet.

— Dois-je l'envoyer chez Mrs Goddard, mademoiselle ? demanda Mrs Ford.

— Oui... non... oui, chez Mrs Goddard. Seulement, mon patron de robe se trouve à Hartfield. Non, faites-le plutôt porter à Hartfield, s'il vous plaît. Mais, d'un autre côté, peut-être que Mrs Goddard voudra le voir. Et je pourrais emporter le patron chez elle n'importe quand. Pourtant, j'aimerais bien avoir le ruban dès à présent ; alors il vaut mieux envoyer le tout à Hartfield ; le ruban du moins. Vous pourriez me faire deux paquets, Mrs Ford, n'est-ce pas ?

— Il n'est pas utile, Harriet, que Mrs Ford se donne la peine de faire deux paquets.

— Non, c'est inutile.

— Cela ne m'ennuie pas du tout, mademoiselle, intervint l'obligeante Mrs Ford.

— Oh ! mais je vous assure que je préfère de beaucoup que ce soit en un seul paquet. Et alors, s'il vous plaît, vous enverrez le tout chez Mrs Goddard. Enfin, je ne sais pas. Non, je crois, miss Woodhouse, qu'il serait aussi bien de le faire livrer à Hartfield et, ensuite, je pourrais l'emporter chez moi, ce soir. Que me conseillez-vous ?

— Que vous n'accordiez pas une seconde de plus à la question. A Hartfield, s'il vous plaît, Mrs Ford.

— Oui, ce sera bien préférable, convint Harriet, tout à fait satisfaite. Je n'aimerais pas du tout que cela fût porté chez Mrs Goddard.

On entendit des voix, ou plutôt une voix s'élever, tandis que deux dames approchaient du magasin. Mrs Weston et miss Bates les rencontrèrent à la porte.

— Ma chère miss Woodhouse, dit la seconde, je viens de traverser en hâte pour vous prier de nous faire la faveur de venir vous reposer un instant chez nous et de nous donner votre opinion sur le nouvel instrument ; vous et miss Smith. Comment vous portez-vous, miss Smith ? Moi, très bien, merci... Et j'ai prié Mrs Weston de m'accompagner pour être sûre de réussir à vous persuader.

— J'espère que Mrs Bates et miss Fairfax vont...

— Très bien, je vous suis très obligée. Ma mère se porte le mieux du monde et Jane ne s'est pas enrhumée, hier soir. Comment se porte Mr Woodhouse ? Je suis si contente d'apprendre qu'il est en bonne santé. Mrs Weston m'a dit que vous étiez ici. Oh ! alors, lui ai-je dit, il faut que je traverse ; je suis sûre que miss Woodhouse me permettra de courir la voir et de la prier d'entrer ; ma mère sera si heureuse de la voir. Et, à présent que nous avons une réunion si agréable, elle ne pourra pas refuser. « Oui, je vous en prie, faites-le, m'a dit Mr Frank Churchill. Il serait bon de connaître l'opinion de miss Woodhouse sur l'instrument. » Mais, lui ai-je répondu, j'aurais plus de chance de réussir à la convaincre si l'un de vous m'accompagnait. « Ah ! m'a-t-il dit, attendez une minute que j'aie terminé mon ouvrage. » Car, le croiriez-vous, miss Woodhouse, il s'emploie en ce moment, de la manière la plus obligeante, à remettre le rivet des lunettes de ma mère. Le rivet est tombé ce matin, comprenez-vous. Il est si obligeant ! Car ma mère ne peut plus se servir de ses lunettes ; elles ne tiennent plus. Et, soit dit en passant, les gens qui portent des lunettes devraient en avoir deux paires. C'est Jane qui en a fait la remarque. J'avais l'intention de les porter chez John Saunders, la première fois que je sortirais faire des courses, mais une chose puis une autre m'en ont empêchée toute la journée. Je ne saurais vous préciser quoi, vous savez. A un moment donné, Patty est venue m'annoncer qu'elle avait l'impression que la cheminée de la cuisine avait besoin d'être ramonée. Ah ! lui ai-je dit, Patty, ne venez pas m'ennuyer avec de mauvaises nouvelles. Voilà que le rivet des lunettes de votre maîtresse est tombé. Ensuite, les pommes au four sont rentrées de chez le boulanger. Mrs Wallis me les a fait porter par son commis ; ils sont très polis et très obligeants à notre égard, les Wallis. On m'a dit qu'il arrivait parfois à Mrs Wallis d'être impolie et de faire une réponse brutale, mais jamais à nous ; ils se sont toujours montrés très attentifs envers nous. Et ce ne peut être parce que nous sommes de bonnes clientes, car à quoi se monte notre consommation de pain, vous comprenez ? Nous ne sommes que trois, sans compter la chère Jane, pour le moment, et elle, elle ne mange rien ; vous seriez effrayée de voir le misérable petit déjeuner qu'elle prend. Je n'ose pas dire à ma mère à quel point elle mange peu ; je lui dis tantôt une chose, tantôt une autre, et cela passe. Mais, à la mi-journée, elle commence à avoir un peu d'appétit, et il n'y a rien qu'elle aime tant que ces pommes au four. C'est un aliment très sain, ainsi que j'ai eu l'occasion de le demander à Mr Perry, l'autre jour, quand je l'ai rencontré dans la rue. Non que j'aie eu le moindre doute auparavant. J'ai si souvent entendu Mr Woodhouse recommander une pomme au four. Je crois bien que c'est la seule façon de les préparer qui paraisse saine à Mr Woodhouse. Pourtant, nous faisons très souvent des pommes enrobées de pâte. Patty fait d'excellentes pommes enrobées. Eh bien ! Mrs Weston, vous l'avez emporté, je l'espère, et ces demoiselles vont nous faire l'honneur de venir.

Emma déclara qu'elle se ferait un plaisir d'aller saluer Mrs Bates et elles sortirent enfin de la boutique, non sans avoir été encore arrêtées par miss Bates, qui lança :

— Comment allez-vous, Mrs Ford ? Je vous demande pardon, je ne vous avais pas aperçue jusqu'alors. J'ai appris que vous aviez reçu de Londres un charmant assortiment de rubans. Jane est revenue enchantée, hier. Merci, oui, les gants vont très bien, si ce n'est qu'ils bâillent un petit peu au poignet, mais Jane est en train de les reprendre.

Et une fois qu'elles furent toutes dans la rue, elle demanda :

— Qu'est-ce que j'étais donc en train de dire ?

Emma se demanda ce qui allait retenir son attention dans tout ce fatras.

— Je vous assure que je ne me souviens plus de ce que je vous disais. Ah ! les lunettes de ma mère. C'est si obligeant de la part de Mr Frank Churchill ! « Oh ! m'a-t-il dit, je crois que je saurai fixer ce rivet ; j'aime beaucoup les petits travaux de ce genre. » Ce qui, vous savez, montre qu'il est très... En vérité, je dois reconnaître que, même si j'ai souvent entendu parler de lui et que j'en ai attendu beaucoup, il dépasse infiniment... Je vous félicite, Mrs Weston, de tout mon cœur. Il a l'air d'être tout ce que les parents les plus affectueux peuvent... « Oh ! m'a-t-il dit. Je saurai fixer ce rivet ; j'aime beaucoup les travaux de ce genre ! » Je n'oublierai jamais la manière dont il s'y est pris. Et quand j'ai sorti les pommes au four du débarras et exprimé l'espoir que nos amis auraient l'extrême obligeance d'y goûter, il s'est aussitôt écrié : « Oh ! il n'y a pas de fruits qui soient moitié aussi bons que les pommes, et ces pommes au four sont les plus belles que j'aie vues de ma vie. » C'était, vous savez, tellement... Et je suis certaine, à le voir, qu'il ne faisait pas là un vain compliment. En vérité, ce sont des pommes délicieuses, et Mrs Wallis sait les faire cuire comme il le convient – seulement, nous ne les faisons pas passer au four plus de deux fois, et Mr Woodhouse nous a fait promettre de les y passer à trois reprises, mais miss Woodhouse aura la bonté de ne pas le mentionner devant lui. Ces pommes sont de la meilleure variété qui soit pour le four ; elles viennent toutes de Donwell et font partie des dons si généreux de Mr Knightley. Il nous en envoie un sac tous les ans et il est certain qu'il n'y a pas de pommes qui valent leur pareil pour la conservation que celles qui viennent de ses arbres. Je crois qu'il a deux pommiers. Ma mère m'a dit que ce verger était renommé, au temps de sa jeunesse.

Cependant, j'ai eu un grand choc, l'autre jour. Car Mr Knightley est venu nous voir au milieu de la journée et Jane était en train de manger des pommes, aussi nous en avons parlé et nous lui avons dit combien elle les aimait. Alors, il a demandé si nous n'arrivions pas à la fin de notre réserve. « Je suis sûr que si, a-t-il déclaré, et je vais vous en envoyer une autre provision ; car j'en ai beaucoup plus qu'il ne m'en faudra jamais. William Larkins m'en a fait garder plus que de coutume, cette année. Je vais vous en faire apporter quelques-unes, avant qu'elles ne s'abîment. » Je l'ai aussitôt prié de n'en rien faire ; car en vérité, pour ce qui est de l'état de notre réserve, je n'ai pas pu prétendre que nous en avions encore beaucoup ; cela ne dépassait pas la demi-douzaine, pour tout avouer, mais nous les gardions toutes pour Jane et je ne voulais pas qu'il nous en envoyât davantage, étant donné qu'il s'était déjà montré si généreux, et Jane s'est rangée à mon avis. Mais une fois qu'il a été parti, elle s'est presque prise de querelle avec moi. Non, je ne devrais pas parler de querelle car nous ne nous sommes jamais disputées de notre vie, mais elle était tout à fait malheureuse de m'avoir entendu reconnaître que les pommes étaient presque terminées ; elle aurait voulu que je lui disse que nous en avions encore une grande quantité. « Ah ! ma chère, lui ai-je répondu, j'ai fait ce que j'ai pu. » Quoi qu'il en soit, le lendemain soir, William Larkins est arrivé avec un grand panier de pommes, des pommes de la même variété, un boisseau au bas mot, et comme je lui étais très obligée, je suis descendu, je lui ai parlé et je lui ai tout raconté, comme vous le pensez bien. William Larkins est une vieille connaissance ! Je suis toujours contente de le voir. Mais, quoi qu'il en soit, j'ai appris par la suite de Patty que William lui avait dit que ces pommes étaient les dernières de cette variété-là que son maître avait encore ; il les avait toutes apportées. Et, à présent, son maître n'en a plus une seule, que ce soit pour cuire au four ou pour pocher. William, pour sa part, ne paraissait pas s'en soucier ; il était très content à la pensée que son maître en avait vendu autant ; car vous le savez, pour William, l'intérêt de son maître passe avant tout, mais, d'après lui, Mrs Hodge était très mécontente de les voir toutes partir. Elle trouvait insupportable que son maître ne pût plus avoir une seule tarte aux pommes, ce printemps. Il a raconté cela à Patty, mais lui a dit aussi de ne pas s'en soucier et surtout de ne pas nous en parler, car il arrive à Mrs Hodge de se montrer parfois de très mauvaise humeur et, puisque l'on en avait vendu tant de sacs, peu importait qui mangerait le reste. Et quand Patty me l'a rapporté, j'ai vraiment eu un choc ! Je ne voudrais pour rien au monde que Mr Knightley l'apprît ! Il serait si... Je voulais le cacher à Jane, mais malheureusement je le lui ai dit sans même m'en rendre compte.

Miss Bates venait juste de terminer son récit quand Patty leur ouvrit la porte. Les visiteuses montèrent à l'étage sans être forcées d'entendre un autre discours, suivies seulement par des paroles plutôt décousues :

— Je vous en prie, Mrs Weston, prenez garde, il y a une marche au tournant. Notre escalier est obscur. Plus obscur et plus étroit que nous ne le souhaiterions. Miss Smith, faites bien attention. Miss Woodhouse, je suis très inquiète. Je suis sûre que vous vous êtes cogné le pied. Miss Smith, la marche au tournant...

27

Une tranquillité absolue régnait dans le petit salon lorsque les visiteuses y pénétrèrent. Mrs Bates, privée de ses occupations habituelles, somnolait dans un coin devant la cheminée. Frank Churchill, assis à une table près d'elle, s'affairait à la réparation des lunettes, et Jane Fairfax, debout, leur tournait le dos et s'occupait du pianoforte.

Bien qu'il eût été très occupé, le jeune homme fit bon visage à Emma.

— Quel plaisir pour moi, lui dit-il à voix basse, que vous soyez arrivée au moins dix minutes plus tôt que je ne vous attendais. Vous me trouvez en train de me rendre utile ; dites-moi si vous croyez que je réussirai.

— Comment ! s'étonna Mrs Weston, vous n'avez pas encore terminé ? A ce rythme, vous ne gagneriez pas bien votre vie, si vous étiez orfèvre.

— Je n'y ai pas travaillé sans interruption, répondit-il. J'ai aidé miss Fairfax à mettre son instrument d'aplomb ; il était un peu bancal, à cause d'une irrégularité du plancher, je suppose. Nous avons glissé une cale de papier sous l'un des pieds. Il est très aimable de votre part d'avoir accepté de venir. Je craignais que vous ne vous hâtiez de rentrer chez vous.

Il fit en sorte qu'Emma fût assise près de lui, s'empressa de lui choisir la plus belle des pommes au four, puis l'invita à l'aider ou à lui donner des conseils sur son ouvrage jusqu'à ce que Jane Fairfax fût tout à fait prête à se remettre au pianoforte. Emma se dit que l'état de ses nerfs l'avait empêchée de commencer plus tôt. Jane ne disposait pas de cet instrument depuis assez longtemps pour ne pas le toucher sans émotion, et il lui fallait se raisonner pour commencer à en jouer en public et, quelle qu'eût été leur origine, Emma ne pouvait s'empêcher de la plaindre d'éprouver les sentiments qui l'animaient ; elle résolut donc de ne plus jamais les évoquer devant son voisin.

Enfin, Jane attaqua et, bien que les premières mesures eussent été un peu faibles, elle rendit peu à peu justice à l'excellence de l'instrument. Mrs Weston, qui en avait été charmée auparavant, le fut de nouveau. Emma joignit ses éloges aux siens et, après une analyse détaillée, le pianoforte fut jugé plein de promesses.

— Quelle qu'eût été la personne envoyée par le colonel Campbell, dit Frank Churchill, en souriant à Emma, elle n'a pas mal choisi. A Weymouth, j'ai beaucoup appris sur les goûts du colonel Campbell et je suis certain que la douceur des notes aiguës est exactement ce que lui et son entourage apprécient par-dessus tout. J'imagine, miss Fairfax, qu'il aura donné à son ami des ordres très précis, ou alors il aura écrit lui-même à Broadwood. Qu'en pensez-vous ?

Jane ne se retourna pas. Il était possible qu'elle n'eût pas entendu car Mrs Weston lui parlait au même moment.

— Ce n'est pas honnête, lui murmura Emma. je n'ai fait qu'hasarder des suppositions. Ne la tourmentez pas.

Il hocha la tête en souriant et eut l'air de n'avoir guère de doute ou de pitié. Peu après, il reprit :

— Comme vos amis d'Irlande doivent éprouver de satisfaction à ce sujet, miss Fairfax ! Je suppose qu'ils pensent souvent à vous et se demandent quel sera le jour, le jour précis, où cet instrument vous sera livré. Croyez-vous que le colonel Campbell sache que les choses sont réglées, à présent ? A votre avis, la livraison résulte-t-elle d'une commande précise ou de recommandations générales, d'un ordre sans limitation de temps, permettant de tenir compte des contingences ou des convenances ?

Il s'arrêta. Elle n'avait pas pu ne pas l'entendre ; elle ne put éviter de lui répondre.

— Tant que je n'aurai pas eu une lettre du colonel Campbell, dit-elle avec un calme forcé, je ne saurai rien de certain. Tout reste conjectures.

— Des conjectures, oui. Quelquefois on en fait des vraies, et parfois de fausses. J'aimerais pouvoir conjecturer quand j'aurai réussi à fixer solidement ce rivet. Que de sottises on dit, miss Woodhouse, lorsque l'on est très pris par un travail et que l'on ouvre la bouche. Les ouvriers, je suppose, doivent tenir leur langue, mais nous autres, gentilshommes, qui travaillons en amateurs, si nous tombons sur un mot... Miss Fairfax n'a-t-elle pas parlé de conjectures ? Ah ! le voilà fixé. J'ai le plaisir, madame, de vous rendre vos lunettes, réparées pour le moment, dit-il à Mrs Bates.

Il fut chaleureusement remercié par la mère et la fille et, pour échapper un peu à la seconde, il alla au pianoforte et pria miss Fairfax, qui y était demeurée assise, de jouer un peu plus.

— Si vous êtes très aimable, lui dit-il, ce sera l'une des valses que nous avons dansées hier soir ; permettez-moi de les revivre. Vous ne les avez pas appréciées comme moi ; vous avez paru fatiguée et je crois que vous étiez contente que nous n'eussions pas dansé plus longtemps. Mais moi, j'aurais donné un monde – tout ce dont on pourrait jamais disposer – pour que cela dure une demi-heure de plus.

Elle joua.

— Quelle joie d'entendre de nouveau un air qui, un jour, vous a rendu heureux ! Si je ne me trompe pas, on dansait cela à Weymouth.

Elle leva les yeux vers lui, rougit fortement et joua autre chose. Il s'empara de quelques partitions sur une chaise, près du pianoforte, et, se tournant vers Emma, il lui dit :

— Voilà de la musique tout à fait nouvelle pour moi. La connaissez-vous ? Publiée chez Cramer... Et voilà un nouvel ensemble de mélodies irlandaises. Venant de ce côté-là, on pouvait s'y attendre. Tout cela a été envoyé avec l'instrument. Quelle prévenance de la part du colonel Campbell, n'est-ce pas ? Il savait que miss Fairfax ne trouverait pas de musique, ici. J'admire surtout cette attention ; on voit qu'elle vient du cœur. Rien n'a été fait à la hâte, rien n'est incomplet. Seule, une affection profonde a pu inspirer tout cela.

Emma aurait souhaité que son esprit caustique fût un peu moins précis, mais ne pouvait se défendre d'être amusée, et, quand elle jeta un coup d'œil sur le visage de Jane Fairfax, qu'elle y aperçut l'ombre d'un sourire, puis se rendit compte que, en dépit de la rougeur de l'embarras, ce sourire exprimait une joie secrète, elle éprouva moins de scrupule à se divertir, moins de componction à son égard. L'aimable, la droite, la parfaite Jane Fairfax nourrissait, semblait-il, des sentiments très répréhensibles.

Il lui apporta toutes les partitions et ils les feuilletèrent ensemble. Emma profita de l'occasion pour lui glisser à l'oreille :

— Vous parlez trop clairement. Elle doit vous comprendre.

— Je l'espère. Je désire qu'elle me comprenne. Je n'ai aucunement honte de ce que je pense.

— Mais, voyons, moi, je suis un peu honteuse et je voudrais que cette idée ne me fût jamais venue.

— Je suis enchanté que vous l'ayez eue et que vous me l'ayez confiée. Je dispose mantenant d'une clé pour expliquer ce que son attitude a d'étrange. Laissez-la se sentir honteuse. Si elle se comporte mal, il faut qu'elle en ait conscience.

— Elle n'en est pas dépourvue, je pense.

— Je n'en vois guère de signes. Elle est en train de jouer la ballade de *Robin Adair*, en ce moment – son air favori.

Peu après, miss Bates, passant près de la fenêtre, aperçut Mr Knightley qui approchait à cheval.

— Mr Knightley, par ma foi ! Il faut que je lui parle, si possible, simplement pour le remercier. Je n'ouvrirai pas cette fenêtre, vous attraperiez froid, mais j'irai dans la chambre de ma mère. Je suppose qu'il entrera, lorsqu'il saura qui nous avons ici. Quel plaisir de vous voir ainsi tous réunis ! Quel honneur pour notre petit salon !

Elle passa dans la pièce voisine tout en parlant, puis elle ouvrit la croisée et attira aussitôt l'attention de Mr Knightley. Ses invités suivirent la moindre syllabe de leur conversation avec autant de précision que si elle avait eu lieu dans la pièce où ils se tenaient.

— Comment allez-vous ?

— Comment allez-vous ?

— Très bien, merci. Je vous suis si obligée pour la voiture, hier soir. Nous sommes arrivées juste à temps ; ma mère nous attendait. Entrez, je vous prie, entrez donc, vous trouverez ici quelques amis.

Après que miss Bates eut ainsi commencé, Mr Knightley parut décidé à se faire entendre à son tour car il dit d'un ton résolu et autoritaire :

— Comment va votre nièce, miss Bates ? Je voulais prendre des nouvelles de votre santé à vous toutes, mais surtout de celle de votre nièce. Comment se porte miss Fairfax ? J'espère qu'elle ne s'est pas enrhumée, hier soir. Comment est-elle, aujourd'hui ? Dites-moi comment se porte miss Fairfax.

Et miss Bates fut obligée de fournir une réponse directe avant qu'il acceptât d'entendre autre chose de sa part. Au salon, ceux qui les écoutaient en étaient amusés et Mrs Weston lança à Emma un coup d'œil significatif. Emma se contenta de faire un signe de dénégation, pour indiquer qu'elle persistait dans son scepticisme.

— Nous vous sommes si obligées ! Tellement obligées pour la voiture, reprit miss Bates.

Il coupa court en déclarant :

— Je vais à Kingston. Puis-je faire quelque chose pour vous ?

— Oh ! mon Dieu ! A Kingston, vraiment ? Mrs Cole disait l'autre jour qu'elle avait besoin de quelque chose à Kingston.

— Mrs Cole peut y envoyer un domestique. Puis-je vous y rendre à vous quelque service ?

— Non, je vous remercie. Mais entrez donc. Qui croyez-vous qui soit là ? Miss Woodhouse et miss Smith. C'est si aimable à elles de nous rendre visite pour écouter le nouveau pianoforte. Laissez votre cheval à la Couronne et entrez.

— Eh bien ! dit-il en hésitant, pour cinq minutes, peut-être.

— Et nous avons aussi Mrs Weston et Mr Frank Churchill. Tout à fait charmant ! Tant d'amis.

— Non, pas maintenant, je vous remercie. Je ne pourrai rester que deux minutes. Il faut que je me rende à Kingston le plus vite possible.

— Oh ! Entrez donc ! Ils seront si heureux de vous voir.

— Non, non, votre salon est assez plein. Je viendrai un autre jour pour écouter le pianoforte.

— Eh bien ! je regrette beaucoup ! Oh ! Mr Knightley, quelle charmante réception, hier soir ; extrêmement agréable. Avez-vous jamais vu danser de la sorte ? N'était-ce pas merveilleux ? Miss Woodhouse et Mr Frank Churchill, je n'ai jamais rien vu de pareil.

— Ah ! merveilleux, en vérité. Je ne peux pas dire moins car je suppose que miss Woodhouse et Mr Frank Churchill entendent tout ce que nous disons. Et, poursuivit-il d'une voix encore plus forte, je ne vois pas pourquoi nous ne parlerions pas aussi de miss Fairfax. Je pense que miss Fairfax danse très bien et que Mrs Weston est sans exception la meilleure interprète de contredanses que l'on puisse trouver en Angleterre. Maintenant, si vos amis ont la moindre gratitude, ils devraient dire assez haut à leur tour quelque chose d'aimable sur vous et sur moi, mais je ne puis rester pour l'entendre.

— Oh ! Mr Knightley, un moment encore ; quelque chose d'important. Quel choc ! Jane et moi, nous avons eu un tel choc à propos des pommes !

— Que voulez-vous dire ?

— Penser que vous nous avez envoyé les pommes de votre réserve. Vous m'avez dit qu'il vous en restait beaucoup, et maintenant il ne vous en reste plus une seule. Nous en avons eu un tel choc ! Mrs Hodge a bien raison d'être en colère. William Larkins y a fait allusion ici, hier. Vous n'auriez pas dû faire cela, en vérité, vous n'auriez jamais dû. Ah ! il est parti. Il ne supporte pas qu'on le remercie. Pourtant, j'aurais cru qu'il allait rester, et il aurait été dommage de ne pas lui parler... Eh bien ! poursuivit-elle en rentrant au salon, je n'ai pas réussi. Mr Knightley ne peut s'arrêter. Il va à Kingston. Il m'a demandé s'il pouvait faire quelque chose...

— Oui, intervint Jane, nous avons entendu son offre ; nous avons tout entendu.

— Oh ! oui, ma chère. Je me suis doutée que vous le feriez car la porte était ouverte, et la fenêtre aussi, et Mr Knightley parle d'une voix forte. « Puis-je vous rendre quelque service à vous ? » a-t-il demandé. Alors j'ai simplement dit... Oh ! miss Woodhouse, faut-il que vous partiez ? Il semble que vous venez tout juste d'arriver. Nous sommes si touchées de vous voir.

Emma trouva qu'il était grand temps de rentrer chez elle ; la visite n'avait que trop duré et, en examinant les montres, on s'aperçut que la journée était si avancée que Mrs Weston et son compagnon devaient prendre congé à leur tour. Ils n'avaient plus que le temps de raccompagner les deux jeunes filles jusqu'à la grille de Hartfield, avant de regagner Randalls.

28

On peut envisager de se passer complètement de la danse, puisqu'on a vu des jeunes gens passer des mois entiers sans prendre part à un bal de quelque importance que ce soit et sans en subir de graves conséquences au moral ou au physique, mais une fois que l'on a commencé, que l'on a ressenti, ne serait-ce qu'une fois, et de façon légère, les joies que donne cette suite de mouvements rapides, il faut être d'une tournure d'esprit bien apathique pour ne pas demander à les renouveler.

Frank Churchill avait dansé une fois à Highbury et il brûlait d'envie d'y danser encore ; aussi, durant la dernière demi-heure d'une soirée que Mr Woodhouse s'était laissé convaincre de passer avec sa fille à Randalls, les deux jeunes gens formèrent-ils des plans pour organiser un bal. C'est Frank qui en avait eu le premier l'idée et lui qui la poursuivait avec le plus de zèle car la jeune fille jugeait mieux des difficultés que l'entreprise soulevait et se révélait plus attentive aux arrangements matériels et aux apparences. Cependant, elle avait grande envie de montrer de nouveau à leurs voisins avec quelle grâce Mr Frank Churchill et miss Woodhouse s'accordaient car, sur ce plan, elle n'avait pas à rougir d'être comparée à Jane Fairfax et même, sans le secours pervers de la vanité, de s'intéresser simplement au bal, au point de l'assister à mesurer à grands pas le salon où ils se trouvaient, afin de voir combien de couples il pourrait contenir, puis le salon voisin, dans l'espoir qu'il serait un peu plus vaste, en dépit des allégations de Mr Weston qui les disait identiques.

Frank proposa et demanda tout d'abord l'autorisation d'achever là la soirée de danse, qui n'avait pu être menée à son terme chez les Cole ; que les mêmes personnes fussent invitées et la même musicienne engagée, et tout le monde acquiesça volontiers à sa prière. Mr Weston adopta l'idée avec enthousiasme et Mrs Weston promit de jouer aussi longtemps qu'ils auraient envie de danser. On se passionna ensuite pour l'établissement de la liste précise de ceux qui viendraient et pour le calcul indispensable de l'espace qu'il fallait réserver aux évolutions de chaque couple.

— Vous, miss Smith et miss Fairfax, cela fait trois, et avec les deux miss Cox, cinq, dit Frank Churchill à plusieurs reprises. Et, d'autre part, il y aura les deux Gilbert, le jeune Cox, mon père et moi-même, ainsi que Mr Knightley. Oui, ce nombre sera suffisant pour s'amuser. Vous, miss Smith et miss Fairfax, trois, et les deux miss Cox, cinq ; pour cinq couples, nous aurons bien assez de place.

Mais d'autres opinions se firent bientôt jour.

— Mais y aura-t-il vraiment une place suffisante pour que cinq couples soient bien à l'aise ? Je ne le crois pas.

Ou encore :

— Après tout, cinq couples ne valent pas la peine que l'on se donne tant de mal. Cinq couples, ce n'est rien, quand on y songe. Non, il ne suffira pas d'inviter cinq couples. C'est là le fait d'un entraînement irréfléchi.

Quelqu'un dit que miss Gilbert était attendue chez l'un de ses frères et qu'il faudrait l'inviter aussi. Quelqu'un d'autre assura que Mrs Gilbert aurait bien aimé danser lors de la soirée précédente, si on l'avait invitée. On dit un mot du plus jeune des Cox et, enfin, Mr Weston parla de cousins à lui, toute une famille, qu'il fallait inclure, et d'une autre vieille connaissance, qu'il ne pouvait ignorer. Il devint certain que ce ne seraient pas cinq, mais dix couples qui seraient rassemblés, et les spéculations firent rage sur les dispositions à prendre à leur propos.

Les portes des deux salons se faisaient face. Ne pourrait-on pas les utiliser tous les deux et traverser le couloir tout en dansant ? C'était la meilleure solution et, pourtant, elle ne

274

satisfaisait pas au point que certains d'entre eux n'en eussent pas souhaité de meilleure. Emma remarqua que ce serait incommode. Mrs Weston se tourmentait en pensant au souper et Mr Woodhouse s'y opposait fermement sous le prétexte des risques que cela ferait courir pour la santé. Il en était même si malheureux que l'on renonça à persévérer dans ce sens.

— Oh ! non, dit-il, ce serait la dernière des imprudences. Je ne le supporterais pas pour Emma ! Emma n'est pas robuste, elle attraperait un terrible rhume. La pauvre petite Harriet aussi. Et vous, Mrs Weston, vous seriez forcée de vous aliter ; ne parlons pas d'un projet aussi extravagant. Je vous en prie, ne les laissez pas en parler davantage. Ce jeune homme est bien irréfléchi, poursuivit-il sur le ton de la confidence. Ne le dites pas à son père, mais ce jeune homme n'est pas bien sérieux. Il a ouvert les portes très souvent, ce soir, et il a été assez inconsidéré pour ne pas les refermer. Il ne pense pas aux courants d'air. Je ne voudrais pas vous monter contre lui, mais il n'est pas très sérieux.

Mrs Weston fut désolée de l'entendre porter une telle accusation. Elle comprenait les conséquences qu'elle pourrait avoir, aussi fit-elle tous ses efforts pour la lui faire abandonner. On ferma les portes, on abandonna le projet de danser en passant par le couloir et l'on revint à l'idée de ne danser que dans le salon où ils étaient installés. Frank Churchill y mit tant de bonne volonté que l'espace qui, un quart d'heure plus tôt, lui avait paru à peine convenir pour que cinq couples puissent s'y mouvoir, lui sembla bien suffisant pour dix.

— Nous avons été trop généreux, déclara-t-il. Nous leur avons accordé plus de place qu'il n'était nécessaire. Dix couples pourront aisément tenir debout ici.

Emma n'acceptait pas son raisonnement.

— Il y aurait foule, ici, une triste foule. Que pouvait-il y avoir de plus déplaisant que de danser sans avoir la place de tourner ?

— C'est vrai, reconnut-il gravement, ce serait triste.

Et pourtant, il recommença à prendre la mesure du salon et reprit sa proposition :

— Je crois que la pièce suffirait amplement pour dix couples.

— Non, non, protesta-t-elle, vous êtes tout à fait déraisonnable. Il serait détestable d'être ainsi serrés les uns contre les autres ! Il n'y a aucun plaisir à danser au milieu d'une foule et d'une foule pressée dans une petite pièce !

— On ne peut le nier, répondit-il. Je suis tout à fait d'accord avec vous. Une foule pressée dans une petite pièce. Miss Woodhouse, vous avez l'art de brosser un tableau en peu de mots. Ravissante, cette image, tout à fait ravissante. Cependant, après nous être engagés si avant, il n'est pas possible d'abandonner le projet. Mon père serait déçu et, en fin de compte, je ne sais pas, je serais plutôt d'avis que dix couples tiendraient très bien ici.

Emma vit que sa galanterie s'accompagnait d'un peu d'obstination et qu'il préférait continuer à lui tenir tête plutôt que de renoncer au plaisir de danser avec elle. Elle prit cela pour un compliment et oublia le reste. Si elle avait eu l'intention de l'épouser, elle aurait peut-être jugé bon de prendre le temps de réfléchir et de s'efforcer de comprendre la valeur exacte de la préférence qu'il lui accordait et du véritable caractère de sa conduite, mais, pour les relations qu'ils entretenaient, elle le trouvait assez aimable.

Le lendemain, dans la matinée, il se présenta à Hartfield et entra au salon avec un sourire si agréable qu'elle comprit qu'il poursuivait son projet. Il apparut bientôt qu'il était venu lui annoncer que celui-ci était amélioré.

— Eh bien ! miss Woodhouse, commença-t-il presque aussitôt, j'espère que la terreur que vous inspiraient les petits salons de mon père ne vous a pas fait perdre l'envie de danser. Je vous apporte une nouvelle proposition sur le sujet. C'est une idée de mon père, et elle n'attend plus que votre approbation pour être mise en œuvre. J'espère que vous me ferez l'honneur de m'accorder les deux premières danses du petit bal projeté, qui ne sera pas donné à Randalls, mais à l'auberge de la Couronne ?

— A la Couronne !

— Oui. Si vous et Mr Woodhouse n'y voyez pas d'objection, et je pense que vous n'en aurez pas, mon père espère que ses amis seront assez aimables pour accepter de le retrouver là-bas. Il peut leur promettre qu'ils y trouveront davantage de place qu'à Randalls, et ils y seront accueillis de façon tout aussi chaleureuse. Ce projet est de lui. Mrs Weston n'y met pas d'opposition, à condition que vous l'acceptiez. Nous le pensons d'ailleurs tous. Oh ! vous aviez tout à fait raison ! Dix couples dans l'un ou l'autre des salons de Randalls aurait été tout à fait insupportable ! Abominable ! Je sentais bien tout du long que vous ne vous trompiez pas, mais j'étais trop désireux de réussir à n'importe quel prix pour céder. N'allons-nous pas faire un excellent échange ? Vous y consentez ? Vous y consentez, je l'espère ?

— Il me semble que c'est un plan auquel nul ne peut s'opposer, si Mr et Mrs Weston ne le font pas. Je le trouve admirable et, dans la mesure où je peux répondre pour moi-même, je serais très heureuse... Il semble la meilleure façon dont on puisse améliorer ce projet. Papa, ne trouvez-vous pas qu'il s'agit là d'une excellente amélioration ?

Elle fut obligée de lui répéter et de lui expliquer ce qui avait été prévu avant qu'elle n'eût été tout à fait comprise et, comme il s'agissait d'une proposition toute nouvelle, il fallut présenter tous les arguments en sa faveur pour la lui rendre acceptable.

Mais non ! Il ne pensait pas que ce fût une amélioration. C'était là un très mauvais plan, le pire de tous. Une salle d'auberge était toujours humide et dangereuse, jamais suffisamment aérée et tout à fait inhabitable. S'ils voulaient danser, ils n'avaient qu'à danser à Randalls. Il n'était jamais entré de sa vie dans la salle de la Couronne. Il ne connaissait même pas de vue les aubergistes. Oh ! non, un très mauvais plan. Ils attraperaient à la Couronne des rhumes encore pires qu'ailleurs.

— J'allais observer, monsieur, dit Frank Churchill, qu'un des grands avantages de ce changement c'est que l'on n'y courait très peu le risque de s'enrhumer. Le risque est bien moindre à la Couronne qu'à Randalls ! Mr Perry trouverait peut-être des raisons de regretter ce déplacement, mais personne d'autre ne le ferait.

— Monsieur, dit vivement Mr Woodhouse, vous vous trompez beaucoup si vous croyez que Mr Perry est un homme de cette sorte. Mr Perry est très fâché quand l'un de nous tombe malade. Mais je ne comprends pas pourquoi on courrait moins de risque dans la salle de la Couronne que dans les salons de la maison de votre père.

— C'est, monsieur, du fait même qu'elle est plus vaste. Nous n'aurons donc pas besoin du tout d'ouvrir les fenêtres, pas une seule fois de toute la soirée, et c'est à cette pernicieuse habitude d'ouvrir les fenêtres et d'exposer les corps échauffés à un air glacé que l'on doit, vous le savez bien, monsieur, de prendre mal.

— Ouvrir les fenêtres ! Mais sûrement, Mr Churchill, personne ne songerait à ouvrir les fenêtres à Randalls. Personne n'aurait cette imprudence ! Je n'ai jamais entendu une chose pareille. Danser avec les fenêtres ouvertes ! Je suis persuadé que ni votre père ni Mrs Weston – la pauvre miss Taylor – ne le souffriraient.

— Ah ! monsieur, mais il arrive parfois qu'un jeune étourdi se glisse derrière un rideau et soulève le châssis d'une fenêtre, sans que l'on s'en aperçoive. Je l'ai souvent vu faire moi-même.

— Vraiment, monsieur ? Dieu me bénisse, je ne l'aurais jamais cru. Mais je vis retiré du monde et je suis souvent surpris de ce que j'entends. Toutefois, cela fait une grande différence et, peut-être, quand nous en aurons discuté... mais ces sortes de choses demandent beaucoup de considération. Si Mr et Mrs Weston ont l'amabilité de venir me voir, un matin, nous en reparlerons peut-être et nous verrons ce que l'on peut faire.

— Mais malheureusement, monsieur, mon temps est si limité...

— Oh ! l'interrompit Emma, nous aurons tout le temps d'en parler. Inutile de se presser. Si cette soirée a jamais lieu à la Couronne, papa, ce sera très commode pour les chevaux. Ils seront tout près de leur écurie.

— C'est vrai, ma chère enfant. Voilà qui compte. Non que James se plaigne jamais, mais il est bon d'épargner les chevaux quand on le peut. Si j'étais certain que les pièces ont été bien aérées... Mais peut-on se fier à Mrs Stokes ? J'en doute. Je ne la connais même pas de vue.

— Je puis répondre, monsieur, que tous les détails de cette nature seront réglés car tout sera placé sous la supervision de Mrs Weston. C'est elle qui se charge d'ordonner le tout.

— Voyez, papa ! A présent, vous pouvez être tranquille. Notre chère Mrs Weston, qui est la prudence même... Vous souvenez-vous de ce que disait Mr Perry, il y a tant d'années, lorsque j'avais la rougeole ? « Si c'est miss Taylor qui se charge d'envelopper miss Emma, vous n'avez aucune crainte à avoir, monsieur. » Que de fois je vous ai entendu lui en faire compliment !

— Oui, c'est bien vrai. Mr Perry avait dit cela. Je ne l'oublierai jamais. Pauvre petite Emma ! Vous étiez si malade avec cette rougeole ; ou plutôt, vous auriez été très mal si Mr Perry n'y avait veillé avec tant de soin. Il est venu vous voir quatre fois par jour pendant une semaine. Il avait dit, au début, que c'était une forme bénigne de la maladie, ce qui nous réconfortait, mais la rougeole est une maladie inquiétante. J'espère que, quand les enfants de la pauvre Isabella auront la rougeole, elle enverra chercher Perry.

— Mon père et Mrs Weston se trouvent en ce moment à la Couronne, dit Frank Churchill ; ils y examinent les possibilités d'aménagement de la salle. Je les y ai laissés et je suis venu à Hartfield, impatient de connaître votre opinion et en espérant que je parviendrais à vous persuader de les rejoindre, afin de donner votre avis sur place. Ils m'ont demandé de vous en prier de leur part à tous les deux. Vous leur feriez grand plaisir si vous me permettiez de vous y accompagner. Ils ne feront rien de satisfaisant sans vous.

Emma fut très contente d'être appelée à ce conseil et, comme son père s'engageait à y réfléchir pendant son absence, les deux jeunes gens partirent ensemble sans délai pour la Couronne. Mr et Mrs Weston se dirent ravis de la voir et de recueillir son approbation, tandis qu'ils s'affairaient, chacun à leur manière, elle, avec un peu d'inquiétude, et lui, trouvant tout parfait.

— Emma, dit Mrs Weston, ce papier est pire que je pensais. Regardez ! On voit à certains endroits qu'il est d'une saleté abominable, et les boiseries sont plus jaunes et plus pitoyables que tout ce que j'aurais pu imaginer.

— Ma chère, vous êtes trop difficile, lui dit son mari. Quelle importance, tout cela ? Vous ne vous apercevrez de rien, à la lumière des chandelles. Tout paraîtra aussi propre qu'à Randalls, sous les chandelles. Nous ne le remarquons jamais, les soirs de réunion de notre club.

Les femmes échangèrent probablement un regard qui signifiait : « Les hommes ne voient jamais si les choses sont sales ou non », et, pendant ce temps-là, les hommes se disaient, chacun de leur côté : « Les femmes s'arrêtent à des choses futiles et se tourmentent pour des riens. »

Elles soulevèrent cependant une question que les messieurs ne dédaignèrent pas. Il s'agissait de trouver un local pour servir le souper. A l'époque où la salle de bal avait été construite, les soupers n'étaient pas de mode et l'on s'était contenté de prévoir une petite salle pour y jouer aux cartes, à côté de la grande. Que faire ! On aurait de nouveau besoin de cette petite salle pour les joueurs, à présent, et, si tous quatre décidaient, pour faciliter les choses, qu'il était inutile de prévoir une partie, la pièce ne demeurait-elle pas trop exiguë pour y servir confortablement le souper ? Il existait une salle plus vaste, mais elle se trouvait de l'autre côté de la maison, au bout d'un long couloir peu engageant. C'était là une difficulté qu'il convenait de résoudre. Mrs Weston redoutait que les jeunes gens ne subissent des courants d'air dans ce couloir et ni Emma ni les messieurs ne trouvaient tolérable la perspective d'être entassés dans la petite salle pour le souper.

Mrs Weston proposa de ne pas faire servir de souper dans les règles, mais de se contenter d'un buffet, installé dans la salle de jeu ; cette suggestion fut jugée malheureuse et aussitôt repoussée. Un bal privé, où l'on ne s'assiérait pas pour souper, ce serait tromper de façon infâme les hommes et les femmes qui y prendraient part et s'y attendraient, et l'on pria Mrs Weston de ne plus en parler. Elle s'y prit alors d'une autre manière, considéra avec plus d'attention la salle de jeu si controversée et observa :

— Je ne suis pas sûre qu'elle soit trop petite. Nous ne serons pas beaucoup, vous savez.

Mais, de son côté, Mr Weston, après avoir traversé le couloir à grands pas, lui lançait :

— Vous parlez beaucoup de la longueur de ce passage, ma chère amie, mais ce n'est rien du tout. Et il ne vient pas le moindre courant d'air de l'escalier.

— J'aimerais bien savoir, dit Mrs Weston, la solution pour laquelle pencheraient la plupart de nos invités. Notre objectif doit être de contenter la majorité d'entre eux – si l'on peut le définir ainsi.

— Oui, c'est tout à fait juste, tout à fait juste, s'écria Frank. Il vous faut l'opinion de vos voisins. Je ne suis pas surpris que vous y ayez pensé. Si l'on pouvait s'assurer de ce qu'en pensent les principaux d'entre eux – les Cole, par exemple. Ils ne demeurent pas loin d'ici. Voulez-vous que j'aille les chercher ? Ou encore miss Bates ? Elle est encore plus près, et je me demande si miss Bates n'est pas aussi à même que n'importe qui de comprendre les inclinations de la plupart des gens. Je crois que nous avons besoin d'élargir notre conseil.

— Allez-y si cela vous plaît, dit Mrs Weston en hésitant, si vous croyez qu'elle puisse nous être de quelque utilité.

— Vous n'obtiendrez rien de miss Bates qui permette de trancher la question, déclara Emma. Elle sera enchantée, pleine de reconnaissance, mais elle ne vous apprendra rien. Elle n'écoutera même pas vos questions. Je ne vois aucun avantage à consulter miss Bates.

— Mais elle est si amusante, oui, extrêmement amusante ! J'aime beaucoup écouter parler miss Bates et je n'ai pas besoin d'amener toute la famille, comprenez-vous.

A ce moment, Mr Weston les rejoignit et, en apprenant ce que Frank proposait de faire, il y donna aussitôt son approbation.

— Oui, Frank, allez donc chercher miss Bates et finissons-en sans plus attendre. Je suis sûr que le projet lui plaira et je ne connais personne qui soit plus capable qu'elle de nous montrer comment vaincre les difficultés. Amenez-nous miss Bates. Nous faisons un peu trop les difficiles. Elle est une leçon vivante sur l'art de se satisfaire de peu pour être heureux. Amenez-les toutes les deux. Invitez-les toutes les deux.

— Toutes les deux, monsieur ! Est-ce que la vieille dame peut... ?

— La vieille dame ! Non, la jeune fille, bien sûr. Je finirai par croire que vous êtes un grand nigaud, Frank, si vous ramenez la tante sans la nièce.

— Oh ! je vous demande pardon, monsieur. Je vais m'efforcer de les persuader toutes les deux.

Et il partit en courant.

Longtemps avant qu'il réapparût, accompagné de la petite tante, soignée et toujours vive, et de son élégante nièce, Mrs Weston, en douce et bonne épouse qu'elle était, avait de nouveau examiné le couloir et jugé que les inconvénients en étaient moindres qu'ils ne lui avaient paru tout d'abord, au point même d'en être insignifiants, et c'est ainsi qu'elle mit fin aux indécisions. Tout le reste, en pensée du moins, fut conclu aisément. Les détails mineurs que représentaient la place des tables et des chaises, l'éclairage et la musique, le thé et le souper, furent réglés ou laissés pour le moment de côté comme sans importance, afin de l'être plus tard par Mrs Weston et Mrs Stokes. On était sûr que toutes les personnes invitées se déplaceraient. Frank avait déjà écrit à Enscombe pour obtenir une prolongation de quelques jours à la quinzaine qui lui avait été accordée, qu'on ne lui refuserait sans doute pas. On s'attendait maintenant à ce que le bal fût une réussite.

A son arrivée, miss Bates en convint très cordialement. En tant que conseillère, elle était désormais inutile, mais, en tant que fervente approbatrice – un rôle bien plus aisé à tenir –, elle était la très bienvenue. Elle donna son accord, pour l'ensemble et le détail, avec chaleur et effusion, et, durant la demi-heure qui suivit, ils allèrent tous d'une salle à l'autre, avançant des suggestions, proposant des altérations et tous ravis du plaisir que leur réservait l'avenir. Le groupe ne se sépara pas avant qu'Emma n'eût fait la promesse de réserver les deux premières danses au héros de la soirée et n'eût entendu Mr Weston murmurer à sa femme :

— Il l'a invitée, ma chère amie. C'est bien. Je savais qu'il le ferait.

29

Il ne manquait qu'une chose pour que la perspective du bal parût tout à fait satisfaisante à Emma : c'était que l'on en fixât la date dans les limites du temps qui avait été accordé à Frank Churchill pour son séjour dans le Surrey. En dépit de la confiance qu'éprouvait Mr Weston, il ne lui paraissait pas impossible que les Churchill n'autorisent pas leur neveu à demeurer un jour de plus que la quinzaine qu'ils lui avaient promise. Pourtant, personne ne souhaitait y croire. Les préparatifs prenaient du temps et rien ne serait prêt avant que l'on fût entré dans la troisième semaine suivant son arrivée, et, durant quelques jours, on allait tirer des plans, entreprendre leur réalisation et espérer un accord incertain, au risque, selon elle, au grand risque de tout avoir mis en train en vain.

Enscombe, cependant, fut gracieux, sinon en paroles, du moins en fait. Le souhait du jeune homme de demeurer plus longtemps, bien entendu, ne plaisait pas, mais on ne s'y opposait pas. Tout semblait donc assuré et aller pour le mieux, mais, comme un sujet d'inquiétude en remplace aussitôt un autre lorsque le premier disparaît, Emma, certaine à présent de son bal, commença à se tourmenter de l'indifférence qu'affectait Mr Knightley à propos de toute l'affaire. Que ce fût parce qu'il n'aimait pas la danse ou que le projet eût été conçu sans l'avoir consulté, il semblait résolu à ne pas s'y intéresser, décidé à ne montrer pour le moment aucune espèce de curiosité ni à en attendre le moindre amusement. Chaque fois qu'Emma lui en parlait, elle ne lui arrachait d'autre réponse que :

— Fort bien. Si les Weston estiment que cela vaut la peine de se donner tout ce mal pour offrir quelques heures d'un divertissement bruyant, je n'ai rien à en dire, si ce n'est qu'ils ne choisiront pas mes plaisirs pour moi. Oh ! oui, il faudra que j'y assiste ; je ne pouvais pas refuser et je m'efforcerai de demeurer éveillé, mais je préférerais rester chez moi pour examiner les comptes de la semaine de William Larkins – et de beaucoup, je l'avoue. Prendre du plaisir à regarder danser ! Pas moi, certes. Je n'y prête jamais attention. Je ne vois pas qui aimerait cela. A mon avis, la danse, comme la vertu, porte en elle sa propre récompense. Ceux qui la regardent pensent en général à tout autre chose.

Emma sentit que cette remarque lui était destinée, ce qui la mit très en colère, mais, d'un autre côté, ce n'était pas non plus un compliment pour Jane Fairfax s'il montrait tant d'indifférence ou d'indignation ; il ne se laissait pas guider par les sentiments de cette dernière quand il désapprouvait le bal car, elle, elle désirait ardemment qu'il eût lieu. Cet espoir lui avait donné de l'entrain, l'avait rendue plus confiante, puisque spontanément elle s'était écriée :

— Oh ! miss Woodhouse, j'espère qu'il n'arrivera rien pour empêcher le bal. Quelle déception ce serait ! Je l'attends, je l'avoue, avec beaucoup de plaisir.

Ce n'était donc pas pour obliger Jane Fairfax que Mr Knightley aurait préféré la société de William Larkins. Non ! Emma était de plus en plus convaincue que Mrs Weston s'était tout à fait trompée dans ses suppositions. Il avait pour elle beaucoup d'amitié et de compassion, mais il n'en était pas amoureux.

Hélas ! Emma eut bientôt l'occasion de se quereller avec Mr Knightley. Après deux jours de paix et de joyeuse anticipation, tous leurs projets furent anéantis. Il arriva une lettre de Mr Churchill, qui demandait le retour immédiat de son neveu. Mrs Churchill était malade – trop malade pour se passer de lui ; elle était déjà souffrante quand elle avait écrit à Frank, deux jours auparavant, disait son mari, mais, comme elle n'aimait pas causer de la peine et qu'elle avait pour constante habitude de ne jamais penser à elle, elle n'en avait pas fait mention. Maintenant, pourtant, elle était trop mal pour hésiter davantage et le suppliait de partir sans délai pour Enscombe.

Mrs Weston adressa aussitôt un billet à Emma pour lui communiquer l'essentiel de la lettre. Le départ de son beau-fils était inévitable. Il se mettrait donc en route dans quelques heures, sans qu'une réelle inquiétude pour sa tante ne diminuât sa répugnance. Il connaissait ses malaises ; ils ne survenaient que lorsqu'ils lui convenaient.

Mrs Weston ajoutait qu'il prendrait juste le temps de faire un tour rapide à Highbury, après le petit déjeuner, et qu'il prendrait congé des quelques amis qui prenaient quelque intérêt à son sort ; il serait donc sous peu à Hartfield.

Ce malheureux billet mit fin au déjeuner d'Emma. Après l'avoir lu, elle ne pouvait que se lamenter et se récrier. La perte du bal, la perte du jeune homme, et tout ce que ce jeune homme devait éprouver. Quel malheur ! Quelle délicieuse soirée on aurait passée ! Tout le monde en aurait été si heureux ! Et son cavalier et elle l'auraient été plus que tout !

— Je l'avais bien dit ! s'écria-t-elle, en guise de consolation.

Son père ressentit la nouvelle d'une tout autre manière. Il pensait surtout à la maladie de Mrs Churchill et désirait savoir de quelle manière on la soignait. Quant au bal, il était dommage que sa chère Emma fût déçue de ne pas y aller, mais chacun d'eux serait plus en sécurité chez soi.

Emma était prête à recevoir son visiteur bien avant qu'il apparût, mais, si ce retard montrait qu'il ne brûlait pas d'impatience, son air abattu et son manque total d'animation, lorsqu'il entra, pouvaient être considérés comme rachetant sa conduite. Ce départ l'éprouvait au point qu'il avait peine à en parler. C'est surtout son accablement qui était sensible. Il demeura quelques minutes plongé dans ses pensées et, lorsqu'il s'en arracha, il ne put que dire :

— De tout ce que l'adversité vous réserve, le plus terrible, c'est de dire adieu.

— Mais vous reviendrez, dit Emma. Ce n'est pas le seul séjour que vous ferez à Randalls.

— Ah ! fit-il, en hochant la tête, l'incertitude de ce retour !

Je vais m'employer avec zèle pour l'obtenir ! Ce sera l'objet de toutes mes pensées et de tous mes soins ! Et si mon oncle et ma tante vont à Londres, au printemps... mais j'ai bien peur... Ils ne sont pas sortis de chez eux, au printemps dernier, et je crains que l'habitude d'aller à Londres ne soit perdue à jamais.

— Notre pauvre bal, il faut y renoncer.

— Ah ! ce bal ! pourquoi avons-nous tant attendu ? Pourquoi n'avons-nous pas l'occasion d'être heureux sans plus attendre ? Le bonheur est si souvent détruit par les préparatifs, de sots préparatifs ! Vous nous aviez prédit que cela arriverait. Oh ! miss Woodhouse, pourquoi avez-vous toujours raison ?

— En vérité, je regrette beaucoup d'avoir vu juste cette fois-ci. J'aurais bien préféré être folle que sage.

— Si je parviens à revenir, nous aurons ce bal. Mon père y compte bien. N'oubliez pas votre promesse.

Emma eut l'air touché.

— Quelle quinzaine j'ai vécue ici ! poursuivit-il. Chaque jour plus précieux et plus agréable que le jour précédent ! Chaque jour me rendait plus insupportable tout autre séjour. Heureux ceux qui restent à Highbury !

— Puisque vous nous rendez une justice si éclatante, à présent, lui dit Emma en riant, je vais me hasarder à vous demander si vous ne nourrissiez pas quelques doutes à notre égard, au début ? N'avons-nous pas plutôt dépassé votre attente ? Je suis sûre que si. Je suis persuadée que vous ne vous attendiez pas à nous apprécier. Vous n'auriez pas tant tardé à venir, si vous aviez eu une idée favorable de Highbury.

Il se mit à rire d'un air un peu embarrassé et, bien qu'il l'eût nié, Emma fut convaincue qu'il en avait été ainsi.

— Et faut-il que vous partiez dès ce matin ?

— Oui, mon père doit venir me rejoindre ici. Nous nous en retournerons à pied ensemble et je partirai sur-le-champ. Je redoute presque de le voir arriver à tout moment.

— Vous n'aurez même pas cinq minutes à donner à vos amies, miss Fairfax et miss Bates ? Comme c'est fâcheux ! L'esprit puissant et raisonneur de miss Bates aurait raffermi le vôtre.

— Oui. Je suis allé leur faire une dernière visite ; en passant devant leur porte, j'ai cru que c'était préférable. Que je devais le faire. Je comptais n'y rester que trois minutes, mais j'y suis demeuré plus longtemps, parce que miss Bates était absente. Elle était sortie et j'ai jugé impossible de ne pas l'attendre. C'est une femme dont on peut avoir envie et même dont on ne peut pas s'empêcher de se moquer, mais à qui l'on ne voudrait pas manquer d'égards. Il valait donc mieux lui rendre visite, et puis...

Il hésita, se leva et alla à la fenêtre.

— En bref, reprit-il, il est possible, miss Woodhouse... Je pense que vous ne pouvez pas vous empêcher d'avoir des soupçons...

Il la regarda comme s'il voulait lire dans ses pensées. Elle ne savait que dire. Il lui semblait que de telles paroles annonçaient un discours tout à fait sérieux, qu'elle ne souhaitait pas entendre. Elle fit donc un effort pour prendre la parole, dans l'espoir de le détourner de cette intention, et lui dit d'un ton calme :

— Vous avez très bien fait ; il était tout naturel que vous leur rendiez visite, et puis...

Il garda le silence. Elle crut qu'il la regardait ; il réfléchissait sans doute à ses paroles et cherchait à comprendre son attitude. Elle l'entendit soupirer. Il était naturel qu'il pensât avoir des raisons de soupirer. Il ne pouvait croire qu'elle allait l'encourager. Après un moment de gêne, il revint s'asseoir et lui dit d'une voix plus décidée :

— J'ai du moins senti qu'il fallait réserver tout le reste de mon temps à Hartfield. J'éprouve pour Hartfield la reconnaissance la plus chaleureuse...

Il s'interrompit de nouveau, se releva et parut tout à fait embarrassé. Il était plus amoureux d'elle qu'Emma ne l'avait supposé, et qui sait comment la scène se serait terminée si Mr Weston n'était entré ? Mr Woodhouse le suivit peu après et la nécessité de faire un effort sur soi-même rendit au jeune homme son calme.

Quelques minutes plus tard, l'épreuve prenait fin. Mr Weston, toujours pressé de régler une affaire quand c'était nécessaire et aussi incapable de retarder l'inéluctable que de prévoir une menace, déclara :

— Il est temps de partir.

Et le jeune homme, bien qu'il eût des raisons de pousser encore des soupirs, ne put qu'en convenir et se lever pour prendre congé.

— J'aurai des nouvelles de vous tous, dit-il, et c'est ma principale consolation. Je saurai tout ce qui vous arrive à tous. J'ai engagé Mrs Weston à correspondre avec moi. Elle a eu la gentillesse de me le promettre. Oh ! la bénédiction d'entretenir une correspondance avec une femme, quand on porte un intérêt sincère aux absents. Elle me dira tout. Grâce à ses lettres, j'aurai l'impression d'être de nouveau dans ce cher Highbury.

Il conclut son discours avec une très amicale poignée de main et un très grave « Au revoir », puis la porte se referma sur Frank Churchill. Son départ avait été précipité et l'entrevue, bien courte. Emma fut au regret de le quitter et sentit à tel point la perte que son absence représenterait dans leur petite société qu'elle en vint à s'inquiéter d'en éprouver trop de tristesse et de peine.

C'était un changement pénible. Ils s'étaient vus presque tous les jours, depuis son arrivée. Il est certain que sa présence à Randalls avait fait naître chez elle une animation inhabituelle, au cours des deux dernières semaines, un entrain indescriptible ; la pensée qu'il allait venir, l'espérance de le voir chaque jour, l'assurance d'être entourée de ses attentions, sa vivacité, ses manières ! Elle avait vécu une quinzaine très heureuse et elle était désolée d'avoir à retomber dans la monotonie coutumière de l'existence à Hartfield. Et, pour couronner toutes ses qualités, il lui avait *presque* dit qu'il l'aimait. Quant à l'intensité ou à la constance des sentiments qu'il pouvait éprouver, c'était une autre affaire, mais, pour le moment, elle ne pouvait douter qu'il eût pour elle une chaleureuse admiration et une nette préférence, et cette persuasion, jointe à tout le reste, l'incitait à croire qu'elle était sans doute un peu amoureuse de lui, en dépit de toutes les résolutions qu'elle avait pu formuler dans le passé.

« Il faut que cela soit, se dit-elle. Cette impression d'indif-férence, de lassitude, de stupidité, le manque de désir de m'atteler à une tâche, le sentiment que tout est monotone et insipide dans la maison ! Je dois être amoureuse. Je serais la créature la plus curieuse du monde si je ne l'étais pas. Pour quelques semaines, tout au moins. Eh bien ! le malheur des uns fait le bonheur des autres. Beaucoup d'autres que moi éprouveront des regrets pour le bal, sinon pour Frank Chur-chill, mais Mr Knightley, lui, sera heureux. Il pourra mainte-nant passer la soirée en compagnie de son cher William Larkins, s'il le souhaite.»

Mr Knightley, cependant, ne fit pas montre d'une joie exubérante. Il ne prétendit pas éprouver des regrets pour son compte ; son air enjoué l'aurait démenti s'il l'avait entrepris, mais il assura d'une voix ferme qu'il était peiné pour la déception des autres et, avec beaucoup de gentillesse, il ajouta :

— Vous, Emma, qui avez si peu l'occasion de danser, vous n'avez pas eu de chance ; vous avez vraiment manqué de chance !

Ce ne fut que quelques jours plus tard qu'Emma rendit visite à Jane Fairfax pour juger de la sincérité des regrets qu'elle éprouvait pour un si triste changement, mais, lors de leur rencontre, la sérénité affichée par la jeune fille lui parut odieuse. Toutefois, selon sa tante, Jane venait d'être malade et avait souffert à tel point de migraines que, si le bal avait eu lieu, elle n'aurait sans doute pas pu s'y rendre. Par charité, Emma attribua une partie de sa déplaisante indifférence à la langueur qui accompagnait un mauvais état de santé.

30

Emma continuait à se croire amoureuse. Elle se demandait simplement à quel point elle l'était. Au début, elle crut qu'elle aimait à la passion, mais, par la suite, elle pensa qu'elle n'avait qu'une faible inclination. Elle prenait un sensible plaisir à entendre parler de Frank Churchill et par conséquent à voir Mr et Mrs Weston ; elle pensait souvent à lui et attendait une lettre avec beaucoup d'impatience, afin de savoir comment il allait, dans quel état d'esprit il se trouvait, comment allait sa tante et quelles étaient les chances de le voir revenir à Randalls, au cours de ce printemps. Mais d'un autre côté, elle devait s'avouer qu'elle ne se sentait pas malheureuse ni, après la première journée, moins disposée à reprendre ses occupations habituelles ; elle demeurait donc active et enjouée et, bien que le jeune homme eût beaucoup de charme, elle croyait volontiers qu'il avait aussi des défauts et, s'il fallait pousser plus loin, bien qu'elle eût souvent songé à lui et formé, tout en dessinant ou en travaillant, mille agréables projets pour assurer le progrès et la conclusion de cette histoire d'amour, créant d'intéressants dialogues, inventant d'élégantes lettres, après chaque déclaration imaginaire de sa part, elle le refusait toujours. L'attraction qu'ils éprouvaient l'un pour l'autre faiblissait toujours et laissait place à l'amitié. Tout ce qu'ils se disaient de tendre et de charmant était prononcé lorsqu'ils renonçaient l'un à l'autre ; la rupture était toujours inévitable. Quand elle en prit conscience, elle se dit qu'elle n'était pas aussi fortement éprise de lui qu'elle l'avait cru car, en dépit de la résolution formelle prise de longue date de ne pas quitter son père, de ne jamais se marier, une passion aurait dû entraîner un tout autre déchirement qu'elle n'en envisageait.

« Je ne me vois pas user jamais du mot « sacrifice », se disait-elle. Je ne trouve aucune allusion au sacrifice dans mes brillantes réponses ou mes refus pleins de délicatesse. Je crois qu'il n'est pas vraiment nécessaire à mon bonheur. Tant mieux. Je ne vais certainement pas me forcer à éprouver des sentiments plus violents que je n'en ai. Je suis bien assez amoureuse ainsi. Je regretterais de l'être davantage. »

Pour l'essentiel, elle était tout aussi satisfaite des sentiments qu'elle prêtait à Frank Churchill.

« Pour sa part, il est certainement très amoureux ; tout le prouve ; oui, très amoureux, sans aucun doute ! Et quand il reviendra, s'il continue à l'être, il faudra que je prenne garde à ne pas lui donner d'encouragements. Il serait inexcusable d'agir autrement car ma résolution est prise. Ce n'est pas que je croie qu'il ait pu s'imaginer que je l'avais encouragé jusqu'à présent. Non, s'il avait pensé le moins du monde que je partageais ses sentiments, il n'aurait pas été aussi malheureux. S'il s'était cru encouragé, il aurait eu une tout autre contenance et un tout autre discours au moment du départ. Et pourtant, en tout état de cause, je devrais me tenir sur mes gardes. Et cela à supposer que son attachement pour moi demeure ce qu'il est à présent, mais je n'ai pas l'impression qu'il le conservera ; je ne le considère pas tout à fait comme cette sorte d'homme... Au fond, je ne compte ni sur sa fermeté ni sur sa constance. Il est passionné, mais sans doute porté au changement. Plus j'y réfléchis et plus j'éprouve de gratitude à la pensée que mon bonheur ne soit pas plus profondément en jeu. J'irai beaucoup mieux d'ici peu, et alors je serai contente d'en avoir terminé car on dit que tout le monde doit tomber amoureux une fois dans sa vie, et moi, je m'en serais tirée aisément. »

Emma se vit bientôt confier la première lettre qu'il avait adressée à Mrs Weston ; elle la parcourut avec un plaisir et une admiration qui lui firent hocher la tête en songeant à ses propres sentiments et en se demandant si elle n'avait pas sous-estimé leur intensité. C'était une longue lettre, bien écrite, qui donnait des détails sur le déroulement de son voyage et sur ses sentiments, puisqu'il y témoignait envers elle de toute l'affection, la gratitude et le respect qui étaient naturels et honorables ; il y décrivait aussi avec esprit et précision tout ce qui pouvait l'intéresser dans son environnement ou se rapportait à la vie locale. Son langage révélait à quel point il s'était attaché à Mrs Weston ; puis il abordait la transition de Highbury à Enscombe et soulignait juste assez le contraste existant entre ces deux lieux du point de vue des plaisirs de la vie mondaine pour montrer combien il le ressentait et aurait aimé s'étendre sur ce chapitre, si la bienséance ne l'en avait empêché. Il n'avait pas manqué de lui faire le plaisir de la mentionner. Le nom de miss Woodhouse apparaissait à plusieurs reprises, toujours associé de façon aimable à un compliment sur son goût ou au souvenir d'une chose qu'elle avait dite et, la dernière fois où elle le vit, bien qu'il n'eût été accompagné d'aucune guirlande de galanteries, elle reconnut que c'était sans doute le plus grand compliment que l'on pouvait lui faire car il était associé aux effets de son influence. D'une écriture serrée, il avait ajouté ces mots dans l'un des angles du bas de la lettre : « Je n'ai pas eu un seul instant, mardi, ainsi que vous le savez, pour aller prendre congé de la belle petite amie de miss Woodhouse. Je vous prie de lui transmettre mes excuses et mon bon souvenir. » Emma ne douta pas que ce post-scriptum lui était destiné. Harriet n'y était mentionnée que comme son amie. Les informations qu'il donnait sur Enscombe et sur ses perspectives n'étaient ni meilleures ni pires que ce que l'on en attendait. Mrs Churchill se remettait, et il n'osait pas encore, même en imagination, fixer la date d'un éventuel retour à Randalls.

Bien que cette lettre lui eût fait honneur et qu'elle l'eût jugée stimulante, dans sa partie essentielle, une fois qu'elle l'eut repliée et renvoyée à Mrs Weston, Emma trouva qu'elle n'en tirait pas d'émotion durable, qu'elle pouvait toujours se passer de l'auteur et qu'il devait donc apprendre à se passer d'elle. Ses intentions demeuraient inchangées. Sa résolution de le refuser y gagna un renouveau d'intérêt, parce qu'elle venait de concevoir un plan pour assurer sa consolation et son bonheur futurs. Son allusion à Harriet, qualifiée de « belle petite amie », lui suggérait l'idée de faire succéder Harriet dans l'affection du jeune homme. Était-ce impossible ? Non. Harriet lui était sans doute très inférieure sur le plan du jugement, mais il avait été très frappé par la beauté de son visage et par la gentille simplicité de ses manières. Toutes les probabilités de fortune et d'alliance étaient en faveur de la jeune fille. Pour Harriet, une telle union serait très avantageuse et très agréable.

« Il ne faut pas m'appesantir là-dessus, se dit-elle ; je ne dois pas y songer. Je sens trop le danger qu'il y a de se fier à de telles spéculations. Mais on a vu des choses plus étranges et, quand nous cesserons de tenir l'un à l'autre comme nous le faisons à présent, ce sera le moyen de nous confirmer dans cette amitié vraiment désintéressée que j'envisage d'avance avec plaisir. »

Il était plaisant d'avoir une consolation en réserve pour Harriet, même s'il était peut-être sage de ne laisser que rarement son imagination s'égarer sur ce point ; une menace guettait la jeune fille, en effet. Tout comme la venue de Frank Churchill avait succédé aux fiançailles de Mr Elton dans les conversations, et la dernière nouvelle avait fait disparaître l'intérêt de la première, il en était à présent de même pour la disparition du jeune homme car les projets de Mr Elton prenaient la forme la plus irrésistible. La date de son mariage était fixée. Ils seraient bientôt de retour parmi eux. Mr Elton et son épouse. On eut à peine le temps d'évoquer la première lettre d'Enscombe avant que « Mr Elton et son épouse » fussent sur toutes les lèvres, et Frank Churchill, oublié. Rien qu'à l'entendre, Emma en était dégoûtée. Elle avait connu trois semaines d'heureux répit à propos de Mr Elton et elle voulait espérer que l'esprit de Harriet se fût un peu fortifié, ces derniers temps. Aussi longtemps que s'étaient déroulés les préparatifs du bal de Mr Weston, elle s'était montrée plutôt insensible à autre chose, mais il était maintenant tout à fait évident qu'elle n'avait pas atteint encore l'état de détachement nécessaire pour supporter cette arrivée prochaine dans une voiture neuve, proclamée à son de cloches, et tout à l'avenant.

La pauvre Harriet était si abattue qu'elle avait besoin de tous les raisonnements, les apaisements et les attentions en tous genres qu'Emma pouvait lui prodiguer. Cette dernière sentait qu'elle ne pouvait trop faire pour son amie, que Harriet avait des droits à sa gentillesse et à sa patience, mais il était difficile de toujours chercher à convaincre sans produire le moindre effet, de s'entendre toujours approuvée sans parvenir à faire coïncider leur opinion. Harriet écoutait avec soumission, puis disait : « C'est très vrai. C'était tout à fait comme miss Woodhouse le disait ; cela ne valait pas la peine que l'on songeât à eux et, du reste, je ne voulais plus y songer », mais c'était en vain que l'on changeait le sujet. Dans la demi-heure qui suivait, elle revenait aux Elton avec autant d'inquiétude et d'agitation que jamais. A la fin, Emma choisit de l'attaquer sur un autre terrain.

— Vous ne pouvez m'adresser de plus grand reproche que de vous montrer si préoccupée et si malheureuse à propos du mariage de Mr Elton. Vous ne pourriez trouver meilleure façon de me reprocher l'erreur dans laquelle je suis tombée. C'était mon œuvre, je le sais. Je ne l'ai pas oublié, je vous l'assure. Trompée moi-même, je vous ai bien malheureusement trompée à mon tour et j'en conserverai un souvenir pénible ma vie durant. Ne croyez pas que je risque de jamais l'oublier.

Harriet fut si frappée de ce discours qu'elle laissa simplement échapper quelques exclamations. Emma poursuivit :

— Je ne vous ai pas demandé de faire un effort pour moi, Harriet ; songez moins à Mr Elton, parlez moins de lui pour moi, mais je voudrais que vous le fassiez pour votre compte personnel, pour ce qui est plus important que mon bien-être, le besoin d'acquérir la maîtrise de vous-même, de prendre en considération vos devoirs envers autrui, de prêter attention à la bienséance, de vous efforcer d'éviter les soupçons, de sauvegarder votre santé et votre réputation ; enfin de retrouver votre tranquillité d'esprit. Voilà les motifs qui me poussent à vous exhorter. Ils sont très importants et je regrette que vous ne le sentiez pas suffisamment pour les adopter et agir d'après eux. Le fait de m'épargner de la peine est une considération très secondaire. Je voudrais que vous vous épargniez des chagrins bien plus grands. Il a pu cependant m'arriver de penser que vous ne devriez pas oublier vos devoirs – ou plutôt ce qui serait généreux envers moi.

L'appel à ses bons sentiments fit plus que tout le reste. L'idée d'avoir manqué de gratitude et de considération à l'égard de miss Woodhouse, qu'elle aimait très sincèrement, la bouleversa quelque temps, et, quand ce violent chagrin se fut un peu apaisé, il demeura toutefois encore si puissant qu'il l'incita à agir comme il convenait et à continuer à se comporter de manière beaucoup plus supportable.

— Vous qui avez été la meilleure amie que j'aie jamais eue de ma vie ! Je manquerais de générosité à votre égard ! Personne n'égale votre bonté ! Je n'aime personne plus que vous ! Oh ! miss Woodhouse, comme j'ai été ingrate !

De pareilles démonstrations de tendresse, accompagnées de tout ce que les yeux et, les attitudes pouvaient y ajouter, firent comprendre à Emma qu'elle n'avait jamais autant aimé Harriet, ni attaché autant de prix à son affection.

« Rien n'a plus de charme que les élans du cœur, se dit-elle par la suite. Il n'y a rien que l'on puisse leur comparer. Un cœur tendre et chaleureux, associé à des manières ouvertes, pleines d'affection, auront toujours plus d'attraits que l'intelligence la plus vive du monde. J'en suis certaine. C'est la bonté du cœur de mon cher père qui le fait aimer de tous, et c'est ce qui fait la popularité d'Isabella. Je n'ai pas cette générosité, mais je l'estime et la respecte. Harriet m'est bien supérieure par le charme et la félicité que cela lui donne. Chère Harriet ! Je ne voudrais pas vous échanger contre la compagne la plus intelligente, la plus clairvoyante, la mieux pourvue de discernement du monde. Oh ! la froideur d'une Jane Fairfax ! Harriet en vaut cent comme elle. Et, pour une épouse, pour devenir la femme d'un homme de bon sens, elle serait inappréciable. Je ne nommerai personne, mais heureux l'homme qui préférerait à l'amour d'Emma celui de Harriet ! »

31

La première fois que l'on vit Mrs Elton, ce fut à l'église, mais, bien que sa présence eût interrompu les dévotions, la curiosité ne put se satisfaire d'apercevoir la jeune mariée sur un banc et il fallut s'en remettre aux visites de bienvenue pour établir si elle était vraiment très jolie, plutôt jolie ou pas jolie du tout.

Moins animée de curiosité que d'orgueil et de souci du respect des convenances, Emma résolut de n'être pas la dernière à lui rendre ses devoirs et, pour se débarrasser de cette désagréable affaire aussi vite que possible, elle tint à se faire accompagner de Harriet.

Elle ne put entrer au presbytère pour la seconde fois, puis dans le salon où, par un vain artifice, elle avait réparé le lacet de sa bottine, sans rappeler à son souvenir mille pensées importunes. Les compliments, les charades, les horribles erreurs lui revenaient à l'esprit et il était impossible que la pauvre Harriet n'y songeât pas de son côté ; pourtant elle se comportait bien, même si elle était plus pâle et gardait davantage le silence que de coutume. La visite fut courte, suivant l'usage, et la gêne et les préoccupations d'Emma étaient telles qu'elle ne put se former une opinion précise de la nouvelle mariée, ni en parler autrement que dans les termes les plus vagues, disant qu'elle était « vêtue à la mode et se montrait très agréable ».

Elle ne lui avait pas vraiment plu. Elle ne se hâterait pas de lui trouver des défauts, mais il lui semblait qu'elle n'avait aucune élégance de manières – de l'assurance, oui, mais pas d'élégance. Elle était presque certaine que pour une jeune femme, une étrangère au pays, une jeune mariée, cette femme avait beaucoup trop de hardiesse. Elle était plutôt bien faite et son visage n'était pas vilain, mais ni ses traits, ni son apparence, ni sa voix, ni ses manières n'étaient distingués. Emma pensait du moins que c'était ainsi qu'elle apparaîtrait par la suite.

Quant à Mr Elton, il ne fit pas preuve de manières... mais non, elle ne se permettrait pas d'émettre un jugement rapide ou de se hasarder à un mot d'esprit pour caractériser ses manières. Il est toujours gênant de recevoir des visites de félicitations après un mariage, et il faut qu'un homme fasse appel à tout ce qu'il a de finesse pour s'en tirer à son honneur. La femme a plus d'avantages ; elle peut être aidée par ses beaux atours et user du privilège de la modestie. L'homme, lui, ne peut compter que sur son bon sens. Et, quand Emma songeait à la situation particulièrement désagréable dans laquelle il se trouvait en étant dans la même pièce que la femme qu'il venait d'épouser, celle qu'il avait voulu épouser et celle que l'on s'était attendu à lui voir épouser, elle devait admettre qu'il avait des raisons de paraître aussi peu doué de bon sens, aussi affecté et aussi mal à l'aise qu'on peut l'être.

— Eh bien ! miss Woodhouse, dit Harriet quand elles furent sorties du presbytère et qu'elle eut attendu en vain que son amie parlât la première. Eh bien ! miss Woodhouse, reprit-elle en poussant un léger soupir, que pensez-vous d'elle ? N'est-elle pas charmante ?

Emma répondit en hésitant un peu :

— Oh ! oui... très... une jeune femme très agréable.

— Je la trouve belle, très belle.

— Elle est bien habillée, en vérité. C'était une robe d'une remarquable élégance.

— Je ne suis pas du tout surprise qu'il en soit tombé amoureux.

— Oh ! non. Il n'y a rien de surprenant du tout à cela. Une jolie fortune, et l'occasion s'est présentée.

— Je suppose, dit Harriet en soupirant de nouveau, je suppose qu'elle lui était très attachée.

— C'est possible, mais il n'est pas donné à tous les hommes d'épouser la femme qui l'aime le mieux. Miss Hawkins cherchait peut-être à s'établir et elle a considéré que cette offre serait la plus avantageuse qui s'offrirait à elle.

— Oui, dit Harriet avec le plus grand sérieux, et elle a bien fait de l'accepter. Personne n'aurait pu en avoir de meilleure. Eh bien ! je leur souhaite de tout mon cœur d'être heureux. Et maintenant, miss Woodhouse, je crois que je pourrais les revoir sans en être affectée. Il me paraît toujours supérieur à tout, mais, étant marié, vous comprenez, c'est très différent. Non, vraiment, miss Woodhouse n'ayez crainte ; je peux maintenant être assise dans la même pièce et l'admirer sans être très malheureuse. C'est un tel réconfort que de voir qu'il ne s'est pas marié avec quelqu'un d'indigne de lui. Elle me paraît être charmante, tout à fait la femme qu'il méritait. Heureuse créature ! Il l'a appelée « Augusta ». C'est ravissant !

Lorsqu'ils rendirent la visite à Emma, celle-ci put se former une opinion. Elle en vit davantage et fut à même de mieux juger. Harriet n'étant pas à Hartfield et son père tenant compagnie à Mr Elton, elle disposa d'un quart d'heure de conversation avec la jeune femme et put lui prêter attention tout à son aise. Le quart d'heure suffit pour la convaincre que Mrs Elton était une femme vaniteuse, très satisfaite d'elle-même et persuadée de son importance ; qu'elle avait l'intention de briller et d'afficher sa supériorité, mais avec des manières formées à mauvaise école et un ton à la fois hautain et familier ; que ses idées et sa manière de vivre lui étaient inspirées par un petit cercle d'amis ; enfin que, si elle n'était pas sotte, elle était ignorante, et que sa société ne serait d'aucun avantage pour son époux.

Il aurait bien mieux fait d'épouser Harriet. Si elle n'avait ni bon sens ni raffinement de manières elle-même, elle l'aurait lié à ceux qui en avaient, mais miss Hawkins, on le devinait aux grands airs qu'elle se donnait, avait été la personne la plus accomplie du cercle où elle évoluait. Le riche beau-frère établi près de Bristol était ce qu'il y avait de plus glorieux dans cette union, et sa grande demeure et ses voitures faisaient toute sa gloire.

Le premier sujet que Mrs Elton aborda après s'être installée fut celui de Maple Grove, « le domaine de mon beau-frère, Mr Suckling », suivi d'une comparaison entre Maple Grove et Hartfield. Le parc de Hartfield était certes modeste, mais joli et bien entretenu, et la maison, moderne et bien bâtie. Mrs Elton parut approuver les dimensions du salon, celle du hall d'entrée, puis tout ce qu'elle voyait ou pouvait imaginer. « Tout à fait comme à Maple Grove, en vérité ! Elle était frappée par la similitude ! Le salon avait la forme et les dimensions du petit salon de Maple Grove, la pièce préférée de sa sœur. »

Elle en appela au témoignage de Mr Elton. « N'y avait-il pas une ressemblance étonnante ? Elle aurait presque cru se voir à Maple Grove. »

— Et l'escalier... Vous savez, dès mon arrivée, j'ai observé à quel point il était semblable ; placé exactement au même endroit de la maison. Je n'ai vraiment pas pu m'empêcher de pousser une exclamation de surprise ! Je vous assure, miss Woodhouse, qu'il me paraît délicieux de me trouver dans une maison qui me rappelle à ce point un lieu envers lequel j'éprouve tant de partialité que Maple Grove. J'y ai passé tant d'heureux mois ! fit-elle en poussant un petit soupir d'émotion. C'est un charmant endroit, à n'en pas douter. Tous ceux qui le voient sont frappés par sa beauté, mais quant à moi je le considérais comme ma maison. Lorsqu'un jour vous serez exilée comme moi, miss Woodhouse, vous comprendrez combien il est doux de se trouver devant ce qui vous rappelle les lieux que l'on a quittés. Je dis toujours que c'est là l'un des plus grands désagréments du mariage.

Emma fit une réponse aussi brève que possible, mais c'était bien suffisant pour Mrs Elton qui n'avait qu'un désir, poursuivre son discours.

— Oui, cela ressemble tellement à Maple Grove ! Et il ne s'agit pas seulement de la maison, mais c'est toute la propriété, autant que j'aie pu l'observer, qui est très comparable. Les lauriers poussent aussi à profusion à Maple Grove, et ils sont tout à fait placés comme là-bas, de l'autre côté de la pelouse. J'ai aperçu un grand arbre, très beau, avec un banc tout autour, qui m'a fait ressouvenir aussitôt d'un autre... ! Ah ! mon beau-frère et ma sœur seront enchantés de cette maison-ci. Les gens qui possèdent un grand parc sont toujours contents d'en trouver un qui soit arrangé dans le même style que le leur.

Emma doutait de la véracité de cette assertion. Elle pensait au contraire que les gens qui disposaient de jardins étendus se souciaient fort peu de ceux des autres, mais elle estima qu'il était inutile de redresser une erreur aussi flagrante, et se contenta de répondre :

— Quand vous connaîtrez mieux ce pays, vous trouverez, je le crains, que vous avez surestimé Hartfield. Les belles propriétés abondent, dans le Surrey.

— Oh ! oui, je sais. C'est le jardin de l'Angleterre, vous savez. Le Surrey est le jardin de l'Angleterre.

— Oui, mais nous ne sommes pas les seuls à prétendre à cette distinction. De nombreux comtés, me semble-t-il, sont considérés comme le jardin de l'Angleterre, au même titre que le Surrey.

— Non, je ne crois pas, répondit Mrs Elton, avec un sourire fort satisfait. Je n'ai jamais entendu d'autre comté que celui de Surrey appelé ainsi.

Emma garda le silence.

— Mon beau-frère et ma sœur ont promis de nous rendre visite au cours de ce printemps, ou à l'été, au plus tard, poursuivit Mrs Elton. Nous en profiterons pour explorer la région. Lorsqu'ils seront chez nous, nous ferons beaucoup d'excursions, je suppose. Ils auront leur calèche-landau, bien sûr, où quatre personnes tiennent à l'aise, et donc, sans parler de notre voiture, nous serons tout à fait à même d'explorer parfaitement toutes les beautés du pays. Je ne crois pas qu'en cette saison ils prennent leur cabriolet. En temps voulu, je leur écrirai certainement de venir avec la calèche-landau ; ce sera bien préférable. Quand on vient visiter une belle contrée, vous le savez, miss Woodhouse, on souhaite en voir le plus possible, bien entendu, et Mr Suckling adore les excursions. Nous sommes allés deux fois en excursion à King's Weston, l'été dernier, de cette manière, et c'était charmant, peu après l'acquisition de la calèche-landau. Je suppose, miss Wood-house, que vous avez beaucoup de sorties de ce genre, l'été.

— Non, pas dans les environs. Nous sommes assez éloi-gnés des endroits dont la beauté incite aux sorties dont vous parlez, et puis nous sommes de ces gens paisibles qui sont plus disposés à rester chez eux qu'à organiser des parties de plaisir.

— Ah ! Il n'y a rien que j'aime tant que rester à la maison et jouir de mon confort. Personne n'est plus casanière que moi. J'étais proverbiale, à cause de cela, à Maple Grove. Selina a déclaré bien des fois, alors qu'elle partait pour Bristol : « Il m'est impossible de faire sortir cette fille de la maison. Je suis obligée de partir toute seule, quoique je déteste me retrouver dans la calèche-landau sans compa-gnons. Mais je crois que, livrée à elle-même, Augusta n'irait jamais au-delà de la grille du parc. » Elle l'a répété bien des fois et, pourtant, je ne prône pas en faveur d'une entière réclusion. Je crois au contraire qu'il est très mauvais de se retirer tout à fait de la société et qu'il est bien préférable d'aller dans le monde avec mesure – ni trop, ni trop peu. Je com-prends cependant parfaitement votre situation, miss Wood-house, poursuivit-elle en lançant un coup d'œil vers Mr Woodhouse. L'état de santé de votre père doit être un grand obstacle. Pourquoi n'essaie-t-il pas Bath ? Il le devrait. Laissez-moi vous recommander Bath. Je vous assure, je n'ai pas le moindre doute que les eaux feraient du bien à Mr Woodhouse.

— Mon père est souvent allé à Bath, autrefois, sans que sa santé s'en améliorât, et Mr Perry, dont le nom, j'imagine, ne vous est pas inconnu, ne pense pas qu'un séjour là-bas lui serait d'une quelconque utilité, à présent.

— Ah ! c'est grand dommage car je vous assure, miss Woodhouse, que, lorsque les eaux conviennent, elles apportent un merveilleux soulagement. J'en ai vu tant d'exemples, lorsque je vivais à Bath ! Et c'est une ville si gaie qu'elle ne manquerait pas de rendre de l'entrain à Mr Wood-house qui, je crois le comprendre, est parfois très démoralisé. Quant à l'intérêt qu'elle aurait pour vous, je n'ai nul besoin d'y insister. Les avantages de Bath, pour les jeunes personnes, sont bien connus. Ce serait une charmante introduction dans le monde pour vous qui avez mené une vie si retirée, et je pourrais aussitôt vous faire entrer dans l'un des meilleurs cercles de la ville. Un mot de moi ferait aussitôt accourir une foule de relations, et en particulier mon amie intime, Mrs Partridge, chez qui je résidais quand j'étais à Bath, serait très heureuse d'avoir pour vous toutes les attentions et serait la personne la plus propre à vous conduire dans le monde.

Emma se sentit incapable d'en supporter davantage sans se montrer impolie. L'idée de devoir à Mrs Elton ce que l'on appelait une introduction dans le monde, de se rendre en public sous les auspices de Mrs Elton, sans doute quelque veuve vulgaire à l'élégance tapageuse, qui vivait tant bien que mal en prenant une pensionnaire ! C'était vraiment une atteinte à la dignité de miss Woodhouse de Hartfield.

Elle retint pourtant tous les reproches qu'elle aurait aimé lui adresser et se contenta de remercier Mrs Elton froidement, mais se rendre à Bath était tout à fait hors de question pour eux et elle n'était pas parfaitement convaincue que cette ville lui conviendrait mieux qu'à son père. Puis pour éviter de subir d'autres affronts et trouver d'autres causes d'indignation, elle changea tout à fait de sujet.

— Je ne vous demande pas si vous êtes musicienne, Mrs Elton. En de telles occasions, la réputation d'une dame la précède et Highbury sait depuis longtemps que vous jouez d'une façon remarquable.

— Oh ! non, à vrai dire. Il faut que je proteste contre une telle affirmation. De façon remarquable ! Loin de là, je vous l'assure. Considérez, je vous prie, quelle peut être la partialité de la personne qui a transmis cette information. Je suis folle de musique – j'aime la musique à la passion – et mes amis me disent que je ne suis pas dénuée de goût, mais, pour le reste, je vous assure que mon exécution est du dernier médiocre. Je sais que vous, miss Woodhouse, vous jouez à ravir. Je vous avoue que cela a été la plus grande satisfaction, un soulagement et un véritable bonheur pour moi que d'apprendre que j'allais entrer ici dans un cercle d'amateurs de musique. Je ne peux pas me passer de musique. C'est l'une des nécessités de la vie pour moi et, comme j'ai toujours eu des amis qui aimaient la musique, tant à Maple Grove qu'à Bath, j'aurais considéré comme un grand sacrifice de n'en plus entendre. J'ai eu l'honnêteté de le dire à Mr Elton, quand il m'a parlé de ma future habitation, qu'il a exprimé la crainte que je fusse déçue d'y mener une vie retirée et surtout de la modestie de la maison – sachant ce à quoi j'avais été habituée... –, et que, bien entendu, il n'était pas sans certaines appréhensions. Quand il m'en a parlé de cette manière, j'ai eu l'honnêteté de lui dire que je pouvais renoncer au monde – les sorties, les bals, les pièces de théâtre, car je ne craignais pas la solitude. Comme j'avais la chance d'avoir beaucoup de ressources personnelles, le monde ne m'était pas nécessaire, à moi. Je pouvais me suffire à moi-même. Pour ceux qui n'ont pas de ressources, il en est tout autrement, mais les miennes me rendent tout à fait indépendante. Quant à avoir des pièces plus petites que celles auxquelles j'étais habituée, je n'y ai pas accordé une pensée. J'ai estimé que je serais tout à fait à la hauteur d'un tel sacrifice. Il est certain que je connaissais tous les luxes, à Maple Grove ; je l'ai toutefois assuré que je n'avais besoin ni de deux voitures ni d'appartements spacieux pour être heureuse. Mais, lui ai-je confié, je ne pense pas que je pourrai vivre sans amateurs de musique. Je n'y ai pas mis d'autres conditions, mais sans musique l'existence serait vaine, pour moi.

— On ne peut supposer, dit Emma en souriant, que Mr Elton ait hésité à vous assurer que vous trouveriez de véritables amateurs de musique à Highbury, et j'espère que vous ne penserez pas qu'il a outrepassé la vérité plus que l'on ne puisse le lui pardonner, étant donné ses motifs.

— Non, en vérité, je n'ai aucun doute à ce propos. Je suis ravie de me retrouver dans un tel cercle. J'espère que nous aurons de charmants petits concerts ensemble. Je pense, miss Woodhouse, que vous et moi devrions fonder un club musical et avoir des réunions hebdomadaires, tantôt chez vous, tantôt chez nous. N'est-ce pas un bon projet ? Je crois que, si nous nous appliquons, nous ne resterons pas longtemps sans alliés. Un projet de cette nature me serait particulièrement profitable car il m'inciterait à m'exercer ; les femmes mariées, vous le savez, et c'est bien triste, sont trop souvent portées à abandonner la musique.

— Mais vous qui êtes si passionnée, vous ne courez sûrement pas ce risque ?

— J'espère que non, et cependant, lorsque je regarde autour de moi, je tremble. Selina a complètement abandonné la musique – elle ne touche jamais un instrument – bien qu'elle en joue de façon charmante. Et l'on peut en dire autant de Mrs Jeffereys – née miss Clara Partridge –, des deux Mrs Milsam, et à présent de Mrs Bird, de Mrs James Cooper et de tant d'autres que je ne puis énumérer. En vérité, il y a de quoi vous effrayer. J'étais très en colère contre Selina, mais, en réalité, je commence à comprendre que l'attention d'une femme mariée est souvent attirée par beaucoup d'autres choses. Je crois bien que ce matin je suis restée une bonne demi-heure enfermée avec la gouvernante.

— Mais, dit Emma, tout cela suivra bientôt un cours si régulier...

— Eh bien ! la coupa Mrs Elton en riant, nous verrons bien.

En la voyant si décidée à négliger la musique, Emma ne trouva plus rien à dire et, au bout d'un moment de silence, Mrs Elton parla d'autre chose.

— Nous sommes allés à Randalls et nous les avons trouvés tous les deux chez eux. Ce sont, semble-t-il, des gens charmants. Ils me plaisent infiniment. J'ai trouvé que Mr Weston était un excellent homme, et c'est déjà l'un de mes favoris, je vous l'assure. Et elle, elle m'a paru très bonne – elle a quelque chose de maternel et de bienveillant qui vous touche aussitôt. C'était votre gouvernante, je crois ?

Emma fut trop étonnée d'un pareil propos pour répondre, mais Mrs Elton n'attendit guère de sa part une réponse affirmative car elle enchaîna :

— Ayant compris cela, j'ai été très surprise de lui trouver l'air d'une personne de qualité ! Elle a tout à fait les manières d'une femme comme il faut.

— Les manières de Mrs Weston, dit Emma, ont toujours été

307

des plus distinguées. Nulle jeune femme ne pourrait trouver de meilleur modèle pour la correction, la simplicité et l'élégance...

— Et qui croiriez-vous qui est arrivé quand nous étions là ?

Emma ne savait que dire. Le ton de voix laissait néanmoins supposer qu'il s'agissait d'une vieille connaissance. Mais comment aurait-elle pu deviner ?

— Knightley ! poursuivit Mrs Elton. Knightley en personne ! N'était-ce pas de la chance ? Car comme nous n'étions pas chez nous, l'autre jour, quand il est venu nous rendre visite, je ne l'avais encore jamais vu. Et, bien entendu, comme il est l'ami intime de Mr Elton, j'avais la plus grande curiosité à son égard. J'avais si souvent entendu parler de « mon ami Knightley » que j'étais vraiment impatiente de le connaître, et je dois rendre cette justice à mon *caro sposo* qu'il n'a pas à avoir honte d'un tel ami. Knightley est un parfait gentleman. Je l'aime beaucoup. Je trouve décidément que cet homme a tout à fait l'air d'un gentleman.

Fort heureusement, la visite arrivait à son terme. Ils partirent et Emma put respirer.

— Quelle femme insupportable ! s'écria-t-elle aussitôt. Elle est pire que je l'avais supposé. Absolument insupportable ! Knightley ! Je ne pouvais le croire. Knightley ! Et elle découvre qu'il est un gentleman ! Une petite parvenue, vulgaire, avec son Mr Elton et son *caro sposo*, ses ressources naturelles, sa prétention effrontée et son élégance quelconque. Découvrir que Mr Knightley est un gentleman ! Je doute qu'il lui retournera le compliment et qu'il la prenne pour une dame de la bonne société. Proposer qu'elle et moi fondions un club musical ! On pourrait croire que nous sommes des amies intimes ! Et Mrs Weston, surprise que la personne qui m'a élevée ait l'air distingué ! C'est pire que tout. Je n'ai jamais rien vu de semblable. Elle dépasse tous mes espoirs, et Harriet serait déshonorée si on la lui comparait. Oh ! que lui aurait dit Frank Churchill, s'il avait été ici ? Comme il se serait indigné et comme il en aurait ri ! Ah ! voilà que je songe à lui aussitôt ! Il est toujours le premier auquel je pense ! Je m'y prends ! Le nom de Frank Churchill me revient régulièrement à l'esprit !

Tout cela lui était passé si rapidement dans la tête que, lorsque son père se fut installé, après le remue-ménage qu'avait entraîné la visite des Elton, et qu'il fut prêt à lui parler, elle avait retrouvé assez de calme pour pouvoir lui prêter attention.

— Eh bien ! ma chère enfant, commença-t-il délibérément, si l'on considère que nous ne l'avons jamais vue auparavant, elle me paraît être une très jolie jeune femme et je suppose qu'elle a été très contente de vous rencontrer. Elle parle un peu trop vite ; son débit rapide fait un peu mal aux oreilles. Mais je crois que je suis un peu difficile. Je n'aime pas les voix que je ne connais pas, et personne ne me parle comme vous et la pauvre miss Taylor. Néanmoins, elle semble être une jeune femme charmante, bien élevée, et elle deviendra sans doute une très bonne épouse. Je crois cependant pour ma part qu'il aurait mieux fait de ne pas se marier. Je lui ai présenté mes excuses pour ne pas leur avoir rendu visite, à Mrs Elton et lui, pour cette heureuse occasion. Je lui ai dit que j'espérais pouvoir le faire dans le courant de l'été. Mais j'aurais dû y aller auparavant. Ne pas rendre ses devoirs à une jeune mariée s'apparente à une négligence. Ah ! cela montre bien quel triste invalide je suis devenu ! Mais je n'aime pas le virage qu'il faut prendre pour entrer dans l'allée du presbytère.

— Je pense que vos excuses auront été acceptées, monsieur. Mr Elton vous connaît bien.

— Mais une jeune femme – une jeune mariée –, j'aurais dû lui présenter mes respects le plus tôt possible. J'ai beaucoup manqué à mon devoir.

— Mais, mon cher papa, vous n'aimez pas les mariages. Je ne vois donc pas pourquoi vous seriez si anxieux de présenter vos respects à une jeune mariée. Ce ne devrait pas être une recommandation pour vous. Si l'on fait trop de cas d'eux, cela reviendra à encourager le mariage.

— Non, ma chère enfant. Je n'ai jamais encouragé personne à se marier, mais je tiens toujours à accorder l'attention qui lui est due à une femme, et une jeune mariée, en particulier, ne doit jamais être négligée. On lui doit plus qu'à une autre. Une jeune mariée, vous le savez, ma chère, prend le pas sur tous, quelle que soit la qualité des personnes présentes.

— Eh bien ! papa, si ce n'est pas encourager le mariage, je ne sais pas ce que c'est. Et je n'aurais jamais attendu de vous que vous donniez votre approbation à ces pièges qui flattent la vanité des pauvres jeunes filles.

— Ma chère enfant, vous ne me comprenez pas. C'est une simple question de politesse et de savoir-vivre.

Emma ne dit plus rien. Son père devenait nerveux et ne voulait pas l'entendre. Elle revint à la manière dont Mrs Elton l'avait offensée, et ces pensées l'occupèrent longtemps, très longtemps.

32

Par la suite, aucune découverte ne convainquit Emma de revenir sur la mauvaise opinion que lui avait laissée Mrs Elton. Ses observations avaient été très justes. Telle Mrs Elton lui était apparue lors de leur deuxième entrevue, telle elle demeurait à chacune de leurs nouvelles rencontres : vaniteuse, présomptueuse, familière, ignorante et mal élevée. Elle avait un peu de beauté, quelques talents, mais si peu de jugement qu'elle croyait arriver dans cette province avec une connaissance supérieure du monde extérieur, qui lui permettait d'animer et d'améliorer tout le voisinage, et elle supposait que la position qu'avait occupée miss Hawkins dans la société ne pouvait être surpassée que par celle de Mrs Elton.

Rien ne laissait supposer que Mr Elton eût une opinion différente de celle de sa femme. Il n'était pas seulement heureux auprès d'elle, mais fier de l'avoir. Il avait l'air de se féliciter d'avoir amené à Highbury une femme dont miss Woodhouse elle-même n'était pas l'égale ; la plupart de ses nouveaux amis, prompts à flatter et incapables de porter un jugement, suivaient la bienveillante miss Bates ou prenaient la jeune mariée pour aussi intelligente et aussi aimable qu'elle prétendait l'être, aussi l'éloge de Mrs Elton continuait à se faire de bouche à oreille, sans que miss Woodhouse s'y opposât. Cette dernière continuait volontiers à lui payer le tribut de son admiration et disait de bonne grâce qu'elle était « charmante et très élégamment vêtue ».

Il existait pourtant un domaine, celui de ses rapports avec Emma, où Mrs Elton devint plus déplaisante qu'elle n'avait

311

d'abord paru. Offensée, sans doute, par le peu d'encouragements qu'avaient rencontré ses offres d'amitié, elle battit en retraite et devint de plus en plus froide et distante, et, bien qu'Emma trouvât les conséquences agréables, l'éloignement qui s'ensuivit accrût fatalement plus encore son aversion. Elle se comportait mal aussi, de même que son mari, à l'égard de Harriet. Ils le prenaient de haut avec elle ou cherchaient à l'humilier. Emma espéra que cela accélérerait la guérison de Harriet, mais les sentiments qui gouvernaient un tel comportement de leur part les fit descendre tous les deux plus encore dans son estime. Il n'était pas douteux que l'amour de la pauvre Harriet avait été sacrifié à la franchise conjugale et que, selon toute vraisemblance, la part qu'elle avait prise à l'affaire, présentée sous l'aspect le moins favorable pour elle et le plus avantageux pour lui, avait été également révélée. Ils la détestaient tous les deux, bien entendu. Quand ils n'avaient rien de mieux à se dire, il devait leur être facile de critiquer miss Woodhouse, et l'hostilité qu'ils n'osaient pas lui montrer en lui manquant ouvertement de respect s'exprimait tout à loisir dans le traitement plein de mépris qu'ils infligeaient à Harriet.

Mrs Elton se prit dès le début d'une véritable passion pour Jane Fairfax. Cette préférence s'était marquée aussitôt, avant même que l'état de guerre instauré contre l'une des deux jeunes filles eût pu l'expliquer. Et non contente de manifester une admiration naturelle et raisonnable, elle résolut, sans la moindre sollicitation, prière ou demande de privilège, de l'aider et de la protéger. Avant qu'Emma eût perdu sa confiance, lors de leur troisième rencontre, elle dut écouter tout ce que Mrs Elton projetait de faire, au cours de cette quête digne d'un chevalier errant :

— Jane Fairfax est tout à fait charmante, miss Woodhouse. Je raffole de Jane Fairfax. C'est une jeune fille si douce, si intéressante, si gracieuse, si distinguée – et quel talent ! Je vous assure que je lui trouve des dons extraordinaires. Je n'ai aucun scrupule à dire qu'elle joue extrêmement bien ! Je connais assez la musique pour pouvoir l'affirmer. Oh ! elle est absolument charmante ! Vous allez peut-être vous moquer de mon enthousiasme, mais je vous promets que je ne parle que de Jane Fairfax. Et sa situation est si propre à inspirer la pitié ! Miss Woodhouse, nous devons faire en sorte de lui venir en aide. Il faut la faire connaître. Un talent tel que le sien ne peut demeurer ignoré. Je suis sûre que vous connaissez ces vers charmants du poète :

Plus d'une belle fleur croît en des lieux déserts,
Et ses plus doux parfums se perdent dans les airs.

Nous ne devons pas les laisser se vérifier dans le cas de l'aimable Jane Fairfax.

— Je ne crois pas qu'il existe aucun danger de ce genre, répondit très calmement Emma, et lorsque vous connaîtrez mieux la situation de Jane Fairfax, que vous saurez qu'elle a été élevée chez le colonel et Mrs Campbell, je suis persuadée que vous ne craindrez plus que ses talents soient demeurés ignorés.

— Oh ! mais, ma chère miss Woodhouse, elle vit à présent de façon si retirée, si obscure, que ses dons sont tout à fait gaspillés. Quels que fussent les avantages dont elle avait bénéficié chez les Campbell, il est clair que tout cela est arrivé à son terme ! Je crois qu'elle en est convaincue. Elle est très timide et silencieuse. On sent qu'elle a besoin d'encouragements. Je ne l'en aime que davantage. Je dois vous avouer que c'est même une grande recommandation pour moi. Sa timidité surtout me plaît infiniment ; c'est une qualité si rare, aujourd'hui. Mais lorsqu'on la rencontre chez des personnes qui vous sont inférieures, c'est une qualité tout à fait appréciable. Oh ! je vous assure que Jane Fairfax est une jeune fille très charmante, et elle m'intéresse plus que je ne saurais le dire.

— Vous paraissez très touchée, mais je ne vois pas comment vous ou n'importe lequel des amis que miss Fairfax possède ici, de ceux qui la connaissent depuis plus longtemps que vous, pourraient lui témoigner d'autres égards que...

— Ma chère miss Woodhouse, on peut agir beaucoup quand on l'ose. Vous et moi n'avons rien à craindre. Si nous,

nous donnons l'exemple, nombre de gens nous suivront, même si tous n'ont pas une situation comparable à la nôtre. Nous, nous avons des voitures qui peuvent aller la chercher et la reconduire, et nous, nous vivons sur un pied tel que l'addition de Jane Fairfax, en n'importe quelle circonstance, ne peut nous gêner. Je serais très mécontente si Wright nous servait un dîner qui me fît regretter d'avoir invité quelqu'un d'autre que Jane Fairfax à le partager. Je ne m'arrêterai jamais à des détails de cette sorte. Il est peu vraisemblable que je le fasse, si l'on considère ce à quoi j'ai été habituée. Le plus grand danger que je puisse faire courir à mon ménage serait plutôt de tomber dans l'excès contraire et de dépenser trop sans y prendre garde. Maple Grove reste sans doute pour moi plus qu'il ne le faudrait un modèle car nous ne prétendons pas du tout égaler les revenus de mon beau-frère, Mr Suckling. Quoi qu'il en soit, je suis résolue à donner à Jane Fairfax des marques d'attention, à la recevoir très souvent chez moi, à la présenter chaque fois que je le pourrai, à donner des soirées de musique pour mettre en valeur son talent et à guetter toutes les occasions de lui procurer une situation agréable. J'ai tant de relations que je suis sûre d'entendre parler de quelque chose qui lui convienne en peu de temps. Je la présenterai, bien sûr, en particulier à mon beau-frère et ma sœur quand ils viendront ici. Je suis persuadée qu'elle leur plaira beaucoup et, quand elle se sera un peu familiarisée avec eux, elle surmontera ses dernières craintes car les manières de l'un et l'autre sont tout à fait engageantes. Lorsqu'ils viendront ici, je la prendrai très souvent chez moi, et j'ose croire que nous trouverons quelquefois une place pour elle dans la calèche-landau, lorsque nous irons en excursion.

« Pauvre Jane Fairfax ! se dit Emma, vous n'avez pas mérité cela. Vous avez peut-être mal agi en ce qui concerne Mr Dixon, mais c'est là une punition qui va bien au-delà de ce que vous avez mérité ! La bienveillance et la protection de Mrs Elton ! Jane Fairfax par-ci, Jane Fairfax par-là ! Grand Dieu ! et si elle se promenait partout en parlant aussi d'Emma Woodhouse par-ci et Emma Woodhouse par-là ? Sur ma foi, les licences que prend cette femme à la langue trop bien pendue n'ont pas de limites ! »

Emma n'eut plus à entendre de tels étalages de prétentions, du moins, qui s'adressent uniquement à elle, et qui fussent entrecoupés de façon si déplaisante de « ma chère miss Woodhouse ». Mrs Elton changea peu après d'attitude et la laissa en paix. Elle ne fut plus menacée de devenir son amie intime, ni, sous sa direction, la protectrice active de Jane Fairfax, et elle se contenta de suivre de loin, comme tous ceux qui l'entouraient, ce qu'éprouvaient, projetaient ou faisaient l'une et l'autre.

Elle observait avec un certain amusement la vive gratitude que suscitaient chez la naïve miss Bates, au cœur simple et bon, et les attentions de Mrs Elton, ainsi qu'il fallait s'y attendre. Pour cette dernière, la femme du vicaire méritait tous les éloges – la plus aimable, la plus affable, la plus charmante des femmes – et passait pour tout aussi accomplie et supérieure qu'il lui plaisait de paraître. La seule surprise d'Emma tenait à ce que Jane supportât ces attentions et tolérât Mrs Elton comme elle semblait le faire. Elle avait entendu dire que Jane se promenait avec les Elton, leur rendait visite, passait même chez eux des journées entières ! Voilà qui était surprenant ! Elle n'aurait jamais cru possible que le bon goût et l'orgueil de miss Fairfax lui permissent de supporter la société du presbytère ou l'amitié qui lui était prodiguée.

« Elle est pour moi une énigme, une véritable énigme ! se disait Emma. Choisir de rester ici, mois après mois, en subissant les privations de toutes sortes ! Et maintenant choisir l'humiliation des attentions de Mrs Elton et l'inanité de sa conversation, plutôt que d'aller rejoindre ses amis, d'un mérite si supérieur, qui lui ont toujours témoigné une sincère, une généreuse affection. »

Jane était venue à Highbury en principe pour trois mois, durant la période où les Campbell devaient séjourner en Irlande, mais à présent ces derniers venaient de promettre à leur fille de rester auprès d'elle jusqu'à la Saint-Jean, et ils avaient renouvelé leur invitation à venir les rejoindre. Selon miss Bates – toutes les informations provenaient d'elle –,

Mrs Dixon avait envoyé une lettre des plus pressantes. Si Jane acceptait, on lui trouverait des moyens de transport, on lui enverrait des domestiques, on mettrait des amis à contribution, on ne laisserait subsister aucune difficulté, et pourtant elle avait refusé !

— Il faut qu'elle ait quelque autre motif, plus puissant qu'il n'apparaît, pour refuser une telle invitation, en conclut Emma. Elle doit s'être imposé quelque pénitence ou se l'être vu imposer par les Campbell. Il doit exister d'un côté ou de l'autre une grande crainte, une grande prudence ou une grande résolution, quelque part. Elle ne doit pas se trouver en présence des Dixon. Quelqu'un a dû en décréter ainsi. Mais alors, pourquoi consent-elle à vivre avec les Elton ? Voilà un autre mystère.

Tandis qu'elle s'interrogeait ainsi à voix haute sur cette partie du sujet devant les rares personnes qui savaient ce qu'elle pensait de Mrs Elton, Mrs Weston s'efforça d'excuser la conduite de Jane.

— Il ne faut pas supposer, ma chère Emma, que Jane trouve beaucoup de plaisir à fréquenter le presbytère, mais il est peut-être préférable de s'y rendre, plutôt que de toujours rester enfermée chez elle. Sa tante est une bonne créature, mais doit être bien fatigante quand on est sans cesse en sa compagnie. Il faut considérer ce que miss Fairfax quitte, avant de la condamner pour ce qu'elle va chercher.

— Vous avez parfaitement raison, Mrs Weston, dit vivement Mr Knightley. Miss Fairfax est tout aussi capable que le dernier d'entre nous d'estimer Mrs Elton à sa juste valeur. Si elle avait pu choisir avec qui s'associer, elle ne l'aurait pas préférée. Mais, ajouta-t-il avec un sourire de reproche à Emma, elle reçoit de Mrs Elton des attentions que personne d'autre ne lui accorde.

Emma surprit un coup d'œil que lui lançait Mrs Weston et fut frappée de la chaleur des propos de Mr Knightley. Elle rougit un peu et répondit :

— J'aurais pensé que les attentions de Mrs Elton auraient dû plutôt dégoûter miss Fairfax que la satisfaire, et j'aurais cru que les invitations de Mrs Elton étaient tout sauf engageantes.

— Je ne serais pas surprise, dit Mrs Weston, que miss Fairfax n'eût été entraînée, en dépit de sa propre inclination, par l'empressement avec lequel sa tante reçoit les politesses de Mrs Elton. Il est possible que la pauvre miss Bates ait engagé sa nièce et même l'ait probablement contrainte à accepter une plus grande intimité que son propre bon sens ne l'y eût incitée, en dépit du désir bien naturel que l'on peut éprouver d'un certain changement.

Toutes deux attendaient, non sans une certaine inquiétude, qu'il reprît la parole, et, au bout de quelques minutes de silence, il déclara :

— Il y a une autre considération qu'il faut prendre en compte. Mrs Elton ne s'adresse pas à miss Fairfax dans les termes dont elle parle d'elle. Nous connaissons tous la différence qui existe entre le vouvoiement et le tutoiement dont nous nous servons entre intimes ; nous sentons tous l'influence d'un sentiment qui va au-delà de la simple politesse dans nos rapports personnels, un sentiment que nous avons éprouvé bien avant. Nous ne faisons pas devant l'intéressé les allusions désagréables que nous faisions peut-être à son propos devant d'autres, une heure auparavant. Nous ressentons les choses différemment et, outre cette réaction, qui est un principe général, on peut être sûr que miss Fairfax impressionne Mrs Elton par sa supériorité d'intelligence et de manières, et qu'en tête à tête Mrs Elton la traite avec tout le respect qu'elle lui doit. Mrs Elton n'a sans doute jamais eu l'occasion de rencontrer une femme comme Jane Fairfax, et sa vanité, quelle qu'elle soit, ne peut l'empêcher de reconnaître sa propre infériorité dans l'action, sinon au moral.

— Je sais la haute opinion que vous avez de Jane Fairfax, dit Emma, qui pensait au petit Henry.

Partagée entre l'inquiétude et la délicatesse, elle n'osa poursuivre plus avant.

— Oui, répondit-il, tout le monde sait que j'ai une haute opinion d'elle.

— Et cependant... dit très vite Emma, en lui jetant un regard malicieux avant de s'interrompre.

Comme elle jugeait qu'il valait mieux savoir à quoi s'en tenir sans plus attendre, elle poursuivit :

— ... et cependant, vous ignorez peut-être vous-même à quel point cette estime est grande. L'étendue de votre admiration pourrait bien vous surprendre un jour ou l'autre.

Mr Knightley, qui s'employait alors à rattacher les derniers boutons de ses épaisses guêtres de cuir, se mit à rougir sous l'effet de l'effort ou de quelque autre cause, puis il répondit :

— Ah ! vous en êtes là ! Mais vous retardez terriblement. Il y a au moins six semaines que Mr Cole m'a fait des allusions sur ce point.

Il s'arrêta. Mrs Weston pressa le pied d'Emma, qui ne savait plus que penser. Au bout d'un moment, Mr Knightley reprit :

— Cela n'arrivera cependant jamais, je puis vous l'assurer. Miss Fairfax, j'en suis convaincu, ne voudrait pas de moi si je le lui demandais, et moi, je suis certain que je ne ferai jamais pareille démarche.

Emma pressa en retour le pied de son amie et, comme elle était toute joyeuse, elle s'écria :

— Vous n'êtes pas orgueilleux, Mr Knightley, je dois vous rendre cette justice.

Il parut à peine l'entendre ; il était pensif, mais d'une manière qui montrait qu'il n'était pas satisfait. Peu après, il reprit.

— Ainsi, vous aviez arrangé un mariage entre Jane Fairfax et moi.

— Non, en vérité. Vous m'avez assez reproché de chercher à faire des mariages pour que je prenne une telle liberté à votre égard. Ce que j'en ai dit tout à l'heure était sans importance. On dit ce genre de choses sans y penser, sans avoir l'intention d'être pris au sérieux. Oh ! non, par ma foi, je n'ai pas la moindre envie de vous voir épouser Jane Fairfax ou n'importe quelle autre Jane. Vous ne viendriez pas nous tenir si amicalement compagnie, si vous étiez marié.

Mr Knightley demeurait pensif. S'arrachant à sa rêverie, il déclara :

— Non, Emma, je ne pense pas que l'étendue de mon

admiration pour elle me surprendra jamais. Je n'ai jamais songé à elle de cette manière, je vous l'assure.

Et peu après, il ajouta :

— Jane Fairfax est une charmante jeune fille, mais Jane Fairfax elle-même n'est pas parfaite. Elle a un défaut. Elle n'a pas ce caractère ouvert qu'un homme désirerait trouver chez sa femme.

Emma ne pouvait que se réjouir de l'entendre dire que Jane avait un défaut.

— Fort bien, dit-elle, alors vous avez eu tôt fait d'imposer le silence à Mr Cole, je suppose ?

— Oui, aussitôt. Il y avait fait une simple allusion. Je lui ai dit qu'il se trompait. Il m'a demandé pardon et n'en a plus parlé. Cole n'a pas la prétention d'être mieux informé ou plus perspicace que ses voisins.

— En ce cas, il ne ressemble guère à la chère Mrs Elton, qui entend être plus au fait et plus clairvoyante que le monde entier ! Je me demande ce qu'elle dit des Cole. Comment elle les appelle. Quel qualificatif aussi familier que vulgaire elle leur applique. Elle vous appelle Knightley. Que peut-elle dire de Mr Cole ? En dépit de tout cela, je ne dois pas m'étonner que Jane Fairfax accepte ses politesses et consente à la voir. Mrs Weston, c'est votre façon de penser qui a le plus de poids pour moi. Je veux davantage croire à la tentation d'échapper à miss Bates qu'à la reconnaissance de l'intelligence de miss Fairfax par Mrs Elton. Je ne crois pas que Mrs Elton s'avoue jamais être inférieure en pensée, en parole ou en action, ni à sa capacité à refréner ce qu'elle pense en respectant les rares principes d'éducation qu'elle a reçus. Je ne puis imaginer qu'elle n'accable pas sans cesse sa visiteuse de louanges, d'encouragements et d'offres de service, qu'elle n'évoque pas en permanence ses intentions généreuses de lui procurer une situation permanente ou de l'inclure dans les délicieuses excursions qu'elle projette de faire dans la calèche-landau.

— Jane Fairfax a de la sensibilité, déclara Mr Knightley. Je ne l'accuse pas d'en manquer. Je soupçonne même que ses émotions sont violentes, mais elle a un excellent tempérament qui lui donne la force de supporter, de faire preuve de patience et de se dominer ; toutefois, elle n'est pas spontanée. Elle reste réservée, plus réservée, je crois, qu'elle ne l'était autrefois – et moi, j'aime la franchise. Non, jusqu'à ce que Cole évoque un possible attachement, cette idée ne m'était jamais passée par la tête. Je voyais Jane Fairfax et je m'entretenais avec elle avec admiration et avec plaisir, mais je n'ai jamais eu d'autre pensée à son sujet.

— Eh bien ! Mrs Weston, dit Emma d'un air triomphant, après qu'il eut pris congé, que dites-vous maintenant du mariage de Mr Knightley et de Jane Fairfax ?

— Eh bien ! ma chère Emma, je dirais qu'il est si soucieux de ne pas être amoureux d'elle que je ne serais pas surprise s'il finissait par le devenir. Ne me tapez pas !

33

Tous ceux qui avaient jamais rendu visite à Mr Elton étaient désireux de lui témoigner des égards à l'occasion de son mariage. On organisa donc des dîners et des soirées pour les nouveaux époux et les invitations devinrent si nombreuses que la jeune femme eut bientôt le plaisir de se rendre compte qu'ils n'avaient plus un jour de libre.

— Je vois comment les choses se présentent, dit-elle ; je vois la vie que je vais mener parmi vous. Sur ma foi, nous allons tous mener une existence absolument dissipée. On dirait vraiment que nous sommes à la mode. Si c'est ainsi que l'on vit à la campagne, cela n'a rien de redoutable. De lundi prochain au samedi suivant, je vous assure que nous n'avons pas un jour de libre ! Une femme qui aurait moins de ressources intellectuelles que moi n'aurait pas besoin de se tourmenter.

Toutes les invitations étaient bonnes pour elle. Les habitudes qu'elle avait prises à Bath lui faisaient considérer les soirées comme parfaitement naturelles, et Maple Grove lui avait donné le goût des dîners. Elle fut un peu choquée de ne pas trouver partout deux salons, de ce que l'on ne savait pas bien faire le riche gâteau à la mode et que l'on ne servait pas de glaces lors des soirées de cartes, à Highbury. Mrs Bates, Mrs Perry, Mrs Goddard et d'autres étaient très en retard pour tout ce qui concernait les réceptions, mais elle leur montrerait très vite comment tout devait être présenté. Au cours du printemps, elle leur rendrait la politesse en les invitant à une soirée d'un genre bien supérieur : les tables de jeu seraient garnies de bougies et de cartes cachetées et l'on engagerait pour la soirée plusieurs serviteurs afin de présenter à la ronde les rafraîchissements, à l'heure et dans l'ordre qui convenaient.

Emma, de son côté, estima qu'il lui faudrait organiser un dîner pour les Elton, à Hartfield. Ils ne pouvaient faire moins que les autres, sinon elle serait exposée à d'odieux soupçons et l'on supposerait qu'elle nourrissait une méprisable rancune. Il fallait donc leur donner un dîner. Quand elle lui en eut parlé pendant dix minutes, Mr Woodhouse ne montra pas de répugnance, mais il stipula, comme à son ordinaire, qu'il ne s'assiérait pas au bout de la table, ce qui soulevait le problème habituel de décider qui ferait les honneurs de la table à sa place.

Il fallait un peu réfléchir avant d'établir la liste des invités. Outre les Elton, les noms de Mr et Mrs Weston, ainsi que celui de Mr Knightley s'imposaient ; pour le moment, c'était tout, bien entendu, mais il était presque tout aussi inévitable de demander à la pauvre petite Harriet de faire le huitième convive. Cette invitation ne fut cependant pas présentée avec la même satisfaction, aussi Emma fut-elle très soulagée d'entendre Harriet la prier de l'excuser. Elle préférait ne pas se trouver plus que nécessaire avec lui, si elle pouvait l'éviter. Elle ne se sentait pas encore tout à fait capable de le voir avec sa charmante et heureuse épouse sans être mal à l'aise. Si miss Woodhouse ne s'en formalisait pas, elle préférait rester chez elle. C'était précisément ce qu'aurait souhaité Emma, si elle avait jugé d'en exprimer le désir. Elle était ravie du courage de sa jeune amie – elle savait bien qu'il lui fallait du courage pour éviter la compagnie du vicaire et ne pas sortir – car elle allait maintenant pouvoir inviter la personne qu'elle souhaitait voir occuper la huitième place, Jane Fairfax. Depuis sa dernière conversation avec Mrs Weston et Mr Knightley, elle éprouvait plus de remords que jamais à propos de Jane Fairfax. Les paroles de Mr Knightley la hantaient. Il avait dit que Jane Fairfax recevait de Mrs Elton des attentions que personne d'autre ne lui offrait.

« Cela est vrai, se dit-elle, au moins pour ce qui me

concerne, et c'était à moi que ces paroles s'adressaient – c'est tout à fait honteux de ma part. Étant du même âge et la connaissant depuis toujours, j'aurais dû lui témoigner plus d'amitié. Elle n'aura plus jamais de sympathie pour moi, à présent. Je l'ai négligée trop longtemps. Mais je vais lui prêter davantage d'attention que je ne l'ai fait jusqu'ici. »

Tous les invités acceptèrent. Aucun n'avait d'engagement et chacun d'eux serait heureux de venir. Toutefois, Emma n'en avait pas fini pour autant avec les préparatifs du dîner. Il lui parvint alors une nouvelle plutôt fâcheuse. Les deux aînés des petits Knightley devaient venir passer quelques semaines chez leur grand-père et leur tante, et leur père se proposait de les accompagner, puis de passer deux jours à Hartfield ; or, le premier jour se trouvait être celui du dîner. Les engagements professionnels de ce dernier ne lui permettaient pas de repousser à plus tard son déplacement, et le père et la fille avaient tous deux des raisons d'en être contrariés. Mr Woodhouse estimait qu'il ne pouvait supporter plus de huit convives autour de sa table, et voilà qu'un neuvième s'annonçait. Emma, de son côté, redoutait que ce neuvième fût de très mauvaise humeur en apprenant qu'il ne pouvait même pas passer quarante-huit heures à Hartfield sans tomber sur un grand dîner.

Emma s'efforça d'apaiser les craintes de son père mieux qu'elle ne pouvait calmer les siennes en lui représentant que, même si Mr John Knightley était le neuvième, il parlait si peu que le bruit n'en serait presque pas accru. Elle se disait toutefois qu'elle ne gagnerait rien en ayant en face d'elle son beau-frère, grave et taciturne, au lieu de Mr Knightley.

Les événements furent plus favorables à Mr Woodhouse qu'à Emma. John Knightley arriva, mais Mr Weston fut appelé à Londres à l'improviste et dut s'absenter ce jour-là. Il reviendrait peut-être à temps pour les rejoindre dans la soirée, mais pas pour le dîner. Mr Woodhouse en fut enchanté ; le calme de son père, l'arrivée des deux petits garçons et la philosophie avec laquelle son beau-frère prit l'annonce du sort qui l'attendait diminuèrent, pour l'essentiel, les inquiétudes d'Emma.

Le grand jour étant arrivé et les invités ponctuellement rassemblés, Mr John Knightley parut très tôt se disposer à se montrer agréable. Au lieu d'entraîner son frère près d'une fenêtre en attendant d'être appelé à table, il s'entretint avec miss Fairfax. Il s'était contenté de considérer en silence Mrs Elton, que les dentelles et les perles rendaient aussi élégante que possible, car il souhaitait simplement l'observer pour pouvoir la décrire à Isabella, mais il pouvait parler à miss Fairfax, parce qu'il connaissait de longue date cette jeune fille à l'air calme. Il l'avait rencontrée le matin même, avant le petit déjeuner, alors qu'il revenait d'une promenade avec ses petits garçons et que la pluie commençait à tomber. Il lui parut naturel de lui dire poliment qu'il espérait que sa sortie s'était bien terminée, aussi commença-t-il en ces termes :

— J'espère, miss Fairfax, que vous ne vous êtes pas aventurée trop loin, ce matin, sinon vous avez dû être mouillée. Nous, nous n'avons eu que le temps de rentrer. J'espère que vous avez fait aussitôt demi-tour ?

— Je ne suis allée que jusqu'au bureau de poste, répondit-elle, et je suis rentrée avant qu'il ne pleuve à verse. C'est ma course quotidienne. Je vais toujours chercher les lettres, quand je suis ici. C'est un souci de moins pour la maison et cela m'oblige à sortir. Une promenade avant le petit déjeuner me fait du bien.

— Pas une promenade sous la pluie, j'imagine.

— Non, mais il ne pleuvait pas sérieusement lorsque je suis sortie.

Mr John Knightley sourit et poursuivit :

— Il serait préférable de dire que vous aviez décidé de vous promener, car vous n'étiez pas à six mètres de votre porte lorsque j'ai eu le plaisir de vous rencontrer, et, depuis un bon moment, Henry et John avaient vu tomber plus de gouttes de pluie qu'ils n'en pouvaient compter. Le bureau de poste a beaucoup de charme, à une certaine période de la vie. Quand vous aurez mon âge, vous commencerez à penser que les lettres ne valent jamais la peine que l'on sorte sous la pluie pour aller les chercher.

Elle rougit un peu, puis répondit :

— Je n'ai pas l'espoir de me trouver jamais dans une situation telle que la vôtre et de vivre entourée de tous les êtres qui me sont chers, aussi ne puis-je m'attendre à ce que l'âge suffise à me rendre indifférente aux lettres.

— De l'indifférence ! Oh ! non. Je n'ai jamais envisagé que vous puissiez devenir indifférente. Les lettres ne laissent pas indifférent ; elles sont souvent un véritable fléau.

— Vous parlez de lettres d'affaires ; les miennes sont des lettres d'amitié.

— J'ai souvent pensé que c'était les pires, affirma-t-il froidement. Les affaires, vous le savez, peuvent rapporter de l'argent, mais l'amitié, presque jamais.

— Ah ! vous n'êtes pas sérieux. Je connais trop Mr John Knightley pour ne pas savoir qu'il apprécie autant l'amitié que n'importe qui. Je veux bien croire que vous fassiez moins de cas des lettres que moi, mais ce ne sont pas dix années de plus qui font la différence ; celle-ci ne tient pas à l'âge, mais à la situation. Tous ceux que vous aimez sont près de vous et il ne m'arrivera sans doute plus jamais d'être près des miens. Aussi longtemps que je n'aurai pas dominé toutes mes affections, la poste, je crois, aura toujours le pouvoir de m'attirer, même par un temps plus mauvais que celui d'aujourd'hui.

— Lorsque je vous ai parlé d'un changement d'attitude au fil des ans, dit John Knightley, je voulais simplement parler de l'évolution habituelle de la situation, qui se produit avec le temps. Je considère que l'un dérive de l'autre. Le temps diminue le plus souvent l'intérêt de l'affection que nous éprouvons pour tous ceux qui ne font pas partie de notre cercle quotidien, mais ce n'est pas ce changement-là auquel je songeais à votre propos. En qualité d'ami de longue date, vous me permettrez d'espérer, miss Fairfax, que dans dix ans d'ici, vous aurez autour de vous autant d'êtres chers que moi-même.

C'était dit avec gentillesse, sans vouloir du tout la blesser. Elle y répondit par un aimable « Je vous remercie », comme si elle avait voulu le prendre à la légère, mais une rougeur soudaine, un tremblement de la lèvre, une larme au coin de l'œil montrèrent qu'elle en était profondément affectée.

Mr Woodhouse, qui faisait, comme à son habitude en de telles occasions, le tour de ses invités, et qui s'attachait à rendre ses devoirs aux dames, approcha enfin d'elle et, avec une urbanité pleine de douceur, il lui déclara :

— J'ai appris avec peine, miss Fairfax, que vous étiez sortie ce matin sous la pluie. Les jeunes demoiselles devraient prendre soin d'elles-mêmes. Ce sont des plantes délicates ; elles doivent veiller sur leur santé et sur leur teint. Ma chère petite, avez-vous changé de bas ?

— Oui, monsieur, je l'ai fait, bien entendu, et je vous suis très obligée de l'aimable sollicitude que vous me témoignez.

— Ma chère miss Fairfax, on doit toujours se soucier des jeunes filles. J'espère que votre bonne grand-maman et votre tante vont bien. Elles comptent au nombre de mes plus anciens amis. Vous nous faites beaucoup d'honneur, aujourd'hui. Ma fille et moi sommes tous les deux très sensibles à cette marque d'amitié de votre part, et c'est avec le plus grand plaisir que nous vous recevons à Hartfield.

L'affable vieillard put alors s'asseoir avec la satisfaction du devoir accompli, après s'être attaché à accueillir de son mieux chacune de ses invitées et à les mettre à l'aise.

L'histoire de la promenade sous la pluie était alors parvenue jusqu'à Mrs Elton, qui s'empressa de réprimander Jane.

— Ma chère Jane, qu'entends-je ? Vous êtes allée à la poste sous la pluie ! Voilà précisément ce qu'il ne faut pas faire, je vous assure ! Vilaine fille, comment avez-vous osé faire une chose pareille ? On voit bien que je n'étais pas là pour vous surveiller.

Jane lui dit avec patience qu'elle ne s'était pas enrhumée.

— Ah ! ce n'est pas à moi que vous ferez croire une chose pareille ! Vous êtes vraiment vilaine et ne prenez pas bien soin de vous. A la poste ! Mrs Weston, avez-vous jamais entendu une chose pareille ? Il faut absolument que vous et moi exercions notre autorité.

— Je suis assurément tentée de donner mon avis, dit Mrs Weston d'un ton tout à la fois gentil et persuasif. Miss Fairfax, il est certain que vous ne devriez pas courir de tels risques. Fragile comme vous l'êtes, vous devriez veiller de façon particulière à ne pas vous enrhumer, surtout à cette saison. Le printemps, selon moi, nécessite davantage de précautions que toute autre. Il est préférable d'attendre une heure ou deux, et même une demi-journée, avant d'aller chercher vos lettres, plutôt que de courir le risque de vous remettre à tousser. Ne voyez-vous pas que cela est préférable ? Oui, je suis sûre que vous êtes trop raisonnable pour ne pas en convenir. On dirait que vous ne recommencerez pas une chose pareille.

— Oh ! Elle ne recommencera sûrement pas une chose pareille, intervint vivement Mrs Elton. Nous ne le lui permettrons pas.

Puis, après avoir hoché la tête avec conviction, elle enchaîna :

— Il faut prendre des dispositions, il le faut absolument. Je vais en parler à Mr Elton. L'homme qui va chercher nos lettres, le matin – un de nos domestiques, j'oublie son nom –, demandera vos lettres en même temps que les nôtres, et il vous les apportera. Cela supprimera toutes les difficultés, vous comprenez, ma chère Jane, et je crois que vous n'aurez aucun scrupule à accepter un tel arrangement.

— Vous êtes très aimable, dit Jane, mais je ne puis renoncer à ma promenade du matin. Il m'est conseillé de sortir chaque fois que je le peux. Il faut bien que je me dirige quelque part, et la poste me sert de but de promenade. Je n'ai presque jamais souffert du mauvais temps le matin, jusqu'à présent.

— Ma chère Jane, plus un mot. La chose est entendue... c'est-à-dire, ajouta-t-elle, avec un rire affecté, dans la mesure où je puis prendre sur moi de décider d'une chose sans consulter mon seigneur et maître. Vous savez bien, Mrs Weston, que vous et moi devons être prudentes sur la manière dont nous nous exprimons. Mais je me flatte, ma chère Jane, que mon crédit n'est pas tout à fait épuisé. Si je ne rencontre pas de difficulté insurmontable, considérez donc que cette question est réglée.

— Je vous prie de m'excuser, dit Jane avec fermeté, mais je ne peux aucunement consentir à un pareil arrangement et donner une peine inutile à l'un de vos domestiques. Si cette course n'était pas pour moi un plaisir, c'est la servante de ma grand-mère qui s'en chargerait, ainsi qu'elle le fait toujours quand je ne suis pas là.

— Oh ! ma chère, mais votre Patty a tant à faire ! Et c'est une charité que d'employer nos gens.

Jane n'avait pas l'air du tout décidé à rendre les armes, mais, au lieu de répondre, elle se tourna vers Mr John Knightley et lui dit :

— Le service de la poste est admirable ! Avec quelle régularité et quelle rapidité il fonctionne ! Si l'on songe à tout ce qu'il a à faire et fait si bien, c'est vraiment étonnant !

— Il est certain que c'est très bien organisé.

— Il est si rare de constater une négligence ou une erreur ! Il est même rare qu'une lettre s'égare, parmi les milliers qui circulent sans cesse d'un bout à l'autre du royaume, et je suppose qu'il n'y en a pas plus d'une sur un million qui se perd ! Et si l'on considère la grande diversité des écritures, et celles peu lisibles qu'il leur faut déchiffrer, on s'en émerveille encore davantage.

— Les employés deviennent experts, à force d'habitude. Il faut sans doute qu'ils aient du coup d'œil et de l'habileté manuelle dès le départ, et ensuite ils les exercent. Mais si vous voulez une explication supplémentaire, poursuivit-il en souriant, c'est qu'ils sont payés pour le faire. Voilà la clé d'une bonne part de leur efficacité. Le public paye et veut être bien servi.

On se mit à échanger les points de vue sur la diversité des écritures et l'on fit à ce sujet les remarques d'usage.

— On m'a assuré, dit John Knightley, que l'on rencontre souvent un certain type d'écriture au sein d'une même famille et, si ses membres ont pris les leçons d'un même maître, c'est une chose assez naturelle. Mais j'imagine que cette ressemblance doit surtout se limiter aux filles car les garçons cessent très tôt de prendre des leçons et leur main se forme à la six-quatre-deux. Isabella et Emma ont à peu près la même façon d'écrire, à mon avis. Je n'ai pas toujours été en mesure de les distinguer...

— Oui, intervint son frère en hésitant. Il existe une ressemblance. Je vois ce que vous voulez dire, mais la main d'Emma est plus ferme.

— Isabella et Emma ont toutes deux une superbe écriture et l'ont toujours eue, affirma Mr Woodhouse. Et, ajouta-t-il avec un léger soupir et un faible sourire à son adresse, on peut en dire autant de la pauvre Mrs Weston.

— Je n'ai jamais vu d'écriture d'homme plus..., commença Emma en se tournant vers Mrs Weston, puis en s'interrompant aussitôt, car cette dernière prêtait attention à quelqu'un d'autre.

Cette pause lui permit de réfléchir. « A présent, comment vais-je pouvoir parler de lui ? Suis-je incapable de prononcer son nom devant tous ces gens ? Faut-il que je m'exprime par périphrase ? Votre ami du Yorkshire... Votre correspondant du Yorkshire... Ce serait la manière de procéder si j'étais vraiment très... Non, je puis encore prononcer son nom sans le moindre pincement au cœur. Je me sens assurément de mieux en mieux. Allons, courage ! »

Mrs Weston étant de nouveau disponible, Emma reprit :

— Mr Frank Churchill a l'une des plus belles écritures que j'aie jamais vue chez un gentleman.

— Je ne la trouve pas belle, intervint Mr Knightley. Elle est trop petite et manque de fermeté. On dirait une écriture de femme.

Les deux dames refusèrent de se soumettre à son opinion. Elles défendirent Frank Churchill contre cette basse calomnie. Non, cette écriture ne manquait pas de fermeté. Elle n'était pas très haute, mais bien lisible, et elle avait certainement de la force. Mrs Weston n'avait-elle pas une lettre sur elle pour la montrer ? Non, elle en avait reçu une tout récemment, mais, comme elle y avait répondu, elle l'avait rangée.

— Si nous étions dans l'autre salon, dit Emma, et si j'étais près de mon pupitre, je suis sûre que je pourrais en montrer un spécimen. J'ai gardé un billet de sa main. Vous souvenez-vous, Mrs Weston, lui avoir demandé un jour d'écrire à votre place ?

— Il m'avait répondu qu'il était très occupé...

— Eh bien ! j'ai ce billet et je pourrai le montrer après le dîner pour convaincre Mr Knightley.

— Ah ! dit sèchement Mr Knightley, quand un galant jeune homme comme Mr Frank Churchill écrit à une jolie demoiselle telle que miss Woodhouse, il fait bien entendu de son mieux.

Le dîner était servi. Mrs Elton se leva avant qu'on l'en eût priée et, avant même que Mr Woodhouse se fût avancé pour offrir de la conduire dans la salle à manger, elle s'était écriée :

— Faut-il vraiment que je passe la première ? Je suis vraiment honteuse d'être toujours celle qui montre le chemin.

L'empressement de Jane à aller chercher ses lettres n'avait pas échappé à Emma. Elle avait tout entendu et tout vu et, comme elle éprouvait quelque curiosité, elle aurait aimé savoir si la promenade sous la pluie du matin avait été récompensée. Elle soupçonnait que oui, que la sortie n'aurait pas été entreprise avec tant de résolution si la jeune fille ne s'était pas attendue à recevoir des nouvelles d'un être très cher, et qu'elle n'avait pas dû être vaine. Il lui semblait que Jane avait l'air plus heureux que d'habitude – son teint était plus éclatant et elle montrait plus d'entrain.

Emma avait bien envie de poser une question ou deux sur la rapidité du transport du courrier d'Irlande et sur les tarifs postaux, mais elle s'en abstint. Elle était décidée à ne rien dire qui pût chagriner Jane Fairfax. Toutes deux suivirent les femmes mariées en se tenant par le bras, avec une apparence d'amitié qui convenait admirablement à leur grâce et à leur beauté.

34

Lorsque les dames regagnèrent le salon après le dîner, Emma eut beaucoup de peine à les empêcher de se scinder en deux groupes. Mrs Elton, qui persistait à faire des erreurs de jugement et à mal se tenir, cherchait à accaparer Jane et à l'ignorer elle-même. Emma et Mrs Weston en étaient presque toujours réduites à se parler toutes les deux ou à conserver le silence ensemble. Mrs Elton ne leur laissait pas le choix. Si Jane parvenait à refréner un peu cette tendance, Mrs Elton recommençait aussitôt après et, bien qu'elles se fussent entretenues à voix basse, Mrs Elton surtout, il était impossible d'ignorer les principaux sujets de leur entretien. Le bureau de poste, s'enrhumer, chercher des lettres, l'amitié, firent l'objet d'une longue discussion. Il en fut ensuite abordé un autre qui devait être au moins aussi désagréable pour Jane − les questions se succédèrent pour savoir si elle avait entendu parler d'une situation qui lui conviendrait −, puis Mrs Elton ne lui épargna rien des résultats de ses méditations.

— Nous voici maintenant en avril, dit-elle, et je commence à être très inquiète pour vous. Le mois de juin sera bientôt là.

— Mais je n'ai jamais fixé mon choix sur le mois de juin ou sur n'importe quel autre mois, j'ai simplement dit que je chercherai quelque chose au cours de l'été.

— Et vous n'avez encore reçu aucune proposition ?

— Mais je n'ai encore fait aucune demande ! Je ne souhaite pas le faire encore.

— Oh ! ma chère, il n'est jamais trop tôt pour commencer.

Vous n'avez aucune idée des difficultés qu'il y a à trouver la situation que l'on désire.

— Moi, n'en avoir aucune idée ? Ma chère Mrs Elton, qui, sinon moi, y a réfléchi ?

— Mais vous ne connaissez pas le monde comme je le connais. Vous ignorez à quel point les candidates sont nombreuses pour obtenir une situation de premier ordre. J'ai souvent vu cela dans le voisinage de Maple Grove. Une cousine de Mr Suckling, Mrs Bragges, a été assaillie de demandes ; tout le monde voulait entrer chez elle car elle évolue dans la meilleure société. Elle fait allumer des bougies en cire d'abeille dans la salle d'études, aussi vous pensez si ce poste est recherché ! De toutes les maisons du royaume, c'est dans celle de Mrs Bragges que je voudrais vous voir entrer.

— Le colonel et Mrs Campbell seront de retour à Londres vers la fin juin, dit Jane. J'irai passer quelque temps chez eux. Je sais qu'ils le souhaitent, et c'est ensuite que je serai sans doute contente de me préoccuper de mon avenir, mais, avant d'en arriver là, je préférerais que personne ne se mît en peine pour moi.

— En peine ! Ah ! je connais vos scrupules. Vous craignez de me donner de la peine, mais je vous assure, ma chère Jane, que les Campbell ne vous portent pas plus d'intérêt que moi. Je vais écrire à Mrs Partridge d'ici un jour ou deux et la charger de se mettre aux aguets de tout ce qui pourrait se présenter d'avantageux.

— Je vous remercie, mais je préférerais que vous ne lui en parliez pas avant l'heure. Je ne voudrais pas que qui que ce soit se mît en frais pour moi.

— Mais, ma chère enfant, l'heure approche à grands pas ! Nous sommes en avril, mais juin ou disons juillet sont tout proches. D'ici là, nous aurons beaucoup à faire. Votre inexpérience m'amuse ! Une situation telle que celle que vous méritez et que vos amis souhaiteraient pour vous ne se présente pas tous les matins et ne s'obtient pas du jour au lendemain ! En vérité, il faut entreprendre des démarches sans plus attendre.

— Je vous prie de m'excuser, madame, mais ce n'est pas

du tout mon intention. Je n'ai entrepris aucune recherche moi-même et je serais au regret que mes amis le fassent. Quand j'aurai pris ma décision, je ne craindrai pas du tout de rester longtemps sans emploi. Il existe à Londres des bureaux de placement auxquels il suffirait de s'adresser pour trouver quelque chose. Des bureaux où l'on vend, je ne dirais pas de la chair fraîche, mais de l'intelligence humaine.

— Oh ! ma chère petite, de la chair fraîche ! Vous me voyez affreusement choquée. Si vous faites allusion au commerce du bois d'ébène, je dois vous dire que Mr Suckling a toujours été plutôt partisan de l'abolition de l'esclavage.

— Je ne voulais pas dire... je ne pensais pas à la traite des Noirs, répondit Jane, mais je songeais simplement à celle des gouvernantes. La culpabilité de ceux qui la pratiquent est tout à fait différente, mais je ne sais qui est le plus à plaindre, d'une gouvernante ou d'un esclave. Enfin, je voulais parler des bureaux de placement, et si je m'adresse à eux, je trouverai sans doute très vite quelque chose qui fera l'affaire.

— Quelque chose qui fera l'affaire ! répéta Mrs Elton. Oui, cela correspondra peut-être à l'humble opinion que vous vous faites de vous-même. Je sais votre modestie, mais vos amis ne seront pas satisfaits de vous voir accepter n'importe quoi, une place quelconque, médiocre, au sein d'une famille qui n'évolue pas dans un certain cercle et qui n'a pas à sa disposition les raffinements de l'existence.

— Vous êtes très obligeante, mais je suis indifférente à tout cela. Je n'ai pas pour but d'aller vivre dans une grande famille ; mon humiliation, je le crains, n'en serait que plus vive, et je souffrirais davantage, par comparaison. Je n'ambitionne que de vivre dans la famille d'un gentleman.

— Je vous connais, je vous connais bien. Vous accepteriez n'importe quoi, mais moi, je ferais un peu plus la fine bouche, et je suis certaine que les bons Campbell seront de mon avis. Vos grands talents vous donnent le droit d'évoluer dans la meilleure société. Vos connaissances en musique, à elles seules, vous permettraient de fixer vos conditions, d'avoir à votre disposition autant de pièces que vous le souhaiteriez et de vous mêler à la vie de la famille comme vous le souhaiteriez. C'est-à-dire... je n'en suis pas sûre... par contre, je suis certaine que si vous jouiez de la harpe, vous pourriez avoir tout cela. Mais étant donné que vous chantez et que vous jouez du piano, oui, je crois vraiment que, même sans la harpe, vous pourriez dicter les conditions que vous voudriez. Eh bien ! il faut vous établir de façon agréable, honorable et confortable, et les Campbell et moi n'aurons de repos avant que vous le soyez.

— Vous pouvez classer dans l'ordre qui vous plaira le charme, l'honneur ou le confort d'une telle situation, dit Jane, leur importance sera partout à peu près équivalente. Toutefois, je suis très sérieuse quand je dis que je ne souhaite pas que la moindre démarche soit entreprise à mon compte pour le moment. Je vous suis très obligée, Mrs Elton, tout comme j'ai de la reconnaissance envers quiconque me manifeste de la sympathie, mais je suis résolue à ce que rien ne soit engagé avant l'été. Pour les deux ou trois mois qui viennent, je resterai où je suis et dans la situation où je me trouve.

— Et moi, je suis tout aussi résolue, sachez-le, répondit gaiement Mrs Elton, à demeurer toujours à l'affût et à employer mes amis pour qu'ils le soient de leur côté, afin que rien d'exceptionnel ne nous échappe.

Elle poursuivit sur ce ton, sans que rien ne parvînt à l'interrompre, jusqu'au moment où Mr Woodhouse entra au salon. Sa vanité changea alors d'objet et Emma l'entendit déclarer à mi-voix à Jane :

— Voilà mon cher vieux beau ! Qu'il est galant de venir nous rejoindre avant les autres messieurs ! Qu'il est aimable ! Je vous assure que je l'adore. J'admire cette curieuse politesse désuète qui est la sienne. Les libertés que l'on prend aujourd'hui me déplaisent souverainement. Mais, pour ce qui est de ce bon vieux Mr Woodhouse, j'aurais aimé que vous entendiez les discours galants qu'il m'a tenus au dîner. Ah ! je vous promets que je commençais à croire que mon *caro sposo* en serait tout à fait jaloux ! Je crois qu'il s'intéresse à moi ; il a particulièrement loué ma robe. Comment la trouvez-vous ? C'est le choix de Selina. Elle est belle, je crois, mais je ne sais pas si elle n'est pas un peu trop ornée. Je n'aime pas que l'on surcharge d'ornements – j'ai même tout à fait horreur des fanfreluches. Je suis obligée d'ajouter quelques ornements pour le moment, parce qu'on l'attend de moi. Une jeune mariée, vous comprenez, doit avoir l'air d'une jeune mariée, mais mon goût naturel va à la simplicité. Une robe simple me paraît préférable à tous les ornements. Je crois que, là-dessus, je fais partie de la minorité. Peu de gens apprécient la simplicité pour les robes – tout est pour l'effet et les fanfreluches. Je me demande si je ne vais pas mettre une garniture comme celle-ci sur ma robe en popeline d'un blanc argenté. Pensez-vous que cela aille bien ?

Les autres messieurs étaient à peine revenus au salon que Mr Weston vint les rejoindre. Il avait pris un dîner tardif et s'était aussitôt après mis en route à pied pour gagner Hartfield. Ceux qui le connaissaient bien l'attendaient et ne furent pas surpris : on se réjouit même beaucoup de sa venue. Mr Woodhouse lui-même était presque aussi content de le voir, à présent, qu'il aurait été contrarié de l'accueillir un peu plus tôt. Seul, John Knightley restait muet d'étonnement. Ce qui le frappait aussi vivement, c'était de voir un homme qui aurait pu passer la soirée tranquillement chez lui, après une journée consacrée aux affaires, à Londres, et qui s'était remis en route et avait parcouru à pied un demi-mille pour se rendre chez quelqu'un d'autre, afin d'avoir le plaisir de se retrouver en compagnie mixte jusqu'à l'heure du coucher, et de terminer la soirée dans le bruit, en faisant des efforts de politesse ; un homme qui était en mouvement depuis huit heures du matin et qui aurait pu à présent s'asseoir tranquillement, qui avait beaucoup parlé et qui aurait pu conserver le silence, qui s'était trouvé plusieurs fois dans la foule et qui aurait pu être seul ! Et cet homme avait renoncé à la tranquillité et à son indépendance auprès de sa propre cheminée, par une froide soirée d'avril où tombait du grésil, afin de retrouver des mondanités ! Si encore il avait d'un signe invité sa femme à rentrer sans plus tarder avec lui, on aurait compris ses motifs, mais son arrivée allait plutôt contribuer à prolonger la soirée qu'à l'abréger. John le considéra d'un air stupéfait, puis haussa les épaules et déclara :

— Je ne l'aurais jamais cru, même de lui.

Pendant ce temps, Mr Weston, tout à fait inconscient de l'indignation qu'il suscitait, heureux et enjoué comme de coutume et usant du droit de dominer la conversation que confère une journée passée loin de chez soi, s'employait à divertir les autres invités. Une fois qu'il eut répondu aux questions de sa femme sur son dîner et qu'il l'eut convaincue qu'aucune des recommandations laissées aux domestiques n'avait été négligée, il fit part des nouvelles de Londres, puis enchaîna sur une information concernant sa famille qui s'adressait avant tout à Mrs Weston, mais dont il ne doutait pas un seul instant qu'elle intéresserait au plus haut point toute l'assistance. Il présenta à sa femme une lettre : elle était de Frank et lui était destinée ; on la lui avait remise au moment de son départ et il avait pris la liberté de l'ouvrir.

— Lisez-la, lisez-la, lui dit-il, elle vous fera plaisir. Ces quelques lignes ne vous prendront pas longtemps. Lisez-les à Emma.

Les deux jeunes femmes la parcoururent ensemble. Il leur souriait et ne cessait de leur parler et, bien qu'il eût modéré sa voix, tout le monde pouvait entendre ses commentaires.

— Eh bien ! il revient, vous voyez ; ce sont de bonnes nouvelles, je pense. Eh bien ! qu'en pensez-vous ? Je vous avais dit qu'il serait de retour bientôt. Anne, ma chère, ne vous l'ai-je pas toujours assuré, bien que vous n'ayez pas voulu me croire ? Il sera à Londres la semaine prochaine, vous voyez – au plus tard, je pense, car Mrs Churchill est aussi impatiente que le prince des ténèbres, quand il s'agit de faire quelque chose ; le plus vraisemblable, c'est qu'ils y seront demain ou samedi. Quant à sa maladie, c'était une fausse alerte, bien entendu. Mais c'est une excellente chose pour nous de savoir Frank de nouveau si près de nous, à Londres. Ils restent assez longtemps, quand ils s'y installent, aussi pourra-t-il passer la moitié de son temps chez nous. C'est précisément ce que je souhaitais. Ce sont de très bonnes nouvelles, n'est-ce pas ? Avez-vous fini la lettre ? Emma l'a-t-elle lue jusqu'au bout ? Rangez-la, rangez-la, nous en discuterons plus longtemps un peu plus tard, mais n'en parlons plus pour le moment ! Je vais brièvement annoncer la nouvelle aux autres.

Mrs Weston était aux anges et manifestait ouvertement sa joie par son sourire et ses paroles. Elle était heureuse, savait qu'elle l'était et que c'était son devoir de l'être. Elle adressa à son mari de chaleureuses félicitations, sans la moindre restriction, mais Emma, de son côté, ne pouvait pas parler aussi librement. Elle était occupée à analyser ses sentiments et à s'efforcer de comprendre quelle était la profondeur du trouble qui l'agitait et qui lui semblait considérable.

Mr Weston, cependant, trop enthousiaste pour être fin observateur et trop bavard pour souhaiter donner aux autres le temps de s'exprimer, se contenta du peu qu'elle lui dit et les quitta bientôt pour aller réjouir leurs amis avec une nouvelle que tous, dans le salon, devaient connaître déjà.

Il était préférable qu'il eût tenu pour acquis le plaisir que chacun en tirerait, sinon, il aurait pu se rendre compte que ni Mr Woodhouse ni Mr Knightley n'étaient particulièrement enchantés. Ils furent les premiers, après sa femme et Emma, à être invités à se réjouir, et après eux, Mr Weston se serait adressé à miss Fairfax si cette dernière n'avait plongé dans une longue conversation avec Mr John Knightley, qu'il ne voulut pas interrompre de façon brutale. Comme il était alors à proximité de Mrs Elton dont personne ne retenait l'attention, il aborda nécessairement le sujet avec elle.

35

— J'espère, madame, avoir bientôt le plaisir de vous présenter mon fils, dit Mr Weston.

Mrs Elton, désireuse de croire qu'il fallait prendre un tel espoir pour un compliment personnel, lui fit un sourire gracieux.

— Vous avez entendu parler d'un certain Frank Churchill, je suppose, poursuivit-il, et vous savez qu'il est mon fils, même s'il ne porte pas mon nom.

— Oh ! oui, et je serai charmée de faire sa connaissance. Je suis certaine que Mr Elton ira lui rendre visite dès que possible et que nous aurons tous les deux grand plaisir à le voir au presbytère.

— Vous êtes très obligeante. Frank sera très heureux, j'en suis sûr. Il arrivera à Londres la semaine prochaine, ou peut-être même un peu avant. Nous l'avons appris par une lettre, aujourd'hui. J'ai rencontré le courrier, ce matin, sur la route, et, comme j'ai reconnu l'écriture de mon fils, j'ai décidé d'ouvrir la lettre, bien qu'elle fût adressée à Mrs Weston. Elle est son principal correspondant, comprenez-vous. Il est rare pour ma part d'en recevoir de lui.

— Et ainsi, vous êtes allé jusqu'à ouvrir celle-ci qui lui était adressée ! Oh ! Mr Weston, fit-elle avec un rire affecté, il faut que je proteste contre une telle liberté. C'est un précédent fort dangereux, en vérité ! J'espère que vous n'inciterez pas vos voisins à suivre votre exemple. Ma parole, si c'est ce à quoi je dois m'attendre, nous autres femmes mariées allons devoir commencer à nous armer de courage ! Oh ! Mr Weston, je ne me serais pas attendue à une chose pareille de votre part !

— Oui, nous, les hommes, sommes de tristes sires. Il faut prendre garde à vous, Mrs Elton. Cette lettre nous dit – elle est courte, écrite à la hâte simplement pour nous prévenir –, elle dit donc que toute la famille va venir à Londres directement, pour Mrs Churchill. Elle a été souffrante tout l'hiver et pense qu'il fait trop froid à Enscombe pour elle. Ils descendent donc vers le sud, sans perdre de temps.

— Vraiment ! Depuis le Yorkshire, je crois. Enscombe se trouve bien dans le Yorkshire ?

— Oui, c'est à environ cent quatre-vingt-dix milles de Londres. Un voyage considérable !

— En effet, sur ma foi, très considérable ! Soixante-cinq milles de plus que de Maple Grove à Londres. Mais qu'importe la distance, Mr Weston, pour des gens qui disposent d'une grande fortune ? Vous seriez surpris des déplacements qu'entreprend parfois Mr Suckling. Vous ne me croirez peut-être pas, mais il leur est arrivé à Mr Bragges et à lui de faire le voyage de Londres et retour deux fois en une semaine, avec quatre chevaux.

— Le problème que pose la distance séparant Enscombe de Londres, dit Mr Weston, c'est que Mrs Churchill, autant que nous le sachions, n'a pu quitter son sofa durant toute une semaine. Dans sa dernière lettre, Frank disait qu'elle se plaignait d'être trop faible pour aller jusqu'à son jardin d'hiver si elle ne pouvait leur donner le bras à tous les deux, son oncle et lui. Cela sous-entend une extrême faiblesse, mais à présent, elle est si impatiente de venir à Londres qu'elle ne veut passer que deux nuits en route. Aussi Frank nous envoie-t-il un billet. Il est certain que les femmes fragiles ont parfois une constitution extraordinaire, Mrs Elton, vous me l'accorderez.

— Non, en vérité, je ne vous accorderai rien du tout. Je prends toujours le parti des personnes de mon sexe. Je le fais vraiment, je vous en avertis. Vous trouverez en moi une formidable antagoniste sur ce point. Je défends toujours les femmes – et je puis vous assurer que si vous connaissiez les sentiments de Selina à propos des nuits passées à l'auberge, vous ne seriez pas étonné des efforts considérables que fait Mrs Churchill pour l'éviter. Selina dit qu'elle a les auberges en horreur – et je crois que j'ai pris un peu de sa délicatesse sur ce point. Elle emporte toujours ses draps, ce qui est une excellente précaution à prendre. Mrs Churchill fait-elle de même ?

— Soyez sûre que Mrs Churchill fait tout ce que font les femmes raffinées. Mrs Churchill n'entend pas être surpassée par quelque femme que ce soit dans le royaume en...

Mrs Elton l'interrompit pour s'écrier avec enthousiasme :

— Oh ! Mr Weston, ne vous méprenez pas. Selina n'est pas raffinée à ce point-là. Ne vous mettez pas cette idée en tête.

— Elle ne l'est pas ? Eh bien ! c'est une règle d'or pour Mrs Churchill, qui est l'une des femmes les plus raffinées que l'on ait jamais vue.

Mrs Elton commença à croire qu'elle avait eu tort de protester avec tant de chaleur. Elle n'avait pas eu pour intention de laisser croire que sa sœur n'était pas une femme distinguée ; pourtant, prétendre l'être ne supposait-il pas un manque d'entrain... ? Elle en était à se demander comment elle pourrait bien se rétracter, quand Mr Weston poursuivit :

— Ainsi que vous vous en doutez, Mrs Churchill n'est pas beaucoup dans mes bonnes grâces – mais cela est tout à fait entre nous. Elle aime beaucoup Frank, aussi je ne voudrais pas dire du mal d'elle. En outre, elle semble malade, pour le moment, mais, d'après ses dires mêmes, elle n'a jamais été en bonne santé. Je ne confierais pas cela à tout le monde, Mrs Elton, mais je n'ajoute guère foi aux maladies de Mrs Churchill.

— Si elle est vraiment malade, pourquoi ne va-t-elle pas à Bath, Mr Weston ? A Bath ou à Clifton ?

— Elle s'est mis dans la tête qu'il faisait trop froid à Enscombe pour elle. En réalité, elle doit être lasse d'y séjourner. Elle n'est jamais restée si longtemps là-bas et elle doit commencer à avoir envie de changement. C'est une propriété isolée. Une belle propriété, mais située très à l'écart.

— Ah ! oui, comme Maple Grove, je suppose. Maple

Grove est situé très loin de la route. Rien n'est plus distant de la route que Maple Grove. Et la maison est entourée d'immenses plantations ! On a l'impression que l'horizon est fermé de tous les côtés, que l'on est coupé du monde. Et Mrs Churchill n'a probablement ni la santé ni l'entrain de Selina pour apprécier un tel isolement. Ou peut-être n'a-t-elle pas suffisamment de ressources personnelles pour supporter la vie à la campagne. Je dis toujours qu'une femme n'a jamais trop de ressources mentales – et je suis très reconnaissante d'en avoir tant moi-même au point de pouvoir me passer de la société.

— Frank est venu passer une quinzaine de jours chez nous, en février dernier.

— Je me souviens l'avoir entendu dire, en effet. Il va trouver qu'il y a eu une addition à la société de Highbury, quand il reviendra – si je puis me permettre de me considérer comme une addition. Mais peut-être ignore-t-il qu'il existe une personne telle que moi dans ce monde.

Il était impossible de quêter de la sorte un compliment sans être entendu et, aussitôt, Mr Weston s'exclama, avec beaucoup de bonne grâce :

— Chère madame ! Il n'y a que vous qui puissiez imaginer une pareille chose possible. Jamais avoir entendu parler de vous ! Je crois que les lettres de Mrs Weston ne parlent que de Mrs Elton, depuis quelque temps.

Ayant rempli les devoirs que la galanterie exigeait, Mr Weston put revenir à son fils.

— Quand Frank nous a quittés, dit-il, nous ignorions si nous aurions le plaisir de le revoir, aussi avons-nous accueilli avec deux fois plus de joie les nouvelles de ce jour. Nous ne nous y attendions pas du tout. Ou plutôt, moi, j'ai toujours été persuadé qu'il reviendrait ici bientôt ; je sentais que les événements tourneraient dans un sens favorable, mais personne ne voulait me croire. Frank et Mrs Weston étaient tout à fait découragés. Comment s'arrangerait-il pour venir ? Comment supposer que son oncle et sa tante pourraient se passer de lui de nouveau ? Et ainsi de suite. J'ai toujours senti qu'il se produirait une circonstance en notre faveur, et c'est ce qui s'est produit, voyez-vous. Au cours de ma vie, Mrs Elton, j'ai observé que, si les choses vont mal pendant un mois, on peut être sûr qu'elles s'amélioreront le mois suivant.

— C'est bien vrai, Mr Weston, parfaitement vrai. C'est ce que je disais souvent à un certain gentleman qui me faisait la cour, quand rien n'allait comme il faut, que rien n'avançait avec la rapidité que ses sentiments auraient appréciée, qu'il se laissait aller au désespoir et s'écriait que nous serions au mois de mai avant que l'hymen n'ait revêtu pour nous sa robe couleur de safran ! Oh ! le mal que j'ai eu à dissiper ces sombres réflexions et à lui rendre la gaieté ! Quant à la voiture – nous avons rencontré des difficultés avec la voiture... Un matin, je me souviens, il est venu me trouver, plein de détresse...

Un accès de toux la contraignit à s'interrompre. Mr Weston en profita aussitôt pour continuer :

— Vous venez de mentionner le mois de mai. C'est justement au mois de mai que l'on a ordonné à Mrs Churchill, ou qu'elle s'est prescrit elle-même, de quitter Enscombe pour se rendre dans une région plus chaude – en bref, à Londres. C'est la raison pour laquelle nous avons à présent l'agréable perspective de recevoir de fréquentes visites de Frank durant tout le printemps – et c'est précisément la saison de l'année que j'aurais choisie pour cela. On va vers les jours les plus longs. Le temps est beau, agréable, et il invite à sortir, sans que l'on souffre trop de la chaleur quand on prend de l'exercice. La dernière fois que Frank est venu, nous avons tiré le meilleur parti possible de sa visite, mais nous avons eu beaucoup de pluie, d'humidité et de temps maussade ; il en est toujours ainsi en février, vous savez, et nous n'avons pas pu entreprendre la moitié de ce que nous aurions aimé faire. Cette fois, tout ira bien. Nous allons pleinement apprécier sa présence et je ne sais même pas, Mrs Elton, si l'incertitude qui pèse sur nos retrouvailles, en espérant toujours que son arrivée se produira aujourd'hui ou demain, et à n'importe quelle heure, n'incite pas plus au bonheur que le fait de le voir chez moi. Je crois qu'il en est ainsi. Je crois que c'est l'état d'esprit qui procure le plus d'excitation et de plaisir. J'espère que mon fils vous plaira, mais il ne faut pas vous attendre à voir arriver un prodige. On le tient en général pour un jeune homme charmant, mais ne vous attendez pas à trouver un prodige. Mrs Weston a une grande partialité en sa faveur, ce qui, comme vous pouvez le supposer, m'est très agréable. Elle trouve qu'il n'a pas son égal.

— Et je vous assure, Mr Weston, que je ne doute guère d'être tout à fait en sa faveur. J'ai entendu tant d'éloges de Mr Frank Churchill. Mais d'un autre côté, il est bon de remarquer que j'ai pour habitude de toujours juger par moi-même et que je ne me laisse pas guider d'une manière implicite par autrui. Je vous avertis que je jugerai votre fils sans flatterie, tel que je le trouverai.

Mr Weston réfléchit et, au bout d'un moment, remarqua :

— J'espère que je n'ai pas été trop sévère pour cette pauvre Mrs Churchill. Si elle est vraiment malade, je regretterai d'avoir fait preuve d'injustice envers elle, mais elle a certains traits de caractère qui font qu'il est difficile pour moi d'en parler avec la modération qui serait souhaitable. Vous n'ignorez sans doute pas, Mrs Elton, les liens qui m'unissent à sa famille, ni comment j'en ai été traité, et, entre nous, la faute lui en incombe à elle seule. C'est elle qui en a été l'instigatrice. La mère de Frank n'aurait jamais été traitée sans considération comme elle l'a été sans sa belle-sœur. Mr Churchill est fier, mais sa fierté n'est rien à côté de l'orgueil de sa femme. Sa fierté est celle, tranquille, indolente, d'un gentleman, et elle ne fait de mal à personne ; elle le rend tout à la fois un peu désarmé et un peu ennuyeux. Mais l'orgueil de sa femme se traduit par une insolence méprisante et agressive. Et ce qui rend encore moins enclin à le supporter, c'est qu'elle ne peut se targuer d'être apparentée à une grande famille. Quand il l'a épousée, elle était tout simplement la fille d'un gentleman. Mais depuis qu'elle porte le nom des Churchill, elle affiche plus de prétentions grandes ou petites qu'aucun d'eux ne l'a jamais fait... Pour sa part, je vous l'assure, elle n'est qu'une parvenue.

— Imaginez un peu ! Comme ce doit être agaçant ! J'ai une véritable aversion pour les parvenus. Maple Grove m'a dégoûtée à tout jamais de ces gens-là. Il y a en effet une famille dans les environs de Maple Grove qui ennuie mon beau-frère et ma sœur en se donnant de grands airs ! Votre description de Mrs Churchill m'a aussitôt fait penser à eux. Des gens du nom de Tupman, qui se sont établis depuis peu dans le pays, qui sont apparentés à une foule de gens très modestes, qui font les importants et qui prétendent être traités sur le même pied que les plus vieilles familles. Ils sont installés à West Hall depuis dix-huit mois tout au plus, et allez savoir comment ils ont acquis leur fortune... Personne n'en sait rien. Ils arrivent de Birmingham, qui n'est pas une ville très prometteuse, vous savez, Mr Weston. On n'attend pas grand-chose de Birmingham. Je dis toujours qu'il y a quelque chose d'affreux dans le nom de cette ville, et l'on ne sait rien de précis sur les Tupman, bien que l'on soupçonne beaucoup de choses ; à en juger par leurs manières, il est évident qu'ils se croient les égaux de mon beau-frère, Mr Suckling, qui se trouve être l'un de leurs plus proches voisins. C'est insupportable. Mr Suckling, qui réside depuis onze ans à Maple Grove, et dont le père y vivait avant lui – je le crois, du moins... –, oui, je suis presque sûre que le vieux Mr Suckling avait fini de payer le domaine avant sa mort.

Ils furent interrompus. On apportait le thé, et Mr Weston, qui avait dit tout ce qu'il avait à dire, en profita pour s'éloigner.

Après le thé, Mr et Mrs Weston, ainsi que Mr Elton, prirent place avec Mr Woodhouse pour faire une partie de cartes. Les cinq personnes qui ne jouaient pas demeurèrent livrées à elles-mêmes et Emma se rendit compte qu'elles auraient du mal à bien s'entendre. Mr Knightley paraissait peu disposé à faire la conversation ; Mrs Elton souhaitait que l'on s'occupât d'elle, ce à quoi personne n'était très disposé ; et Emma elle-même était si préoccupée qu'elle aurait préféré conserver le silence.

Mr John Knightley se révéla plus bavard que son frère. Il devait repartir de bonne heure le lendemain matin. Il s'adressa bientôt à la jeune fille en ces termes :

— Eh bien ! Emma, je ne crois pas avoir autre chose à vous dire au sujet des garçons, mais vous avez la lettre de votre sœur et nous pouvons être certains que tout y est précisé en détail. Mes instructions seront beaucoup plus brèves que les siennes et sans doute faites dans un esprit un peu différent ; je vous recommande simplement de ne pas les gâter et de ne pas les purger.

— J'espère bien vous satisfaire tous les deux car je ferai de mon mieux pour les rendre heureux, ce qui suffira à Isabella. Le bonheur exclut la fausse indulgence et les remèdes.

— Et s'ils vous donnent trop de mal, renvoyez-les à la maison.

— Comme c'est vraisemblable ! Vous parlez sérieusement ?

— Je suis encore capable de me rendre compte, je l'espère, qu'ils peuvent être trop bruyants pour votre père, ou même vous être à charge, si le nombre des invitations que vous recevez continue à croître, comme il semble qu'il le fait depuis quelque temps.

— A croître !

— Mais certainement ! Vous avez bien dû vous rendre compte que, depuis six mois, votre façon de vivre a beaucoup changé.

— Changé ? En vérité, je ne m'en suis pas aperçue.

— Il n'est pas douteux que vous participez davantage aux mondanités que vous ne le faisiez auparavant. Voyez donc la présente réception. Je viens ici pour quarante-huit heures et vous avez organisé un grand dîner ! Avez-vous déjà fait une chose pareille ou quelque chose d'approchant ? Le nombre de vos voisins augmente et vous les voyez davantage. Depuis quelque temps, chacune des lettres que vous adressez à Isabella fait allusion à de nouvelles sorties : un dîner chez Mr Cole, un bal à la Couronne. Et ne serait-ce que Randalls... La différence que produit Randalls dans vos allées et venues est à elle seule considérable.

— Oui, dit son frère vivement, on peut tout attribuer à Randalls.

— Vous voyez bien... Enfin, comme Randalls, je suppose, n'aura pas moins d'influence qu'auparavant, il me paraît possible, Emma, que Henry et John puissent quelquefois vous gêner. Et s'ils le font, je vous prierai simplement de les renvoyer à la maison.

— Non, s'écria Mr Knightley, ce ne sera pas nécessaire. Envoyez-les à Donwell. J'aurai certainement le temps de m'occuper d'eux.

— Sur ma foi, vous m'amusez ! s'exclama Emma. J'aimerais bien savoir à combien de soirées j'ai participé où vous n'étiez pas présent. Et pourquoi ne trouverais-je pas le temps de m'occuper des petits garçons ? Quelles ont donc été ces stupéfiantes grandes soirées ? Un dîner chez les Cole et un projet de bal qui n'a pas eu lieu... Je puis vous comprendre, poursuivit-elle en faisant un signe de tête à l'adresse de Mr John Knightley ; votre bonne fortune a voulu que vous trouviez ici un tel rassemblement de vos amis que vous n'avez pu vous empêcher de témoigner votre satisfaction. Mais vous, dit-elle en se tournant vers Mr Knightley, vous qui savez que je m'absente rarement, très rarement de Hartfield plus de deux heures à la fois, je ne parviens pas à imaginer comment vous pouvez prédire que je vivrai dans la dissipation. Quant à mes chers petits garçons, je dois dire que si leur tante Emma ne trouve pas de temps pour eux, je ne crois pas qu'ils seront plus gâtés chez leur oncle Knightley qui s'absente cinq heures d'affilée quand elle ne s'absente qu'une heure, et qui, quand il est chez lui, passe son temps à lire ou à vérifier ses comptes.

Mr Knightley parut faire un effort pour ne pas sourire et il y réussit sans grande peine, lorsque Mrs Elton lui adressa la parole.

36

Emma n'eut pas besoin de réfléchir longtemps, une fois seule, pour se rendre compte de la nature du trouble qui l'avait agitée en recevant des nouvelles de Frank Churchill. Elle se convainquit bientôt que ce n'était pas du tout pour elle qu'elle avait de l'appréhension ou de l'embarras, mais bien pour lui. L'attachement qu'elle avait cru éprouver pour lui s'était réduit à presque rien ; il ne méritait pas que l'on s'y arrêtât. Toutefois, si lui, qui avait toujours été le plus épris des deux, revenait avec les mêmes sentiments intenses qu'il paraissait avoir au départ, la situation serait pénible. Si une séparation de deux mois n'avait pas un peu refroidi son ardeur, il fallait qu'elle s'attendît à courir des dangers et à souffrir toutes sortes de maux, et il deviendrait nécessaire de prendre des précautions pour lui comme pour elle. Elle ne voulait pas connaître de nouvelles complications sentimentales, aussi devrait-elle veiller à ne lui fournir aucun encouragement.

Elle souhaitait l'empêcher de se déclarer. Ce serait une triste conclusion à leurs relations actuelles ! Et pourtant, elle s'attendait malgré elle à une intervention décisive. Elle sentait que le printemps ne s'achèverait pas sans que survînt une crise, un événement quelconque, qui l'arracherait à son état de tranquillité et à sa maîtrise de soi.

Il ne lui fallut pas attendre longtemps, même si ce fut plus longtemps que Mr Weston ne l'avait prévu, pour se faire une opinion sur les sentiments de Frank Churchill. La famille d'Enscombe ne s'installa pas à Londres aussi vite qu'on l'avait cru, mais Frank vint presque aussitôt à Highbury. Il arriva à cheval pour une brève visite de quelques heures. Il ne pouvait faire plus pour le moment, mais, comme il passa très vite de Randalls à Hartfield, Emma put exercer son sens aigu de l'observation pour se rendre compte rapidement de la manière dont il était disposé et pour se tracer un plan de conduite. Leur entrevue fut très cordiale. Il manifesta aussitôt le vif plaisir qu'il avait de la revoir, mais Emma douta vite qu'il eût tenu à elle comme il l'avait fait auparavant ou qu'il eût été animé de la même tendresse à son égard. Elle le surveilla bien. Il était évident qu'il était moins amoureux qu'il ne l'avait été. L'absence, la conviction, peut-être, qu'elle était indifférente, avaient produit cet effet si naturel et si souhaitable.

Il était d'excellente humeur, aussi prêt à converser et à rire qu'auparavant, et semblait ravi de faire allusion à son séjour précédent, ainsi qu'à rappeler d'anciennes anecdotes, mais il ne laissait pas d'être agité. En effet, ce n'est pas dans le calme de son comportement qu'elle lut sa relative indifférence. Il n'était pas détendu ; son esprit était visiblement préoccupé et l'on sentait chez lui une certaine instabilité. Il restait plein d'entrain, mais n'en était pas satisfait. Ce qui la décida tout à fait, c'est qu'il ne resta qu'un quart d'heure et se hâta d'aller rendre d'autres visites à Highbury. Il avait aperçu un groupe de vieilles connaissances, dans la rue, au passage, mais il ne s'était pas arrêté, n'avait même pas pu leur dire un mot, et il avait eu la vanité de croire qu'elles seraient déçues s'il ne leur rendait pas visite. Bien qu'il eût souhaité rester davantage à Hartfield, il lui fallait pourtant prendre congé en toute hâte.

Emma fut alors certaine de la diminution de sa passion, mais ni sa nervosité ni son départ précipité ne lui firent croire qu'il était tout à fait guéri ; elle était plutôt encline à croire qu'il redoutait qu'elle ne reprît sur lui son ascendant, aussi prit-elle secrètement la résolution de ne pas lui permettre de rester trop longtemps en sa présence.

Frank Churchill ne revint pas de dix jours. Il disait souvent avoir l'espoir et l'intention de revenir, mais il en était toujours empêché. Sa tante ne supportait pas qu'il la quittât. C'est ce qu'il écrivait à Randalls. S'il était sincère, s'il essayait vraiment de venir, il fallait en conclure que l'installation de Mrs Churchill à Londres n'avait pas amélioré son obstination ou les troubles nerveux qui caractérisaient sa maladie. Il était certain qu'elle était vraiment très malade, maintenant. Frank s'en était dit convaincu, à Randalls. Même si ses désordres étaient pour une bonne part fictifs, il voyait bien, quand il y songeait, que son état de santé avait empiré au cours des six derniers mois. Il estimait que la cause pourrait en être supprimée par des soins et un traitement approprié, et qu'elle avait encore bien des années à vivre, mais il ne partageait pas les doutes son père et ne croyait pas que ses souffrances fussent tout bonnement imaginaires ni qu'elle fût aussi solide que jamais.

Il apparut bientôt que Londres ne lui convenait pas. Elle n'en supportait pas le bruit, ses nerfs y étaient mis à rude épreuve et elle souffrait. Au bout de dix jours, une lettre de son neveu informa Randalls qu'ils allaient changer de résidence. Ils allaient sans plus attendre s'installer à Richmond. On avait recommandé à Mrs Churchill de consulter un éminent médecin qui y était établi, et cette ville lui plaisait beaucoup. Ils avaient donc loué une maison meublée et espéraient beaucoup de ce changement.

Emma apprit que Frank se disait enchanté de cet arrangement et qu'il semblait beaucoup apprécier d'avoir en perspective deux grands mois à proximité de tant d'amis qui lui étaient chers, car la maison avait été louée pour mai et juin. On lui dit encore qu'il confiait à son père sous le sceau du secret qu'il serait souvent parmi eux, presque aussi souvent qu'il le souhaiterait.

La joie de Mr Weston était indiscutable. Il se montrait ravi. C'étaient les circonstances idéales dont il avait rêvé. A présent, il aurait l'impression que Frank était dans le voisinage immédiat. Que représentaient en effet neuf milles pour un jeune homme ? Une heure à cheval. Il viendrait donc très souvent. La différence entre Richmond et Londres était de ce fait essentielle car, au lieu de ne jamais le voir, on le verrait sans cesse. Seize milles, non, dix-huit milles, il fallait bien compter dix-huit milles jusqu'à leur hôtel particulier de Manchester Street, ce qui représentait un sérieux obstacle. Quand il pouvait s'absenter, il lui fallait consacrer une journée pour l'aller et une autre pour le retour. Il ne servait à rien qu'il fût installé à Londres ; il aurait tout aussi bien pu être à Enscombe, mais Richmond était à une distance parfaite pour que l'on pût se voir très souvent. C'était même mieux que s'ils s'étaient établis plus près !

Une fois ce déménagement certain, l'un des projets que l'on reprit aussitôt fut celui du bal à l'auberge de la Couronne. Celui-ci n'avait pas été tout à fait oublié, mais on avait admis qu'il serait vain de lui fixer un jour. A présent, on était certain qu'il pouvait être organisé. Tous les préparatifs furent repris et, peu après l'installation des Churchill à Richmond, quelques lignes de Frank annoncèrent que sa tante allait déjà mieux, du fait du changement ; il ne doutait pas de pouvoir venir passer vingt-quatre heures auprès d'eux, quand il le voudrait, aussi les pressait-il de fixer une date aussi rapprochée que possible.

Le bal de Mr Weston allait donc avoir lieu. Encore quelques jours et le bonheur des jeunes gens de Highbury serait à son comble.

Mr Woodhouse se résigna. La période de l'année, plus clémente, diminuait les risques, à ses yeux. Mai était bien préférable à février. Mrs Bates fut invitée à venir passer la soirée en sa compagnie à Hartfield. James fut averti à temps et Mr Woodhouse espéra qu'il n'arriverait rien au cher petit Henry ou au cher petit John en l'absence de la chère Emma.

Rien de fâcheux ne survint cette fois pour empêcher le bal de se tenir. Le grand jour se leva enfin et, après qu'on l'eut attendu non sans une certaine inquiétude la plus grande partie de la journée, Frank Churchill arriva dans toute sa gloire à Randalls, un peu avant l'heure du dîner, et l'on put respirer.

Comme Emma ne l'avait pas revu depuis son installation à Richmond, ils allaient se retrouver dans la salle de la Couronne, mais leur rencontre aurait tout de même lieu dans de meilleures conditions qu'au milieu d'une foule d'invités. Mr Weston avait en effet prié si instamment la jeune fille de venir aussitôt après eux afin de leur donner son avis sur l'aménagement des diverses pièces qu'elle avait cru ne pas pouvoir lui refuser ; elle passerait donc quelques instants en compagnie du jeune homme dans une atmosphère encore tranquille. Elle passa prendre Harriet avec sa voiture et elles arrivèrent à la Couronne peu après leurs hôtes de Randalls.

Frank Churchill paraissait l'avoir guettée et, bien qu'il se fût montré peu bavard, ses yeux disaient assez qu'il espérait passer une excellente soirée. Ils parcoururent ensemble les salles de l'auberge pour vérifier que tout était conforme aux usages et aux besoins, et, quelques minutes plus tard, ils furent rejoints par de nouveaux invités. Tout d'abord très surprise d'entendre approcher une voiture, Emma avait failli s'écrier : « Si tôt ? C'est déraisonnable ! », mais on lui apprit qu'il s'agissait d'une famille de vieux amis qui avait été priée de donner son avis, comme elle, par Mr Weston. Tout de suite après, on vit arriver une autre voiture pleine de cousins et de cousines auxquels il avait été enjoint avec la même insistance de venir de bonne heure pour remplir le même rôle de conseillers, si bien que l'on put s'attendre à ce que la moitié des invités se trouvât bientôt rassemblée dans le but d'inspecter les préparatifs.

Emma comprit alors que Mr Weston ne se fiait pas à son seul jugement et sentit qu'il n'y avait guère lieu de tirer vanité d'être l'arbitre du goût et la confidente d'un homme qui avait tant d'intimes et de familiers. Elle appréciait son abord ouvert, mais, s'il s'était montré un peu moins expansif, il aurait fait preuve de davantage de caractère. Pour être digne de ce nom, un homme devait avoir des sentiments de bienveillance, et non chercher à être l'ami de tout le monde. C'est un tel homme qui lui aurait plu.

Les premiers arrivants se promenèrent partout, examinèrent les salons et firent de nouveaux éloges ; puis, désœuvrés, ils se rassemblèrent en demi-cercle autour de la cheminée et, avant d'aborder d'autres sujets, chacun observa sagement à sa manière que, bien que l'on fût au mois de mai, il était toujours agréable d'avoir un bon feu.

Emma découvrit que si le conseil privé de Mr Weston n'était pas plus important, ce n'était pas la faute de ce dernier. Il s'était arrêté à la porte de Mrs Bates pour proposer leur voiture, mais la tante et la nièce s'étaient engagées à venir avec les Elton.

Frank se trouvait près d'elle, mais il ne tenait pas en place ; son agitation montrait qu'il n'avait pas l'esprit en repos. Il regardait autour de lui, allait à la porte, guettait le son des voitures. Il semblait impatient de commencer ou redoutait de rester trop longtemps près d'elle.

On se mit à parler de Mrs Elton.

— Je pense qu'elle sera bientôt là, dit Frank. Je suis très curieux de voir Mrs Elton car j'ai beaucoup entendu parler d'elle. Nous n'aurons plus longtemps à attendre, selon moi, avant son arrivée.

On entendit une voiture. Le jeune homme se dirigea aussitôt vers la porte, mais revint en disant :

— J'oubliais que je ne lui ai pas été présenté. Je n'ai jamais rencontré Mr Elton ni Mrs Elton. Je ne puis donc me mettre en avant.

Mr et Mrs Elton entrèrent et furent reçus avec les sourires et les politesses d'usage.

— Mais miss Bates et miss Fairfax, où sont-elles ? demanda Mr Weston en regardant autour de lui. Nous avions compris que vous deviez les prendre en passant...

L'oubli n'aurait pas de conséquence. On leur renvoya la voiture. Emma était impatiente de connaître les premières impressions de Frank sur Mrs Elton, ce qu'il pensait de l'élégance étudiée de sa robe et de ses gracieux sourires. Il s'employait déjà à se former une opinion, puisque, depuis qu'il lui avait été présenté, il lui accordait beaucoup d'attention.

La voiture revint au bout de quelques minutes et, comme on parlait de pluie, Frank proposa à son père :

— Je vais voir s'il y a des parapluies, monsieur ; il ne faut pas oublier miss Bates.

Et il se dirigea vers la sortie. Mr Weston voulait lui emboîter le pas, mais Mrs Elton le retint afin de lui faire part de l'impression qu'elle avait de son fils ; elle commença si vite et à voix si haute que le jeune homme, qui s'éloignait pourtant à grands pas, ne put s'empêcher d'entendre.

— Un très beau jeune homme, en vérité, Mr Weston. Je vous ai honnêtement averti que je me formerais une opinion personnelle sur lui, vous vous en souvenez, et j'ai la satisfaction de vous dire qu'il me plaît beaucoup. Vous pouvez m'en croire. Je ne fais jamais de vains compliments. Je trouve que c'est un très beau garçon et ses manières sont telles que je les aime et que je les approuve – un vrai gentleman, sans la moindre suffisance ou la moindre outrecuidance. Vous saurez que je ne puis supporter les fats – j'en ai même horreur. On ne souffre pas qu'il en soit admis à Maple Grove. Ni Mr Suckling ni moi n'avons jamais eu la moindre patience à leur égard, et il nous arrivait de leur parler sur un ton très acerbe ! Selina, qui est l'indulgence même, les supportait avec beaucoup plus de patience.

Aussi longtemps qu'elle lui avait parlé de son fils, elle avait captivé Mr Weston, mais, lorsqu'elle aborda le sujet de Maple Grove, il se souvint qu'il fallait accueillir les nouvelles arrivantes, et, sur un sourire gracieux, il se hâta de s'éloigner.

Mrs Elton se tourna alors vers Mrs Weston.

— Je ne doute pas, dit-elle, qu'il s'agisse de notre voiture, avec miss Bates et Jane. Notre cocher et nos chevaux sont si rapides ! Je crois que personne ne roule plus vite que nous. Quel plaisir que de pouvoir envoyer sa voiture prendre une amie ! J'ai cru comprendre que vous aviez eu l'amabilité d'offrir la vôtre ; à l'avenir, ce sera inutile. Vous pouvez être sûre que je me chargerai d'elles.

Miss Bates et miss Fairfax, escortées par les deux messieurs, entrèrent dans la salle, et Mrs Elton parut croire qu'il était tout autant de son devoir de les accueillir que de celui de Mrs Weston. Pour qui, comme Emma, la suivait des yeux, ses gestes et ses mouvements pouvaient être interprétés, mais ses paroles, de même que celles de n'importe qui dans l'assistance, furent aussitôt noyées sous le flot incessant des commentaires de miss Bates, qui entra en parlant et n'acheva son discours que longtemps après avoir été admise dans le cercle, installé près du feu. Quand la porte s'ouvrit, elle remerciait ainsi son compagnon :

— C'est si aimable de votre part ! Non, il ne pleut pas. Il tombe à peine quelques gouttes. Je ne m'en soucie pas pour moi-même. J'ai de grosses chaussures. Et Jane dit que... Eh bien ! s'émerveilla-t-elle dès qu'elle eut franchi la porte, eh bien ! Voilà qui est brillant ! C'est admirable ! Merveilleusement décoré, ma parole ! Il n'y manque rien. Je ne l'aurais jamais cru. Si bien éclairé ! Jane, Jane, regardez... avez-vous jamais vu une chose pareille ? Oh ! Mr Weston, vous devez avoir la lampe d'Aladin ! La bonne Mrs Stokes ne doit pas reconnaître sa salle. Je l'ai aperçue à mon arrivée ; elle se tenait dans l'entrée. « Ah ! Mrs Stokes... », lui ai-je dit, mais je n'ai pu aller plus loin...

Et comme Mrs Weston s'était portée à sa rencontre, elle lui dit :

— Très bien, je vous remercie, madame. J'espère que vous vous portez bien. Je suis ravie de l'apprendre. J'avais si peur que vous n'ayez la migraine ! Je vous voyais passer si souvent et je savais le mal que vous deviez vous donner... Ravie de l'entendre, en vérité. Ah ! chère Mrs Elton, je vous suis si obligée pour la voiture ! Très rapide ! Jane et moi étions tout à fait prêtes. Nous n'avons pas fait du tout attendre les chevaux. Très confortable, cette voiture ! Oh ! je suis sûre que je vous dois aussi des remerciements à ce sujet, Mrs Weston. Mrs Elton avait très gentiment adressé à Jane un billet, sinon nous serions venues avec vous. Mais deux offres telles que celles-là en une soirée ! Il n'y a jamais eu de voisins aussi gentils qu'ici. J'ai dit à ma mère : « Sur ma foi, madame... » Ma mère va très bien, je vous remercie. Elle est partie chez Mr Woodhouse. Je lui ai fait prendre son châle car les soirées ne sont pas très chaudes. Son grand châle neuf, le cadeau de mariage de Mrs Dixon. C'était si gentil de sa part de songer à ma mère ! Il a été acheté à Weymouth, vous savez. Le choix de Mr Dixon. Il y en avait trois autres, dit Jane, et ils ont hésité quelque temps. Le colonel Campbell en préférait un de couleur olive. Ma chère Jane, êtes-vous sûre de ne pas vous être mouillé les pieds ? Il n'est tombé qu'une goutte ou deux, mais j'ai toujours si peur. Mr Frank Churchill s'est montré si poli, et il y avait un tapis sur le sol. Je n'oublierai jamais son exquise politesse. Ah ! Mr Frank Churchill, je dois vous dire que les lunettes de ma mère n'ont pas bougé depuis ; le rivet n'est jamais retombé. Ma mère parle toujours de votre gentillesse. N'est-ce pas, Jane ? Ne parlons-nous pas souvent de Mr Frank Churchill ? Ah ! voilà miss Woodhouse. Chère miss Woodhouse, comment allez-vous ? Très bien, je vous remercie, très bien. Nous nous retrouvons dans un lieu féerique ! Quelle transformation ! Il ne faut pas adresser de compliments, je le sais, poursuivit-elle en contemplant Emma avec complaisance, ce serait déplacé... mais ma parole, miss Woodhouse, vous avez l'air... Comment trouvez-vous la coiffure de Jane ? Vous qui êtes bon juge... Elle s'est coiffée toute seule. C'est merveilleux ce qu'elle parvient à faire avec ses cheveux. Un coiffeur de Londres ne ferait pas mieux, je crois. Ah ! Mr Hughes, par ma foi, et Mrs Hughes ! Il faut que j'aille m'entretenir un moment avec Mr et Mrs Hughes. Comment allez-vous ? Comment allez-vous ? Très bien, merci. C'est ravissant, n'est-ce pas ? Où est le cher Mr Richard ? Ah ! le voilà. Ne le dérangez pas. Il vaut beaucoup mieux qu'il s'entretienne avec les jeunes filles. Comment allez-vous, Mr Richard ? Je vous ai vu l'autre jour quand vous traversiez à cheval le centre-ville. Ah ! ça, Mrs Otway. Et ce brave Mr Otway, et puis miss Otway et miss Caroline ! Quelle foule d'amis ! Et Mr George et Mr Arthur ! Comment allez-vous ? Comment allez-vous ? Très bien, vous êtes très aimable. Je ne me suis jamais si bien portée. Est-ce que j'entends une autre voiture ? Qui cela peut-il être ? Sans doute les gentils Cole. Sur ma foi, c'est un vrai bonheur que de se trouver entre tant d'amis ! Et un si beau feu ! Je suis toute rôtie ! Pas de café pour moi, je vous remercie. Je ne prends jamais de café. Un petit peu de thé, s'il vous plaît, monsieur, quand vous pourrez. Cela ne presse pas. Oh ! le voilà. Tout est parfait !

Frank Churchill reprit place auprès d'Emma et, dès que miss Bates se tut, la jeune fille entendit malgré elle la conversation de Mrs Elton et de miss Fairfax, qui se trouvaient derrière elle. Frank paraissait pensif. Elle ne parvenait pas à savoir s'il percevait lui aussi cet échange. Après avoir fait de nombreux compliments à Jane sur sa robe et sur sa beauté, compliments qui furent accueillis avec beaucoup de modestie et de politesse, il devint évident que Mrs Elton souhaitait être complimentée à son tour. Des questions telles que : « Comment trouvez-vous ma robe ? En aimez-vous la garniture ? Wright a-t-elle réussi ma coiffure ? » furent suivies d'une foule d'autres du même ordre, qui reçurent des réponses patientes et bien élevées, puis Mrs Elton déclara :

— Personne ne se soucie moins de la toilette que moi, la plupart du temps, mais pour une occasion comme celle-ci, où tous les yeux sont sur moi, et pour faire honneur aux Weston, qui, à n'en pas douter, donnent surtout ce bal en mon honneur, je n'ai pas voulu paraître inférieure aux autres. Et je ne vois guère de perles dans la salle, à l'exception des miennes. Alors, si je comprends bien, Frank Churchill est un danseur de premier ordre ? Nous verrons bien si nos styles s'accordent. Frank Churchill est sans aucun doute un beau jeune homme. Il me plaît énormément.

Au même moment, Frank s'adressa à Emma de façon si pressante que la jeune fille se dit qu'il avait surpris ces éloges et ne voulait pas en entendre davantage. Les voix des deux dames ne lui parvinrent plus durant un moment, mais, lorsqu'il s'interrompit, la voix de Mrs Elton retentit de nouveau distinctement. Mr Elton venait de les rejoindre et sa femme s'écriait :

— Ah ! vous nous avez enfin trouvées dans notre retraite, n'est-ce pas ? J'étais en train de dire à Jane que vous alliez commencer à vous inquiéter de ce que nous devenions.

— « Jane » ! répéta Frank Churchill avec un air de désagréable surprise. C'est bien familier... Mais miss Fairfax ne s'en indigne pas, je suppose.

— Mrs Elton vous plaît-elle ? lui glissa Emma.

— Pas du tout.

— Vous êtes bien ingrat !

— Ingrat ! Que voulez-vous dire ?

Puis, quittant son air renfrogné pour lui sourire, il ajouta :

— Non, ne me dites rien. Je ne veux pas savoir ce que vous

pensez. Où est mon père ? Quand allons-nous commencer à danser ?

Emma avait du mal à comprendre son comportement ; il paraissait dans un curieux état d'esprit. Il s'éloigna pour aller chercher son père, mais revint bientôt accompagné de Mr et Mrs Weston. Il les avait trouvés un peu embarrassés et voulait qu'ils exposent à Emma la raison de leur perplexité. Mrs Weston venait seulement de penser qu'il fallait inviter Mrs Elton à ouvrir le bal ; cette dernière s'y attendait ; or, cette obligation allait à l'encontre de leur désir, qui était d'accorder à Emma cette distinction. Emma fit contre mauvaise fortune bon cœur.

— Et quel partenaire allons-nous lui donner ? demanda Mr Weston. Elle va s'attendre à ce que ce soit Frank.

Frank se retourna aussitôt vers Emma pour lui rappeler son ancienne promesse, puis déclara qu'il était déjà engagé ; son père l'approuva aussitôt. Il apparut alors que Mrs Weston souhaitait que son mari lui-même dansât avec Mrs Elton et qu'ils devaient l'aider à l'en convaincre, ce qui fut bientôt fait. Mr Weston conduisit donc Mrs Elton sur la piste et Mr Frank Churchill suivit avec miss Woodhouse. Emma dut ainsi se résigner à céder le pas à Mrs Elton, alors qu'elle avait toujours considéré que le bal était organisé pour elle. Cela lui donna presque l'envie de se marier.

37

Mrs Elton avait en effet l'avantage de voir, cette fois, sa
vanité comblée car, bien qu'elle eût escompté ouvrir le bal
avec Frank Churchill, elle ne perdrait pas au change. Le père
était peut-être supérieur au fils. D'autre part, en dépit de la
légère humiliation qu'elle venait de subir, Emma restait souriante, ravie de voir la longueur respectable de la file de
couples qui se formait et de penser que la soirée lui réservait
de nombreuses heures d'un plaisir rare. Elle avait surtout un
regret, celui que Mr Knightley ne dansât pas. Il se tenait là, au
milieu des spectateurs, alors qu'il n'aurait pas dû y être ; il
aurait dû se trouver parmi les danseurs. Il n'aurait pas dû non
plus se ranger au nombre des maris, des pères et des joueurs
de whist, qui simulaient un intérêt pour la danse, en attendant
que l'on organisât leur rob. Il avait l'air si jeune ! Il n'aurait
sans doute pas pu paraître plus à son avantage qu'à l'endroit
où il s'était placé. Sa haute silhouette, droite et ferme, se
détachait si bien parmi les corps massifs aux épaules tom-
bantes des hommes mûrs qu'elle devait attirer tous les
regards, se disait Emma ; à l'exception de son propre danseur,
il n'y avait personne qui pût lui être comparé dans toute la
rangée des jeunes gens. Il fit quelques pas en avant pour se
rapprocher et ces quelques pas suffirent à montrer avec
quelle distinction, quelle grâce naturelle il aurait dansé s'il
avait voulu s'en donner la peine. Chaque fois qu'elle croisait
son regard, elle lui arrachait un sourire ; il reprenait ensuite sa
gravité ordinaire. Elle aurait voulu qu'il appréciât davantage
une salle de bal et qu'il eût plus de sympathie pour Frank

Churchill. Il paraissait l'observer souvent. Elle ne se flattait pas qu'il cherchât à juger de ses talents de danseuse, mais s'il entendait critiquer sa conduite, elle ne le craignait pas. Il n'y avait pas la moindre coquetterie entre elle et son cavalier ; ils ressemblaient plus à des amis joyeux, très à l'aise l'un envers l'autre, qu'à des amoureux. Il était clair à présent que Frank n'avait plus pour elle le même attachement.

Le bal se poursuivit de façon très agréable. Les soins attentifs, les multiples précautions de Mrs Weston, ne furent pas perdus. Tout le monde avait l'air de s'amuser et les compliments que l'on adresse d'ordinaire à la fin d'une soirée se multiplièrent dès le début de celle-ci, tant les invités y prenaient plaisir.

Il n'y eut pas plus d'événements importants, mémorables, que l'on en relève d'ordinaire dans ce genre de réunions. Il se produisit toutefois une scène qui attira l'attention d'Emma. On avait commencé les deux dernières danses avant le souper et Harriet n'avait pas de cavalier ; elle était la seule jeune fille qui fît tapisserie. Or, le nombre des danseurs avait été jusqu'ici si égal à celui des danseuses que l'on se demandait comment il se faisait que l'une d'elles se retrouvât seule ! L'étonnement d'Emma diminua bientôt lorsqu'elle vit Mr Elton déambuler çà et là dans le salon. Il n'inviterait pas Harriet, s'il pouvait l'éviter. Emma était sûre qu'il n'en ferait rien ; elle s'attendait même à le voir disparaître à tout moment dans la salle de jeu.

Il n'avait pas l'intention de fuir, cependant. Il se dirigea vers la partie du salon où s'étaient rassemblés les spectateurs assis, s'adressa à certains, puis fit les cent pas devant eux pour bien montrer qu'il était libre pour ces danses et résolu à le rester. Il ne manqua pas de s'arrêter juste devant miss Smith et de s'adresser à ceux qui l'entouraient. Emma ne le perdait pas de vue. Comme ce n'était pas encore son tour et qu'elle remontait simplement la colonne de danseurs depuis le bas, elle avait tout loisir d'observer ce qui l'entourait et il lui suffisait de tourner un peu la tête pour surveiller les agissements du vicaire. Quand elle parvint à la moitié de la colonne, le groupe des spectateurs assis se trouva juste dans son dos et il lui fut impossible de les regarder plus longtemps, mais Mr Elton était si proche qu'elle entendit chaque syllabe du dialogue qu'il avait avec Mrs Weston et elle se rendit compte que sa femme, qui se trouvait juste au-dessus d'elle dans la file, ne se contentait pas de l'écouter, mais lui jetait des regards d'encouragement. La gentille, la bonne Mrs Weston avait quitté son siège pour s'approcher du vicaire et lui demander :

— Vous ne dansez pas, Mr Elton ?

Ce à quoi il répondit aussitôt :

— Très volontiers, Mrs Weston, si vous voulez me faire l'honneur de danser avec moi.

— Moi ? Oh ! non. J'aimerais vous trouver une meilleure cavalière que moi ; je n'aime pas danser.

— Si Mrs Gilbert veut danser, reprit-il, j'en serai ravi, j'en suis sûr, car, bien que je commence à ressembler à un vieux mari pour qui le temps de la danse est passé, j'aurais beaucoup de plaisir à danser avec une amie de longue date telle que Mrs Gilbert.

— Mrs Gilbert ne souhaite pas danser, mais il y a ici une jeune fille qui n'est pas retenue et que j'aimerais beaucoup voir danser, miss Smith.

— Miss Smith ! Oh ! je n'avais pas remarqué... Vous êtes très aimable, et si je n'étais pas un vieux mari... Mais le temps de la danse est fini, Mrs Weston. Vous m'excuserez. Je ferais n'importe quoi d'autre pour vous être agréable, mais le temps de la danse est bien fini, pour moi.

Mrs Weston ne le pressa pas davantage. Emma devina, toutefois, quelles devaient être sa surprise et son humiliation quand elle reprit sa chaise. C'est donc ainsi qu'était Mr Elton ! L'aimable, l'obligeant, le gentil Mr Elton ! Emma se retourna un instant. Le vicaire avait rejoint Mr Knightley à quelque distance et se préparait à engager la conversation, tout en échangeant des sourires de triomphe avec sa femme.

Emma ne voulait plus le regarder. Elle était si indignée qu'elle craignait que le feu de sa colère ne se vît sur son visage.

Un instant plus tard, elle apercevait un spectacle plus

réjouissant : Mr Knightley conduisait Harriet vers la file des danseurs ! Elle ne s'était jamais sentie si surprise et rarement aussi comblée qu'à cet instant. Elle débordait de satisfaction et de reconnaissance, tout à la fois pour Harriet et pour elle-même, et mourait d'envie de le remercier. Trop éloignée de lui pour parler, elle lui jeta un regard éloquent dès qu'elle put attirer son attention.

Mr Knightley se révéla tout aussi excellent danseur qu'elle l'avait pensé et il lui aurait paru que Harriet avait presque trop de chance, si elle n'avait été traitée de façon aussi cruelle auparavant, si son visage ne s'était éclairé de la joie sans bornes qu'elle éprouvait et si elle n'avait paru très sensible à l'honneur qui lui était fait. Elle ne s'en montrait pas indigne car elle bondissait plus haut que jamais, s'élançait plus vite au milieu du quadrille et ne cessait de sourire.

Mr Elton avait battu en retraite dans la salle de jeu, l'air un peu ridicule, selon Emma. Elle ne croyait pas qu'il eût le cœur aussi dur que sa femme, même s'il commençait à lui ressembler. Cette dernière trahit en partie ses sentiments en faisant remarquer à son cavalier :

— Knightley a pris en pitié cette pauvre petite miss Smith ! C'est très généreux de sa part, à mon avis.

On annonça que le souper était servi. Les invités passèrent dans la salle à manger et l'on entendit s'élever la voix de miss Bates, qui ne cessa de parler que lorsqu'elle fut à table, la cuillère à la main.

— Jane, Jane, ma chère Jane, où êtes-vous ? Mrs Weston vous prie de mettre votre pèlerine. Elle dit qu'elle craint que vous ne sentiez les courants d'air dans le couloir, bien que toutes les précautions aient été prises, une porte clouée, des nattes posées partout. Ma chère Jane, il le faut. Mr Churchill, oh ! vous êtes trop aimable ! Comme vous la mettez bien ! Si reconnaissante ! Superbe, ce bal, en vérité ! Oui, ma chère, j'ai couru chez nous, ainsi que je l'avais dit, et je suis allée aider grand-maman à se coucher, puis je suis revenue et personne ne s'est aperçu de mon absence. Je suis partie sans mot dire, ainsi que je vous l'avais annoncé. Grand-maman allait très bien, elle avait passé une excellente soirée avec Mr Woodhouse, beaucoup de conversation et une partie de trictrac. Le thé a été servi en bas, avec des biscuits, des pommes au four et du vin, avant qu'elle ne reparte. Une chance incroyable pour certains de ses coups. Et puis elle a posé beaucoup de questions à votre sujet ; elle voulait savoir si vous vous étiez amusée et qui avaient été vos cavaliers. « Oh ! lui ai-je dit, je ne veux pas déflorer le récit de Jane. Je l'ai laissée en train de danser avec Mr George Otway. Elle aura beaucoup de plaisir à vous raconter tout cela elle-même demain ; son premier cavalier a été Mr Elton et j'ignore qui l'invitera ensuite. Mr William Cox, peut-être. » Mon cher monsieur, vous êtes trop bon. N'y a-t-il pas quelqu'un d'autre que vous aimeriez mieux... ? Je suis bien capable toute seule. Monsieur, vous êtes trop aimable. Par ma foi, Jane à un bras et moi à l'autre ! Arrêtez, arrêtez, écartons-nous un peu. Laissons passer Mrs Elton ; cette chère Mrs Elton, comme elle est élégante ! Superbe dentelle ! A présent, entrons dans son sillage. La reine de la soirée ! Eh bien ! nous voilà dans le couloir. Deux marches, Jane, prenez garde aux deux marches ! Oh ! non, il n'y en a qu'une. Eh bien ! j'étais persuadée qu'il y en avait deux. Comme c'est curieux ! Je n'ai jamais rien vu de semblable pour le confort et pour le style. Des chandelles partout. Je vous parlais de votre grand-maman, Jane. Elle a eu une petite déception. Les pommes au four et les biscuits étaient excellents dans leur genre, voyez-vous, mais auparavant, on avait servi une délicieuse fricassée de ris de veau aux asperges, et ce bon Mr Woodhouse, estimant que les asperges n'étaient pas assez cuites, a renvoyé le tout. Il n'y a rien que votre grand-maman aime autant que les ris de veau aux asperges, aussi était-elle plutôt déçue, mais nous avons décidé de n'en rien dire à personne, de crainte que la chère miss Woodhouse ne l'apprît, car elle en aurait beaucoup de regrets ! Eh bien ! c'est extraordinaire, ici ! J'en suis stupéfaite ! Je n'aurais jamais imaginé une chose pareille ! Quelle élégance et quelle profusion ! Je n'ai rien vu de pareil depuis... Eh bien ! où allons-nous nous asseoir ? N'importe où, pourvu que Jane ne soit pas dans un courant d'air. Pour ce qui est de moi, peu m'importe ! Ah ! vous recommandez ce côté-là ? Eh bien ! je suis sûre, Mr Churchill... seulement, il me paraissait que c'était trop bien... mais ce sera comme vous voudrez. Vos désirs seront des ordres, ici. Ma chère Jane, comment allons-nous nous souvenir de la moitié des plats qui sont là pour le raconter à votre grand-maman ? De la soupe aussi ! Dieu me bénisse ! On n'aurait pas dû me servir aussi vite, mais l'odeur en est si délicieuse que je ne puis m'empêcher de commencer.

Emma ne trouva l'occasion de parler à Mr Knightley qu'après le souper, mais, une fois qu'ils eurent tous regagné la salle de bal, elle l'invita irrésistiblement du regard à venir la rejoindre pour recevoir des remerciements. Il réprouva avec sévérité l'attitude de Mr Elton ; ce dernier s'était montré d'une inqualifiable grossièreté et les coups d'œil triomphants de Mrs Elton reçurent aussi leur part de censure.

— Ils n'avaient pas seulement l'intention de se montrer blessants pour Harriet, dit-il. Emma, comment se fait-il qu'ils soient vos ennemis ?

Il la regardait avec une perspicacité souriante et, comme elle ne répondait pas, il ajouta :

— Pour sa part, elle ne devrait pas avoir de raisons de vous en vouloir, que je sache, quelles que fussent les siennes. Vous ne répondrez pas à propos d'une telle hypothèse, bien entendu, mais avouez, Emma, que vous souhaitiez qu'il épousât Harriet.

— C'est vrai, répondit Emma, et ils ne peuvent me le pardonner.

Il hocha la tête, mais il eut en même temps un sourire d'indulgence et se contenta de dire :

— Je ne vous gronderai pas ; je vous laisserai à vos réflexions.

— Pouvez-vous m'abandonner à d'aussi flatteuses illusions ? Pensez-vous que ma vanité me dise jamais que j'ai tort ?

— Pas votre vanité, mais votre esprit de sérieux. Si l'une vous égare, je suis sûr que l'autre vous l'indiquera.

— J'avoue que je me suis tout à fait trompée sur le compte de Mr Elton. Il y a une petitesse chez lui que vous aviez découverte, et moi pas ; j'étais convaincue qu'il était amoureux de Harriet. Cela a entraîné toute une série de malentendus !

— Pour vous récompenser d'avoir montré tant de franchise, je vous rendrai justice en disant que vous aviez mieux choisi pour lui qu'il ne l'a fait lui-même. Harriet Smith possède des qualités essentielles dont Mrs Elton est tout à fait dépourvue. C'est une jeune fille simple, sincère, naturelle, bien préférable pour un homme de bon sens et de goût à une femme telle que Mrs Elton. J'ai trouvé Harriet de commerce plus agréable que je ne m'y attendais.

Emma éprouva une vive satisfaction. Ils furent interrompus par Mr Weston qui, d'un air affairé, invitait tout le monde à recommencer à danser.

— Venez, miss Woodhouse, miss Otway, miss Fairfax, que faites-vous donc toutes ? Allons, Emma, donnez le bon exemple à vos compagnes. Tout le monde est bien paresseux ! Tout le monde est bien endormi !

— Je suis prête, dit Emma ; on peut commencer quand on voudra.

— Avec qui allez-vous danser ? demanda Mr Knightley.

Elle hésita un instant, puis répondit :

— Avec vous, si vous m'invitez.

— Le voulez-vous ? demanda-t-il en lui tendant la main.

— Bien sûr que je le veux ! Vous avez montré que vous pouviez danser, et vous savez bien que nos relations ne sont pas à ce point celles d'un frère et d'une sœur pour que cela puisse paraître incorrect.

— D'un frère et d'une sœur ? Certes, non !

Cette courte explication avec Mr Knightley fit un vif plaisir à Emma. Ce fut l'un des souvenirs les plus agréables qu'elle emporta du bal et qui l'incita à aller se promener sur sa pelouse, le lendemain matin, pour mieux se le remémorer. Elle était très contente qu'ils se fussent si bien entendus à propos des Elton et que leur opinion tant du mari que de la femme eût été si comparable ; elle se sentait honorée par son éloge de Harriet et par les concessions qu'il avait faites à son égard. L'impertinence des Elton qui, durant quelques minutes, avait failli lui gâcher le reste de la soirée, avait été à l'origine de quelques-unes de ses plus hautes satisfactions ; et elle pouvait en attendre un autre résultat ; la guérison de Harriet. A la façon dont celle-ci avait évoqué la scène, avant qu'elles ne quittent la salle de bal, Emma nourrissait de grands espoirs. Il semblait que les yeux de son amie se fussent soudain ouverts et qu'elle se fût rendu compte que Mr Elton n'était pas l'être supérieur qu'elle s'était imaginé. La fièvre était tombée et Emma n'avait guère à redouter que le pouls s'accélérât de nouveau sous l'effet de quelque pernicieuse marque d'attention. Elle comptait sur la méchanceté des Elton pour infliger à la jeune fille par leur mépris à peine voilé la discipline qui serait peut-être encore nécessaire. Si Harriet retrouvait la raison, si Frank Churchill n'était pas trop amoureux et si Mr Knightley ne lui cherchait plus querelle, quel heureux été l'attendait !

Emma ne s'attendait pas à voir Frank Churchill de la journée. Il lui avait dit qu'il n'aurait pas le plaisir de s'arrêter à Hartfield, parce qu'il devait être rentré à Richmond vers midi. Elle ne le regrettait pas.

Après avoir examiné toutes ces questions, les avoir analysées et les avoir réglées dans son esprit, elle venait juste de faire demi-tour, l'esprit en paix, prête à répondre aux exigences des deux petits garçons, ainsi que de leur grand-père, quand la grande grille d'entrée s'ouvrit. Les deux personnes qu'elle s'était le moins attendue à voir ensemble entrèrent : Frank Churchill, avec Harriet à son bras – oui, Harriet ! Emma fut aussitôt convaincue qu'il s'était produit quelque chose d'extraordinaire. Harriet paraissait pâle et effrayée et il s'efforçait de la réconforter. La grille en fer et la porte d'entrée de la maison n'étaient pas distantes de plus de vingt mètres. Ils furent bientôt tous trois dans le hall d'entrée et Harriet se laissa aussitôt tomber sur un siège et s'évanouit.

Une jeune fille qui se trouve mal doit être ranimée ; puis il faut lui poser des questions et obtenir des explications. De tels événements ne manquent pas d'intérêt, mais le mystère qui les entoure ne dure guère. Au bout de quelques minutes, Emma n'ignorait plus rien.

Miss Smith et miss Bickerton, une autre pensionnaire de Mrs Goddard, une jeune fille qui avait également assisté au bal, étaient parties se promener ensemble et avaient pris une route, celle de Richmond, qui, bien qu'assez fréquentée pour que l'on pût s'y croire en sûreté, les avait entraînées vers une inquiétante aventure. A un demi-mille de Highbury environ, après un brusque tournant, une section, très ombragée par une double rangée d'ormes, s'étendait à l'abri des regards sur une distance considérable. Alors que les jeunes filles s'y étaient engagées depuis quelque temps, elles avaient aperçu, à une courte distance, un groupe de bohémiens qui se trouvait sur une étendue de gazon un peu plus large, en bordure de la route. Un enfant aux aguets s'était approché d'elles pour mendier et miss Bickerton, prise de peur, avait poussé un grand cri, puis, ordonnant à Harriet de la suivre, avait grimpé une pente raide, écarté une petite haie qui la couronnait, puis s'en était retournée comme elle le pouvait à Highbury, en empruntant un raccourci. Mais la pauvre Harriet n'avait pu la suivre. Elle souffrait de crampes, pour avoir trop dansé, et lorsqu'elle avait entrepris l'ascension du raidillon, les crampes étaient revenues et l'avaient réduite à l'impuissance. C'est dans cet état de frayeur extrême qu'elle avait été contrainte de rester sur place.

On ne sait ce qu'auraient fait les gens du voyage si les jeunes filles s'étaient montrées plus courageuses, mais ils ne résistèrent pas à une telle invitation à l'attaque et la pauvre Harriet fut bientôt assaillie par une demi-douzaine d'enfants, conduits par une forte femme et un grand garçon, qui tous réclamaient à grands cris et paraissaient la menacer par leur attitude, sinon par leurs paroles. De plus en plus terrorisée, Harriet leur avait aussitôt promis de l'argent et, sortant sa bourse, elle leur avait donné un shilling en les suppliant de ne pas lui demander davantage ni de lui faire du mal. Elle avait peine à marcher, mais elle avait pourtant entrepris de s'éloigner d'eux lentement. Cependant, la terreur qu'elle manifestait et sa bourse étaient trop tentantes, et toute la troupe la poursuivait, ou plutôt l'environnait, en réclamant plus d'argent.

C'est dans cette situation que Frank Churchill l'avait rencontrée : elle, frémissante, cherchant à les raisonner, et la bande, vociférant et se comportant avec insolence. Par bonheur, son départ de Highbury avait été retardé et il avait pu venir lui prêter assistance au moment critique. La beauté de la matinée l'avait incité à partir à pied. Il avait envoyé ses chevaux par une autre route et donné rendez-vous à son domestique à un mille ou deux de Highbury, et, comme il avait emprunté par hasard, la veille, une paire de ciseaux à miss Bates et qu'il avait oublié de la lui rendre, il avait été obligé de s'arrêter chez elle et d'entrer quelques minutes. Il était donc plus en retard qu'il ne l'avait prévu et, comme il était à pied, il n'avait été aperçu par le groupe de bohémiens que lorsqu'il était presque sur eux. La peur que la femme et le grand garçon avaient fait naître chez Harriet avait alors changé de camp. Il les avait laissés tout à fait effrayés. Harriet s'était emparée de son bras avec reconnaissance, avait à peine pu lui parler et avait juste trouvé la force de gagner Hartfield, avant que son courage ne l'abandonnât tout à fait. C'est Frank qui avait eu l'idée de la conduire à Hartfield ; aucun autre endroit ne lui était venu à l'esprit.

38

Toute l'histoire se résumait donc à cela, selon le récit de Frank et ce qu'en dit Harriet, dès qu'elle eut recouvré ses esprits et l'usage de la parole. Le jeune homme n'osa pas rester davantage car, avec tous ces retards, il n'avait plus une minute à perdre. Emma s'engagea à faire prévenir Mrs Goddard que la jeune fille était en sécurité et à signaler à Mr Knightley qu'une bande de bohémiens rôdait dans le voisinage. Frank partit, après qu'elle eut formé des vœux pour son voyage et lui eut témoigné de la reconnaissance pour sa jeune amie et pour elle-même.

Une aventure telle que celle-ci – un beau jeune homme et une charmante jeune fille, jetés ensemble dans une telle aventure – ne pouvait manquer de suggérer certaines idées au cœur le plus froid et à la tête la plus solide. Emma le pensait, du moins. Si un linguiste, un grammairien ou même un mathématicien avaient pu les voir comme elle l'avait fait, avaient assisté à leur arrivée, entendu leur récit, n'auraient-ils pas estimé que les circonstances s'étaient liguées pour susciter chez chacun d'eux un intérêt particulier pour l'autre ? Ne fallait-il donc pas s'attendre à ce qu'un esprit aussi imaginatif que le sien s'enflammât bien davantage, échafaudât des hypothèses et fît des prévisions, surtout après en avoir déjà établi les fondements par anticipation ?

L'événement était tout à fait extraordinaire ! Il n'était jamais rien arrivé de tel aux jeunes filles du pays, autant qu'elle s'en souvînt. Ni rencontre ni menace d'aucune sorte. Et voilà que cela se produisait pour l'une, à l'heure même où l'autre passait par là à point nommé pour la sauver. C'était vraiment tout à fait extraordinaire ! Et si l'on savait, comme elle, l'état d'esprit favorable dans lequel l'un et l'autre se trouvaient alors, on ne pouvait en être que plus frappé. Le jeune homme souhaitait vaincre l'inclination qu'il avait pour elle et Harriet se remettait tout juste de son penchant pour Mr Elton. Il semblait que tout se liguât pour que s'ensuivissent d'intéressantes conséquences. Il était impossible que cette affaire ne rendît pas chacun d'eux digne de considération pour l'autre.

Durant la courte conversation qu'Emma avait eue avec Frank, alors que Harriet n'était encore qu'en partie remise, il avait évoqué sa terreur, sa naïveté, la ferveur avec laquelle elle s'était emparée de son bras pour ne plus le lâcher, tout en faisant preuve d'une sensibilité qui l'avait tout à la fois amusé et charmé ; tout à la fin, quand Harriet avait achevé sa relation, il avait exprimé dans les termes les plus violents son indignation devant l'abominable sottise dont avait fait preuve miss Bickerton. Tout, cependant, devrait suivre son cours ; elle n'y ferait pas obstacle, mais elle ne s'en mêlerait pas non plus. Elle ne ferait pas un pas, ne glisserait pas une allusion. Non, elle était lasse des interventions. Il n'y aurait aucun mal à élaborer des projets où elle se contenterait de rester passive. Ce serait tout au plus un souhait. Elle était décidée à ne franchir cette étape à aucun prix.

Sa première résolution fut de maintenir son père dans l'ignorance de ce qui s'était passé, sachant l'inquiétude et même l'angoisse qu'une telle nouvelle lui ferait éprouver, mais elle se rendit compte bientôt qu'il serait impossible de le lui cacher. En une demi-heure, la nouvelle s'était répandue comme une traînée de poudre dans Highbury. C'était le type même d'incident qui éveillait l'intérêt des plus bavards, les jeunes et les humbles ; aussi toute la jeunesse et tous les domestiques du bourg se firent-ils un plaisir de répandre les bruits les plus effrayants. Les bohémiens paraissaient avoir fait oublier le bal de la veille. Le pauvre Mr Woodhouse se mit à trembler, ainsi qu'Emma l'avait prévu, et ne put s'apaiser avant de leur avoir fait promettre de ne plus aller se promener au-delà du parc. Ce fut un réconfort pour lui de voir l'empressement avec lequel on vint, toute la journée, prendre de ses nouvelles – car ses voisins savaient qu'il aimait beaucoup que l'on s'informât sur son compte –, de celles de miss Woodhouse et de miss Smith. Il eut le plaisir de répondre qu'ils allaient plutôt mal tous les trois – ce qui n'était pas tout à fait exact car Emma se savait en parfaite santé et Harriet n'était guère moins bien qu'elle. Emma ne voulut cependant pas le reprendre sur ce point. Pour la fille d'un tel homme, elle était plutôt décourageante car elle ignorait ce qu'était la maladie ; s'il n'avait pas évoqué à son sujet des malaises imaginaires, il n'aurait jamais pu parler de son état.

Les bohémiens n'attendirent pas que la justice intervienne ; ils décampèrent aussitôt. Les jeunes filles de Highbury auraient pu se promener en toute sécurité sur les routes avant que la panique ne se répande plus avant dans le pays, et toute l'histoire n'aurait plus été considérée que comme un simple épisode sans importance, si, pour Emma et ses neveux, elle n'était restée aussi vivace. Elle conservait en effet toute son importance dans l'imagination d'Emma. Quant à Henry et John, ils continuaient à réclamer tous les jours l'histoire de Harriet et des bohémiens et reprenaient avec obstination leur tante si elle s'écartait par le moindre détail de la première version.

Quelques jours après cette aventure, Harriet vint trouver Emma, un petit paquet à la main, et, après avoir pris place auprès d'elle, commença d'une voix hésitante :

— Miss Woodhouse, si vous en avez le temps, j'aimerais bien vous dire quelque chose, vous faire une sorte de confession, et après, comprenez-vous, ce sera fini.

Emma était très surprise, mais elle la pria de poursuivre. Il y avait une gravité dans l'attitude de Harriet qui annonçait, tout autant que ses paroles, une annonce sortant de l'ordinaire.

— Il est de mon devoir, et je suis sûre d'éprouver le désir de n'avoir aucun secret pour vous sur ce sujet... Et comme j'ai le bonheur d'être tout à fait changée sur un certain point, il est bon que vous ayez la satisfaction d'en être informée. Je ne veux pas vous en dire plus que nécessaire. J'ai beaucoup trop honte de m'être laissée subjuguer comme je l'ai fait, mais je crois que vous me comprenez.

— Oui, dit Emma, je l'espère.

— Comment ai-je pu m'imaginer si longtemps que...! s'écria vivement Harriet. Cela ressemble à de la folie ! Je ne lui trouve plus rien d'extraordinaire, à présent. Il m'est indifférent de le rencontrer ou pas, si ce n'est que je préfère plutôt ne pas le voir ; je ferais même un long détour pour l'éviter. Je n'envie plus du tout le sort de sa femme. Je ne l'envie ni ne l'admire comme je le faisais. Elle est très charmante et tout cela, j'imagine, mais je crois aussi qu'elle a un très mauvais caractère et peut se montrer désagréable. Je n'oublierai jamais ses regards, le soir du bal ! Toutefois, je vous assure, miss Woodhouse, que je ne lui veux pas de mal. Non, qu'ils soient heureux ensemble et je n'en éprouverai plus la moindre jalousie. Et, pour vous convaincre que je dis la vérité, je vais à présent détruire ce que j'aurais dû détruire depuis longtemps, ce que je n'aurais jamais dû conserver, je le sais très bien, admit-elle en rougissant. Quoi qu'il en soit, je vais maintenant tout détruire et je tiens de façon toute particulière à le faire en votre présence, afin de vous montrer combien je suis devenue raisonnable. Ne devinez-vous pas ce que ce paquet renferme ? ajouta-t-elle, d'un air gêné.

— Pas le moins du monde. Vous a-t-il jamais offert quelque chose ?

— Non, je ne peux pas parler de cadeaux. Mais je gardais ces objets parce que j'y attachais beaucoup de prix.

Elle tendit le paquet vers Emma, qui put lire sur le dessus l'inscription « Trésors les plus précieux ». Sa curiosité fut vivement piquée. Harriet défit le paquet, tandis qu'Emma suivait ses gestes avec impatience. Au cœur d'une grande quantité de papier d'argent se trouvait un coffret en bois, au couvercle orné de mosaïque. Harriet l'ouvrit : il était garni du coton le plus doux, et Emma vit qu'il ne s'y nichait qu'un petit morceau de taffetas gommé.

— A présent, dit Harriet, vous vous en souvenez sûrement.

— Non, en vérité. Cela ne me dit rien.

— Mon Dieu ! Je n'aurais jamais cru que vous oublieriez

un jour ce qui s'est passé dans ce même salon au sujet d'un morceau de taffetas gommé, l'une des toutes dernières fois où nous nous sommes rencontrées ici ! C'était quelques jours avant mon angine, juste avant la venue de Mr et Mrs John Knightley. Je crois que c'était le soir même de leur arrivée. Avez-vous oublié qu'il s'était coupé le doigt avec votre canif tout neuf et que vous aviez recommandé d'y mettre un morceau de taffetas gommé ? Mais comme vous n'en aviez pas à portée de la main et que vous saviez que moi, j'en avais, vous m'avez demandé de lui en donner ; alors, j'ai pris le mien et je lui en ai coupé un morceau, mais, comme c'était un morceau beaucoup trop grand, il l'a recoupé lui-même et il a joué quelque temps avec le morceau dont il ne s'était pas servi, avant de me le rendre. Et c'est ainsi que, poussée par la folie, je n'ai pas pu m'empêcher de le conserver comme un trésor ; je l'ai donc mis de côté pour ne jamais m'en servir et je le contemplais de temps à autre avec un extrême plaisir.

— Ma très chère Harriet ! s'écria Emma en se cachant la figure d'une main, avant de se mettre debout d'un bond. La honte que j'éprouve de ma conduite est intolérable. Si je m'en souviens ? Oui, je revois tout, à présent. Mais je ne savais pas que vous aviez conservé cette relique ; je l'ignorais jusqu'à ce moment. Mais le fait qu'il se fût coupé le doigt, que j'eusse recommandé d'y mettre du taffetas gommé et que j'eusse prétendu ne pas en avoir sous la main ! Oh ! mes péchés, mes péchés ! Et durant tout ce temps, j'en avais une quantité dans ma poche ! C'était une ruse stupide de ma part ! Je mériterais d'en rougir jusqu'à la fin de mes jours. Eh bien ! ajouta-t-elle en reprenant sa place, poursuivez. Qu'avez-vous d'autre ?

— Mais vous en aviez vraiment sous la main ? Je vous assure que je ne m'en suis pas doutée un seul instant ; vous l'avez dit si naturellement.

— Et ainsi, vous avez conservé ce morceau de taffetas gommé pour l'amour de lui ! reprit Emma, qui se remettait de la honte éprouvée et se sentait partagée entre la stupéfaction et l'amusement.

Elle songeait en son for intérieur : « Dieu me bénisse ! Il ne me serait jamais venu à l'idée de conserver dans du coton un morceau de taffetas gommé que Frank Churchill aurait roulé entre ses doigts ! Je n'ai jamais été éprise à ce point-là. »

— Et voilà, dit Harriet, qui examinait de nouveau son coffret, voilà quelque chose qui a davantage de valeur. Je veux dire que moi, j'y ai attaché plus de valeur, parce que c'est un objet qui lui a vraiment appartenu, au contraire du taffetas gommé.

Emma était très désireuse de voir ce trésor exceptionnel. C'était un bout de vieux crayon – un morceau de la gaine, sans mine.

— Ceci était bien à lui, dit Harriet. Ne vous souvenez-vous pas l'avoir vu, un matin ? Non, j'imagine que non. Mais un matin – je ne sais plus quel matin –, peut-être le mardi ou le mercredi matin qui a précédé ce fameux soir, il a voulu noter quelque chose dans son carnet ; c'était à propos de la bière aux bourgeons de sapin. Mr Knightley lui avait parlé de la fabrication de cette bière et il a voulu le noter, mais, quand il a sorti son crayon, la mine était si courte qu'il a suffi de l'affûter pour qu'il n'en restât plus. Alors, je lui ai prêté un autre crayon et il a laissé ce morceau de gaine sur la table, parce qu'il ne servait plus à rien. Mais moi, je le surveillais et, dès que je l'ai osé, je m'en suis emparée et je ne m'en suis plus séparée depuis.

— Je m'en souviens, s'écria Emma ; je m'en souviens parfaitement ! Nous parlions de bière aux bourgeons de sapin. Ah ! oui. Mr Knightley et moi disions que nous l'aimions bien tous les deux, et Mr Elton paraissait décidé à apprendre à l'aimer. Je m'en souviens avec une grande précision. Attendez... Mr Knightley était debout, juste ici, n'est-ce pas ? J'ai idée qu'il se tenait juste là.

— Ah ! je ne sais pas. Je ne m'en souviens pas. C'est très étrange, mais je ne m'en souviens pas. Mr Elton était assis là, je me souviens, à peu près à l'endroit où je me trouve à présent.

— Eh bien ! continuez.

— Oh ! C'est tout. Je n'ai plus rien à vous montrer ou à

vous dire, si ce n'est que je vais jeter ces deux objets au feu et que je tiens à ce que vous me regardiez faire.

— Ma pauvre petite Harriet ! Et cela vous a vraiment fait plaisir de conserver ces pièces comme des trésors ?

— Oui, nigaude que j'étais ! J'ai tout à fait honte de l'avoir fait, à présent, et je voudrais pouvoir oublier aussi aisément que je peux les brûler. C'était mal à moi, vous savez, que de garder des souvenirs de lui, après son mariage. Je le savais, mais je n'avais pas le courage de m'en séparer.

— Mais, Harriet, est-il vraiment nécessaire de brûler le taffetas gommé ? Je n'ai rien à dire pour le bout de crayon, mais le taffetas pourrait servir un jour.

— Je serais plus heureuse de le brûler, dit Harriet. Je trouve déplaisant de le voir. Mieux vaut me débarrasser de tout. Le voilà au feu, et Dieu merci ! c'en est fini pour moi avec Mr Elton.

« Et quand commencerez-vous à songer à Mr Churchill ? » se demanda Emma.

Elle eut bientôt des raisons de croire que l'affaire était déjà engagée et se mit à espérer que si la bohémienne n'avait pas lu dans la main de Harriet ce que lui réservait l'avenir, elle avait peut-être contribué à assurer ce dernier. Une quinzaine de jours après l'inquiétante aventure, les deux amies en vinrent à une explication, et cela de manière tout à fait inattendue. Emma, qui n'y songeait pas alors, estima que l'information avait d'autant plus d'intérêt. Au cours d'une conversation des plus banales, elle déclara :

— Eh bien ! Harriet, quand vous vous marierez, je vous conseillerai de procéder ainsi...

Elle ne s'appesantit pas sur ce point, mais, au bout d'une minute de silence, elle entendit Harriet dire d'un ton grave :

— Je ne me marierai jamais.

Emma leva les yeux et vit tout de suite de quoi il retournait. Emma se demanda un instant si elle laisserait ou non la remarque passer, puis elle reprit :

— Jamais vous marier ! Voilà une résolution toute nouvelle.

— Je n'en changerai plus jamais, pourtant.

Après une autre brève hésitation, Emma demanda :

— J'espère que cela ne vient pas de... J'espère que ce n'est pas à cause de Mr Elton ?

— Mr Elton, vraiment ! s'indigna Harriet. Ah ! non.

Puis elle marmonna quelque chose et Emma saisit seulement les mots « bien supérieur à Mr Elton ».

Emma s'accorda un plus long moment de réflexion. Devait-elle s'en tenir là ? Ne prêter aucune attention et faire semblant de ne rien soupçonner ? Harriet la croirait-elle indifférente ou fâchée ? Et si elle gardait le silence, peut-être Harriet allait-elle lui demander d'en entendre plus qu'elle ne tenait à en savoir ; or, elle était bien résolue à éviter un retour aux relations qu'elles avaient eues auparavant et qui comprenaient de franches et fréquentes discussions sur les espoirs et les chances de son amie. Elle estima qu'il était préférable pour elle de parler et de savoir sans plus attendre tout ce qu'elle avait l'intention de dire et d'apprendre. Il est toujours préférable d'user de franchise. Elle avait auparavant décidé de s'imposer de strictes limites, si la jeune fille lui faisait jamais une demande de ce genre, et de veiller à ce que toutes deux obéissent aux règles que son esprit plus judicieux aurait élaborées. Une fois déterminée, elle s'adressa à la jeune fille en ces termes :

— Harriet, je ne ferai pas semblant d'ignorer le sens de ce que vous venez de dire. Si vous êtes résolue à ne pas vous marier, ou plutôt si vous le prévoyez, cela tient à ce que vous considérez la personne que vous pourriez aimer comme trop au-dessus de vous, par sa situation, pour songer à vous, n'est-ce pas ?

— Oh ! miss Woodhouse, croyez-moi, je n'ai pas la prétention de supposer que... En vérité, je ne suis pas folle à ce point-là ! Mais c'est un plaisir pour moi que de l'admirer à distance et de penser à son infinie supériorité sur le reste du monde, avec la gratitude, l'émerveillement et la vénération qu'il mérite, et que je lui dois plus particulièrement.

— Je ne suis pas du tout surprise de ce que vous me dites, Harriet. Le service qu'il vous a rendu suffisait à toucher votre cœur.

— Un service ! Oh ! je lui ai une obligation indicible ! Le souvenir que j'en conserve et tout ce que j'ai éprouvé sur le moment... Quand je l'ai vu s'avancer, avec sa noble allure... et ma détresse auparavant. Quel changement ! En un instant, quel changement ! Passer de l'affliction la plus profonde au bonheur parfait !

— C'est tout naturel. C'est naturel et cela vous fait honneur. Oui, honneur, je crois, de choisir si bien et de montrer tant de reconnaissance. Mais je ne vous promets pas que cette préférence que vous lui marquez sera couronnée de succès. Je ne vous conseille pas de céder à la tentation, Harriet. Je ne suis pas sûre du tout que vous soyez payée de retour. Réfléchissez à ce que vous faites. Il sera peut-être plus sage de refréner vos sentiments tant que vous le pouvez ; de toute façon, ne les laissez pas vous emporter trop loin, à moins que vous ne soyez persuadée qu'il vous apprécie. Observez-le bien. Que son comportement serve de guide au vôtre. Je vous mets en garde maintenant, parce que je ne reviendrai pas avec vous sur ce sujet. Je suis déterminée à ne pas intervenir. A partir de maintenant, je ne veux plus rien savoir de la question. Qu'aucun nom ne franchisse vos lèvres. Nous nous sommes lourdement trompées, une fois ; il nous faut être prudentes, à présent. Il vous est supérieur, sans aucun doute, et il semble qu'il existe beaucoup d'objections et d'obstacles de très sérieuse nature. Et pourtant, Harriet, on a vu se produire des choses plus surprenantes et célébrer des unions plus disparates. Mais prenez garde. Je ne voudrais pas que vous soyez trop enthousiaste. Néanmoins, quelle que soit la conclusion de tout cela, soyez sûre que d'avoir levé les yeux sur lui est une preuve de bon goût dont je reconnaîtrai toujours la valeur.

Harriet lui baisa la main en signe de muette gratitude et de soumission. Emma était décidée à considérer cet attachement comme une bonne chose pour son amie. Cette inclination contribuerait à élever et raffiner son esprit – et elle lui éviterait de courir le risque d'une dégradation.

Le mois de juin commença à Hartfield au milieu de ces plans, de ces espérances et de ces connivences. Il n'apporta rien de nouveau au reste de Highbury. Les Elton parlaient toujours d'une visite des Suckling et de l'utilisation que l'on pourrait faire de leur calèche-landau. Jane Fairfax se trouvait toujours chez sa grand-mère ; le retour d'Irlande des Campbell avait été une fois de plus retardé ; au lieu de se produire à la Saint-Jean d'été, il était différé jusqu'au mois d'août. Il était donc vraisemblable que la jeune fille demeurerait encore là deux grands mois de plus, dans la mesure, du moins, où elle pourrait lutter contre l'activité de Mrs Elton et éviter d'accepter en hâte, contre sa volonté, l'une des irrésistibles situations que celle-ci recherchait en sa faveur.

Mr Knightley, qui, dès le début, et pour des raisons connues de lui seul, n'avait pas apprécié Frank Churchill, l'avait pris depuis en aversion. Il commençait à le soupçonner de duplicité en poursuivant Emma de ses assiduités. Il paraissait indéniable qu'il fît la cour à la jeune fille. Tout l'annonçait. Son assiduité auprès d'elle, les allusions de son père, le silence prudent de sa belle-mère, tout s'accordait ; les paroles, le comportement, la discrétion, les indiscrétions, tout racontait la même histoire. Mais, alors que tant de gens l'offraient à Emma et qu'elle-même le destinait à Harriet, Mr Knightley croyait qu'il avait une aventure avec Jane Fairfax. Il n'arrivait pas à se l'expliquer, mais il avait surpris, croyait-il, des signes d'intelligence mutuelle, et, une fois qu'il eut observé des marques d'admiration de la part du jeune homme, il ne parvint pas à se persuader qu'elles étaient dépourvues de signification, bien qu'il eût souhaité ne pas tomber dans les erreurs d'imagination dont Emma était coutumière. La jeune fille n'était pas là lorsque ces soupçons se présentèrent à son esprit. Il dînait en compagnie de la famille de Randalls et de Jane chez les Elton et il avait vu un regard, et même plus d'un regard destiné à miss Fairfax, qui lui avait paru plutôt déplacé de la part d'un admirateur de miss Woodhouse. Quand il les revit ailleurs, il ne put s'empêcher de penser à ce qu'il avait vu et il n'avait pu se défendre de nouvelles observations. Or, à moins de ressembler à Cowper, devant son feu, au crépuscule, qui avoue : « Moi-même j'ai créé tout ce que j'ai vu », il lui fallait admettre que sa méfiance se renforçait, car il lui semblait non seulement que Frank Churchill et Jane étaient attirés l'un par l'autre, mais qu'ils avaient conclu un accord.

Il vint un jour à pied, après le dîner, passer la soirée à Hartfield, comme il le faisait souvent. Emma et Harriet s'apprêtaient à aller se promener ; il se joignit à elles. Au retour, ils tombèrent sur un groupe d'amis plus important que le leur et qui, comme eux, avaient jugé plus sage de faire un tour de bonne heure, car la pluie menaçait. Il s'agissait de Mr et de Mrs Weston et de leur fils, et de miss Bates et de sa nièce, qui s'étaient rencontrés par hasard. Ils se réunirent et, en arrivant à la grille de Hartfield, Emma, qui savait que c'était tout à fait le genre de visite impromptue qu'apprécierait son père, les invita tous à entrer et à prendre le thé avec lui. La famille de Randalls y consentit aussitôt et, après un assez long discours de miss Bates, auxquels ils ne prêtèrent guère attention, celle-ci finit par accepter à son tour la très obligeante invitation de la chère miss Woodhouse.

39

Comme ils entraient dans la propriété, Mr Perry passa à cheval. Les messieurs discutèrent des mérites de sa monture.

— A propos, dit Frank Churchill à Mrs Weston, qu'est-il arrivé du projet de Mr Perry d'acquérir une voiture ?

Mrs Weston parut surprise et dit :

— J'ignorais qu'il avait un tel projet.

— Mais si, je le tiens de vous. Vous m'en avez parlé dans une lettre, il y a trois mois.

— Moi ! Impossible !

— En vérité, vous l'avez fait. Je m'en souviens parfaitement. Vous me disiez que cela se ferait très vite. Mrs Perry l'avait confié à quelqu'un et en était très satisfaite. C'était elle qui l'avait persuadé de faire cette acquisition, étant donné qu'il est dehors par tous les temps et qu'il prend souvent mal. Vous en souvenez-vous, maintenant ?

— Ma parole, je n'en ai jamais entendu parler auparavant.

— Jamais ? Vraiment ? Jamais ! Dieu me bénisse ! Comment cela peut-il être ? Alors, j'ai dû rêver... pourtant, j'étais si persuadé... Miss Smith, vous avez l'air fatigué. Vous allez être bien aise de vous reposer.

— De quoi s'agit-il ? De quoi s'agit-il ? demanda Mr Weston. Que disiez-vous de Perry et d'une voiture ? Perry va-t-il faire l'acquisition d'une voiture, Frank ? Je suis content d'apprendre qu'il peut se le permettre. Vous tenez cela de lui, n'est-ce pas ?

— Non, monsieur, répondit son fils en riant, je ne le tiens de personne. C'est très curieux ! J'étais sûr que Mrs Weston l'avait annoncé dans une des lettres qui me sont parvenues à Enscombe, il y a plusieurs semaines, et qu'elle avait fourni tous les détails, mais comme elle affirme n'en avoir jamais entendu parler auparavant, il faut que je l'aie rêvé. Je rêve beaucoup. Je rêve de tous les habitants de Highbury, quand je suis loin d'ici. Et quand j'ai fait le tour de mes amis, j'en arrive à rêver de Mr et de Mrs Perry.

— Il est plutôt étrange, observa son père, que vous ayez une suite de rêves aussi bien ordonnancée à propos de gens auxquels vous avez aussi peu de raisons de penser quand vous êtes à Enscombe. Perry prêt à s'acheter une voiture et sa femme le persuadant de le faire pour des raisons de santé ! C'est ce qui se produira tôt ou tard, sans doute, mais la nouvelle est un peu prématurée. Comme un rêve peut paraître vraisemblable, parfois ! Et d'autres ne sont qu'un tissu d'absurdités ! Eh bien ! Frank, votre rêve prouve au moins que vous pensez à Highbury, quand vous n'êtes pas là. Emma, vous rêvez souvent, je crois ?

Emma ne l'entendit pas. Elle venait de presser le pas pour avertir son père de l'arrivée de leurs invités et se trouvait trop éloignée pour saisir l'allusion glissée par Mr Weston.

— Eh bien ! à dire le vrai, intervint miss Bates, qui essayait en vain de se faire entendre depuis deux minutes, si je peux intervenir sur ce sujet, on ne peut nier que Mr Frank Churchill aurait pu... Je ne veux pas dire qu'il ne l'a pas rêvé... Il m'arrive moi-même d'avoir les rêves les plus bizarres... mais si l'on m'interrogeait sur ce point, je répondrais qu'il en a été question au printemps. Car Mrs Perry elle-même en avait parlé à ma mère et les Cole le savaient aussi bien que nous-mêmes. Mais cela restait un secret dont personne ne parlait et l'on n'y a songé que trois jours durant. Mrs Perry souhaitait vivement que son mari eût une voiture et, un matin où elle était venue voir ma mère, elle était pleine d'enthousiasme, parce qu'elle croyait l'avoir emporté. Jane, te souviens-tu avoir entendu ta grand-mère nous en parler à notre retour ? Je ne me souviens plus où nous étions allées – à Randalls, probablement. Oui, je crois bien que c'était à Randalls. Mrs Perry a toujours beaucoup apprécié ma mère –

à vrai dire, je ne connais personne qui ne l'aime pas – et elle lui en avait parlé en confidence ; elle n'avait aucune objection à nous le confier, mais, bien entendu, cela ne devait pas aller plus loin et, depuis ce jour-là, je crois bien n'en avoir pas dit un mot à âme qui vive. D'un autre côté, je ne jurerais pas que je n'y ai pas fait allusion, parce qu'il m'arrive de révéler des choses sans même m'en rendre compte. J'aime beaucoup parler, vous comprenez. Je suis un peu bavarde et, de temps à autre, il m'arrive de laisser échapper quelque chose que je devrais garder pour moi. Je ne suis pas comme Jane. J'aimerais lui ressembler. Je jurerais qu'elle n'a jamais trahi un secret au monde. Où est-elle ? Oh ! juste derrière moi. Je me rappelle parfaitement la visite de Mrs Perry. Un rêve extraordinaire, en vérité !

Leur groupe pénétrait dans le hall. Les yeux de Mr Knightley s'étaient portés sur Jane bien avant que miss Bates la cherche du regard. Sur le visage de Frank Churchill, il avait cru lire un certain embarras, que le jeune homme s'efforçait de dissimuler ou de surmonter, et il s'était aussitôt tourné vers elle, mais elle se trouvait bien derrière et s'affairait à arranger son châle. Mr Weston était déjà entré. Les deux hommes attendirent à la porte pour laisser la jeune fille entrer. Mr Knightley soupçonnait Frank de chercher à capter son regard – il paraissait l'observer intensément –, mais si c'était le cas, ce fut en vain. Jane passa entre eux et ne regarda ni l'un ni l'autre.

Il n'était plus temps de faire d'autres remarques ou de chercher une explication. On devrait se contenter de l'histoire du rêve. Mr Knightley prit place comme les autres autour d'une grande table ronde, moderne, qu'Emma avait fait venir à Hartfield. Personne, sinon elle, n'aurait pu persuader son père que cette table devait être installée à cet endroit et remplacer la petite table à la Pembroke sur laquelle on entassait depuis quarante ans deux de ses repas quotidiens. Le thé fut agréable et personne ne paraissait pressé de repartir.

— Miss Woodhouse, demanda Frank Churchill, après avoir examiné une table derrière lui, qu'il pouvait atteindre sans bouger, vos neveux ont-ils laissé leurs alphabets ? Ils étaient là d'habitude. Où se trouvent-ils ? Cette morne soirée appelle plutôt les occupations de l'hiver que celles de l'été. Nous nous étions beaucoup amusés, un jour, avec ces lettres. J'aimerais vous faire de nouveau deviner des mots.

Emma fut séduite par cette idée ; elle sortit la boîte et, bientôt, les alphabets furent éparpillés sur la table. Personne ne parut plus disposé à les utiliser qu'eux-mêmes. Ils formaient rapidement des mots l'un pour l'autre ou proposaient des groupes de lettres à ceux qui acceptaient d'en chercher. Ce jeu, qui se déroulait dans le calme, convenait bien à Mr Woodhouse, qui avait souvent souffert de l'animation qu'entraînaient ceux qu'introduisait parfois Mr Weston. Bien installé dans son fauteuil, il prenait plaisir à se lamenter, avec des accents de tendre mélancolie, du départ de ses « pauvres petits-fils » ou à s'emparer d'une lettre isolée qui se trouvait à sa portée et à souligner avec affection combien l'écriture d'Emma était élégante.

Frank Churchill plaça les éléments d'un mot devant miss Fairfax. Elle jeta un rapide coup d'œil autour de la table, puis s'appliqua à le chercher. Frank était assis près d'Emma, Jane leur faisait face et Mr Knightley s'était placé de manière à les voir tous les trois. Il entendait les observer autant qu'il le pourrait sans en avoir l'air. Jane trouva le mot et le repoussa avec un léger sourire. Si elle souhaitait le mélanger aussitôt avec les autres lettres et le faire disparaître, elle aurait dû jeter un nouveau coup d'œil autour de la table au lieu de fixer ceux qui lui faisaient face, car le mot demeura isolé, et Harriet, qui cherchait une nouvelle énigme et n'apercevait pas d'autre groupe, s'en empara aussitôt et se mit à chercher la solution à son tour. Elle était assise près de Mr Knightley et lui demanda de l'aider. Le mot était « maladresse ». Quand Harriet le proclama d'une voix triomphale, Jane rougit si fort qu'elle lui donna aussitôt un sens de message qu'il n'aurait pas pris autrement. Mr Knightley pensa aussitôt à le rapprocher du rêve de Frank, mais il ne vit pas le rapport. Il ne comprenait pas comment on avait pu endormir à ce point le sens de la délicatesse et de la discrétion de cette jeune fille qu'il admirait particulièrement. Il craignait qu'elle ne se fût trop engagée envers le jeune homme. Il ne voyait plus que manque de franchise et fausseté de toutes parts. Ces arrangements de lettres n'étaient qu'un prétexte à débiter des galanteries et à ruser. Ce jeu d'enfant permettait à Frank Churchill de tenir une partie beaucoup plus subtile.

Sous le coup d'une grande indignation, Mr Knightley continua à le surveiller et, avec une inquiétude et une méfiance croissantes, il surveilla aussi ses deux aveugles compagnes. Il aperçut un mot court, préparé pour Emma, qui lui était confié avec un air espiègle et une modestie affectée. Il vit qu'Emma trouvait aussitôt la solution et s'en amusait beaucoup, bien qu'elle eût jugé plus convenable de censurer son choix, car elle s'écria : « Quelle absurdité ! Honte à vous ! » Il entendit ensuite Frank Churchill proposer, en jetant un coup d'œil en direction de Jane : « Le lui donnerai-je ? » Puis il entendit clairement Emma s'y opposer avec une vive ardeur, tout en riant.

— Non, non, il ne faut pas ! Ne faites pas cela !

Il le fit cependant. Ce jeune homme si galant, qui semblait aimer sans faire montre de ses sentiments et chercher à se recommander sans tenir compte de ceux d'autrui, remit directement le mot à miss Fairfax et la pria, avec un calme et une politesse extrêmes, de l'étudier ; Mr Knightley, qui brûlait de curiosité à propos de ce mot, saisissait toutes les occasions de jeter un coup d'œil dans cette direction et parvint enfin à comprendre que c'était le nom de « Dixon ». Jane Fairfax sembla le découvrir en même temps que lui ; sa compréhension du sens caché des cinq lettres ainsi arrangées, de l'allusion mystérieuse qu'elles contenaient, était certainement plus grande que la sienne. Il était évident que cela lui déplaisait ; elle leva les yeux, se rendit compte qu'elle était observée et devint plus écarlate que Mr Knightley ne l'avait jamais vue. Elle se contenta de dire : « J'ignorais que les noms propres étaient autorisés », repoussa les lettres non sans indignation et parut décidée à ne plus chercher de mots. Elle se désintéressa de ses attaquants et tourna la tête vers sa tante.

— Oui, vous avez raison, ma chère, approuva cette dernière, bien que Jane n'eût pas ouvert la bouche. J'allais juste vous dire la même chose. Il est temps pour nous de partir, en vérité. La nuit tombe et votre grand-mère va nous chercher. Mon cher monsieur, vous êtes si obligeant. Il faut vraiment que nous vous souhaitions le bonsoir.

Jane s'empressa de montrer à sa tante qu'elle était aussi bien disposée à la suivre que cette dernière l'avait pensé. Elle se leva sans plus attendre et voulut quitter la table, mais, comme tout le monde voulait aussi partir, elle ne put s'éloigner. Mr Knightley eut l'impression que l'on poussait vivement un autre groupe de lettres vers elle, mais elle les balaya avec énergie, sans les examiner[1]. Elle chercha ensuite son châle. Frank Churchill le chercha aussi. L'obscurité envahissait la pièce et tout n'était plus que confusion. Mr Knightley n'aurait pu dire comment ils prirent congé.

Lui-même demeura à Hartfield quand tout le monde fut parti, absorbé par ce qu'il avait vu ; il était encore si préoccupé, quand les chandelles arrivèrent pour l'assister dans ses observations, qu'il estima de son devoir, oui, de son devoir d'ami – un ami inquiet –, de donner à Emma son avis à mots couverts et de lui poser quelques questions. Il ne pouvait la voir dans une situation aussi périlleuse sans essayer de la protéger. Il lui fallait remplir cette obligation.

— S'il vous plaît, Emma, permettez-moi de vous demander pourquoi le dernier mot qui vous a été offert, ainsi qu'à miss Fairfax, était d'une drôlerie si irrésistible, d'un mordant si acéré ? J'ai vu ce mot et je suis curieux de savoir pourquoi il était si divertissant pour l'une et si attristant pour l'autre.

Emma se sentit tout à fait confuse. Elle ne pouvait lui fournir de véritable explication car, même si ses soupçons n'avaient pas été levés, elle avait honte d'en avoir jamais fait part à quelqu'un.

— Oh ! s'écria-t-elle avec un évident embarras. Cela ne voulait rien dire ; c'était juste une plaisanterie entre nous.

— Mr Churchill et vous paraissiez être les seuls à la goûter, remarqua-t-il d'un ton sérieux.

---

1. Selon une tradition familiale rapportée par W. et R. A. Austen-Leigh, il s'agissait du mot « pardon ».

Il avait espéré qu'elle reprendrait la parole, mais elle n'en fit rien. Elle semblait préférer s'occuper de mille choses plutôt que de lui parler. Il demeura quelque temps plongé dans l'incertitude. Une foule d'idées désagréables lui traversa l'esprit. Fallait-il intervenir ? Une intervention serait vaine... La gêne d'Emma, l'intimité dont elle admettait l'existence entre eux, semblaient dire qu'elle était attachée au jeune homme. Et pourtant, il allait lui parler. Il le lui devait ; il préférait risquer de mettre en péril ce qui les unissait par une intervention malencontreuse plutôt que le bonheur de la jeune fille et affronter n'importe quoi plutôt que d'éprouver ensuite le regret de l'avoir négligée.

— Ma chère Emma, dit-il enfin avec une gravité pleine de tendresse, croyez-vous connaître parfaitement les relations qui unissent le gentleman et la jeune fille dont nous avons parlé ?

— Entre Mr Frank Churchill et miss Fairfax ? Oh ! oui, parfaitement. Pourquoi en doutez-vous ?

— N'avez-vous jamais eu des raisons de penser qu'il l'admirait ou qu'elle l'admirait ?

— Jamais, au grand jamais ! s'écria-t-elle vivement, avec beaucoup plus de franchise. Jamais une telle idée ne m'a traversé l'esprit une seconde ! Comment a-t-elle pu vous passer par la tête ?

— Il m'a semblé, ces derniers temps, voir des marques d'attachement entre eux – certains regards appuyés, qui n'étaient pas destinés à être vus de leur entourage.

— Oh ! vous m'amusez infiniment. Je suis ravie de découvrir qu'il vous arrive de laisser votre imagination vagabonder – mais vous n'aboutirez pas. Je suis navrée de vous arrêter lors de votre premier essai, mais cela ne vous mènera nulle part. Il n'y a pas d'admiration entre eux, je vous assure, et les apparences qui ont retenu votre attention dérivent de circonstances particulières – des sentiments qui sont plutôt d'une tout autre nature et qu'il est impossible d'expliquer en détail ; il s'y mêle beaucoup d'absurdité, mais, pour la part qui peut être communiquée, et qui relève du bon sens, elle me permet de dire qu'ils sont aussi loin d'éprouver de l'amour ou de l'admiration l'un pour l'autre que peuvent l'être deux êtres humains. Du moins, je présume qu'il n'en est pas question pour elle et je réponds qu'il n'y en a pas de son côté à lui. Je me porte garante de l'indifférence de ce gentleman.

Elle s'exprimait avec tant d'assurance et tant de satisfaction que Mr Knightley en fut ébranlé et qu'elle le réduisit au silence. Elle se sentait d'humeur enjouée et aurait volontiers prolongé la conversation, désireuse de connaître ses soupçons en détail, de s'entendre décrire le moindre regard et toutes les circonstances de cette affaire qui la divertissait. Mais, de son côté, elle ne le réjouissait pas. Il voyait qu'il ne pouvait être utile à Emma et il se sentait trop irrité pour parler. Du reste, comme il craignait que la chaleur du feu, que le fragile Mr Woodhouse faisait allumer presque chaque soir de l'année, ne transformât cette irritation en fièvre, il prit très vite congé et regagna à pied la fraîcheur et la solitude de l'abbaye de Donwell.

Après avoir longtemps caressé l'espoir de recevoir bientôt la visite de Mr et de Mrs Suckling, la bonne société de Highbury eut la mortification d'apprendre qu'ils ne pourraient se déplacer avant l'automne. Elle n'avait plus à attendre de l'extérieur, pour le moment, aucune nouveauté de cette importance qui pût enrichir ses ressources intellectuelles. Lors des échanges quotidiens de nouvelles, on se rabattit donc sur d'autres questions d'intérêt local, auxquelles la venue des Suckling avait été associée, un temps, et en particulier sur les nouvelles de Mrs Churchill, dont l'état de santé faisait l'objet d'un bulletin différent chaque matin, et sur celles de Mrs Weston, dont le bonheur allait s'accroître de l'arrivée prochaine d'un enfant, ce qui réjouissait ses amis.

Mrs Elton était très déçue. De nombreuses occasions de plaisir et de parade se trouvaient ainsi reportées. Il lui faudrait encore attendre pour les introductions et les recommandations, et toutes les sorties qu'elle se promettait de faire resteraient à l'état de projets. Telle fut sa première pensée, mais, à la réflexion, elle jugea qu'il n'était pas utile de tout remettre à plus tard. Pourquoi ne ferait-on pas une excursion à Box Hill, même si les Suckling n'en étaient pas ? On pourrait y retourner avec eux à l'automne. Il fut donc admis que l'on irait à Box Hill. Chacun savait depuis longtemps que Mrs Elton avait prévu cette excursion ; elle en avait même donné l'idée à d'autres membres de la communauté. Emma n'était jamais allée à Box Hill ; elle avait envie de voir ce que tout le monde s'accordait à trouver digne d'admiration, aussi Mrs Weston et elle avaient-elles décidé de s'y rendre, un jour, quand il ferait beau. Il était entendu que deux ou trois de leurs amis au plus se joindraient à elles et que la promenade se déroulerait de façon discrète, simple, élégante, bien supérieure à l'agitation, aux préparatifs, au repas et aux boissons, qui feraient partie de la parade du pique-nique des Elton et des Suckling.

Tout cela était si bien convenu entre elles qu'Emma ne put s'empêcher d'être surprise et même d'éprouver une certaine contrariété en apprenant que Mr Weston avait proposé à Mrs Elton, puisque son beau-frère et sa sœur s'étaient dérobés, de réunir leurs deux groupes pour entreprendre ensemble l'excursion, et que Mrs Elton y avait consenti avec joie. C'est donc ainsi que les choses se passeraient, si elle-même n'y voyait pas d'objection. Le seul inconvénient tenait pour elle à sa très profonde aversion pour Mrs Elton, et Mr Weston le savait déjà parfaitement, mais il était préférable de ne pas mettre cela de nouveau en avant. Emma n'aurait pu le faire sans paraître lui adresser des reproches, ce qui aurait peiné sa femme. Elle se vit donc forcée de consentir à un arrangement qu'elle aurait donné cher pour éviter, un arrangement qui allait sans doute l'exposer à l'humiliation d'entendre dire qu'elle avait été invitée à une excursion de Mrs Elton ! Emma se sentait blessée et la patience avec laquelle elle se soumit en apparence lui laissa un fort arrière-goût d'âpre sévérité en pensant à l'indulgence excessive, propre au caractère de Mr Weston.

— Je suis content que vous approuviez ce que j'ai fait, dit celui-ci, très à l'aise, mais je pensais que vous le feriez. Le nombre est un gage de réussite pour de tels projets. On ne peut avoir un groupe trop important. Un groupe fournit ses propres amusements. Et puis, c'est une brave femme, après tout. On ne peut pas l'exclure.

Emma ne protesta pas à voix haute, mais n'admit rien de tout cela en son for intérieur.

On était maintenant à la mi-juin et il faisait beau. Mrs Elton était impatiente de fixer la date et de prendre des dispositions avec Mr Weston au sujet des tourtes au pigeon et de l'agneau froid, quand un cheval boiteux de son attelage vint tristement remettre tout en question. Il faudrait attendre des jours, voire des semaines avant de pouvoir l'utiliser, aussi n'était-il plus question d'entreprendre des préparatifs ; tout retomba dans une mélancolique stagnation. Les ressources personnelles de Mrs Elton elles-mêmes ne suffisaient pas pour résister à une telle attaque.

— N'est-ce pas des plus vexants, Knightley ? s'écria-t-elle. Alors que nous avons un temps idéal pour les excursions ! Ces délais et ces contretemps sont odieux. Quel parti prendre ? A ce rythme, l'année s'achèvera sans que nous ayons rien fait. L'an dernier à pareille époque, nous avons fait une charmante excursion de Maple Grove à Kings Weston.

— Vous feriez mieux de faire une excursion à Donwell, répondit Mr Knightley. Cela ne nécessite pas de chevaux. Venez donc manger des fraises. Elles arrivent à maturité.

Si Mr Knightley avait fait cette offre en plaisantant, il fut obligé de la maintenir, car sa proposition fut accueillie avec enthousiasme. Le cri du cœur : « Oh ! rien ne me ferait plus de plaisir » n'aurait pu être plus clair. La propriété de Donwell était célèbre pour ses plants de fraises, ce qui justifiait l'invitation, mais la dame avait tant envie d'aller n'importe où qu'elle n'avait pas besoin de prétexte ; elle se serait laissée tenter par des carrés de choux. Elle lui promit à maintes reprises de venir – bien qu'il n'eût aucun doute – et se montra très reconnaissante d'un témoignage amical qu'elle choisit de considérer comme un insigne compliment.

— Vous pouvez compter sur moi, dit-elle. Je viendrai certainement. Fixez la date et je viendrai. Vous me permettrez d'amener Jane Fairfax ?

— Je ne puis fixer la date avant d'en avoir parlé à quelques autres personnes que je souhaiterais inviter également.

— Oh ! laissez-moi faire. Laissez-moi simplement carte blanche. Je suis la dame patronnesse de ce pays, vous savez. C'est mon excursion. J'amènerai des amis avec moi.

— J'espère que vous amènerez Elton, dit-il, mais je ne vous chargerai pas de faire d'autres invitations.

— Ah ! voilà que vous éprouvez un malin plaisir à me le refuser. Mais songez-y, ne craignez pas de me déléguer vos pouvoirs. Je n'en suis pas à ma première expérience. On peut s'adresser aux femmes mariées en toute confiance, vous savez. C'est ma sortie. Laissez-moi faire. Je réunirai vos invités.

— Non, répondit-il posément. Il n'y a qu'une femme mariée au monde à qui je peux laisser le soin d'inviter qui bon lui semble à Donwell, et cette femme, c'est...

— Mrs Weston, je suppose, interrompit Mrs Elton, un peu vexée.

— Non, Mrs Knightley, et aussi longtemps qu'il n'y aura personne de ce nom je m'occuperai de ces questions moi-même.

— Ah ! quel homme extraordinaire vous faites ! s'écria-t-elle, satisfaite que personne ne lui fût préféré. Vous avez de l'humour et vous pouvez vous permettre de dire ce qui vous plaît. Vous avez beaucoup d'humour. Eh bien ! je viendrai avec Jane. Jane et sa tante. Je vous abandonne le reste. Je n'ai aucune objection à retrouver ici les membres de la famille de Hartfield. N'ayez aucun scrupule. Je sais que vous leur êtes très lié.

— Vous les y retrouverez certainement, s'ils acceptent mon invitation. Et je m'arrêterai chez miss Bates sur le chemin du retour.

— C'est tout à fait inutile. Je vois Jane tous les jours – mais il en sera comme vous voudrez. Comme la réunion aura lieu dans la journée, ce sera quelque chose de très simple, vous comprenez, Knightley. Je porterai un grand chapeau et j'aurai l'un de mes petits paniers au bras. Là... sans doute le panier orné d'un ruban rose. Rien ne saurait être plus simple, vous voyez. Et Jane en aura un tout pareil. Pas de formalités, pas de cérémonie – une sorte de fête de bohémiens. Nous nous promènerons dans vos jardins, nous cueillerons nous-mêmes les fraises, nous irons nous asseoir sous les arbres et, si vous vous voulez nous offrir autre chose, il faudra que ce soit servi en plein air – une table dressée à l'ombre, vous voyez. Tout doit demeurer aussi naturel et simple que possible. N'est-ce pas ainsi que vous voyez les choses ?

— Pas tout à fait. Mon idée du simple et du naturel sera de faire dresser la table dans la salle à manger. Je crois que le naturel et la simplicité pour les hommes et les femmes de qualité, leurs domestiques et leur mobilier, sont plus faciles à observer lorsque les repas sont pris à l'intérieur. Quand vous serez lasse de manger des fraises au jardin, vous trouverez un buffet froid dans la maison.

— Eh bien ! comme il vous plaira. Seulement, ne faites rien avec apparat. Et puisque nous y sommes, si moi ou ma femme de charge pouvons vous être utiles et vous conseiller... dites-le sincèrement, Knightley. Si vous souhaitez que je parle à Mrs Hodge ou que je passe en revue...

— Je n'ai pas le moindre souhait de ce genre, je vous remercie.

— Fort bien... Mais, s'il s'élève quelque difficulté, ma gouvernante est très habile.

— Je suis convaincu que la mienne s'estime tout aussi expérimentée et qu'elle refusera l'aide de qui que ce soit.

— Je regrette que nous n'ayons pas un âne. Nous pourrions toutes venir à dos d'âne, Jane, miss Bates et moi, et mon *caro sposo* viendrait à pied. Il faut vraiment que je l'engage à acheter un âne. J'estime que c'est une sorte de nécessité, à la campagne, car même pour une femme qui a autant de ressources que moi, il n'est pas possible de demeurer toujours enfermée chez soi, et pour les grandes promenades, vous savez... En été, il y a de la poussière, et en hiver, de la boue.

— Vous ne trouverez ni l'un ni l'autre entre Donwell et Highbury. La route de Donwell n'est jamais poussiéreuse et il ne tombe pas une goutte d'eau. Toutefois, venez à dos d'âne si vous le préférez. Vous pourrez emprunter celui de

Mrs Cole. Je souhaite que tout soit autant que possible à votre convenance.

— J'en suis persuadée. En vérité, je vous rends justice, mon excellent ami. Sous ces dehors un peu secs et rudes, vous cachez un cœur d'or. Comme je le dis souvent à Mr Elton, vous êtes un homme plein d'humour. Si, croyez-moi, Knightley, je suis très sensible aux marques d'attention que vous me donnez. Vous avez trouvé ce qui pouvait me faire le plus grand plaisir.

40

Mr Knightley avait une autre raison de ne pas vouloir faire dresser la table à l'ombre d'un arbre. Il souhaitait persuader Mr Woodhouse d'accompagner sa fille à cette petite réception et il savait que la seule idée de voir l'un d'eux manger dehors le rendrait inévitablement malade. Or il ne convenait pas qu'il fût malheureux, sous prétexte qu'on lui offrait l'occasion d'effectuer une promenade en voiture dans la journée et de passer une ou deux heures à Donwell.

Il fallait se montrer envers lui de bonne foi. Aucune horreur cachée ne devait l'amener à se reprocher une crédulité excessive. Il consentit de bonne grâce à venir. Il n'avait pas vu Donwell depuis deux ans. Emma, Harriet et lui pourraient très bien se rendre là-bas par une belle journée ; pendant qu'il resterait tranquillement dans la maison, en compagnie de Mrs Weston, les chères petites pourraient faire le tour des jardins. Il ne pensait pas qu'il y fît humide, en cette saison, à la mi-journée. Il aimerait beaucoup revoir la vieille maison et serait très heureux d'y retrouver Mr et Mrs Elton, ainsi que n'importe lequel de ses voisins. Il ne voyait aucune objection, pas plus qu'Emma ou Harriet, à se rendre là-bas par une belle journée. Il savait gré à Mr Knightley de les inviter à un déjeuner ; c'était très aimable et très bien pensé de sa part, et bien préférable à un dîner. Il n'aimait pas beaucoup dîner hors de chez lui.

Mr Knightley eut la joie de rencontrer l'approbation de tous ses amis. Son invitation fut acceptée partout avec tant d'empressement que l'on aurait dit que, comme Mrs Elton, ils considéraient ce projet comme un hommage personnel. Emma et Harriet dirent qu'elles en attendaient beaucoup de plaisir. Mr Weston, sans qu'on le lui eût demandé, proposa d'inviter Frank à venir si possible les rejoindre, ce qui constituait une marque d'approbation et de reconnaissance dont il aurait pu se dispenser. Mr Knightley se vit alors contraint de dire qu'il serait heureux de le recevoir. Mr Weston ne perdit pas une minute pour écrire et n'épargna pas les arguments pour convaincre son fils de faire le déplacement.

Entre-temps, le cheval boiteux s'était rétabli si vite que l'on recommençait à parler gaiement de l'excursion à Box Hill. Il fut alors décidé que l'on irait à Donwell un jour et à Box Hill le lendemain. Le temps paraissait s'y prêter admirablement.

C'est sous le chaud soleil de midi, par une belle journée proche de la Saint-Jean, que Mr Woodhouse fut transporté sans encombre dans sa voiture, avec une glace baissée, afin de prendre part à cette réception *al fresco*. Il fut ensuite introduit dans le salon le plus confortable de l'abbaye, où l'on avait fait du feu depuis le matin à son intention, puis installé confortablement, et il s'apprêta à parler avec plaisir de son voyage et à engager tout le monde à venir se reposer près de lui et à ne pas trop s'échauffer au-dehors. Mrs Weston, qui paraissait être venue à pied dans le seul but de se fatiguer, s'assit près de lui et ne le quitta plus, l'écoutant avec patience et sympathisant avec lui, tandis que tous les autres étaient conviés à sortir.

Il y avait si longtemps qu'Emma n'était venue à l'abbaye que, aussitôt après s'être assurée du confort de son père, elle fut heureuse de le quitter pour aller en faire le tour. Elle était désireuse de rafraîchir et de corriger ses souvenirs en observant dans le détail et en cherchant à mieux comprendre la disposition d'une maison et d'un parc qui les intéresseraient toujours, elle et toute sa famille.

Elle éprouvait le juste orgueil et la satisfaction qu'une alliance avec l'actuel, comme avec le futur maître des lieux, lui garantissait, et notait l'importance respectable et le style du manoir, sa situation heureuse, agréable à l'œil, si caractéristique, puisqu'il était établi sur une faible hauteur, bien à l'abri des vents. Le vaste parc s'étendait jusqu'aux prairies, baignées par une rivière, mais on l'apercevait à peine de l'abbaye, étant donné l'indifférence à la vue des anciens bâtisseurs et l'abondance d'arbres de haute futaie qui s'y trouvaient, le long des allées et des avenues, et que ni la mode ni l'extravagance n'avaient conduit à sacrifier. Le manoir était plus important que Hartfield et était construit de manière toute différente ; il couvrait une grande superficie de manière irrégulière, comportait beaucoup de coins et de recoins, nombre de pièces confortables, ainsi qu'une ou deux salles de belles proportions. Cette demeure était ce qu'elle devait être et en avait l'air. Emma éprouvait à son égard un respect croissant, en tant que siège d'une famille si bien née, qui n'avait jamais connu de mésalliance et dont les membres s'étaient toujours distingués par l'intelligence. Mr John Knightley n'était pas sans quelques défauts de caractère, il est vrai, mais Isabella avait fait un mariage bien assorti. Pour sa part, elle n'avait à rougir ni de sa parenté, ni de son nom, ni du lieu de sa naissance. C'étaient là des impressions agréables et, tout en se promenant, elle s'y complut jusqu'au moment où elle estima nécessaire de faire comme tout le monde et d'aller rejoindre les autres invités près des plants de fraisiers.

Tous s'y étaient rassemblés, à l'exception de Frank Churchill, qui devait arriver à tout moment de Richmond. Mrs Elton, dans l'appareil du bonheur champêtre, grand chapeau et panier au bras, s'apprêtait à montrer la voie pour cueillir, accepter ou donner une leçon sur les fraises. Elle ne pensait plus qu'aux fraises, ne parlait plus que des fraises. Le meilleur fruit d'Angleterre, tout le monde l'aime. Toujours excellent pour la santé ! On y trouve les plus beaux plants et les meilleures espèces. Il est très agréable de les cueillir soi-même, c'est la seule façon de les apprécier comme elles le méritent. Le matin est décidément le moment le plus favorable de la journée, on n'est jamais fatigué. Toutes les espèces sont bonnes, mais les caprons sont infiniment supérieurs, c'est sans comparaison. Les autres sont à peine mangeables. Les caprons sont très rares, mais les guinées sont les préférées. Les petites fraises, les bois blancs, sont les plus parfumées de toutes. Le prix des fraises à Londres, leur abondance à Bristol ou à Maple Grove, les modes de culture, le renouvellement des plants... Certains jardiniers pensent exactement le contraire... Il n'y a pas de règle générale. D'autres jardiniers ne veulent pas sortir de leur routine. C'est un fruit délicieux, mais trop nourrissant pour que l'on en mange beaucoup. Inférieur aux cerises... Les groseilles sont plus rafraîchissantes. La seule objection que l'on puisse faire à la cueillette des fraises, c'est qu'il faut se baisser... Ce soleil éblouissant... Morte de fatigue... impossible de le supporter plus longtemps. Il faut aller s'asseoir à l'ombre...

Telle fut la conversation durant une demi-heure. Elle ne fut interrompue qu'une fois, par Mrs Weston, qui, poussée par la sollicitude à l'égard de son beau-fils, demanda s'il était arrivé. Le cheval qu'il montait l'inquiétait.

On parvint à s'installer à l'ombre de manière assez confortable et Emma fut contrainte de suivre sans le vouloir la conversation de Mrs Elton et de Jane Fairfax. Il était question d'un emploi, d'une situation très enviable. Mrs Elton en avait appris l'existence le matin même et jubilait. Ce n'était pas chez Mrs Suckling, ni chez Mrs Bragges, mais dans une maison qui venait immédiatement après pour la félicité et la splendeur qu'elle réservait ; c'était chez une cousine de Mrs Bragges, une relation de Mrs Suckling, une personne reçue à Maple Grove. C'était une dame délicieuse, charmante, supérieure, évoluant dans les meilleurs cercles, ne pénétrant que dans les sphères les plus élevées, grande lignée, haut rang, tout ce que l'on pouvait rêver – et Mrs Elton brûlait de voir l'offre saisie sur-le-champ. Elle était pleine d'ardeur, d'énergie, d'une joie éclatante, et refusait absolument d'accepter la réponse négative de son amie, bien que miss Fairfax l'eût une fois de plus assurée qu'elle ne voulait encore s'engager en rien, pour les raisons qu'Emma lui avait déjà entendu fournir de façon pressante. En dépit de tout cela, Mrs Elton insistait pour que la jeune fille l'autorisât à écrire par la poste du matin qu'elle acceptait l'offre. Emma se demandait comment Jane pouvait supporter cela. Elle semblait irritée et répondait avec froideur. A la fin, elle résolut d'agir, avec un esprit de décision qui ne lui était pas habituel, et proposa de changer d'activité. Ne pourrait-on se promener ? Mr Knightley n'aurait-il pas la bonté de leur montrer les jardins, tous les jardins ? Elle désirait tout voir. L'opiniâtreté de son amie paraissait lui être devenue insupportable.

Il faisait chaud et, après s'être éparpillés quelque temps à travers les jardins, les invités, toujours en ordre dispersé, par groupes de deux ou trois tout au plus, se dirigèrent insensiblement les uns après les autres vers l'ombre délicieuse d'une large mais courte avenue bordée de tilleuls, qui s'étendait au-delà des jardins, à mi-distance de la rivière, et paraissait marquer la fin du parc d'agrément. Elle ne conduisait à rien, sinon au point de vue que l'on découvrait tout au bout, par-dessus un muret de pierre aboutissant à deux hauts piliers ; ces derniers paraissaient avoir été érigés pour annoncer une allée d'accès au manoir qui n'avait jamais été tracée. On pouvait mettre en doute le goût d'un tel bornage pour la propriété, mais l'avenue elle-même formait une charmante promenade et le panorama auquel elle conduisait était extrêmement pittoresque. Le flanc raide du coteau au pied duquel l'abbaye avait été établie s'escarpait de plus en plus au-delà de la propriété ; à un demi-mille de distance, on apercevait une berge de rivière très abrupte et d'une indéniable grandeur, toute couverte de bois. C'est au pied de cette berge que s'élevait, bien située et bien abritée, la ferme du Moulin de l'abbaye, précédée de prairies et cernée de près par un superbe méandre de la rivière. C'était une vue charmante pour l'œil et pour l'esprit. On jouissait tout à la fois de la verdure, des cultures et d'une tranquillité propres à l'Angleterre, et cela sous un beau soleil, dont les rayons et la chaleur restaient cependant supportables.

C'est dans cette avenue qu'Emma et Mr Weston trouvèrent tous les invités rassemblés. Précédant tranquillement ceux qui allaient admirer le paysage, elle reconnut aussitôt Mr Knightley et Harriet, qui s'étaient séparés du reste du groupe. Mr Knightley et Harriet ! C'était là un curieux tête à tête, mais elle se réjouit de le voir. Il y avait eu un temps, pas si lointain, où il méprisait la compagnie de son amie et se détournait d'elle sans trop de cérémonie. A présent, ils semblaient avoir une conversation des plus agréables. Jadis aussi, Emma aurait été inquiète de savoir Harriet en un lieu si propre à admirer la ferme du Moulin de l'abbaye, mais aujourd'hui, elle ne le craignait plus. La jeune fille la contemplerait sans risques, dans toute sa beauté et sa prospérité, avec ses riches pâturages, ses troupeaux disséminés, son verger en fleurs et la légère colonne de fumée qui s'élevait au-dessus de son toit. Elle les rejoignit près du muret et les trouva plus occupés par leur entretien que par ce qui les entourait. Mr Knightley, qui expliquait à Harriet les divers modes d'agriculture, accorda à Emma un sourire qui semblait lui dire : « Ce sont là des questions qui me concernent. J'ai le droit d'aborder de tels sujets sans être soupçonné de vouloir faire mention de Robert Martin. » Emma ne l'en soupçonnait pas. C'était une trop vieille histoire. Robert Martin avait sans doute cessé de songer à Harriet. Ils firent encore quelques tours ensemble dans cette avenue. L'ombrage y faisait régner une fraîcheur exquise. Emma trouva que c'était le plus agréable moment de la journée.

Ils regagnèrent ensuite la maison ; il était temps pour eux d'y entrer et de se restaurer. Ils prirent donc place à table et se mirent à manger, mais Frank Churchill n'arrivait toujours pas. Mrs Weston le guetta avec insistance, mais en vain. Son mari ne voulait pas admettre qu'il était inquiet et se moquait de ses craintes, mais elle ne pouvait s'empêcher de souhaiter que Frank se défît de sa jument noire. Mr Weston soutenait que Frank viendrait, avec plus d'assurance que de coutume. Sa tante allait tellement mieux qu'il n'avait pas douté un seul instant de pouvoir les rejoindre. Cependant, l'état de Mrs Churchill était tel, comme nombre d'invités le faisaient remarquer à Mrs Weston, qu'il pouvait connaître de brusques variations et réduire son neveu à une dépendance tout à fait justifiée, même s'il en était déçu. La jeune femme en arriva à croire, et même à dire, que Mrs Churchill avait dû avoir une crise, qui l'avait empêché de venir. Emma observait Harriet pendant que l'on débattait de cette hypothèse ; son amie se comportait bien et ne trahissait aucune émotion.

Le repas froid s'acheva et les invités ressortirent pour aller admirer ce qu'ils n'avaient pas encore vu, les viviers de l'ancienne abbaye, et peut-être même pour continuer jusqu'aux tréflières, qui devaient être coupées le lendemain, ou du moins pour avoir le plaisir de s'échauffer afin de goûter celui de se rafraîchir ensuite. Mr Woodhouse, qui avait déjà fait un petit tour dans la partie la plus haute des jardins, là où il présumait qu'aucune humidité de la rivière ne pourrait l'atteindre, ne voulut plus sortir, et sa fille décida de rester auprès de lui, afin que Mrs Weston se laissât persuader d'accompagner son mari pour prendre de l'exercice et se changer les idées, comme elle semblait en avoir besoin.

Mr Knightley avait fait tout ce qui était en son pouvoir pour distraire Mr Woodhouse. Des livres de gravures, des tiroirs pleins de médailles, des camées, des coraux, des coquillages et toutes sortes d'autres collections que sa famille avait réunies dans les cabinets de curiosités du manoir avaient été sortis afin de l'occuper. Cette gentillesse avait atteint son but. Mr Woodhouse s'était bien diverti. Mrs Weston lui avait tout montré et, maintenant, il pouvait tout présenter à Emma — heureux de n'avoir d'autre ressemblance avec un enfant que de manquer tout à fait de goût pour ce qu'il avait sous les yeux car, pour sa part, il était lent, patient et méthodique.

Toutefois, avant de le laisser entreprendre ce second examen, Emma sortit dans le hall afin d'observer durant quelques instants l'implantation de la maison et son entrée, et elle y était à peine qu'elle vit Jane Fairfax arriver du jardin à la hâte, comme si elle se sauvait. La jeune fille s'attendait si peu à rencontrer miss Woodhouse aussi vite qu'elle sursauta. C'est pourtant elle qu'elle était venue chercher.

— Auriez-vous l'amabilité de dire, lorsqu'on s'apercevra de mon absence, que je suis rentrée chez moi ? fit-elle. Je m'en vais maintenant. Ma tante ne se rend pas compte à quel point il est tard, ni depuis combien de temps nous nous sommes absentées. Je suis pourtant certaine que l'on nous attend et je suis résolue à partir sur-le-champ. Je n'en ai rien dit. Cela aurait dérangé et peiné les uns et les autres. Certains sont allés à l'étang, d'autres sont retournés à l'allée de tilleuls. Ils ne remarqueront que je suis partie que lorsqu'ils seront tous rentrés et, quand ils le feront, aurez-vous la bonté de leur annoncer mon départ ?

— Certainement, si vous le désirez, mais vous n'allez pas aller à pied jusqu'à Highbury toute seule ?

— Si. Que pourrait-il m'arriver ? Je marcherai vite. Je serai rendue chez moi en vingt minutes.

— Mais c'est trop loin ! Je vous assure que c'est trop loin pour aller à pied toute seule ! Permettez-moi de demander au cocher de mon père de vous accompagner. Laissez-moi demander la voiture. Elle peut être là dans cinq minutes.

— Je vous remercie, je vous remercie beaucoup, mais en aucune façon. Je préfère marcher. Comment pourrais-je, moi, avoir peur de marcher seule ? Moi, qui vais bientôt être obligée de garder les autres !

Elle paraissait dans un grand état d'agitation, tandis qu'elle parlait. Aussi, pour lui témoigner de la sympathie, Emma lui répondit :

— Ce n'est pas une raison pour que vous courriez le moindre risque maintenant. Il faut que je demande la voiture. La chaleur elle-même pourrait constituer le danger. Vous êtes déjà lasse.

— Je le suis, répondit-elle. Je suis fatiguée, mais ce n'est pas de cette sorte de fatigue. Marcher vite me remettra. Miss Woodhouse, il nous arrive à tous d'avoir l'esprit las. Le mien, je l'avoue, est abattu. La plus grande marque de bienveillance que vous puissiez me montrer, c'est de me permettre d'agir à mon gré et simplement de dire que je suis partie, quand cela sera nécessaire.

Emma n'avait plus d'argument à lui opposer. Elle voyait ce qu'il en était ; aussi, comprenant ses sentiments, elle l'aida à quitter la maison sans plus attendre et la regarda s'éloigner avec une sollicitude amicale pour sa sécurité. Jane lui jeta encore un regard de reconnaissance et lui dit :

— Oh ! miss Woodhouse, que l'on est heureux d'être seule quelquefois !

Ce cri du cœur paraissait révéler un peu du continuel effort de patience qu'elle fournissait, même pour supporter ceux qui l'aimaient le mieux.

« Quelle maison, vraiment ! Quelle tante ! dit Emma, alors qu'elle regagnait le hall. Je vous.plains. Et plus vous paraîtrez sensible aux véritables horreurs qu'elles vous réservent, plus j'aurai de sympathie pour vous. »

Jane n'était pas partie depuis un quart d'heure, et ils n'avaient examiné que quelques vues de la place Saint-Marc à Venise, que Frank Churchill fit son entrée dans la pièce. Emma ne pensait plus à lui, elle l'avait oublié, mais elle fut très contente de le voir. Mrs Weston serait rassurée. La jument noire n'était pas à l'origine de son retard ; ceux d'entre les invités qui en avaient rendu Mrs Churchill responsable avaient eu raison. Frank avait été retenu par un redoublement momentané de son mal – une crise nerveuse qui avait duré plusieurs heures. Le jeune homme avait abandonné tout espoir de se rendre chez son père la plus grande partie de la journée, et, s'il avait su combien il souffrirait de la chaleur au cours de cette chevauchée, combien il arriverait tard, en dépit de sa hâte, il ne serait pas parti. La chaleur était inouïe ; il n'en avait jamais autant souffert de sa vie et en était arrivé à souhaiter d'être resté chez lui, car rien ne l'affectait comme la chaleur, alors qu'il supportait très bien le froid – mais la chaleur était intolérable, et il s'assit, l'air pitoyable, le plus loin possible de la cheminée, où se consumaient les braises du feu allumé pour Mr Woodhouse.

— Vous aurez très vite moins chaud si vous restez tranquillement assis, lui dit Emma.

— Dès que j'aurai moins chaud, il me faudra reprendre la route. On pouvait difficilement se passer de moi là-bas, mais on avait tant insisté ici pour que je vienne ! Vous allez repartir bientôt, je suppose ; tous les invités vont se disperser. J'en ai rencontré une, en venant. Quelle folie par un temps pareil ! Une pure folie !

Emma l'écoutait, l'observait et se rendit très vite compte que l'on ne pouvait mieux définir l'état d'esprit dans lequel il se trouvait qu'en parlant d'humeur massacrante. Il y a des gens qui réagissent toujours ainsi à la grosse chaleur. Telle était peut-être sa constitution et, comme elle savait que manger et boire faisaient souvent disparaître ces malaises occasionnels, elle lui conseilla de prendre quelque rafraîchissement ; il trouverait de tout en abondance dans la salle à manger et elle eut la gentillesse de lui indiquer la porte de cette pièce. Mais il ne voulait rien absorber. Il n'avait pas faim. S'il prenait quelque chose, il n'en aurait que plus chaud.

Au bout de deux minutes, pourtant, il céda et, tout en marmonnant quelque chose à propos de bière aux bourgeons de sapin, il sortit. Emma prêta de nouveau attention à son père, tout en se disant en secret : « Je suis bien aise de ne plus l'aimer. Je n'aurais pas apprécié un homme qui se laisse si facilement troubler par une journée de chaleur. Harriet, dont le caractère est si doux et si docile, ne s'en formalisera pas. »

Il demeura absent assez longtemps pour avoir un bon repas et revint en meilleure forme, tout à fait rafraîchi. Il avait retrouvé ses bonnes manières et était redevenu lui-même. Il put tirer une chaise pour se rapprocher d'eux, s'intéresser à ce qu'ils examinaient et regretter de façon raisonnable d'avoir perdu autant de temps avant d'arriver. Il n'était pas encore d'excellente humeur, mais faisait un effort pour se dominer. Au bout d'un moment, il parvint même à plaisanter et à se montrer très agréable. Ils étaient en train de regarder des vues de la Suisse.

— Dès que ma tante ira mieux, dit-il, j'irai à l'étranger. Je n'aurai jamais l'âme en paix aussi longtemps que je n'aurai pas vu certains de ces endroits. Je vous enverrai mes dessins, un jour ou l'autre, pour que vous les examiniez, ou bien mon journal de voyage, ou encore un poème. Je ferai quelque chose pour me faire connaître.

— C'est possible, répondit Emma, mais pas avec des dessins exécutés en Suisse. Vous n'irez jamais en Suisse. Votre oncle et votre tante ne vous permettront jamais de quitter l'Angleterre.

— Ils auront peut-être envie de venir également. On recommande à ma tante un climat plus chaud. J'ai assez bon espoir que nous partions tous pour l'étranger, je vous l'assure. Je me suis persuadé ce matin que j'irai bientôt à l'étranger. Il faut que je voyage. Je suis las de ne rien faire. Il me faut du changement. Je suis sérieux, miss Woodhouse, quoi que vos regards pénétrants puissent vous laisser imaginer. Je suis fatigué de l'Angleterre et je la quitterais demain, si je le pouvais.

— Vous êtes fatigué de jouir de la prospérité et de voir satisfaire tous vos désirs ! Ne pouvez-vous pas vous inventer quelques épreuves et vous contenter de rester ?

— Moi, fatigué de la fortune et du bien-être ? Vous vous trompez du tout au tout. Je ne me considère ni comme un homme riche ni comme quelqu'un qui mène une existence facile. Je suis contrarié dans tout ce qui m'importe. Je ne me tiens pas du tout pour quelqu'un de fortuné.

— Vous n'êtes cependant plus tout à fait aussi malheureux que vous l'étiez en arrivant. Allez donc manger et boire un peu plus et vous irez tout à fait bien. Une autre tranche de viande froide, un autre verre de madère coupé d'eau et vous serez presque aussi en train que le reste d'entre nous !

— Non, je ne bougerai pas. Je resterai assis près de vous. Votre présence est mon meilleur remède.

— Nous allons à Box Hill, demain ; vous viendrez avec nous. Ce n'est pas la Suisse, mais cela ne manquera tout de même pas d'intérêt pour un jeune homme qui aspire tant au changement. Allez-vous rester ici ce soir et venir avec nous ?

— Non, certainement pas. Je retournerai chez moi ce soir, quand il fera frais.

— Mais vous reviendrez demain matin, quand il fera encore frais ?

— Non, cela n'en vaudra pas la peine. Si je viens, je serai de mauvaise humeur.

— Alors, je vous en prie, restez à Richmond !

— Mais, si j'y reste, je serai encore plus contrarié ! Je ne supporterai pas la pensée que vous êtes tous là-bas sans moi.

— Ce sont là des difficultés qu'il vous appartient de résoudre. Choisissez le degré de mauvaise humeur qui vous convient. Je ne vous presserai pas davantage.

Les autres invités commençaient à revenir, et tous se retrouvèrent bientôt dans le salon. Certains exprimèrent beaucoup de joie à la vue de Frank Churchill, d'autres le prirent plus calmement, mais tous exprimèrent leur désarroi et leurs regrets quand la disparition de miss Fairfax leur fut expliquée. Comme il était temps pour tous de partir, la discussion prit fin sur ce point et, après que quelques dernières dispositions eurent été prises pour la sortie du lendemain, ils se séparèrent. Le peu d'inclination qu'éprouvait Frank Churchill à s'exclure de ces projets s'augmenta au point qu'il dit enfin à Emma :

— Eh bien ! si vous, vous désirez que je reste et que je participe à l'excursion, je le ferai.

Elle lui sourit pour marquer son acceptation, et seul un ordre exprès venu de Richmond aurait pu désormais le forcer d'y retourner avant le lendemain soir.

41

Ils eurent une très belle journée pour leur pique-nique de Box Hill. Tout se réunissait pour la rendre très agréable, les arrangements, les préparatifs pour le repas, la ponctualité des invités, tout semblait promettre une agréable excursion. Le rassemblement fut fixé entre Hartfield et le presbytère : tout le monde s'y trouva à l'heure. Emma et Harriet étaient ensemble, miss Bates et sa nièce avec les Elton ; les messieurs étaient à cheval et Mrs Weston resta avec Mr Woodhouse. Il ne leur manquait que de se trouver heureux à Box Hill. On fit sept milles dans l'espoir de bien se divertir et, dès l'arrivée, on s'extasia sur la beauté du lieu ; le reste de la journée fut rien moins qu'agréable. On remarquait une langueur, un défaut d'union qu'il fut impossible de vaincre. On se sépara en petits groupes. Les Elton se promenèrent ensemble, Mr Knightley se chargea de miss Bates et de sa nièce, et Emma, ainsi que Harriet, échurent à Frank Churchill. Mr Weston essaya en vain de les rassembler. Il semblait d'abord que cette division ne fût qu'accidentelle, cependant elle continua à peu près de la même manière le reste de la journée. Mr et Mrs Elton, à la vérité, paraissaient assez portés à se réunir aux autres et à se rendre aussi agréables que possible. Mais, pendant tout le temps que l'on resta sur la colline, la majeure partie de la compagnie maintint un principe de séparation que ni le coup d'œil, ni la collation, ni la gaieté franche de Mr Weston ne purent vaincre. Emma s'ennuya beaucoup au commencement. Elle n'avait jamais vu Frank Churchill si taciturne ni si maussade. Le peu qu'il dit ne valait pas la peine d'être entendu. Il regardait sans voir, admirait sans raison, écoutait sans entendre ce que l'on disait. Tant que Frank Churchill fut d'une humeur sombre, il ne parut pas surprenant à Emma que Harriet le fût aussi. Elle les trouva tous les deux insupportables.

La scène changea lorsqu'ils furent tous assis car Frank Churchill commença à causer, devint gai peu à peu et s'occupa principalement d'elle. Il eut pour elle les attentions les plus marquées. Il se fit un devoir de l'amuser et de se rendre agréable à ses yeux, et Emma, charmée que l'on prît soin de la divertir, pas trop fâchée d'être flattée, recouvra toute son amabilité accoutumée et lui donna tous les encouragements possibles d'être galant, plus qu'elle n'avait jamais fait depuis qu'elle le connaissait. Mais si, à ses propres yeux, cela ne signifiait rien du tout, il n'en fut pas de même aux yeux des spectateurs, qui ne trouvèrent pas d'autre mot propre à décrire sa conduite que celui de « flirt ». « Miss Woodhouse a flirté à outrance avec Mr Frank Churchill. » Ils s'y étaient exposés, aussi on le sut à Maple Grove par les soins d'une personne, et en Irlande par ceux d'une autre. Ce n'est pas que la gaieté d'Emma vînt d'une félicité réelle, c'était, au contraire, parce qu'elle se sentait moins heureuse qu'elle ne s'était attendue à l'être. Elle riait d'avoir été trompée dans ses espérances et, bien qu'elle lui tînt compte de ses attentions et les crût bien placées, soit comme marques d'amitié, de passion ou d'amusement, cela ne faisait aucune impression sur son cœur. Elle ne le regardait que comme un ami.

— Que je vous suis obligé de m'avoir dit de venir aujourd'hui ! s'écria-t-il. Sans vous, je perdais le plaisir d'être de cette partie. Mon intention était de m'en retourner sur-le-champ.

— Oui, vous étiez de très mauvaise humeur. J'en ignore la cause ; peut-être étiez-vous arrivé trop tard pour cueillir des fraises ? Je vous ai traité avec plus de bonté que vous ne le méritiez. Mais vous vous êtes montré humble, vous avez sollicité l'ordre de venir.

— Ne dites pas que j'étais de mauvaise humeur. J'étais fatigué, la chaleur m'avait accablé.

— Il fait plus chaud aujourd'hui.

— Je ne m'en aperçois pas, je me trouve à merveille.

— A la bonne heure, mais c'est parce que vous êtes sous commandement.

— Sous le vôtre ? Oui.

— J'avais peut-être l'intention que vous le disiez, et cependant je parlais du vôtre ; je disais que vous êtes maître de vous-même. Vous étiez, d'une manière ou d'une autre, sorti de votre humeur ordinaire, mais vous y êtes rentré aujourd'hui. Et comme je ne puis pas toujours être avec vous, je vous conseille d'être toujours sous votre propre commandement plutôt que sous le mien.

— C'est la même chose, je ne puis avoir le commandement de moi-même sans motif. Je suis à vos ordres, que vous parliez ou non. Vous pouvez toujours être avec moi. Vous y serez éternellement.

— A dater d'hier à trois heures, mon influence peut avoir commencé, et pas plus tôt, autrement vous n'auriez pas été de si mauvaise humeur.

— Hier à trois heures ! Je croyais avoir eu l'honneur de vous voir pour la première fois en février dernier.

— Il n'y a certainement rien à répondre à un propos aussi galant, mais – baissant la voix – il n'y a que nous qui parlions, et c'est un peu trop fort de dire des fadaises pour amuser sept personnes qui gardent le silence.

— Je n'ai nulle honte de ce que je dis, répliqua-t-il avec une impudence rare. J'ai eu l'honneur de vous voir pour la première fois en février dernier. Je désire que tous ceux qui sont sur cette hauteur l'entendent s'ils peuvent. Je souhaite que ma voix puisse parvenir d'un bout du pays à l'autre. Je vous ai vue en février dernier, pour la première fois !

Ensuite il lui dit à l'oreille :

— Nos compagnons paraissent engourdis ; que ferons-nous pour les réveiller ? La première sottise venue fera l'affaire. Ils parleront ! Mesdames et messieurs, dit-il plus haut, il m'est ordonné par miss Woodhouse, qui préside partout où elle se trouve, de vous dire qu'elle désire savoir ce que vous pensez !

Quelques-uns se mirent à rire et répondirent d'une manière flatteuse. Miss Bates parla beaucoup ; Mrs Elton fut extraordinairement heurtée de l'idée que miss Woodhouse présidât partout où elle se trouvait. Mr Knightley s'expliqua très distinctement.

— Miss Woodhouse serait-elle bien aise de savoir ce que tout le monde pense ?

— Oh ! non, s'écria Emma en riant et en affectant beaucoup de nonchalance. Pour rien au monde ! Je ne voudrais pas m'exposer à une pareille attaque. Dites-moi tout autre chose que ce qui faisait l'objet de vos pensées, mais ne dites pas tout. Il y en a une ou deux peut-être – jetant un coup d'œil sur Mr Weston et Harriet – de qui je n'aurais rien à craindre.

— C'est une question, s'écria Mrs Elton avec emphase, que je ne me serais pas permis de poser. Quoique, peut-être, en qualité de *chaperon* de la partie... Je ne me suis jamais trouvée dans aucun cercle, à aucune excursion. Les demoiselles, les femmes mariées...

Elle disait tout cela entre les dents, s'adressant particulièrement à son mari, qui répondit tout bas :

— Vous avez raison, ma chérie, c'est bien vrai, c'est exactement cela. On n'a jamais vu pareille chose. Mais il y a des dames qui se permettent de dire ce qu'il leur plaît : il faut en rire, tout le monde sait ce qui vous est dû.

— Ça ne réussira pas, dit tout bas Frank Churchill à Emma, ils se croient presque tous insultés. Je veux m'y prendre avec plus de dextérité. Mesdames et messieurs ! Miss Woodhouse m'ordonne de dire qu'elle renonce au droit qu'elle a de savoir vos pensées ; elle demande seulement de chacun de vous quelque chose d'amusant. Vous êtes sept, sans me compter – elle a la bonté de dire que je la divertis passablement. Elle exige que chacun, soit dise quelque chose de très spirituel, soit récite une ou deux choses en prose ou en vers, passablement spirituelles, soit trois choses extrêmement stupides : elle promet d'en rire de bon cœur.

— Ah ! fort bien ! cria miss Bates, cela ne me gênera guère.

Trois sottises, c'est fort aisé pour moi. En ouvrant la bouche, j'en puis dire beaucoup plus, n'est-ce pas ? Ne le croyez-vous pas tous ? ajouta-t-elle en regardant autour d'elle avec toute la gaieté possible.

Emma ne put y résister.

— Ah ! miss, mais il y a une difficulté. Pardonnez-moi, mais vous vous êtes bornée à trois seulement !

Miss Bates, trompée par son apparente politesse, ne la comprit pas sur-le-champ. Aussitôt qu'elle fut au fait, sa rougeur n'annonça pas de colère, mais qu'elle était peinée.

— Ah ! fort bien, oui, je l'entends – se tournant vers Mr Knightley –, et je vais essayer de me taire. Il faut que je lui sois bien désagréable, autrement, elle n'aurait pas parlé ainsi à une vieille amie.

— J'approuve votre plan, s'écria Mr Weston, je l'approuve tout à fait. Je vais faire un jeu de mots. Combien cela comptera-t-il ?

— Peu de chose, monsieur, répondit son fils, très peu de chose. Mais nous serons indulgents en faveur de quelqu'un qui donne l'exemple.

— Non, non, dit Emma, il comptera pour beaucoup. Un jeu de mots de Mr Weston suffira pour lui et son voisin. Allons, monsieur, voyons, commencez.

— Je ne crois pas qu'il soit très spirituel car il est trop vrai : quelles sont les deux lettres de l'alphabet qui expriment toutes les perfections ?

— Quelles sont les deux lettres de l'alphabet qui expriment toutes les perfections ?

— Ma foi, je n'en sais rien, dit le fils. Et vous, miss Woodhouse, le devinerez-vous ? Je n'en crois rien.

— Vous ne voulez donc pas deviner ? dit Mr Weston. Je vais donc vous nommer ces deux lettres. M et A... Emm-a ! Me comprenez-vous à présent ?

Cette devinette fit un plaisir infini à Emma, ainsi qu'à Frank Churchill et à Harriet ; mais le reste de la compagnie n'en parut pas également satisfait, et Mr Knightley dit gravement :

— Cela nous donne à entendre l'espèce de choses spirituelles que l'on désirait avoir. Mr Weston s'en est très bien acquitté, mais, s'il eût pris de meilleures informations, il aurait attendu un peu plus longtemps avant de prononcer le mot « perfection ».

— Quant à moi, je fais mes excuses, dit Mrs Elton. Je ne veux même pas essayer : ces sortes de jeux ne me plaisent pas. On m'envoya une fois un acrostiche sur mon nom qui ne me plut nullement. J'en connaissais l'auteur : un désagréable fat ! Vous savez qui je veux dire – faisant signe à son mari. Ces sortes de jeux sont passables aux fêtes de Noël, autour d'un bon feu, mais pas du tout pendant une excursion pour explorer les beautés de la nature en été. Miss Woodhouse voudra bien m'excuser. Je n'ai pas de choses spirituelles à jeter à la tête de tout le monde. Je ne me pique pas d'avoir de l'esprit. J'ai beaucoup de vivacité, à ma manière, mais je crois qu'il doit m'être permis de juger moi-même des circonstances où je dois parler ou bien garder le silence. Passez notre tour, Mr Churchill, s'il vous plaît. Passez aussi celui de Mr Knightley, celui de Jane et le mien. Aucun de nous n'a rien de spirituel à dire.

— Oui, oui, je vous prie, passez mon tour, ajouta son mari avec dédain. Je n'ai rien d'amusant à dire à miss Woodhouse, ni à aucune autre demoiselle. Je suis marié depuis longtemps, aussi ne suis-je plus bon à rien. Irons-nous faire un tour, Augusta ?

— De tout mon cœur. Je suis fatiguée d'explorer si long-temps le même endroit. Allons, Jane, donnez-moi le bras.

Jane s'y refusa cependant, et les époux partirent seuls.

— Heureux couple ! dit Frank Churchill aussitôt qu'ils furent hors de portée de l'entendre. Qu'ils se conviennent bien ! C'est un grand coup de fortune que la manière dont ils se sont mariés quelques semaines, je crois, après avoir fait connaissance à Bath. C'est très heureux, en vérité, car comment peut-on juger du caractère d'une personne à Bath ou dans les lieux publics ? C'est une chose impossible. Ce n'est qu'à la maison, dans leur société particulière, que l'on peut connaître les dispositions des femmes et se former une juste idée de ce qu'elles valent. Hors de là, on ne peut former que des conjectures ou s'en rapporter au hasard : et pour l'ordinaire, on tombe fort mal. Combien d'hommes se sont aventurés après une courte connaissance avec une femme, et s'en sont repentis le reste de leur vie !

Miss Fairfax, qui n'avait pas ouvert la bouche, excepté avec sa société particulière, prit alors la parole.

— Ce que vous dites là arrive sans doute quelquefois.

La toux l'empêcha de continuer. Frank Churchill se tourna de son côté pour l'écouter.

— Vous disiez quelque chose, mademoiselle ?

La voix lui revint.

— Je voulais seulement observer que, quoique des circonstances malheureuses, telles que celles dont vous venez de parler, arrivent quelquefois à des femmes et à des hommes, je ne crois cependant pas qu'elles soient fréquentes. Un attachement précipité et imprudent peut se former, mais, par la suite, lorsque l'on s'en aperçoit, on peut aisément se dégager. Je désire être comprise : je veux dire qu'il n'y a que des âmes faibles et irrésolues, dont le bonheur dépend toujours du hasard, qui puissent conserver une passion dont ils sentiraient l'inconvenance et le poids pour toujours.

Il ne répondit rien, la regarda, la salua humblement, et peu après il dit gaiement :

— J'ai si peu de confiance en mon propre jugement que j'espère, quand l'envie me prendra de me marier, que quelqu'un voudra bien me choisir une femme. Voulez-vous – se tournant vers Emma – voulez-vous m'en choisir une ? Je suis persuadé que j'aimerais celle que vous me destineriez. Vous combleriez les désirs de ma famille, bien entendu. Trouvez-m'en une ! dit-il à son père en souriant. Je ne suis pas pressé. Adoptez-la ! Élevez-la !

— Voulez-vous qu'elle me ressemble ?

— Oh ! de tout cœur, si vous le pouvez.

— Fort bien, je me charge de la commission : vous aurez une femme charmante.

— Je demande qu'elle soit très gaie, qu'elle ait les yeux noisette. Je me soucie peu du reste. J'irai voyager pendant deux ans. A mon retour, je viendrai vous demander ma femme. Souvenez-vous-en.

Il n'y avait pas de danger qu'Emma l'oubliât. Cette commission caressait agréablement son imagination. Harriet ne serait-elle pas la femme qu'il lui faudrait ? Excepté des yeux noisette, dans deux ans elle serait digne de lui. Il pensait peut-être à Harriet lorsqu'il parlait d'une femme ; qui sait ? S'en rapporter à elle pour le soin de son éducation semblait confirmer cette idée.

— Maintenant, madame, dit Jane à sa tante, voulez-vous que nous allions rejoindre Mrs Elton ?

— Comme il vous plaira, ma chère, de tout mon cœur, je suis prête. J'avais envie de la suivre lorsqu'elle s'est levée, mais il est encore temps : nous la rejoindrons bientôt. La voilà ! Non, c'est une dame qui est venue dans le petit char irlandais. Elle ne lui ressemble pas du tout.

Elles s'en allèrent et furent suivies une minute après par Mr Knightley. Il ne resta qu'Emma, Harriet, Mr Weston et son fils. La vivacité de ce dernier augmenta au point de la rendre désagréable. Emma, elle-même, se fatigua de flatteries et de plaisanteries : elle eût préféré se promener avec d'autres personnes ou s'asseoir seule pour jouir du charmant coup d'œil qui était au-dessus d'elle. La vue des domestiques et des voitures qui les attendaient la réjouit infiniment, jusqu'aux embarras du départ et à la prétention de Mrs Elton d'avoir sa voiture la première. Elle supporta tout cela patiemment, dans l'espoir de s'en retourner tranquillement à la maison et de mettre fin à un pique-nique dont le désagrément surpassait de beaucoup le plaisir. Elle se promit bien de ne plus se trouver désormais avec une compagnie composée de personnes aussi mal assorties. Tandis qu'elle attendait sa voiture, elle vit Mr Knightley à côté d'elle. Il regarda tout autour de lui, comme pour s'assurer qu'il n'y avait personne à portée pour l'entendre. Ensuite, il lui parla ainsi :

— Emma, je vais vous parler encore une fois comme j'ai eu coutume de le faire, privilège que vous avez plutôt souffert que permis : je dois encore en faire usage. Je ne puis vous voir vous mal conduire sans vous en prévenir. Comment avez-vous pu être si sévère avec miss Bates ? Comment vous êtes-vous permis d'insulter une femme de son âge, de son caractère et dans une situation comme la sienne ? Emma, je ne l'aurais jamais cru de vous !

Emma se recueillit, rougit, se reconnut coupable, mais affecta d'en rire.

— Et comment pouvais-je m'empêcher de parler comme je l'ai fait ? Personne n'aurait agi autrement. D'ailleurs, il n'y a pas grand mal, car je suis sûre qu'elle ne m'a pas comprise.

— Je vous assure qu'elle a parfaitement entendu ce que vous vouliez dire. Elle en a parlé depuis et je désirerais que vous eussiez pu entendre avec quelle candeur, avec quelle générosité elle s'exprimait. J'aurais souhaité que vous eussiez pu être témoin de la reconnaissance qu'elle exprimait envers vous. « Qu'elle est bonne, disait-elle, d'avoir tant d'attentions pour une créature dont la société lui est si désagréable ! Que d'obligations nous lui avons, ainsi qu'à son père ! »

— Oh ! s'écria Emma, je sais qu'il n'existe pas au monde une meilleure créature qu'elle, mais vous savez aussi que la bonté et le ridicule forment la base de son caractère.

— Cela est vrai, dit-il, je l'avoue. Mais si elle était riche, j'admettrais même que le ridicule surpassât la bonté ; si elle avait de la fortune, je ne trouverais pas mauvais que ses absurdités fussent pour vous un objet de dérision ; si elle était votre égale par sa position, je ne vous ferais aucun reproche. Mais, Emma, considérez la distance qu'il y a de vous à elle : elle est très pauvre, elle est déchue de l'état de prospérité dans lequel elle était née, et, si elle vit longtemps, son sort deviendra encore plus malheureux. Sa situation devrait exciter en vous la pitié. En vérité, vous vous êtes mal conduite. Vous, qu'elle a vue enfant, vous, qu'elle a vue grandir lorsque ses attentions vous honoraient, vous venez maintenant, par l'étourderie, par un orgueil mal entendu, de vous moquer d'elle, de l'humilier devant sa nièce et devant des gens dont quelques-uns imiteront votre exemple. Ce que je vous dis, Emma, ne vous est pas agréable, sans doute, et je vous assure que cela me l'est encore moins. Mais il est de mon devoir de vous faire ces représentations. Tant qu'il sera en mon pouvoir de vous dire la vérité, je le ferai. En vous donnant de bons conseils, je vous prouve la sincérité de l'amitié que j'ai pour vous ; et je me flatte qu'un jour ou l'autre vous me rendrez plus de justice que vous ne le faites à présent.

Tout en parlant, ils s'approchaient de la voiture. Elle était prête et, avant qu'elle pût dire un mot, il lui avait donné la main pour y entrer. Il avait méconnu les sentiments qui l'avaient engagée à tourner la tête et l'avaient empêchée de parler. C'était un composé de colère contre elle-même, de mortification et de chagrin. Elle n'avait pu ouvrir la bouche et, en se plaçant dans sa voiture, elle faillit se trouver mal. Elle se remit, se reprocha de n'avoir pas pris congé de lui, de l'avoir quitté d'un air de mauvaise humeur. Elle essaya de la voix et du geste de réparer ses torts, mais il était trop tard. Il était monté à cheval et avait disparu. Elle continua en vain de regarder derrière, mais, ce qui lui parut très extraordinaire, elle allait très vite, et le reste de la compagnie, n'ayant pu la suivre en descendant la colline, était demeuré loin derrière elle. Elle en ressentit un chagrin mortel qu'elle eut peine à cacher. Jamais, dans aucune circonstance, elle n'avait été si agitée ni ressenti une pareille mortification. Elle était frappée au cœur. Ses reproches étaient justes, elle ne pouvait le nier. Son propre cœur se joignait à Mr Knightley. Comment avait-elle pu être si cruelle envers miss Bates ? Comment avait-elle pu se compromettre devant des personnes pour lesquelles elle avait de l'estime ? Et comment avait-elle pu le quitter sans lui témoigner sa reconnaissance ni lui avoir donné des marques d'amitié ?

Elle était inconsolable. Plus elle réfléchissait, plus elle se trouvait coupable. Jamais elle n'avait été si abattue. Heureusement, elle n'était pas obligée de parler. Elle n'avait dans sa voiture que Harriet, qui ne semblait pas très satisfaite elle-même, très fatiguée et disposée à garder le silence.

Emma sentit couler ses larmes pendant presque toute la route et ne fit aucun effort pour les retenir.

42

Pendant toute la soirée, Emma ne s'occupa que des regrets que lui causait la condescendance qu'elle avait eu d'aller à Box Hill. Elle ignorait ce que le reste de la compagnie en pensait. Il était possible que, rentrés chez eux, ils se fussent rappelé cette partie avec plaisir. Mais, selon elle, c'était une journée mal employée, pendant laquelle on n'avait joui d'aucun agrément, et dont le souvenir lui était extraordinairement désagréable. Une soirée entière passée à jouer au trictrac avec son père lui paraissait bien préférable. En cela, au moins, elle avait le plaisir de passer, en amusant son père, les heures les plus agréables de la journée, et de sentir que, bien qu'elle ne méritât pas toute l'affection, tout l'attachement qu'il avait pour elle, sa conduite envers lui était exempte de reproches. Elle se flattait d'avoir pour son père le cœur d'une fille reconnaissante et sensible ; elle espérait que personne n'aurait osé lui dire : « Comment pouvez-vous manquer à votre père ? Je dois vous dire la vérité tandis que je le puis... » Miss Bates ne lui pardonnerait jamais, non, jamais... Toutefois, si, à l'avenir, les attentions les plus suivies pouvaient faire oublier le passé, Emma espérait obtenir son pardon. Elle l'avait négligée longtemps. Sa conscience le lui reprochait. Cette négligence, à la vérité, venait plutôt de l'esprit que du cœur ; elle ne s'en était pas moins montrée peu gracieuse et méprisante. Mais cela n'arriverait plus. Dans la ferveur de sa contrition, elle se proposait d'aller la voir le lendemain matin et d'entretenir avec elle un commerce suivi et amical.

Le lendemain la trouva inaltérable dans la résolution de la

veille ; et, pour que rien ne s'opposât à son dessein, elle partit de bonne heure. Elle pensa que, peut-être, elle rencontrerait Mr Knightley en chemin, ou qu'il la rencontrerait chez Mrs Bates. Elle ne le craignait pas ; elle n'aurait pas eu honte de l'avoir pour témoin de la pénitence qu'elle s'était imposée. Ses yeux se tournèrent vers Donwell en marchant, mais elle ne le vit pas.

Ces dames étaient à la maison, chose qui ne lui avait jamais causé de plaisir auparavant. Lors de ses précédentes visites, son intention n'avait jamais été de leur en donner. Lorsqu'elle se rendait chez elles, c'était pour les obliger, ou pour s'amuser de leur ridicule.

A son approche, il se fit beaucoup de bruit : on se remuait, on parlait. Elle entendit la voix de miss Bates. Il paraissait y avoir beaucoup d'agitation ; la domestique semblait effrayée et dans un grand embarras. Elle la pria d'attendre un instant ; enfin elle l'introduisit un peu trop tôt. La tante et la nièce entrèrent précipitamment dans une chambre voisine. Elle entrevit Jane, qui lui parut incommodée, et, avant que l'on eût fermé la porte, elle entendit miss Bates dire à sa nièce : « Je dirai que vous vous êtes allongée ; vous êtes assez mal pour en avoir besoin. » La pauvre Mrs Bates, polie et humble suivant sa coutume, avait l'air d'ignorer ce qui se passait.

— Je crains que Jane ne soit indisposée, dit-elle. Mais on m'assure qu'elle se porte bien. Miss Woodhouse, vous avez trouvé un fauteuil. Je voudrais que ma fille fût ici. Je ne suis guère en état de... Avez-vous un fauteuil, miss ? J'espère qu'elle viendra bientôt.

Emma le désirait aussi, car elle craignait que cette pauvre fille ne cherchât à éviter sa présence. Elle arriva enfin.

— Quel bonheur ! vous avez bien de la bonté. Je vous suis très obligée.

Mais Emma s'aperçut qu'elle n'avait pas sa volubilité ordinaire et qu'elle était gênée dans ses regards et dans ses actions. Elle fut heureuse de faire revivre l'ancienne intimité en s'informant avec empressement de la santé de miss Fairfax. Cela lui réussit à merveille.

— Oh ! miss Woodhouse, que vous êtes bonne ! Je présume que vous avez appris... Et vous venez sans doute nous féliciter. Je n'ai cependant pas l'air joyeux, dit-elle tout en s'essuyant une larme ou deux. Nous aurons bien de la peine à nous en séparer, après avoir joui de sa compagnie si longtemps. Elle a un furieux mal de tête, ayant écrit pendant toute la matinée de longues lettres au colonel Campbell et à Mrs Dixon. Je lui ai dit : « Ma chère, vous perdrez la vue », car elle n'a cessé de pleurer. Rien d'étonnant à cela. Un tel changement... Et cependant c'est un coup du ciel. Elle a une place telle qu'aucune jeune personne n'eût osé en obtenir en commençant sa carrière. Ne nous soupçonnez pas capables d'ingratitude, miss Woodhouse, devant ce bonheur inespéré. Mais la pauvre fille, quel mal de tête elle a ! Lorsqu'on souffre beaucoup, on ne sent pas le bonheur qui nous arrive comme on le devrait. Elle est on ne peut plus abattue. A la voir, on aurait peine à croire combien elle a de satisfaction d'être parvenue à se procurer une situation agréable. Vous aurez la bonté de l'excuser, mademoiselle, si elle ne paraît pas ; elle est dans sa chambre. Je l'ai engagée à se jeter sur son lit, l'assurant que j'aurais l'honneur de vous en prévenir. Mais elle n'a pas voulu ; elle se promène dans sa chambre. Maintenant que toutes ses lettres sont écrites, elle se remettra. Elle regrettera beaucoup, miss Woodhouse, de n'avoir pas eu l'honneur de vous voir. Mais votre bonté ordinaire me fait espérer que vous l'excuserez. On vous a fait attendre, j'en suis bien fâchée. Nous n'avions pas entendu que l'on eût frappé, et nous n'avons su que vous veniez que lorsque vous montiez l'escalier. « Ce ne peut être que Mrs Cole ! ai-je dit. Personne d'autre ne viendrait de si bon matin. — Eh bien ! me répondit-elle, puisqu'il le faut supporter tôt ou tard, autant vaut-il que ce soit à présent. » Mais alors Patty vint nous dire que c'était vous. « Oh ! c'est miss Woodhouse, je suis persuadée que vous serez bien aise de la voir. — Je ne puis voir qui que ce soit. » Elle se leva et voulut entrer dans sa chambre. C'est ce qui nous a forcées à vous faire attendre. J'en suis honteuse et vous en fais mes très humbles excuses. « Si vous voulez vous en aller, ma chère, à la bonne heure, lui dis-je. Je dirai que vous êtes couchée. »

Emma fut sensiblement touchée de ce récit. Il y avait quelque temps que son cœur s'attendrissait en faveur de Jane, et le détail de ses souffrances la guérissait de tous ses soupçons. La pitié seule les remplaça. Le souvenir du passé la força de convenir que Jane pouvait recevoir Mrs Cole ou une autre de ses sincères amies, et refuser de la voir. Elle parla comme elle pensait, avec intérêt et bienveillance, désirant de cœur et d'âme que les circonstances qu'elle recueillait de miss Bates fussent aussi avantageuses qu'agréables à miss Fairfax.

— Cette séparation vous sera bien cruelle à toutes.

Elle avait ouï dire qu'avant de se décider, on attendrait le retour du colonel Campbell.

— Vous êtes si bonne, répliqua miss Bates, vous êtes toujours la même.

Emma sentit le poids de ce « toujours la même ». Pour éviter les témoignages de reconnaissance qui la faisaient souffrir, elle s'empressa de dire :

— Me permettez-vous de vous demander dans quelle maison entre miss Fairfax.

— Chez une dame Smallridge, charmante femme, très distinguée, pour faire l'éducation de ses trois petites filles, de jolis enfants. Il est impossible de trouver une situation plus agréable, excepté peut-être chez Mrs Suckling ou chez Mrs Bragges. Mais Mrs Smallridge est très liée avec elles et ne demeure qu'à quatre milles de Maple Grove.

— Miss Elton est sans doute la personne qui a procuré cette place à miss Fairfax.

— Oui, notre bonne Mrs Elton, la meilleure de nos amies, elle n'a pas voulu être refusée. Elle n'a pas permis à Jane de dire non ! Car lorsque Jane en eut la première nouvelle – c'était avant-hier, le jour que nous étions à Donwell –, son intention était de ne pas accepter, et pour les raisons que vous venez de donner, le retour des Campbell, elle ne voulait contracter aucun engagement pour le présent : c'est ce qu'elle a dit vingt fois à Mrs Elton. Je ne m'attendais pas à la voir changer de résolution si tôt ! Mais cette bonne Mrs Elton, dont le jugement est si sûr, vit plus loin que moi. Tout le monde n'aurait pas agi comme elle ; elle s'est bien gardée d'écouter

Jane, d'accepter son refus. Mais au contraire, elle n'a pas voulu répondre hier, comme Jane le voulait. Elle a attendu, et hier au soir il a été arrêté que Jane partirait pour se rendre chez Mrs Smallridge. J'en fus extrêmement surprise, je n'en avais pas la moindre idée. Jane prit Mrs Elton à part et lui dit qu'ayant considéré l'éligibilité de la place qu'on lui offrait chez Mrs Smallridge, elle s'était décidée à l'accepter. Je n'en ai su le moindre mot que lorsque l'affaire fut arrangée.

— Vous avez passé la soirée chez Mrs Elton ?

— Oui, Mrs Elton a voulu que nous allions tous chez elle. L'invitation en fut faite sur la colline, lorsque nous nous y promenions avec Mr Knightley. « Vous viendrez tous passer la soirée chez moi, je le veux ainsi. »

— Mr Knightley s'y est-il rendu ?

— Non, Mr Knightley l'a remerciée et quoique je crusse qu'il y viendrait, parce que Mrs Elton lui affirmait qu'elle ne recevait pas ses excuses, nous ne l'avons pas vu. Mais ma mère, Jane et moi y fûmes et y passâmes une soirée délicieuse. On doit toujours s'amuser beaucoup avec des amis sincères. Cependant, tout le monde paraissait fatigué de l'excursion du matin. Vous savez, miss Woodhouse, que le plaisir même ennuie à la longue. Aucun d'eux n'a paru s'être beaucoup amusé à ce pique-nique. Quant à moi je l'ai trouvé délicieux, et je suis reconnaissante de ce que l'on ait bien voulu m'y admettre.

— Quoique vous ne vous en soyez pas aperçue, je suppose néanmoins que c'est seulement dans la journée d'hier que miss Fairfax a pris la résolution de partir.

— Je le crois.

— Ce sera une terrible chose pour vous tous quand le jour de la séparation arrivera. Mais il faut espérer que cet établissement lui sera avantageux et agréable, je veux dire par le caractère et les manières de la famille où elle va entrer.

— Merci, miss Woodhouse. Oui, en vérité. Parmi les connaissances de Mrs Elton, excepté les Suckling et les Bragges, il n'y a pas de place comparable à celle qu'offre la famille Smallridge. Mrs Smallridge elle-même est une femme infiniment aimable. Quant à ses enfants, excepté les petites

Suckling et Bragges, il est impossible d'en trouver de plus charmants. Jane sera traitée avec bonté, on aura pour elle tous les égards possibles. Elle y mènera une vie douce et agréable, et ses honoraires... Je n'oserais vous en parler, car quoique vous soyez accoutumée aux grosses sommes d'argent, vous auriez peine à comprendre que l'on puisse en donner une si forte à une jeune personne comme Jane.

— Ah ! miss Bates, s'écria Emma. Si tous les enfants sont tels que je me souviens d'avoir été, une somme quintuple à celle que l'on donne ordinairement serait bien gagnée.

— Vous pensez si noblement !

— Et quand miss Fairfax doit-elle vous quitter ?

— Très promptement, voilà le mal, dans quinze jours. Mrs Smallridge est très pressée de l'avoir. Ma pauvre mère ne pourra jamais supporter cette séparation. Je fais tous mes efforts pour la lui ôter de l'idée, je lui dis souvent qu'il n'y faut pas penser.

— Tous ses amis déploreront sa perte, il n'y a pas de doute. Mais le colonel et Mrs Campbell ne trouveront-ils pas mauvais qu'elle se soit décidée à accepter une place avant leur retour ?

— Jane s'y attend bien. Mais c'est une situation telle qu'elle aurait été blâmée de ne l'avoir pas acceptée. Rien n'est comparable à la surprise que j'ai éprouvée lorsqu'elle m'en fit part, et lorsque Mrs Elton vint me faire ses compliments ! Nous prenions le thé... ou plutôt non, nous allions nous mettre au jeu. Oh ! je m'en souviens à présent, il arriva quelque chose avant le thé, mais ce n'était pas cela. On vint appeler Mr Elton, c'était le fils de l'ancien clerc. Pauvre John ! Il avait été clerc de mon père pendant vingt-sept ans. Maintenant il est malade, au lit, avec un rhumatisme goutteux, et son fils venait demander à Mr Elton quelque secours de la paroisse pour son père. Étant premier domestique et valet d'écurie à la Couronne, il a une bonne situation, mais cependant il ne peut pas, sans ce secours, pourvoir à tous les besoins de son père. Mr Elton nous dit tout cela en rentrant, ensuite il ajouta que l'on avait conduit une chaise de poste à Randalls pour Mr Frank Churchill, qui voulait se rendre sur-le-champ à Richmond. Voilà ce qui arriva avant le thé, et ce ne fut qu'après l'avoir pris que Jane parla à Mrs Elton.

Miss Bates donna à peine à Emma le temps de dire combien cette circonstance était nouvelle pour elle. Sans savoir si elle en était informée ou non, elle continua à raconter tout ce qu'elle en avait appris.

Tout ce que Mr Elton savait par le valet d'écurie venait de ce qu'il avait entendu dire lui-même au domestique de Randalls, à savoir qu'il était arrivé un exprès de Richmond, qui avait apporté un petit billet à Mr Frank Churchill, comportant des nouvelles de la santé de Mrs Churchill et le priant de se rendre à la maison le lendemain matin au plus tard ; mais que Mr Frank voulait partir le jour même, sans attendre au lendemain ; qu'en conséquence, il avait envoyé chercher une chaise de poste, parce que son cheval était malade. Il était parti.

Dans tout cela il n'y avait rien de bien intéressant : Emma n'y fit attention que par le rapport qu'il y avait entre ce récit et ce qui se passait dans son esprit. C'était le contraste de l'importance de Mrs Churchill avec la nullité de miss Fairfax. L'une était tout dans ce monde, et l'autre rien. Elle réfléchissait sur la destinée des femmes. Ses yeux étaient fixés sans rien voir, jusqu'à ce qu'elle fût tirée de cet état par miss Bates, qui lui dit :

— Je vois ce que c'est, vous pensez au pianoforte. Qu'en fera-t-on ? Vous avez raison. Jane en parlait il y a un instant : « Nous devons nous séparer. Vous êtes inutile ici. Qu'il y reste cependant jusqu'à ce que le colonel Campbell revienne. Je lui en parlerai. Il arrangera cette affaire. Il m'aidera à surmonter toutes les difficultés. »

Emma fut alors forcée de penser au pianoforte. Comme cela la fit se rappeler ses premières idées à ce sujet et les conjectures désagréables qu'elle en avait tirées, elle s'aperçut que sa visite avait été assez longue et, en répétant tous les souhaits qu'elle formait pour le bonheur de la famille, elle prit congé.

43

Les méditations pensives d'Emma l'accompagnèrent jusqu'à la maison, mais, en entrant au salon, elle y trouva des personnes qui les firent cesser. Mr Knightley et Harriet étaient arrivés à Hartfield pendant son absence et parlaient avec son père. Mr Knightley se leva aussitôt et, d'un ton beaucoup plus grave qu'à l'ordinaire, lui dit :

— Je n'ai pas voulu partir sans vous voir, mais, n'ayant pas plus de temps qu'il ne m'en faut, je m'en vais sur-le-champ. Je pars pour Londres, où je compte passer quelques jours avec John et Isabella. Avez-vous quelque chose à leur envoyer ou à leur faire dire, outre vos amitiés que personne ne peut emporter ?

— Rien du tout. Mais est-ce un projet nouveau, ce voyage ?

— Oui, à peu près ; il y a quelque temps que j'y pense.

Emma fut certaine qu'il ne lui avait pas encore pardonné. Il était méconnaissable. Elle pensa que le temps lui prouverait qu'ils devaient redevenir amis. Tandis qu'il était debout, prêt à partir, et cependant ne le faisant pas, son père posa les questions suivantes :

— Eh bien ! ma chère, ne vous est-il rien arrivé sur la route ? Comment avez-vous trouvé mon ancienne et digne amie ? Et sa fille ? Je suis persuadé qu'elles vous auront témoigné beaucoup de reconnaissance pour cette visite. La chère Emma est allée chez Mrs Bates, comme je vous l'ai dit, Mr Knightley : elle a tant d'attentions pour cette famille.

Cet éloge peu mérité augmenta considérablement les couleurs d'Emma. Avec un sourire et un signe de tête très significatifs, elle fixa Mr Knightley. Ses yeux firent sur-le-champ une impression favorable sur lui et, comme s'ils avaient communiqué la vérité aux siens, il saisit et rendit justice aux sentiments qu'ils venaient d'exprimer. Ses regards se radoucirent. Elle en ressentit une vive satisfaction qui elle fut encore augmentée, un moment après, par une démarche amicale qu'il fit. Il lui prit la main : elle n'était pas sûre de la lui avoir présentée – il était possible qu'elle l'eût fait –, mais il la prit, la serra, et peu s'en fallut qu'il ne la portât à ses lèvres, lorsque, une idée ou un caprice lui passant par la tête, il la laissa aller. Elle ne pouvait s'imaginer d'où venait ce scrupule, pourquoi il avait changé d'idée, la chose étant pour ainsi dire faite. Il aurait beaucoup mieux fait, pensa-t-elle, s'il ne s'était pas arrêté. Son intention était cependant indubitable, soit qu'elle ne fût pas exécutée à cause de son peu de galanterie, ou que quelque autre raison l'en eût empêché, et elle lui en sut bon gré. Chez lui, une telle courtoisie était d'une nature si simple, si digne. Elle se souvint de cette tentative avec une très vive satisfaction ; c'était une grande preuve qu'il lui avait rendu son amitié. Il les quitta un instant après et très brusquement. Il prenait toujours son parti avec célérité, mais dans cette circonstance il se surpassa.

Emma ne regrettait pas d'avoir été chez les Bates, mais bien de ne les avoir pas quittées dix minutes plus tôt. Elle aurait eu grand plaisir à parler avec Mr Knightley de la situation dans laquelle miss Fairfax allait se trouver. Elle n'était pas fâchée qu'il se rendît à Londres, sachant combien on aurait de plaisir à l'y voir. Mais il aurait dû choisir un autre temps et le lui avoir fait savoir plus tôt. Elle était tout à fait certaine qu'ils s'étaient quittés bons amis : elle ne pouvait se tromper ni à ses manières, ni sur sa demi-galanterie ; tout cela s'était fait pour lui prouver qu'il avait recouvré la bonne opinion qu'il avait d'elle autrefois. Elle apprit qu'il l'avait attendue une bonne demi-heure. Quel dommage qu'elle ne fût pas revenue plus tôt !

Afin d'empêcher son père de se chagriner sur le départ si précipité de Mr Knightley pour Londres, et surtout à cheval, ce qu'il considérait comme un voyage de désespéré, Emma lui rendit compte des nouvelles qu'elle avait apprises sur Jane Fairfax. Cela lui réussit, car il s'y intéressa sans en être troublé. Il y avait longtemps qu'il était préparé à voir Jane Fairfax accepter une place de gouvernante. Il pouvait en parler tout à son aise. Mais le voyage de Mr Knightley était pour lui un coup de massue.

— Je suis enchanté, ma chère, d'apprendre qu'elle a trouvé une place agréable. Mrs Elton est une femme d'un bon naturel et fort aimable, et je suis persuadé que ses connaissances lui ressemblent. Je me félicite que le pays qu'elle va habiter n'est pas humide et que l'on aura grand soin de sa santé. C'est le point le plus important. C'est ce que je n'ai jamais négligé à l'égard de miss Taylor. Vous savez, ma chère, qu'elle va remplir chez une dame les mêmes fonctions que miss Taylor avait ici. Et j'espère qu'elle ne finira pas, comme elle, par quitter une maison où elle avait demeuré si longtemps.

Le jour suivant apporta de Richmond des nouvelles qui firent oublier tout ce dont on s'était occupé auparavant ; un messager arriva à Randalls pour annoncer la mort de Mrs Churchill. Quoique son neveu n'eût pas eu de raisons, à son sujet, pour accélérer son départ, elle ne vécut que trente-six heures après son arrivée. Une attaque d'une maladie étrangère à celle à laquelle elle était sujette, l'emporta en peu de temps. La haute et puissante dame Churchill n'existait plus.

On ressentit cette perte comme elle devait l'être. Chacun prit un air grave et triste. On s'apitoya sur le sort de la défunte ; ensuite on montra une douce inquiétude sur le sort des survivants ; enfin on montra la curiosité de connaître le lieu de sa sépulture. Goldsmith nous dit que, lorsqu'une femme s'abaisse à faire des folies, elle n'a d'autre parti à prendre que de mourir ; et que, lorsqu'elle s'abaisse au point de devenir désagréable, elle n'en a pas d'autre non plus, parce que la mort passe l'éponge sur tous les défauts. Mrs Churchill, après avoir été détestée pendant vingt-cinq ans, maintenant qu'elle n'était plus, gagna beaucoup dans l'opinion publique : on la plaignit ; elle ne fut plus jugée avec sévérité. Sur un point, elle fut pleinement justifiée : on n'avait jamais voulu croire qu'elle fût sérieusement malade. L'événement prouva que sa maladie n'était pas imaginaire.

— Cette pauvre Mrs Churchill ! Elle a dû beaucoup souffrir, plus que l'on ne supposait. Un mal permanent devait nécessairement aigrir son caractère. C'est un événement malheureux, un coup terrible. Malgré tous ses défauts, que fera Mr Churchill sans elle ? C'est une perte énorme pour lui ; il ne pourra le supporter.

Mr Weston lui-même disait, en hochant la tête avec un air grave :

— Pauvre femme... Qui l'aurait cru ?

Il résolut de se faire faire de très beaux habits de deuil. Et sa femme soupira, moralisa tout en travaillant à l'aiguille, avec beaucoup de bon sens et de commisération. Leur première pensée à tous deux fut de connaître l'effet que produirait cette mort sur le sort de Frank. Emma s'en préoccupa aussi. Elle passa légèrement sur le caractère de Mrs Churchill, le chagrin de son mari, non toutefois sans les plaindre, mais elle s'attacha principalement à conjecturer de quelle manière cet événement pouvait affecter Frank, ce qu'il avait à espérer ou à craindre. Elle vit ce que cette disposition pourrait avoir de bénéfique. Maintenant, un attachement pour Harriet ne pourrait plus rencontrer d'obstacle. Mr Churchill, délivré de sa femme, ne pouvait nuire à personne : c'était un brave homme, doux, aisé à conduire, et à qui son neveu ferait faire tout ce qu'il voudrait. Tout ce qu'il lui restait à désirer, c'était qu'il formât cet attachement qui, malgré toute sa bonne volonté, ne lui paraissait pas encore bien assuré.

Harriet se conduisit parfaitement bien, selon Emma, dans cette occasion. Elle fut maîtresse d'elle-même : quelque espérance qu'elle conçût, elle ne se trahit point. Emma se réjouit beaucoup de voir que son caractère acquérait de la force et évita de parler de choses qui eussent pu retarder les progrès qu'elle faisait. En conséquence, leurs discours sur la mort de Mrs Churchill furent très réservés.

On reçut à Randalls de courtes lettres de Frank sur la situation et sur les projets qu'ils formaient. Mr Churchill allait mieux que l'on avait osé l'espérer ; leur première destination, lorsque le convoi partirait pour le comté d'York, était d'aller à Windsor, chez un ami intime de Mr Churchill auquel, depuis dix ans, il promettait une visite. A présent, il n'y avait rien à faire pour Harriet. Des souhaits pour l'avenir, c'était tout ce qu'Emma pouvait former pour elle.

Il était plus pressant de s'occuper de Jane Fairfax, dont les espérances s'évanouissaient, tandis que celles de Harriet paraissaient devoir s'accomplir. Les engagements de Jane ne souffraient aucun délai pour ceux qui voulaient lui donner des marques d'amitié, et Emma désirait être des premières. Le plus grand regret qu'elle éprouvât, peut-être le seul, c'était sa froideur envers elle. La personne à laquelle elle avait marqué le plus d'éloignement se trouvait être celle à qui elle désirait donner des preuves de considération, d'égards et de sympathie. Elle souhaitait pouvoir lui être utile, lui témoigner que sa société lui était agréable. Elle résolut de l'engager à venir passer une journée à Hartfield. Elle lui envoya un billet d'invitation. On lui annonça un refus de vive voix, parce que miss Fairfax était « trop indisposée pour écrire ». Et lorsque Mr Perry vint à Hartfield, il dit qu'il l'avait visitée malgré elle, qu'elle souffrait beaucoup de la tête et d'une fièvre nerveuse, ce qui le faisait douter qu'elle pût se rendre chez Mrs Smallridge au jour dit. Sa santé paraissait tout à fait dérangée. Elle n'avait plus d'appétit, et quoiqu'il n'y eût pas de symptômes alarmants, rien qui annonçât que la poitrine fût attaquée, maladie que sa famille craignait pour elle, Mr Perry n'était pas tranquille sur son compte. Il était d'avis qu'elle avait entrepris plus qu'elle ne pouvait faire et que, quoique le sentant parfaitement, elle ne voulait pas en convenir. Son esprit était entièrement abattu. Il observa que la maison qu'elle habitait n'était pas favorable à sa maladie : Jane étant toujours enfermée dans une petite chambre, elle ne pouvait qu'empirer. Il aurait désiré qu'elle pût changer d'habitation. Il ajoutait que sa bonne tante, bien qu'elle l'aimât de tout son cœur, n'était pas la compagne qu'il lui fallait, dans sa situation présente. Miss Bates était pleine d'attentions pour sa nièce, mais elle lui en prodiguait trop, ce qui lui faisait plus de mal que de bien. Emma écoutait Mr Perry avec un tendre intérêt, plaignait Jane de plus en plus et cherchait dans sa tête les moyens de lui être utile. La séparer de sa tante, ne fût-ce que pendant une heure ou deux, pour la faire changer d'air, lui présenter de nouvelles scènes, l'amuser par une conversation délicate, cela pourrait lui faire du bien. Aussi, le lendemain matin, elle lui écrivit de nouveau de la manière la plus pressante qu'elle se rendrait chez elle à l'heure qui lui plairait pour la mener promener en voiture, observant que Mr Perry avait déclaré que ce genre d'exercice ne pouvait que lui être très avantageux. Elle reçut la réponse suivante :

> *Miss Fairfax adresse ses compliments à Miss Woodhouse et la remercie, étant hors d'état de prendre aucune espèce d'exercice.*

Emma sentit que son billet eût mérité une réponse plus polie, mais on ne devait pas se fâcher contre des mots qui, tracés par une main tremblante, prouvaient assez l'indisposition de leur auteur. Elle ne songea plus qu'à vaincre l'obstination de Jane à n'être ni vue ni secourue. Malgré sa réponse, elle fit atteler et se rendit chez Mrs Bates dans l'espoir que Jane se laisserait persuader de lui tenir compagnie. Elle ne réussit pas. Miss Bates, extrêmement reconnaissante, vint à la portière, remercia Emma et dit :

— Je suis sûre qu'une promenade en voiture soulagerait beaucoup Jane. J'ai essayé en vain de l'engager à accepter votre invitation.

Elle retourna encore auprès de sa nièce faire de nouveaux efforts. Elle n'eut pas plus de succès. Jane était obstinée ; la seule proposition de sortir augmentait son mal.

Emma désirait la voir. Elle eût voulu essayer elle-même de l'engager à l'accompagner, mais, avant de faire part de son intention, elle apprit que Mrs Bates avait promis à sa nièce de prier miss Woodhouse de ne pas se donner la peine de monter. Le fait était qu'elle ne voulait voir âme qui vive. A la vérité, elle ne pouvait refuser de voir Mrs Elton, Mrs Cole, qui avait toujours été si attentive, et Mrs Perry, dont le mari était si empressé. Il était impossible de leur fermer la porte. Mais, excepté ces personnes-là, il était impossible de lui faire entendre raison.

Emma ne voulait pas être classée avec les Elton, les Perry et les Cole, femmes qui se fourraient partout. Elle s'avoua en même temps que sa conduite ne lui méritait pas la préférence. Elle se soumit et continua à poser des questions à Mrs Bates sur l'appétit de sa nièce et sur la nourriture qu'elle préférait. Elle brûlait d'envie de lui procurer ce qui lui plaisait le plus. Miss Bates, toujours très communicative, avoua que ce sujet lui causait son plus grand chagrin, que Jane ne mangeait presque rien, que Mr Perry avait recommandé les mets les plus nourrissants, mais qu'elle ne trouvait rien à son goût, bien que, grâce à leurs bons voisins, on eût souvent varié ses mets.

Emma, de retour à Hartfield, fit aussitôt appeler sa femme de charge et lui demanda quelles étaient les provisions les plus nourrissantes qu'elle eût dans ses magasins. Elle se fit apporter un peu d'*arrow-root* et l'envoya à miss Bates avec un billet très amical. Une demi-heure après, on rapporta l'*arrow-root* avec les humbles remerciements de miss Bates. La chère Jane avait insisté qu'on le renvoyât sur-le-champ. Elle désirait que l'on dît qu'elle n'avait besoin de rien.

Lorsque Emma apprit par la suite que l'on avait vu Jane se promener dans les prairies des environs de Highbury le soir même du jour où, sous prétexte qu'elle ne pouvait faire aucune espèce d'exercice, elle avait refusé de monter dans la voiture, elle n'eut plus aucun doute que Jane était résolue à n'accepter d'elle aucune faveur. Elle en fut très affligée. Elle la plaignit de tout son cœur d'être tombée dans un état qui, vu son extrême irritation, lui faisait tenir une conduite si peu mesurée. Elle fut très mortifiée qu'elle ne rendît pas justice à ses sentiments et qu'elle ne la jugeât pas digne d'être son amie, mais elle eut la consolation de savoir que ses intentions étaient bonnes et de pouvoir se dire à elle-même que, si Mr Knightley, témoin des tentatives qu'elle avait faites pour être utile à Jane Fairfax, eût pu lire dans son cœur, il ne pourrait lui faire aucun reproche.

44

Environ dix jours après la mort de Mrs Churchill, Mr Weston vint le matin et fit prier Emma de descendre, ayant à lui communiquer quelque chose d'important. Il alla au-devant d'elle à la porte du salon et, se donnant à peine le temps de s'informer tout haut de l'état de sa santé, il lui demanda à l'oreille, pour ne pas être entendu de son père, si elle pouvait dans la matinée aller à Randalls, car Mrs Weston avait absolument besoin de lui parler.

— Est-elle malade ?

— Non, non, pas du tout, elle est un peu agitée. Elle serait venue en voiture, mais elle désire vous voir seule, et vous apprendre... dit-il en lui montrant son père. Hum !... Pouvez-vous y aller ?

— Certainement, tout de suite, si vous le désirez. Il m'est impossible de vous refuser. Mais de quoi s'agit-il ? Est-elle véritablement en bonne santé ?

— Vous pouvez l'en croire. Mais plus de questions. Vous saurez tout en temps et lieu. L'affaire la plus extraordinaire... ! Mais chut ! chut !

Il était impossible, même à Emma, de deviner ce que cela voulait dire. Ses regards annonçaient quelque chose de très important. Mais, puisque son amie était en bonne santé, elle prit patience et, disant à son père qu'elle allait faire un tour de promenade, ils sortirent ensemble et marchèrent à grands pas du côté de Randalls.

— Maintenant, dit Emma une fois qu'ils eurent franchi la grille, dites-moi, Mr Weston, ce qui est arrivé.

— Non, non, répliqua-t-il gravement. Ne me demandez rien. J'ai promis à ma femme de ne rien vous dire et de lui en laisser le soin : elle est plus en état que moi de vous présenter cette affaire. Ne soyez pas impatiente, Emma, cela ne viendra que trop tôt.

— Me présenter l'affaire ! s'écria Emma, terrifiée. Mon Dieu ! Mr Weston, dites-moi tout sur-le-champ ! Il est arrivé quelque chose de sinistre à Brunswick Square. Qui cela regarde-t-il ? Au nom de tout ce que vous avez de plus sacré, ne me cachez rien !

— En vérité, vous vous trompez !

— Mr Weston, pas de plaisanterie ! Considérez combien j'ai d'amis à Brunswick Square, dites-moi à l'instant ce qu'il en est.

— Sur ma parole, Emma...

— Sur votre parole ! Pourquoi pas sur votre honneur ! Pour quelle raison ne dites-vous pas, sur votre honneur, que l'affaire en question n'a rien de commun avec eux ? Juste ciel ! Quelle affaire peut-on me présenter qui ait quelque rapport avec aucun membre de cette famille ?

— Sur mon honneur, dit-il très sérieusement, il n'y en a point. Cette affaire ne regarde en rien aucun des Knightley.

Emma reprit courage et continua à marcher.

— J'ai eu tort, continua-t-il, de vous parler d'affaire ; je n'aurais pas dû me servir d'une pareille expression. En fait, elle ne vous regarde pas du tout : elle ne regarde que moi seul. Du moins, nous l'espérons... Hum ! Enfin, ma chère Emma, vous n'avez aucun sujet de vous alarmer. Je ne dis pas que cette affaire soit très désagréable, mais elle aurait pu être plus mauvaise... Si nous marchons un peu vite, nous arriverons bientôt à Randalls.

Emma vit qu'il fallait attendre. Elle ne posa plus de questions et s'abandonna à son imagination, qui lui suggéra bientôt que ce pouvait être une affaire d'argent qui venait de se découvrir et affectait les intérêts de la famille – quelque chose que le dernier événement de Richmond avait probablement mis au jour. Son imagination travaillait activement. C'était peut-être une demi-douzaine d'enfants illégitimes, et le pauvre Frank était déshérité. Tout cela, quoique peu désirable, ne la tourmentait pas beaucoup et ne lui inspirait que de la curiosité.

— Qui est ce monsieur à cheval ? demanda-t-elle pour aider Mr Weston à garder son secret, plutôt que par envie de savoir qui il était.

— Je ne sais pas... L'un des Otway. Mais ce n'est pas Frank, je vous assure. Vous ne le verrez pas, il doit être maintenant à mi-chemin de Windsor.

— Vous avez donc vu votre fils ?

— Oh ! oui, vous n'en saviez rien ? Mais c'est égal.

Il garda un moment le silence, puis ajouta avec réserve :

— Oui, Frank est arrivé ce matin uniquement pour nous demander comment nous nous portions.

Ils marchèrent d'un bon pas et arrivèrent peu après à Randalls.

— Eh bien ! ma chère, dit-il en entrant dans la salle, je l'ai amenée. Je me flatte que vous irez bientôt beaucoup mieux. Je vous laisse ensemble. Dépêchez-vous, le retard ne vaut rien. Si vous avez besoin de moi, je ne serai pas loin.

Emma lui entendit dire à sa femme, bien qu'il lui parlât à l'oreille :

— J'ai tenu ma parole, elle n'en a pas la moindre idée...

Mrs Weston avait l'air d'être si indisposé et si troublé que l'inquiétude d'Emma en augmenta. Lorsqu'elles furent seules, elle dit avec vivacité :

— Qu'avez-vous, ma chère amie ? Il vous est arrivé quelque chose de très désagréable, à ce que je vois. Faites-m'en part sur-le-champ. J'ai été dans la plus vive inquiétude depuis Hartfield jusqu'ici. Toutes deux, nous n'aimons pas être tenues en suspens. Vous vous trouverez soulagée en me confiant vos chagrins, de quelque nature qu'ils soient.

— En vérité, n'en avez-vous pas la moindre idée ? dit Mrs Weston, d'une voix tremblante. Ne pouvez-vous pas, ma chère Emma, vous former une idée de ce que j'ai à vous communiquer ?

— Autant que cette affaire regarde Mr Frank Churchill, je le crois.

— Vous avez raison, dit-elle en reprenant son ouvrage pour lui servir de contenance et ne pas lever les yeux. Elle le regarde, et je vais tout vous dire. Il est venu ici ce matin pour une affaire tout à fait extraordinaire. Il est impossible d'exprimer notre surprise. Il est venu parler à son père d'un sujet... Pour annoncer un attachement...

Elle s'arrêta pour reprendre haleine. Emma pensa d'abord à elle-même, puis à Harriet.

— C'est bien plus qu'un attachement, reprit Mrs Weston, c'est un engagement, et un engagement positif... Que direz-vous, Emma, que diront tous ses amis, toutes ses connaissances, lorsqu'on saura que Frank Churchill et... miss Fairfax sont engagés l'un à l'autre, et cela depuis longtemps ?

Emma sursauta de surprise et, frappée d'horreur, s'écria :

— Jane Fairfax ! Mon Dieu ! Vous ne parlez pas sérieusement ? Vous ne le pensez pas !

— Votre surprise est bien légitime, reprit avec vivacité Mrs Weston sans la regarder, afin de donner à Emma le temps de se remettre. Vous avez lieu d'être étonnée, mais c'est la vérité. Un engagement solennel s'est formé entre eux en octobre dernier, dont personne n'a eu connaissance. C'est arrivé à Weymouth. Ni les Campbell ni leur famille respective n'en ont rien su. Cela est si étonnant que, quoique convaincue de la vérité du fait, j'ai peine à y croire. Je me flattais de le connaître.

Emma entendait à peine ce qu'elle disait. Son esprit était partagé entre deux préoccupations différentes : ses conversations avec lui au sujet de miss Fairfax, et la pauvre Harriet. Et, pendant quelque temps, elle ne fit que s'exclamer et demander derechef la confirmation de ce qu'elle avait entendu.

— Fort bien, dit-elle enfin en tâchant de se remettre. C'est une histoire à laquelle il faut que je pense au moins la moitié de la journée avant de la comprendre. Comment avoir été engagé avec elle pendant tout l'hiver ? Avant qu'ils soient venus à Highbury...

— Oui, Emma, engagé depuis le mois d'octobre... Cela m'a

fait une peine horrible, ainsi qu'à son père. Nous ne pouvons totalement excuser sa conduite.

Emma réfléchit un moment et répliqua :

— Je vous entends, et je vais vous donner toute la consolation dont vous avez besoin. Je vais vous surprendre, mais bien agréablement. Sachez donc que les soins que m'a rendus Mr Frank Churchill n'ont point eu l'effet que vous appréhendiez.

Mrs Weston leva les yeux, craignant d'avoir mal entendu, mais la contenance d'Emma était aussi assurée que ses paroles.

— Pour que vous ayez moins de difficulté à croire à la parfaite indifférence dont je me glorifie, continua-t-elle, je vous dirai, de plus, qu'au commencement de notre connaissance je le trouvais à mon gré, et que j'étais disposée à m'attacher à lui ; mieux : je lui étais attachée. Comment cela a cessé, je l'ignore. Heureusement, cependant, cela est arrivé. Il y a en vérité plus de trois mois que je ne sens rien du tout pour lui. Vous pouvez m'en croire, Mrs Weston, je vous dis la pure vérité.

Mrs Weston, les larmes aux yeux, se jeta à son cou et, aussitôt qu'elle put parler, l'assura que rien au monde ne pouvait lui faire autant de bien que ce qu'elle venait de lui entendre dire.

— Mr Weston sera presque aussi satisfait que moi, lorsqu'il apprendra l'assurance que vous me donnez de votre indifférence pour son fils. C'est le seul point qui nous tenait à cœur. C'était le souhait le plus ardent de nos cœurs que vous pussiez avoir de l'attachement l'un pour l'autre, et nous étions persuadés qu'il en était ainsi. Imaginez-vous ce que nous avons souffert à cause de vous.

Emma reprit :

— Je l'ai échappé belle, et vous, ainsi que moi, devons en être aussi contentes que j'en suis étonnée. Mais cela ne l'acquitte pas, et je dois dire que je le trouve très blâmable. De quel droit est-il venu parmi nous, étant engagé, de manière à faire croire qu'il était parfaitement libre ? Quel droit avait-il de chercher à plaire – et il y a réussi – et de distinguer une jeune personne par des attentions suivies, comme il l'a fait, tandis qu'il était engagé avec une autre ? Comment ne prévoyait-il pas le mal qu'il pouvait faire ? Était-il certain que je ne l'aimerais pas ? Il s'est en vérité fort mal conduit.

— D'après quelque chose qu'il a dit, ma chère Emma, j'ai lieu d'imaginer...

— Et comment pouvait-elle supporter une pareille conduite ? Quelle tranquillité d'âme ! Regarder, sans s'en ressentir, les attentions suivies rendues devant elle à une autre femme... C'est un degré de douceur que je ne comprends pas, et dont je ne fais aucun cas.

— Ils étaient fâchés, Emma, il nous l'a dit. Il n'a pas eu le temps de nous donner des détails. Nous ne l'avons vu qu'un quart d'heure, et dans une telle agitation que nous avons perdu le peu de temps que nous avions. Mais il a positivement assuré qu'il y avait eu un malentendu entre eux. C'est ce qui a amené cette crise, et probablement leur brouille venait de la conduite peu mesurée qu'il a tenue.

— Peu mesurée ! Oh ! Mrs Weston, l'épithète est douce ! Il en mérite une plus sévère. Je ne saurais vous dire combien il a perdu dans mon estime. Cela ressemble si peu à ce qu'un homme doit être. Rien de cette intégrité innée, de cet amour pour la vérité et les principes, rien de ce souverain mépris pour les petitesses et les ruses, dont un galant homme doit se faire honneur dans toutes ses actions.

— Maintenant, Emma, je dois le défendre ; car quoiqu'il ait eu tort en cela, il y a assez longtemps que je le connais pour répondre qu'il possède beaucoup de bonnes qualités et...

— Mon Dieu ! s'écria Emma, qui ne l'écoutait pas. Mrs Smallridge aussi ! Jane est sur le point d'aller chez elle en qualité de gouvernante ! Quelle marque de délicatesse de permettre qu'elle ait pensé à adopter une pareille mesure, même de souffrir qu'elle y songeât !

— Ma chère Emma, il l'ignorait absolument. A ce sujet, il n'est pas coupable. C'est elle qui a pris cette résolution sans la lui communiquer, ou, si elle l'a fait, ce n'était que très indirectement. Ce n'est qu'hier qu'il a eu connaissance de ses projets, par quelque lettre ou message, et c'est ce qui l'a engagé à se déclarer sur-le-champ, de tout avouer à son oncle et de réclamer ses bontés, pour mettre fin à une aventure qui était cachée depuis si longtemps.

Emma commença à mieux l'écouter.

— J'attends une lettre de lui, continua Mrs Weston. Il m'a dit en partant qu'il m'écrirait bientôt et a promis de me donner des détails qu'il n'était pas en son pouvoir, vu le peu de temps qu'il lui restait, de me communiquer alors. Il faut donc attendre cette lettre. Elle pourra atténuer ses torts. Elle rendra sans doute intelligentes et pardonnables des choses que nous ne comprenons pas et qui nous paraissent condamnables maintenant. Ne nous pressons pas de le juger sévèrement, ayons un peu de patience ! Il est de mon devoir de l'aimer, et, maintenant que je suis débarrassée du poids énorme qui m'accablait, je désire ardemment que l'affaire réussisse ; j'ose même l'espérer. Ils doivent avoir beaucoup souffert tous les deux d'un pareil choix, qui les a forcés si longtemps à cacher le secret de leur engagement.

— Il ne paraît pas, reprit sèchement Emma, qu'il ait beaucoup souffert. Eh bien ! comment Mr Churchill a-t-il pris la chose ?

— Très favorablement pour son neveu. Il a donné son consentement sans presque faire de difficultés. Que d'événements dans cette famille en une seule semaine ! La pauvre Mrs Churchill eût encore été de ce monde, je ne pense pas qu'elle eût jamais donné son consentement ; mais à peine est-elle dans la tombe que son mari se conduit tout différemment qu'elle n'eût fait ! Il est heureux que son injuste influence ne lui ait pas survécu... Quant à lui, Frank a eu très peu de peine à le persuader de donner son consentement.

« Ah ! se dit Emma, il l'eût aussi donné pour Harriet. »

— L'affaire est arrangée depuis hier au soir, reprit Mrs Weston, et Frank est parti au point du jour ce matin. Je suppose qu'il s'est arrêté quelque temps à Highbury. De là, il est venu chez nous. Mais il avait une telle hâte d'aller rejoindre son oncle, auquel il est plus nécessaire que jamais, que, comme je vous l'ai dit, il ne nous a accordé qu'un quart d'heure. Il était dans une agitation extraordinaire et si forte qu'il était à peine reconnaissable. Ce qui lui avait causé les plus vives douleurs, ce fut de la trouver dans le pitoyable état où elle est : il n'avait pas la moindre idée qu'elle fût malade. Oh ! ma chère Emma, il a horriblement souffert.

— Et vous êtes bien persuadée que cette affaire a été conduite de la manière la plus secrète, et que les Campbell et les Dixon n'ont eu aucune connaissance de leur engagement ?

Emma ne put prononcer le nom de Dixon sans rougir un peu.

— Personne au monde. Il a assuré qu'âme qui vive n'en a jamais rien su qu'eux deux.

— A la bonne heure, dit Emma. Il faudra bien se faire à cette idée. Je leur souhaite toutes sortes de bonheur, mais je penserai toujours qu'il s'est conduit de la manière la plus détestable. Cette attitude annonce la fraude et l'hypocrisie, l'espionnage et la trahison. Venir parmi nous avec l'apparence de la candeur et de l'ingénuité, et avoir formé entre eux une ligue pour nous éprouver tous, c'est abominable ! Pendant tout l'hiver et tout le printemps, nous avons été trompés, nous croyant de pair en vérité et en honneur avec deux personnes au milieu de nous, qui se sont établies juges de nos sentiments, de notre façon de penser sur elles deux, et qui ont pu se communiquer des paroles que nous n'avions pas l'intention de leur faire connaître. Tant pis pour elles, si elles ont entendu quelque chose de désagréable !

— Quant à moi, je ne le crains pas, car je n'ai jamais dit à l'une ce que j'aurais voulu cacher à l'autre.

— Vous êtes fort heureuse, car la petite méprise que vous fîtes de soupçonner qu'un certain monsieur de nos amis était amoureux de la demoiselle n'a été connue que de moi seule.

— Vous avez raison, mais j'ai toujours eu bonne opinion de miss Fairfax : je n'aurais jamais rien pu dire contre elle. Et si j'avais dit du mal de lui devant elle...

A ce moment, Mr Weston parut à quelque distance de la fenêtre : il paraissait aux aguets. Sa femme lui fit signe d'entrer, et, pendant qu'il faisait le tour, elle dit :

— Ma chère Emma, ayez la bonté de dire, soit par votre

contenance, soit par vos discours, tout ce qui pourra le mettre à son aise concernant ce mariage. C'est ce qu'il y a de mieux à faire. On ne peut rien dire contre miss Fairfax. Ce n'est pas une alliance dont on puisse tirer vanité, mais si Mr Churchill s'en contente, de quel droit la trouverions-nous mauvaise ? Cette circonstance d'ailleurs peut être très avantageuse à Frank : il est fort heureux pour lui de s'être attaché à une fille d'un caractère aussi ferme et d'un jugement aussi solide. Ce sont les qualités que j'ai toujours reconnues chez miss Fairfax et que je lui reconnais encore, malgré la faute qu'elle a commise. Je pense d'ailleurs que la situation dans laquelle elle se trouvait atténue en quelque sorte cette faute.

— Je pense comme vous ! s'écria Emma avec sensibilité. Si l'on peut excuser une femme qui ne pense qu'à elle-même, c'est sans doute Jane Fairfax. D'elle, on peut presque dire : « Le monde n'est pas ton ami, ni la loi du monde ».

Emma accueillit Mr Weston avec un agréable sourire sur les lèvres, en s'écriant :

— C'est un très joli tour, en vérité, que celui que vous m'avez joué ! C'était pour éprouver sans doute jusqu'à quel point j'étais curieuse, ou me forcer d'exercer mes talents dans l'art de deviner ! Vous m'avez causé un effroi mortel. J'ai véritablement cru que vous aviez perdu la moitié de votre fortune et, au lieu de vous faire des compliments de condoléances, je dois au contraire vous féliciter. C'est ce que je fais de tout mon cœur, sur la flatteuse perspective que vous avez d'être bientôt le père d'une des plus charmantes filles de toute l'Angleterre, et l'une des plus accomplies !

Un coup d'œil ou deux entre le mari et la femme lui firent connaître que tout allait bien, qu'il pouvait ajouter foi à ses paroles, ce qui fit sur lui un effet surprenant : il recouvra sa voix et sa gaieté ordinaires, lui prit affectueusement les mains et parla comme un homme auquel il n'eût fallu que peu de temps et de persuasion pour être convaincu que ce mariage n'était pas si mauvais. Mrs Weston n'employa que des palliatifs pour évoquer l'offense et ne présenta que de faibles objections. Et, lorsqu'il eut bien discuté l'affaire avec Emma, sur le chemin du retour, il était tout à fait réconcilié avec les deux coupables. Peu s'en fallut même qu'il ne pensât que c'était la meilleure chose possible pour Frank Churchill.

45

Harriet ! Pauvre Harriett ! Ce nom la poursuivait partout, ne lui donnait pas un moment de repos. Frank Churchill s'était mal conduit avec elle, très mal même ; mais ce n'était pas tant la conduite de Frank que la sienne propre qui la mettait en colère contre lui. C'était l'embarras dans lequel elle se trouvait par rapport à Harriet qui rendait son offense plus noire. Pauvre Harriet ! Elle allait être pour la seconde fois dupe des fausses espérances qu'elle lui avait données. Mr Knightley avait été prophète lorsqu'il lui avait dit : « Emma, vous n'avez pas été l'amie de Harriet Smith. »

Elle eut peur de ne lui avoir rendu que de mauvais services. Il est vrai que, dans le cas présent, elle n'avait pas à se reprocher, comme dans le premier, d'avoir été seule l'origine et l'auteur du mal, en lui suggérant des idées qui ne lui auraient probablement pas passé par la tête, car Harriet lui avait avoué la préférence qu'elle donnait à Frank Churchill, avant qu'elle lui en eût parlé, mais elle se reconnut coupable de n'avoir pas fait tous ses efforts pour réprimer cette passion à temps. Il était en son pouvoir de le faire, vu la grande influence qu'elle exerçait sur elle. Elle était alors, mais trop tard, persuadée qu'elle aurait dû se servir de tous ses moyens pour empêcher Harriet de se livrer à un espoir chimérique. Elle sentit qu'elle avait risqué le bonheur de son amie sans raison. Le sens commun devait lui proscrire de dire à Harriet qu'elle faisait une folie de penser à lui, parce qu'il y avait cinq cents contre un à parier qu'il ne songerait jamais à elle. « Mais, pensa-t-elle, le sens commun et moi n'avons pas souvent fait bon ménage. »

Elle était de très mauvaise humeur contre elle-même et, si elle ne l'eut pas été aussi contre Frank Churchill, sa situation eût été terrible. Quant à Jane Fairfax, elle pouvait se passer de la plaindre ; elle avait bien assez de Harriet sans penser à Jane, dont les malheurs et la mauvaise santé, ayant la même cause, devaient naturellement les uns finir, et l'autre s'améliorer. Elle allait dans peu de temps être heureuse et, dans l'affluence, ses jours d'affliction et sa situation allaient cesser.

Emma comprenait maintenant pourquoi ses attentions avaient été rejetées, même avec une espèce de mépris. Elle vit clairement que la jalousie en était la véritable cause. Jane la regardait comme sa rivale ; il n'était donc plus étonnant qu'elle eût refusé ses offres de service. Une promenade dans la voiture de Hartfield eût été un tourment pour elle, et l'*arrow-root* venant de la même maison se serait converti en poison. Elle comprit tout cela et s'avoua à elle-même, autant que sa mauvaise humeur pût le lui permettre, que Jane Fairfax était digne de la bonne fortune qui l'attendait. Mais la pauvre Harriet était un tel fardeau qu'elle en avait assez sans en chercher d'autre. Emma craignait beaucoup que cette seconde attente trompée ne fût plus sévèrement sentie que la première. Vu la supériorité de l'objet qu'elle perdait, cela devait arriver, ainsi qu'à cause de la solidité de caractère qu'elle avait acquise. Néanmoins, elle jugea à propos de lui annoncer cette funeste vérité le plus tôt possible.

Mr Weston, en la quittant, lui avait recommandé le plus grand secret, car Mr Churchill avait exigé impérativement que l'on ne parlât de cette affaire à personne, comme une marque du respect dû à la défunte et du désir d'observer les bienséances. Emma l'avait promis ; cependant, on devait excepter Harriet : elle ne pouvait faire autrement.

Malgré toute sa mauvaise humeur, elle ne put s'empêcher de trouver un peu ridicule d'être obligée de jouer auprès de Harriet le même rôle que celui que Mrs Weston avait joué auprès d'elle. Elle avait à éprouver avec Harriet la même angoisse qu'avait sentie Mrs Weston pour se décider à lui apprendre cette terrible affaire. Le cœur lui battait fortement lorsqu'elle entendit la voix et les pas de Harriet, exactement comme elle supposait qu'il était arrivé à Mrs Weston lorsqu'elle l'avait entendue venir à Randalls. Oh ! si cela pouvait se passer aussi bien ! Mais, malheureusement, il n'y avait pas de probabilité.

— Eh bien ! miss Woodhouse, s'écria Harriet en entrant brusquement dans le salon, n'est-ce pas la nouvelle la plus étrange qui soit ?

— De quelle nouvelle parlez-vous ? répondit Emma, incapable, à sa contenance et à sa voix, de deviner si Harriet avait reçu quelque information de ce qui faisait l'objet de son inquiétude.

— De Jane Fairfax ! Avez-vous jamais entendu rien de si extraordinaire ? Oh ! ne craignez pas de vous ouvrir à moi, car Mr Weston, que je viens de rencontrer, me l'a appris lui-même. En même temps qu'il m'a recommandé le plus grand secret, il a ajouté que je ne devais en parler à personne d'autre que vous, parce que vous étiez au courant.

— Qu'avez-vous appris de Mr Weston ?

— Oh ! il m'a tout raconté. Il m'a dit que Jane Fairfax et Frank Churchill allaient se marier et qu'il y avait très long-temps qu'ils s'étaient mutuellement engagés. Que c'est extra-ordinaire !

— Bien extraordinaire, en vérité.

La conduite de Harriet lui parut si étrange qu'Emma ne sut qu'en penser. Son caractère lui sembla tout à fait changé, mais cette découverte ne l'affectait aucunement. Point d'agitation ; elle ne manifesta pas le moindre chagrin. Emma la regarda sans pouvoir parler.

— Auriez-vous jamais imaginé, s'écria Harriet, qu'il pût être amoureux d'elle ? C'est cependant possible, rougit-elle, car vous lisez dans le cœur de tout le monde.

— Sur ma parole, dit Emma, je commence à douter que j'aie ce talent-là. Pouvez-vous me demander sérieusement, Harriet, s'il m'était possible de croire qu'il fût attaché à une autre femme, tandis que je vous encourageais tacitement, sinon ouvertement, à vous abandonner à la passion que vous sentiez pour lui ? Je n'ai jamais eu le moindre soupçon que Frank Churchill aimât miss Fairfax ; ce n'est que depuis une heure que je l'ai appris. Si je l'avais su, soyez bien sûre que je vous aurais avertie du danger que vous couriez.

— Moi ! s'écria Harriet en rougissant. Pourquoi m'auriez-vous prévenue ? Pensez-vous que j'aie la moindre affection pour Mr Frank Churchill ?

— Je suis enchantée de vous entendre parler avec tant de résolution, répliqua Emma en souriant, mais votre intention n'est sans doute pas de nier que, un temps – et il n'est pas bien éloigné –, vous n'ayez eu de l'affection pour lui ?

— Pour lui ? Jamais, jamais ! Ma chère miss Woodhouse, comment vous êtes-vous si totalement méprise à mon égard ?

Elle se détourna avec chagrin.

— Harriet ! s'écria Emma après un moment de silence. Que voulez-vous dire ? Mon Dieu ! à quoi pensez-vous ? Je me suis méprise ! Dois-je donc supposer...

Elle n'en put dire davantage. Sa voix s'éteignit ; elle resta éperdue jusqu'à la réponse de Harriet. Celle-ci, un peu éloignée, le visage tourné d'un autre côté, ne put parler que quelque temps après ; et, lorsqu'elle prit la parole, sa voix n'était pas plus assurée que celle d'Emma.

— Je n'aurais pas cru possible, dit-elle, que vous puissiez vous tromper sur ce qui me regarde. Je sais que nous étions convenues que l'on ne nommerait personne, mais, considérant de combien il est au-dessus des autres, je ne pouvais pas supposer qu'une pareille méprise fût possible. Mr Frank Churchill ! Qui pourrait faire attention à lui, lorsque l'autre est présent ? J'ose espérer que j'ai trop bon goût pour donner la préférence à Mr Frank Churchill, qui n'est rien du tout en comparaison de l'autre, et je suis très surprise que vous ayez été induite en erreur ; aussi je vous réponds que si vous ne m'aviez pas encouragée à m'abandonner à mon penchant, j'aurais cru que c'était une grande présomption à moi d'y songer. Si vous ne m'aviez pas dit qu'il était arrivé des choses plus miraculeuses, que l'on avait vu des mariages plus dis-proportionnés – ce sont vos propres paroles –, je n'aurais pas osé y penser : la chose m'eût paru impossible. Mais vous, qui le connaissez depuis si longtemps...

— Harriet ! s'écria Emma, qui s'était remise, tâchons de nous entendre à présent, sans qu'il nous soit possible de nous tromper. Parlez-vous de Mr Knightley ?

— Certainement. Je ne pouvais parler d'aucun autre. J'ai cru que vous le saviez. Lorsque nous nous sommes entretenues sur cette affaire, il était aussi clair que le jour que c'était de lui que je parlais.

— Pas tout à fait, dit Emma avec un calme apparent ; car tout ce que vous me dîtes alors semblait regarder une autre personne. Je pourrais presque certifier que vous aviez nommé Mr Frank Churchill. Je suis sûre que le service qu'il vous a rendu, en vous protégeant contre les bohémiens, suffisait pour...

— Oh ! miss Woodhouse, vous oubliez...

— Ma chère Harriet, je me souviens parfaitement de ce que je vous dis à cette occasion. Je vous assurai que l'attachement que vous aviez pour lui ne me surprenait nullement, après le service qu'il vous avait rendu. Vous en convîntes et exprimâtes avec chaleur combien vous en étiez reconnaissante. J'ai tout cela présent à la mémoire.

— Oh ! mon Dieu ! s'écria Harriet, je me souviens bien à présent de ce que vous voulez dire, mais alors je pensais à quelque chose de bien différent. Je ne songeais pas aux bohémiens, ni à Mr Frank Churchill. Non, poursuivit-elle avec assurance, je songeais à une circonstance plus précieuse que celle-là. C'était à Mr Knightley venant m'offrir sa main pour danser, lorsque Mr Elton avait refusé de me donner la sienne et qu'il n'y avait pas d'autres danseurs dans la salle. C'était sa belle action, sa bienveillance, sa générosité et le grand service qu'il m'avait rendu qui me le faisaient regarder comme supérieur à tous les autres hommes.

— Juste ciel ! s'écria Emma. Quelle méprise déplorable ! Quelle malheureuse erreur ! Que faut-il faire ?

— Si vous m'aviez comprise, vous ne m'auriez donc pas encouragée à persister. Cependant, je ne suis pas plus à plaindre à présent que si je m'étais attachée à l'autre personne...

Elle s'arrêta. Emma ne pouvait parler.

— Je ne suis pas surprise, miss Woodhouse, reprit Harriet, que vous trouviez une grande différence entre eux, par rapport à moi ou à un autre. Vous jugerez sans doute que l'un est cinq cent millions de fois plus élevé au-dessus de moi que l'autre. Mais j'espère, miss Woodhouse, que supposé... que si surprenant que cela paraîtrait... Et vous savez que ce sont vos propres paroles. Des choses plus étranges sont arrivées. On a vu des mariages plus disproportionnés qu'entre Mr Frank Churchill et moi ; et il semblerait, d'après vous, que l'on a vu de ces mariages. Si j'étais assez fortunée... Si Mr Knightley voulait... S'il n'avait aucun égard à la disparité... J'espère, miss Woodhouse, que vous ne nous opposeriez pas d'obstacle. Vous êtes trop bonne pour le faire.

Harriet était debout à l'une des fenêtres. Emma, consternée, se tourna vers elle et dit avec vivacité :

— Croyez-vous que Mr Knightley réponde à la passion que vous avez pour lui ?

— Oui, répondit Harriet modestement, mais sans crainte. J'ai quelques raisons de le croire.

Emma baissa les yeux et resta quelque temps immobile ; elle réfléchissait. Peu d'instants lui suffirent pour sonder son propre cœur. Un esprit comme le sien, ouvert une fois au soupçon, faisait de rapides progrès ; elle sut tout d'un coup à quoi s'en tenir. Pourquoi trouverait-elle regrettable que Harriet fût amoureuse de Mr Knightley plutôt que de Mr Frank Churchill ? Pourquoi ce malheur était-il augmenté par les espérances que Harriet avait qu'il répondît à sa passion ? L'idée lui vint, prompte comme l'éclair, que Mr Knightley ne pouvait épouser qu'elle !

Emma confronta sa conduite avec les sentiments de son cœur et vit clairement combien elle s'en était imposé à elle-même, combien elle avait mal agi avec Harriet, combien elle avait été inconsidérée, peu délicate, déraisonnable et peu sensible. Elle s'était laissée entraîner par la folie et l'aveuglement. Elle en fut vivement frappée et se qualifia elle-même des épithètes les plus dures. Le respect qu'elle se devait à elle-même, malgré ses fautes, et la justice à laquelle elle avait droit – car une fille qui osait se croire aimée de Mr Knightley ne méritait aucune compassion, quoique la stricte justice demandât qu'elle ne la rendît pas malheureuse par des preuves de mépris ou de froideur –, toutes ces raisons firent prendre à Emma la résolution de souffrir avec un calme apparent et avec les dehors de l'amitié. Pour son propre avantage, il était important de savoir en quoi consistaient les espérances de Harriet, qui d'ailleurs n'avait rien fait pour mériter de perdre les égards et les bontés qu'elle avait toujours eus pour elle, ou de se voir méprisée par une personne dont les conseils ne l'avaient jamais conduite sur le bon chemin. Ces réflexions faites, elle se tourna vers Harriet et, avec des manières plus douces, renoua la conversation ; quant au premier sujet, l'étonnante histoire de Jane Fairfax, il avait disparu ; elles n'y pensaient plus. Elles ne songeaient qu'à Mr Knightley et à elles-mêmes.

Harriet, absorbée dans ses pensées, mais plus agréablement qu'Emma, ne fut cependant pas fâchée d'en être distraite d'une manière encourageante par un aussi bon juge et une aussi bonne amie que miss Woodhouse. Elle n'attendait qu'une invitation pour raconter avec plaisir, quoiqu'en tremblant, les raisons sur lesquelles ses espérances étaient fondées. Emma était aussi tremblante que Harriet, mais elle cachait mieux son trouble, soit en posant des questions, soit en écoutant les réponses. Sa voix était assez ferme, mais ses pensées étaient singulièrement troublées par l'attente d'un mal qu'elle redoutait. Pendant le récit de Harriet, elle souffrit beaucoup, mais l'écouta cependant avec une apparence de patience. Elle ne s'attendait pas à un récit détaillé, suivi et bien arrangé, dont la substance lui causa le plus violent chagrin, surtout se souvenant d'avoir entendu Mr Knightley lui-même dire qu'il avait trouvé une grande amélioration dans les manières et le caractère de Harriet. Celle-ci s'était aperçue qu'il avait changé de conduite à son égard – depuis le jour du bal, Emma le savait – et que Mr Knightley l'avait trouvée beaucoup plus accomplie qu'il ne croyait. Depuis ce jour-là, du moins depuis celui où miss Woodhouse l'avait encouragée à penser à lui, Harriet s'était aperçue qu'il s'adressait à elle plus souvent qu'à l'ordinaire et qu'il la traitait avec beaucoup de douceur et de bonté. Tout dernièrement encore, elle avait eu des preuves certaines que ses manières avaient changé. Lorsque tout le monde se promenait, il l'avait choisie pour compagne ; elle avait eu avec lui une conversation délicieuse, et il paraissait vouloir lier une connaissance intime avec elle ! Emma savait qu'elle n'exagérait pas. Elle avait, comme Harriet, observé le changement qui s'était opéré en lui. Elle répétait les expressions dont il s'était servi pour la louer, et Emma était obligée de reconnaître que ce qu'elle disait était la vérité même. Il avait effectivement dit qu'il estimait en elle un naturel simple et sans art ni affectation, des sentiments honorables et généreux ; il le lui avait dit à elle-même plus d'une fois. Plusieurs petites particularités sur les attentions qu'il avait eues pour elle, comme, par exemple, d'avoir changé de place pour s'approcher d'elle, des regards qui signifiaient la préférence qu'il lui donnait, toutes ces marques de distinction étaient gravées dans le cœur de Harriet, et Emma n'y avait pas pris garde. Des circonstances qui ne l'avaient pas frappée, quoiqu'elle en eût été témoin, lui parurent alors vraisemblables, parce qu'elle se souvenait parfaitement de celles qui avaient le plus confirmé Harriet dans ses espérances. Elle l'avait d'abord vu seul avec elle dans l'allée des tilleuls à Donwell, où ils s'étaient promenés long-temps avant son arrivée – exprès, comme elle se l'imagina, pour la séparer des autres dames. Il lui avait parlé d'une manière toute particulière, chose qu'il n'avait jamais eu coutume de faire auparavant – ici Harriet rougit beaucoup. Il avait semblé lui demander si ses affections étaient engagées, mais, aussitôt qu'Emma avait paru, il avait changé de conversation et commencé à parler d'agriculture. La seconde preuve que Harriet avait à se donner était qu'il était resté à causer avec elle une bonne demi-heure, la dernière fois qu'il était venu à Hartfield, tandis que miss Woodhouse se trouvait chez Mrs Bates ; et cependant, il avait dit en entrant qu'il ne pouvait rester que quelques minutes. Il lui avait dit, de plus, dans le cours de la conversation, que, quoiqu'il fût obligé de se rendre à Londres, c'était contre son gré qu'il quittait sa maison. Il n'en avait pas tant dit à Emma. La confiance qu'il avait témoignée à Harriet lui avait causé un violent chagrin.

Elle hasarda la question suivante sur la première preuve :

— N'est-il pas possible, en vous demandant si vos affections étaient engagées, que son intention fût de savoir si vous ne pensiez plus à Mr Martin ? C'était peut-être en faveur de celui-ci qu'il agissait.

Harriet rejeta cette idée avec dédain.

— Mr Martin ! Non, en vérité ! Il ne m'a pas dit un seul mot de Mr Martin ! Je crois en savoir trop maintenant pour me soucier de Mr Martin, ou même pour que l'on me soupçonne de penser à un homme comme lui.

Lorsque Harriet eut fini son récit, elle en appela au jugement de sa chère amie, miss Woodhouse, sur le degré d'espérances qu'elle pouvait avoir.

— Sans vous, dit-elle, je n'aurais jamais eu tant de présomption. Vous m'avez dit de l'observer avec soin et de prendre sa conduite pour règle de la mienne. J'ai suivi vos conseils avec toute l'exactitude possible ; et maintenant, je sens que je suis digne de lui et que, s'il me donne la préférence, il n'y aura en cela rien de bien étonnant.

Les sensations désagréables produites par ce discours firent tant de chagrin à Emma qu'elle eut beaucoup de peine à faire la réponse suivante :

— Harriet, tout ce que je puis vous dire, c'est que Mr Knightley est tout à fait incapable de faire volontairement entendre à une femme qu'il sent plus pour elle qu'il ne le fait véritablement.

Harriet paraissait prête à se jeter à ses pieds pour adorer son amie et la remercier de ce qu'elle venait de dire. Emma échappa à la sévère punition de ses caresses et de ses actions de grâce par l'arrivée de son père, que l'on entendait approcher. Mais Harriet était trop agitée pour l'attendre. Ne pouvant pas se remettre assez promptement, Mr Woodhouse serait alarmé ; il valait mieux qu'elle se retirât. Elle sortit par une autre porte que celle vers laquelle Mr Woodhouse dirigeait ses pas. Aussitôt qu'elle fut partie, Emma s'écria :

— Plût à Dieu que je ne l'eusse jamais connue !

Le reste du jour et la nuit suivante, elle ne fit que penser à ce que lui avait dit Harriet ; elle se perdait au milieu des idées confuses que peu d'heures avaient produites. Chaque moment avait enfanté une surprise, et chaque surprise lui causait une nouvelle mortification. Comment comprendre tout cela, comment croire aux déceptions qu'elle s'était forgées elle-même ! Les méprises, l'aveuglement de sa tête et de son cœur lui étaient incompréhensibles. Elle s'asseyait, se promenait, passait d'une chambre à l'autre, courait dans les jardins, et partout le souvenir de sa conduite la tourmentait ; elle reconnaissait sa faiblesse, ses torts ; elle s'apercevait qu'elle avait été trompée de la manière la plus mortifiante, et surtout par elle-même. Elle se sentait d'autant plus malheureuse que ce jour-là ne semblait être que l'avant-coureur de ses chagrins. Elle commença par sonder son propre cœur et y employa tout le temps qu'elle n'était pas occupée auprès de son père ou qu'elle pouvait dérober à ses autres pensées.

Combien de temps y avait-il que Mr Knightley lui était si cher ? Quand l'influence qu'il avait sur elle avait-elle commencé ? A quelle époque s'était-il emparé de la place que Frank Churchill avait occupée momentanément dans son cœur ? Elle chercha à se rappeler le passé, compara ces deux hommes l'un à l'autre et le degré d'estime qu'elle avait accordé à chacun d'eux depuis la connaissance qu'elle avait faite du dernier ; cette comparaison que, depuis longtemps, elle aurait pu faire, l'avait-elle faite ? Oh ! non ! Plût à Dieu que cette idée lui fût venue ! Elle aurait vu que Mr Knightley était infiniment supérieur à Frank Churchill, même lorsqu'elle croyait ne rien sentir pour lui. Elle découvrit que, même si elle s'était persuadée du contraire, elle avait vécu dans une illusion complète et avait agi à l'opposé de ce que lui dictait son cœur. Elle n'avait jamais été véritablement éprise de Mr Frank Churchill !

Telle fut la conclusion de ses réflexions ; telle fut la connaissance qu'elle acquit d'elle-même, la première fois qu'elle voulut bien s'en occuper, et sans la chercher long-temps. Elle s'indigna de sa conduite ; elle eut honte de toutes les sensations qu'elle éprouvait, excepté de celle qui lui prouvait qu'elle aimait véritablement Mr Knightley. Toute autre idée la dégoûtait.

Sa vanité lui avait fait imaginer qu'elle connaissait le secret des affections de tous ses voisins ; elle avait même eu l'arro-gance impardonnable d'oser se croire capable de régler la destinée d'autrui. En tout elle s'était trompée ; au lieu de faire du bien, elle avait au contraire fait beaucoup de mal ; elle avait fait le malheur de Harriet, le sien propre, et – elle le craignait beaucoup – celui de Mr Knightley. Si cette alliance disproportionnée avait lieu, on pourrait avec justice lui repro-cher d'en avoir été la cause principale, puisque c'était elle qui s'était chargée d'introduire Harriet dans le monde. Elle se flattait cependant que l'attachement de Mr Knightley n'existât réellement que dans l'esprit de Harriet. Supposé qu'il en fût autrement, à qui le devait-elle ? A elle-même, à sa propre folie.

Mr Knightley et miss Harriet Smith ! Une pareille union dépasserait en extravagance tout ce qui l'avait précédée. Le mariage de Frank Churchill avec miss Fairfax n'était rien en comparaison et ne pouvait, comme celui-ci, exciter la moin-dre surprise ; ne présentant aucune disparité, c'était un mariage ordinaire, qui ne devait occuper l'esprit ni la langue de personne. Mr Knightley et Harriet Smith ! Une telle éléva-tion pour elle ! Une telle dégradation pour lui ! Emma frémis-sait de penser combien il allait perdre dans l'opinion publi-que ; elle prévoyait les sourires moqueurs, les sarcasmes qui allaient pleuvoir sur lui, la mortification de son frère et les chagrins que tout cela ne pourrait manquer de lui causer. Se ferait-il, ce mariage ? Non, il était impossible ! Et cependant, pourquoi impossible ? N'avait-on pas vu des hommes très instruits captivés par des femmes ignorantes ? N'était-il pas arrivé que des hommes trop occupés pour se donner la peine de chercher devinssent la proie de la première jolie fille qui se fût jetée à leur tête ? Ne voyait-on pas tous les jours que l'inconséquence, la folie, l'inconduite, le hasard et les circonstances président très souvent aux événements humains ?

Oh ! si elle n'eût jamais entrepris de former Harriet ! Que ne la laissait-elle où elle était et où il lui avait dit qu'elle devait être ! N'avait-elle pas fait l'incroyable folie de s'opposer à son mariage avec un galant homme, qui l'aurait rendue heureuse dans le rang où le ciel l'avait placée ? Tout serait bien pour elle, et rien de ce qui causait ses chagrins n'aurait eu lieu.

Mais comment Harriet avait-elle eu la présomption de porter ses vues si haut ? Comment pouvait-elle se figurer être aimée d'un pareil homme sans qu'il le lui eût assuré ? Harriet n'était plus si humble que par le passé ; elle n'avait pas tant de scrupules et ne sentait presque plus son infériorité, tant morale que physique. Elle avait reconnu que Mr Elton s'abaisserait en l'épousant et elle ne semblait pas croire que l'on pût faire le même reproche à Mr Knightley. Hélas ! à qui Emma pouvait-elle s'en prendre sur un tel renversement d'idées ? A elle seule. Qui lui avait appris à penser qu'elle devait s'élever, s'il était possible, et qu'elle avait des prétentions bien fondées à former un grand établissement ? Si la vanité avait chez Harriet remplacé l'humilité, c'était encore à elle seule qu'Emma était redevable.

46

Jusqu'à ce moment, où elle se voyait menacée de perdre Mr Knightley, Emma ne s'était jamais aperçue combien son bonheur dépendait d'occuper la première place dans son cœur et dans ses affections. Satisfaite de penser qu'elle occupait cette place, elle en avait joui sans y faire attention ; la crainte de l'avoir perdue lui fit découvrir combien il eût été prudent de n'en avoir pas couru les risques.

Longtemps, très longtemps, elle s'était accoutumée à être son amie la plus chère, car il n'avait d'autres parentes que sa sœur Isabella et elle ; Isabella seule pouvait partager ses prétentions, mais elle avait toujours connu le degré d'amour et d'estime dont il l'honorait. Emma avait toujours eu la préférence ; elle ne la méritait pas. Souvent elle avait été inattentive ou perverse, méprisant ses conseils, lui résistant quelquefois ouvertement et se querellant même avec lui parce qu'il ne croyait pas à l'excellence de son jugement. Malgré tout cela, soit par habitude, soit par attachement pour sa famille ou par bonté de cœur, il l'avait toujours aimée, surveillée avec soin dès son enfance, avait tâché de la rendre accomplie et de lui former le cœur et l'esprit ; lui seul avait pris ce soin.

Malgré tous ses défauts, elle savait qu'elle lui était chère, même très chère. Cependant, lorsqu'elle se disait, dans cette pressante circonstance, que tout espoir n'était pas perdu, elle n'osait trop s'arrêter à cette idée. Harriet pouvait se flatter d'obtenir la préférence sur toutes les femmes et d'être la seule aimée de Mr Knightley, mais Emma, non. Emma savait que l'attachement qu'il avait pour elle ne l'aveuglait pas, et avait dernièrement reçu une preuve certaine de son impartialité : il avait été très choqué de sa conduite envers miss Bates. Avec quelle force ne s'était-il pas exprimé à ce sujet ! Elle avouait qu'elle le méritait ; toutefois, ces reproches ne pouvaient lui avoir été dictés par l'amour qu'il avait pour elle, mais bien par la justice la plus exacte et une bienveillance clairvoyante. Elle n'avait donc pas la moindre espérance que l'affection que lui portait Mr Knightley pût jamais l'engager à lui passer ses fautes ; elle ne le désirait même pas, mais, de temps à autre, il se présentait à son esprit l'espoir mieux fondé que Harriet s'était abusée et qu'elle n'était pas tant dans ses bonnes grâces qu'elle le croyait. Pour son bien à lui surtout, elle le souhaitait de tout son cœur. Faisant abnégation d'elle-même, elle désirait qu'il ne se mariât pas ; eût-elle été certaine qu'il restât garçon, elle se serait cru heureuse. « Qu'il continue toujours, se disait-elle, à être pour mon père et pour moi le même Mr Knightley que par le passé ; que persiste la même amitié, le même bon voisinage entre Donwell et Hartfield, et je serai satisfaite. » Le mariage, en fin de compte, ne lui convenait pas. Il était incompatible avec les soins qu'elle devait et qu'elle aimait à rendre à son père. Non, elle ne se marierait jamais, quand bien même Mr Knightley lui offrirait sa main.

Le plus ardent de ses vœux était cependant que Harriet fût trompée dans ses espérances. Elle se proposa de les surveiller tous deux avec la plus grande attention lorsque l'occasion s'en présenterait, et ne doutait pas un moment qu'elle ne pût asseoir son jugement sur ce qu'il pourrait s'ensuivre dès qu'elle les aurait vus ensemble. Quoique presque toujours trompée dans ses observations précédentes, elle était très certaine, cette fois, d'une entière réussite. On attendait Mr Knightley tous les jours. Elle serait bientôt à même de mettre son projet à exécution. Tantôt elle trouvait des raisons d'espérer, tantôt de craindre. Elle résolut, en attendant, de ne plus voir Harriet. Nul bien ne pouvait résulter pour aucune d'elles d'une entrevue pendant laquelle on ne manquerait pas d'évoquer ce qui avait fait le sujet de la dernière conversation. Tant qu'elle avait des doutes, Emma ne voulait pas se persuader que la chose fût possible, mais elle ne pouvait pas empêcher Harriet de lui faire des confidences. En conséquence, elle lui écrivit amicalement, mais d'une manière péremptoire, pour la prier jusqu'à nouvel ordre de ne pas venir à Hartfield, parce qu'elle était certaine qu'elles devaient éviter une discussion confidentielle sur ce sujet. Elle ajoutait qu'elle la verrait avec plaisir en compagnie, n'ayant d'objection qu'à un tête à tête, et que, dans quelques jours, la conversation de la veille étant oubliée, elles se verraient comme auparavant. Harriet se soumit, approuva et fut reconnaissante.

Ce point venait d'être réglé lorsqu'une visite vint faire oublier à Emma les pensées qui l'avaient occupée pendant vingt-quatre heures entières, à table, au lit et à la promenade. C'était Mrs Weston, qui venait de voir sa future belle-fille, et qui passait par Hartfield pour s'en retourner à la maison, tant par égard pour Emma que pour avoir le plaisir de lui raconter les particularités de cette intéressante entrevue. Mr Weston l'avait accompagnée chez Mrs Bates et s'était acquitté à son ordinaire, c'est-à-dire à merveille, des attentions qu'il devait aux dames. Ayant alors incité miss Fairfax à aller prendre l'air en voiture, elle était revenue avec des détails très satisfaisants et bien supérieurs à ceux qu'elle se serait procurés au salon.

Emma eut un peu de curiosité, qu'elle satisfit de son mieux en écoutant le récit de Mrs Weston. A son départ de Randalls, celle-ci, très agitée, aurait bien voulu ne pas se rendre chez Mrs Bates, mais seulement écrire à miss Fairfax et différer cette visite jusqu'à ce que Mr Churchill permît que l'affaire fût rendue publique, certaine que cette visite prématurée pourrait donner lieu à des commentaires. Mr Weston en avait pensé autrement : il était pressé de témoigner à miss Fairfax qu'il approuvait le choix de son fils. Au reste, il ne concevait pas que l'on pût soupçonner la raison qui les conduisait chez Mrs Bates ; et d'ailleurs, si cela arrivait, il ne voyait pas le grand danger qui en résulterait, car on se doutait bien qu'une telle affaire serait ébruitée. Emma sourit, ayant de bonnes raisons d'être convaincue de la solidité de l'argument de Mr Weston. Enfin, elles étaient parties ensemble, et la confusion de la jeune personne avait été égale à sa détresse. Elle pouvait à peine parler et ses regards annonçaient, ainsi que sa contenance, combien elle souffrait intérieurement. La douce satisfaction que sentait la bonne Mrs Bates, le ravissement extrême de sa fille, trop joyeuse pour parler comme à son ordinaire, avaient fourni une scène réconfortante et même attendrissante. Elles étaient toutes deux si respectables, si désintéressées, que l'on voyait bien que leur bonheur provenait uniquement de l'espoir que cette alliance rendrait à miss Fairfax la joie et la santé. Elles adoraient Jane, pensaient du bien de tout le monde, s'estimant peu de chose elles-mêmes : aussi tout le monde les aimait. Miss Fairfax ayant été récemment malade, on ne pouvait pas être surpris que Mrs Weston lui offrît de prendre l'air avec elle en voiture ; elle avait refusé, mais, à force de sollicitations, avait fini par accepter. Pendant la promenade, Mrs Weston l'avait encouragée, par ses douces paroles, à vaincre l'embarras de sa situation, et, peu à peu, à aborder le sujet de sa visite. Elle commença par s'excuser sur le silence hostile qu'elle avait gardé à son arrivée, puis lui fit des protestations de gratitude et d'estime. Lorsque ces effusions mutuelles eurent cessé, elles parlèrent longtemps de l'engagement antérieur et de ce qui devait en découler par la suite. Mrs Weston crut qu'une telle conversation devait être d'un grand secours à sa compagne, qui avait été pendant si longtemps obligée de taire ses affections, ses torts, ses espérances et ses chagrins ; elle fut extrêmement satisfaite d'elle.

— Au sujet de ce qu'elle a souffert pendant tant de mois, continua Mrs Weston, elle eut des mots admirables : « Je ne puis peindre ce que ma position avait de douloureux, dit-elle. Je ne nie pas d'avoir passé d'heureux moments, mais je n'ai jamais eu une heure de véritable tranquillité depuis que j'ai contracté cet engagement ! » Et la palpitation des lèvres qui prononçaient ces paroles me frappa au cœur.

— Pauvre fille, dit Emma, elle s'accuse donc d'avoir contracté cet engagement privé ?

— S'accuser ! Personne au monde ne peut la blâmer plus qu'elle ne le fait elle-même. « La conséquence en a été, dit-elle, que j'ai autant souffert que je le méritais. Mais la punition d'une faute ne l'efface pas. Je suis infiniment blâmable : la peine n'est pas une expiation. J'ai agi volontairement contre toutes les règles, aussi la tournure favorable qu'ont prise les choses et les marques de bonté que je reçois répugnent à ma conscience, qui me dit que cela ne devrait pas être. Ne vous imaginez pas, madame, continua-t-elle, que l'on m'ait élevée à mal faire. Ceux qui ont eu la bonté de prendre soin de mon éducation ne sont pas à blâmer : je suis la seule coupable et je vous assure que, malgré l'excuse que je pourrais alléguer, vu les circonstances présentes, je tremble à l'idée de faire part de ma faute au colonel Campbell. »

— Pauvre fille ! dit de nouveau Emma ; il faut qu'elle ait un bien sincère attachement pour lui. Seule une violente passion a pu la forcer à contracter cet engagement. Ses affections l'ont emporté sur son jugement.

— Je suis persuadée qu'elle lui est extrêmement attachée.

— Je crains, dit Emma en soupirant, d'avoir souvent contribué à la rendre malheureuse.

— C'était bien innocemment, ma chère. Elle en était sans doute troublée car, en parlant de leur querelle, il en a dit quelque chose. Une des conséquences naturelles de la faute qu'elle a commise, a-t-elle dit, a été de la rendre déraisonnable. La conscience qu'elle avait d'avoir mal fait lui avait causé des inquiétudes, des irritations qu'il n'avait pu supporter. « Je ne me suis pas conduite avec lui comme je le devais, dit-elle, vu sa gaieté, son amabilité et son humeur folâtre, qui, dans d'autres circonstances, m'eussent plu comme auparavant. » Puis elle se mit à parler de vous et des bontés que vous lui aviez témoignées pendant sa maladie ; et, en rougissant, ce qui me fit comprendre le sujet qui la faisait rougir, elle me pria de vous présenter ses remerciements la première fois que j'en trouverais l'occasion. « Je ne puis trop lui exprimer, me dit-elle, les obligations que je lui ai des peines qu'elle a bien voulu prendre pour me rendre service. » Elle sentait parfaitement qu'elle avait été ingrate envers vous.

— Si je ne la savais pas heureuse à présent, dit Emma d'un air très sérieux, ce qui, malgré les scrupules de sa conscience timorée, doit nécessairement être, je ne pourrais recevoir ses remerciements, car, si l'on mettait dans la balance le bien et le mal que j'ai faits à miss Fairfax... Oh ! Mrs Weston ! Assez !

Emma s'arrêta. Puis, s'efforçant de prendre un air plus gai :

— Tout doit être oublié. Vous êtes bien aimable d'être venue me faire part de tous ces détails. Ils lui font beaucoup d'honneur. Je la crois très bonne. Je lui souhaite tout le bonheur du monde. Il est juste que la fortune la favorise, car tout le mérite sera du côté de la femme.

Mrs Weston ne put laisser passer une pareille assertion sans réponse. Elle avait la meilleure opinion de Frank et, de plus, elle l'avait pris en grande amitié. Elle le défendit donc avec chaleur. Elle parla longtemps et avec affection, mais Emma ne l'entendit pas, quoiqu'elle parût l'écouter avec attention : son imagination galopait de Hartfield à Brunswick Square, à Londres, et de là à Donwell, de manière que lorsque Mrs Weston finit en disant : « Nous n'avons pas encore reçu la lettre que nous attendons avec tant d'impatience, comme vous savez ; j'espère que nous l'aurons bientôt », elle fut obligée d'abandonner sa rêverie et de répondre de travers, avant de pouvoir se rappeler à quelle lettre Mrs Weston faisait allusion.

— Vous portez-vous bien, Emma ? dit Mrs Weston en s'en allant.

— Parfaitement, vous savez que je jouis toujours d'une bonne santé. Faites-moi connaître la lettre le plus tôt possible.

Les particularités communiquées par Mrs Weston fournirent à Emma un surcroît de réflexions désagréables : en augmentant son estime et sa compassion envers miss Fairfax, elle se reprochait ses injustices et sa négligence à remplir les devoirs de la société à son égard. Elle regretta amèrement de ne pas avoir recherché son amitié. Elle eut honte de la basse jalousie qui en avait été la cause. Si elle avait suivi les intentions de Mr Knightley en ayant pour miss Fairfax les égards et les attentions qui lui étaient dus, si elle avait cherché à se lier avec elle, au lieu de se faire une amie de Harriet Smith, elle ne se serait pas trouvée dans la triste situation où elle était.

Naissance, instruction, éducation distinguée, élégance, toutes ces qualités réunies devaient la faire rechercher ; elle eût répondu aux moindres avances avec gratitude : mais l'autre, qu'était-elle ? Supposé même qu'elles n'eussent jamais été assez intimes pour que miss Fairfax lui eût confié ses secrets, ce qui est très probable, au moins, en la connaissant davantage, elle n'eût jamais eu l'abominable soupçon d'un attachement impropre avec Mr Dixon ; soupçon qu'elle avait eu non seulement la folie de se mettre dans la tête, mais la barbarie de divulguer, ce qui avait sans doute causé à Jane de vifs chagrins, par la légèreté et l'insouciance de Frank Churchill. Emma se reprochait d'avoir causé plus de désagréments à miss Fairfax, depuis son arrivée à Highbury, qu'aucune autre personne. Elle avait été son ennemie jurée. Jamais elles ne s'étaient trouvées ensemble en compagnie de Frank Churchill sans que Jane n'eût beaucoup à souffrir. Le pique-nique de Box Hill avait sans doute mis le comble à ses maux et épuisé sa patience.

La soirée de ce jour-là fut extrêmement triste et mélancolique à Hartfield. Le temps ajouta encore au désagrément que l'on y éprouvait. Une pluie froide et orageuse survint ; les arbres seuls et les plantes annonçaient le mois de juillet, quoique le vent les dépouillât de leurs feuilles. La longueur des jours ne servit qu'à rendre plus affligeant un pareil spectacle.

Ce mauvais temps affecta singulièrement Mr Woodhouse. Les tendres soins de sa fille suffirent à peine à le rassurer : jamais ces attentions ne coûtèrent tant à Emma. Cette soirée lui rappela celle du jour des noces de Mrs Weston, qu'elle avait passée en tête à tête, en partie avec son père ; mais alors Mr Knightley était venu à son secours et avait dissipé la tristesse qui allait s'emparer d'elle. Hélas ! ces preuves de l'attraction de Hartfield pour lui étaient à la veille de cesser.

Le tableau effrayant qu'elle s'était représenté à l'approche de l'hiver passé était faux et prématuré. Aucun ami ne les avait quittés ; aucune espèce de plaisir n'avait été perdue ; cependant elle craignait qu'il ne se vérifiât l'hiver prochain.

La perspective qui se présentait à elle était menaçante ; elle ne voyait aucune possibilité de l'éviter, ni même de la rendre plus supportable. Si ce malheur arrivait, ce ne pouvait être que parmi sa société. Hartfield allait devenir désert ; qui l'aiderait dorénavant à consoler son père, dont la situation de corps et d'esprit ne pouvait qu'empirer ? Le souvenir de ses propres infortunes lui rendrait cette tâche difficile à remplir.

L'enfant qui allait naître à Randalls deviendrait pour Mrs Weston un lien qui occuperait son esprit et son cœur, diminuant nécessairement l'amitié qu'elle avait pour elle. Ils la perdraient et très probablement son mari aussi.

Frank Churchill ne viendrait plus parmi eux et miss Fairfax quitterait sans doute Highbury. Ils se marieraient et sans doute s'établiraient à Enscombe ou dans ses environs. Tout ce qu'il y avait de bon, d'aimable, allait partir, et si l'on joignait à ces pertes celle de Donwell, quelle société leur resterait-il ? On ne verrait plus Mr Knightley venir passer les soirées à Hartfield ; on ne l'y verrait plus entrer à toute heure, à tout moment, avec cet air amical, annonçant qu'il abandonnerait volontiers sa maison de Donwell pour celle-ci. Comment supporter tout cela ? Et si sa perte était occasionnée par son amour pour Harriet ; s'il trouvait chez elle tout ce qu'un homme désire chez une femme ; si toutes ses affections étaient concentrées en elle ; s'il croyait avoir trouvé chez Harriet l'amie, la femme qui seule pouvait le rendre heureux, à qui pouvait-elle s'en prendre ? Emma reconnaissait avec douleur que tout venait d'elle-même. Lorsqu'elle était parvenue à se monter ainsi l'imagination, elle frissonnait, poussait de gros soupirs ou se promenait à grands pas dans sa chambre.

La seule chose qui pût lui apporter un peu de consolation, lui faire retrouver un peu de fermeté, c'était la résolution qu'elle formait de changer de conduite et l'espérance que, malgré la perspective d'hivers désormais moins amusants, elle serait plus raisonnable, grâce à la connaissance intime qu'elle venait d'acquérir d'elle-même, et qu'aucune de ses actions ne lui laisserait les regrets poignants qui la rendaient actuellement si malheureuse.

47

Le lendemain, le temps ne s'améliora pas. La même solitude régna à Hartfield, où l'on fut tout aussi mélancolique que la veille. Mais, l'après-midi, le temps s'éclaircit, le vent changea, les nuages se dissipèrent, le soleil reparut et ramena l'été. Ce changement soudain engagea Emma à en profiter et à sortir dès que possible.

Jamais la nature n'avait paru si belle. La vue et l'odorat étaient également gratifiés ; on sentait une chaleur modérée ; l'air était pur et serein. Emma se plut à penser que la tranquillité dont jouissait la nature, après la tempête, passerait aussi dans son cœur. Heureusement, peu après dîner, Mr Perry, qui se trouvait libre, vint à Hartfield pour passer deux heures avec son père, ce qui lui permit de se rendre dans le parc. Là, elle se sentit un peu soulagée ; elle avait déjà fait quelques tours de promenade lorsqu'elle aperçut Mr Knightley qui, franchissant la grille du parc, venait droit à elle. C'était la première fois qu'elle le voyait depuis son retour de Londres. Elle pensait intimement à lui un instant auparavant, le croyant encore à seize milles de Hartfield. Elle voulait paraître calme à ses yeux et n'eut que le temps de se remettre un peu du désordre que sa vue lui causait. Il la rejoignit aussitôt et ils se demandèrent de leurs nouvelles assez froidement. Emma le pria de lui en donner aussi de leurs amis mutuels. Tous se portaient bien. Quand les avait-il quittés ? Ce matin. Avait-il été mouillé sur la route ? Oui. Elle vit que son intention était de se promener avec elle. Il avait donné un coup d'œil dans la salle à manger, et, voyant qu'il n'y était pas nécessaire, il avait préféré rester dehors. Emma crut que ses regards et ses paroles n'annonçaient pas la gaieté, et ses craintes lui suggérèrent qu'il avait probablement communiqué à son frère son projet et qu'il était peiné de la manière dont il avait été reçu.

Ils continuèrent à se promener. Mr Knightley gardait le silence ; elle crut qu'il la regardait souvent et qu'il essayait de voir plus de sa figure qu'elle n'avait envie de lui en montrer, ce qui éveilla en elle une autre crainte : peut-être avait-il l'intention de lui faire part de son attachement pour Harriet ; peut-être cherchait-il qu'elle lui donnât l'occasion d'en parler. Emma ne se sentait ni la volonté ni le désir d'aborder un pareil sujet. C'était à lui de prendre l'initiative. Cependant, son silence lui déplaisait. C'était une chose peu naturelle en lui. Elle réfléchit, prit sa résolution et dit :

— Nous avons quelques nouvelles à vous apprendre, maintenant que vous êtes de retour, et elles vous surprendront.

— Oui... répondit-il tranquillement en la regardant. De quelle nature sont-elles ?

— Oh ! de la meilleure possible. Un mariage.

Après un moment de silence, comme pour s'assurer qu'elle n'avait plus rien à ajouter, il répliqua :

— Si vous voulez parler de celui de Frank Churchill et de miss Jane Fairfax, je le sais déjà.

— Comment pouvez-vous le savoir ? s'écria Emma en se tournant vers lui, rougissant à l'idée qu'il était peut-être passé chez Mrs Goddard.

— J'ai reçu ce matin un billet de Mr Weston sur les affaires de la paroisse ; à la fin de ce billet, il m'a donné en abrégé le détail de cet événement.

Emma se sentit tout à fait soulagée et put dire avec calme :

— Vous avez sans doute été moins surpris qu'aucun de nous car vous aviez des soupçons. Je n'ai pas oublié que vous avez eu l'intention de me mettre sur mes gardes. J'aurais bien dû vous écouter, mais, dit-elle avec un gros soupir et d'une voix altérée, je suis condamnée à un aveuglement continuel.

Ils gardèrent le silence pendant un moment. Emma ne

soupçonnait pas d'avoir excité aucun intérêt, jusqu'à ce qu'elle sentît qu'il lui avait pris le bras, qu'il serra contre son cœur, et qu'elle lui entendît dire avec une grande sensibilité :

— Le temps, ma chère Emma, cicatrisera la blessure : votre jugement, les attentions que vous avez pour votre père... Je sais que vous ne permettrez pas...

Ici, il lui pressa encore le bras et dit d'un ton concentré :

— L'amitié la plus tendre... L'indignation... Homme exécrable !

Il continua d'une voix plus élevée et plus ferme :

— Il partira bientôt. Ils iront bientôt dans le comté d'York. Je la plains ; elle méritait un meilleur sort.

Emma le comprit et, aussitôt que l'extrême plaisir qu'elle ressentit lui permit de prendre la parole, elle dit :

— Vous êtes bien bon, mais vous vous trompez, et je dois vous faire connaître en quoi. Je n'ai pas besoin des consolations que vous m'offrez. Mon aveuglement sur ce qui se passait m'a fait commettre des actions dont j'aurai toujours honte ; j'ai cédé à la tentation de dire et de faire des choses qui peuvent m'exposer à des conjectures désagréables, mais je n'ai aucune raison de regretter de n'avoir pas été mise plus tôt dans la confidence.

— Emma ! s'écria-t-il avec véhémence. Est-ce bien là votre position ? Non, non, je vous entends, se radoucit-il. Je suis enchanté que vous en puissiez dire autant. Il ne mérite pas qu'on le regrette. Et, dans peu, je suis persuadé qu'il ne sera pas nécessaire d'avoir autant de jugement que vous pour être convaincu de cette vérité. Heureusement pour vous, vos affections n'ont pas été irrévocablement engagées ! J'avoue que, d'après votre conduite, je n'ai jamais pu connaître vos véritables sentiments pour lui. J'étais seulement certain que vous lui accordiez une préférence dont je ne l'ai jamais cru digne. Il dégrade le nom d'homme, et cependant il en est récompensé par la main de cette charmante femme. Jane ! Jane ! Que vous serez malheureuse !

— Mr Knightley, dit Emma, qui essayait d'être gaie, mais qui de fait était confuse, je suis dans une situation bien extraordinaire. Je ne puis vous laisser plus longtemps dans l'erreur où vous êtes, et cependant, puisque ma conduite a fait sur vous l'impression que vous venez de manifester, j'ai autant de honte à avouer que je n'ai jamais été attachée à la personne en question qu'une autre en aurait à confesser le contraire. Je le répète, je n'ai jamais eu de passion pour lui.

Il écoutait en silence. Elle désirait qu'il parlât, mais il n'en fit rien. Supposant donc que, pour mériter sa clémence, il était nécessaire d'en dire davantage, quoiqu'elle craignît de diminuer dans son opinion, elle continua ainsi :

— J'ai très peu de choses à dire en faveur de ma conduite. J'ai été tentée, à cause des attentions qu'il avait pour moi, et je me suis permis d'en paraître satisfaite. C'est une vieille histoire... Des lieux communs... Cela est arrivé à des milliers de femmes avant moi. J'avoue que je n'en suis pas plus excusable, d'autant moins que je me donnais les airs d'avoir des prétentions à un jugement sain. Plusieurs circonstances vinrent à l'appui de cette tentation : il était le fils de Mr Weston, il venait souvent ici, et je l'ai toujours trouvé charmant. Enfin, dit-elle en soupirant, j'aurais beau présenter les causes de cette tentation le plus ingénieusement du monde, je dois confesser que ma vanité était flattée, et que c'était la seule raison qui me faisait recevoir les attentions qu'il avait pour moi. En dernier lieu, cependant, il y a même quelque temps, je n'y voyais que des plaisanteries, rien qui me parût sérieux. S'il a cherché à m'en imposer, il n'a pas réussi. Je n'ai jamais eu d'attachement pour lui. Et maintenant, je conçois ses intentions. Il n'a jamais eu celle de se faire aimer de moi : ce n'était qu'une feinte pour cacher la situation dans laquelle il se trouvait avec une autre. Il voulait tromper tout le monde. Personne ne l'a été plus que moi, mais ma bonne fortune, d'une manière ou d'une autre, m'a sauvée de ses mains.

Emma s'attendait ici à une réponse de Mr Knightley ; dirait-il au moins qu'elle s'était bien conduite ? Mais il garda le silence et lui parut enseveli dans ses pensées. A la fin, avec son ton de voix ordinaire, il s'exprima ainsi :

— Je n'ai jamais eu trop bonne opinion de Frank Churchill. Il est possible que je ne lui aie pas rendu justice, l'ayant fort peu connu. Et si, jusqu'ici, je ne la lui ai pas rendue, il pourra néanmoins devenir homme de bien. Avec une pareille femme, on peut l'espérer. Je n'ai aucune raison de lui vouloir du mal ; et à cause de sa femme, dont le bonheur dépendra de son caractère et de sa conduite, je lui voudrai toujours du bien.

— Je ne doute nullement qu'ils ne soient heureux ensemble, dit Emma. Je crois qu'ils sont très attachés l'un à l'autre.

— Il est bien fortuné, cet homme-là, repartit Mr Knightley avec énergie. Si jeune, à vingt-trois ans. Age où, si un homme choisit une épouse, son choix est ordinairement mauvais. A vingt-trois ans, avoir gagné un pareil lot ! Combien d'années de félicité, suivant toutes les probabilités humaines, n'a-t-il pas à parcourir ! Il est assuré de l'amour désintéressé de Jane Fairfax, son caractère en répond ; tout est en sa faveur : égalité de situation – je veux dire socialement – aux yeux de laquelle l'égalité d'habitudes et de manières est importante ; enfin, une parfaite égalité en tout... excepté en un seul point. Et celui-là, d'après la pureté de son cœur, doit ajouter à sa félicité, car c'est lui qui donnera le seul avantage qui lui manque. Un homme désire toujours donner à la femme de son choix une meilleure maison que celle dont il la prive ; et celui qui peut le faire, lorsqu'il est assuré de son amour, doit être le plus heureux des hommes. Frank Churchill est vraiment le favori de la fortune ; tout lui réussit. Il rencontre une jeune personne aux bains de Weymouth, se fait aimer d'elle, et avec une passion si sincère que sa conduite dédaigneuse ne peut la diminuer. Si lui et toute sa famille s'étaient occupés de faire un choix, il leur eût été impossible d'en faire un meilleur. Sa tante se serait opposée à son bonheur. Elle meurt. Il n'a qu'à dire un mot et ses parents s'empressent d'y souscrire. Il s'est mal conduit avec tout le monde, et l'on se fait un plaisir de lui pardonner. En vérité, il est bien heureux !

— Vous parlez de lui comme si vous en étiez jaloux.

— Oui, Emma, j'en suis jaloux, pour une raison particulière, non pas pour toutes.

Emma ne dit plus rien. Elle craignait d'en venir à parler de Harriet, et son intention était d'éviter coûte que coûte ce sujet de conversation. Elle forma le projet de changer tout à fait de sujet et s'apprêtait à lui poser des questions sur ses neveux de Brunswick Square, lorsque Mr Knightley la fit tressaillir en lui disant :

— Vous ne voulez pas me demander la raison que j'ai d'être jaloux de lui. Vous êtes déterminée à ne manifester aucune curiosité. Vous êtes sage, et moi je ne puis l'être. Emma, je veux vous dire ce que vous ne me demandez pas, quoique probablement je m'en repentirai le moment d'après.

— Oh ! s'il en est ainsi, je ne demande rien ! Ne parlez pas ! dit-elle avec feu. Prenez un peu de temps pour y réfléchir, de peur de vous compromettre.

— Je vous remercie, dit-il d'un ton qui prouvait combien il était mortifié, puis il se tut.

Emma ne pouvait pas supporter l'idée de lui faire de la peine. Il voulait lui donner sa confiance, la consulter peut-être. A quelque prix que ce fût, elle résolut de l'écouter. Elle pourrait l'aider dans ses projets et se sentait capable de faire les louanges de Harriet, ou, en lui représentant l'état d'indépendance dont il jouissait, de le tirer de l'indécision dans laquelle il paraissait être, et qui, à un homme tel que lui, devait être insupportable. Ils étaient alors près de la maison.

— Vous allez sans doute rentrer, dit-il.

— Non, répondit Emma, qui voyait son trouble. Je voudrais faire un autre tour de promenade. Mr Perry n'est pas encore parti. Je vous ai arrêté tout à l'heure, Mr Knightley, d'une manière peu gracieuse, et je crains de vous avoir fait de la peine. Mais, si vous avez quelque chose à me confier ou si vous souhaitez me demander mon opinion sur quelque objet, comme à une véritable amie, je vous assure que vous pouvez vous fier à moi. Je suis prête à entendre tout ce qu'il vous plaira de me dire. Vous pouvez aussi compter que je ne vous cacherai pas ma pensée...

— Comme à une amie..., répéta Mr Knightley. Emma, je crains que ce ne soit qu'un mot. Non, je ne désire pas... Attendez... Si fait... Pourquoi hésiterais-je ? J'ai été trop loin pour me taire. Emma, j'accepte vos offres, quelque extraordinaires qu'elles soient ; je les accepte et m'en rapporte à vous en ami. Dites-moi donc... Ai-je quelque espoir de remplacer...

Il s'arrêta, empressé de la regarder et de lire la réponse dans ses yeux. Mais l'expression des siens ne lui permit pas de parler.

— Ma très chère Emma, continua-t-il, car vous me serez toujours chère, et de plus en plus, de quelque manière que se termine cette conversation... Ma très chère Emma, dites non si ce mot cruel doit être prononcé...

Il lui fut impossible d'en dire plus.

— Vous vous taisez, remarqua-t-il tendrement. Pour l'heure, votre silence me suffit, je n'en demande pas davantage.

Emma était sur le point de succomber à l'émotion que ces paroles venaient de lui causer. La crainte d'être réveillée, peut-être, d'un rêve aussi agréable, était sans doute ce qui l'occupait le plus.

— Ma chère Emma, je ne sais pas faire de belles phrases, reprit Mr Knightley de l'air le plus tendre, le plus passionné et le plus convaincant qu'il put. Si je vous aimais moins, je pourrais parler davantage. Mais vous me connaissez, vous n'entendrez jamais de moi que la vérité. Je vous ai fait des reproches, des leçons, et vous avez souffert tout cela mieux qu'aucune femme n'eût pu le supporter. Recevez donc ces vérités, comme vous avez reçu les autres. Je m'y prends peut-être mal, mais Dieu sait que je suis assez gauche à me déclarer. Au reste, vous me comprenez. Vous me voyez à découvert. Vous connaissez mes sentiments. Répondez-y si vous pouvez. Maintenant, je ne demande qu'une faveur, c'est celle de vous entendre parler.

Tandis qu'il s'exprimait ainsi, Emma, sans perdre une parole de ce qu'il disait, était très occupée à saisir toutes les implications de ce qu'elle comprenait. Elle vit que les espérances de Harriet étaient mal fondées, qu'elle était sous l'empire de l'illusion la plus complète, ainsi qu'elle-même l'avait été ; elle était tout pour Mr Knightley, et Harriet rien. Elle était convaincue de ces vérités qui assuraient son bonheur et persuadée d'avoir eu raison de ne rien découvrir de ce qui regardait Harriet, dont elle se promit bien de garder religieusement le secret. C'était en effet le seul service qu'il fût en son pouvoir de rendre à sa pauvre petite amie ; car d'avoir l'idée romanesque de le prier de reporter son amour sur Harriet comme la plus digne des deux de le mériter ou de former le dessein sublime de le refuser sur-le-champ parce qu'elles ne pouvaient pas l'épouser toutes les deux, et surtout de n'alléguer aucun motif pour son refus, c'est ce qu'Emma ne fut pas tentée de faire. Elle était sensible à l'infortune de Harriet et se repentait sincèrement de l'avoir causée en partie, mais elle n'eut à ce sujet aucun écart d'imagination, aucune générosité mal placée. Elle avait induit son amie en erreur, lui avait donné des conseils qui l'avaient égarée, et elle se le reprocherait toute la vie, mais elle ne jugeait pas autrement qu'auparavant une alliance qui, vu la disproportion existant entre les deux parties, ne pouvait qu'être très dégradante pour Mr Knightley. Pour tout dire, Emma se trouvait sur un fort beau chemin, mais il était scabreux.

Se sentant pressée avec tant d'insistance, elle parla. Que dit-elle ? Justement ce qu'elle devait dire, comme font toutes les femmes, et assez pour prouver à Mr Knightley qu'il ne devait pas désespérer et pour l'inviter à aborder de nouveau le même sujet. Il avait cru perdre tout espoir lorsque Emma lui avait intimé de ne rien dire, de peur qu'il se compromît, et avait refusé de l'entendre. Son changement de résolution lui avait peut-être paru trop prompt, et sa proposition de faire un autre tour de promenade, puis de reprendre une conversation qu'elle avait elle-même fait cesser, était un peu extraordinaire. Elle en sentit l'inconséquence, mais Mr Knightley n'y fit pas attention et ne demanda pas d'autre explication.

Rarement, très rarement, les ouvertures que l'on se fait même entre amis contiennent la stricte vérité ; on s'en dissimule toujours quelque petite partie. Mais, lorsque dans un cas comme celui-ci, quoique la conduite ne soit pas tout à fait ce qu'elle devrait être, si les sensations sont aussi démonstratives qu'on peut le désirer, cela ne fait pas une grande différence. Mr Knightley avait lu dans le cœur d'Emma ce qu'elle n'avait pas complètement avoué ; il était certain qu'elle acceptait le sien, et il ne pouvait rien désirer de plus.

Cependant, il ne lui était jamais venu à l'idée qu'il eût la moindre influence sur le cœur d'Emma. Lorsqu'il la suivit dans le parc, son intention n'était pas de s'en informer, mais bien de voir comment elle supportait la nouvelle de l'engagement de Frank Churchill. Sans vue particulière d'intérêt personnel, il se proposait, si elle lui en fournissait l'occasion, de lui administrer toutes les consolations dont elle devait avoir besoin. Tout le reste avait été l'affaire du moment, l'effet immédiat de ce qu'il avait entendu, et celui de ses sentiments.

L'agréable assurance de son indifférence pour Frank Churchill, la certitude que son cœur était libre, lui avaient donné l'espérance que, avec le temps, il pourrait parvenir à mériter ses affections – car il ne s'en flattait pas encore. Il ne désirait, lorsque sa passion l'avait emporté sur son jugement, que s'assurer si elle lui permettrait ou non de faire tous ses efforts pour lui plaire. Il avait été enchanté de voir augmenter ses espérances d'un moment à l'autre, et voilà qu'il était déjà en possession de l'attachement qu'il demandait la permission de solliciter ! En une demi-heure, de l'état le plus misérable il passait à celui du parfait bonheur. Le même changement s'était opéré en elle. Cette même demi-heure, leur donnant l'assurance qu'ils s'aimaient et qu'ils étaient aimés, avait dissipé leurs doutes, leur jalousie et leur méfiance. De son côté, il y avait longtemps que la jalousie le tourmentait ; elle datait de l'arrivée anticipée et réelle de Frank Churchill. Alors même qu'il était devenu jaloux de Frank Churchill, il s'était épris d'Emma, ou, plus exactement, la jalousie lui avait fait découvrir qu'il aimait. C'était encore elle qui l'avait contraint à s'absenter de chez lui. Le pique-nique qui avait eu lieu à Box Hill l'avait forcé à prendre cette résolution. Il ne voulait pas être témoin des attentions marquées que l'on avait pour Emma ni du consentement qu'elle semblait donner à une pareille conduite. Son intention était de l'oublier et de faire tous ses efforts pour y être indifférent. Mais il avait mal choisi le lieu de sa retraite. Il avait trouvé trop de bonheur domestique dans la maison de son frère, sa belle-sœur y jouait un trop beau rôle, Isabella ressemblait trop à Emma – quoique l'infériorité de ses talents ne fît que mieux ressortir la supériorité de sa sœur – pour qu'il eût espéré réussir dans son projet, quand bien même il y fût resté plus longtemps. Il avait eu néanmoins le courage d'y demeurer jusqu'à ce même jour où la poste lui avait appris l'histoire de miss Fairfax ; alors la joie s'était emparée de son cœur. N'ayant jamais cru Frank digne d'Emma, il avait aussitôt compris qu'il l'aimait passionnément et n'avait pu rester plus longtemps à Londres. Malgré la pluie, il était monté à cheval et, immédiatement après le dîner, s'était rendu à Hartfield pour voir comment la plus douce, la meilleure des créatures, la plus accomplie malgré ses défauts, supporterait cette découverte. Il l'avait trouvée agitée, abattue. Frank Churchill était un monstre, lui avait-il dit. Elle lui avait déclaré qu'elle n'avait jamais aimé Frank Churchill, mais qu'il n'était pas si noir. Enfin Emma était à lui de parole et de fait.

Lorsqu'ils rentrèrent, s'il eût alors songé à Frank Churchill, il l'eût sans doute reconnu pour un brave garçon.

48

Emma rentra à la maison avec des sentiments bien différents de ceux qu'elle avait quand elle en était sortie. La seule espérance qu'elle avait alors était de soulager un peu son chagrin par la promenade et les beautés que le paysage lui offrirait après la tempête. Maintenant, elle sentait l'excès du bonheur – bonheur qu'elle croyait devoir augmenter, lorsque le désordre où il avait jeté ses sens serait diminué.

Ils prirent du thé autour de la même table où ils en avaient pris ensemble très souvent. Combien de fois n'avait-elle pas observé les mêmes plantes, les mêmes fleurs dans le parterre et les jardins ? Combien de fois n'avait-elle pas admiré les beautés du couchant ? Mais aujourd'hui, ses sensations étaient tout à fait différentes. Elle eut toute la peine du monde à faire les honneurs de la maison ou d'avoir pour son père les attentions qu'elle lui prodiguait ordinairement.

Le pauvre Mr Woodhouse n'avait pas le moindre soupçon du complot que formait contre lui l'homme qu'il recevait si cordialement et auquel il demandait avec tant d'intérêt s'il ne s'était pas enrhumé en faisant à cheval, par une pluie horrible, le chemin de Londres à Donwell. S'il avait pu lire dans son cœur, il se fût moins inquiété de ses poumons, mais, sans le moindre soupçon du malheur qui le menaçait, sans s'apercevoir le moins du monde qu'il y eût rien d'extraordinaire dans les regards ni dans les manières de Mr Knightley et d'Emma, il leur fit gaiement part de toutes les nouvelles qu'il avait apprises de Mr Perry. Il parla longtemps et avec satisfaction, n'ayant pas la moindre idée de ce qu'ils auraient pu lui apprendre, en retour des nouvelles qu'il venait de leur donner.

Tant que Mr Knightley resta à Hartfield, la fièvre d'Emma continua, mais, après son départ, elle commença à décliner ; elle devint plus tranquille et, dans le cours de la nuit blanche qu'elle passa, comme de juste, elle trouva un ou deux obstacles qui lui firent sentir qu'il n'y a pas de bonheur parfait : son père et Harriet. Elle ne put, lorsqu'elle fut seule, ignorer les prétentions de ces deux personnes sur elle. Pour les contenter, comment s'y prendrait-elle ? C'était là la question. Quant à son père, elle était facile à résoudre. Elle ne connaissait pas les intentions de Mr Knightley, mais, après avoir consulté sa sœur, elle se promit de la manière la plus solennelle de ne jamais quitter son père. Elle versa même des larmes amères d'avoir pensé à la possibilité d'agir autrement. Tant qu'il vivrait, ils ne seraient liés que par un engagement, et elle se flattait que, le danger de la perdre n'existant pas, ce serait une consolation de plus pour son père que de l'avoir à la maison. Mais, quant à ce qu'elle pouvait faire pour Harriet, la solution était plus difficile : comment lui épargner d'inutiles chagrins ? Comment lui donner une compensation ? Comment, enfin, ferait-elle pour ne pas s'attirer sa haine ? Ces réflexions l'occupèrent longtemps. Elle considéra de nouveau la folie de sa conduite passée vis-à-vis de sa pauvre petite amie, et se fit tous les reproches qu'elle méritait. Elle prit enfin le parti qui lui parut le plus sage, qui était d'abord de continuer à ne pas la voir à Hartfield, et de lui communiquer par lettres ce qui était nécessaire qu'elle sût, puis de tâcher de l'éloigner pour quelque temps de Highbury. Elle crut qu'il serait possible de l'envoyer à Londres chez sa sœur. Isabella l'avait prise en amitié et serait enchantée de l'avoir près d'elle. Elle connaissait trop Harriet pour ne pas être persuadée qu'elle serait enchantée de passer quelques semaines à Londres, où la nouveauté des rues, des maisons, des magasins, captiverait nécessairement son attention et lui procurerait de l'amusement. Au moins c'était lui donner une preuve d'attention et d'amitié. Cette séparation retarderait le mal que pourrait provoquer une rencontre subite.

Le lendemain, Emma se leva de grand matin, écrivit sa lettre à Harriet, et cette occupation la rendit triste et sérieuse. Il était temps que Mr Knightley arrivât pour déjeuner avec elle, et elle eut besoin d'une conversation d'une demi-heure sur le même sujet, après le déjeuner, pour lui rendre le bonheur dont elle avait joui la veille.

Il n'y avait pas longtemps qu'il était reparti lorsqu'elle reçut de Randalls une très longue lettre. Elle n'avait aucun désir de s'occuper d'autre chose ni de personne que de Mr Knightley. Si cette lettre était arrivée vingt-quatre heures plus tôt, elle lui aurait causé beaucoup de plaisir, mais, à présent, elle regrettait de perdre son temps à la lire car elle avait autre chose à penser qu'à Mr Frank Churchill, avec lequel elle était en paix ; elle ne croyait pas d'ailleurs pouvoir le comprendre. Cependant, il fallait la parcourir. Elle ouvrit donc le paquet et vit qu'elle ne s'était pas trompée. Un billet de Mrs Weston servait d'introduction à la lettre de Frank Churchill à sa belle-mère.

J'ai le plus grand plaisir, ma chère Emma, à vous envoyer la lettre ci-jointe. Je sais que vous lui rendrez la justice qu'elle mérite, et je ne doute pas un instant de l'effet qu'elle fera sur vous. Je me réjouis qu'à l'avenir nous serons à peu près d'accord sur la personne qui l'a écrite. Mais je ne veux pas vous ennuyer par une longue préface. Nous nous portons tous bien. Cette lettre m'a guérie des attaques de nerfs auxquelles j'étais sujette depuis quelque temps. Je me suis inquiétée de votre santé, mardi matin, mais il faisait mauvais temps, et quoique vous m'eussiez souvent dit que le temps, quel qu'il fût, ne vous faisait rien, néanmoins je suis persuadée qu'un vent de nord-est affecte plus ou moins tout le monde. J'ai été fort inquiète de l'effet que la tempête a dû avoir sur Mr Woodhouse, mais j'ai eu le plaisir d'apprendre par Mr Perry qu'il n'en avait pas été incommodé.

Pour toujours votre

A. W.

Chère Madame,

Si j'ai pu me faire comprendre hier, cette lettre doit être attendue aujourd'hui, mais qu'elle le soit ou non, j'espère qu'elle sera lue avec candeur et indulgence. Vous êtes d'une bonté extrême, et il faut que vous le soyez pour me pardonner une partie de la conduite que j'ai tenue.

J'ai reçu le pardon de la personne qui avait plus qu'aucune autre le droit de s'en plaindre. Mon courage s'augmente à mesure que j'écris. Il est difficile aux gens heureux d'être humbles. J'ai déjà réussi à obtenir le pardon de deux personnes ; je pourrais donc courir les risques de me croire trop sûr du vôtre, ainsi que de celui de ceux de vos amis que j'aurais pu offenser. Je vous prie tous de vous représenter la situation dans laquelle j'étais lorsque je suis arrivé de Randalls la première fois : j'avais à garder un secret que je ne voulais révéler pour quoi que ce fût au monde. Voilà le fait. Quant au droit que j'avais de me mettre dans le cas d'être obligé de garder un pareil secret, c'est une autre question. Je ne la discuterai pas ici. Pour la tentation qui m'a porté à croire que j'avais ce droit, je renvoie les chicaneurs à une maison de brique, dont les fenêtres basses sont à châssis, et celles d'en haut de simples fenêtres, à Highbury. Je ne pouvais pas lui faire la cour ouvertement. Ma situation à Enscombe est trop connue pour que je sois obligé de la décrire, et j'eus le bonheur de l'encourager, avant notre départ de Weymouth, à contracter un engagement secret avec moi – sans cela, je serais certainement devenu fou. Mais vous me demanderez peut-être quel espoir nous avions ? Je vous répondrai que nous attendions tout du temps, du hasard, des circonstances, de notre persévérance, de la santé, de la maladie, etc. Je voyais tout en beau, et le plus grand des biens à mes yeux était de m'assurer sa foi et ses affections. Si vous avez besoin, chère Madame, que je vous donne d'autres explications, j'aurai l'honneur de vous dire que, digne fils de mon père – votre mari –, j'ai hérité de lui l'heureuse disposition de croire que tout ira au mieux, ce qui est préférable à posséder quelques maisons ou quelques terres de plus. Voyez-moi donc, ainsi circonstancié, arriver à Highbury et à Randalls. Ici, je me reconnais coupable, car j'aurais pu y venir beaucoup plus tôt. Vous voudrez bien avoir la bonté de vous ressouvenir que je ne suis arrivé qu'après que miss Jane Fairfax... Et comme vous êtes la personne que j'ai offensée la première, vous m'accorderez sur-le-champ le pardon, mais il faut encore que je mérite celui de mon père, en lui faisant observer que plus j'ai attendu de venir à la maison, plus j'ai été privé du bonheur de vous connaître. Ma conduite, pendant la première quinzaine que j'ai passée à Randalls, ne mérite, j'ose l'espérer, aucun reproche – à une exception près.

Je viens maintenant au point principal, le point le plus important, puisque j'étais chez vous. Je vous dois des explications. C'est avec le plus grand respect, avec la plus sincère amitié que je nomme miss Woodhouse : mon père pensera peut-être que je devrais ajouter le mot « humilité ». Quelques paroles qu'il me dit hier me firent entendre ce qu'il pensait de ma conduite. Je confesse avoir mérité sa censure. J'ai outre-passé mon plan plus que je ne devais avec miss Woodhouse, dans l'intention de cacher le plus possible le secret qu'il m'importait tant de ne pas découvrir : j'ai plus profité que je ne devais de l'intimité qui m'était accordée. Je ne saurais nier que miss Woodhouse ne parût être l'objet que j'avais en vue. Mais je suis certain que vous me croirez lorsque je vous assurerai, comme je le fais ici, que je ne me serais pas tant avancé si je n'avais pas eu la conviction intime de son indifférence pour moi. Quoique charmante et infiniment aimable, je n'ai jamais cru miss Woodhouse susceptible de s'attacher à qui que ce fût, et j'étais aussi porté à croire qu'à désirer qu'elle ne sentirait jamais rien pour moi. Elle recevait mes attentions avec une gaieté amicale, franche et aisée, qui me convenait beaucoup. Il semblait que nous nous entendions parfaitement. Par nos relations respectives, je lui devais des soins, personne ne peut le nier. J'ignore si miss Woodhouse, avant l'expiration de la première quinzaine, me comprit ou non : lorsque je fus prendre congé d'elle, je me souviens d'avoir été sur le point de lui avouer la vérité. Je crus m'apercevoir alors qu'elle avait des soupçons, mais je suis sûr que, par la suite, elle m'aura deviné, du moins en partie. Elle n'aura pas eu connaissance du tout, mais assez pour savoir à quoi s'en tenir, car elle est douée d'une grande pénétration. Je n'en doute nullement. Vous verrez que, lorsque notre secret sera divulgué, miss Woodhouse sera beaucoup moins surprise qu'aucun autre de nos amis. Elle m'a souvent fait entendre qu'elle me soupçonnait de l'attachement pour Jane. Je me souviens que, au bal, elle me dit que je devais avoir de la reconnaissance pour Mrs Elton, à cause des égards qu'elle avait pour miss Fairfax. Je me flatte qu'excusant ainsi ma conduite, les fautes que vous me reprochez, ainsi que mon père, se trouveront atténuées. Vous me regardiez comme ayant gravement péché envers Emma Woodhouse, et cependant j'étais innocent. Procurez-moi, je vous en supplie, quand le temps sera venu, le pardon d'Emma, pour laquelle j'ai tant d'affection fraternelle et tant de considération que je désire de tout mon cœur la voir aussi fortement éprise que moi d'un amant digne d'elle.

Vous avez maintenant la clef des choses étranges que j'ai pu dire et faire pendant la première quinzaine. Mon cœur était tout entier à Highbury : je devais m'y transporter le plus souvent possible, mais je devais aussi éviter les soupçons. Si vous trouvez quelque chose de répréhensible dans ma conduite, vous savez maintenant à quoi vous en tenir. Quant au pianoforte dont on a tant parlé, je crois devoir simplement observer que l'envoi en a été fait sans que miss Fairfax en eût eu la moindre connaissance, autrement elle ne m'eût jamais permis de lui faire ce présent. Je ne puis, ma chère dame, rendre assez de justice à miss Fairfax pour son extrême délicatesse pendant tout le temps de notre engagement. J'espère que, dans peu, vous la connaîtrez parfaitement. Il m'est de toute impossibilité de vous dépeindre ce qu'elle est. C'est à elle que vous devez vous adresser. Ce n'est pas par ce qu'elle vous dira que vous pouvez espérer parvenir à ce but. Non, il n'a jamais existé de créature au monde qui cachât son mérite avec plus de soin qu'elle. Elle prend autant de peine à voiler ses bonnes qualités que d'autres en prennent à exposer leurs défauts.

Depuis que j'ai commencé cette lettre, que je ne croyais pas devoir être si longue, j'ai eu de ses nouvelles : elle me dit que sa santé est rétablie, mais, comme elle ne se plaint jamais, je ne puis pas trop m'en rapporter à ce qu'elle m'en écrit. Je désire savoir ce que vous en pensez. Je sais que vous vous proposez d'aller la voir ; elle craint votre visite. Peut-être, au moment où j'écris, est-elle déjà faite. Ayez la bonté de me le faire savoir le plus tôt qu'il vous sera possible, je suis impatient *d'en connaître toutes les particularités. Souvenez-vous que je n'ai pu passer que quelques minutes à Randalls, et combien j'étais agité, torturé. Je ne suis guère mieux à présent, je suis dans un état proche de la folie. Quand je pense à la bonté infinie de mon oncle, je suis fou de joie. Cet état de bonheur redouble quand je songe à la bonté, à l'excellence de Jane, mais, lorsque je me rappelle tous les chagrins que je lui ai causés, combien j'étais indigne de pardon, je suis fou de rage contre moi-même. Oh ! si je pouvais la voir un seul instant ! Mais je n'ose pas le proposer. Mon oncle a eu trop de bonté pour moi pour que je me permette d'en abuser.*

Je dois encore ajouter quelque chose à cette lettre. Vous ne savez pas encore ce qu'il est nécessaire que vous sachiez. J'étais trop troublé hier pour vous donner des détails suivis, mais le dénouement subit et à contretemps de cette affaire mérite une explication, car, quoique l'événement du 28 du mois dernier m'eût ouvert une heureuse perspective, comme vous vous l'imaginez, je me serais bien gardé de prendre des mesures prématurées si des circonstances très particulières ne m'avaient forcé à ne pas perdre un instant. J'aurais rougi de ma précipitation et elle eût ressenti mes scrupules avec une sensibilité exquise. Mais je n'avais pas le choix. L'engagement précipité qu'elle avait pris avec cette femme...

Ici, chère Madame, la plume m'est tombée de la main, il m'a été impossible de poursuivre. J'ai été faire un tour dans la campagne, pour me remettre. Maintenant, je le suis assez pour terminer cette lettre, comme je le dois. Je suis forcé de rappeler des souvenirs qui me causent une peine infinie. Je me suis honteusement conduit et je reconnais ici que, les airs que je me donnais avec miss Woodhouse ne plaisant pas à miss Fairfax, j'étais grandement blâmable en les continuant. Elle les désapprouvait, cela devait me suffire. Elle ne put admettre pour excuse la nécessité de cacher notre secret. Elle prit de l'humeur, je la crus déraisonnable : elle me parut en mille occasions beaucoup trop scrupuleuse et trop circonspecte. Je la trouvai même froide. Mais elle avait cependant raison. Si j'avais suivi ses conseils, si je m'étais conformé à ses désirs, je me serais épargné le plus grand malheur qui eût jamais pu m'arriver. Nous nous querellâmes.

Vous souvenez-vous de la matinée que nous passâmes à Donwell ? C'est là que se cumulèrent tous nos désagréments mutuels, là qu'ils éclatèrent. J'arrivai tard, je la rencontrai en chemin, je voulus l'accompagner, elle refusa. Elle était seule et je la crus déraisonnable de ne pas accepter mon bras. Je ne pus rien gagner sur elle. Maintenant, je vois qu'elle avait parfaitement raison. Tandis que pour assurer le secret de nos engagements je m'adressais d'une manière indiscrète à une autre personne, devait-elle, le moment d'après, consentir à une proposition qui rendait toute précaution inutile ? Si l'on nous eût vu marcher ensemble de Donwell à Highbury, on aurait soupçonné la vérité. J'eus néanmoins la folie de me fâcher de ce refus. Je doutais de son affection. J'en doutais bien plus encore le lendemain, à Box Hill, où, indignée de ma conduite envers elle, de l'abandon insolent et marqué que je lui témoignais et de l'extrême attention que je paraissais avoir pour miss Woodhouse, elle exprima son ressentiment en des termes que je compris parfaitement. Enfin, chère Madame, tout le tort, dans cette querelle, était de mon côté, et miss Fairfax n'avait pas le moindre reproche à se faire. Je m'en retournai à Richmond le soir même, quoique j'eusse pu rester avec vous jusqu'au lendemain matin, mais je voulais continuer à être en colère contre elle. Dès lors, je n'étais pas assez insensé pour ne pas penser à me réconcilier un jour avec elle, mais je me croyais offensé par la froideur qu'elle s'était permis de me témoigner, et je partis, bien résolu qu'elle ferait les avances de notre réconciliation.

Je me suis toujours félicité que vous ne fussiez pas venue à Box Hill. Si vous aviez été témoin de la conduite que j'y ai tenue, je suis persuadé que vous auriez pensé mal de moi toute votre vie. L'effet qu'elle produisit sur elle se voit par la résolution qu'elle prit sur-le-champ d'accepter, lorsqu'elle sut que j'avais quitté Randalls, l'offre de cette officieuse Elton, qui, par parenthèse, m'a, par sa conduite envers elle, rempli d'indignation et de haine. Je dois beaucoup moins qu'un autre m'élever contre ceux qui pensent que l'on doit user d'indulgence, dont j'ai eu tant besoin moi-même ; autrement, je protesterais contre celle dont on a usé envers cette femme. Jane, tout court ! Vous aurez la bonté d'observer que je n'ai jamais pris la liberté de l'appeler ainsi, même avec vous. Figurez-vous donc ce que j'ai souffert de l'entendre répéter si souvent par les Elton, avec l'insolence d'une supériorité qui n'a d'existence que dans leur imagination.

Prenez patience, je vous prie, j'ai bientôt fini. Elle accepta donc ces offres, dans la ferme intention de rompre pour toujours avec moi, et m'écrivit le jour suivant que nous ne nous reverrions plus. Elle sentait, disait-elle, que notre engagement était une source de repentirs et de malheurs pour tous les deux, et elle le rompait. Cette lettre me parvint au moment de la mort de ma pauvre tante. Une heure après avoir reçu sa lettre, ma réponse était faite, mais, par le trouble dans lequel j'étais, la multiplicité des affaires dont j'étais chargé, cette réponse, au lieu d'avoir été envoyée avec les autres lettres, resta enfermée dans mon bureau ; et, comptant en avoir assez dit, quoique en peu de mots, pour la satisfaire, je restai tranquille. Je fus surpris de n'avoir pas de ses nouvelles aussi promptement que j'en attendais, mais je l'excusai. J'étais d'ailleurs trop occupé et trop heureux par l'espoir que j'avais pour me choquer si aisément.

Nous partîmes pour Windsor et, deux jours après, je reçus un paquet d'elle. Il ne contenait que mes lettres ! Il me parvint en même temps par la poste une lettre par laquelle elle exprimait sa surprise de ce que je n'avais rien répondu à sa dernière lettre, et ajoutait que le silence, en pareil cas, n'admettait pas deux interprétations, et qu'ainsi il était désirable de terminer le plus vite possible les affaires que nous avions à arranger. Elle mentionnait qu'elle m'envoyait mes lettres par une occasion sûre, et que si je n'en trouvais pas une dans huit jours pour lui faire parvenir les siennes à Highbury, je voudrais bien les lui adresser à... Là, l'adresse de Mrs Smallridge, près de Bristol, me sauta aux yeux. Je connaissais le nom, le lieu et tout ce qui s'ensuit, aussi je vis sur-le-champ ce qu'elle allait faire. Je reconnus bien là la fermeté de son caractère, et sa circonspection à n'en pas parler dans sa première lettre peignait bien son extrême délicatesse. Pour rien au monde elle ne se serait abaissée à me faire des reproches. Figurez-vous le coup terrible que je reçus ; imaginez combien je m'emportai contre la poste, jusqu'à ce que j'eusse découvert mon erreur. Mais que devais-je faire ? Une seule chose : parler à mon oncle. Sans son approbation, je ne pouvais plus espérer être écouté.

Je parlai. Les circonstances étaient en ma faveur et la mort de sa femme avait adouci sa fierté. Il se réconcilia et donna son consentement bien plus tôt que je n'aurais osé l'espérer.

Enfin, ce brave homme me dit, avec un soupir, qu'il me souhaitait autant de bonheur dans l'état conjugal qu'il y en avait trouvé lui-même. Je sentais que le mien serait bien différent.

Êtes-vous disposée à me plaindre pour tout ce que j'ai souffert avant de lui présenter cette affaire, dont mon bonheur, ma vie même, dépendaient ? Non, réservez votre pitié pour le moment de mon arrivée à Highbury ; je vis alors le mal que je lui avais causé. N'ayez de compassion pour moi qu'à l'instant que je contemplai sa figure pâle et défaite ! J'arrivai à Highbury au moment du jour où, connaissant l'heure du déjeuner, je me réjouissais de la trouver seule. Je ne me trompai pas ; je réussis parfaitement, non seulement en cela, mais aussi sur le but de mon voyage. J'eus quelque peine à l'apaiser, à regagner ses bonnes grâces, mais j'en vins à bout. Tout est fini. Nous sommes sincèrement réconciliés. Elle m'est plus chère, mille fois plus chère qu'auparavant, et il est impossible qu'aucun désagrément vienne jamais troubler le bonheur dont nous jouissons.

A présent, chère Madame, je vous laisse. Je n'ai pu terminer ma lettre plus tôt. Recevez mille et mille remerciements pour les bontés dont vous m'avez comblé, et cent mille pour les attentions que votre bon cœur prodiguera à la plus sensible des femmes. Si vous me croyez plus heureux que je ne mérite de l'être, je serai de votre avis. Miss W*** m'appelle « l'enfant chéri de la fortune », et elle a raison. En un point, mon bonheur n'est point douteux, puisqu'il m'est permis de souscrire :

Votre très obligé et très affectionné fils,

F. C. Weston Churchill.

49

Cette lettre toucha sensiblement Emma. Elle fut obligée, malgré la résolution qu'elle avait formée, de lui rendre toute la justice que Mrs Weston disait qu'elle méritait. Parvenue à l'endroit où il parlait d'elle, elle ne put y résister : son cœur se radoucit. Chaque ligne l'intéressa et lui parut agréable, et, lorsque le charme cessa, le sujet se soutint de lui-même par le retour des sentiments qu'elle avait eus pour l'auteur de la lettre, et surtout par l'attraction qu'elle sentait en ce moment pour tout ce qui peignait une passion amoureuse. Elle la lut du commencement jusqu'à la fin sans s'arrêter, et, quoiqu'il fût impossible de ne pas le reconnaître coupable, cependant elle crut qu'il l'était moins qu'elle ne le supposait. Et puis, il avait souffert ; il était pénitent. Ensuite, il était si reconnaissant envers Mrs Weston, si épris de miss Fairfax et elle était elle-même si heureuse que sa sévérité envers lui aurait été déplacée. Si à cet instant il était entré dans sa chambre, elle lui eût donné la main avec autant de cordialité que jamais.

Emma fut si satisfaite de cette lettre que, lorsque Mr Knightley arriva, elle le pria d'en prendre lecture. Elle était persuadée que Mrs Weston désirait qu'elle fût communiquée surtout à une personne qui, comme Mr Knightley, avait trouvé tant à blâmer dans sa conduite.

— Je serais bien aise de la lire, dit-il, mais elle paraît bien longue ; je l'emporterai à la maison ce soir.

Cela était impossible, car Mr Weston devait venir la reprendre dans la soirée.

— J'aimerais mieux causer avec vous, répliqua-t-il. Cependant, comme il paraît que c'est un acte de justice, il faut s'y soumettre.

Il commença, mais s'arrêta presque sur-le-champ pour dire :

— Si l'on m'eût offert, il y a quelques mois, une lettre de ce monsieur à sa belle-mère, Emma, elle ne vous eût pas été si indifférente.

Il poursuivit un peu plus loin, lisant tout bas, et observa en souriant :

— Ah ! voici un beau compliment pour servir de préface, mais c'est sa manière ; le style d'un homme ne convient pas à un autre. Il ne faut pas être sévère. Il me paraît naturel, ajouta-t-il ensuite, de faire mes réflexions tout haut, à mesure que j'en trouverai l'occasion. En le faisant, je sentirai que je suis près de vous. Ce sera autant de temps de gagné, mais si vous ne l'approuvez pas...

— Au contraire, vous me ferez plaisir.

Mr Knightley reprit gaiement sa lecture.

— Il s'amuse ici, dit-il, sur la tentation. Il sait qu'il a tort et qu'il n'a rien de bon à dire. C'est mauvais. Il n'aurait pas dû former cet engagement. La disposition de son père. Il est juste envers son père. Le caractère confiant de Mr Weston lui a fait honneur dans toutes ses entreprises. Il a réussi, parce qu'il a toujours été juste et honorable ; il n'a pas joui des douceurs de la vie avant de les avoir méritées. C'est bien vrai, il n'est venu qu'après miss Fairfax.

— Je n'ai pas oublié, dit Emma, combien vous étiez persuadé qu'il aurait pu venir avant ce temps-là, s'il l'eût jugé à propos. Il est beau à vous de ne rien dire sur cet endroit de sa lettre. Vous aviez bien raison.

Lorsqu'il parvint à l'article qui concernait miss Woodhouse, il le lut tout haut en entier. De temps en temps, il souriait, la regardait, faisait un signe de tête, un mot ou deux pour approuver ou pour condamner et finit par dire très sérieusement :

— C'est fort mauvais, quoiqu'il eût pu arriver pis encore. C'était jouer à un jeu très dangereux. Il comptait trop sur l'événement pour être absous. Il n'a aucun droit de juger la conduite qu'il a tenue envers vous. Toujours guidé par ses désirs, il rapportait tout à lui-même. Il s'imaginait que vous aviez découvert son secret. Son esprit était si plein d'intrigues qu'il en supposait également aux autres. Des mystères, des finesses... Comme cela pervertit le jugement ! Ma chère Emma, tout ne prouve-t-il pas de plus en plus la beauté de la vérité et de la sincérité qui doivent présider à tous les rapports que nous avons les uns avec les autres ?

Emma fut de son avis. Avec une rougeur qui lui monta à la figure, en pensant à Harriet, et dont elle ne voulait pas donner l'explication, elle dit :

— Vous feriez mieux de continuer.

Il obéit, mais, s'arrêtant au pianoforte :

— Ah ! dit-il, c'était bien là l'action d'un très jeune homme, trop jeune pour considérer si l'inconvénient de faire un pareil présent ne dépasserait pas le plaisir qu'il causerait. C'était un enfantillage ! Je ne comprends pas comment un homme peut donner à une femme une preuve d'affection qu'elle refuserait si elle en était la maîtresse. Il savait bien qu'elle se serait opposée à l'envoi de ce pianoforte, si elle l'avait pu.

Après cela, il lut assez longtemps sans s'arrêter. La confession que fait Frank Churchill de s'être conduit honteusement mérita son attention.

— Je suis parfaitement de votre avis, monsieur ! Vous vous êtes indignement conduit, vous n'avez jamais rien écrit de plus vrai.

Et ayant lu ce qui suivait immédiatement, c'est-à-dire le sujet de sa querelle avec Jane Fairfax, et son intention de persister à se conduire d'une manière opposée aux sentiments de celle-ci, il fit une longue pose avant de dire :

— Ceci est excessivement mauvais. Il l'a engagée, par amour pour lui, à se placer dans une situation extrêmement difficile et désagréable, au lieu d'empêcher qu'elle ne souffrît mal à propos. Son sort dans cette affaire était bien plus malheureux que celui de Frank. Il aurait dû respecter les scrupules, quand bien même ils eussent été peu raisonnables ; mais ils ne l'étaient pas. Il faut remonter à la faute qu'elle a commise et se souvenir qu'elle a eu tort de contracter un engagement avec lui, pour supporter l'idée de la manière cruelle dont elle a été punie.

Emma, voyant qu'il allait arriver au pique-nique de Box Hill, ne se trouva pas à son aise. Elle s'y était si mal conduite ! Elle était tout à fait honteuse et craignait ses regards. Mais il lut tout avec attention, sans faire la moindre remarque, et, excepté un coup d'œil qu'il eut soin de tempérer, de peur de lui faire de la peine, il n'en resta aucun souvenir. Pour seule remarque, il dit :

— On ne peut pas dire grand-chose sur la délicatesse de nos bons amis les Elton. Ses sentiments sont assez naturels. Quoi ! elle est résolue de rompre avec lui ! Elle sent que leur engagement est une source de repentirs et de malheurs. Elle le dissout. On voit par là ce qu'elle pense de sa conduite ! C'est un trait extraordinaire.

— Lisez, lisez, et vous verrez tout ce qu'il a souffert.

— Je suis bien aise qu'il ait souffert, répliqua Mr Knightley très froidement en reprenant la lettre. Smallridge ! Qu'est-ce que cela veut dire ?

— Elle s'était engagée à entrer comme gouvernante d'enfants dans la famille de Mrs Smallridge, une des amies intimes de Mrs Elton, une voisine de Maple Grove. A ce propos, je désirerais savoir comment Mrs Elton supportera la non-exécution de son projet sur Jane.

— Ne dites rien, ma chère Emma, puisque vous m'obligez de lire, pas même de Mrs Elton. Encore une page et j'ai fini. Quelle lettre !

— Je voudrais qu'en la lisant vous eussiez un peu plus de charité pour lui.

— Fort bien ! voici la sensibilité. Il paraît qu'il a beaucoup souffert quand il a vu dans quel état il l'avait réduite. Je ne doute nullement qu'il ne l'aime beaucoup. Plus, infiniment plus que jamais ! Je souhaite qu'il sente longtemps le bienfait d'une telle réconciliation. Il est très généreux. Mille et mille remerciements ! Plus heureux que je ne le mérite. Il se rend justice. Miss Woodhouse m'a nommé « l'enfant chéri de la fortune ». Ces paroles sont-elles sorties de la bouche de miss

Woodhouse ? Belle conclusion. Voici la lettre. « L'enfant chéri de la fortune », est-ce vous, Emma, qui l'avez baptisé ainsi ?

— Vous ne paraissez pas aussi satisfait de cette lettre que moi. Je pense au moins que vous avez −, ou que vous devez avoir − une meilleure opinion de lui à présent que par le passé.

— Certainement. Il a commis de grandes fautes par étourderie et par légèreté. Je suis tout à fait de son avis lorsqu'il dit qu'il est plus heureux qu'il ne le mérite ; mais, comme il paraît être véritablement épris de miss Fairfax, et que vraisemblablement il aura l'avantage d'être constamment avec elle, je suis porté à croire que son caractère s'améliorera, et par ses bons avis acquerra la stabilité et la délicatesse qui lui manquent. Maintenant parlons d'autre chose. J'ai à présent fort à cœur les intérêts d'une autre personne, ce qui m'engage à oublier Frank Churchill. Depuis que je vous ai quittée ce matin, Emma, mon esprit a été fort occupé d'un objet.

Il s'expliqua. C'était tout simplement de savoir comment un véritable gentilhomme anglais doit s'y prendre pour se marier sans compromettre le bonheur du père de sa fiancée − c'est-à-dire comment Mr Knightley pouvait, en épousant Emma, ne pas causer le malheur de Mr Woodhouse. Emma répondit au premier mot que, tant que son cher papa vivrait, elle ne pouvait changer d'état parce qu'elle ne quitterait jamais son père. Il n'approuva qu'une partie de cette réponse. Il sentait aussi bien qu'elle l'impossibilité où elle était d'abandonner son père, mais il n'admit point celle de changer d'état. Il y avait pensé longtemps. D'abord, il avait espéré pouvoir engager Mr Woodhouse à venir résider à Donwell ; il avait cru un moment la chose possible, mais la connaissance qu'il avait de son tempérament ne lui avait pas permis d'ignorer plus d'un instant qu'une pareille transplantation mettrait en danger son bien-être, peut-être même sa vie, qu'il serait imprudent de hasarder. Retirer Mr Woodhouse de Hartfield ! Non, il sentit qu'il était inutile d'y penser. Mais, quant au second plan, il se félicitait que sa chère Emma n'y ferait aucune objection : c'était qu'il serait reçu à Hartfield et qu'il y resterait jusqu'à la mort de son père.

Emma avait déjà pensé à ce qu'ils vécussent tous à Donwell, mais, comme lui, elle avait rejeté cette idée. En revanche, elle n'avait pas songé à son second plan ; elle sentait combien il prouvait l'affection qu'il avait pour elle. En quittant Donwell, il sacrifiait son indépendance et ses habitudes – n'habitant pas sa propre maison et résidant constamment avec son père, il souffrirait certainement. Elle lui promit d'y réfléchir et le pria d'en faire autant de son côté, mais il était convaincu qu'aucune réflexion ne pourrait changer son opinion ni ses désirs. Il s'était promené longtemps seul pour y songer, ayant renvoyé Larkins, pour que ses pensées ne fussent pas détournées d'un objet qui lui tenait tant à cœur.

— Mais voici un obstacle que vous n'avez pas prévu, dit-elle. Larkins n'approuvera pas votre projet ; il faudra que vous obteniez sa permission avant de me demander la mienne.

Malgré tout cela, elle lui promit non seulement de songer à ce plan, mais même d'y penser de manière à l'approuver.

Emma, de quelque point de vue qu'elle considérât Donwell, ne songea pas une fois au tort qu'elle faisait à son neveu Henry, dont elle avait autrefois défendu les droits d'héritier présomptif avec beaucoup de ténacité. Elle fut cependant forcée d'y penser, ainsi qu'à la différence que cela ferait pour ce pauvre petit garçon. Elle ne fit qu'en rire et s'amusa beaucoup à découvrir que la violente aversion qu'elle avait de voir Mr Knightley épouser miss Fairfax – ou toute autre – était la cause de la tendre sollicitude de la sœur d'Isabella et de la tante d'Henry. Plus elle songeait au plan de Mr Knightley de se marier et de venir demeurer à Hartfield, plus ce projet lui plaisait. Ses soucis pour son père diminuaient, et son propre bonheur augmentait. Le bien l'emportait de beaucoup sur le mal. Avoir un tel compagnon pour éviter les inquiétudes de la saison à venir, un tel partenaire pour partager ses devoirs et ses soins envers son père dans ses moments de malaise et de mélancolie !

N'eût été le triste sort de la pauvre Harriet, elle se serait regardée comme parfaitement heureuse ; hélas ! tout le bien qui lui arrivait semblait augmenter les malheurs et les souffrances de son amie, que de plus elle ne pouvait plus recevoir à Hartfield. Les délicieuses fêtes de famille seraient défendues à la pauvre Harriet qui, par prudence, devait être écartée, perdant ainsi de tous les côtés. Emma ne sentit pas que son absence diminuât de beaucoup la félicité dont elle jouissait. Dans le fait, avec de pareilles personnes, à quoi était-elle bonne ? Cependant, il était désagréable qu'elle fût punie sans l'avoir mérité. Avec le temps, sans doute, Mr Knightley serait oublié, c'est-à-dire supplanté ; mais on ne pouvait s'y attendre de sitôt. Mr Knightley lui-même ne ferait rien pour accélérer sa guérison. Différent d'Elton, toujours bon, toujours sensible, ayant des égards pour chacun, il ne mériterait jamais qu'on l'aimât moins. C'était un peu trop attendre, même de Harriet, qu'elle sentît de l'amour pour quatre hommes dans une année.

50

Emma était soulagée que Harriet fût aussi désireuse qu'elle d'éviter de se trouver ensemble. Il était assez pénible de s'écrire ; il eût été bien pire de se voir.

Harriet s'exprimait franchement dans ses lettres, sans cependant faire de reproches ni se plaindre d'être mal traitée ; pourtant Emma crut apercevoir qu'elle avait du ressentiment, ou que son style en annonçait, si bien qu'elle désira encore plus se tenir éloignée d'elle. Peut-être n'était-ce qu'une impression, mais il aurait fallu être un ange pour ne pas ressentir un coup si violent.

Emma n'eut pas de difficulté à obtenir une invitation de la part d'Isabella, heureuse d'avoir trouvé un prétexte plausible pour en faire la demande sans devoir en inventer un : Harriet avait mal aux dents. Elle souhaitait depuis longtemps pouvoir consulter un dentiste. Mrs Knightley fut enchantée de trouver l'occasion de se rendre utile. Toute espèce de maladie était pour elle une forte recommandation, et, quoiqu'elle n'eût pas tant d'égards pour un dentiste que pour un Mr Wingfield, elle n'en eut pas moins d'empressement à se charger de prendre soin de Harriet. Lorsque tout fut réglé avec sa sœur, Emma proposa ce petit voyage à son amie et la trouva très disposée à se rendre à Londres. Tout fut arrangé promptement et la voiture de Mr Woodhouse la conduisit en sûreté à Brunswick Square.

Ce fut alors seulement qu'Emma put jouir en paix des visites de Mr Knightley. Elle pouvait l'écouter, lui parler avec un plaisir extrême, sans être troublée par aucune idée d'injustice ni même par un sentiment plus pénible encore, celui d'avoir dans son voisinage une jeune infortunée dont le cœur avait été trompé dans ses plus chères espérances – et par qui ? par la personne qui n'avait cessé de lui faire faire de fausses démarches.

Savoir Harriet à Londres plutôt que chez Mrs Goddard faisait peut-être une différence peu raisonnable dans l'esprit d'Emma, mais elle espérait que la vue d'objets nouveaux l'occuperait agréablement, ou au moins la distrairait de ses chagrins, et peut-être les lui ferait oublier. Emma se trouva donc parfaitement tranquille et heureuse après le départ de Harriet. Une seule chose l'occupait sérieusement, c'était la confession qu'elle devait faire à son père de l'engagement qu'elle avait contracté avec Mr Knightley. Elle seule pouvait le faire avec succès, mais elle prit le parti d'attendre pour cela le parfait rétablissement de Mrs Weston. Elle voulait qu'aucun chagrin ne vînt diminuer le plaisir dont elle jouissait et souhaitait passer la quinzaine de l'absence de Harriet en paix, à ne s'occuper que de son bonheur présent.

Dans ces premiers jours de fête, Emma voulut s'acquitter d'un devoir qui ne serait pas sans plaisir : c'était d'aller rendre une visite à miss Fairfax. Elle était impatiente de la voir. La ressemblance de leur situation augmentait le bien qu'elle lui voulait. C'était déjà une satisfaction. De surcroît, les communications que Jane pourrait lui faire ajoutaient encore à l'intérêt de cette visite.

Elle se rendit donc chez miss Bates. Depuis le pique-nique de Box Hill, elle avait été en voiture jusqu'à la porte, mais n'avait pas été admise ; c'était pendant la maladie de Jane dont elle avait plaint l'état sans en soupçonner la cause.

La crainte d'être encore refusée lui fit prendre le parti, quoiqu'elle sût que tout le monde était à la maison, de se faire annoncer. Elle entendit Patty prononcer son nom et dire sur-le-champ : « Priez miss Woodhouse d'entrer. » Miss Bates étant dehors, il ne se fit aucun bruit extraordinaire ; miss Fairfax vint la recevoir au haut de l'escalier, avec tout l'empressement possible. Emma ne l'avait jamais vue si belle, si aimable ni si engageante. Elle était animée, sa contenance et ses manières étaient tout à fait changées. Elle s'avança vers Emma les bras ouverts et lui dit à voix basse, mais avec une sensibilité exquise :

— Que vous êtes bonne, miss Woodhouse ! Je ne puis vous exprimer... J'espère que vous me croirez. Excusez-moi, les paroles me manquent.

Emma fut enchantée ; elle eût bien trouvé des paroles, mais le son de la voix de Mrs Elton l'obligea à se retenir. Elle crut devoir cacher ses sentiments d'amitié et ne les exprimer qu'en l'embrassant de tout son cœur. Mrs Bates et Mrs Elton étaient ensemble ; miss Bates étant absente, on était tranquille. Emma eût désiré que Mrs Elton ne fût pas présente, mais elle était d'humeur à prendre patience, et, comme Mrs Elton la reçut avec politesse, elle espéra que tout irait bien.

Emma crut pénétrer les pensées de Mrs Elton et attribua son excellente humeur au plaisir qu'elle ressentait d'être dans la confidence de miss Fairfax et à la satisfaction de s'imaginer savoir des secrets que l'on cacherait avec soin aux autres. Elle vit des symptômes de ces sentiments sur sa figure, car, en faisant ses compliments à Mrs Bates tout en paraissant attentive aux réponses de la bonne vieille dame, elle la vit serrer, avec une espèce de parade mystérieuse, une lettre qu'elle lisait apparemment tout haut à miss Fairfax, puis la déposer dans un beau réticule pourpre et or qui pendait à son côté. Elle dit ensuite, faisant un signe de tête en même temps :

— Nous la finirons plus tard. Vous et moi, nous ne manquerons pas de trouver une occasion opportune. A la vérité, vous savez ce qu'il y a d'essentiel à présent. Je voulais seulement vous prouver que Mrs Smallridge accepte nos excuses et n'est point offensée. Vous voyez qu'elle écrit gracieusement. C'est une charmante femme ! Vous en auriez été folle si vous étiez entrée chez elle. Mais soyons discrètes. Pas un mot de plus. Conduisons-nous bien. Chut ! Vous vous souvenez de ces vers, j'oublie de quel poème :

S'agit-il d'une dame,
On doit tout oublier.

Maintenant, ma chère, dans le cas où nous nous trouvons, au

lieu de « dame », lisez... Chut ! Un demi-mot suffit au sage. Je suis enjouée aujourd'hui, n'est-il pas vrai ? Mais je veux vous mettre à votre aise au sujet de Mrs Smallridge. Les représentations que je lui ai faites l'ont tout à fait apaisée, comme vous le voyez.

Et, tandis qu'Emma tournait la tête du côté de Mrs Bates, qui tricotait, Mrs Elton ajouta alors à mi-voix à l'oreille de Jane :

— Je ne nomme personne. Oh ! non, circonspecte comme un ministre d'État ! Je m'en tire à merveille.

Emma n'eut alors aucun doute. Mrs Elton se décelait en toute occasion !

Après avoir un peu parlé ensemble du temps et de Mrs Weston, Emma s'entendit interpeller en ces termes :

— Ne trouvez-vous pas, miss Woodhouse, que notre petite amie est bien remise ? N'êtes-vous pas d'avis que sa guérison fait beaucoup d'honneur à Mr Perry ? ajouta Mrs Elton en faisant un signe à l'attention de Jane. En vérité, Perry l'a rétablie en bien peu de temps. Oh ! si vous l'aviez vue comme moi, surtout quand la maladie était à son comble ! Oh ! non, Perry a tout fait... Je ne vous ai presque pas vue, miss Woodhouse, depuis Box Hill, dit-elle en changeant de sujet, ce fut un charmant pique-nique ; cependant, à mon avis, il y manquait quelque chose. Il m'a paru qu'il y avait des gens dont les esprits n'étaient pas tournés à la gaieté ; c'est du moins ce que j'ai cru apercevoir. Peut-être me suis-je trompée. Malgré cela, je pense que l'on s'y est assez amusé pour recommencer encore une fois. Qu'en dites-vous ? Rassemblons la même compagnie pour une seconde excursion à Box Hill. Il faut que la même compagnie s'y rende, tous sans exception.

Peu après, miss Bates entra et divertit beaucoup Emma par ses réponses aux prétendues questions qu'on ne lui faisait pas.

— Je vous remercie, miss Woodhouse, dit-elle, vous avez trop de bonté. Comment vous dire ? Oui, je conçois que les espérances de Jane... Je ne veux pas dire... elle est parfaitement remise. Et comment se porte Mr Woodhouse ? J'en suis ravie. Le charmant jeune homme... Il est si obligeant... Je veux dire, Mr Perry...

Par les grands égards mêlés de remerciements cérémonieux que miss Bates eut pour Mrs Elton, Emma comprit qu'il s'était passé qulque chose de désagréable entre elle et miss Fairfax et que l'on avait heureusement fait la paix. Après quelques chuchotements, Mrs Elton dit tout haut :

— Oui, ma bonne amie, il y a si longtemps que je suis ici que dans toute autre maison je croirais être obligée de faire des excuses, mais la vérité est que j'attends mon seigneur et maître. Il m'a promis de venir me prendre et de présenter ses respects à miss Fairfax.

— Quoi ! Nous aurons le plaisir de voir Mr Elton ? Ce sera une grande faveur, car je sais que les messieurs n'aiment pas à rendre des visites le matin... et Mr Elton a tant d'affaires.

— C'est vrai, miss Bates. Il est occupé depuis le matin jusqu'au soir. On vient à lui de toutes parts sous un prétexte quelconque. Les magistrats, les inspecteurs, les marguilliers viennent toujours le consulter : ils ne peuvent rien faire sans lui. Sur ma parole, Mr Elton, lui dis-je souvent, j'aime mieux que ce soit vous que moi. Car que deviendraient mes crayons et mon piano. Je les néglige assez, il est vrai. Il y a quinze jours que je n'ai joué un air. Cependant, je vous assure qu'il viendra. Une visite de félicitations, vous savez, est indispensable, dit-elle en portant sa main devant la bouche. Il m'a promis de venir aussitôt qu'il pourrait prendre congé de Knightley, mais ils sont enfermés pour se consulter. Mr Elton est le bras droit de Knightley.

Emma eut bien de la peine à s'empêcher de rire et dit :

— Si Mr Elton s'est rendu à pied à Donwell, il aura eu bien chaud !

— Oh ! non, ils avaient rendez-vous à la Couronne. Weston et Cole y seront, pour ne parler que des principaux. Je m'imagine que Mr Elton et Mr Knightley font tout ce qu'ils veulent.

— Ne vous êtes-vous pas trompée de jour ? dit Emma. Je suis presque sûre que l'assemblée ne doit avoir lieu que demain. Mr Knightley est venu hier à Hartfield et a dit qu'elle ne se tiendrait que samedi.

— Oh ! non, sûrement pas ; elle aura lieu aujourd'hui.

Telle fut la réponse polie qui prouvait que Mrs Elton ne pouvait pas se tromper.

— Je crois, continua-t-elle, qu'il n'y a jamais eu de paroisse aussi ennuyeuse que celle-ci. Jamais nous n'avons rien vu de pareil à Maple Grove.

— Votre paroisse est petite, dit miss Fairfax.

— En vérité, ma chère, je n'en sais rien.

— Il est aisé de le prouver par la petitesse des écoles, dont je vous ai entendue parler comme étant sous le patronage de Mrs Bragges et de votre sœur : elles ne comptaient que vingt-cinq enfants.

— Qu'elle est spirituelle ! Quelle mémoire ! Jane, si l'on nous amalgamait, on ferait de nous deux une créature parfaite. Mon enjouement et votre esprit solide produiraient une femme parfaite. Je ne veux pas dire qu'il n'existe personne qui ne croit que vous la soyez. Mais, chut ! Pas un mot de plus.

La précaution était inutile. Jane aurait voulu parler, non à Mrs Elton, mais à miss Woodhouse, à laquelle, malgré son intention, elle ne pouvait exprimer ses sentiments que par ses regards.

Mr Elton entra. Son épouse l'accueillit avec sa vivacité ordinaire.

— C'est en vérité très poli à vous de m'envoyer ici pour être à charge à mes amis, mais vous comptiez sur ma docilité. Vous ne vous êtes pas pressé de venir, parce que vous saviez que j'attendrais mon seigneur et maître. Je suis ici depuis une heure, donnant à ces jeunes demoiselles l'exemple de l'obéissance conjugale. Qui peut savoir si elles n'en auront pas bientôt besoin ?

Mr Elton avait tellement chaud et était si las que cette tirade de bel esprit fut perdue pour lui. Il avait d'abord ses devoirs à rendre aux dames et ensuite à s'occuper de lui-même. Il se plaignit de la chaleur et de la longue course qu'il venait de faire inutilement.

— Lorsque j'arrivai à Donwell, Knightley ne s'y trouvait

pas. Inconcevable ! D'après le billet que je lui ai écrit ce matin, et sa réponse, il devait pourtant se trouver à la maison jusqu'à une heure !

— Donwell ? s'écria sa femme. Mais vous ne deviez pas aller à Donwell, mon cher ! L'assemblée devait se tenir à la Couronne.

— Non, non, c'est pour demain, et c'est justement pour cela que je voulais voir Knightley. Par une chaleur aussi brûlante... Et encore, je m'y suis rendu à travers champs, ce qui était bien pis, précisa-t-il comme s'il avait été très maltraité. Tout cela pour ne pas le trouver à la maison ! Je vous assure que je suis très mécontent ! Et même pas un mot d'excuse ! La femme de charge m'a déclaré qu'elle ignorait que je fusse attendu. Voilà qui est incroyable ! Personne n'a pu dire ce qu'il est devenu. Peut-être à Hartfield, peut-être à l'abbaye, ou encore dans les bois ! Miss Woodhouse, ce n'est plus le même Knightley. Pouvez-vous m'expliquer cela ?

Emma, pour s'amuser, protesta que la chose lui paraissait tout à fait extraordinaire et qu'elle n'avait pas un mot à dire en faveur de Mr Knightley.

— Je ne puis m'imaginer, s'écria Mrs Elton – sentant l'indignité de ce procédé, comme une épouse le devait –, qu'il ait pu se conduire ainsi, surtout envers un homme comme vous, la dernière personne qu'il pût oublier ! Mon cher monsieur, il aura laissé un billet, j'en suis sûre. Knightley ne peut pas s'être oublié à ce point. Son domestique ne s'en sera pas souvenu. Comptez là-dessus. Les domestiques, à Donwell, sont très négligents, et j'ai aussi observé qu'ils sont maladroits. Je ne voudrais pas voir au buffet une créature comme son Henry. Quant à Mrs Hodge, Wright n'en fait pas grand cas. Elle lui avait promis une recette et ne la lui a jamais envoyée.

— En arrivant à Donwell, j'ai rencontré Larkins, continua Mr Elton. Il m'a prévenu que je ne trouverais pas son maître à la maison, mais je ne l'ai pas cru. Il paraissait de mauvaise humeur. Il ignorait ce qu'avait son maître depuis un certain temps, mais il devait lui être arrivé quelque chose d'étrange, car il avait bien de la peine à lui arracher une parole. Qu'avais-je à faire avec Larkins ? Il était de la plus grande conséquence que je visse Knightley aujourd'hui ! Et ce n'est pas peu désagréable d'avoir essuyé tant de chaleur pour rien.

Emma sentit que ce qu'elle avait de mieux à faire était de s'en retourner à la maison. Il était très probable qu'il l'attendait et que, s'en allant à Hartfield, elle empêcherait Mr Knightley de se brouiller sérieusement avec Mr Elton, et peut-être même avec Larkins.

Elle fut charmée, en prenant congé, de trouver miss Fairfax prête à l'accompagner, non seulement hors de la chambre, mais même jusqu'au bas de l'escalier. Cela lui donna l'occasion qu'elle désirait trouver et dont elle profita sur-le-champ pour dire :

— Il est peut-être heureux qu'il m'ait été impossible de vous parler. Si vous n'aviez pas été entourée d'amis, j'aurais sans doute mis sur le tapis un sujet, posé des questions et parlé plus ouvertement que je n'aurais dû. Je sens enfin que j'aurais été impertinente.

— Oh ! s'écria Jane, en rougissant et avec une hésitation qui, suivant Emma, lui allait mieux que l'élégance du maintien réservé qu'elle avait autrefois. Il n'y avait pas de danger, sinon celui de vous ennuyer. Vous ne pouviez me faire plus de plaisir qu'en témoignant de l'intérêt... En vérité, miss Woodhouse, le sentiment que j'ai de la manière dont je me suis conduite me force à avouer qu'il est consolant pour moi de savoir que ceux de mes amis dont l'estime mérite d'être conservée n'ont pas été dégoûtés de persévérer. Je n'ai pas le temps de vous confier la moitié de ce que je voudrais vous dire à ce sujet. Je meurs d'envie de faire des excuses, de dire enfin quelque chose pour faire oublier mes torts. Je sens que je le dois. Et si vous n'avez pas pitié de moi...

— Oh ! vous poussez le scrupule trop loin ! s'écria Emma avec chaleur. Vous ne me devez aucune excuse, et tous ceux auxquels vous croyez en devoir sont si satisfaits, si heureux que...

— Vous êtes trop bonne. Ma conduite avec vous a été, et je le sens, une suite d'artifices et de froideur. J'avais un rôle à jouer... Et ce rôle était d'en imposer. Je sais que cela devait vous déplaire.

— N'en dites pas davantage, je vous en prie. Pardonnons-nous nos torts respectifs. Nous devons nous dépêcher de faire ce qui doit nécessairement être fait : je crois qu'en cela nos sentiments se rencontreront. Je suis heureuse que vous ayez de bonnes nouvelles de Windsor.

— Très bonnes.

— Et les premières, je présume, annonceront que nous devons nous attendre à vous perdre prochainement, juste-ment au moment où je commençais à vous connaître.

— Quant à cela, on ne peut encore y penser. Je resterai ici jusqu'à ce que le colonel et Mrs Campbell me demandent.

— Rien ne peut être encore décidé à présent, dit Emma, en souriant ; mais excusez-moi, il faut néanmoins y songer.

Jane, en lui répondant, l'imita.

— Vous avez raison, on y a pensé, et je vous avouerai — bien sûr que ma confiance ne peut être mieux placée — que, quant à l'endroit où nous devons demeurer, Mr Churchill a décidé que ce serait avec lui, à Enscombe. Nous devons porter le grand deuil pendant trois mois au moins, mais, ce temps passé, j'imagine qu'il n'y aura plus de difficulté.

— Merci, merci, c'est justement ce dont je désirais m'assu-rer. Oh ! si vous saviez combien j'aime que les choses se décident promptement et avec franchise ! Adieu, adieu...

51

Tous les amis de Mrs Weston furent enchantés d'apprendre qu'elle avait accouché sans difficulté. Emma fut encore plus satisfaite d'apprendre qu'elle avait donné le jour à une fille. Elle avait toujours souhaité qu'il existât une demoiselle Weston. Ce n'était pas qu'elle eût l'intention de faire un mariage avec un des fils de sa sœur, mais parce qu'elle savait que le père et la mère désiraient avoir une fille : ce serait une grande consolation pour Mrs Weston, à mesure qu'elle avancerait en âge. Dans dix ans, Mr Weston, devenu plus vieux, aurait alors le plaisir de voir au coin du feu une petite fille sauter et l'amuser par ses petits caprices et ses jeux, et serait surtout assuré qu'elle ne serait jamais bannie de la maison. Quant à Mrs Weston, personne ne pouvait douter qu'une fille ne fût ce qui lui convenait ; il aurait été dommage qu'une si bonne enseignante n'eût pas d'écolière.

— Vous savez qu'elle a eu l'avantage d'essayer ses talents sur moi, comme la baronne d'Almane sur la comtesse d'Ostalis, dans *Adèle et Théodore*, de Madame de Genlis. Nous la verrons élever sa petite Adèle d'après un plan perfectionné.

— C'est-à-dire, repartit Mr Knightley, qu'elle la gâtera encore plus qu'elle ne vous a gâtée, et ne croira pas l'avoir fait. Voilà toute la différence.

— Pauvre petite ! dit Emma. S'il en est ainsi, que deviendra-t-elle ?

— N'ayez pas peur, elle aura le sort de beaucoup d'autres. Elle sera désagréable dans son enfance et se corrigera en grandissant. Je perds toute la mauvaise humeur que j'avais contre les enfants gâtés, ma chère Emma ; puisque je vous dois tout mon bonheur, ne me rendrais-je pas coupable d'une horrible ingratitude, si j'étais sévère contre eux ?

Emma répondit en riant :

— Mais vous êtes venu à mon secours pour me préserver du danger que l'indulgence des autres me faisait courir. Je doute fort que mon bon sens m'eût corrigée sans vous.

— Je crois que vous vous trompez. Vous êtes née avec un jugement sain ; miss Taylor vous a donné des principes. Vous seriez venue à bout toute seule d'acquérir ce qui vous manquait. En me mêlant de votre éducation, je pouvais faire autant de mal que de bien. C'est bien naturellement que vous vous êtes demandé de quel droit je venais vous donner des leçons et que vous avez trouvé mes manières désagréables. Je ne crois pas vous avoir rendu un grand service. C'était moi-même, au contraire, que je servais, car vous étiez pour moi l'objet de l'affection la plus tendre. Je n'ai pu tant m'occuper de vous sans vous aimer, malgré vos défauts, et, tout en m'imaginant que vous en aviez beaucoup, vous étiez à peine parvenue à votre treizième année que je vous étais sincèrement attaché.

— Et moi, je suis convaincue que je vous dois beaucoup, dit Emma. J'ai souvent profité de vos leçons, quoiqu'à l'époque je n'en convinsse pas. Vous m'avez été très utile. Et si la pauvre petite Anne Weston devient un enfant gâté, ce sera une grande charité à vous de faire pour elle ce que vous avez fait pour moi... excepté d'en devenir amoureux quand elle aura treize ans.

— Combien de fois, quand vous étiez enfant, ne m'avez-vous pas dit avec malice : « Mr Knightley, je vais faire ceci ou cela, papa dit que je le peux ; j'ai la permission de miss Taylor », sachant bien que je n'approuvais pas ce que vous vouliez faire. En pareil cas, c'était vous donner deux mauvaises notions à la fois, au lieu d'une.

— Que j'étais aimable alors ! Il n'est pas étonnant que vous vous souveniez si bien de mes discours.

— Vous m'appeliez toujours Mr Knightley et, à force, cette

manière perdit ce que je lui trouvais de dur. Cependant elle me déplaît. Je voudrais que vous en changiez.

— Je me souviens qu'un jour, étant de bonne humeur, je vous appelai George, mais, voyant que vous ne vous en fâchiez pas, je ne recommençai plus !

— Et ne pouvez-vous plus m'appeler George maintenant ?

— Impossible ! Je ne puis vous donner d'autre nom que celui de Mr Knightley. Je ne vous promets pas même d'imiter l'élégance de Mrs Elton et de me contenter de dire simplement Mr K. ! Mais je vous donne parole, dit-elle en riant et en rougissant, de me servir de votre nom de baptême, dans un édifice où – je ne dis pas où ni quand – l'on demande : « M. prend-il N., et N. prend-elle M. pour le meilleur et... etc. »

Emma était bien fâchée de ne pas pouvoir être plus confiante et plus sincère avec lui concernant le grand et important service qu'il avait voulu lui rendre, service qui l'aurait empêchée de commettre l'une des plus insignes folies qu'elle eût à se reprocher : son aveugle intimité avec Harriet Smith ; mais ce sujet était trop scabreux pour qu'elle osât l'aborder. Ils prononçaient rarement son nom. De son côté, la raison en était simple : il n'y pensait pas ; mais Emma s'imaginait que c'était par délicatesse, et qu'il commençait à l'oublier. Elle sentait bien que si elles s'étaient quittées en toute autre circonstance, leur correspondance eût été plus fréquente et n'aurait pas entièrement passé par les mains d'Isabella. Il pouvait en faire l'observation. Le chagrin que lui donnait l'obligation, à laquelle elle était forcée, d'avoir des secrets pour lui la tourmentait autant que le souvenir d'avoir causé les malheurs de Harriet. Les nouvelles qu'elle en recevait d'Isabella étaient très satisfaisantes : à son arrivée, Harriet avait paru très abattue, ce qui n'était pas surprenant puisqu'elle devait consulter un dentiste ; mais après cette consultation, Isabella avait trouvé qu'elle était la même qu'auparavant. La sœur d'Emma, à la vérité, n'était pas capable de faire des observations bien exactes ; néanmoins, si Harriet ne s'était pas amusée à jouer avec les enfants, elle se serait sans doute aperçue de quelque chose. Emma eut la satisfaction d'apprendre que le séjour de Harriet à Londres devait être prolongé, ce qui augmenta ses espérances : au lieu de quinze jours, elle devait y rester un mois. Mr et Mrs Knightley, qui devaient venir à Hartfield au mois de juin, la ramèneraient avec eux.

— John, dit Mr Knightley, ne parle pas même de votre amie. Tenez, voici sa lettre ; si vous en avez envie, lisez-la.

C'était la réponse à la communication qu'il lui avait faite de son mariage. Emma la prit avec vivacité, impatiente de voir ce qu'il en pensait, et ne fit pas seulement attention à l'oubli dont il s'était rendu coupable envers son amie.

— John, comme un bon frère, se réjouit de mon bonheur, continua Mr Knightley. Il n'est pas complimenteur et, quoique je sache qu'il a pour vous une affection vraiment fraternelle, il est si loin de chanter vos louanges qu'une autre jeune personne que vous pourrait le soupçonner de froideur à son égard. Mais je ne crains pas, malgré cela, de vous montrer ce qu'il écrit.

— Il écrit en homme sensé, dit Emma en lui rendant la lettre. J'honore sa sincérité. Il est clair qu'il considère que je suis la seule avantagée par ce mariage, mais il espère qu'avec le temps je me rendrai aussi digne de vos affections que vous croyez que je le suis aujourd'hui. S'il eût dit le contraire, je ne l'aurais jamais cru.

— Ma chère Emma, ce n'est pas du tout ce qu'il veut dire. Son intention...

— Lui et moi ne différons pas beaucoup dans notre manière de juger, dit Emma, prenant un air un peu sérieux, peut-être pas autant qu'il le pense ; si nous pouvions nous parler ouvertement et sans réserve, je le convaincrais de la vérité de cette assertion.

— Emma ! Ma chère Emma !

— Ah ! s'écria-t-elle avec un peu plus de gaieté. Si vous croyez que votre frère ne me rend pas justice, attendez que mon père soit dans le secret et sachez son opinion. Vous pouvez compter qu'il vous en rendra encore moins. Il se persuadera que tout le bonheur et tout l'avantage sont de votre côté, et tout le mérite du mien. Je souhaite qu'il ne s'écrie pas sur-le-champ : « Pauvre Emma ! » Sa tendre compassion ne va pas plus loin en faveur du mérite opprimé.

— Ah ! Plût à Dieu que votre père fût aussi convaincu que John et comprît que nous avons tous les droits que donne un mérite égal à goûter ensemble un bonheur parfait ! Une partie de sa lettre m'a beaucoup diverti, y avez-vous fait attention ? C'est lorsqu'il dit que l'ouverture que je lui fais ne lui a causé aucune surprise, car il y avait déjà quelque temps qu'il s'y attendait.

— Si je comprends votre frère, il veut dire simplement qu'il vous supposait des projets de mariage. Il ne pensait pas à moi. Il n'était pas préparé à cela.

— Oui, oui, mais ce qui m'amuse beaucoup, c'est qu'il ait deviné ma pensée. Qui a pu la lui faire découvrir ? Je ne me souviens pas d'avoir pu lui faire deviner, ni par mes manières, ni par mes paroles, que j'eusse plus d'envie de me marier à présent qu'en aucun autre temps. Il faut cependant que cela soit arrivé. Je crois bien que la dernière fois que j'étais chez lui, il a pu observer que je n'étais pas tout à fait le même. Je crois que je ne jouais pas tant avec les enfants qu'à l'ordinaire. Je me souviens qu'un soir, les pauvres petits ont dit : « Notre oncle est toujours fatigué. »

Le temps approchait où le secret devait se dévoiler et où il fallait mettre d'autres personnes dans la confidence. Emma se proposait, aussitôt que Mrs Weston serait assez bien pour recevoir la visite de Mr Woodhouse, d'employer sa douce persuasion auprès de lui, mais il fallait commencer par déclarer son projet à la maison, et ensuite à Randalls. Mais comment présenter la chose à son père ? Elle s'était engagée à le faire un jour où Mr Knightley serait absent, mais le cœur lui avait manqué ; cependant, comme il devait venir ensuite se joindre à elle pour renforcer ses arguments, elle fut enfin forcée de parler, et même de le faire d'un air enjoué. Elle ne devait pas présenter l'affaire comme désastreuse, de peur d'augmenter ses peines ; en s'exprimant d'un ton mélancolique, elle était sûre de le rendre très malheureux. Elle rassembla donc toutes ses forces et le prépara d'abord à entendre quelque chose de surprenant et puis elle lui dit en peu de mots que, si elle pouvait obtenir son consentement et son approbation – ce qui, à ce qu'elle espérait, ne serait pas difficile, puisque ce qu'elle allait lui proposer, le projet de son mariage avec Mr Knightley, ne tendait qu'à augmenter le bonheur de tous –, Hartfield recevrait l'addition d'une personne dont elle savait qu'il l'aimait presque autant que ses filles et que Mrs Weston.

Le pauvre homme fut d'abord atterré du coup. Il essaya de la dissuader. Il lui rappela plus d'une fois qu'elle avait toujours dit qu'elle ne se marierait jamais, l'assurant qu'elle ferait beaucoup mieux de rester jeune fille, puis évoqua la « pauvre Isabella » et la « pauvre miss Taylor ». Mais ce fut en vain. Elle se jeta à son cou, l'embrassa et le pria de ne pas la comparer à Isabella ni à miss Taylor qui, après leur mariage, ayant quitté Hartfield, avaient causé un vide affreux : elle, au contraire, y resterait toujours, augmentant ainsi le nombre des habitants de la maison, pour son bien-être. Elle était sûre que son cher papa s'estimerait très heureux d'avoir Mr Knightley toujours sous la main, lorsqu'il y serait accoutumé. N'aimait-il pas beaucoup Mr Knightley ? Elle en était bien sûre. Qui consultait-il de préférence sur ses affaires, sinon Mr Knightley ? Qui pouvait lui être plus utile que lui pour écrire ses lettres ou pour lui offrir ses services ? Qui était plus attentif que lui, si gracieux et si attaché que lui ? Ne serait-il pas bien aise de l'avoir à tout moment à disposition ? Très certainement, Mr Knightley ne pourrait pas venir trop souvent, mais il serait bien charmé tout de même de le voir souvent ; et dans leur état présent, ne venait-il pas déjà tous les jours ? Pourquoi ne continueraient-ils pas à vivre comme à l'ordinaire ?

Il fallut du temps à Mr Woodhouse pour se réconcilier à l'idée de ce mariage, mais le plus fort était fait : le temps ferait le reste. Mr Knightley vint remplacer Emma ; ses prières, ses protestations et surtout les éloges qu'il fit d'elle le firent écouter avec plaisir. Bientôt Mr Woodhouse s'accoutuma à les entendre parler de leur mariage chaque fois que l'occasion favorable s'en présentait.

Ils eurent toute l'assistance qu'Isabella pouvait leur donner par écrit ; dans ses lettres, elle ne tarissait pas sur l'éligibilité de ce mariage, qu'elle approuvait de tout son cœur. Mrs Weston, de son côté, se tenait prête à considérer l'affaire comme arrangée, dès la première entrevue avec Mr Woodhouse, puis comme excellente, sachant bien que ces deux assertions seraient deux importantes recommandations auprès de lui.

Il fut convenu entre eux que tous ceux qui avaient sa confiance lui parleraient de ce mariage comme devant augmenter et assurer son bonheur, de sorte que, se sentant presque porté de lui-même à l'approuver, il commença à penser que dans quelque temps, un an ou deux par exemple, il ne serait pas mauvais que ce mariage se fît.

Mrs Weston ne jouait pas la comédie, ne déguisant pas ses sentiments sur un pareil événement. Elle fut extrêmement surprise lorsque Emma lui en parla pour la première fois, mais elle n'y vit qu'un surcroît de bonheur pour tous et n'eut pas le moindre scrupule à presser Mr Woodhouse de donner son consentement. Elle avait tant de considération pour Mr Knightley qu'elle crut que lui seul était digne d'Emma, et ce mariage était si convenable à tous égards qu'il lui semblait qu'elle n'aurait jamais pu faire un choix plus avantageux que celui-là. Elle se taxa de stupidité de n'y avoir pas songé plus tôt. Combien peu de gens du rang et de la fortune de Mr Knightley auraient renoncé à leur maison pour venir habiter Hartfield ? Et qui, excepté Mr Knightley, connaissant Mr Woodhouse, aurait pu se résigner à habiter avec lui, supporter ses infirmités morales et physiques et regarder un pareil arrangement comme une chose désirable ! Dans le projet de Mr Weston, ainsi que le sien, de marier Emma avec Frank Churchill, la manière de disposer de Mr Woodhouse les avait bien embarrassés. Les prétentions de Hartfield et d'Enscombe avaient toujours été une pierre d'achoppement, plus à ses yeux, en fait, qu'à ceux de Mr Weston, qui cependant n'avait jamais pu décider l'affaire qu'en disant : « Cela ira de soi-même : ces jeunes gens trouveront les moyens nécessaires pour contenter tout le monde. » Mais ici, il n'y avait aucun embarras, ni présent, ni à venir. Tout était bien, tout était prévu pour le mieux. Aucun sacrifice qui valût la peine qu'on en parlât. Jamais union ne pouvait promettre plus de félicité sans aucune raison apparente de la différer. Mrs Weston, tenant son enfant sur ses genoux, était la femme la plus heureuse du monde en faisant ces réflexions. Si quelque chose pouvait augmenter son bonheur, c'était l'espoir que la petite aurait bientôt la tête trop grosse pour ses bonnets.

La nouvelle de ce mariage surprit tous ceux qui en furent informés. Mr Weston s'appesantit dessus pendant cinq minutes, mais ce temps lui suffit pour se familiariser avec l'idée d'une pareille union. Il en vit les avantages et s'en réjouit comme avait fait sa femme. Bientôt il ne s'en étonna plus et, une heure après, il était porté à croire qu'il l'avait toujours prévu.

— Ce mariage, dit-il, doit sans doute être tenu secret : c'est ce qui arrive toujours dans ces cas-là, jusqu'à ce que l'on s'aperçoive que tout le monde en est informé. Dites-moi au moins quand je pourrai en parler. Je serais curieux de savoir si Jane en a le moindre soupçon.

Le lendemain matin, il se rendit à Highbury pour s'en informer. Voyant qu'elle ne savait rien, il lui apprit cette grande nouvelle. N'était-elle pas sa fille, Jane Fairfax ? Et même sa fille aînée ?

Il se crut obligé de l'en instruire et, miss Bates étant présente, le secret fut immédiatement connu des Cole, de Mrs Perry et de Mrs Elton. Tous s'y attendaient ; tous avaient calculé combien de temps le secret serait tenu à Highbury. Ils étaient également certains que cette nouvelle fournirait matière à toutes les conversations. En général, ce mariage fut approuvé. Les uns crurent que l'avantage était du côté de Mr Knightley, d'autres, au contraire, soutenaient qu'il était du côté de miss Woodhouse. D'aucuns pensèrent que les deux familles se réuniraient à Donwell et que Hartfield serait donné à Mr John Knightley ; quelques-uns prévirent même que les domestiques ne s'accorderaient pas ensemble. Mais en fin de compte, il n'y eut pas d'objection sérieuse, excepté dans une maison – et l'on devinera aisément que c'était au presbytère. Là, on n'eut d'autre sentiment que celui de la surprise. Mr Elton s'en embarrassa peu, en comparaison de sa femme ; il dit seulement qu'il espérait que l'orgueil de la jeune dame fût satisfait. Elle avait toujours eu l'intention d'attraper Knightley et, quant à habiter Hartfield, il eut l'impudence de dire : « J'aime mieux que ce soit lui que moi », ce dont Mrs Elton fut très choquée.

— Pauvre Knightley ! Il a fait là une mauvaise affaire, dit-elle.

Elle le plaignit beaucoup car, quoiqu'il fût un peu fantasque, il avait mille bonnes qualités. Comment avait-il pu se laisser tromper de la sorte ? Il n'était certainement pas amoureux d'elle, pas du tout. Pauvre Knightley ! On n'aurait plus le plaisir de le voir familièrement au presbytère. Il était si heureux de venir leur demander à dîner... Mais tout était fini. Pauvre garçon ! Et puis, il n'y aurait plus de partie pour elle à Donwell. Il y aurait une Mrs Knightley pour empêcher ces excursions. Quel désagrément ! Elle se rappelait toutefois avec plaisir avoir dit du mal de la femme de charge en présence d'Emma, chez Mrs Bates. Demeurer ensemble, quel projet regrettable ! Il ne réussirait pas. Elle avait connu une famille, dans les environs de Maple Grove, qui avait tenté l'expérience, mais qui avait été obligée de se séparer avant un trimestre...

52

Le temps s'écoulait rapidement ; encore quelques jours et la famille de Londres arriverait. Le changement qui allait avoir lieu alarmait Emma. Un matin, alors qu'elle était plongée dans de désagréables réflexions à ce sujet, Mr Knightley entra pour les dissiper. Après avoir un peu causé ensemble, il garda un moment le silence, puis il dit :

— J'ai quelque chose à vous communiquer, Emma. Des nouvelles.

— Bonnes ou mauvaises ? demanda-t-elle vivement en le dévisageant.

— Je ne sais comment les qualifier.

— Oh ! elles sont bonnes, j'en suis sûre ! Je le vois dans vos yeux car vous faites tous vos efforts pour vous empêcher de sourire.

— J'ai bien peur, dit-il en composant l'air de son visage, j'ai bien peur, ma chère Emma, que l'envie de rire ne vous passe quand vous les apprendrez.

— Vraiment ! Et pourquoi ? Je ne puis m'imaginer qu'une chose qui vous amuse ne fasse pas le même effet sur moi.

— Il existe un objet, un seul, sur lequel nous ne pensons pas l'un comme l'autre, dit-il en la regardant fixement, avant d'ajouter en souriant : Ne voyez-vous pas quel peut être cet objet ? Ne vous souvenez-vous plus de Harriet Smith ?

Emma rougit. Elle fut effrayée sans savoir pourquoi.

— Avez-vous reçu de ses nouvelles ce matin ? demanda-t-il. Je suis certain que vous en avez eu et que vous êtes instruite de tout.

— Non, je n'ai rien reçu d'elle. J'ignore absolument de quoi il est question... Ayez la bonté de me le dire.

— Je vois que vous êtes préparée à tout ce qu'il peut y avoir de fâcheux. Ces nouvelles sont bien mauvaises : Harriet Smith épouse Robert Martin.

Emma sursauta, preuve qu'elle n'était pas préparée. Et, ouvrant de grands yeux, elle répondit :

— C'est impossible... Je ne puis le croire...

— C'est pourtant la vérité, continua Mr Knightley. Je le tiens de Robert Martin lui-même, qui m'a quitté il n'y a pas une demi-heure.

Elle continuait à le regarder avec la plus grande surprise.

— Je ne me suis pas trompé, ma chère Emma : cette nouvelle vous afflige. Je m'y attendais. J'aurais désiré que nos opinions fussent les mêmes, mais cela viendra avec le temps, même si vous pouvez compter que le temps nous fera penser différemment. A présent, nous en avons assez dit sur ce sujet.

— Pas du tout, vous vous trompez ! répliqua-t-elle avec énergie. Cette nouvelle ne peut m'affliger car je n'y crois pas. Elle me paraît impossible ! Vous ne voulez pas me persuader que Harriet Smith a accepté Robert Martin ! Ne me dites pas qu'il s'est de nouveau offert à elle, mais seulement qu'il en a l'intention !

— Je vous dis qu'il l'a fait, répondit Mr Knightley en souriant. Et il a été accepté.

— Grands dieux ! s'écria-t-elle. Fort bien !

Ayant alors recours à son sac à ouvrage, faisant semblant d'y chercher quelque chose afin de cacher sa figure, qui devait montrer la joie et l'extrême satisfaction qu'elle ressentait, elle ajouta, toujours tête baissée :

— Voyons, contez-moi tout cela... Rendez-moi cette histoire intelligible... Comment ? Où ? Quand ?... Dites-moi bien tout. Mais je vous assure que si ce que vous m'avez dit est exact, je n'en ressentirai pas le moindre chagrin. Mais comment cela est-il arrivé ?

— L'histoire en est toute simple. Il y a trois jours que des affaires le forcèrent d'aller à Londres. Je lui avais donné des papiers à remettre à mon frère. Il alla le trouver à son étude et John l'invita à l'accompagner au cirque d'Astley, où il avait l'intention de se rendre avec ses enfants. La compagnie était composée de mon frère, ma sœur, Henry, John... et miss Harriet Smith. On prit Robert Martin en passant. Tout le monde s'amusa beaucoup et mon frère l'invita à dîner pour le lendemain. Il accepta l'invitation et, j'ignore si ce fut avant ou après le dîner, il trouva l'occasion de parler à miss Harriet Smith. Certainement il ne lui parla pas en vain. En l'acceptant pour époux, elle le rendit aussi heureux qu'il mérite de l'être. Il est arrivé hier par la diligence. Immédiatement après déjeuner, il est venu me rendre compte d'abord de mes affaires, ensuite des siennes. C'est tout ce que je puis vous dire du comment, du où et du quand... Votre amie Harriet vous fera sans doute connaître toutes les particularités de son histoire lorsque vous la verrez. Ces détails ne peuvent être intéressants que dans la bouche d'une femme. Quant à nous autres, nous parlons d'une pareille affaire en gros. Cependant, je dois dire que Robert Martin paraissait si plein de son objet qu'il me conta, assez mal à propos, qu'en quittant le spectacle d'Astley, mon frère donna le bras à sa femme et prit Henry par la main, et que lui-même offrit le sien à miss Smith et se chargea de John. Ils se sont trouvés un moment si pressés par la foule que miss Smith en fut effrayée.

Il s'arrêta. Emma n'osa d'abord pas répondre. Elle craignait de montrer toute la satisfaction, toute la joie qu'elle ressentait au récit de cet événement. Elle était forcée de se contraindre, autrement Mr Knightley aurait cru qu'elle était folle. Son silence le troubla et, l'ayant considérée quelque temps, il ajouta :

— Emma, ma chère amie, vous m'avez dit que cet événement ne vous affecterait pas, mais je crains que vous n'ayez trop présumé de vos forces. Sa situation dans le monde est un mal, mais vous devez considérer que votre amie s'en contente, et je réponds que, lorsque vous le connaîtrez mieux, vous l'estimerez infiniment plus que vous ne faites aujourd'hui. Vous serez charmée de son bon sens et de ses principes. Quant à ce qui le regarde comme homme, vous ne pouvez pas désirer que votre amie tombe en de meilleures mains. S'il ne dépendait que de moi de lui donner un rang plus élevé dans la société, je le ferais de grand cœur – c'est, je crois, vous prouver le cas que je fais de lui. Vous vous êtes moquée de moi au sujet de Larkins... Eh bien ! il me serait aussi difficile de me passer de Robert Martin que de lui !

Il la pria de le regarder et de le gratifier d'un sourire. Emma, s'étant assez remise pour ne pas éclater de rire, lui obéit et répondit gaiement :

— Ne prenez aucune peine pour me réconcilier à l'idée de ce mariage, ce serait inutile. Je crois que Harriet fait fort bien. Ses parents sont peut-être au-dessous de ceux de Robert Martin. Quant à leur caractère, il ne fait pas de doute que celui de Martin ne soit supérieur. La surprise que cet événement m'a causée a été le seul motif de mon silence. Vous ne pourriez jamais imaginer l'effet que cette nouvelle a fait sur moi ! Je m'y attendais si peu ! J'avais au contraire de fortes raisons de croire que depuis quelque temps elle était plus déterminée que jamais à le refuser.

— Vous devez la connaître mieux que moi, répliqua Mr Knightley, mais je puis dire que je l'ai toujours regardée comme une excellente fille, d'une humeur douce, douée d'un cœur si tendre que j'ai supposé qu'il lui serait impossible de refuser un jeune homme qui lui parlerait d'amour.

Emma ne put s'empêcher de rire en lui répondant :

— En vérité, vous la connaissez aussi bien que moi. Mais, Mr Knightley, êtes-vous certain qu'elle l'a véritablement accepté ? Je crois bien qu'avec le temps elle le fera, mais à présent je ne crois pas la chose possible. Vous avez parlé de tant de choses différentes, de bétail, d'instruments aratoires... ne serait-il pas possible que, en vous occupant de tant d'objets à la fois, vous l'eussiez mal compris ? Ce n'était sûrement pas de la main de Harriet dont il vous entretenait, mais de la taille d'un beau bœuf !

Le contraste qu'offrait la personne de Mr Knightley avec celle de Robert Martin faisait en ce moment une telle impression sur Emma, elle se remémorait si exactement ce qui s'était passé entre Harriet et elle, et ces mots qu'elle avait prononcés avec tant d'emphase : « Non, je crois être trop avisée à présent pour me soucier de Robert Martin » retentissaient tellement à ses oreilles qu'elle restait persuadée que la nouvelle qu'elle venait d'entendre devait être au moins prématurée. Il ne pouvait en être autrement.

— Vous osez me dire cela en face ! s'écria Mr Knightley. Vous osez me supposer assez stupide pour ne pas comprendre ce que l'on me dit ! Que mériteriez-vous ?

— Oh ! le meilleur traitement possible car je n'en souffrirais pas d'autre ! Ainsi je vous invite à me répondre catégoriquement : êtes-vous bien certain que vous avez une parfaite connaissance des termes où en sont Harriet et Robert Martin ?

— Très certain, répondit-il distinctement. Il m'a dit qu'elle l'avait accepté. Il n'y a aucun doute, aucune incertitude à ce sujet. Je puis en donner des preuves irrécusables : il m'a demandé ce qu'il devait faire pour connaître les parents ou les amis de miss Smith, ne connaissant que Mrs Goddard qui pût les lui présenter, et il m'a assuré qu'il ferait tout son possible pour la voir aujourd'hui même.

— Je suis on ne peut plus satisfaite, repartit Emma en lui souriant gracieusement, et je leur souhaite beaucoup de bonheur à tous les deux.

— Il s'est opéré en vous un bien grand changement depuis notre conversation sur ce sujet-là.

— C'est vrai, mais j'étais folle alors.

— J'ai changé, moi aussi, car je suis porté à reconnaître à Harriet de bonnes qualités. Depuis quelque temps, je me suis donné la peine, par égard pour vous et par compassion pour Martin – dont l'attachement ne s'est jamais démenti –, de faire avec elle une connaissance plus intime. J'ai souvent parlé longuement avec elle. Vous avez dû vous en apercevoir. J'ai même pensé que vous soupçonniez que je plaidais auprès d'elle la cause du pauvre Martin, quoique je n'en aie jamais eu l'idée. J'ai observé avec plaisir – et je suis convaincu de ne m'être pas trompé – que Harriet est une très aimable fille, sans art, qu'elle a acquis des connaissances, qu'elle a de bons principes et qu'enfin les occupations d'une vie domestique et privée feraient son bonheur. Je suis persuadé qu'elle vous a obligation d'une grande partie de ces bonnes qualités.

— A moi ? s'écria Emma en secouant la tête. Ah ! pauvre Harriet !

Leur conversation fut interrompue peu après par l'arrivée de Mr Woodhouse. Emma en fut contente car elle avait besoin d'être seule. Elle était si exaltée qu'elle était presque hors d'elle-même. Elle aurait eu envie de sauter, de danser, de chanter, et ce ne fut qu'après avoir fait un peu d'exercice, avoir un peu ri et réfléchi, qu'elle redevint peu à peu raisonnable.

Son père venait lui annoncer que le pauvre James allait préparer les chevaux pour les conduire comme de coutume à Randalls. Emma trouva une excuse suffisante pour se retirer. On peut aisément s'imaginer qu'elle s'abandonna à une joie pure. La perspective du bonheur dont allait jouir Harriet ôtait au sien tout ce qui l'empêchait d'être parfait : elle craignit même qu'il ne fût trop grand. Que lui restait-il à désirer ? De se rendre de plus en plus digne de l'homme dont le jugement était si supérieur au sien ; de devenir plus humble et plus circonspecte en se rappelant les folies qu'elle avait à se reprocher. Elle formula de sérieuses résolutions pour sa conduite future et, tout en les formant, elle éclatait souvent de rire. Maintenant, Harriet pouvait revenir quand elle voudrait, elle la reverrait avec le plus grand plaisir. Elle en aurait aussi à faire la connaissance de Robert Martin.

Emma se félicitait enfin que le déguisement dont elle avait été forcée d'user avec Mr Knightley allait cesser : plus de mystères, plus de discours équivoques... Elle se faisait un vrai plaisir de remplir un devoir sacré, celui de lui ouvrir son cœur sans réserve.

Au comble du bonheur, elle monta en voiture avec son père, qu'elle n'écouta pas toujours, mais aux discours duquel elle applaudissait de la voix et du geste, surtout pour lui faire compliment de l'idée qu'il avait que la pauvre Mrs Weston trouverait mauvais qu'il ne lui rendît pas visite tous les jours.

Ils arrivèrent à Randalls. Mrs Weston était seule. On avait à peine parlé de l'enfant, et Mr Woodhouse n'avait pas plus tôt reçu les remerciements qu'il attendait, que l'on vit deux figures à travers les jalousies.

— C'est Frank et miss Fairfax, dit Mrs Weston. J'allais vous parler de notre agréable surprise de le voir arriver ce matin. Il ne s'en retournera que demain. Quant à miss Fairfax, elle a bien voulu passer la journée avec nous. Ils ne vont sans doute pas tarder à entrer.

Effectivement, ils se présentèrent dans la salle une minute après. Emma fut très satisfaite de les voir, mais l'un et l'autre éprouvèrent un peu de confusion et des souvenirs peu agréables. Ils se virent avec plaisir et en souriant, mais le sentiment secret du passé les empêcha de parler. Chacun ayant pris place en silence, Emma craignit que le désir qu'elle avait eu de le revoir encore une fois, et surtout en compagnie de Jane, ne lui donnerait pas autant de satisfaction qu'elle l'avait espéré.

Lorsque Mr Weston vint se joindre à eux et que l'on eut apporté l'enfant, tout le monde retrouva la parole. Frank prit courage, s'approcha d'elle et lui dit :

— Je dois vous remercier, miss Woodhouse, du pardon que vous eu la bonté de m'accorder, et que j'ai lu dans une des lettres de Mrs Weston. Je suis heureux que vous ne vous en repentiez pas.

— Au contraire ! s'écria Emma. En vérité, je suis charmée de vous voir et de vous féliciter en personne.

Il la remercia de tout son cœur et continua à l'entretenir de sa gratitude et de son bonheur.

— N'est-elle pas charmante ? dit-il en se tournant vers Jane. N'est-elle pas plus belle que jamais ? Vous voyez combien mon père et Mrs Weston l'aiment.

Mais, sa gaieté ordinaire reprenant le dessus, il nomma en riant Mr Dixon, après avoir annoncé le retour des Campbell. Emma rougit et lui défendit de prononcer ce nom-là devant elle car, dit-elle, elle ne pouvait y songer sans honte.

— C'est moi seul qui mérite d'en être honteux. Mais est-il possible que vous n'ayez eu aucun soupçon ? Dans la première quinzaine, je sais que vous n'en aviez pas, mais ensuite...

— Je n'en ai jamais eu, je vous assure.

— Cela me paraît bien étonnant. J'ai été bien prêt de tout

avouer. J'aurais bien fait. Mais quoique je me sois mal conduite et que je n'y aie rien gagné, je le sentais et continuais. J'aurais beaucoup mieux fait de vous mettre dans la confidence et de vous dévoiler notre secret.

— Vos regrets, maintenant, sont inutiles, dit Emma.

— J'espère, continua-t-il, que mon oncle viendra à Randalls. Il désire lui être présenté. Lorsque les Campbell seront revenus à Londres, nous les y rejoindrons, et j'espère que nous y resterons jusqu'à ce que nous puissions conduire Jane vers le nord. Mais maintenant, je suis si éloigné d'elle... N'est-ce pas bien terrible, miss Woodhouse ? Depuis notre réconciliation, c'est la première fois que je la vois. Ne me plaignez-vous pas ?

Emma sympathisa avec lui de tout son cœur. Il en fut si enchanté que, s'exaltant de nouveau, il s'écria :

— Ah ! à propos...

Puis, baissant la voix et d'un ton plus sérieux :

— Je suis heureux que Mr Knightley soit en bonne santé.

Il s'arrêta. Emma rougit et se mit à rire.

— Je sais que vous avez lu ma lettre, reprit-il, et je pense que vous n'avez pas oublié les vœux que je formais pour vous. Permettez-moi de vous féliciter à mon tour : je vous assure que j'ai appris cette nouvelle avec le plus vif intérêt. C'est un homme que je ne me crois pas digne de louer.

Emma, charmée de l'entendre parler de cette manière, eût désiré qu'il continuât, mais ses idées changèrent d'objet ; il les reporta sur lui-même et sur Jane, disant :

— Avez-vous jamais vu un plus beau teint ? Si unie ! Si délicate ! Elle n'est cependant pas blonde. Sa complexion est surprenante, avec ses cheveux et ses sourcils noirs. Elle a véritablement l'air distingué et a assez de couleurs pour être belle.

— J'ai toujours admiré son teint, dit Emma avec malice. Je me souviens du temps où vous la croyiez trop pâle. C'était, si je me souviens bien, la première fois que nous parlâmes d'elle. L'avez-vous déjà oublié ?

— Oh ! non, quel mauvais sujet j'étais alors ! Comment ai-je pu oser ?

Il se mit à rire si fort après cet acte de componction qu'Emma ne put s'empêcher de lui dire :

— Je soupçonne qu'au milieu de vos perplexités, dans ce temps-là, vous vous amusiez beaucoup à nos dépens. Ce devait être une grande consolation pour vous.

— Oh ! non, non. Comment avez-vous pu croire cela de moi ? J'étais alors si malheureux.

— Pas tout à fait assez pour ne pas vous amuser. Je suis sûre que vous deviez bien vous divertir en nous trompant tous. Je le crois d'autant plus que, pour dire la vérité, je pense que je m'en serais amusée moi-même en pareil cas.

— Nous nous ressemblons un peu en cela.

Il fit un profond salut.

— Nous n'avons pas les mêmes dispositions, ajouta-t-elle avec sensibilité, mais notre destinée est la même. Nous le devons probablement à des êtres qui nous sont supérieurs.

— C'est vrai, dit-il avec chaleur. Encore plus pour moi que pour vous.

— C'est un ange ! Regardez-la ! Examinez son cou ! Et ses yeux, comme elle les tourne vers mon père ! Vous serez bien aise de savoir, ajouta-t-il à son oreille, que l'intention de mon oncle est de lui présenter les diamants de ma tante. On les fera remonter. Je veux que l'on en emploie une partie à un diadème. N'ira-t-il pas bien avec ses cheveux noirs ?

— Je suis de votre avis.

Elle lui parla avec tant d'amitié qu'il s'écria :

— Que je suis enchanté de vous revoir, et surtout de vous retrouver si bien ! Pour tout au monde je n'aurais voulu être privé de ce plaisir. Si vous n'étiez pas venue à Randalls, je me serais certainement rendu à Hartfield.

Le reste de la compagnie s'était entretenu de la petite Anne. Mrs Weston avait dit qu'elle s'était alarmée pour sa santé et qu'elle avait été sur le point d'envoyer chercher Mr Perry. Elle avait honte de sa faiblesse, mais Mr Weston avait été presque aussi alarmé qu'elle. Cependant, ce n'était rien ; en dix minutes, l'enfant se portait aussi bien qu'auparavant. Ces petits détails intéressèrent beaucoup Mr Woodhouse, qui lui fit compliment sur l'idée qui lui était venue d'envoyer chercher Mr Perry ; il regrettait qu'elle ne l'eût pas fait.

A la moindre apparence de danger, il fallait envoyer chercher Mr Perry, et, quoique l'enfant parût bien portant, il n'y avait aucun doute que, si Mr Perry fût venu, il s'en serait porté encore mieux.

Frank Churchill s'attacha au nom de Mr Perry.

— Mr Perry ! dit-il à Emma, essayant de fixer l'attention de Jane. Mon ami Mr Perry ! Que dit-on de lui ? Est-il venu ici ? Comment voyage-t-il ? A-t-il une voiture ?

Emma le comprit et, tandis qu'elle s'amusait à rire avec lui, il était aisé de voir que Jane l'écoutait aussi, quoiqu'elle fît semblant du contraire.

— Ce rêve était bien étrange ! s'écria-t-il. Je ne puis y penser sans rire. Elle nous entend, miss Woodhouse ! Elle sourit et fait tous ses efforts pour froncer le sourcil. Regardez-la ! Ne voyez-vous pas qu'elle a le passage de sa lettre devant les yeux ? Qu'elle ne peut faire attention qu'à ce que je dis, quoiqu'elle paraisse prêter l'oreille ailleurs.

Jane, bon gré mal gré, fut forcée de sourire et dit à voix basse :

— Je trouve fort étonnant que vous vous souveniez de pareilles choses. On peut malgré soi s'en rappeler, mais on doit l'éviter autant que l'on peut.

Il avait de bonnes plaisanteries à faire, mais Emma se mit du côté de Jane. En s'en retournant, elle vit qu'il n'y avait pas de comparaison à faire entre Mr Knightley et Frank Churchill. Cette conviction compléta le bonheur dont elle avait joui pendant la journée.

53

Si Emma avait encore quelques doutes sur les sentiments de Harriet pour Mr Knightley, et qu'il fût possible qu'elle lui préférât un autre homme, peu de jours après elle fut convaincue qu'on lui avait dit la vérité sur le consentement qu'elle avait donné à Robert Martin. Harriet, en effet, arriva de Londres avec Mr John Knightley et sa famille. Emma, en moins d'une heure de conversation avec son amie, comprit, chose étrange, que Martin avait supplanté Mr Knightley. Harriet, honteuse, ne savait trop quelle contenance tenir, mais après avoir avoué qu'elle avait été vaine, présomptueuse, qu'elle s'était trompée grossièrement, sa confusion se dissipa ; elle oublia le passé pour ne s'occuper que de l'avenir. Elle avait redouté, en arrivant, de ne pas obtenir l'approbation de son amie, mais Emma la tranquillisa par les félicitations sincères qu'elle lui fit sur le bonheur dont elle allait jouir enfin, après tous ses chagrins éphémères. Harriet lui raconta alors avec grand plaisir tout ce qui s'était passé au cirque Astley et lors du dîner, le lendemain. Mais comment expliquer cela ? Emma fut bien forcée de reconnaître que Harriet avait toujours aimé Robert Martin et que, la passion de celui-ci ne s'étant jamais démentie, elle n'avait pu lui résister.

Peu après, on connut les parents de Harriet. Elle était fille d'un marchand assez riche pour lui donner une dot convenable et assez honnête pour tenir sa naissance secrète. C'était la seule noblesse dont elle pût se flatter, bien différente de celle qu'Emma s'était forgée. Elle était peut-être aussi illustre que celle de quantité de gens prétendus comme il faut. Mais quelle alliance préparait-elle aux Knightley, à Frank Churchill et même à Mr Elton ? La tache de son illégitimité n'étant effacée ni par la noblesse ni par la fortune, par conséquent demeurait une tache.

Le père ne fit aucune objection. Il fit même montre de générosité envers le jeune homme ; ainsi, l'affaire ne souffrit aucune difficulté. Emma fit connaissance avec Mr Robert Martin, que l'on avait invité à Hartfield. Elle reconnut en lui tout le bon sens et le mérite nécessaires à rendre Harriet heureuse. Avec lui, elle trouvait une bonne maison, des manières douces et les moyens de conserver et même d'acquérir des connaissances au milieu de personnes qui l'aimaient. Enfin, Emma la regardait comme la personne du monde la plus fortunée, d'avoir fait naître une passion aussi durable. Harriet, qui était désormais souvent invitée chez les Martin, vint plus rarement à Hartfield ; ainsi, leur intimité commença à décroître, comme cela devait naturellement arriver, en égards d'une part, et en simple amitié de l'autre.

Avant la fin de septembre, Emma accompagna Harriet à l'église et lui vit donner la main à Robert Martin avec une satisfaction que les souvenirs que lui remémorait la présence de Mr Elton ne purent diminuer.

Peut-être ne voyait-elle en lui que le pasteur qui devait lui donner à elle-même la bénédiction nuptiale. Robert Martin et Harriet Smith, quoique le dernier couple engagé sur trois, furent mariés les premiers.

Jane Fairfax avait déjà quitté Highbury et avait rejoint ses bons amis les Campbell. Frank Churchill et son père étaient à Londres et n'attendaient que le mois de novembre.

Le mois d'octobre avait été fixé, autant qu'ils avaient osé le faire, par Emma et Mr Knightley. Leur intention était de se marier pendant le séjour de John et Isabella à Hartfield, afin de consacrer une quinzaine, avant leur retour à Londres, à une excursion qu'ils désiraient faire sur les côtes. Tout le monde approuva ce plan, mais comment faire donner son consentement à Mr Woodhouse, lui qui n'avait parlé de ce mariage que comme d'un événement éloigné ?

Lorsqu'on lui en parla la première fois, il parut si abattu, si souffrant, qu'ils faillirent se désespérer. La seconde fois, il eut déjà moins de peine. Il commença à s'accoutumer au fait que ce mariage devait arriver et qu'il ne pourrait l'empêcher. Cette situation d'esprit était assez consolante pour les jeunes gens, cependant Mr Woodhouse était loin d'être à son aise ; son état parut même empirer, si bien que la pauvre Emma fut prête à perdre courage. Il lui était insupportable de le voir souffrir, de se voir soupçonnée de négliger les moyens de lui rendre le bonheur et la tranquillité.

Quoiqu'elle fût parfaitement d'accord avec les frères Knightley que, le mariage célébré, le malaise qu'éprouvait son père cesserait de lui-même, elle hésitait ; elle refusa de passer outre.

Tandis que les choses étaient ainsi en suspens, ils furent aidés non par un heureux changement d'humeur de Mr Woodhouse en leur faveur, ou par une amélioration de sa maladie nerveuse, mais par un événement qui emporta la balance sur deux maux qui vinrent l'affliger, au lieu d'un. Naturellement, il choisit le moindre.

Par une belle nuit, toute la volaille de Mr Weston fut volée. D'autres maisons dans le voisinage connurent le même sort. Les craintes de Mr Woodhouse furent portées à leur comble. A le croire, le plus petit larcin était un crime capital ; il ne faisait aucune différence entre voler des poules et enfoncer les portes d'une maison. Il fut si frappé de ces différents petits vols que, sans la protection que son gendre offrait à sa maison, il lui aurait été impossible de se reposer la nuit. Le courage, la force, l'autorité de Mr Knightley commencèrent à lui faire croire qu'il était nécessaire à sa tranquillité et à son bonheur. « Tant que l'un des deux frères sera à Hartfield, se dit-il à lui-même, nous serons tous en sûreté. John doit se trouver à Londres au commencement du mois de novembre ; il faut donc garder l'autre. »

Ces réflexions agirent si puissamment sur lui qu'il donna son consentement de la meilleure grâce du monde. Emma put enfin fixer le jour de son mariage. Un mois après celui de Mr Robert Martin, Mr Elton donna la bénédiction à Mr Knightley et à miss Woodhouse.

Les noces se firent sans cette pompe que les gens sensés évitent toujours, et Mrs Elton, d'après les détails que lui avait faits son mari, les regarda comme pitoyables et infiniment au-dessous des siennes.

— Très peu de satin blanc, peu de dentelles, point de perles, pas un cachemire : tout cela était misérable ! Qu'en dira Selina, quand elle apprendra toutes ces particularités ?

En dépit des observations de Mrs Elton, les souhaits et les espérances du petit nombre de vrais amis présents à la cérémonie furent comblés par le bonheur inaltérable dont cette union fut couronnée.

Postface

Jane Austen commence à rédiger *Emma* le 21 janvier 1814 pour achever ce roman le 29 mars 1815. Entre-temps, *Mansfield Park* est paru et l'édition a été épuisée en six mois. Dès lors, la réputation de l'écrivain grandit peu à peu, bien que ses livres soient encore publiés de façon anonyme. Le prince-régent (le futur George IV) lui fait savoir qu'il admire ses œuvres et qu'elle est autorisée à lui dédier son roman suivant. En conséquence, au moment où *Emma* paraît, le 29 décembre 1815 (la page de titre indique 1816), le livre comporte une dédicace au prince, pour lequel Jane Austen n'éprouve pourtant guère de respect – la rumeur assurant qu'il mène une vie dissolue. Elle éprouve au demeurant un vif plaisir à lire une longue critique élogieuse, consacrée à son seul roman, dans un périodique influent, le *Quarterly Review*. Ce compte rendu a été demandé à Walter Scott, le romancier britannique le plus célèbre du temps. Il marque le sommet de la modeste gloire que connaît Jane Austen de son vivant. Quand elle meurt, en juillet de l'année suivante, *Persuasion* est achevé, mais encore inédit. *Emma* est donc le dernier livre de sa maturité qu'elle ait vu terminé, et, selon de nombreux critiques modernes, c'est celui où son génie s'exprime de la manière la plus parfaite.

Si le lecteur prend connaissance d'*Emma* pour la première fois, je lui conseillerais de ne pas aller plus avant dans cette préface, mais de la reprendre une fois achevée la lecture du texte de Jane Austen. Il est peu de romans dont on puisse dire avec plus de justesse que leur lecture et leur relecture constituent deux expériences différentes. La seconde est peut-être plus enrichissante que la première, mais je ne voudrais priver personne de la joie de la découverte en déflorant l'histoire. Quand on lit *Emma* pour la première fois, on se trouve en présence d'une comédie pleine de mystère et d'interrogations – et ce n'est pas un hasard si les charades et autres devinettes tiennent une place aussi importante dans l'intrigue – qui met à l'épreuve la perspicacité du lecteur tout autant que de l'héroïne. Après avoir été mis en garde dès la première page contre toute tentation d'identification avec les attentes et les espoirs d'Emma, nous pouvons penser que l'héroïne prendra conscience de la réalité : on devinera ainsi, bien avant qu'il ne se déclare, que ce n'est pas envers Harriet, mais à son encontre, que Mr Elton se montre plein d'égards ; on soupçonnera aussi, avant elle, que Jane Fairfax et Frank Churchill partagent un secret. En vérité, l'habileté narrative de Jane Austen est telle qu'il importe peu pour le lecteur d'anticiper sur les découvertes d'Emma. Au départ, nous partageons dans une large mesure l'étonnement, la curiosité et l'attente angoissée de la jeune fille devant le déroulement des événements. Quand Frank Churchill annonce, pour plaisanter, aux participants du pique-nique de Box Hill : « Mesdames et messieurs, il m'est ordonné par miss Woodhouse [...] de vous dire qu'elle désire savoir ce que vous pensez », c'est tout à fait le sujet du roman qui est énoncé, tel qu'il apparaît à la première lecture[1].

Lors de la relecture, on connaît les pensées de chacun des personnages, et *Emma* devient une comédie de mœurs, comportant nombre de situations ironiques. Le lecteur occupe la position privilégiée de qui connaît le fin mot de l'affaire, et il regarde Emma accumuler les erreurs et se préparer sans le savoir à bien des déceptions. Du reste, tous les personnages vivent jusqu'à un certain point dans un monde d'illusions. Mr Knightley lui-même n'échappe pas à la règle : s'il réprimande Emma pour son comportement lors du pique-nique, c'est en partie parce qu'il éprouve une inutile

---

1. Page 411.

jalousie à l'égard de Frank Churchill. Le miracle, c'est que la relecture n'ôte pas le côté captivant de la première prise de connaissance du texte.

Si chaque phrase de description et chaque repartie se charge de signification ironique à la relecture, il n'est pas de passage qui ne soit suffisamment plein d'attrait, amusant ou révélateur sur les personnages pour paraître déplacé lors de sa première découverte. A l'inverse, le mode ironique ne domine pas complètement la relecture, car l'attention est distraite par la richesse des nuances. On ne peut donc jamais adopter une position de complète supériorité sur l'héroïne. Lorsqu'on s'aperçoit qu'à chaque lecture on a laissé échapper quelque chose, on est forcé d'admettre, avec Emma, que la raison humaine est faillible.

Bien entendu, il faut qu'Emma soit sympathique pour que l'intrigue fonctionne. Jane Austen s'est donc posé le problème de la manière suivante : comment parvenir à faire apprécier Emma en dépit de ses défauts, mais sans les passer sous silence ? Emma se montre quelquefois snob, cruelle, égoïste et calculatrice dans sa relation aux autres. La façon dont elle exploite et manipule la pauvre Harriet, au moment où Robert Martin la demande en mariage, n'est qu'un des nombreux exemples où elle se présente sous un jour plutôt déplaisant. Cependant, on peut aussi faire la preuve qu'elle évolue dans un sens plus favorable, et le titre choisi pour la première traduction française, *la Nouvelle Emma*, était pertinent. On trouve un indice des progrès réalisés par la jeune fille sur le plan moral dans la description de son attitude à l'encontre de la famille Martin. Elle passe en effet d'une période où elle fait preuve d'un snobisme cassant, quand elle déclare : « Les riches paysans sont justement les gens avec qui je sens que je n'ai rien de commun » (page 40), à une période troublée où elle hésite à écouter la voix de sa conscience ou à céder aux préjugés : « Emma aurait donné cher [...] pour que les Martin occupassent un rang plus élevé dans le monde. Ils avaient tant de mérites [...] » (page 208), puis à une ultime et sincère déclaration : « Elle aurait [du plaisir] à faire la connaissance de Robert Martin » (page 518).

Emma tire donc la leçon de ses erreurs, mais cela n'est pas suffisant pour en faire une héroïne acceptable dès le début. Comment Jane Austen parvient-elle à la montrer sous un jour attachant ? Tout d'abord, en racontant l'histoire en grande partie de son point de vue. Comme nous suivons l'action surtout par ses yeux, nous sommes portés à adopter ses centres d'intérêt et à excuser ses erreurs d'interprétation, puisque nous en faisons l'expérience en même temps qu'elle et les partageons pour une grande part avec elle. D'ailleurs, la sympathie qu'engendre un tel procédé narratif est si forte que l'auteur juge bon d'y mettre un frein par de discrets commentaires ou par des interventions de Mr Knightley. Ce gentilhomme est presque un parangon de vertu, mais Jane Austen s'est bien gardée de donner un rôle comparable à un personnage féminin, ce qui aurait rejeté son héroïne dans l'ombre. Jane Fairfax est la seule qui puisse prétendre lui voler la vedette, mais l'intrigue secondaire dans laquelle elle joue un rôle, tout en contribuant au mystère central du roman, la rend passive, énigmatique, et parfois tout à fait négative. Mrs Weston, de son côté, est une femme de mérite ; néanmoins, comme son histoire personnelle parvient à un dénouement heureux dès la première page du roman, elle ne nous intéresse guère. Et pour ce qui est des autres femmes, la sotte Harriet, la vulgaire Mrs Elton, la bavarde miss Bates ou les femmes âgées – au nombre desquelles il faudrait peut-être ranger miss Woodhouse –, Emma ne peut que briller en leur présence. Jane Austen en a fait un personnage positif et lui a accordé des qualités qui la rendent aimable. Elle fait preuve d'une patience angélique envers son vieux père. Elle témoigne d'un tempérament gai et résistant et ne s'apitoie pas sur elle-même. Et surtout, elle est intelligente. Elle termine ses phrases – ce qui est toujours un critère de qualité chez Jane Austen. Elle a un excellent sens de l'humour ; ses erreurs sont pour l'essentiel dues à une vivacité d'esprit, qui ne trouve pas à s'exercer dans la société banale et limitée où elle évolue : elle cède donc à la tentation de *s'inventer* des centres d'intérêt. Pour reprendre son expression, elle est une grande « imaginative ». Il est possible d'établir un parallèle entre elle et l'auteur, dans la mesure où Jane Austen était tout aussi irritée par le milieu dans lequel elle vivait qu'elle y était attachée.

Ce serait se faire une fausse idée du roman que de croire que la voix de l'écrivain est toujours distincte de celle d'Emma. Elles partagent sans doute une fine observation telle que celle-ci : « Mr Knightley parut faire un effort pour ne pas sourire et il y réussit sans grande peine lorsque Mrs Elton lui adressa la parole. » (page 347). On songe aussi à la scène où Emma a le pénible devoir d'expliquer à Harriet qu'elle s'est trompée à propos des intentions de Mr Elton. En voyant le chagrin sincère de son amie, Emma « fut à cet instant convaincue de la supériorité de Harriet et se disait que, si elle lui ressemblait, cela vaudrait mieux pour son bonheur et son bien-être que tout ce que le talent ou l'intelligence pourraient lui apporter ». Puis vient cette constatation dans le paragraphe suivant : « Il était trop tard pour tenter de devenir naïve ou ignorante, mais, avant de la quitter, Emma prit de nouveau la résolution de se montrer humble et discrète, et de mettre un frein à son imagination jusqu'à la fin de sa vie. » (page 159). La remarque a pour effet de confirmer la solidarité existant entre l'auteur et l'héroïne au sujet d'un engagement en faveur d'une règle morale *intelligente*.

Il est nécessaire, à cette fin, de refréner en partie l'imagination d'Emma, parce qu'il existe une différence morale entre composer des fictions littéraires, ainsi que le fait Jane Austen, et imposer des modèles fictifs aux gens qui vous entourent, comme Emma. De plus, les « romans » d'Emma, sentimentaux et égoïstes, s'inspirent de modèles littéraires médiocres. Entre autres, elle se persuade que le père de Harriet est un gentleman, et que Jane Fairfax a des relations amoureuses avec le mari de sa meilleure amie, Mr Dixon. Quand elle parvient enfin à la maturité, à la connaissance de soi, elle est récompensée par un rapprochement avec Mr Knightley. La scène s'accompagne d'un rejet énergique des exagérations du roman sentimental : « [...] d'avoir l'idée romanesque de le prier de reporter son amour sur Harriet, comme la plus digne des deux de le mériter, [...] c'est ce qu'Emma ne fut pas tentée de faire » (page 472).

L'allusion ironique aux stéréotypes littéraires est l'un des procédés par lesquels Jane Austen renforce le réalisme dans son propre roman. Quand on parle de réalisme, on s'engage sur un terrain glissant, et pourtant le mot s'applique à *Emma* dans presque toutes ses acceptions. Certains distinguent entre « réalisme de présentation » et « réalisme d'évaluation », des qualités qui s'opposent jusqu'à un certain point, puisque donner l'illusion de la vie décourage le recours à un jugement impartial, et vice versa. *Emma*, pourtant, réconcilie ces deux aspects. Le roman est riche en observations sur les motivations, le comportement et les habitudes de langage des personnages, pour lesquelles on a toujours admiré Jane Austen ; ce qui nous rend ses héros si proches, c'est qu'ils sont simplement présentés comme des êtres humains. L'auteur donne l'illusion de la vie grâce à un enchaînement des événements qui s'effectue sans heurts, de façon naturelle. Pourtant, on se rend compte qu'ils ont été agencés avec soin pour conduire Emma vers une meilleure connaissance d'elle-même. La petite société de Highbury rend vraisemblables les réceptions chez les uns et les autres, mais elle permet aussi à Jane Austen de rassembler ses personnages aux moments critiques de l'action – le dîner de Mr Weston, le bal de l'auberge de la Couronne, les sorties à Donwell et à Box Hill – et les illusions ou les duperies sont soumises à une intense (et dramatique) pression sociale. Le fait qu'une si grande partie de l'action soit vue par les yeux d'Emma accentue le réalisme de présentation, mais la tranquille autorité de l'auteur conserve une place au réalisme d'évaluation. Quand on l'analyse, *Emma* révèle une multiplicité impressionnante de fins et de moyens, parfaitement ajustés et harmonisés.

Considérez la manière dont Jane Austen traite les crises les plus graves de l'histoire de l'héroïne – en particulier, sa découverte tardive des sentiments qu'elle éprouve pour Mr Knightley, quand elle croit qu'il va demander la main de Harriet, dont elle a elle-même encouragé les prétentions. Alors que tout se ligue pour l'abattre sur le plan moral, l'auteur propose cette description : « La soirée de ce jour-là fut extrêmement triste et mélancolique à Hartfield. Le temps ajouta encore au désagrément que l'on y éprouvait. Une pluie froide et orageuse survint ; les arbres seuls et les plantes annonçaient le mois de juillet, quoique le vent les dépouillât de leurs feuilles. La longueur des jours ne servit qu'a rendre plus affligeant un pareil spectacle. » (page 463.)

Ce passage a été justement loué par R. W. Chapman (qui a assuré la première grande édition moderne des romans de Jane Austen), mais le « miracle de communication » qu'il évoque n'est pas aussi difficile à analyser qu'il le croit. Jane Austen use, bien entendu, du procédé qui consiste à donner une fausse interprétation de la nature quand on est sous l'emprise de ses émotions, mais elle le fait de façon si discrète que l'on n'est pas détourné de la réalité du moment par une prise de conscience de sa maîtrise artistique. C'est pourtant grâce à cette dernière que s'établit une correspondance entre l'humeur de l'héroïne et le temps qu'il fait. En bref, Emma se trouve placée dans une situation ou un *spectacle* tel que celui que lui offrirait le mariage de Harriet et de Mr Knightley serait d'autant plus *affligeant*. Cela est rendu plus explicite quelques lignes plus loin : « La perspective qui se présentait à elle était menaçante ; elle ne voyait aucune possibilité de l'éviter, ni même de la rendre plus supportable. Si ce malheur arrivait, ce ne pouvait être que parmi sa société. Hartfield allait devenir désert ; qui l'aiderait dorénavant à consoler son père, dont la situation de corps et d'esprit ne pouvait qu'empirer ? Le souvenir de ses propres infortunes lui rendrait cette tâche difficile à remplir. » (page 463.)

Toutefois, il faut mettre au crédit d'Emma qu'elle ne s'abandonne pas au désespoir, en dépit de ses pensées moroses. Le chapitre se termine sur les commentaires suivants : « La seule chose qui pût lui apporter un peu de consolation, lui faire retrouver un peu de fermeté, c'était la résolution qu'elle formait de changer de conduite et l'espérance que, malgré la perspective d'hivers désormais moins amusants, elle serait plus raisonnable, grâce à la connaissance intime qu'elle venait d'acquérir d'elle-même, et qu'aucune de ses actions ne

lui laisserait les regrets poignants qui la rendaient actuellement si malheureuse. » (page 464).

On a l'impression que l'existence d'Emma ne sera plus
qu'un interminable hiver. Cependant, ce passage est important parce qu'il fait allusion aux premiers efforts désintéressés
d'Emma en direction d'une réforme morale : elle ne peut
attendre de cette bonne résolution qu'un accroissement du
respect de soi-même. Or, elle est récompensée dès le lendemain : « Le lendemain, le temps ne s'améliora pas. La même
solitude régna à Hartfield, où l'on fut tout aussi mélancolique
que la veille. Mais, l'après-midi, le temps s'éclaircit, le vent
changea, les nuages se dissipèrent, le soleil reparut et ramena
l'été. Ce changement soudain engagea Emma à sortir dès que
possible. » (page 465).

Alors qu'elle se promène dans le parc, Emma est rejointe
par Mr Knightley. Le changement de temps constitue une
circonstance favorable, due à la nature ; il rapproche les deux
amis et leur offre l'occasion et le tête-à-tête nécessaires à
l'éclaircissement des malentendus qui les séparent. C'est aussi
un événement très symbolique. L'amélioration du temps, qui
redevient celui des beaux jours, suggère qu'Emma va connaître de nouveau la satisfaction et que le roman s'achèvera de
façon heureuse – comme une comédie.

David LODGE

Cette postface est extraite de la préface de David Lodge à l'édition d'*Emma*
parue en 1971 chez Oxford University Press.

Table

Cet ouvrage composé par Jouve
a été achevé d'imprimer sur presse Cameron
dans les ateliers de Brodard et Taupin
à La Flèche (Sarthe)
en février 1997
pour le compte des Édition de l'Archipel
département éditorial
de la S.A.R.L. Écriture-Communication.

Imprimé en France
N° d'édition : 159 – N° d'impression : 1228S-5
Dépôt légal : mars 1997